시는 매일매일

최현식 비평집

시는 매일매일

펴 낸 날 2011년 4월 14일
지 은 이 최현식
펴 낸 이 홍정선
펴 낸 곳 ㈜문학과지성사
등록번호 제10-918호(1993. 12. 16)
주　　소 121-840 서울 마포구 서교동 395-2
전　　화 02)338-7224
팩　　스 02)323-4180(편집)　02)338-7221(영업)
전자우편 moonji@moonji.com
홈페이지 www.moonji.com

ISBN 978-89-320-2197-3

* 지은이는 2010년 한국문화예술위원회가 지원한 문학창작기금을 수혜했습니다.

:: 최현식 비평집

시는 매일매일

문학과지성사
2011

시는 매일매일에 부쳐

시련을 받아들이고, 지속될 것을 약속하며, 바로 그 차이에서 비롯된 세계의 경험을 수용해가는 모든 사랑은 자기 고유의 방식으로 차이에 관한 새로운 진리 하나를 생산합니다. 겉으로는 비할 데 없이 보잘 것 없기도 하고 몹시 감춰지기도 하는 그 모든 진정한 사랑이 휴머니티 전반과 관련되어 있는 것도 이 때문입니다.
—알랭 바디우, 『사랑예찬』, 조재룡 옮김, 길, 2010, pp.51~52.

'시는 매일매일'이란 제목의 탄생 이력은 이렇다. 「우리는 매일매일」에 "우리는 너무 오래 생각했다/틀린 것을 말하기 위해/열쇠 잃은 흑단상자 속 어둠을 흔든다"(『우리는 매일매일』, 문학과지성사, 2008)라고 적은 이는 진은영 시인이었다. 이 시를 읽으며 묘하게도 나는 어느새 "우리는"을 '시는'으로 바꿔 읽고 있었다. 왜 그랬을까? 모든 시는 유추의 상상력에 기대면서도 끝내는 너나 그(녀)와는 다른 말의 바벨탑 건축을 희망한다. 그러나 이 가없는 주체의 욕망은 스스로를 타자의 지위로 끊임없이 변경하거나 하방하지 않는 한 저 칠흑 같은 어둠을 결코 깨우지 못한다. 나는 '시는 매일매일'이라고 선뜻 적었지만, 이것이 말하는 것은 그야말로 세계의 전부이거나 아무것도 아니다. 왜냐하면 이 단문은 독자들의 맥락의 구성과 참조, 은유적 언어나 환유적 언어의 선택에 따라 의미 구성이 달라지므로, 어떤 단일성으로의 수렴을 거절하며 무한한 차이들을 향해 끊임없이 산종(散種)할 것이기 때문이다. 벌써 하나의 완결된 문장을 구성하기 위해 이 말 저 말을 소리 내어 불러보는 누군가가 반갑고 또 애처롭다.

　나는 이 곤란한 말들의 산란이 우리의 제한된 세계 경험과 이해, 타자와의 사랑과 연대를 때로는 확연히 때로는 슬며시 넓혀갈 것으로 믿는다. 그러니 이 평론집은 써지지 않은 것이나 마찬가지이다. 그저 한국 현대시에 대한 내 나름의 느낌과 담소거리를 조심스레 내어놓고, 당신들과의 대화를, 신께의 미욱한 고해성사를 막 타진하는 중인 것이다. 이들의 사랑이 내게 "고유의 방식으로 차이에 대한 새로운 진리 하나를" 끊임없이 추구하고 찾아낼 수 있는 힘이기를…… 이 사랑의 기미를 느낄 때마다 흠집투성이인 『시는 매일매일』은 한 점 한 점 "틀린 것(＝차이)을 말하"는 타자의 내면을 받아 적는 공간으로 자꾸 적층되어갈 것이다.

　시를 읽고 비평을 쓸 때마다 되뇌어보는 발터 벤야민의 경구가 있다: "시선은 한 인간의 마지막 남은 부분이다". 응시하고 응시되는 자 모두에게 해당될 법한 '눈'의 미학이다. 허당에 빠지는 경우가 적잖았겠지만, 나는 저 '시선'의 기원과 궁극을 시(시인)에게 두어온 편이다. 시의 질서와 배열에 관련된 논리 정연한 체계나 미학적 접근보다 자꾸만 시 내부로 나를 밀어넣는 버릇도 그들의 '시선'이 궁금하고 또 무섭기 때문이다. 나를 말하고 또 나를 해체하는 또 다른 주체로서의 타자들. 이 경우 나의 '글쓰기'는 당연히도 타자들에 의해 촉발되고 또 작성되는 것이다. 일부러라도 그런 장(場)을 만들고 싶어, 특정 주제와 이념, 사상과 형식을 선택하거나 배제하는 작위(作爲)를 시도하지 않았다. 5개의 부로 나누되 거기에 따로 제목을 붙이지 않은 것도 그 때문이다.

그저 '시선'만을 주의했다는 발언은 비평적 언사로서는 꽤나 몰염치한 것이다. 그 '시선'을 통해 읽어내고 또 스며들고자 한 '무엇'이 없다면 대화의 회피와 다를 바 없다. 발터 벤야민은 『아케이드 프로젝트』(조형준 옮김, 새물결, 2005)에서 수집의 핵심을 "수집가가 사물을 기다렸다가 기다리던 사물을 만나는 방법 혹은 새로 첨가된 수집품이 다른 모든 수집품에 일으키는 변화"에 두었다. 비평가를 다기다종한 시 텍스트의 수집가 가운데 하나로 정의할 수 있다면, 비평가는 무엇보다 시들을 "가장 깊은 꿈의 층 속으로 가라앉힌 다음 그것들이 마치 우리를 덮쳤던 것처럼 말해야 할 것이다". 비록 시늉에 불과할 지라도 이 황홀하고 고통스런 꿈속에 빠져들기 위해 나는 각 부에서 다음과 같은 점에 주의를 기울였다. 1부: 드문 관심에 상관없이 한국 시의 질적 도약과 충족에 담담히 기여해온 '낮은 목소리'들, 이를테면 추와 환상, 시간, 동시(童詩)들의 음계를 그리는 것. 2부: 한국 시의 현대성과 지성의 발굴 및 개성화에 진력해온 황동규 시인과 마종기 시인이 곱이곱이마다 일궈낸 '범속한 트임'의 위상과 가치. 3부: 시의 미래를 의심하는 온갖 풍문에 맞서 언어의 내밀한 현을 튕기거나 아니면 아예 끊어버림으로써 낯설어 발랄하고 뜻밖인 '소리들'을 발화한 운사(韻士)들의 내면과 언어형식. 4부: 성숙한 삶이 보내는 세계의 이면을 '윤리적인 것'의 사유 혹은 그것과의 대결 속에서 새롭게 구성하는 완미한 언어들의 웅성거림. 5부: 여전히 치유와 화해보다는 상처와 갈등의 말들이 속도감 있게 흘러가는 '청년'들의 방법적 사랑. 이 서로 다른 수집품들이 막무가내로 접속하며 일으킨 '변화'는 이미 나를 뚫고 지나가 당신들이 호흡하는 공기 중으로 널리널리 퍼져 나가는 중이다. 그러니 '변화'의 본질은 나뿐만 아니라 당신의 숨과 꿈에서 함께 발견되고 말해지는 것이 이치에 맞는다. 같이 나눌 '변화'의 깊은 곳이 궁금하다.

　나는 이 평론의 많은 부분을 지리산과 통영이 지척인 진주에서 썼다. 볼 것 많은 아름다운 풍경들은 시와 잘 어울렸지만, 처절한 사람의 역사가 그 풍경의 일부를 이루고 있음을 잊지 않으려고 애썼다. 글에는 부지런해도 일에는 그렇지 못했을 나를 묵묵히 배려해준 경상대 국문과 교수님들과 인문대의 몇몇 동료 교수들이 있어 이런 긴장이 가능했다. 특히 모교의 백양로를 함께 기억하는 한지희 교수는 각별한 학문적 토론자가 되어주었다. 『시는 매일매일』은 60여 년 가까운 막역지우이신 황동규 시인과 마종기 시인의 등단 50주년 기념 비평을 함께 수록하는 행운을 얻었다. 한참 어리고 모자란 나를 정겹게 다독여주신 두 분의 따스한 말씀만한 복을 또 어디서 구하겠는가. 나의 어지러운 글들은 이번에도 문지 편집부의 이근혜 선생님과 최지인 선생님 덕분에 근사한 책의 꼴을 입었다. 멀리서 봄빛 한 점을 미리 올려 보내는 것으로 고마움을 대신한다. 이제 10살이 되었다고 제법 의젓해진 지우와 한창 책 읽는 재미를 붙인 막내 서윤이, 그리고 먼 고장의 외로움에 단련될 길 없는 사랑하는 아내 영란에게 읽힐 만한 구석이 조금이라도 존재한다면 다행이겠다. 그러니 더 부지런해야겠다.

2011년 초봄 어느 날
최현식

제1부

추보(醜甫) 씨의 비가 혹은 연가
—한국 현대시와 추(醜)

추보 씨를 마주친 날의 이상한 풍경

움베르토 에코가 추보 씨[1]의 가계도를 기록하고, 또 그것의 증빙 자료가 되는 각종 그림과 사진, 이미지 따위를 모아 『추의 역사』(열린책들, 2008)를 냈다는 소문이 났다. 비평가는 얼마 전 한 외국 문학 연구자에게 『장화홍련전』 말고 추악한 치정과 불길한 피, 자해와 상해로 얼룩진 죽음, 원한에 사로잡힌 귀신들이 출현하는 옛 서사들이 한국에는 얼마나 있는가, 만약 존재한다면 오래전 그와 비슷한 세계를 다룬 서양의 '고딕소설Gothic Novel'과 견주어 보고 싶다는 질문을 받은 터라, 당장 추보 씨네 족보를 집어 들지 않을 수 없었다. 기껏 불교의 탱화 정도에서나 아수라장에 처박힌 우리 쪽 추보 씨의 끔찍함을 엿보아온지라, 서양 쪽 추보 씨의 기원과 역사를 악마와 마

---

1) '보(甫)'는 아무개 혹은 사내를 지칭할 때 붙이는 말이다. 여기서는 '추(醜)'를 의인화하는 뜻으로 가져왔다.

녀, 괴물, 죽음, 그로테스크한 이미지를 통해 전시하고 의미화한 에코의 보학(譜學)은 경이인 동시에 충격이었다.

비평가에게 특히 충격을 준, 그러면서 과연 '추(醜)'란 무엇인가를 끊임없이 되묻게 한 추보 씨는 둘이었다. 하나가 죽음의 시선으로 세계를 지배하던 메두사가 페르세우스에 의해 목이 잘릴 당시를 그린 루벤스의 「메두사의 머리」(25)라면, 어느 무장 운동원의 목 잘린 머리를 들고서 그것을 응시하는 라이베리아인들을 찍은 키뒤의 보도사진(235)이 다른 하나다. 전자는 자신의 모습을 보고 공포에 질린 메두사의 시선이 무엇보다 인상적이다. 그 시선은 메두사의 머리카락들인 온갖 종류의 뱀과 잘린 목에 너덜거리는 고깃덩어리, 그리고 검붉게 낭자한 피보다도 강렬하고 무섭다. 후자는 민주화 투쟁에서 권력 또는 타 종족에 의해 목 잘린 젊은 흑인을 침통하게 포착한 것이다. 얼굴 군데군데의 핏자국과 잔뜩 뭉개진 입술, 잘린 목은 처참하지만, 지그시 감은 두 눈은 어떤 당당함과 평안함마저 풍긴다.

메두사와 이 청년은 목 잘려 죽었다는 점 빼놓고는 여러모로 대조적이다. 신화의 존재 메두사는 추와 악의 관념을 추적하고 상상할 수 있는 특성과 이미지를 모두 갖추고 있다는 점에서 철저히 알레고리적이다. 그는 목 잘린 순간 세계에서 추방되어 '아테나 여신의 힘＝미'를 거들고 더하는 패배자, 곧 추물로 영원히 타자화된다. 그래서 자기 공포에 사로잡힌 메두사의 두 눈은 쫓겨나는 자의 불안과 떨림을 동시에 함축한 것처럼 느껴진다. 이에 비하면, 냉담하게 사실적인 흑인 청년은 현실의 패배자이되 오히려 그럼으로써 현실로 영원히 회귀하는 승리자이다. 힘센 자들은 그를 끊임없이 추문화하겠지만, 그는 약자들의 기억 속에 새겨짐으로써 또 삿된 현실을 건너는 삶의 원리의 한 축으로 자리 잡음으로써 신성한 존재로 계속 거듭날 것이다. 그 볼썽사나운 잘린 머리를 '아름다운 청년'으로 심미화·상징화할 수 있는 것도 이런 전복적인 존재 가치 때문이다.

하지만 비평가는 '아름다운 청년'이 때로는 산 자들의 값싼 대속물로, 영악한 은폐물로 전횡되는 경우가 허다한 것을 익히 보고 들어온지라, 다만 그 감은 눈에 사람들의 눈길이 오래 머물기를 바라며 저쪽의 추보 씨들에게 안녕을 고했다.

그런데 바로 그때 우리 쪽의 '추'를 현대시에서 찾아보라는 『신생』의 요청이 비평가의 귀를 울린다. 비평가는 우선 '추'의 예술화가 한국에서는 특히 근대적인 현상이라는 것을 떠올린다. 물론 전근대 어딘가에 그들이 똬리를 틀고 있을지도 모른다는 염려는 하면서도, 어쨌든 추가 나쁜 것이나 피할 것 같은 부정적인 의미망에서 벗어나, 그 자체로 의미 있는 미적 세계 또는 대상으로 등장한 것은 근대 이후라는 상식에 기대어 이리저리 현대시를 주유(周遊)한다. 기존의 세계와 자아를 뒤집고 파탄내는, 나아가 이 추악한 현실에 존재하지 않는 새로운 세계를 건축하는 추보 씨들의 사랑과 죄악, 환희와 절망, 일탈과 회통의 계보도를 작성해보자는 의욕은 거기서 생겨난 것이다. 비평가는 추보 씨들의 언어와 행위가 자아에의 집중인 동시에 타자의 수렴이고, 자아의 파괴인 동시에 자아의 창조이며, 세계에 대한 비련인 동시에 황홀이기를 기대한다. 그 순간 '추'에 들러붙은 메두사의 죽음의 시선이 항상 오늘을 사는 흑인 청년의 감은 눈 속에 속수무책으로 갇힐 것을 상상하면서……

추보 씨의 '사랑' 이야기—서정주의 경우

'추'의 관점에서 본다면, 서정주의 『화사집』(1941)은 여전히 현대적이다. 그는 실러가 말한 '추'의 근대적 의미, 그러니까 "슬픈 것, 끔찍한 것, 심지어 무서운 것들까지도 거부할 수 없을 만큼 매혹적이라는 것, 그리고 고통과 공포의 장면에 불쾌감을 느끼면서도 동시에 매혹되는 것은 우리 본성의 일반적 현상이다"란 말에 거의 최초로 근접한 시인이었다. 물론 1920년대 초반 『백조』파의 퇴폐주의를 먼저 떠올리는 사람도 있겠지만, 그들의 '추'는 존재의 악마성과 괴물성을 적발하는 동시에 인간화하는 아이러니의 정신과는 거리가 멀었다. 이른바 현실을 건너뛴 작위적 관념의 낭만적 도주에 불과하다는 김흥규의 지적은 그들의 추의 미학에도 어김없이 적용된다.

하지만 서정주는 '추'를 끊임없이 조선화(향토화)하면서도 그것이야말로 인간의 본원적 진실과 욕망 가운데 하나라는 것을 보편화한다. 가령 미당의 초기 시에는 피와 땀, 간음과 유아 식인, 문둥이와 죄인, 천치, 그리고 마약에의 강한 경사 등 추와 악, 범죄와 비정상의 이미지가 가득하다. 하지만 미당의 이것들은 은폐되고 억압된 타자들을 귀환시키기 위한 전략적인 일탈 또는 기술적인 저항과는 그리 가깝지 않다. 그에게 '추'는 생명의 본원성과 역동성을 끄집어내고 일상화하는 데 필히 요구되는, 아니 그것을 구현하는 '순라(純裸)의 미'였다.

한데 추한 자들의 생명을 향한 고투는 언제나 행복한 합일보다는 서로 달아나고 쫓는 차연(差延)의 성행위로 주어지거나 가장 치사하면서도 공포스러운 유아 식인 행위로 표상된다. 이것은 그래서 생명

과 순라의 미에 대한 견딜 수 없는 욕망과 그것들을 생산하는 에로티
즘의 절박함을 토로하기 위한 과잉 수사로 이해될 법도 하다. 하지만
이 과잉 언어는 성애(性愛)의 맹목적 환희를 순간순간 미끄러뜨리며,
또 매끈한 삶과 의식, 그것을 지탱하는 제도와 관습에 맞서는 자의
불안한 의식을 부조하는 차가운 열정에 오히려 가깝다.

> 黃土 담 넘어 돌개울이 타
> 罪 있을듯 보리 누른 더위―
> 날카론 왜낫(鎌) 시렁우에 거러노코
> 오매는 몰래 어듸로 갔나
>
> 바윗속 山되야지 식 식 어리며
> 피 흘리고 간 두럭길 두럭길에
> 붉은옷 닙은 문둥이가 우러
>
> 땅에 누어서 배암같은 게집은
> 땀흘려 땀흘려
> 어지러운 나―ㄹ 업드리었다.
>
> ―「麥夏」 전문

'나'는 사건의 통제자도 기록자도 해석자도 아니다. 너와 나, 때와
곳, 정상과 비정상, 자연과 인간 가릴 것 없이 한통속이 되어 성애와
생명의 에로티즘을 좇는 '우리들'을 제시하고 전달하는 이야기꾼일
따름이다. 보통의 사회라면, '오매'와 '나'의 밀회, 문둥이의 붉은 울
음은 제도와 금기의 위반이라는 점에서 매우 불온하며 빨리 처치되어

야 할 추악한 국면으로 부상될 것이다. 그러나 '추'의 국면은 폭로되
고 언어화됨으로써 오히려 누구나 '추'의 당사자일 수 있으며, 따라서
'추'는 매혹적인 것은 아닐지라도 결코 피할 수 없는 존재의 본질 가
운데 하나임이 생생하게 드러난다. 이런 생의 원리 앞에서 윤리는 오
히려 허위일 수 있으며 인간의 본원적 욕망을 단성화하고 끝없이 타
자화하는 도그마일 수 있다는 의혹과 회의가 출현한다.

그런 점에서 '나'의 어지러움은 성애의 황홀함보다는 윤리를 거침
없이 무너뜨리는 생리의 질주에서 먼저 기원한 것일 수 있다. 그래서
미당은 계몽의 기계 '불과 시계'를 늘 "나란이 죽이고"(「벽」) 싶었는
지도 모른다. 언제나 그것들은 '선'과 '윤리'를 인간 최후의 '미'로 획
정하며, 또 '추'를 더럽고 불길한 것으로 각인하는 득의만만한 선지자
임을 자임했으므로.

하지만 '추'의 생리는 현실에서 실체성을 인정받지 못하는 한, 방향
성 없는 허구적 욕망으로 아니면 관념적 퇴폐 의식으로 언제나 가치
절하될 것이었다. 「자화상」은 이 점에서 '추'의 방향성을 구체적으로
걸어 올린 선언문이다. 미당은 '가난'과 '천치'와 '죄인'을 자아의 내
적 조건으로 적극 수렴하면서, 피 섞인 '시의 이슬'을 찾으러 '병든 수
캐'로 떠돌겠다는 오만하기조차 한 출사표를 던진 것이다. 이 출사표
의 매력은 그를 둘러싼 온갖 추문과 제한, 불구성을 '미'의 조건이자
실체로 전유하고 있다는 것이다. 미당의 갑년에 출간된 『질마재 신
화』(1975)는 젊은 시절의 매니페스토가 미당 시의 방향과 운명을 결
정한 일대 사건이었음을 충실히 고지한다.

『질마재 신화』에서 미당은 엄격히 말해 시인보다는 이야기꾼에 가
깝다. 내면 정서의 경제적 표현과 표출은 뒤로 밀리며 막무가내의 산

문성에 기댄 특정 가치의 전달이 늘 앞서기 때문이다. '사실성'의 세계 '질마재'는 온갖 종류의 '추악함'과 '비정상', '엽기'와 '추문'으로 넘쳐나는 볼썽사나운 땅이다. 좀 비아냥거리자면, 우리들의 아름다운 '고향'과는 거리가 먼 우스꽝스럽고 골치 아픈 '당신들의 천국'인 것이다. 이 난장판이 성(性)과 관련될 때 절정을 달릴 것임은 물론이다. 아이들을 향해 "더운 오줌을 대가리에다 몽땅 깔기어"버리겠다는 '마누라님'이 있는가 하면 끝내 "소 × 한 놈"이란 풍문을 남기며 사라져 간 '품행 방정'한 총각놈이 있다. 또 '똥오줌항아리'를 명경(明鏡) 삼아 머리를 빗는 상가수의 맞은편에는 마을 우물을 사물을 쳐대며 메우게 하는 남녀들의 간통과, 불같거나 음전하기 짝이 없는 과부들의 서방질이 공존한다.[2]

모시밭 골 감나뭇집 薛莫同이네 寡婦 어머니는 마흔에도 눈썹에서 쌍긋한 제물삼이 스며날 만큼 이뻤었는데, 여러해 동안 도깝이란 別名의 사잇서방을 두고 田畓 마지기나 좋이 사들인다는 소문이 그윽하더니, 어느 저녁엔 대사립門에 인줄을 늘이고 뜨끈뜨끈 맵고도 비린 검붉은 말피를 좌악 그 언저리에 두루 뿌려 놓았읍니다.

그래 아닌게아니라, 밤에 燈불 켜 들고 여기를 또 찾아 들던 놈팽이는 금방에 情이 새파랗게 질려서「동네 방네 사람들 다 들어 보소…… 이 부자리 속에서 情들었다고 예편네들 함부로 믿을까 무섭네……」한바탕 왜장치고는 아조 떨어져 나가 버렸다니 말씀입지요.

—「말피」 부분

---

2) 차례로「小者 李 생원네 마누라님의 오줌 기운」「소 × 한 놈」「上歌手의 소리」「姦通事件과 우물」「알묏집 개피떡」「말피」에 나오는 인물과 사건 들이다.

추문과 분란의 주인공들은 불충분한 또는 깨진 삶을 성(性)과 배설의 과잉으로 충족하거나 초월하는 자들이다. 말하자면 과잉과 결여를 동시에 갖춘 추물들인 것이다. 정상을 자처하는 자들로 넘쳐나는 사회에서 이들이 배제와 억압을 일용하는 '소수자=추한 자'로 내몰릴 것은 정한 이치이다. 그러나 이들은 결코 약자도, 추물도, 비정상인도 아니다. 왜냐하면 이들이야말로 평균적 인간들이 갖지 못한 비범한 능력, 곧 '미'와 '지혜'의 소유자이거나 구현자이기 때문이다. 과연 구성진 노래와 맛깔난 떡, 거름진 농법(農法), 기막힌 이별법, 상씨름법 들은 이 소수자들을 구원하는 특별난 재능이었다.

이들의 위대성은 이 재능을 삶의 편리와 규율, 고루하고 완고한 윤리의 안이한 착근 대신 자연과 우주의 순리를 육화하고 시현하는 데 사용했다는 사실에 있다. 이들의 '추'는 그래서 악과 거짓 같은 사술(邪術)과는 거의 무관하다. 그와 반대로 곰팡이 슨 '미'를 활성화하고 비틀려 굳은 몸을 '순리'로 이끌어가는 오래된 주술인 것이다. 이 주술이 있어 그들은 지배자이거나 권력에 안착했던 신라인, 이를테면 김유신, 신라 지도로대왕의 비나 조선의 '상감녀석'들을 일거에 뛰어넘는 풍류인으로 신성화·심미화되는 것이다.

우리는 '추는 명경(明鏡)이다'란 명제를 '질마재'의 추물들, 아니 기찬 영웅들에게 붙여도 괜찮을 것이다. 그들은 예쁜 틀에서 꺼낸 거울에 제 몸을 비추는 소극적 인사가 아니다. 오히려 남들이 기피하는 '똥오줌통'을 기꺼이 걸머지고 거기에 제 얼굴을 비추어 '미'와 '순리'를 생산하는, 바꿔 말해 "개인의 내면적 삶에 가해진, 도덕적 압력에 반항하는, 열정적이고도 강력한 일종의 반동",[3] 즉 적극적 니힐리스트였을지도 모른다(그러면서도 비평가는 이 말을 끝내 버리지 못한다. 미당의 '똥오줌통'은, 거기에 들린 '웃음'은 건강하고 자유로운 추물들, 더 넓히자면 민중 문화의 우월성을 공식화한 반면에, 절대화된 결속의 원리 속에서 그것의 궁극적 지향, 시대와 현실을 늘 변화와 갱신의 소용돌이 속에 밀어 넣는 지독한 거름으로 썩지 못했다고. 그런데 우습게도 비평가 동네 사람들은 반짝반짝 윤이 나는 '똥오줌통'을 방 안에 끼고 산다고 한다, '똥오줌'이 없어 제 얼굴을 비추지도 못하는 그 헛것을).

추보 씨의 '그녀' 이야기—김혜순의 경우

1980년대 중반 '세상의 절반은 나'라고 '그녀'들이 외쳤을 때, 그것은 존재의 절규이기도 했지만 여기저기서 수군거리기 좋은 광기의 노출이기도 했다. 이 말은 이제는 고인이 된 최진실이 눈웃음치며 던지던 "여자는 남자 하기 나름이에요"라는 말과 얼마나 먼 거리에 있었던가. 이 달콤한 말에 동의하지 못하는 '그녀'들은 오늘날도 여전히 썩 위험하고 재미없는 추물들로 간주될 공산이 크다.

가령 김혜순은 "그(그녀—인용자)들은 병을 앓기 시작하면서 꿈을 꾸고, 환청 환상에 시달리며, 광기에 휩싸여 알지 못할 곳을 헤매기도 한다"[4]고 말한다. '그녀'들의 '병'과 '광기'는 잃어버린 혹은 억압된 자기들을 찾고 해방하는 지극히 생산적인 '추'이다. 그러나 '그'들에게는 제멋대로 소유해온 영지를 내어놓으라고 패악을 떠는 마녀의

---

3) 고드스블롬, 『니힐리즘과 문화』, 천형균 옮김, 문학과지성사, 1988, p. 30.
4) 김혜순, 『여성이 글을 쓴다는 것은』, 문학동네, 2002, p.117. 이하 인용 작품을 따로 밝힌 곳을 제외하고는 모두 이 책에서 가져온 것이다.

불길한 주술로 타성화되는 경우가 허다하다. 이들이 존재하는 한 '그녀'들은 스스로를 끊임없이 추물로, 마녀로, 병균으로 악마화하면서 자기를 호명하는 한편 그들에게도 새로운 존재성을 선사하는 이중적 고투를 살아내야 할지도 모른다.

이 위대한 고투의 한국적 존재가 '바리데기'임은 주지의 사실이다. 그러나 무가(巫歌) 속의 '바리데기'는 반역적이거나 전복적이지 않다. 차라리 순종적이며 제도적이다. 따라서 현대의 '그녀'들에게 '바리데기'는 모범인 동시에 해체의 대상일 필요가 있다. "주체성을 상실하기 위한 열림"으로 나아가는 자기 하락을 끝없이 수행할 것, 그러나 그것을 제도와 윤리를 안존하는 희생 제의로 고착하는 음흉한 시선과 말들을 거절하고 파괴할 것. '김혜순은 '악마적 바리데기'이다'라는 비평가의 불경한 발언이 성립될 수 있다면, 그것은 시인이야말로 "당신의 첫"을 "가장 질투"하는 동시에 "당신의 첫을 끊어버리"(「당신의 첫」)기 위해 전 존재를 걸어온 '세이렌Seiren'이기 때문이다.

그래서 김혜순에게 '추'는 목적 대상으로 존재하지 않는다. 자기동일성을 해체하고 자아와 세계의 "무수한 이본들을 파열시키"기 위한 미학적 전략에 더 가깝다. 시적 대상이 아무리 끔찍해도 악마적이지 않고, 대상의 가치나 존재 의미를 부여하고 해체하는 언술이 차라리 그렇다는 느낌은 여기서 생겨난다. 가령 다음 시에 보이는, 욕조에 매달려 저를 구원하고 너를 소유하고자 하는 어리석은 오디세우스의 귀를 다시 여는 세이렌의 입술과 혀가 그렇다.

카페 펄프의 의자는 욕조처럼 좁고

저 사람은 마치 물고기 흉내를 내는 것 같아

입술 밖으로 퐁퐁 담배 연기를 내뿜고 있네
저 사람은 마치
비 맞은 개처럼 욕조마다 붙은
전화기를 붙잡고 혼자 짖고 있네
전화기는 붉은 낙태아처럼 말이 없고
나 전화기를 치마 속에 감추고 싶네

나는 내 앞에 있으면 좋을
사람에게 말을 거네
— 한번만 다시 생각해봐요
더러운 걸레 같은 내 혀로
있으면 좋을 그 사람의
젖은 머리를 닦네
　　　—「비에 갇힌 불쌍한 사랑 기계들」부분(『불쌍한 사랑 기계』, 문학과지성사, 1997)

　“불쌍한 사랑 기계”는 과연 누구인가. “더러운 걸레 같은 내 혀”로 “그 사람의/젖은 머리를 닦”는 ‘그녀’인가. 아니면 “비 맞은 개처럼” “전화기를 붙잡고 혼자 짖고 있”는 ‘그’인가. 아마도 둘 다일 것이다. 답 없는 ‘너’를 부르는 ‘그’나 내 앞에 없는 ‘너’에게 말을 거는 ‘그녀’나 사랑의 대상이 부재하기는 마찬가지이기 때문이다. 하지만 둘은 언어의 차이에 의해 전혀 다른 “사랑 기계”로 이화되고 갈라선다. ‘그’의 말이 ‘너’에 대한 집착으로 점점 쭈그러든다면, ‘그녀’의 말은 ‘너’의 변형과 갱신을 향해 계속 산종되어간다.

　이 순간 “걸레 같은 내 혀”, 곧 ‘추’는 “겨우내 텅 비었던” 세상에

"짓이겨진 초록 비린내 후욱 풍"(「환한 걸레」)기는 밀어(蜜語)의 생
산자로 거듭난다. 머지않아 '그'에게도 "한번만 다시 생각해봐요"라는
그 유쾌한 제의의 언어가 도달할 것이다. 그때서야 비로소 권력과 야
망으로 겹겹이 둘러싸인 그, 곧 남성의 서사는 붕괴되기 시작할 것이
다. 물론 '그녀'의 반응은 그들의 몰락에 대한 축배나 재연에 있지 않
다. 오히려 '그'들에게 적합한 존재의 텍스트를 같이 조제하느라 더욱
바빠진다. '환한 걸레'로 살기, 그럼으로써 "불쌍한 사랑 기계"는 비
할 데 없이 환한 '에로티즘'의 생산자로 훌쩍 도약한다. 이런 '추'의
내밀성이야말로 김혜순표 악마성의 본질일 텐데, 다음과 같은 운명의
표정은 그래서 더욱 도전적이고 의미심장하다.

또 그 목소리가 나에게 이르기를

할머니는 자라서 엄마 되고

엄마는 자라서 네가 되지 하였다

나는 내가 너무 많아 정말, 죽을 지경이다

그 모든 내가 밤이면 밤마다 단체로

학교로 자술서 쓰러 간다

光子에게 검열받으러 간다

　　　　—「내 꿈속의 문화 혁명」 부분(『한 잔의 붉은 거울』, 문학과지성사, 2004)

　무수한 '너'로 분열하는, 아니 생탄하는 복수(複數)의 자아는 즐겁
고도 고통스럽다. 너무 많아 죽을 지경인 '나'를 생산하는 자는 "내
꿈속에까지 파견 나온 光子", 그러니까 자아의 무의식이다. '광자'는
세계의 반동인 '나'에게 '자술 프로그램'을 설치, '불쌍한 자술 기계'

로 운명 짓는다. 문제는 '광자'가 자동 진술, 그러니까 "교미가 끝나면 애인을 잡아먹는" "간수 혹은 살인자"라는 사실이다. 세헤라자데가 그랬듯이, '그녀―나'는 살아남기 위해 "날마다 불어도 불어도 또 불 것이 남는" 이야기꾼이 되어야 한다. 목숨을 건 이야기를 즐기는 '광자'는 따라서 심상한 도플갱어doppelgänger가 아니라 존재의 괴물성과 악마성을 현현하는 '그녀―나'의 현존이 아닐 수 없다.

하지만 '광자'는 '그녀'들의 삶을 제한하고 방해하는 말 그대로의 반동이 아니다. 정처도 없이 쉼도 없이 "흘러가 당신 몸속의 물이 되려고 태어난 몸"(「당신 눈동자 속의 물」)인 '그녀'들의 가쁘게 할딱거리는 숨인 것이다. 이제 '추'는 '숨'이 되었다. 그 '날것'의 침묵이 짙은 화장으로 얼룩진 창백한 '미'를 어떻게 패퇴시키고 구원하는가를 다음 시는 무겁고 침착하게 현시한다.

    사람들이 와서 여자를 데려갔다
    옷을 벗기고 소금물에 담그고 가랑이를 벌리고
    머리털을 자르고 가슴을 열었다고 했다

    그가 전장에서 죽고
    나라마저 멀리멀리 떠나버렸다고 했건만
    여자는 목숨을 삼킨 채
    세상에다 제 숨을 풀어놓진 않았다
    몸속으로 칼날이 들락거려도 감은 눈 뜨지 않았다

    사람들은 여자를 다시 꿰매 유리관 속에 뉘었다

기다리는 그는 오지 않고 사방에서 손가락들이 몰려왔다

—「모래 여자」 부분(『당신의 첫』, 문학과지성사, 2008)

'여자'는 속된 말로 '사랑에 미친 년'이다. '지고지순한 순정'은 보통 타의 모범으로 칭송되지만, 현실의 장막 속에서는 물정 모르는 미숙한 감정으로 치부되는 경우가 허다하다. 그런 의미에서 미라를 만드는 과정의 묘사는 매우 이중적인 언술이다. 저 과정은 여자가 생전에 받았을 수모와 냉소를 암시하는 동시에, 그것을 박제화된 미와 영원성으로 참칭하는 자들의 용렬함과 오만함을 은밀히 표상한다. 겨우 땅속에 묻힘으로써 그 이중의 처참함을 면했지만, '여자'는 발굴되는 순간 "불쌍한 사랑 기계"로 또다시 전시되었다.

현대의 '손가락들'은 잠시 가슴 아린 눈으로 '여자'를 더듬겠지만, 얼마 안 가 대개는 심심할 때 꺼내 보는 신기한 이미지로 저장해놓을 가능성이 크다. 그럴 때 죽음의 시선을 간직한 '추'는 휘몰아치듯이 귀환할 것이다. 따라서 김혜순은 이렇게 쓰지 않고는 못 배겼을 것이다: "꿈마다 여자가 따라와서/감은 눈 번쩍 떴다/여자의 눈꺼풀 속이 사막의 밤하늘보다 깊고 넓었다". 우리의 애인으로 "간수 혹은 살인자"인 '광자'가 왜 끊임없이 출몰해야 하는가를 명쾌하게 보여주는 이미지인 것이다. 이제 '추'는 '명경(明鏡)'을 뛰어넘어 '눈'이 되었다.

추보 씨의 '가족' 이야기 ── 김민정의 경우

아내와 아이들에게 지극히 권위적이고 폭력적인 아버지, 자기 핏줄만 챙기는 못된 계모, 부모에 무조건 반하는 탕아들. 추악한 가족을 구성하는 단골 출연진들이다. 순종과 인고로 빛나는 어머니와 누이, 가난을 성공의 받침대로 삼은 수재 오빠들. 속절없이 몰락해가는 '가족'을 구원하는 드라마에서 결코 빠질 수 없는 눈물겨운 주인공들이다. 우리의 가족 시네마는 진절머리 날 정도로 익숙한 이 클리셰를 통해 상영되는 까닭에, 부정적이든 긍정적이든 이 구도를 벗어난 가족들의 상상과 구성에 대단히 취약하다. 개흘레꾼 아버지나 온통 바람난 가족들, 두 남자와의 결혼을 공식화하는 아내가 호기심 어린 충격의 대상으로 오르내리는 것도 따지고 보면 비윤리적이거나 추악함 때문이 아니라 사태의 희박함 때문이다. 물론 이것들은 억압된 욕망의 폭로와 표출로 흔히 해석되지만, 그러나 발견된 순간 아주 오래전부터 인간사의 저류를 타고 흘러온 사실임을 우리는 알아차리곤 한다. 따라서 우리는 '가족'을 악마적이거나 성스럽다고 하기 전에, 일상을 타고 흐르는 우리의 무덤덤한 민얼굴로 대해야 할지도 모른다.

김민정의 '메르헨Märchen'[5]은 이 희박한 사태들에 대한 충격적인 보고서이다. 그의 가족 서사는 기존의 구성과 의미를 끊임없이 해체하면서, 도무지 존재하지 않을 법한 비열하고 치졸한 가족들을 일상화한다. 냉장고에 넣어둔 '고등어 부인'은 한창 자위 끝에 '나'를 범하려 들고, 엄마가 사랑하는 토끼를 죽인 용의자로 서로가 자기 식구들을 지목하고, **"이미죽은내가"** 엄마 아빠의 머리뼈와 종지뼈를 고아 **"프림색 국물을 우려"**내는 황당하고 무서운 세계.[6] 겉으로는 일인 구

---

5) 김민정의 첫 시집 『날으는 고슴도치 아가씨』(열림원, 2005)의 1부 제목이 "그녀들의 메르헨"이다. 비평가는 김민정의 시적 의도와 파격적인 언술, 놀랍고 당혹스러운 이미지들을 고려하면, "그녀들의 메르헨"이 첫 시집을 함축하는 상징으로 모자람이 없다고 생각한다.

성극 아니면 혼자 놀이 같지만, 끝내는 당신과 내가 주인공이 아닐 수 없는 우리 모두의 공동 활극.

이 불편하고 추악하기 짝이 없는 환상 서사들을 '메르헨'에 비기는 김민정의 언술은 명민하고 용의주도하다. '메르헨'이란 무엇인가. 우리는 흔히 그것을 '동화'로 번역한다. 그러나 '메르헨'은 우리가 상용하는 동화 개념 '동심을 바탕으로 한 어린이 이야기'와는 사뭇 다르다. '메르헨'은 아동과 성인 공용이며, 예부터 내려오는 '꾸며낸 믿을 수 없는 이야기', 특히 마법 세계와 관련된 경이로운 이야기를 뜻한다.

한데 우리는 이 대목에서 서사의 환상성보다 오히려 아동과 성인이 공동 독자였다는 점에 주목할 필요가 있다. 근대 이전 '아동'이란 지금처럼 약자로서 존중받고 보호되어야 할 인격체와 거리가 멀었다. 그들은 일할 능력을 조금만 갖추면 생물학적 연령과는 전혀 상관없이 노동을 팔고 돈을 사야만 하는 아직 덜 자란 어른일 따름이었다. 그러니 '메르헨'은 당연히도 '동심'을 자극하고 키워주는 순진무구의 서사일 필요가 없었다. 냉혹한 현실 원리가 지배하는 무서운 세상을 살아가는 법을 가르치는, 다시 말해 사회화를 위한 일종의 계몽 서사이면 족했다. 실제로 원래의 '메르헨'을 뒤적이다 보면, 특히 아이들은 징벌과 추방의 역(役)에 처해지기 일쑤이며, 가부장제 원리에 충실하게 적응하는 자들만이 '귀환'에 성공하게 된다.

'라푼젤'도 그랬다. 마녀의 상추를 훔쳐 먹은 부모의 죄로 태어나자마자 마녀에게 넘겨지는 아이. 세계와 단절된 아이는 마녀의 귀가를 위해 머리채를 늘어뜨리거나 상심한 노래를 부르는 게 일이었다.

---

6) 차례로 「고등어 부인의 윙크」 「댁의 엄마는 안녕하십니까?」 「살수제비 끓이는 아이」에서 가져왔다.

그 노래에 반한 왕자의 출현과 그들에 대한 검은 주술의 탄압과 횡포. 눈이 멀었음에도 '라푼젤'을 찾아 헤맨 끝에 그녀와 재회하는 왕자의 끈기와 용기가 결국 마법 세계를 무너뜨린다. 이 '사랑' 이야기의 심층부에 견고하게 틀 지워진 권력과 재물, 아름다움과 성공의 원리가 숨어 있음은 물론이다. '라푼젤'의 귀환은 철저히 왕자의 몫이었다. 냉혹하게 말해 그녀는 탄생 이후부터 귀환에 이르기까지 힘센 자들의 싸움과 거래에 자기를 빼앗긴 전리품 또는 교환품에 지나지 않았던 것이다.

지하에 계신 淫父와 淫母가 침봉으로 내 얼굴에 난 털을 빗긴다 나는야 털북숭이 라푼젤, 짜다 푼 목도리의 털실같이 꼬불꼬불한 털을 발끝까지 내려뜨린 채 울고 있다 울음을 짜보지만 눈물은 흐르자마자 냄새나게 덩어리지는 冷일 뿐, 에이 더러운 년 킁킁거리며 내 얼굴을 냄새 맡던 淫父가 빨간 포대기같이 늘어진 혀로 내 털 한 가닥 한 가닥을 싸매 핥는다 조스바를 빨던 입처럼 淫父의 혀끝에서 검은 색소가 뚝뚝 떨어진다 이제부터 이게 네 머리칼이야, 알았어? 淫母가 스트레이트용 파마약을 이제부터 내 머리칼인 털 한 가닥 한 가닥에 찍어 바르더니 참빗으로 쭉쭉 펴 내린다 물미역같이 홀보들해진 머리칼을 부르카처럼 드리운 채 나는 淫父와 淫母의 손을 잡고 시장으로 끌려간다
─「날으는 고슴도치 아가씨」 부분

개성이 한껏 존중되고 빛나는 미래로 양육되는 오늘날의 '라푼젤'은 어떤가. 그녀의 부모는 마법에 포획된 약자가 아니라 이미 스스럼없는 '가가멜'이다. '음부'와 '음모'란 기표를 싸고도는 숱한 기의들은

결정된 기의 '음부(淫父)'와 '음모(淫母)'를 언제나 초과한다. 그것은 성경의 절대자에 대한 도발적인 패러디일 수도 있고, 가부장제와 그 것 아래의 음탕한 성에 대한 조소일 수도 있으며, 사용가치를 끊임없이 교환가치로 환불하는 이 끔찍한 세계에 대한 욕설일 수도 있다. 그렇다, 오늘날의 '라푼젤'은 구원의 가능성 없이 계속 버려지는 유기아(遺棄兒)인 것이다. 그래서 '라푼젤'은 왕자의 세계로 행복하게 틈입하는 대신 "끝끝내 가시지 않을 탄내를 살집은 언제까지나 기억하"는 삶을 살 수밖에 없다. 이 끔찍한 '사실성'은 '메르헨'의 허구성을 잠식하는, 그러니까 그 추악한 마법 세계를 현실 원리로 구조화하는 결정적 요소가 아닐 수 없다. 이제 '메르헨'은 교육용 계몽극이 아니라 현실의 심각한 음부(陰部/淫部)를 상연하는 사실극으로 거듭난 것이다.

어쩌면 '가족'이란 최상의 친밀성 체계를 타격함으로써 현실과 절대 체계의 불합리성과 폭력성을 비판하고 해체하는 작업은 생각보다 효과적이지 않을 수 있다. 으레 제기되는 불량한 비판의 대표 품목인 대체 가능한 비전 요구는 그렇다 쳐도, 만인에게 통용되는 윤리와 설득 담론의 획득 없이는 '라푼젤'의 가족 서사는 주체를 불량한 탕아나 생각 없는 머저리로 내몰기 십상이다. 가령 "가치……야옹……이게 어따 대고 말장난이야?/가치……어따……야옹……야옹……/혀 짧은 게 무슨 자랑이야?"(「용용 죽겠지」)라는 모녀의 대화를 보라. 겉으로는 엄마를 약 올리는 아이와 그것을 야단치는 엄마의 가벼운 말다툼 같아 보인다. 그러나 그녀들에게 이 말다툼은 자신들의 존재감과 영역을 확보하고 유지하기 위한 권력투쟁일지도 모른다. 엄마는 아이의 말을 버릇없고 의미 없는 허언으로 몰아세움으로써 자신의 권

위와 힘을 강화하고 유지하려 하지만, 아이는 "혀 짧은" 말을 용의주
도하게 구사함으로써 기존의 세계를 맘껏 조롱하고 탈내는 것이다.

순진무구한 동심의 체현자이기는커녕 어른들의 그런 믿음을 볼썽
사나운 착각이자 권력에 대한 우스운 아집으로 들통 내는 '미운 오리
새끼'. 요컨대 김민정의 '라푼젤'들은 영악하다 못해 되바라지고, 또
'백조'의 꿈으로부터 자기를 우악스럽게 내모는 영락없는 '추한 아
이'들인 것이다. 하지만 어쩌면 이 뻔뻔한 '추'의 유희야말로 "잠깐이
라면서 나가더니 여태 안 돌아오는 당신"과 나를 돌이키고, "피가 차
가운 저 시체랑 꼭 살 섞어버리"[7]는 예외적 에로티즘의 출발점일지
도 모른다. 이렇게 말하면, 최후에는 '너'와 '나'의 행복한 결속으로
'라푼젤'이 돌아오기를 바라는 것처럼 들릴 것이다. 아니다. 나는 김
민정의 '라푼젤'이 아주 오랫동안 이 심심한 결속을 여지없이 교란하
는, 즉 "쭈글쭈글한 내 그림자들이 겹겹이 엉킨 발로 폴 짝 폴 짝 줄
넘어가며 입 속의 혀 쭉쭉 뽑아 길고 더 길게 줄을 잇대나"(「나는야 폴
짝」)가는 그런 이야기꾼으로 오래 남길 바란다.

그러나 이런 기대는 일종의 전략인 '메르헨'과 '말장난', '혀 짧은
말'을 시인 최후의 필살기로 삼으라는 훈수꾼의 과욕일 수 있다. 더불
어 필요한 것은 성숙한 영혼의 혜안을 더욱 벼리는 일일진대, 따라서
최근 김민정의 '메르헨'으로부터의 후퇴는 작전이기 전에 필연적인
현상일 수 있다.

할머니가 죽자 되살아난 그녀의 사내들은 시루 속 콩나물처럼 길쭉

---

7) 차례로 「똑똑, 몽유병 환자에게로」와 「불가피한 잠입」에서 가져왔다.

길쭉 자라났고 이거야말로 우리 모두의 로망 아니겠니 이 많은 아버지
들 속에 내 아버지 골라잡기 말이다, 매일 밤 그녀는 물 찬 조루로 똥
찬 시루를 적시느라 여념이 없었거늘

소녀는, 재주라곤 손톱이나 물어뜯을 줄 아는 소녀는, 이도 저도 시
큰둥이라 머리가 덜 찬 아버지의 대가리를 따거나 뿌리가 시들한 아버
지의 아랫도리를 짓이기는 데서 그녀를 이해한다 하였지만 어머니, 몸
통만 남은 콩나물은 아귀찜 속에서나 환영받을 일 아닌가요
──「할머니, 사내들, 그의 아내, 그리고 그녀의 딸」 부분

이제 '라푼젤'은 '할머니'와 '소녀', 곧 엄마 이야기를 하기 시작했
다. '시장'에 내다 팔리는 오늘의 '라푼젤'은 어제도 그랬다는 것, 기
원의 탐색과 역사화가 끄집어내는 또 다른 진실이다. '라푼젤'은 언제
어디서나 존재했으며 달라진 세계에 맞춰 새롭게 구성되어온 편재물
인 것이다. 김혜순 시와는 또 다른 의미에서 '나'가 '엄마'를 낳고 '엄
마'가 '할머니'를 낳는 시공간과 존재의 역전이 벌어진다. 이 과정을
통해 현재의 '라푼젤'은 객관화되고 또 미래화된다. 이제 '왕자' 없이
도 편재된 존재의 운명을 직시하고 그것을 헤쳐나갈 방법을 엿보는
'라푼젤'의 시선은 이미 성숙한 것이다. 자신에 한정된 느낌이 강했
던 변두리의 경계가 더 넓어지고 더 끔찍해진 것이다. 이전에 비해,
시적 언술이 한층 복잡해지고, '유음어(類音語)'의 기발한 선택을 통
해 존재와 세계를 곧잘 의미화하는 동시에 차이화하는 태도도 이런
경계의 확장과 심화 때문일 것이다.
　하지만 그 이면에 어떤 동요, 그러니까 단성적 화해와 갈등의 기미

가 저도 모르게 불쑥 뛰쳐나오는 때가 있다. '라푼젤'의 기원 탐색과 삶의 성찰이 현실 속의 공범 '그'와 '그녀', 엄마와 아빠를 분리하여, 착한 '그녀들'과 못된 '사내들'로 이분화하는 달갑잖은 동일성으로 왜곡되어 표상될 때가 그런 경우이다. 이것은 의도되지 않았을뿐더러 한층 식민화되어 있던 '그녀들'에 대한 객관적 응시의 결과물이란 점에서 피치 못할 딜레마로 보아야 할 것이다.

물론 이 곤경은 절대적이지 않다. 이것을 해결하거나 무화하는 힘은 '나' 개인이 아니라 '나'가 속한 '그녀들'에게서 나온다. 예컨대 "눈이 먼 뒤에도", 심지어 "숨이 멎은 뒤에도" "끝끝내 손에서 화투장을 놓지 않으시"는 '할머니'를 보라. 우리가 보기에 그녀의 화투놀이는 생산성 없는 심심풀이에 불과한 것이다. 그러나 화투장을 떼면서 그녀가 읊조리는 "이매조냐 풍이냐 임이 곧 근심이거늘"이나 "흑싸리냐 빨간싸리냐 죽음이 곧 천복이거늘"(「화두냐 화투냐」)을 가당찮은 허언이거나 말놀이로 판정할 근거는 전혀 없다. 시의 제목처럼, '화투놀이'가 '화두'를 놓고 벌이는 용맹정진일 수도 있는 것이다.

삶은 유희에 포섭됨으로써, 아니 놀이로 변신함으로써 우리들의 위험한 가치 평가에서 훌쩍 달아나며, 또 허울 좋은 윤리와 진리, 아름다움을 상대화한다. 이런 '유희'의 잠재성과 전복성 속에서 함부로 추방당한 추악한 '잡것들'은 겨우 숨 쉴 틈과 자리를 얻는 것이다. 김민정의 '추의 유희'를 매우 도발적이고 급진적인 에로티즘으로 부를 수 있는 것도 이 때문이다. 이 우울하고도 명랑한 유희가 계속되는 한 "따블 따따블로 돌아가는 복수(複數/復讐 ─ 인용자)의 오늘, 오늘들"(「강박은 광박처럼,」)은 무수히 산란될 것이다.

추보 씨의 숨겨진 얼굴을 향하여

비평가는 '추'는 불명료하되 구체적인 반면, 그것의 반대편에 위치한 진·선·미는 명료하되 추상적이라고 생각한다. 후자를 구성하는 요소는 몹시 제한적이어서 그것 대부분은 우리가 알 만한 가치 체계로 현상한다. 그러나 '추'는 매우 확장적이고 변형적이어서 그 실체를 규정하고 추적하기도 쉽지 않다. 더군다나 '추'는 그것의 대극 진·선·미를 '하얀 가면'으로 삼고 있는 경우도 허다하다. 우리가 '추'에 대해 느끼는 공포와 불안, 혐오, 또 그럴수록 거세지는 엿보기 충동이나 위선 및 위악에 대한 배척욕은 이 때문에 생겨나는 것일지도 모른다. 아니면 '추'가 현시하는 악마성과 괴물성이 인간의 본질적 성정 가운데 하나임을 태생적으로 각인하고 있기 때문인지도 모른다. 따라서 인간의 심연과 본질적 모순을 뒤쫓고 밝혀내는 문학에게 '추'는 무척이나 매혹적인 자태로 서 있다고 해도 과언은 아니다.

그러나 한국문학은 '추'에 별로 매혹되지도, 심지어 미혹되지도 못했다. 그것은 이른바 본격문학에서는 여전히 계몽의 대상이거나 다른 세계로 초월하기 위한 징검다리에 불과한 실정이다. 물론 급속히 활성화되고 있는 '장르문학'에서도 '추'의 고유한 영역을 찾아보기 어려운 현실이기는 마찬가지이다. 여전히 두터운 화장 속에 가려져 있는 '추'의 민얼굴과 그것의 잠재성 및 전복성, 이 모든 것을 내포하고 초월하는 그것 자체의 의미가 현실화되려면, 무엇보다 '미'와 마찬가지로 '추'도 그것만의 개성적인 음역과 게토ghetto를 형성할 필요가 있다.

　당연히도 이 말은 '추'가 거느리고 파생하는 부정적 현상에 대한 긍정을 전혀 의미하지 않는다. 오히려 피하고 숨김으로써 더욱 심화되는 '추'의 유곡(幽谷)을 똑바로 응시하고 건너기, 다시 말해 인간화하기 위한 기초 작업인 것이다. 비평가가 '추보 씨'의 가계도를 '사랑'과 '자아', '가족'과 같은 가장 보편적이되 그래서 가장 괴기한 것일 수 있는 친밀성의 체계를 통해 그려본 것도 이 때문이다. 연가(戀歌)와 비가(悲歌)가 온통 뒤섞이고 기성의 가치 체계와 관계가 마구 어긋나는 곳. 이곳은 그러나 불쾌하거나 더럽거나 역겹지 않으며, 결정적으로 비열하지도 않다. 왜냐하면 우리의 본질을 가장 적나라하게 현시하며, 또 가장 정직하게 되돌아보게 하므로. '추'는 이렇게 늘 우리에게로 무섭게, 또 즐겁게 되돌아온다.

〔2009〕

환상(성), 사전 혹은 실재를 구성하다

환상(성)에 대한 가장 매혹적인 정의 가운데 하나는 '억압된 것으로의 회귀'(프로이트)나 '위반에의 은밀한 초대'(엘렌 식수) 따위의 말일 것이다. 이 명명들에는 무언가 불온하면서도 격정적인 욕망들이 들끓고 있는 듯하다. 로즈메리 잭슨이 적시했듯이, 환상은 무질서를 통해 사회적 질서 또는 삶의 목적에 관련된 형이상학적 수수께끼에 대한 궁극적 질문을 허락한다는 점에서 위반과 전복의 동역학을 그 자체 내에 내장한다. 물론 이 말은 경이의 지평보다는 기괴한 것, 그러니까 보통의 진·선·미에 반하는 추(醜)의 지평에 섰을 때 보다 적합할 것이다. 왜냐하면 경이가 대개 대상에의 따뜻한 접속을 허락하는 초월의 아날로지라면, 기괴는 지배 이데올로기와 안착된 기존의 제도, 사회 형식을 끊임없이 변형 혹은 저지하려는 일탈의 아이러니이기 때문이다.

2000년대의 젊은 시는 어느 때보다 기괴하고 추한 것의 발견과 복권에 매혹당한 환상으로 분주하다. 자본의 전지구적 지배와 가상의 지배를 현실화한 디지털 문명은 환상의 실재성을 놀랍게 진화시켰다. 그러나 거꾸로 기술적(技術的) 환상의 편만은 거대 담론의 무력화와 유토피아 기획의 소소화(疏疏化)를 적극 추동하며, 기괴 특유의 공포와 위반을 견디고 즐길 만한 유희로 전유하고 있다. 유희적 환상의 솟구침은 삶의 개선을 억압하는 효과를 생산함으로써 개운찮은 부재와 공허의 심리학을 자동화할 가능성이 크다. 따라서 젊은 시의 환상은 이 자동화의 부정과 저항에 우선 초점을 맞추는 일로 시적 윤리를 개진할 수밖에 없다. 이 작업에서 제일의 원칙은 환상이란 "실제적인 것을 취하면서도 그것을 파괴한다"(잭슨)는 것, 바꿔 말해 환상은 "현실을 초월하면서도 여전히 현실에 속해 있는 이중화된 영토이며, 현실과 환상 자체에서 동시에 추동력을 받는 다중결정의 장(場)"(권혁웅)이란 사실을 늘 기억하는 일이다.[1]

*

사전(辭典)은 사실fact과 실재reality를 위해 바쳐진 언어의 집적물[2]이다. 따라서 사전 제일의 미덕은 사실과 실재를 보편타당하며 소통

---

1) '환상(성)'의 개념 이해와 내 나름의 적용에 유효했던 글을 들면 다음과 같다: 토도로프, 『환상문학 서설』, 이기우 옮김, 한국문화사, 1996; 로즈메리 잭슨, 『환상성─전복의 문학』, 서강여성문학연구회 옮김, 문학동네, 2001; 심진경, 「환상문학 소론」, 서강여성문학연구회, 『한국문학과 환상성』, 예림기획, 2001; 이창민, 『현대시와 판타지』, 고려대출판부, 2008; 권혁웅, 「뜨거운 환상과 차가운 환상」, 『미래파』, 문학과지성사, 2005.

2) 이 글에서 '사전'은 실재인 동시에 비유이다. 환상이 사회적 맥락 속에서 어떻게 현실화하는지를 묻기 위해 '사실의 사전'에 맞선 '환상의 사전'을 보아내고자 하며, 그것을 구체화하기 위해 시인 고유의 '사전' 또는 그것과 근친 관계에 있는 '언어놀이'의 구성에 집중하고 있는 환상(성)에 주목하기로 한다.

가능한 만인의 의미로 외연화하는 데 주어진다. 이런 연유로 환상은 현실에서 사전 바깥에 은폐되거나 억압된 허구적인 것, 아니 허망한 것으로 떠돌 수밖에 없다. 하지만 환상은 불가시성과 불가능성, 변형과 도전적 환영illusion 따위의 특질을 실재적인 것과의 관계 속에서 구현해야 하는 이율배반을 내포하고 있다. 하여 사회적 맥락과 긴밀히 접속되지 않는 한 환상의 실재성과 효과는 괄호 안에 묶일 수밖에 없다. 사회적 맥락이 지워지는 순간 현실에 어렵게 개척된 낯설고 이질적인 틈새는 환상의 전복성을 거세하고 매장하는 자기 파괴의 묘지로 돌변한다. 따라서 환상은 실재적인 것을 재결합하고 전도시키되 그것으로부터 도피하지 않는 관계성relationality을 내적 원리로 삼아야만 한다. 이 관계성이야말로 환상이 자기 고유의 사전 혹은 실재를 구성하고 그것들을 현실에 등기케 하는 뜻밖의 권능에 해당한다.

물론 환상은 자기 사전과 실재의 새로운 영토를 구축하는 순간 기존 현실을 도려내고, 또 거기에 부재하는 큰 타자, 그러니까 말해질 수도 보여질 수도 없던 것들을 드러내는 일에 실패하게 된다. 특정 영토에 붙박이는 한 환상은 이미 제도화된 것이며 그런 만큼 현실로의 투항 역시 가속화할 위험성이 크다. 이것이야말로 지배 이데올로기가 염원하는 환상의 백색 마술이 아니던가. 그래서 환상에게 사전과 실재는 그 실현 여부와 상관없이 영원히 유예된 또는 부재하는 금단의 열매로 존재(해야만)한다. 제 영토를 구축함과 동시에 해체하는, 즉 스스로를 위반하고 전복하는 '불행한 의식'이 환상의 기투에 나선 젊은 시인들의 자의식이어야 하는 이유가 여기에 있다. 방법적 사랑으로서, 위반과 전복의 동역학으로서 비유컨대 흑마술사의 '무질서'와 '비정상'에의 주술은 여전히 유효한 것이다.

*

만방에 공인된 사실을 환상의 언어로 재조직하는 일은 여러모로 불합리하다. 왜냐하면 환상의 자유를 옥죔은 물론 리얼리티의 효과 역시 제한할 가능성이 크기 때문이다. 어떤 소설들은 그래서 리얼리즘의 기율을 준수하면서 환상을 내면의 자유와 시공간의 제약을 넘어서는 기능적 요소로 활용하는 외곽 전술을 즐겨 구사한다. 그러나 노출된 덫의 위험성을 충분히 알면서도 환상에의 돌진을 멈추지 않는다면 그는 이미 무작위한 돈키호테가 아니라 스스로를 희생양 삼는 호빗족의 일원이다. 이른바 남근적 패악으로 단련된 험악한 반지는 뜨겁게 뒤틀리는 언어의 용암 속에 다음과 같이 던져진다.

잔업이 끝나고 처음 만난 기계와 잠을 잤다
기계의 몸은 수천개의 부품들로 이뤄진 성감대를 갖고 있었다

기계가 나를 핥아주었다, 나도 기계를 핥아먹었다, 쇳가루가 혀에 묻어서 참지 못하고 뱉어냈다,
기계가 나에게 야만스럽게 사정을 한다고, 볼트와 너트를 조여달라고 했다

공장 후문에 모인 소녀들
붉은 떡볶이를 자주 사먹는 것은 뜨거운 눈물이 흐를까 싶어서이다
아니다, 새로 들어온 기계와 사귀면서부터이다

　　　　　　—이기인, 「알쏭달쏭 소녀백과사전―흰 벽」 부분(『알쏭달쏭 소녀백과사전』,
　창비, 2005)

　기계의 인간화나 인간의 사이보그화가 SF물의 주류 서사로 자리
잡은 지 이미 오래다. 이 시를 환상보다 알레고리로 읽어야 한다면
구제(舊制)적 상상력 때문인지도 모른다. 구제의 환상은 그러나 더욱
세련되게 전일화한 자본의 통제와 교환 방법을 무섭게 환기한다. 나
도 모르게 기계와 한통속이 되어 제도화된 사랑의 문법을 거스르는
위반 행위는 기묘하게 통속적이다. 만약 기계와의 통속적 사랑 혹은
교섭의 맥락이 불발되었다면 이 환상은 새로운 사전에 등재되기 어려
웠을 것이다. 성적 교섭의 충족을 통해 오히려 사랑 결핍의 끔찍한
사회를 폭로하며 자아의 실존적인 불안 및 불편함을 더욱 강화하는
태연자약한 소녀라니. 게다가 그녀의 기록은 백과사전을 구성하고 있
다. 이 사전을 펼쳐 드는 순간 우리는 보편적 지식이 아니라 특히 자
본 지배하의 전체주의적 폭력의 본질 및 그 서사적 맥락을 동시에 읽
게 되는 것이다.

　이 시에는 환상의 문법, 곧 현실에서 드러나는 낯설고 이질적인 것
과의 충돌로 야기되는 기괴한 모순을 거꾸로 뒤집는 형식의 반전이
약여하다. 보편적 사실마냥 횡행하는 사회적 강간에 대한 환상적·성
찰적 재구조화를 통해 마련된 의미 전복의 틈새는 낭만적 사랑의 주
인공이고 싶었을 소녀의 환상을 여지없이 파탄낸다. 이 찢긴 사랑은
절망의 전주곡을 먼저 울리겠으나 그런 만큼 완전한 사랑에의 갈망은
더욱 절실해지는 법이다.

　기존의 이야기시가 사실과 비극의 문법에 충실했다면 이기인은 사

실적 환상의 틈새를 파고듦으로써 여전히 시에 필요한 '감성의 분할'을 재청하고 있다. 이기인의 환상은 현실의 모순과 억압을 드러내는 폭로의 장이기도 하지만, "공동 세계에의 참여에 대한 자리들과 형태들을 나누는 감각의 질서"[3]가 모색되는 미래 기획의 장이기도 하다. 요컨대 이기인은 더 나은 삶에의 기획과 미학적 실험을 행복하게 조우시키고 있다는 점에서 여전히 열정적 환상의 소유자라 할 수 있다.

*

삶의 개선을 지향하는 열정적 환상을 공유하되, 부정의 변증법을 환상의 문법으로 삼는 냉정한 눈빛의 주술사의 출현 역시 중요롭다. 이들은 대개 일관성이 없거나 유동적이며 기형적인 자아의 건축을 통해, 다시 잭슨의 말을 빌린다면, 문화적 질서의 통사 체계에 대한 급진적 거부를 실천한다. 기존 사전의 대규모 삭제와 변형을 통해 오히려 뜻밖의 내포를 장악하고 확장하는 진은영의 신(新)사전이 특히 그렇다.

> 자본주의
> 형형색색의 어둠 혹은
> 바다 밑으로 뚫린 백만 킬로의 컴컴한 터널
> —여길 어떻게 혼자 걸어서 지나가?

---

3) 랑시에르가 언급한 '감성의 분할'을 개념 짓는 명제이다. 자크 랑시에르, 『문학의 정치』, 유재홍 옮김, 인간사랑, 2009, p.11.

문학

길을 잃고 흉가에서 잠들 때

멀리서 백열전구처럼 반짝이는 개구리 울음

〔……〕

혁명

눈 감을 때만 보이는 별들의 회오리

가로등 밑에서는 투명하게 보이는 잎맥의 길

시, 일부러 뜯어본 주소 불명의 아름다운 편지

너는 그곳에 살지 않는다

—진은영, 「일곱 개의 단어로 된 사전」 부분(『일곱 개의 단어로 된 사전』, 문학

과지성사, 2003)

사전의 주제어로 오른 봄, 슬픔, 자본주의, 문학, 시인의 독백, 혁
명 따위는 서로 친연 관계를 거의 형성하지 않는다. 자모음의 순서에
따라 의미를 풀이하는 사전의 기능적 형식을 모방하고 있지만, 그러
나 각 단어는 사전의 본래적 의미로부터 애초에 격절되어 있다. 문득
내면에 떠오른 단어의 이미지를 언어로 옮겨가고 나열하는 일종의
자동기술법에 충실한 까닭이다. 뚜렷한 현실 초월 혹은 현실 이면의
틈새에 대한 욕망이 매우 흐릿하다는 점에서 이 '사전'은 환상의 기
본 틀과 문법을 위반하고 있다. 따라서 우리는 이 불명료한 환상의
계선을 따라갈수록 해석과 감각 불능의 유곡(幽谷)에 빠져들 가능성

이 크다.

　당신은 형형색색의 어둠과 끝이 보이지 않는 컴컴한 터널로 지목된 자본주의에서 어떤 소음을 듣는가. 별들의 회오리와 투명한 잎맥의 길에서 과연 어떤 혁명의 탄생과 축제를 읽는가. 시의 부재를 선언하며 시를 일용하는 시인의 언어적 도착지는 궁극적으로 어디인가. 그렇다고 시인의 진술은 경이롭거나 기괴한가. 아니면 사회적 모순에 대한 급진적 질문을 전경화하고 있는가. 시인은 어쩌면 자동기술법을 안전장치 삼아 이런 질문 자체를 아예 봉쇄하고 있는 것인지도 모른다. 환상적 이미지를 사용하되 환상의 문법을 적극 이탈하고 있다는 점에서 진은영의 '사전'은 현실과 환상 양자 너머 어딘가로 끊임없이 분열하는 유동적 언어의 장에 가깝다. 물론 이 봉쇄의 전략은 철저히 방법적인 것이다. 왜냐하면 그 이면에 기존의 구조를 해체하려는 욕망과 여전히 어떤 이상적 상태를 향해 나아가는 욕망이 함께 꿈틀대고 있기 때문이다.

　오늘날의 언어철학이 말의 이성적 권능보다는 '글쓰기écriture'의 가시성과 물질성에서 세계 인식과 해석의 새로운 방향을 모색하고 있음은 주지의 사실이다. 진은영의 '사전'은 개념과 사실의 풀이에서 현격하게 이탈하고 있다는 점에서 '글쓰기' 동맹의 충실한 구성원인 것처럼 느껴진다. 각 단어에 대한 사실적 진술보다는 문득 떠오른 이미지의 묘사에 집중하는 태도는 언어의 관념성보다는 물질성에, 언어의 충만한 현전보다는 불안정한 흔적의 겹침과 미끄러짐에 주목하고 있음을 암시한다. 따라서 진은영표 '사전'의 환상성은 기존 사전에서의 의도적 이탈이 아니라 그가 통과해간 언어에 남겨진 흔적을 추적하고 기록하는 가운데 생산된 것으로 보는 편이 옳을지도 모른다.

우리는 이런 언어의 개별성 또는 공유 불가능성에서 시적 경험과 표현의 개성 못지않게 통합적 개성이 불가능해진 시대의 불안한 표정 역시 엿본다(이런 소외적 감각의 냉철한 제시 역시 근대적 환상의 보편 적인 문법에 해당한다). 공동 감각을 소외시키는 저마다의 사전 편찬 과 소유는 개별 주체의 불확실성과 갈등을 더욱 극화하며 결국에는 세계 인식 및 해석에 대한 불신과 혼란을 가중시킬 우려가 없잖다.

하지만 적어도 내가 읽은 진은영은 이 위험 지대를 주도면밀한 상 호텍스트성과 다양한 인접 장르의 시적 투사를 통해 오히려 현실 개 입과 삶의 개선을 향한 '감성의 분할'을 활성화함으로써 명민하게 비 껴가고 있다.[4] 이 활성화는 당연히 독자의 참여와 연대에 대한 요청 이기도 하다. 그러니 그녀의 '사전'에 '소리의 등불'이 다음과 같이 내 걸리는 것이다: "시인의 독백/"어둠 속에 이 소리마저 없다면"/부러 진 피리로 벽을 탕탕 치면서". '탕탕'은 소음이 아니라 명백히 청음이 다. 이토록 진은영의 환상은 시선은 냉정하되 그 내면은 뜨겁다.

*

마녀사냥이 암시하듯이, 더럽다고 여겨지는 것들, 그래서 늘 배제 되고 추방되는 것들abjection을 대표하는 하위 주체로는 단연 여성을 들어야 할 것이다. 그러나 2000년대 여성시의 상당수는 스스로를 마

---

4) 자세한 내용은 이 책의 제3부 「시는 매일매일—진은영론」 참조.

5) 로마 시대의 '호모 사케르'(homo sacer: 신성한 사람)에서 유래한 말로, 기표와는 다르게 국민주권의 영역에서 배제된 하위 주체들을 뜻하는 말이다. (자세한 내용은 조르조 아감벤, 『호모 사케르』, 박진우 옮김, 새물결, 2008 참조) '벌거벗은 생명'들은 국가 권력에 복속되 는 한에서만 보호, 관리되고 그러지 않으면 쫓겨나는 예속과 추방의 존재들이다. 특정

녀로 선언함으로써 끔찍한 남근 권력을 희화화하는 한편 '벌거벗은 생명'[5]의 새로운 주권을 거머쥐는 일에 시의 윤리를 초점화했다. 이 과정에서 기괴한 환상, 특히 신체와 영혼의 왜곡, 변형, 해체 등 비정상과 추의 전략이 득의의 방법이었음은 주지의 사실이다. 김민정의 메르헨Märchen의 소녀, 김이듬의 몽유의 마녀, 이민하의 환상수족의 여자는 '벌거벗은 생명'의 교란하는 힘과 그에 연동된 정치성을 공증한 예에 해당한다.

물론 이들의 환상(성)의 수행, 그러니까 감추어진 것을 폭로하고 낯익은 것을 낯선 것으로 교란, 변형하는 언어 전략은 대체로 놀이의 형식을 취하고 있어, 미적 지향과 효과가 다소 모호하게 느껴질 법하다. 하지만 세 시인 가운데 놀이에 가장 심취해 있는 이민하의 시선 변화를 좇다 보면, 놀이야말로 상처의 현실을 탈내고 환상을 새로운 실재로 구조화하는 원동력임이 저절로 그리고 선명히 드러난다.

　　　꼬리를 물고 *관객들* 우우 자리를 꿰차고 *관객들* 수류탄 눈알을 팡팡 터뜨리며 *관객들* 왁자지껄 함성을 지르며 *관객들* 나팔수가 입을 벌리자 일동차렷 *관객들* 꼬리를 내리고 *관객들* 군장을 풀어놓고 *관객들* 손가락을 정면에 겨누고 *관객들* 기립박수를 장전하며 *관객들*

　　　〔······〕

주체의 '벌거벗은 생명'으로의 환원은 대개 계급, 인종, 젠더, 섹슈얼리티 등의 사회적 위계 체계들과 상호 교차를 통해 수행된다. 이를 고려하면, 페미니즘시의 지향점 가운데 하나는 '벌거벗은 생명'을 보고 느낄 수 있는 감수성과 상상력의 고양을 통해 본래의 인간성과 국민주권을 되찾는 것에 있을지도 모른다(조주현, 「생명정치, 벌거벗은 생명, 페미니스트 윤리」, 한국여성학회 편, 『한국여성학』 제24권 4호, 2008). 환상(성)과 페미니즘에 기반한 젊은 여성 시인들의 감각과 방향이 이 지점을 향하고 있음은 벌써 추인된 사실이다.

행인이 철망을 흔들고 지나간다 철망에서 재빨리 얼굴을 떼어 그를
따라 물결치는 *관객들* 사육사가 먹이통을 들고 다가온다 일제히 목을
꺾으며 *관객들* 나무에서 떨어지며 *관객들* 꼬리를 흔들며 *관객들* 흙먼
지로 철망을 지우며 *관객들* 꼬리가 끌리는 자국마다 바람이 흙을 펴
바른다 무섭게 달려가는 *관객들* 얼굴을 지우고 *관객들*
　　　——이민하, 「관객놀이」 부분(『음악처럼 스캔들처럼』, 문학과지성사,
2008)

버려진, 따라서 이름이 없는 것은 여성일 뿐만 아니라 익명의 관객
들이기도 하다. 물론 그들의 열광과 몰입은 열정적 참여에의 환영을
불러일으킨다. 그러나 그들의 뒤에는 좀비라 불러도 좋을 버려진 관
객들, "꼬리가 밟혀 열외로 밀린 관객과 꼬리를 빼다 바다로 호송되
는 관객과 꼬리가 잘려 앰뷸런스에 실려 가는 관객"들이 횡행하고 있
다. 참여하는 '관객들'과 버려진 '*관객들*'. 시인은 이들의 이질성과 분
열성을 '관객들'과 '*관객들*'이란 글자체의 차이로 물질화하고 있다. 하
지만 이런 외형적 차이와는 무관하게, 놀이라는 설정과 글자체의 변
형은 '관객들'과 '*관객들*'의 상황이 언제나 뒤바뀔 수 있는 술래잡기에
지나지 않음을 직관적으로 예시한다.

놀이란 비유컨대 'Fort—Da'(있다—없다)의 무한 반복을 본질로 하
기 때문에 구조상 폐쇄적이며 따라서 극히 자족적이다. 하지만 이런
폐쇄적 안정성이야말로 주체들을 압도하는 어떤 거대한 힘, 이를테면
'관객들'과 '*관객들*'을 동시에 거머쥔 힘센 공연자의 현존에 대한 불
안을 점증시키는 부정적 힘이다. 공연자에 매달릴수록 '관객들'이 그
랬듯이 '*관객들*' 역시 버려질 것이다. 그런 의미에서 통사 체계의 분

열과 '관객들'의 단속적 삽입은 사물화된 주체들의 불안과 분열을 직
핍하게 환기하는 적실한 언어 장치인 셈이다.

그러나 문제는 '관객놀이'가 자족적인 유희가 아니라 일종의 현실
원리라는 사실이다. 나에게 「관객놀이」는 「환상수족」의 전도처럼 느
껴진다. 환상수족phantom limb은 손과 발이 절단된 후에도 그 없어
진 부위가 존재하는 것처럼 느끼는 일종의 병리적 증상이다. '관객
들'은 주체성의 부단한 소외와 분열에도 불구하고 공연자에게 스스로
를 동일시하는 욕망에 빠져 있다는 점에서 일종의 환상수족자들이다.

하지만 「환상수족」의 주체들은 '관객들'과 기괴함을 공유할 뿐 세
계를 구성하는 방법 면에서는 꽤나 이질적이다. 「환상수족」이 부재하
는 것의 구성과 실재화에 집중한다면, 「관객놀이」는, 신형철의 지적
처럼, 상처를 대면하는 동시에 상처로부터 자유로워지는 이중적 놀이
에 초점을 맞추고 있다.[6] 그녀의 시집으로 단순하게 구조화한다면
『환상수족』 - '음악처럼'에서 『음악처럼 스캔들처럼』 - '스캔들처럼'
으로의 변화, 곧 동일성의 환상에서 아이러니의 환상으로의 확장이
거기에 대응한다. 그런 의미에서 이민하의 환상은 더욱 '벌거벗은 생
명'의 도전적 환영으로, 차가운 교란의 카니발로 신중하게 진화하는
중이다. 카니발이야말로 위반과 전복이 통합과 질서를 넘어서려는 욕
망이 넘실대는, 환상과 현실의 명랑하고도 우울한 교차점이 아니던가.

---

6) 신형철, 「어제의 상처, 오늘의 놀이, 내일의 침묵」, 『음악처럼 스캔들처럼』, 문학과지성
　사, 2008, p.193. 이중적 놀이는 "무섭게 달려가는 관객들 얼굴을 지우고 관객들"에 잘
　엿보인다. 지워지는 얼굴의 대상은 관객들인가 공연자인가, 아니면 양자 모두인가?

*

　'관객들'은 보는 주체의 보이는 타자로의 폭력적 전화, 즉 느릿한 응시의 권한을 빼앗긴 맹목적 추종자의 비극을 전경화하고 있다. 눈과 말을 빼앗긴 비극은 '관객들'의 운명만이 아니다. 구순(口脣)의 분서(焚書), 즉 글자를 먹어치움으로써 백지의 지옥을 현실화하는 왕의 신민들은 '관객들'의 비극에 필적하는 존재들이다. 물론 이런 분서의 악행이 문자의 과잉 시대에 존재할 리 없다. 그러나 정상의 문법과 합리성의 사유가 강조되는 근대의 거대 담론은 검열과 폐기의 정당성을 버리거나 빼앗긴 적이 결코 없다. 우화fable는 그래서 필연적이다. 왜냐하면 사실성의 억압을 비껴가며 만인의 재난인 분서의 일상성을 폭로하는 효과의 발현이 크기 때문이다.

　물고기처럼 글자들은 어느날 하늘에서 쏟아져내렸느니라 이제 겨우 솜털을 갓 벗으신 왕이 젖어 팔딱거리고 비리디비린 글자들을 커다랗게 구순을 벌리시어 죄 주워 잡수시었더니 나라 안의 책이란 책의 모든 쪽이 모조리 백지로 바뀌었느니라 글자들의 잔가시가 왕의 목구멍에 상처를 냈는지는 감히 왕의 구순을 벌려보지 못해 알 수는 없이 그저 짐작이나 할 뿐이었지만 그럴 것임이 틀림없다고 오줌소태 앓듯이나 찔끔찔끔 고통스럽게 생각해보는 것이었는데 뒤에도 왕은 글자들을 게워내는 법 전혀 없으시었느니 나라 안의 사람이나 짐승 무리는 제 몸 속의 글자들을 모조리 빼앗기었거나 한 듯이 더 이상 자식을 낳아 기르지 못하였으며 풀들도 헛꽃만 피워 흔들리다 이내 시들어버리고

새로 꽃 피우지 못했거니와 나무도 또한 열매 맺지 못하였느니라 (이
하 생략)   —김근, 「분서(焚書) 5」 부분(『구름극장에서 만나요』, 창비, 2008)

벤야민은 이야기꾼의 덕목을 유용한 지혜의 전수, 즉 실제적 삶의
재료로 짜인 조언을 들려주는 능력에 두었다. 우화의 가장 큰 목적이
여기에 있음은 『이솝 우화』나 『탈무드』 등에 이미 뚜렷하다. 이런 기
준에 비춰 본다면 김근은 능숙한 이야기꾼으로서는 아직 미달인 셈이
다. 물론 동양 전통의 이야기와 훨씬 밀착해 있는 서사의 성격을 감
안한다면 이런 판단은 섣부른 것이다. 그러나 환상(성)으로 치장된
사건의 지나친 허구성은 골계의 쓴맛을 구체화하는 대신 명랑한 언어
의 소극(笑劇)을 전면화한다. 이로 인해 현실적 맥락의 통찰과 새로
운 이면의 구성이 미약해진다고나 할까.
　하지만 김근은 명민하게도 작품 중반에 또 다른 이야기꾼을 작품
속에 슬쩍 끼워 넣음으로써 예기치 않은 조언의 완결성을 획득하고
있다. 시인의 분신으로 여겨도 좋을 '사내아이'의 출현이 그것인데,
그는 문자의 소거에 따라 급격히 말라가는 신민과 왕과 나라를 일거
에 회복시키는 조력자, 아니 해결사로 제시된다. '사내아이'의 해결
방법은 별다른 게 아니다. 구순에 삼켜진 문자가 흘러간 방향과 거꾸
로 가기가 그것이다. 그는 발가벗은 "온몸을 (왕의 항문에—인용자)
통째로 아무렇잖게도 쑤셔를 넣"고 하룻밤 내내 왕의 몸속에서 즐겁
게 놀다가 이튿날 아침 구순으로 나올 뿐, 교설과 훈계 따위의 볼썽
사납고 고지식한 행위는 전혀 늘어놓지 않는다.
　우리 몸의 찌꺼기 분뇨의 배설은 외관상의 더러움 및 악취와는 달
리, 프로이트의 말을 빌린다면, "인간의 실존적 조건을 본성이 허락

하는 그대로 복권시키고, 그에 고유한 위엄을 되찾아"[7]주는 결정적 역할을 담당한다. 김근은 이 배설의 원리와 효용성을 문자 소거의 재난을 평정하고 문자의 회복을 달성하는 '사내아이'의 행위에 교묘히 삽입하고 있다. '사내아이'의 이야기꾼으로서의 성격은 존엄한 왕의 육체에 대한 거리낌 없는 분탕질에서 확연히 드러나지만, 다음 날 잉어로 되돌아간 그의 몸에서 사라진 글자들이 콸콸 쏟아져 나왔다는 후일담에 이미 예고되어 있다. 명랑한 분탕질과 화수분의 지혜야말로 이야기꾼의 흥미와 조언 능력을 담보하는 원천인 것이다. 그래서 '사내아이'는 이상적 시인의 원형으로도 읽히는 것이다.

김근의 「분서」는 어떤 면에서는 환상의 현실에의 등기와 개입법을 넌지시 지시하는 매뉴얼에 해당한다. 물론 이것은 기존 의미와 문법의 성채에 안주하는 각양각색의 말들을 교란하는 작란(作亂)의 예시로 얼마든지 읽힐 수 있다. 여기서의 '작란'은 당연히 언술의 유희성만을 지시하지 않는다. 그보다는 무질서의 적극성을 원리 삼아 부조리하고 억압적인 현실을 유쾌하고 무섭게 뒤집는 환상(성)의 자유를 암시한다. 항문을 타고 올라 입에서 뿜어지는 말들은 그래서 "모든 안은 다시 바깥이 될 수 있는가"(「바깥에게」)를 처음 묻고 또 '될 수 있음'을 마지막까지 믿어야 하는 것이다.

*

이 글은 애초에는 환상(성)의 전복적 성격을 구현하는 젊은 시와의

---

7) 지그문트 프로이트, 「지그문트 프로이트의 서문」, 존 그레고리 버크, 『신성한 똥』, 성귀수 옮김, 까치, 2002, p.10.

대화로 구성되었다. 그러나 텍스트를 좁혀나가는 과정에서 변형과 일탈, 기괴와 공포로 번뜩이는 뾰족한 말들을 뚫고, 환상(성)을 방법 삼아 힘세고 타락한 말과 문법, 반성도 없이 무력한 말 따위에 딴죽을 거는 '버릇없는 말'들에 저절로 눈길이 멈추었다. 이 '버릇없는 말'들은 자기가 숙주 삼은 환상(성)에 대해서도 그러기는 마찬가지여서, 발랄한 언어유희를 통해 널리 공인된 환상의 공식과 문법을 교묘히 벗어나거나 다시 구성하기 일쑤였다. 물론 이들의 언어가 환상의 새 영역을 개척했다고 말한다면, 지혜로운 독자들의 동의를 구하기가 꽤나 어려울 것이다. 그래도 그들은 발랄했고 또 도전적이었다. 아래의 질문과 그것의 탐색은 이 지점에서 출발했다.

토도로프가 환상의 장르에서 추방한, 그러니까 환상의 영역에 끼지도 못한다고 소문낸 서정시가 어떻게 환상의 영토에 자기의 틈새를 개척하고 있는가. 나는 여전히 장르적 속성의 간결한 결정과 해명에는 문외한이다. 따라서 시에서 환상의 불가능성에 대한 논의는 괄호칠 수밖에 없다. 하지만 환상의 효과를 특히 주목한 까닭에, 젊은 시인들의 언어유희에서 연상의 활달함과 날카로움, 통사 체계의 파괴와 재구성, 우화와 같은 주변 장르의 시적 전유를 중점적으로 다루었다.

그들은 이데올로기적 위반과 전복의 욕망 못지않게, 주어진 형식의 일탈과 재구성에 언어의 기율을 할애함으로써 널리 알려진 환상(성)의 미덕에 어느 정도 가닿은 듯하다. 환상적인 것은 단일하고 환원적인 '진실들'을 위반하면서 한 사회의 인식틀 내의 공간을 추적하여 다양하고 모순된 '진실들'을 이끌어내는 다의미성을 실현한다는 말.[8]

---

8) 로즈메리 잭슨, 『환상성——전복의 문학』, pp.36~37.

날름거리는 가로무늬근육 오돌토돌 돌기들 숲 속 울려 퍼지는 프리지

아 다알리아 로즈 아카시아 피튜니아 튤립 크로커스 아이리스 울렉스

카피르나리 작약 피라칸타 라일락 실유카 코리앤더마타리 부들레이아

치자 마르시아 루드베키아 바이올렛 화이트바리에가티드 수련 핑크자이

언트 푸니세우스 플레너스 마로니에 풀체리무스 브레던스프링 릴리

　　아이가 造花工 혀 끝에서 피어오르는 꽃을 바라본다

—송승환, 「U」 전문(『드라이아이스』, 문학동네, 2007)

그래서 나는 기괴스럽기는커녕 거의 순수 환상에 가까운 송승환의
「U」를 마지막으로 적어둔다. 꽃 이름 대신 아달린 아스피린 따위의
약을 맑스, 말사스, 마도로스와 뒤섞어 무한 반복한 이는 이상(李箱)
이었던가? 그러면서 그는 다시 날기를 소망했지만, 치사한 동경에서
의 실족과 함께 그의 욕망은 끝내 좌절되었던가. 이에 비한다면 그의
후예 송승환은 훨씬 언어-내적이다.[9] 저 숱한 꽃들은 실화(實花)가
아니라 조화(造花)이다. 따라서 꽃에 대한 이야기도 실화(實話)가 아
니라 조화(造話)로 보아 무방하다. 왜냐하면 이 모든 놀이의 기원점
이 조화공(調和工) 아닌 조화공(造花工)이기 때문이다. 그러나 허구

---

9) 그러나 '언어-내적'이란 말을 현실과 절연된 백색 기호의 공간으로 이해할 필요는 없다.
근본적으로 언어는 사회적이며 그런 만큼 언어는 개인과 집단, 세계의 최종심급을 결정
하는 핵심 요소로 작동하기 마련이다. 따라서 매우 사적인 듯한 말들의 혼란과 분열, 그
에 따른 말들의 침묵마저도 이미 사회적이다. 이것도 '문학의 정치'라고 부를 수 있을까.
어쩌면 그럴지도 모르겠다는 추측을 나는 송승환의 「U」에서 읽는다. 'U'와 꽃들이, 아이
가 무슨 상관이란 말인가. 하지만 송승환은 'U'를 꽃의 기표로 실재화했고, 아이는 이 실
재를 감싸 안으면서 또 다른 'U'의 눈길을 걸어갈 것이다. 현실은 이 'U' 때문에 당황하
고 놀랄 것이며, 또 풍성해지고 변형될 것이다.

의 놀이에 절망한다면 조화공(造花工)은 벌써 시인이 아니며 이미 환상의 영토에서 추방된 자일 것이다. 실화(失花/失話)의 내면화와 영속화를 통해서야 시인은 비로소 억압된 것으로 회귀할 자격을 얻는다. 환상(성)이 시작되는 그 자리 말이다.

'조화공'이 발화하는 꽃을 응시하며 "아무도 가지 않은 눈길로"(「函」) 걸어가는 '아이'의 고독과 불안, 공포, 약간의 호기심과 경탄은 그래서 시인됨의 자질인 것이며, 한국 시의 환상(성)을 확장하고 심화할 자양분인 것이다. 그러면 이 조숙한 아이를 위한 축원이 빠질 수 없다. 아이야, 눈길 곳곳에 출몰하는 귀신들에 마음껏 홀리렴. 그러나 눈에의 홀림과 설맹(雪盲)을 어느 순간 돌파할 개성적 주술(呪術)과 색안경의 채비에는 더욱 들리렴……

〔2010〕

미처 말하지 못한, 아직 말하지 않은
―내 마음의 젊은 시 주유기(周遊記)

시의 사랑법 혹은 대화법

"대부분의 사람들은 사랑에서 영원한 고향을 찾는다. 하지만 극소수이기는 하나 사랑에서 영원한 여행을 찾는 이들도 있다". 한 줌의 자유에 대한 열망과 좌절이 뒤섞인 모르핀을 음독한 채 서서히 죽어간 발터 벤야민의 말입니다. 후자적 사랑의 열렬한 실천자였을 그는 영원한 여행에 나포된 그들을 "어머니 대지와의 접촉을 꺼려야 하는 멜랑콜리적 기질을 가진 사람들"로 일렀습니다. '멜랑콜리적 기질'은 어떤 병리 상태를 지시한다기보다 세상과 불화하며 숨겨진 국면의 비애와 명랑을 예민하게 꿰뚫는 마음의 움직임으로 읽어야 할 듯합니다.

사랑에 안주하는 보통 사람들과 달리, 시인들은 사랑에서 영원한 여행을 찾는 대표적 부류에 속합니다. 물론 이른바 회감(回感)이나 동일성의 미학 같은 장르적 속성을 앞세운다면, 시는 사랑에서 영원한 고향을 찾는 기술일 것이며, 실제로 시 일반의 가치는 여기서 찾아지는 경우가 허다합니다. 그러나 '멜랑콜리적 기질'의 시인들은 이질적 존재들의 통합에 몰두하기보다 그것들의 차이를 부풀리고 때로는 과장하거나 왜곡함으로써 오히려 사랑의 장(場)을 넓혀가는 특이한 존재들이라 하겠습니다. 그것이 현실이든 언어이든 주어진 것과의 불화와 갈등, 전통의 거부와 해체, 거대자에 대한 저항과 소수자의 옹호 따위는 따라서 영원한 여행 혹은 방랑을 운명화하는 방법적 사랑의 일종입니다.

세계의 격변이 쓰나미처럼 몰아닥친 2000년대, 이 땅의 젊은 시들은 아무래도 멜랑콜리적 기질에 휩싸였거나 일부러 충실한 듯 보입니다. 부재와 환상의 진정성이 형식 의지의 관철을 통해 승인되는 과정을 한껏 보여준 '미래파 논쟁'이나 신이념 논쟁으로 비화될 소지가 다분한 '문학의 정치' 담론들은 차이와 혼종, 느슨한 연대가 젊은 시의 주류적 감각임을 충분히 암시합니다. 젊은 시의 이런 열정과 일탈은 나에게 가끔은 환호를 또 가끔은 불통의 고통을 가하는 양가적 존재이지만, 한국 시의 모더니티와 심미성의 가능성이 여기서 더욱 성숙되고 또 숙고되리라 굳게 믿는 편입니다.

그래서일까요. 적절한 인용일지는 모르겠으나, 젊은 시편을 읽다 보면 미당이 『시인부락』 동인들의 궁극적 목표를 시 세계의 다양성 창출, 그러니까 정지용류의 감각적 기교와 임화류의 편내용주의(경향파 이데올로기)의 동시적 극복에 두었던 사실이 문득 떠오를 때가 있습니다. 물론 미당의 세대론적 기치는 리얼리즘도 모더니즘도 시대적 좌절과 미학적 번민에 깊숙이 돌입한 1930년대 후반 전형기의 문학 현실을 생각하면 오히려 시대착오적인 느낌이 없지 않습니다. 그래도 보들레르니 랭보니 미요시 다쓰지(三好達治)니 하는 박래품을 제외하면 그에게 시적 영향의 불안을 강제했던 이들이 정지용류와 임화류 밖에는 없었다는 점에서, 선배들을 넘어서겠다는 신인들의 욕망은 절박하고도 애처로운 데가 있습니다. 미당을 포함한 장환과 용악, 백석 등의 멜랑콜리적 기질은 조선적 감각과 언어를 가지고 인간 본연의 욕망과 그것을 억압하는 전근대적·식민지적 현실을 교묘하게 배열·배합하는 태도와 솜씨에서 유감없이 발휘됩니다. 실제로 이들은 떠돌이나 디아스포라의 면모를 자기 인식과 표현의 핵심체로 공유한 근대시 최초의 미학적 공동체이기도 했습니다.

전형기의 현실을 오히려 자기 선언과 발전의 디딤돌로 전유한 1930년대 후반 젊은 시들의 고투는 어딘가 현재의 젊은 시들을 떠올리게 하는 바 있습니다. 물론 여기서 강조되어야 할 것은 세대론적 배치의 유사성이 아니라 영향의 불안을 미학적 성취의 원동력으로 장악해간 영혼의 격렬한 고투일 것입니다. 이들에게 황지우와 이성복, 박노해와 김남주로 상징되는 1980년대의 시적 아이콘들은 직접적 영향을 강제하는 무서운 아버지라기보다는 비껴가며 엿보고 때로는 그 언어들을 대뜸 접어버릴 수 있는 친근한 삼촌들입니다. 전통으로부터 비교적 자유롭지만 참조할 전통이 부재한 이중의 자유. 이들의 시에 명랑과 비애, 침소(針小)와 봉대(棒大), 환상과 실재, 조로한 아이와 덜 자란 어른 따위가 마구 혼재된 조울증의 감각이 유독 두드러진 것도 어쩌면 이런 자유의 과잉 때문인지도 모릅니다. 새로운 캐릭터의 생산에 유능했으나 그것들을 '고립의 언어'로 돌진하는 시의 척후병으로 제멋대로 틀어쥔 운사(韻士)들의 당당한 행보도 이와 무관치 않을 것입니다. 이 얄궂은 현상들에 대한 의혹을 가없는 신뢰로 역전시키는 가장 빠른 길은 스스로를 전통의 반열에 올려놓는 것이겠지요.

그렇다면 우리는 진은영의 "우리는 아직(!) 아무 일도 저지르지 못했다"라는 숙연한 고백을 젊은 시 읽기의 기준으로 삼아야 할지도 모르겠습니다. 이 말은 지금까지의 성취조차 모두 무효로 돌리는 말이라는 점에서 실패의 자인이 아니라 더 잘 실패하는 법에 대한 강한 욕망처럼 들립니다. 그러니 궁극의 언어와 세계에 대한 도저한 욕망이랄 수밖에요. 아무것도 저질러지지 않은 가짜/진짜 현상 속에서 이미 저질러진 혹은 앞으로 저질러질 사건/사실 읽어내기. 젊은 시들의 미학적 혁신과 성취, 바꿔 말해 새로운 전통 만들기의 희미한 윤곽이 우리 앞에 드러나는 지점일 겁니다.

희비극tragicomedy의 어릿광대가 되는 법

근대 이후 한국 시는 시인들을 가객과 지사로 호출하는 관행을 암암리에 착근시켜왔습니다. 초월과 저항으로의 양극화는 그 사이에 존재하는 무수한 삶의 양태와 사유의 변곡점들을 억압하고 은폐하는 내적 원리로 작동했습니다. 이 끈적한 자장은 분산과 균열, 혼합과 상호 조절의 가능성을 신속히 그리고 끈질기게 차단했다는 점에서 매우 폭력적이며 퇴행적인 분열 행위였습니다. 자유로운 사유의 억압 혹은 특정 가치들의 일방통행은 특히 '시인—지식인' 계보학의 형성과 구성에 결정적 장애를 제공해왔습니다. 혁명에의 열망과 교묘히 맞물린 김수영의 1960년대식 세속성이나 아웃사이더의 자유 속에 내재한 신파성에 전율했던 김중식의 1980년대식 비애가 여전히 매혹적인 이유도 그들의 통찰과 모험을 넘어서는 시인—지식인의 후계자가 썩 드물기 때문일 테지요.

지독한 비애주의자라 불러도 무방할 심보선은 치욕 상실의 끔찍한 세상을 희비극의 장으로 재구성함으로써 섣부른 "긍정으로 회귀하지 않는 부정의 부정"을 구조화하고 있습니다.[1] 그는 시와 세상, 자아에 대해 "험담하고 조롱하고 모반을 꿈꾸는 불경한 이교도"(이상 뒤표지)로 스스로를 명명한다는 점에서 급진적radical이며 근본적radical인 모반의 시인입니다. 이런 시적 혁명에 대한 열망은 김수영과 심보선을 가족 관계로 묶는 결정적 요소입니다.

젊은 시인은 그러나 혁명의 선취 이전에 "도덕적이고 미적인 명상"(34)에 대한 회의와 의구심을 끊임없이 작동시키는 일종의 불한당 같은 존재입니다. 미적 주체로서 불한당은 투명한 윤리의 옹호보다는 "아주 잠깐 빛나는 폐허"(18)에 기꺼이 사로잡히는 자입니다. 하지만 '폐허'에의 몰입과 순응은 불한당의 자격 정지를 초래하는 위험한 선택일 수 있습니다. 따라서 심보선의 특장에 해당될 블랙 유머는 치밀한 계산 속에서 출발된 형식이 아니라 저절로 도래한 자율적 형식에 가깝습니다. '폐허'의 밀도를 유지하되 그것에의 고착을 방지하는 거의 유일한 방법은 웃음의 유동성, 다시 말해 차가운 동시에 뜨거운 웃음의 변화 지향성을 내재화하는 일입니다. 희비극의 어릿광대로 살아가는 법은 이 과정에서 습득되고 세련화된 미학적 내공이 아닐까 합니다. 불한당의 시선과 어릿광대의 태도, 이 기묘한 가역반응 속에서 권력적 지식 담론과 줄곧 척지며 스스로를 비천한 시의 낭인으로 자처하는 미학적 부랑 청년의 기담(奇談)이 탄생하고 진화하는 것입

---

1) 심보선, 『슬픔이 없는 십오 초』, 문학과지성사, 2008. 괄호 안의 숫자는 인용면이다.

니다.

심보선표 기담의 핵심은, "슬픔이 없는 십오 초"가 암시하듯이, '불안 속에서 슬픔을 저축하는 삶'(허윤진)을 운명화하는 일에 있습니다. 하지만 이 운명은 허무와는 거의 무관하며 오히려 "이제 지식을 버리고/뚜렷한 흥분과 우울을 취하"(43)게 한다는 점에서 생산적 도취의 기폭제입니다. 물론 그에게 슬픔과 흥분, 우울 따위는 개인의 침울한 영혼을 휘감는 사적 형식이 아니라 그 영혼을 사회적 형식으로 개방하고 구조화하는 도전과 분열의 토포스topos로 기능합니다. 가령 그는 영혼의 안식과 평안을 유인하는 친밀성의 핵심 장소인 가족과 종교, 개인의 추억, 예술 행위를 구차하고 치사한 위험한 제도로 조롱하고, 또 스스로의 삶을 "광인행로(狂人行路)"(119)로 무참하게 규정하곤 합니다. 그래서일까요. 현재의 부정성을 털어내고 본래의 통합성과 순수성을 추구해도 그만일 친밀성의 체계를 분열과 갈등의 장으로 증폭시키는 행위는 사회적 패악과 불륜의 이상 난동을 확대하여 치밀하게 분석하려는 냉철한 지성의 발현으로 보입니다.

따라서 심보선의 희비극은 그의 의도 여부와 상관없이 이미 "공동 세계에의 참여에 대한 자리들과 형태들을 나누는 감각 질서"(랑시에르)에 들어서 있습니다. 그의 공동체에 대한 열망은 '불편한 우정'이란 말이 환기하듯이 어떤 단일 체계가 지배하는 전체성보다는 "아무것도 아닌 자들이 자신에게 엄습하는 세계 전체와 대적"하는 "밝힐 수 없는 공동체"를 지향합니다.[2] 슬픔의 유희로 생을 연명하는 듯한

---

2) 그는 아마도 자기 세대를 대표하는 뛰어난 에세이스트로도 성장해갈 것이다. 인용은 그런 기대에 값하는 물증 가운데 하나일 「불편한 우정: 어떤 공동체의 발견」, 『문학과사회』 2009년 가을호에서 가져왔다.

어릿광대의 태도가 의외로 퇴폐적이며 병적이지 않은 것은 공포의 놀이보다 원초적 반란에서 시의 근거를 찾는 밴디트bandit적 불한당의 시선 때문입니다. 그러므로 그의 시는, 앒은 어릿광대의 슬픈 웃음과 불한당의 유쾌한 울음 속에 더욱 스며들어도 괜찮습니다. "머지않아 봄날이 등 뒤에서 산불처럼 크게 웃으며 나를 덮"(103)칠 것이므로, 아니 그렇게 믿어야 할 시대에 우리는 여전히 살고 있으므로.

다시 실패하고 더 잘 실패하는 법

고래로 시(=문학)와 철학은 서로 배척자인 동시에 공모자이기도 했습니다. 이 맹랑한 치정극은 플라톤과 아리스토텔레스 이래 끊임없이 재탕된 고급 흥행물이었지요. 포스트모던의 시대에 전격 단행된 말의 절대 권능에 대한 거절과 차연의 개성적 음역을 공인한 글쓰기 écriture의 귀환은 철학은 물론 시의 영토 역시 새롭게 분할했습니다. 동일성 부재의 언어를 둘러싼 시와 철학의 밀월은 우리의 시 현실 한 쪽에 의궤(儀軌)에 갇힌 시의 목소리를 비시적인 것의 영토로 과격하게 하방시키는 문화혁명을 명랑하게 달성하는 데 성공했습니다.

그러나 이 명랑성 뒤에 숨어 있는 비극의 전조를 발견하고 넘어서지 못한다면 시와 철학은 허망한 치정극에 스스로 놀아난 꼴이 될 것입니다. 이른바 'post' 담론 속에 끈질기게 들러붙는, 정치와 이념을 괄호 친 모방적 혼종성과 유희적 차이성의 상품화가 초래할 언어의 타락과 붕괴. 이 순간 '글쓰기'의 매혹은 잠시 숨죽여온 오래된 이데아의 권위와 저주에 또다시 휩쓸릴지도 모릅니다.

　진은영이 베케트의 "다시 실패하라 더 잘 실패하라"(II:60)를 시의 모토로 삼고 니체의 "진리는 낡아빠진, 그리고 감각적인 힘을 상실한 은유들이다"(II:49)를 사유와 상상, 글쓰기의 기율로 삼는 것은 이데아의 저런 협위(脅威)를 스스로 경계하기 때문일 것입니다.[3] 물론 이 말들에 주술의 권능을 부여한다고 해서 달라질 것은 아무것도 없습니다. 그래서 "다 흘러내린 모래시계를 뒤집어놓"(II:47)을 줄 아는 언어의 상상과 실천은 여전히 핵심 의제일 수밖에 없습니다.

　이 의제의 한가운데 서 있는 은유의 경계는, 이성복의 말을 빌린다면 "은유는 본디 은유하는 자와 아무 관련이 없는 것들에게 은유하는 자 자신의 기억과 욕망을 각인시키려는 부질없는 시도"라는 것을 일찍이 감각한 소이일 것입니다. 타자의 삶에 파고드는 것, 그래서 주체를 그 안에 방기하는 것. 은유는 모든 것을 자아 내부로 복속시킴으로써 이 타자성의 실현을 여전히 꿈의 바깥에 위치시킵니다. 이를 근거로 은유를 시인의 의미화 욕망, 그러니까 일종의 그림자 세계를 세우기 위해 세계(타자)를 무력화시키고 고갈시키는 행위와 연관시킬 수 있다면, 은유는 수전 손택이 극구 비판한 해석 작업에 해당합니다.

　과연 진은영은 은유와 해석에서 열심히 탈주 중입니다. 그녀가 구성한 "일곱 개의 단어로 된 사전"(I:14)은 기존 사전의 난폭한 통제로부터의 탈출기입니다. 또한 되도록 하위문화의 유행을 비껴가며 클래식의 다양한 이면을 차갑게 탁발하고 재창조하는 그 특유의 '연애의 법칙'(II:23)은 해석의 충동에서 존재를 완전히 해방시키는, 뛰어난 작품의 어떤 직접성에 의해 타진된 것이겠지요.

---

3) I: 진은영, 『일곱 개의 단어로 된 사전』, 문학과지성사, 2003; II:『우리는 매일매일』, 문학과지성사, 2008.

이들 언어 행위에 보이는 소통과 거절의 미학은 언어와 정치를 동시에 관통한다는 점에서 문제적입니다. 기존의 통념과 감각을 월경하고 배반하는 행위는 필연적으로 '레디메이드'의 세계에 혼란을 던지는 한편, 스스로를 '레디메이드'의 야비한 비난과 통제에 직면케 합니다. "오염되고 불완전하며 의도와 무관하게 전달되어 최악의 경우 악의적 풍문만을 유통시키는 언어의 공동체에 속해 있더라도 말해야 한다"는 시인의 고백은 현실의 난폭한 통제가 여기저기서 개입되고 있음을 말해줍니다. 그래도 진은영의 해석에 대한 반대는 계속될 모양입니다. "소음 같은 말 속에서, 부질없는 말 속에서 또다시 누군가 변화하고 있다"는 사소한 가능성이 "'정치적 죽음'의 시간"에 다시 체포되는 치욕을 최소화할 수 있다는 믿음 때문이지요.[4] 진은영 시의 전위성과 윤리성이 만나는 이 지점은 지금의 우리 시가 작심하고 통과해야 할 미학적 여울목이기도 합니다.

소년 소녀의 이별의 능력을 기르는 법

근대문학에 처음 등장하여 문사들의 각광을 한 몸에 받은 주체는 단연 소년이었습니다. 육당과 춘원은 청년에 보다 근접한 아이콘으로 소년들을 호출하는 한편, 문명개화의 담당자이자 수혜자로 이들의 위상을 구축하였습니다. 이후 소년들은 점차 소녀들까지 아우르며 계몽

---

4) 진은영은 '문학의 정치'에 대해 누구보다 신중하고 열정적으로 사유하는 시인 가운데 하나이다. 이상의 인용은 시적인 것과 정치적인 것의 연대가 어떻게 가능한지를 사려 깊게 성찰하고 있는 그녀의 글 「조각의 문학」, 『문학과사회』 2009년 가을호.

기획의 주체를 넘어, 어수룩한 대로 대상에의 익애와 연민의 놀라운 감각을 체험케 하는 첫사랑의 주연으로 성장해갔습니다. 물론 그들은 비극적 현대사 속에서 혁명의 열정과 참담한 죽음의 비애를 동시에 환기하는 이념의 총아로 문득 뛰쳐나가기도 했습니다.

문화적 개성과 취향이 이념과 변혁의 열망을 대체한 오늘날, 이제 문학 속의 소년 소녀들은 정상적인 성장과 보편적인 인간미를 갖춘, 조신하고 지혜로운 미래의 어른이기를 그쳤습니다. 그들은 대개 조로한 아이와 한참 미숙한 성인으로 분열하며, 기성의 사상과 제도, 문화, 글쓰기를 조직적으로(!) 탈내고 있습니다. '미래파'란 명명은 그래서 시인들보다 때로는 자신의 모태마저 파괴하는 "노랑머리 소년"(I:79) 소녀들에게 주어져야 할지도 모릅니다.[5]

이들을 대표하는 김행숙의 '사춘기'를 맞은 소년 소녀들은 개성적이다 못해 특이할 지경입니다. 이들의 사춘기는 삶의 솔기를 뒤집어보거나 미래를 예견하는 서사적 지평과 거의 격절되어 있습니다. 시간의 축은 분명 과거지만, 그들은 회감(回感)의 대상이 아닙니다. 사춘기에 대한 기억은 과거의 현재화라기보다는 현재의 유동성을 강화하는 뭉개진 거울 같은 것입니다. 가령 문득 텍스트에 개입된 "볼록한 가슴에 얹어주는 뜨거운 모래에 대해 상상하는 일은 즐겁다"(I:81)와 같은 구절은 "내가 사라지는 곳으로부터 나는 더 멀리에서 나타나고 싶었"(I:뒤표지)던 욕망이 현현된 것입니다.

이 언술들은 욕망의 성격상 시간의 물리적 형식을 초월하며 또한 주체들을 무성(無性/無聲)의 존재로 변환시킵니다. 그들의 경험이

---

5) I: 김행숙, 『사춘기』, 문학과지성사, 2003; II: 『이별의 능력』, 문학과지성사, 2007.

사실보다 '홀림'(I:107), 다시 말해 환상의 형식과 훨씬 친화하며, 그들이 성장하여 현실의 원리를 '귀신 이야기'들로 대체하는 것도 정립될 수 없는 유동성으로 흔들리고 있기 때문입니다. 이런 이유로 소년 소녀들에게 문제는 현실의 외삽이 아니라 경계적 내면의 지속적 산포입니다. 그들이 특정 관념의 수행자로 지시되지 않고 오히려 "무엇에 대한 의식을 끄"(I:34)는 탈근대적 주체로 구성되는 것도 이 때문이겠지요.

물론 김행숙의 의식의 암전은 "같은 얼굴로 오래 서 있지 않"(II:146)기 위한 방법적 부정, 곧 동일성의 맹목과 이별하기 위한 미적 장치입니다. 이것의 실천이 초래하는 영혼의 피로감은 "사라지는, 사라지지 않는"(II:147)이란 존재의 아포리아 속에 핍진하게 녹아 있습니다. 이 흔들림을 현실과 절연하는 대신 현실로 돌연히 출몰하고 잠적하는 유격전으로 전유하려면, "불연속적으로 사람들 속으로 사람들을 떠"(II:147)나는 새로운 관계의 시학이 더욱 절실합니다. 이것의 시적 표출이 '옆모습' 혹은 '옆'에 대한 관심일 텐데,[6] 늘 '나'와 비껴가는 혹은 훔쳐봄의 대상인 '옆'의 존재들은 차이와 탈주의 감각을 일상화하는 노마드입니다. 그러니 "오른손이 왼손을 모르고/오른손이 오른손도 모르고/너는 자꾸 벗어난다"(II:87)는 '옆'의 아이러니와 미끄러짐은 시인 자신의 욕망일지도 모릅니다.

'옆'의 시선과 주술은 정시(正視)에 들러붙게 마련인 지배와 통합의 야욕을 묽히는 한편, 정시의 원근법이 은폐하거나 미처 발견하지 못한 억압된 것들의 귀환을 재촉하는 힘이 있습니다. 시인은 이 궁극

---

6) 『이별의 능력』에는 「옆에 대하여」 1~4, 「옆모습」을 위시해 '옆'에 대한 사유를 담은 시 편들이 다수 존재한다.

적 지평의 한 단면을 "우리는 아픔 없이 잘게 부서질 수 있습니다. 우리는 잘 섞일 수 있습니다"(II:66)는 말로 일렀군요. 이것이 여전히 관계의 불연속성에 대한 사랑인 것은 "금방 버려진 이름들과 함께하였던 우리의 유머와 블랙. 사랑과 블랙. 우리들은 사랑스럽고 드디어 모호해진다"(II:93)는 모순적인 것의 대위법에 적절히 표상되어 있습니다. 삐딱하게 보는 대신 약간 어긋나게 섬으로써 '옆'의 유속(流速)과 아름다움에 동참하되 그들의 유동성을 억압하지 않는 타자성의 구현. 김행숙의 '이별의 능력'에 내재된 "호르몬그래피"(II:32)가 더욱 활성화되는 지점일 것입니다. 또다시 그 '옆'이 지독히 탐나는군요.

여장 남자로 아낌없이 살아가는 법

이제 하위문화는 시의 대상이기 전에 시입니다. 시적인 것과 비시적인 것의 경계는 불분명해졌으며, 주변 모든 것을 차용하고 혼합하는 브리콜라주bricolage는 젊은 시인들의 유력한 필살기로 유행 중입니다. 대상과의 통합은 더 이상 시의 준칙이 아니며, 시인 특유의 스타일의 구성과 유희 능력이 시인의 성가를 판가름하는 시대가 온 것이지요. 젊은 시인들의 바로 윗세대, 이를테면 장정일과 유하, 함민복 등에게 하위문화는 매혹적인 동시에 진저리 나는 양가적인 것이었습니다. 그들은 하위문화에 대한 미소와 조롱, 탐닉과 경멸을 동시에 던짐으로써 궁핍한 일상에 밀착하되 '보다 나은 삶'의 가치를 잊지 않았지요.

그러나 하위문화에 대한 서정적 거리의 실종, 그러니까 하위문화가 존재의 일상을 구성하고 지배하는 '허위적 자연'으로 급속히 편입되는 현상은 기성의 제도나 의미에 대한 상징적 위반과 성찰을 약화시키는 듯합니다. 물론 상상력의 급진성과 표현의 돌연함, 기존 가치의 해체는 거의 유례없는 시적·사회적 위반의 강도를 압착해내고 있습니다. 하지만 그들의 탈주는 불협화음과 무질서의 재생산에 익숙한 대신, 벤야민의 말을 빌린다면, 동적이고 감성적인 개인을 집단의 행동 속에서 극복하는 '도취'의 생산에 미약합니다. 이 도취는 이념적 공동체에 대한 열정을 넘어 소외와 사물화의 지옥을 타파하는 원초적 세계를 지향한다는 점에서 좋은 삶에의 기대로 바꿔 읽을 수 있습니다. 따라서 하위문화의 스타일의 구성은 뜨겁게 현실적이되 차갑게 이데올로기적일 필요가 있습니다. 하위문화 속에 약호화되는 경험의 얌전한 제시보다 그것이 발산하는 '잡음'의 내포와 창조가 중요한 까닭이 여기에 있습니다.

황병승은 하위문화의 주체를 '여장남자 시코쿠'(I:42)[7]로 상징화하는 동시에 익명화했습니다. 정상과 규범의 외부에 기생하는(!) 하위 주체로 성정체성과 국적이 의심스러운 인물들을 호출하면서 발생하는 효과는 의외로 큽니다(이들은 대개 일본 및 미국 대중문화의 생산품이거나 거기에 포괄되어 있지요). 과거에는 한국의 식민지 근대성을 구성하는 외부 인자였던 이 변종들은 이제 민족의 팔루스phallus의 완롱품으로 혹은 그것을 난폭하게 물어뜯는 불길한 내부로 목하 안착 중입니다. 물론 사적 욕망의 해소와 깊이 연관된 즉자적 유희를 사려 깊은 대자적 위반으로 주관화하는 것은 그리 바람직하지 않습니다.

---

7) I: 황병승, 『여장남자 시코쿠』, 랜덤하우스중앙, 2005; II:『트랙과 들판의 별』, 문학과 지성사, 2007.

그러나 이 변종들의 내부에 각인된 파열과 모순의 경험을 급진적으로
포착하고 전시하는 표현의 기술 역시 의미 있는 대화의 문법임을 신
중하게 기억할 일입니다.

황병승의 장점은 이들을 가치 판단의 대상이 아니라 오로지 '리밍'
(I:95, 항문 주위를 핥는 것) 행위자이자 대상자로 구조화했다는 것입
니다. 각종 하위문화의 브리콜라주가 상상력의 변주보다 사실의 색인
작업으로 먼저 읽히는 이유입니다. 이 색인에 불편함을 느끼는 우리
들은 이른바 정상인의 자격이 충분합니다. 그러나 정상성의 뒤에 숨
어 '여장남자 시코쿠'의 대량 복제에 은밀히 공모한 적이 없다는 알리
바이를 증명하지 않는 한 우리는 결코 윤리적일 수 없습니다. 어쩌면
『여장남자 시코쿠』를 읽는 것 자체가 "낮고 낮은 지붕 아래, 밤낮 가
릴 것 없이/참 많은 죄 없는 사내들이 다녀"간 "대야미의 소녀"(I:132)
의 마을을 훔쳐보는 관음증적 행위일지도 모릅니다. 만약 이 말에 조
금이라도 동의할 수 있다면, "*어느 쪽으로 가도 상관없어 어차피 양
쪽 모두 미친 것들이니까*"라는 '앨리스 부인'(I:71)의 무책임한 폭언
은 가공할 만한 정언명령으로 자리를 바꿀 것입니다. 하위문화에 대
한 집중이 일종의 윤리적 성찰로 형질 변경되는 지점입니다.

이후 황병승은 '미친 것'들의 트랙과 들판을 횡단하면서 "구름은 입
술을 원했고 새들은 그것을 도왔다"(II: 뒤표지)라고 적었습니다. 그
의 시가 점차 '여장남자 시코쿠'의 확장보다 글쓰기의 심화와 관련된
본원적이며 기이한 서사의 발명으로 옮겨가는 까닭이 여기 어디 있을
것입니다. 이 사랑의 감각을 두고 어느 비평가는 기존의 서정시에 대
한 섣부른 연정의 시도와 실패로 냉정하게 평가했습니다. '시코쿠'의
명랑한 외설이 감소하는 만큼 확장되는 "음악이 되기 위해 발버둥 치

는/아름다운 센텐스"(II:28)의 욕망은 확실히 그의 시를 보다 순정적
이며 캠프적인 유희로 밀어가는 듯합니다.

가령 시인은 "대화가 멈추자 대화가 시작되었다 침묵 속에서/회전
목마가 돌아간다 sick fuck sick fuck……"(II:104~05)이라고 적었습
니다. 이미 세계와 말들의 질서와 의미를 혼란에 밀어 넣는 '잡음'이기
를 그친 "sick fuck"의 단조로운 반복은 "회전목마"의 규칙적인 운동
을 자동화할 따름입니다. 이에 따른 기표의 음탕함과 불온성의 순화/
거세는 삶의 안정성이 더욱 필요한 우리들의 '위로'(II:105)에 기여할
지도 모르겠습니다. 그러나 그것은 "몰락과 죽음 어두운 소문들"을
널리 전파하고 현실화하는 **리듬의 시대**(이상 II:60, 강조는 원문)를
지연(遲延)하는 허망한 '아름다운 센텐스'로의 길이기도 합니다. 리
듬의 자동화와 유희의 순정화에 대한 경계, 황병승의 서정시에 대한
연정이 비시(非詩)의 가능성을 동시에 내포해가는 데 없어서는 안 될
시적 기율일 것입니다. 스타일은 더욱 세련되거나 더욱 과감해지지
않으면 어느 순간 시대착오적인 유물의 미욱한 전시로 흘러가기 십상
임을 시인은 어느 누구보다 잘 알고 있겠지요.

시구문(屍口門) 밖으로 들어서는 법

리얼리즘의 재현representation은 본질과 원리의 드러냄을 중히
여깁니다. 거기에 동반된 핍진성은 실재성reality을 확보하기 위한 그
물망으로 이해해도 될 것입니다. 그러나 문제는 이 그물망에 포획되
지 않거나 심지어는 그것을 찢어버리는 의외의 변수들이 허다하다는

것입니다. 이것들을 실재성의 범주에서 삭제하거나 아니면 소통 불가능한 환영(幻影) 내지 거짓으로 가치 절하하는 일은 비유컨대 표준어의 지방어에 대한 난폭한 통제와 마찬가지일 것입니다. 이런 연유로 리얼리즘 시학은 주어진 세계의 재현을 뛰어넘은 위험한 도약 없이는 철 지난 해석의 완강한 주장으로 오인될 가능성이 농후합니다. 이 궁핍한 시대를 지공무사의 관점으로 바라보되 그것을 부조리극으로 구성하고 표현할 줄 아는 재능의 출현이 현실이어야 할 이유가 여기에 있습니다.

한국 현대시의 주류 가운데 하나는 가난(의 문화)의 미학화 또는 저항 기제로의 소급일 것입니다. 현재 기술의 유토피아에 대한 기대가 이 전통을 막음할 것 같지만, 국민의 소수자로의 전락은 이미 급류에 휩쓸린 상황이라 해도 과언이 아니겠지요. 이런 현실에서 안현미는 개인의 경험을 재구성하는 한편 "자본의 욕망을 위해/수없이 소비되는 나를"(II:44) 무한 복제(≒생산)함으로써 가난의 미학적 전통을 일신하고 있습니다.[8]

이 작업의 핵심 원리는 "시구문 밖으로 들어서자 시간은 할증으로 포맷되었다"(II:16)는 말에 박혀 있는 듯합니다. 일반적으로 '시구문'은 왕의 손을 못 탄 비천한 왕의 여자들이 죽어서야 빠져나갔던 문을 뜻하지요. 그녀들은 거의 전무한 행운과 거의 전부인 억압에 영혼을 저당 잡힌 '발가벗겨진 몸'의 소유자였기에, 죽음이 곧 자유였을 것입니다. 그러나 시인의 동사 선택에 의해 이 자유는 전혀 다른 뜻을 지니게 됩니다. '나가다'가 아니라 '들어서다'입니다. 궁궐 밖의 자유가

---

8) I: 안현미, 『곰곰』, 랜덤하우스중앙, 2006; II: 『이별의 재구성』, 창비, 2009.

다시 궁궐 안의 억압이 되는 듯한 효과가 발생하는 지점이지요. 이 안과 밖의 전치, 그에 따라 전혀 다른 기의가 갑작스럽게 생산되는 것이야말로 안현미 특유의 가난의 미학을 탄생시키고 부조리한 세계를 새롭게 분절하는 힘의 원천입니다. 환웅의 여자이기를 갈망한 웅녀에 대한 뼈아픈 질문을 "곰곰"(I:12)으로 언표하고, '이별의 재구성'을 "이 별의 재구성"(II:63)으로 천연덕스럽게 전유하는 것을 가벼운 펀pun이나 작란(作亂)으로 치부하기 어려운 것도 이 때문입니다.

가령 시인은 언어기호를 살짝 비트는 미학적 분란을 통해 "h-m-i-him-eye"(II:40) 혹은 "HIM"(II:41), 즉 소리와 이미지 속에 깊숙이 각인된 팔루스phallus의 히스토리('hi'/'he' story)에 '환과 멸'(II:40), "멸과 종"(II:41)을 '포맷'하고 있습니다. 어디로 나가든 어디로 들어서든 시구문이 달린 수정궁이라는 전율스러운 세계 인식은 원근법에 의한 미래의 선취보다 동일한 이미지를 두고 "어제는 오리라 하고/오늘은 토끼라 하고/내일은 기타라고 지껄이는"(II:62) 언어의 분열과 재구성을 전면화하는 힘입니다.

안현미는 우리가 포맷해야 할 "오늘의 추천아이템"으로 "나무와 나와 무(無)"를 내걸었다지요. "나는 무(無)와 나를 접붙여 나무가 되고 싶습니다//절정이 되고 싶습니다"(II:65)라는 소망을 담아서. 이미 이것은 시구문의 유일한 난민이었던 저 '발가벗겨진 생명'들의 내밀한 욕망이었을 겁니다. 하지만 그녀들에게는 죽음의 나무, 곧 자기 몸을 가둘 관만이 허락되었을 따름이지요. '나'에게는 그러나 어디로 튀고 스며들지 모르는 무(無)가 허락되어 있습니다. 이 사소한 가능성 때문에 안현미의 가난은 풍성한 것이며 또 급진적인 것입니다. 과연 처음부터 "시구문 밖, 봄 활짝 핀 착란이 그리워요"(I:78)라고 했을 만합니다. 이제는 그곳에 들어섰으니 "할증으로 포맷"된 '시간'이 문제일 것입니다. 시간에 대한 사유 없이는 "가능성이 많은 장소로 가는 것"(II:84)은 쉽지 않을 것입니다. 「시간들」(II:32~33)이나 「계절병」(II:85) 등에서 잃기 시작한 그녀의 시간을 기대하는 이유가 여기에 있습니다.

국민을 그만두는 법

푸코는 근대인을 '살아 있는 존재로서의 자신의 실존이 문제시되는 동물'로 정의한 바 있습니다. 이 말은 삶의 주권이 왕의 소유로부터 해방되었음을, 그리고 국가와의 여러 계약 혹은 그것의 파기를 통해 행복을 추구하는 권리가 국민에게 주어졌음을 의미하지요. 평등과 자유로 요약되는 비지배 혹은 불간섭의 권리는 인간의 개성과 공동체의 이상을 활짝 열어놓은 것처럼 보였습니다. 그러나 오늘날 보다 나은 삶에의 기대는 자본과 기술의 절대 지배가 토해내는 '발가벗겨진 삶'들의 폭증과 함께 점차 실종되어가고 있습니다. 가령 코시안Kosian, 탈북자 등의 디아스포라 집단, 변두리 삶을 전전하는 국내의 하위 주체들은 삶의 '예외 상태state of exception'에 던져진 대표적 존재들입니다. 이들이 국가(법)나 자본에 의해 삶이 강화, 지지되기보다 생존이 극히 불확실한 상황으로 내몰릴 가능성이 압도적임은 355일 만에 겨우 안장된, 용산참사 당시 불탄 시신들의 예로 충분합니다. 이제 우리는 국민 되는 방법 못지않게 국민 그만두는 방법을 심사숙고해야 하는 기괴한 시대를 살게 된 것입니다.

　최금진은 벌거벗은 삶의 본질을 "웃음엔 민주주의가 없다"(11)는 말로 꿰뚫고 있습니다.[9] 그에 따르면 "열성인자를 물려받고 태어난 웃음", 곧 "가난한 아버지와 불행한 어머니의 교배로 만들어진" '웃음'은 "어딘가 일그러져/영락없이 잡종인 게 들통난다"(10)고 합니다. 일그러진 웃음은 대개 그의 가족 혹은 가문의 경험에서 추출되고 있다는 점에서 매우 사적이며 운명주의적인 색채를 띠고 있습니다. 그러나 "굶는 것과 자는 것 말고는 어떤 권리도 없는"(34) 예외적 사태에 대한 첨예한 인식은 비만한 생체 권력에 의해 그 웃음이 더욱 부종(浮腫)되고 있음을 뚜렷이 드러냅니다.

　그가 아버지나 친구와 같은 친밀성의 존재에게 던지는 야유와 욕설은 가난과 실패의 기원에 대한 사실 확인을 넘어 그들의 인격을 야료하는 야비한 독설로도 간혹 들립니다. 하지만 이 부정의 언어들은 "내가 꼴등인 걸 자꾸 확인시키면서 거기 싸인하라"(29)는 이 땅의 웃긴 민주주의를 폭로하고 내파(內破)하는 언어수행으로 최종 귀속됩니다. 왜 그런가. 보통 가족과 국가는 개인의 안전과 행복을 위해 위험을 최소화하고 내부적 결속을 최대화하기 마련입니다. 그러나 친밀성은 개인 혹은 특정 집단의 이익과 가치를 위해 얼마든지 거래되고 조작될 수 있는 위험한 물건이기도 합니다.[10] 말하자면 최금진은 '친밀한 적'들이 횡행하는 예외적 사태를 국민국가와 가부장제의 무서운 동행에서 읽어내고 있는 것입니다.

---

9) 최금진, 『새들의 역사』, 창비, 2007.

10) 가령 "이빨이 가려운 잡견처럼 무언가를 갉아먹고 싶은 아이들을 곁에 세워놓고/잘 사는 법과 싸움의 엉성한 방어자세를 가르치는 젊은 부부는/서로 사랑하지 않는다"(19)는 말은 얼마나 실감나는 표현인가.

이를 감안하면, 백석의 「마을은 맨천 구신이 돼서」의 계보를 잇는 일련의 귀신과의 대화기 혹은 퇴마록 시편은 의미 있는 미학적 선택입니다. 이 시편들은 할머니로 대변되는 "모계사회"의 불길한 영성(靈性)이 "탯줄 없는 남자들"을 생산하고 또 그들을 정처 없는 "새들의 역사"(144)에 편입시킨 가계사적 편력을 고백하는 형식을 표면적으로 취합니다. 그러나 이 비운의 내력은 '나'의 불행을 가로질러 마침내 "아무도 없다, 나는 다른 사람처럼 나를 바라본다/그리고 마침내 나는 내가 무섭다"(125)는 통찰을 유인한다는 점에서 전통 및 주체의 심층적 단절과 혁신에 연동되어 있습니다.

이런 차이들의 확인은 개인적인 것이지만, 결국은 "마을은 온데간데 구신이 돼서 나는 아무데도 갈 수 없다"(백석)는 공적 현실의 발견으로 확장되고야 맙니다. 이 지점은 미학적 차원에서라도 국민을 그만두는 법을 두고두고 묻게 하는 위험하고도 생산적인 결별의 원천일 것입니다. 과연 최금진은 첫사랑과의 결별에서 그랬던 것처럼 "들고 있던 돌멩이를 들어 내 성기를 마구 찍"을 수 있을까요. 그리고 "내 몸에선 석유냄새"(131)를 다시 맡을 수 있을까요.

매일매일의 시를 구축 – 파괴하는 법

과연 신세기를 맞은 신세대답게 젊은 시들은 과거와의 단절 혹은 전통의 해체, 그 반대급부로서 시적인 것의 영역 확장, 편안한 독해와 대화를 불허하는 난폭한(?) 상상력과 표현으로 웅성대고 있군요. 이 새로움은 물론 시대의 미학적 반영물일 텐데, 개인의 은밀한 욕망과 미시적 삶에 대한 관심은 분명 총체적 파악과 통합적 이해를 불가능하게 하는 자본과 문명의 속도, 그에 따른 삶의 파편화와 긴밀히 연동되어 있습니다. 젊은 시는 그러나 사상과 이념의 편차를 막론하고 대개 부조리한 현실의 묘사와 서술보다 시 속에 '이상한 나라의 앨리스'를 창조하는 방식, 그러니까 가상현실이나 환상의 괴물성과 실재성을 창안하는 방식으로 현실과 대화하는 한편 맞서고 있는 듯합니다.

이 글이 주유한 여섯 명의 시인들을 이념과 언어의 편차에 따라 배열한다면, 안현미―최금진, 심보선―진은영, 황병승―김행숙 정도가 될 것입니다. 나는 이 배열이 특정 가치나 이념의 선명성 혹은 그에 결부된 언어적 성향의 드러냄보다는, 이질적이고 낯선 세계의 내포와 내파를 동시에 거느리는 미학적 태도와 방법의 문제로 이해되기를 바랍니다.[11] 그 과정에서 드러나는 우연성과 아이러니의 내밀한 연계 혹은 자유로운 분산들이, 이들을 이미 줄 그어진 세계로 서둘러 편입하는 '평안한 분열'보다 예기치 않은 만남과 충돌을 즐겁게 유영하는 '느슨한 연대'로 이끌어가기를 궁극적으로 희망합니다.

"아름답다고 칭해질 만한 근거가 있는 모든 것이 지니는 역설은 그것이 현상으로 나타난다는 점이다"라고 말한 것 역시 벤야민이었습니다. '현상'의 절대성만을 강조하는 것으로 이해해서는 곤란한 말입니다. 그에 못지않게 현상을 생산하고 구성하는 어떤 것에 대한 사유와 관찰 역시 중요합니다. 물론 이 작업에는 현상을 하나의 원리로 규정하거나 당위적 윤리로 해석하는 단일성의 사유보다, 그 어떤 것을 모

---

11) 젊은 시인 6명의 선택은 미학적 성취의 판단과 더불어 이런 관심을 심화하기 위한 의도적 제한이었다. 이들의 사유 구조만큼이나 형식 의지를 중점적으로 살펴본 것도 물론 이 때문이다.

두의 관심과 흥미를 유인하는 이른바 불꽃놀이식의 다성적 표현에 펼쳐놓는 섬세한 감각이 더 어울릴 것입니다. 그러니 다시 인용하건대, "우리는 아직(!) 아무 일도 저지르지 못했다"는 말은 위에서 그린 시의 지형은 물론 젊은 시인들이 이제까지 구축해온 자기 시를 해체, 재구성, 갱신하는 데 힘이 되는 주술적 선언이기도 합니다. 부디 이 무서운 선언을 둘러싼 젊은 시들의 악다구니가 매일매일의 '잡음'으로 문장(文場/文章/紋章)을 태연하게 홀리고 어지럽히기를! 거기서 벌어질 그들 스스로의 전통과 미래의 구축, 또 그것의 동시적 파괴는 우리 시의 가능성 자체입니다.

〔2010〕

노동의 시, 시의 노동

오늘날 노동은 이중의 위기에 처해 있다. 삶의 내핍이 하나라면 다른 하나는 이념의 피탈과 실종이다. 누군가는 이런 사정을 두고 폭력과 추방과 강탈의 잔혹극이라 일렀는바, 과연 자본의 총공세와 극우 파시즘의 발호가 일상화되고 있음은 대중매체의 헤드라인을 훑어보는 것으로 족하다. 이런 사태는 삶의 표면적 흥성함과 달리, 우리 사회를 "승자독식, 무한경쟁, 적자생존의 유사―자연적 정글"로 급변시키는 한편, "'진정한 삶'보다는 '목숨 그 자체' 즉 '생존'의 문제"를 우리 삶의 가장 절박한 관심사로 밀어 올리고 있는 중이다.[1] 이른바 윤리의 실종과 공공성의 패퇴로 이름 붙일 수 있는 이 궁핍한 시대는 '더 나은 삶'에의 이념적 기여를 부질없는 욕망으로, 또한 "여대생이 미싱을 밟고 선반공이 자본론을 암송하던"[2] 시대의 재도래를 가망 없

---

1) 김홍중, 「진정성의 기원과 구조」, 『마음의 사회학』, 문학동네, 2009, p.20.
2) 김해자, 「승리는 애초에 꿈꾸지 않았으니―386사랑법」, 『무화과는 없다』, 실천문학사, 2001, p.41.

는 망상으로 세련되게 규정하고 있다.

삶의 완패와 이념의 치졸함이 과잉 선전되는 시대, 누구보다 빨리 문학적 당위와 표현의 윤리를 선점했던 민족민중문학, 특히 노동문학은 가장 가파르게 무관심의 영역으로 밀려났다. 이 불행한 내력은 무엇보다 간교한 현실에 의해 저질러진 이념적 테러의 결과물일 것이다. 하지만 카프문학의 패퇴 이래 지속적으로 되풀이되는 노동문학(이하 노동시)의 무력한 후퇴는 과연 급변한 사회 현실과 이를 미처 따라잡지 못한 변혁 이념의 추상성 때문인가. 미학적 성취의 제일 요건이 개성적 보편 혹은 보편적 개성의 구조화에 주어진다는 명제에 동의한다면, 우리는 노동시에서 이념의 문제와 더불어 예언가적 지성의 문제, 현실 안에서 현실을 넘어서는 창조적 표현의 절실함 역시 고민하지 않을 수 없다. 그렇다면 '고립의 언어'로 소산(消散)되는 표현의 과잉은 충분히 경계해야 되겠지만, 개성과 이념의 재문맥화를 능산(能産)하는 표현의 실험은 오히려 권장되어야 하지 않을까.

그러나 현실은 어떠한가. 혁명 이념의 강제적 실종에 따른 상실감과 패배 의식의 심화, 그것을 만회하고 보충하기 위한 당파성과 재현 방법의 애처로운 강화가 노동시의 세계 인식과 표현의 혁신에 일정한 제약을 가하고 있다는 게 보다 타당한 분석일 것이다. 물론 끔찍한 잔혹극이 '벌거벗긴 몸'을 자동화하는 시대, "서정에도 계급성이 있다"는 명제는 당위라기보다는 일종의 존재의 원리에 가까울 것이다. 그런데 문제는 이 명제의 실천으로서 "비시적인 삶을 위한 편파적인 노래"[3]가 '재현'의 위기를 초래함은 물론 시적 실험의 급진성을 제약

---

3) 인용한 두 구절은 송경동, 『사소한 물음들에 답함』(창비, 2009)에 실린 시 제목들이다. 노동자 시인인 그에게 시는 노동과 마찬가지로 생존이고 실존이다. 그러므로 계급의식과

할 가능성 역시 농후하다는 점이다.

몽환에 물든 상징과 은유, 그럴듯한 분석과 비유가 소수자의 본질과 삶을 파편화하고 저열화하는 '공식문학'의 일종임을 거절할 권리가 우리에게는 없다. 하지만 이 유사성의 원리들이 치졸한 구태를 벗어버리고 삶의 진정성을 파고들기 위해서는 현실 너머의 본질적 세계를 지향하는 당위적 진실의 재현에 충실해야 한다는 완고한 주장들역시 신중히 재고될 필요가 있다. 불과 한 세기 전, 재현이 구조화한 내포적 총체성은 혁명의 잠재성을 가시화하는 잠망경의 역할을 담당하는 한편, 원근법의 그물망을 거절하는 자율성의 미학, 이를테면 아방가르드 특유의 부정의 변증법을 자연주의와의 불행한 동서(同棲)로 확진해왔다. 이러한 미학적 권위는 불행히도 아방가르드의 '혁명을 위한 도취'의 힘을 얻는 방법, 그러니까 "일상적인 것을 꿰뚫어 볼수 없는 것으로, 그리고 꿰뚫어 볼 수 없는 것을 일상적인 것으로 인식하는 변증법적 시각을 통해서 비밀스러운 것을 바로 일상적인 것속에서 발견하는" '범속한 트임'[4]에 눈 감는 억압과 배제의 시스템을정당화하는 계기로 작동했다.

최근 시의 현실 참여와 정치성의 문제를 새롭게 제기 중인 '문학의정치' 논쟁이 '시학적·재현적 체제'보다 '미학적·감성적 체제'의 논리적 설득과 시적 표현에 집중하는 것도 이와 무관치 않을 것이다.리얼리즘의 충실한 지지자들처럼 이들 역시 '더 나은 삶'에의 의지를

당파성은 그의 삶과 시를 구성하고 영위하는 최종 심급이라 할 만하다. 이런 존재 의식은 충분히 존중될 만하다.

4) 발터 벤야민, 「초현실주의」, 『현대사회와 예술』, 차봉희 옮김, 문학과지성사, 1980, pp.40~41.

미적 윤리의 토대로 삼고 있다. 물론 문학의 정치성을 변혁 이념과 당파성의 구현에서 찾는 리얼리스트들과 발가벗겨진 존재들의 귀환을 수행하는 감각적인 것의 분배에서 찾는 이른바 '미학적 참여파'의 차이는 비교적 엄연하다.

진은영의 말처럼, 이들은 새로운 감수성의 탄생과 발명을 통해 기존의 제도와 의미를 탈내고 부정하는 한편 감성적 불일치를 끌어 올리는 것에 일차적 목표를 둔다.[5] 이를 통해 확보되는 발가벗겨진 자들의 목소리, 바꿔 말해 생산적 '잡음'은 다양한 차이와 이질성의 발현을 극대화함으로써 비생산적인 '정음(正音/政音)'의 권위와 권력을 아연실색하게 한다. 리얼리스트들에게는 정치의 직접적 실천이 핵심이라면, 이들에게는 지배 담론 체계를 파열시키고 발가벗겨진 자들의 귀환을 인증하는 미학적 개입이 핵심인 것이다. 따라서 이들에게는 현실의 감각 체계와 불화를 일으키는 이질적 표현과 구성, 다시 말해 일종의 '고립된 언어'의 선택은 불가피할뿐더러 전략적이기까지 한 것이다. 이런 언어 전략은 모든 '레디메이드'들과의 불화를 일상화하며 현실에서 통용되는 사회적·미학적 규칙들을 뒤흔든다는 점에서 매우 불온한 정치 행위일 수 있다.

이들의 미학이 크게 빚지고 있는 랑시에르에 따르면 재현의 체계는 다음과 같은 점에서 불충분하며 불만스러운 것이다. "재현의 체계는, 장르들과 더불어, 주제의 비천함 또는 고상함에 알맞은 표현 형태들과 상황들을 규정했다". 이른바 '말의 웅변적 모델'로 환치될 수 있는 재현의 위계성은 익명적이고 일상적인 "사물들, 사람들, 그리고 사회

---

5) 진은영, 「감각적인 것의 분배」, 『창작과비평』 2008년 겨울호, p.78.

들의 몸 위의 기호들"을 안 읽거나 못 읽을 맹점에 노출될 가능성이 크다. 랑시에르에게 감각적인 것의 끊임없는 분배와 재분배는 이 배제된 자들의 가시성을 확보하기 위한 미학적 원리인 동시에 정치 행위이다.[6] 왜냐하면 지젝의 발문에 따른다면, "동시에 자신의 목소리가 들려지고 정당한 상대자의 목소리로 인정되기 위한 투쟁"이기 때문이다.[7] 그렇다면 목소리와 관련된 벌거벗겨진 자들의 인정투쟁은 어떻게 가능한가. 진은영의 다음 지적은 무척 시사적이다.

예술의 감성적 재분배 능력을 결정하는 것은 객관적 정치현장에 대한 재현의 직접성이 아니다. 〔……〕 '참여'예술은 이미 특정한 방식으로 분배되어 있는 정치세력의 장 안에서 하나의 세력을 재현하는 방식을 택하려는 경향이 있다. 〔……〕 따라서 누군가 어떤 주장을 피력하고자 글을 쓴다거나 귀족, 부르주아들이 아니라 노동자들 또는 서민에 대해 말한다는 사실만으로는 불충분하다. 물론 노동자들이 혹은 노동자에 대해 말함으로써 글쓰기의 장에 부재했던 자리를 만들어내고 이를 통해 감성적 몫을 새롭게 분배했던 시기가 우리 문학사에 존재했다

---

6) 랑시에르의 번역자들이 빼놓지 않고 강조하는 사항은 그의 '정치' 개념의 독특성이다. 그는 권력의 집중과 분배에 관련된 통상적인 행위, 즉 우리가 보통 정치로 부르는 것을 '치안'이라 규정했고, 치안이 만들어놓은 질서에 맞서 감각적인 것을 새로 할당하고 분배하는 행위를 '정치'라 불렀다. 이런 연유로, 젊은 시단의 '문학의 정치' 담론을 올바르게 조망하기 위해서는 그들이 기대고 있는 랑시에르의 '감각적인 것의 분배＝정치'라는 인식틀을 사전에 인지할 필요가 있다.
7) 이상의 인용은 자크 랑시에르, 『감성의 분할—미학과 정치』, 오윤성 옮김, 도서출판b, 2008 여기저기 참조. 이 글에서는 '감성의 분할'을 '감각적인 것의 분배'로 대체한다. 이 용어의 번역 문제에 대해서는, 진은영, 「감각적인 것의 분배」, p.71 및 백낙청, 「현대시와 근대성, 그리고 대중의 삶」, 『창작과비평』 2009년 겨울호, p.16 참조.

고 할 수 있다. 그러나 그것은 노동자라는 특정 주체를 재현했기 때문이라기보다는 낡은 감성적 장에 불일치하는 문학적 사건을 발생시켰기 때문이다.[8]

노동시가 문학적 사건을 발생시킨 예로는 단연 임화의 「우리 오빠와 화로」(1929)를 비롯한 몇몇 단편 서사시와 박노해의 『노동의 새벽』(1984)을 들어야 한다. 이들의 성가는 변혁 이념과 당파성의 선명한 구현에서만 획득되지 않았다. 전자는 단편 서사시 논쟁이 암시하듯이 대중과의 수월한 소통을 목적하는 언어의 양식과 개입 방법이 매우 참신했다. 후자는 지배적 담론 체계에 저항하고 그것을 교란하는 노동자의 목소리가 기존 서정시의 무력증을 유발할 정도로 충분히 감각적이었다. 그러나 임화와 박노해는 이후 기존의 감성적 장과 불일치를 넓혀가는 대신 이념의 고삐를 더욱 틀어쥠으로써 그들이 그토록 갈구했던 대중과의 혁명적 접속을 오히려 이완시켜갔다. 이 와중에서 또 다른 '고립된 언어'로 빠져들던 이들의 미학적 완고함은 불행스럽게도 일제 군국주의의 성세(盛世)와 현실 사회주의의 몰락에 의해 급제동이 걸림으로써 문학의 장 내부에서 교정될 기회를 영영 잃어버리고 말았다.

현재의 노동시는 과연 선배들의 불행한 내력에서 무엇을 배우고 또 무엇을 극복했는가. 저들의 실패는 사회주의 혁명이란 뚜렷한 목표로 투신하는 과정에서 발생된 것이란 점에서 차라리 행복하다. 그러나 우리는 현재 자본과 기술의 세련된 통제 속에서 노동계급 내부의 교

---

8) 진은영, 「감각적인 것의 분배」, pp.79~80.

묘한 분할과 갈등, 경제적 이익에 우선순위를 두는 노조의 세속화 등
이 노골화되는 부정적 국면에 전면 노출되어 있다. 더군다나 지향해
마땅한 이념과 공동체의 상상이 거의 실종된 형편이라, '더 나은 삶'
의 기획은 더욱 막연하고 혼돈스러운 형국에 처해 있다. 현재의 노동
시가 언어의 자유자재한 운산을 통한 잔혹한 현실의 내파보다는 당파
성의 갈급한 요구나 불행한 노동의 안타까운 재연에 긴박된 경우가
많은 것도 어쩌면 미래의 구상이 불분명하기 때문인지도 모른다.

자유와 평등의 이념은 벌거벗겨진 자들의 목소리를 생환시키는 궁
극적 가치임에 변함없다. 그러나 이것들을 인류의 이상으로 궁극화한
근대성의 체계, 즉 자본주의와 사회주의는 자유와 평등의 실현에 모
두 실패했다. 이 체제들의 틀 내에서 자유와 평등을 호명했던 어떤
재현의 미학은 따라서 스스로의 실패를 인증하면서 또 스스로의 미래
를 열어야 하는 이중의 위기에 처해 있는 셈이다. 그들의 가족인 노
동시가 새로운 체제와 이념을 구체적으로 상상해낸다는 것은 꽤나 공
소한 희망 사항일 따름이다. 이보다는 그것들의 잠재성을 자유롭게
상상하면서 기존 현실 여기저기에 파열구를 내는 '잡음'을 생산하기.
나는 노동시의 미래 실험이 이념을 보존하고 재구성하는 재현의 욕
망 못지않게 감성적 불일치의 집요한 생산을 통해 이루어지기를 소
망한다. 물론 지나치게 유희적이거나 고립된 언어로의 흘러듦을 경
계하면서.[9]

---

9) 노동시의 의미 있는 공헌 중 하나는 민중 전체를 시 쓰기와 읽기의 주체로 공식화했다는
   것이다. 이것은 때로는 신원주의의 파고를 높이는 역할도 했지만, 현재는 하위 주체들이
   자유로운 시 쓰기를 통해 타자와 소통하고 미래의 공동체를 상상하는 민주적 경험의 길
   을 터놓았다.

　그렇다면 억압된 목소리의 귀환 혹은 재구성은 어떻게 수행되는가? 이것의 실천으로서 '감각적인 것의 분배'는 흔히 언어와 형식의 실험에 집중되는 경향이 있다. 해당 텍스트들에 대한 '고립된 언어'로의 명명은 언어적 불통과 보편적 감각의 일탈, 그러니까 언어공동체의 외부에 그들만의 리그를 구축한다는 미학적 불평등에 대한 불만에서 나온 것이다. 일상어와 구분되는 시어의 특수성을 감안해도, '고립'과 '난해의 장막'이 동의어로 이해되는 오해를 불러올 필요는 없다. 자발적 소외로서 '고립된 언어'의 진정한 의미란, 이를테면 노동시의 경우, 지배계급이나 기존 노동계급의 통상적 의식과 감각을 뚫고 자기 고유의 개성적 감성을 발견하거나 되찾는 것이다.[10] 고유성을 향한 차이나 이질성의 발견이 문자 그대로 '언어의 고립'에 의해 이루어진다고 생각한다면 그것은 오산이 아니라 오만이다. 보이지 않고 들리지 않던 것에 보임과 들림의 형식을 부여하는 과정에서 발생하는 언어의 고립은 어디까지나 불가피한 결과물이지 응당 추구해야 할 정법(正法/定法)은 아닐 것이다.

　따라서 노동시는 언어의 감옥을 파쇄하고 탈출하는 고립적 반란보다는, 감옥 내부로 노동자를 비롯한 하위 주체들의 실존을 재구성하

---

10) '고립된 언어'의 한 구성원으로 지목되는 진은영도 언어의 자기목적주의나 언어의 외로운 자기지시성에 대해서는 상당히 비판적이다. 랑시에르의 충실한 지지자답게 그녀는 절대적 예술의 자율성이 아닌 감성적인 것의 자율성을 옹호할 따름이다. 감성적 자율성은 기존 세계의 낡은 감각적 분배를 파괴하고 다른 종류의 분배로 변환시킴으로써 삶의 새로운 형태들을 발명하는 것에 집중한다. 실제로 랑시에르도 재현 자체를 거부하는 대신, 오히려 재현의 역능, 그러니까 "닮음의 기능을 규정하던 구조들의 파괴"에 주목했다. 백낙청은 이를 높이 사면서도, 랑시에르가 재현적 체제의 위계질서를 전복한 점만 강조할 뿐 근대의 문학 예술에서 사실적 재현이 남다른 의미를 갖게 된 점에 대한 인식이 미흡함을 비판하고 있다(백낙청, 「현대시와 근대성, 그리고 대중의 삶」, pp.27~32).

는 새로운 종류의 감성을 지속적으로 밀어 넣는 내포적 반란에 집중할 필요가 있다. 이런 감수성의 반란으로부터 아마도 계급과 존재의 동시적 해방에 이르는 어떤 공동체, 즉 "동일성에 근거를 두지 않고 동일자의 억압을 거부하는 공동체, 오히려 타자의 발견과 차이의 발견으로 역설적으로 지속되는 밝힐 수 없는 공동체의 요구"[11]가 보다 보편화될 것이다(물론 이것은 서정시 일반에 대한 요구이기도 하다).

*

'낯설게 하기'는 동일화의 문법을 거부하는 차이 혹은 이화(異化)의 문법으로 흔히 이해된다. 이것은 형식주의자들의 지지를 크게 얻으면서 내용과 무관한 언어 실험의 도구쯤으로 각하된 측면이 없잖다. 그러나 '낯설게 하기'가 기존의 제도와 언어, 내용과 형식에 감성적 불일치를 흩뿌리는 미학적 도발로 처음부터 유지되어왔음을 부인할 사람은 없을 것이다. 따라서 그것은 하위 주체들의 실존 혹은 목소리를 새롭게 구성하고 제자리를 찾아주는 감각적인 것의 분배에 유효적절한 기여를 수행할 가능성이 높다. 가령 흔해빠진 이사 광고를 통해 벌거벗겨진 자들이 죽음으로 내몰리는 비극적 상황을 보편화하는 다음 시가 그렇다.

보증금도 월세도 통장도 여비도 필요없습니다,
망각만 들고 오십시오, 몸만 들어오십시오,

---

11) 박준상, 「모리스 블랑쇼, 얼굴 없는 "사제"」, 모리스 블랑쇼/장·뤽 낭시, 『밝힐 수 없는 공동체/마주한 공동체』, 박준상 옮김, 문학과지성사, 2005, p.98.

뒷걸음치는 그들에게 21세기 지구별 전광판은

초간편 이사 광고를 턱밑까지 들이밀었다

[……]

순간 이동에 실패한 아이 하나

모래톱에 누워 망각의 강물을 내뿜고 있다

— 김해자, 「초간편 이사」 부분(『축제』, 애지, 2007)

"초간편 이사 광고"는 실재인 동시에 지배 담론의 억압과 배제의 세련된 기술을 암시하는 객관적 상관물이다. 물론 이것은 지배의 속성과 방법을 즉시 환기한다는 점에서 닮음의 구조를 중시하는 재현의 틀을 크게 벗어나지 못한다. 하지만 충격적인 것은 이제는 일상이 되어버린 듯한 일가족의 자살 자체가 아니라 그들의 미래적 운명을 지시하는 방식이다. "순간 이동에 실패한 아이"가 그것인데, 이 아이는 '살해할 수 있지만 희생물로 바칠 수 없는 생명'[12]일 수밖에 없다. 죽음의 타율성과 죽음의 불가능성은 아이가 정치와 종교의 구원에서 동시에 배제된 '벌거벗겨진 생명'으로 영원히 남겨질 것임을 암시한다. 이제 "순간 이동"은 해방의 정치학이 아니라 "철거 계고장 차압 딱지" 속으로 영원히 되돌아가는 억압과 구속의 운명학이다.

물론 추방의 비극을 절대화한다고 해서 이 시가 소극적 니힐리즘으로 빠져드는 것은 아니다. 대중매체의 선전 전략을 시의 내부로 끌어

---

12) 호모 사케르homo sacer를 의미한다. 앞의 글 「환상(성), 사전 혹은 실재를 구성하다」 각주 5) 참고.

들임으로써 자본의 세련됨 및 휘황함과 대비되는 벌거벗겨진 자들의 현실은 극적으로 부감된다. 그렇다면 '순간 이동의 실패'는 이렇게 재해석될 수 있다. '지구별' 외부로 탈출하는 것보다 '지구별' 내부로 파고드는 것이 이 아이들의 목소리를 되찾는 유일한 방법임을 암유하는 말이라고. 과연 아이는 "모래톱에 누워 망각의 강물을 내뿜고('마시고'가 아닌!) 있"지 않은가. 이 강물이 사적 원한의 분출로 흘러들까 아니면 하위 주체의 감성과 실천을 재편하는 목소리로 흘러갈까 하는 문제는 지구별 난민이기는 마찬가지인 우리들의 순간 이동법 및 좌표와도 무관치 않음을 기억해두기로 하자.

　　더욱 완전한 백지에 이르고자
　　없애고 없애고 또 없애는 것이 제지공의 길이다, 제지공의 삶이다,
　마치 거지의 길이며 성자의 삶과 같다

　　그러므로,

　　오늘도 백지를 만드는 제지공들은 자꾸만 문자를 잃어간다, 문맹이
　되어간다
　　문명에서—문맹으로

—유홍준, 「문맹」 부분(『나는, 웃는다』, 창비, 2006)

　　노동의 길이 오히려 주체를 죽여가는 길임을 백색의 신화는 명쾌하게 적시한다. 대부분의 텍스트들은 계급 모순을 초점화하기 위해 대체로 자본과 권력의 소유와 피탈 문제에 집중한다. 외부 모순의 격화

는 종종 주체의 윤리와 행위를 정당화하는 보호막이 된다는 점에서, 주체 내부에 감각적인 것의 불일치를 구성하는 자아의 배반을 종종 가로막는다. 유홍준표 노동시의 개성은 자아의 배반을 정치적 상상력으로 지혜롭게 전유하는 언어의 운용에 있다. 가령 백색 신화를 달성하는 제지공의 삶을 '거지의 길'과 '성자의 삶'으로 이중화하는 신화론은 '문명'의 맹목이 '문맹'의 잉태와 생산으로 전환되는 순간 여지없이 붕괴된다. '문명'과 '문맹'의 아이러니는 자본이 노동을 지배하고 잠식하는 원리를 대외적으로 지시한다면, 자본의 침탈에 무력한, 다시 말해 자동화된 소외를 살고 있는 벌거벗겨진 자아의 비극을 대내적으로 구성한다.

물론 유홍준의 노동시에 편만한 아이러니는 감각적인 것의 분배를 현실 변화의 힘으로 적극화하기보다 노동의 소외에 대한 유희적 인식과 수사의 방법으로 소극화하는 경우가 많다. 하지만 아이러니가 획득하는 '레디메이드'에 대한 분할과 횡단은, 「다방에 관한 보고서」가 예시하듯이, "노동의 본질과 의미, 노동자의 생명력과 자발성을 포식한 자본의 폭력적 생태계"[13]를 만화경적으로 표상하는 데 주효하다. 이런 경우를 함께 참조하면, 유홍준의 아이러니는 자아의 내·외부를 향해 동시에 파고드는 긍정적 의미의 양날의 칼로 이해될 수 있다. 다만 거기에 뿌리박힌 냉소적 우울의 편린을 '밝힐 수 없는 공동체'의 적극적 상상 속에서 어떻게 해소하고 삭제할지에 대한 고민은 여전히 그의 몫이다. "흉터는 외부에서 열지 못하는 뚜껑"이자 "밀실"(「그의 흉터」)이라고 했던가. 이 출구 없는 내면에 틈새를 내는 길 역시 자

---

13) 김수이, 「얼굴 없는 노동, 자본주의의 역습」, 『창작과비평』 2006년 겨울호, p.249.

기 내부에서 기존의 감성론을 파괴하고 새롭게 분배하는 언어수행에서 우선 찾아질 듯하다.[14] 그러니 유홍준 시의 미래를 송경동의 다음과 같은 언어의 탁발에 연동시켜도 괜찮겠다.

금세 가족이 되어 동화되는 말들은
그 말들이 아니다 그의 말들은
닮기 위해 오지 않고
설명하기 위해 오지 않는다

나는 이 말들의 음역이
좀체 떠오르지 않아
많은 날을 벙어리처럼 침묵해야 했다
때론 벽을 쿵쿵 울려보기도 했다

— 송경동, 「아직 오지 않은 말들」 부분(『사소한 물음들에 답함』)

송경동은 누구보다 계급의식에 민감하며 자본의 폭력에 대항하는 노동자의 윤리에 철저하다. 따라서 이 시를 "노동자들을 공동체의 상징적 공간 안에(혹은 바깥에) 자리를 배정하고, 그들을 생산과 재생산의 '사적인' 영역에 놓는 전통적인 감각적인 것의 나눔을 뒤집는"[15] 실천으로 선뜻 규정하기는 어렵다. 그래도 모든 '레디메이드'의 음역

---

14) 최근 유홍준의 출구 전략은 불화하던 아버지와의 화해에서 모색되고 있다. 그간 자신이 비판해 마지않던 가부장의 팔루스를 넘어서는 방법에 따라 노동시의 양태도 상당히 달라질 것이다.
15) 자크 랑시에르, 『정치적인 것의 가장자리에서』, 양창렬 옮김, 길, 2008, p.119.

을 뒤흔들 뿐만 아니라 자아의 패배마저 초래할 수 있는 불길하고 고독한 말들, 다시 말해 감각적인 것의 새로운 발견과 분배의 욕망만은 더할 나위 없이 긍정적이다.

닮음과 설명을 거절하는 말들은 과연 어디에서 출몰할 것인가? 지금까지 그래왔듯이 계급의식을 더욱 벼르며 오로지 현실과 연관 없는 절대미에 종사하는 허구적 서정시를 거부하면 "아직 오지 않은 말들"이 저절로 찾아올까. 우리와 마찬가지로 그의 대답 역시 '아니오'일 가능성이 크다. 자족적 아름다움의 충복이었던 '그럴듯한' 비유와 분석, 은유와 상징을 오히려 그 아름다움의 상황을 뒤집고 탈내는 자객으로 파견하는 것이 보다 합당한 미학적 공습일 것이다. 이런 편파성은 노동시의 존재 방식과 미래 기획을 새롭게 구성할 여지가 충분하다. 따라서 만약 그 공습이 현실화된다면 시인 자신의 문학 장만큼은 내파적인 동시에 포월적(匍越的)인 언어로 채워질 가능성이 크다. '감각적인 것'의 분배 방법에서 하위 주체들의 목소리에 적합한 자리들과 형태들의 확인보다 그것들을 실현할 말들의 잠재성에 주목한 것도 이 때문이다. '레디메이드'와의 불화는 그래서 슬픔과 공허가 아니라, 고통마저 자임하는 즐거움과 충만인 것이다.[16]

---

16) 좁은 의미의 노동시, 곧 계급의식에 충실한 노동자 시인 혹은 그들의 동료들을 중점적으로 다룬다는 취지에서 어쩔 수 없이 배제한 이기인의 「알쏭달쏭 소녀백과사전」 연작을 비롯한 일련의 노동시(『알쏭달쏭 소녀백과사전』)도 이런 점에서 꽤 의미 깊다. 그는 소녀들에게 "오래된 삽" "비둘기" "연탄" "나비" "꿀단지" "흰 벽" "백합" 따위의 별칭을 부여하며 그에 맞추어 소녀들의 존재와 일상을 재구성한다. 이런 언어 실험은 자본의 지배와 침탈 방식은 물론 그에 대한 소녀들의 침통한 대응 방식을 전혀 낯설게 제시하는 원동력이 되고 있다.

*

　한때 문학 장(場)에서는 '내면화 경향'이란 말이 유행했다. 문학이 취해 마땅한 시대정신을 거두고 현실과의 대결을 피해 주체의 내면으로 침잠하는 경향을 일컫는지라, 이 말에는 언제나 패퇴와 도피의 혐의가 들러붙는다. 물론 이런 경향은 부정적 현실이 작가의 현실 인식과 미래 기획을 불가능하게 할 만큼 압도적일 때 주로 발생해왔다는 점에서 주체의 자기 보존 욕망과 밀접하게 연관되어 있다. 적어도 애초에는 불가피한 후퇴를 인정하되 서정성 강화를 통한 예술성의 획득으로 부정적 현실을 견디고자 한 미학적 대응이었던 셈이다. 그러나 현실과의 절연이 초래하는 감상성 과잉의 낭만화 경향은 주체 보존의 욕망을 세속화하는 한편 삶과 세계의 불가해성을 촉진하는 부정적 결과를 곧잘 초래했던 것이다.

　당위적 이념과 미래의 실종이란 유탄에 결정적 상처를 입은 1990년대 이후 노동시는 불행하게도 내면 성찰의 진정성과 유효성마저 의심받을 만큼 자기 파산의 내홍에 시달렸다. 이른바 '박노해 현상'은 '사람만이 희망'이라는 내면성의 추상적 고백 속에서 급격히 과거화되었고, 백무산의 '만국의 노동자'와의 연대 정신 역시 '인간의 시간과 길'을 묻는 낭만화의 유곡에 서서히 갇혀갔다. 이들의 좌절과 패퇴는 노동시의 진정성 이전에 그것의 생존 여부를 먼저 고민하게 할 만큼 결정적이고 근본적이었다. 노동시로부터 지식인과 청년 시인들의 급격한 이탈, 신문과 문학잡지를 비롯한 대중매체와의 관계 이완, 보수적 서정시 개념의 회귀에 따른 미학적·진보적 가치의 피탈 등은 얼마

전 노동시의 절정을 무색하게 하는 충격적 반전이었다.

여전히 이런 상황의 여진에 시달리는 노동시의 영혼은 피로하며, 그에 따른 내면화 경향은 노동시의 또 다른 진화를 부단히 지연하고 있는 중이다. 하지만 사진으로 달려간 박노해와 달리 성찰과 모색의 시편을 꾸준히 적층해온 백무산의 내면성은 서서히 새로운 감성적 분배에 참여하기 시작했다. 가령 "그의 시편들은 '생명'과 '자연'에 주목하되, 현실적인 '적대'를 포기하지 않고, 이데올로기나 과학의 이름이 아닌 '흐름'과 '유목'과 '생성'의 혁명을 사유한다"[17)는 고평을 들어보라. 기존의 노동시와 노동계급에 배당된 낡은 목소리, 즉 감각적인 것의 분배를 전복시킴으로써 시인 자신과 노동계급의 존재 방식, 그리고 실존을 낯설게 재구성하고 있는 것이다. 따라서 그의 내면성에의 깊은 침투는 서정성의 강화를 노리는 자기 지시적 노동이라기보다 외부 현실과 타자를 향해 열리는 타자 지향적 노동이라 할 만하다.

나의 발길은 멀리도 흘러왔을 터인데 돌아보니 맨 그 자리였다. 내가 짚고 일어설 곳도 쓰러진 그곳밖에 없었다. 그곳에서 내가 딛고 일어설 곳도 쓰러진 그곳밖에 없었다. 그곳에서 내가 딛고 일어설 집을 지었지만 허공에 뜬 자리였다. 그렇다. 이 허공이 바로 내가 오래 흘러온 자리가 아닌가. 그러므로 내 집은 안거의 자리가 아니라 뗏목이 아닌가. 안거가 아니라면 나는 그 구조의 밖에 있고 내 집은 구조물이 아니라 한 척 뗏목이 아닌가.

---

17) 고봉준, 「잠재성으로서의 혁명」, 『창작과비평』 2009년 봄호, p.370.

나의 사랑도 불빛 거리에 있고 내 그리움도 아직 저 먼지바람 이는
광야에 있으니 머물 것이 없는 집이 아닌가.
　　나 아직 가야 할 길 있으니, 땅에서 쓰러져 땅을 딛고 일어나야 할
때 나의 집은 작은 뗏목이 될 뿐 나의 유목은 끝내 쉴 수 없으리라.
— 백무산, 「흐르는 집」 부분(『거대한 일상』, 창비, 2008)

「흐르는 집」은 그간의 시와 삶을 성찰함으로써 미래의 지표를 기획
하는 일종의 자아의 서사narratives of self이다. 뗏목(유목)의 삶의
통찰과 선언은 비유의 겹침과 의미의 복합성 때문에 오히려 현실 연
관의 기미에 저촉하는 느낌마저 든다. 그러나 "나의 사랑도 불빛 거
리에 있고 내 그리움도 아직 저 먼지바람 이는 광야에 있"다는 자기
이해는 역사 현실에 대한 직핍한 이해에서 산출된 만큼 어떤 의식보
다 본원적이고 미래적이다. 왜냐하면 노동의 타락 혹은 빈곤이 "우리
의 노동의" 결과물이며 이것은 세계사적 차원의 동일한 현상과 맞물
려 있다는 것, 따라서 우리들의 고통스러운 권리와 즐거운 의무는 그
런 '치욕'과의 일상적 대면임을 이미 전제하고 있기 때문이다.[18]

기존의 상황을 철저하게 뒤집는 그의 발본적 사유는 '닮음의 기능
을 규정하던 구조들의 파괴'를 노동시를 비롯한 노동 담론 내부로 끌
어들임으로써 기존의 감각적인 것을 새로운 그것으로 전복하고 대체
하는 역능을 수행할 것이다. 지속적 '유목'은 구축과 정지보다는 해
체와 흐름에 초점을 맞추는 행위인 만큼 훨씬 역동적이되 매우 위험
한 삶의 형식이다. 노동시의 미래와 관련시킨다면, '전통 없는 전통'

---

18) 이와 관련한 침통한 성찰과 고백은 백무산, 「치욕」, 『거대한 일상』, 창비, pp.153~58
참조.

'침묵 부재의 침묵'과 같은 내파적 아이러니의 선언인 까닭에, 백무산의 의식과 언어는 누구보다 빨리 기존의 담론과 감성을 파열시키는 새로운 감각적인 것의 할당과 분배에 바빠야 한다. 여기에 대응하는 삶과 시의 형식이란 과연 어떠할 것인가. 또한 얼마나 정치적일 것인가.

우리는 이 지점에서 백무산의 시좌(視座)에 비하면 보다 일상적이고 감상적이며, 그런 만큼 보다 서정적이고 내면적인 노동시인의 기록을 검토해야 한다. 저 '치욕'의 감염과 치유는 결국 가장 보편적인 노동자의 세계에서 활성화되고 종료될 때에야 비로소 완성되는 것이기 때문이다. 물론 이 자리의 '보편적'이란 수사는 '평균적'이라는 의미의 대체제가 아니다. 치욕이란 본래 자기의 본성과 현실의 파악 없이는 결코 부과되지 않는 성찰적 감각이기 때문이다. 그런 만큼 치욕의 적극적 대면자는 언제나 자기 내파적이며 또한 긍정적 의미의 현실 수렴적인 존재일 수밖에 없다.

프레스 해체 작업을 하다가 왈칵 쏟아지는 피에 깜짝 놀랐다 이렇게 낡은 몸통 어디에 이리도 많은 피가 흐르고 있었을까? 오일 통을 뜯어내고 크랭크를 뜯어내자 나는 내 눈을 의심할 수밖에 없었다 까맣게 타 들어 간 심장이 조용히 아주 조용히 뛰고 있었다 나는 내 심장 소리에 귀를 기울여 보다 기어 몇 개를 더 들어내고 기계 안을 들여다보았다

〔……〕

얼마나 지났을까 담배 연기를 따라 기계 속에서 걸어 나오는, 왼 손

가락이었다 오른 손목이었다 반밖에 남지 않은 손톱이었다 알아들을
수 없는 말들과 새까맣게 타버린 심장들이 꿈틀꿈틀 걸어 나왔다

— 표성배, 「노동자 연대기」 부분(『기찬 날』, 애지, 2009)

근대 계몽기 조선인들은 겨우 시속 20킬로미터 정도로 달리는 기
차를 바람으로 인식하던 차였다. 놀라운 속도의 박래품은 그러나 그
들을 태연하게 잡아 잡숫는 만행을 종종 저지르는 바람에 공공의 적
으로 지탄받기도 했다. 조선인들은 이 끔찍한 화마(火魔/火馬)를 무
작정 때려 부수고 뒤엎는 즉자적 방식으로 자신들의 원한과 분노를
해소했다. 아직 속도의 편리가 느림의 불편을 이기지 못하던 이른바
'반개(半開)' 시대의 처량한 광경인 것이다. 하지만 기차는 식민지
시대는 물론 산업화 시대에 이르기까지 문명과 발전을 지렛대 삼아
수탈과 추방을 가속하는 괴물로 한국 땅 곳곳을 배회했다. 이런 사실
을 떠올리면 조선인의 무지한 분노는 차라리 무의식중에 미래를 건너
본 지혜로까지 여겨진다.

그 의미는 다르지만, 속도에 잡아먹힌 조선인들의 기차 파괴 행위
는 초기 자본주의 시대 노동자의 전통적인 쟁의 형태였던 기계 파괴
운동을 문득 연상시킨다. 이후의 생산수단을 정지시키는 파업이 이
운동의 세련된 형식임이 여기서 판명난다. 자본의 기원인 동시에 노
동자의 밥줄이기도 한 각종 생산수단은 노동자에게는 애증의 대상일
수밖에 없다. 그러나 대개의 노동시에서 기계는 자본의 분신 혹은 노
동자의 저항 수단으로 대상화되어왔을 뿐 그것이 노동자의 육체와 영
혼에 끼치는 본원적 의미가 제대로 성찰된 적은 거의 없었다.

표성배는 여러 시편에서 이 작업을 자아:몸—기계 대 기계:기

계-몸의 갈등과 통합의 형식으로 수행하고 있다. 「노동자 연대기」
는 노동자와 기계가 하나의 몸이 되어가는 통합의 기술과 서로의 몸
을 악착같이 먹어가는 배신의 책략을 서사화하고 있다. 이미 몇 푼의
보상금과 새로운 몸-기계의 투입으로 끝난 줄 알았던 슬픈 치정극은
'나'의 공손한 애무, 곧 손질과 더불어 아프디아픈 과거를 울컥 쏟아
내고야 마는 것이다. 기계-몸에 가득 찬 찢긴 몸의 파편들은 자본
침탈의 약사(略史)와 노동자의 것이어야 할 생산수단의 본원성을 충
격적으로 각인한다. 이미 죽은 육체들이 살아 꿈틀대는 몸으로 생환
하는 것은 과거의 현재화를 넘어 육체의 절단과 피탈이 여전히 현재
진행형임을 암시하기 위한 미학적 방편일 것이다.

　기계와의 애틋한 연애는 자칫 자본과의 긴장을 늦추어버리는 위험
한 연정의 발현일 수 있다. 하지만 찢긴 몸을 내포한 기계-몸의 사
실성과 역사성이야말로 "사실, 단 하루도 출근하지 않은 적 없지만
나는, 출근한 적도 없다"[19]는, 소외된 노동과 그것을 강제하는 자본
에 대한 객관적 인식의 원천이다. 과거 미래파가 기계에 속도와 신기
성, 전쟁의 감각을 분배했다면, 표성배는 '친밀한 적'이란 모순적 속
성을 재분배함으로써 미학적 정치성을 새롭게 확보하고 있다고나 할
까. 표성배의 연대기는 백무산보다 조금은 더 서정적으로 조금은 더
감성적으로 '뗏목의 삶'을 조성 중인 것이다. 이 힘들고 즐거운 노동
의 현장에서 '기찬 날'은 얼마나 열릴 것인가, 또 얼마나 느리게 흐를
것인가.

---

19) 표성배, 「그림자」, 『기찬 날』, p.47.

 *

　노동시의 현재가 그렇지만 미래 역시 '낡음 없는 늙음'에 달려 있는 듯하다. 젊은 시는 (하위)문화의 게토로 이주한 지 오래이며, 그런 만큼 그들의 관심은 노동과 생산이 아니라 개인적 취향과 문화의 유희에 경사되어 있다. 최근 '문학의 정치' 담론이 '잃어버린 대의'를 옹호한다는 점에서 연대의 가능성을 높이고 있지만, 그러나 그들의 참여와 이념은 미학적 실험에 근거한 '감성적인 불일치'로 집중되고 있어 여러모로 제한적이다. 기존의 노동시를 옹호하고 재현의 정치학에 굳은 신뢰를 보내는 일군의 진보주의자들에게 미학적 실험은 오히려 언어와 실천의 불통 혹은 그 형식들의 분열을 확장한다는 점에서 불만스러울 수밖에 없다. 이런 상황은 시와 세대에 있어 동시에 '낡음 없는 늙음'을 살고 있는 노동자 시인들에 대한 신뢰와 의존을 더욱 굳히는 배경이다. 하지만 그럴수록 미학적·생물학적 세대론의 단절감 역시 짙어갈 것이니 이를 어쩔 것인가.

　이 글이 뽑은 몇몇 노동시인의 지침 없는 행보는 바랄 나위 없는 것이다. 하지만 노동시의 확장과 변화는 노동의 존재 방식이 더욱 복잡해지고 세분화되는 현실에서 불가피한 것이기에 앞서 필연적일 수밖에 없다. 가령 디지털 문명이 초래하는 주체와 삶의 형식의 변화, 노동의 비정규직화와 디아스포라 노동자의 급증 등은 노동계급의 서발턴Subaltern화를 급속히 확장하는 물리적 현실이 되고 있다. 이 불행한 현실을 풍부히 이해하고 복합적으로 가로지를 '감각적인 것의 분배'는 어쩌면 노동시의 생존 요건이자 필요조건일지도 모른다.

비록 노동시는 아닐지라도 이원은 이른바 '클릭click' 행위의 가공할 만한 변성 능력을 "야후!의 강물에 천 개의 달이 뜬다"라고 갈파함으로써 실재를 포식하는 가상현실의 위력을 인증했다. 또한 하종오는 국내의 디아스포라들에 대한 일련의 시화(詩化)를 통해 하위 주체의 하류로 밀려가는 피부색 다른 노동자들의 비극적 서사를 조감하고 있다. 노동시의 주류를 형성하는 임노동자의 현실을 감안하면, 디지털 세계의 문화적 변이와 구성에 보다 민감한 언어의 창안과 추구는 그리 녹록하지 않다. 또한 피부와 핏줄이 아류 제국주의의 함정에 우리를 빈번히 밀어 넣는 일련의 현실은 타자 지향의 연대 의식을 더욱 더디게 한다. 그러니 디아스포라를 향한 낭만적 연민과 분노만으로는 그들의 진짜 목소리를 채취하고 들려줄 수 없을 것이다.

말 그대로 견고한 모든 것이 대기 속에 녹아버리는 이 휘발성의 시대, 노동시의 감각적인 것의 분배는 제국과 자본을 향한 휘발성의 역풍으로 주어져야 한다. 스스로 휘발될수록 적대자에 대한 휘발성이 더욱 커지는 노동시. 사실 이것은 노동시와 어떤 방식으로든 연대를 추구하는 불온한 서정시들이 유념해야 할 시적 노동의 기율일지도 모른다. 문제는 휘발성이 획득되는 방법일 텐데, 2차 텍스트의 생산자인 나는 그것을 말할 수 있는 위치에 있지 않다. 김수영의 「시여, 침을 뱉어라」 말미를 옮겨 적는 것으로 미욱함을 덜 따름이다.

"자유의 과잉을, 혼돈을 시작하는 것이다. 모깃소리보다도 더 작은 목소리로 아무도 하지 못한 말을 시작하는 것이다. 아무도 하지 못한 말을. 그것을—".

〔2010〕

젊은 시, 시간을 읽다

시간은 삶의 원리이자 덫이다. 모든 삶은 시간을 통과함으로써 저를 키우고 완성하며 소멸한다. 삶의 황홀은 시간을 낭만화하지만, 죽음으로 대표되는 삶의 파국은 시간의 폭력성을 절대화한다. 삶에 대한 통찰과 성찰이 어떤 식으로든 시간의 기획과 연관되는 것은 아마도 이 때문일 것이다. 물론 이때의 시간 기획이란 단순히 과거와 현재, 미래, 또는 현실과 현실 너머와 같은 완고한 틀을 전제로 이루어지는 행위를 뜻하지는 않는다. 시간을 이해하고 가치화하는 방식은 세계관에 방불한 것이다. 세계는 시간의 표상에 따라 제 모습을 구성하고 드러내며, 삶은 시간을 읽으면서 제 갈 길을 구체화하거나 재조정한다. 시간은 길들이는 대상이 아니라 우리가 깃들어야 하는 대주체라는 명제는 그래서 가능하다.

그러나 이것을 시간에 대한 저항과 복종이라는 상투적인 이해 속에 가둬둘 필요는 없다. 가령 깃드는 행위는 피동적이고 수동적이지도 않으며, 또한 '나'의 자의에 따라 성취 여부가 결정되지도 않는다. 그

것은 어디까지나 깃들고자 하는 대상과 '나'와의 대화 행위—갈등과
친화를 모두 포괄하는—이다. 어쩌면 이 때문에 시간과 삶(나)은 서
로를 대체하며 서로를 성찰하는 관계이기를 거듭하는지도 모른다.

여기, 네 편의 젊은 시가 있다. 시인들의 연령이나 그들이 처한 문
화(1970년대 이후에 태어난 이들은 현대성의 절정을 살고 있다)를 염두
에 둔다면, 우리는 시간과의 거친 대결을 먼저 떠올릴 듯하다. 그러
나 시간은 공평한 삶을 약속하지도 허락하지도 않는다. 다만 한 개인
에게는 그에게 적합한, 또는 그가 감당해야 할 삶이 따로 있다는 무
서운 진리를 퍼뜨릴 뿐이다. 여기서 시간 경험의 편차가 발생하며,
또 세계를 덧입는 시간의 표정들이 무수히 갈라진다. 따라서 어떤 개
인의 시간을 읽는다는 것은 그가 처한 현실과 삶은 물론, 마음에 여
며둔 가치 체계를 읽는 것이기도 하다.

*

어떤 말의 활성이나 교착은 사회 변화와 연관된 경우가 많다. 이때
결정적인 것은 그 말의 향방이 대체로 이데올로기적 효과를 선동하
며, 그 효과에 따라 말의 가치가 결정된다는 사실이다. 이제 '리얼리
즘'이란 말은 1980년대의 활황을 머쓱하게 할 만큼 생소해진 듯하다.
실제 삶보다는 문화적 학습이 문학적 사유와 상상의 대세를 점하고
있는 요즈음, '리얼리즘'은 빨리 벗어던져야 할 구태이자 촌티 나는
전체성의 주술일 따름이다. 그러나 여전히 문제는 '리얼리즘'이다. 애
꿎은 구박과 이데올로기적 면박이 '위대한 승리'를 '웃기는 패배'로 바
꿔치기한다고 해도, 적어도 '지공무사'의 정신만은 현실을 직시하고

세계의 이면을 건져 올리는 방법이기를 계속해야 되지 않을까.

「농협창고」를 두고 '리얼리즘' 운운하면, 윤성택은 손사래를 먼저 칠지도 모르겠다. 이것이 시의 음역에 미칠 어떤 제한과 고착을 염려한 행위라면, 나는 주저 없이 '리얼리즘'이란 말을 거둬들이겠다. 사실 이 시의 현실성은 "농협창고"보다는 오히려 그것이 살아내고 갉아먹은 '시간'의 이미지와 효과에 의해 확보된다. 말하자면 시간은 비유인 동시에 역사이고 현실인 것이다. 그의 시가 리얼리즘에 토대하면서 리얼리즘 너머를 살고 있다는 생각은 이로부터 연유한다.

> 사라진 빛들이 창고에서 창고로 이동하며
> 앞문으로 들어선 소년이 청년이 되어 나오고
> 뒷문으로 머리띠를 두른 노인이 걸어 나온다
> 전송되는 것은 세월뿐 아니어서
> 그 많던 포대는 시간의 벽을 통과해
> 몇 년 전이나 몇 년 후로 쌓여 있다
> 〈결사〉라는 붉고 서늘한 벽화를 보며
> 나는 죽음까지 관통하는 미래를 보는 것만 같아
> 다시는 열릴 것 같지 않은 자물쇠 너머
> 한사코 그 안을 들여다본 것인데
> 터널 같은 그늘에서 쩍쩍 금이 뻗는다
>
> ― 윤성택, 「농협창고」 부분(『실천문학』 2006년 가을호)

농촌이 자본에 전방위로 포위된 시대는 지난 과거 어느 때도 아닌 현재이다. 농민운동이 활성화되던 때는 그래도 자본에 대한 저항이 가능하던 시기였다. 그러나 나날이 공동화되어가는 농촌의 현실과 미구에 실현될 한미 FTA 협정은 자본의 압도적 포위 속에 "제 안을 스스로 까맣게 비워버"리는 농촌의 운명을 살벌하게 환기한다. 「농협창고」는 무엇보다 이런 현실에 대한 압축적 재현이다. 물론 재현이라고는 했지만, 윤성택은 사실과 환상의 적절한 복합과 배치를 통해 추레한 현실을 넘어 "죽음까지 관통하는 미래를 보"아내고 있다.

그 과정에서 가장 빛나는 것은 농촌 현실을 역사화하는 방법이다. 그는 시간축을 통해 한 개인의 성장과 노화 과정을 짚어내면서, 한편으로는 그가 처한 최후의 삶을 처연하게 드러낸다. '앞문'도 아니고 '뒷문'으로 걸어 나오는 "머리띠를 두른 노인"은 왠지 수세적이며 시간과 현실에 의해 무력하게 밀려나는 듯한 인상을 준다. 이런 느낌은 "시간의 벽을 통과해" 하릴없이 누적되어가는 '포대'에 의해 결정적으로 강화된다. 말하자면 '노인'과 '포대'는 서로 다른 시간 형식을 살고 있지만 버려진 존재이기는 마찬가지이다. 그런 점에서 그 둘은 등가이다. 시간을 통해 이미지화된 소멸과 정체, 그것은 우리의 최후이기에 앞서 농촌의 차가운 현실이자 슬픈 운명이었던 것이다.

*

성찰은 자아의 기획에서 가장 핵심적인 행위에 속한다. 표면적으로 볼 때 성찰은 과거와 현재를 되돌아보고 살피는 데 주안점을 두는 듯하다. 그러나 그것은 궁극적으로 보다 나은 자아와 삶을 성취하기 위해 행해진다는 점에서 미래에 귀속된다. 자아의 확실성과 세계에 대한 기대 지평이 확보되지 않는 한 '미래'는 말 그대로 '아직 오지 않은' 시간이기를 그치지 않는다. 젊은 시에서 성찰 행위가 불안과 공포에 지배당하거나 허무의 심연으로 심심찮게 빠져드는 것은 이 때문이다. 즉 그들은 완료의 세계가 아니라 가능성의 세계를 산다. 이것은 한편으로는 자아를 새로운 삶의 개척을 향해 밀어 올리지만, 다른 한편으로는 자아를 불확실성의 늪으로 끄집어 내린다. 확실성의 성취 여부에 따라 자아와 시간의 가치가 전혀 달라진다는 말은 그래서 가능하다.

김성규의 「얼음배」는 삶의 유동성과 그에 따른 회한을 '물그릇 속 얼음'을 빌려 감각화한다. "물그릇 속의 얼음들/테두리를 따라 떠다닌다"에서 보듯이, 모티프를 처음 착목한 지점은 단순하다. 그러나 그는 '얼음'을 자아와 겹치고 '물그릇'을 세계로 전유하며, 얼음의 떠다님을 인생유전(人生流轉)으로 바꿔 읽는다. 그 과정에서 최초에 주어진 확실성은 종국에는 쓸쓸한 불확실성으로 밀려난다. 이런 변화에는 삶의 안전판이자 예측 통로였던 '테두리'에 대한 인식 수정이 깊이 개입되어 있다.

햇볕이 수면에 주름을 풀어놓고
돌멩이 속에 숨어 있던 물고기들이
뱃머리를 들이받는다
배가 부서진다 내려야 한다
머리맡에 젖은 신발을 널어놓은 식구들
입을 벌리며 잠든 얼굴이
얼음 속에서 울고 있다

물그릇에서 물이 넘친다

이 얼음을 타고 나는

테두리 없는 그릇 속을 항해해온 것이다

—김성규, 「얼음배」 부분(『실천문학』 2006년 가을호)

'나'는 물그릇 속을 떠다니는 얼음을 보며 곧바로 항해의 상념에 빠져든다. 이 항해는 그러나 실제 경험을 반영한 것이 아니라 내면의 움직임과 느낌을 감각화한 것이다. 거친 항해보다는 평안한 유영을, 또 사실성보다는 몽환성을 먼저 감득하는 것도 이 때문이다. 물론 이런 감각은 '테두리'의 확실성에서 주어진 것이리라. 그러나 '나'의 배는 물고기가 들이받아도 부서지는 연약한 보호막이자 엉성한 동력원에 지나지 않는다. 아무리 '테두리'가 확실해도 자아가 뚜렷하지 않으면 그 '테두리'는 전혀 쓸모없거나 심지어 적일 수 있다는 것. 물고기에 의한 배의 파선은 이 지점에 큰 울림을 주려는 침통한 과장법이 아닐까.

그러나 "테두리 없는 그릇 속"을 떠다니는 삶의 형편에 지레 속박될 필요는 없다. '테두리'의 확실성과 불확실성은 모두 자아에 그 기원을 두고 있으므로. 상념은 세상을 온통 회색빛으로 만들지만, 진정한 성찰은 안개를 뚫고 초록빛 오솔길을 예비한다. 이제 '얼음배'는 어디로 흘러들 것인가.

*

죽음은 가장 현실적인 동시에 가장 비현실적인 존재의 사태이다.

우리는 타인들의 죽음을 일상적으로 마주하지만, 자신의 죽음에 대해서는 그럴 수 없다. 말하자면 자신의 죽음은 결코 경험할 수도 역사화할 수도 없는 저 너머의 일회적 사건인 것이다. 이렇듯 죽음은 타자를 통해서만 관찰과 의미화가 가능하기 때문에, 그것의 상상과 사유는 늘 얼마간은 생소하거나 또 추상적인 성질을 띠게 되기 십상이다. 이런 경향은 현실보다는 문화의 학습에 기대어 죽음과 싸우거나 그것을 의미화하는 데 익숙한 젊은 세대에서 보다 두드러질 수 있다. 물론 중요한 것은 죽음과 접촉하는 방식이 아니라 죽음의 심도 있는 파악과 가치화이다. 아마도 그 사유의 깊이와 향방에 따라, 삶은 전혀 다른 영혼의 형식을 입고 가게 될 것이다.

죽음이 김경주의 최근 관심사 가운데 하나임은 그가 죽음에 대한 탐구를 몇몇 문예지에 동시에 내건 사실에서 짐작 가능하다. 그의 죽음에의 접근은 사실적이기보다는 허구적이다. 물론 이 말은 탐구 방식을 염두에 둔 것인데, 괴이한 서사와 환상의 끌어들임은 그 방식을 대표한다. 난해성과 관념성이 먼저 느껴진다면 이런 사정과 관련이 깊을 것이다.

여인들은 밤마다 대야에 미지근한 물을 받아 잠들어 있는 남편에게 갔다 잠든 남편의 손을 물에 담그고 있으면 비밀을 털어 놓는다 했다 그것은 어디까지나 통설에 가까웠지만 가마를 타고 섬으로 함께 유배 온 부인들은 지아비를 잃자 저고리를 벗고 물 속으로 들어가야 했다 거기까지 읽고 나는 가마사진이 있는 책을 덮었다 (해녀는 사람에 속하지 않았다) 살아서 죽음을 피했으나 죽어서 삶을 피할 수 없는 魂들이 섬을 흔들어 댔다 가마 속에서 검은 울음소리가 들려오는 것 같았다

나는 바다 속에 숨겨져 있다는 그 오래된 史記를 생각했다 바람이 상
투를 천천히 풀기 시작했다 혹자는 바다에 버리는 머리카락은 鬼物이
된다고 했으나 나는 祖神의 문패로 쓰였다는 그 나무의 이름이 궁금해
지기 시작했다 ―김경주, 「물―질」 부분(『내일을 여는 작가』 2006년 가을호)

「물―질」은 "그 뭍에 대해 간략하게 쓰기로 한다"로 시작된다. 여
기서 '뭍'은 "산 것들을 받아 주지 않는" '섬', 즉 죽음의 땅을 의미한
다. 하지만 죽음의 진정한 근원과 지배자는 산 것의 존재 여부에 따
라 '섬'을 놓아주거나 끌어당기는 '바다'이다. 말하자면 '나'는 죽음에
이중으로 둘러싸인 자아의 위기를 기록하고 있는 것이다. 그런데 이
'기록'은 과연 실제인가 아니면 환상이거나 빌려온 것인가. 그는 섬
의 경험을 이야기하는 가운데 책과 관련된 행위들 역시 지속적으로 적
어나간다. 이 행위들은 섬으로 가는 동안 일어난 일로 먼저 해석될 수
있다. 그러나 "거기까지 읽고 나는 가마사진이 있는 책을 덮었다"를
보면, 이 책이 섬의 경험을 기록하는 데 모본 역할을 하는 것인지도
모른다는 생각이 든다. 그렇다면 「물―질」은 과감히 말해 실제의 책
과 상상의 책을 한데 엮어 생산된 상호텍스트성의 산물일지도 모른다.
「물―질」은 죽음의 공포와 불안을 그로테스크한 환상에 기대어 확
장하고 있지만, 죽음의 의미 있는 탐구에는 미처 가닿지 못한 듯하
다. 물론 "살아서 죽음을 피했으나 죽어서 삶을 피할 수 없는 魂들이
섬을 흔들어 댔다"와 같은 표현은 죽음의 절대적 폭력성을 현시하기
에 모자람 없다. 그러나 「물―질」에서 죽음은 그럴듯한 현상이거나
소재일 뿐 존재의 구경(究竟)을 파고드는 절대 원리는 아니다. 현상
의 나열 속에서 죽음에의 관심은 점차 흩어지고 그 맥락이 이해되지

않는 사적 욕망, 이를테면 "조신(祖神)의 문패로 쓰였다는 그 나무의 이름"을 알고자 하는 지적 욕구가 갑자기 전면화될 때 이런 회의는 더 강화된다. 소통 가능한 난해성과 소통 불능의 난해성은 전혀 다른 차원의 것이다. 전자는 구체성과 보편성을 잊지 않지만 후자는 추상성과 관념성이 앞서는 경우가 많다. 언어의 모험은 어디까지나 이를 잊지 않고 치러질 때야 일정한 성취가 보장되는 냉철한 행위인 것이다.

*

시간은 물리적 현상보다는 심리적 현상으로 경험되는 주관성의 형식일 경우가 많다. 종교적 차원의 영원성에 대한 기대나 에피파니를 통한 시적 순간의 경험 등은 이를 대표한다. 물론 시간은 이런 숭고한 차원을 통해서만 가치화되지 않는다. 가장 사적이지만 가장 보편적이기도 한 자아의 완성이나 타락의 문제와 관련될 때, 시간은 영혼을 재고 이끄는 절대 척도로 몸을 바꾼다. 조영석은 이런 사실을 시간의 축적과 탕진, 그리고 거기에 연루된 자아의 충만과 부패의 서사로 전환하여 제시한다.

> 눈 안에 늪을 담은 자들이 달려들어
> 내게 은화를 던져주었네
> 그들은 항아리에서 내 시간을 퍼마셨네
> 썩어들어가던 그들의 몸에서
> 향긋한 새살이 솟아올랐네
> 나는 한결 가벼워진 항아리를 은화로 채워

땅 속 깊숙이 묻어두었네

더이상 길을 떠나고 싶지 않았다네

내게 시간을 산 자들이 감사의 인사를 하고

모두 마을을 떠난 날 갑자기 목이 마르기 시작했네

푸석거리는 손가락으로 나는

흙바닥을 파헤쳐 항아리를 꺼내올렸다네

항아리 안에 출렁거리는 시간은 한 방울도 없었다네

퉁퉁 부은 은화들만이 거머리처럼 꿈틀거리고 있었던 것이네

은화들을 씹어먹으며 나는 점점 야위어갔네

눈 속으로 싸륵싸륵 은가루가,

은가루가 차올랐다네

—조영석, 「항아리」 부분(『문학동네』 2006년 가을호)

'나'는 이미 시간을 '항아리'에 가득 담은 자이다. 다시 말해 '나'의 삶은 시간을 허투루 버리지 않고 계속 축적해온 여행이었던 것이다. 이것이 일종의 자아의 충만과 완성을 목적하는 가치화된 시간의 탐색 과정이었음은 "등에 진 항아리엔/달고 찬 시간들이 한가득 들어 있었으니/어디든 항아리가 모두 비워지는 날/걸음을 멈추고 잠들기로 했다네"에 잘 드러난다. 이 구절에는 시간과 자아의 현재가 더 이상 채울 것 없는 완결태이며(삶의 절정), 따라서 그것들의 비움만이 의미 있는 또 다른 완결태(죽음)에 도달할 수 있다는 내면 의식이 표현되어 있다.

시적 자아는 그러나 이 명제의 철저한 패배자에 불과했다. 왜냐하면 이런 계기성이야말로 허구적인 것이며, 시간의 탕진과 자아의 부

패를 가져오는 근본 원인이기 때문이다. 충만과 완성은 절정보다는 지속의 획득 속에서, 또 비움은 채움의 의미와 별 무관한 분배나 꽉 참을 빙자한 무분별한 탕진의 엄격한 절제 속에서야 비로소 실현될 수 있다. 인용된 부분은 따라서 이런 진실이 망각되었을 때 존재 일반이 겪을 수밖에 없는 끔찍한 참화에 대한 적실한 묘사이다.

옥타비오 파스는 시간과 인간의 관계에 대해 다음과 같은 의미심장한 규정을 내린 바 있다. "시간은 우리 밖에 있지 않으며 시곗바늘처럼 우리 눈앞을 지나가는 어떤 것도 아니다. 우리가 바로 시간이며, 지나가는 것은 시간이 아니라 우리 자신이다. 시간이 방향성, 느낌을 갖는 것은 시간이 우리 자신이기 때문이다". 「항아리」에서 '나'의 실패와 시간의 형벌은 '우리가 시간이며 지나가는 것 역시 우리'라는 명제에 무감각했거나 미처 눈뜨지 못했기 때문일 것이다. 요컨대, 충만과 완성에 대한 계기적 사유도, 나아감에 대한 욕망을 접은 채 이뤄지는 시간의 매매, 즉 탕진도 시간과 자아를 안팎으로 분리했거나 아니면 시간을 자아의 일방적 소유물로 간주했기 때문에 일어난 사태인 것이다.

그런 의미에서 '나'를, 그리고 '시간'을 팔아 모은 '눈가루'는 나의 어리석은 참화를 영원히 증거하는 미라의 제조 원료이며, '항아리'는 그 미라를 가두고 전시하는 유리관이라 하지 않을 수 없다. 진정한 '나'와 '시간'에 대한 지향 없이 향유만 하려는 자에 대한 시간의 복수는 이토록 참혹한 것이다.

〔2006〕

절박한 사랑과 고통의 말들*

1. 절박한 삶과 언어

"그대의 눈을 사용하라, 마치 내일이면 그대의 눈이 멀어진다는 듯이. 새들의 노래를 들어라, 마치 내일이면 그대의 귀가 멀어진다는 듯이. 하나하나의 사물을 만져보라, 마치 내일이면 그대의 촉각이 없어진다는 듯이". 보고 듣고 말할 수 없는 육체의 암흑을 찬연한 영혼의 빛으로 거둬냈던 헬렌 켈러의 말이다. 그가 스베덴보리즘(기독교 신비주의의 일종)에 심취했다는 사실을 떠올리면, 이 말은 독실한 신앙심을 바탕으로 존재를 휘감은 '어둠'을 '빛'의 세계로 내던지는 종교적 실존 행위에 요구되는 내칙에 가깝다.

하지만 이 경구를 종교적 영역에만 묶어둘 필요는 없다. 여기에는 우리 삶이 경연되는 세계를 똑바로, 그리고 다각적으로 감각하려는

---

* 『현대문학』 2007년 2월호, 4월호, 6월호에 실린 글들을 하나로 묶었다.

모든 이에게 통용 가능한 보편성이 내장돼 있다. 질문 하나. 그렇다면 당신은 감각하려는 욕망과 의지의 표상이자 실현체인 눈과 귀, 촉각에 먼저 손을 내미는가. 아니면 그것들이 내일이면 흔적 없이 사라질지도 모른다는 불안감과 공포감, 아니 절박함에 먼저 감염되는가. 나는 세계의 정시(正視)와 더 나은 차원으로의 이행은 후자에 의해 촉발되고 가속된다고 믿는다.

절박함은 감각의 의지와 욕망의 방향을 이끌고 그 과녁을 조준하는 최후의 시선이자 시각이다. 절박함이 없을 때 감각은 쉽사리 평면화되고 패턴화된다. 거기서 새로운 존재와 세계로의 도약이 일어날 리 없다. 다만 동일한 세계의 약삭빠른 변형과 어눌한 조작이 지루하게 되풀이될 뿐. 이런 점에서 주어진 세계/언어의 이전과 이후를 늘 목말라 하는 진정한 시인은 절박함의 존재일 수밖에 없다. 그는 절박해서 사랑하고 투쟁한다. 그 눈물이, 그 껴안음이 모든 세계가 품고 있는 또 다른 존재의 '있음' 또는 '가능성'을 여는 것이다. 세계의 복합성에 대한 현시와 예언이 없을 때, 시는 창조와 변혁에 무력한 '언어 마술'에 그치고 만다. 따라서 시는, 시인은 늘 이렇게 요구해야 한다, 마술의 현란한 숨기기에 맥없이 경탄하지 말고 항상 스스로를 만들고 열어나가는 절박함의 언어를 움켜쥐기를.

*

심리적 중량으로 따진다면, '하루'는 한없이 가볍거나 무겁다. '하루'의 언술은 삶의 허무감과 나약함이나 절박함과 기대감을 표현하는 데 많이 소용된다. 따라서 '하루'는 시간의 장단(長短)을 재는 척도이기에 앞서 영혼의 담묵(淡墨)을 스며내는 붓이라 해도 되겠다. '하루'를 그리는 필법은 그래서 능란한 기교보다는 붓질의 진정성에 따라 그 가치가 결정된다.

> 그래, 그것은 어느 순간 죽는 자의 몫이겠다.
> 그 누구도, 하느님도 따로 한 봉지 챙겨 온전히 갖지 못한 하루가 갔다.
> 꽃이 피거나 말았거나, 시들거나 말았거나 또 하루가 갔다.
> 한 삽 한 삽 퍼 던져 이제 막 무덤을 다 지은 흙처럼
> 새 길게 날아가 찍는 소실점, 서쪽을 찌르며 까무룩 묻혀버린 허공처럼
> 하루가 갔다. 그러고 보니 참 송곳 끝 같은 이 느낌,
> 하루의 뒤끝이 눈에 안 보일 정도로 첨예하다.
>
> ── 문인수, 「최첨단」 전문(『현대문학』 2007년 2월호)

　지금 시적 자아는 지나가는 "하루"의 충격에 휩싸여 있다. 그에게 "하루"의 끝은 일상의 마감이 아니라 존재의 전체성과 비극성이 응축되어 파열되는 무서운 순간이다. 가령 하느님조차 소유하지 못하고 존재의 피고 짐조차 초월하는 "하루"의 절대성과 심연을 보라. 이것은 어쩌면 "하루"가 "어느 순간 죽는 자의 몫"으로 돌려져야 하고, "하루의 뒤끝"이 "눈에 안 보일 정도로 첨예"한 이유일지도 모른다. 이 시의 배면에 언뜻 흐르는 허무의 정조 역시 거기서 빚어지고 견인되는 것이리라.

　하지만 이런 요소들을 주어진 세계에 압도된 채 삶과 존재는 하냥 덧없고 무의미하다고 치부하는 니힐리즘의 산물로 간주할 필요는 없

다. 그것들은 오히려 우리가 채 감각하지 못한, 그리고 온전히 발화될 수 없는 '하루'의 이면에 대한 숭고한 경험을 표상하는 기제가 아닐까. 사실 '하루'의 본질을 규정짓는 유추의 이미지는 범상하다. 저물녘 벌판 어딘가에 서본 이라면 누구나 경험해봤을 법한 사태들인 것이다. 그러나 이미지의 범상함이 시적 사유와 세계 통찰의 범상함으로 직결되는 것은 아니다. 이를테면 김소월은 비근한 일상과 인간사, 자연과의 친밀한 접속 속에서 삶의 기대치와 한계, 존재의 비극성 등을 매우 평이하되 본질을 통찰하는 언어로 짚어냈다. 여기서 벤야민이 말한바 '범속한 트임'의 한국적 체현을 읽는다면 무리일까.

"하루가 갔다", 세 차례 반복되는 이 말은 단순히 경험의 양태를 드러내는 것이 아니다. 거기에는 평범한 일상 속에서 '하루'의 이면을 통찰하는 첨예한 사유의 축적과 전개 과정이 담겨 있다. 그래서 나는 "참 송곳 끝 같은 이 느낌"을 느닷없는 '트임'의 경험을 언어화한 것으로 이해한다. 이 특별한 '하루'는 이미 지나갔지만, 반복적 체험이 불가능한 일회적 사태이기에 자아에게 끝없이 회귀할 것이다. 이를 계기로 '하루'는 누추한 '일상'을 벗고 '신화'를 입게 될 것이다. 반복적 일상은 삶을 무료하게 소비시키지만, 신화는 삶의 풍부함과 충만함을 불러들이고 재생한다. 그래서 '하루'는 이 거칠고 야박한 시대를 거침없이 초극하는 '최첨단'일 수 있다. 이처럼 기막힌 '하루'가 또 어디 있겠는가.

*

"제 삶을 방목시킨 유목민"으로 살자면 "피안을 노려보는 눈"이 무엇보다 필요하다. 이 눈은 흔적 없이 사라진 길을 명민하게 기억하며, 또 그가 주유하는 세계의 숨겨진 비책(秘冊)인 "황금빛 모서리"를 앞서 보아낸다. 하지만 이 통찰의 시선은 현실의 밖이 아니라 "삶이 흘린 피"가 흥건한 '지금 여기'로 회귀하기 위한 일종의 방법적 사랑이었다. 긴 잠행을 끝낸, 『황금빛 모서리』(문학과지성사, 1993)의 시인 김중식의 귀환이 무엇보다 반가웠던 것은 저 피안의 눈에 대한 그리움과 새 기대 때문이었다.

누구도 모르는 유령의 시간이다.
없이 사는,
없는 것처럼 사는,
지는 해에 광합성하는,
풍(風) 맞은 이들의 재활원이다.
우째 사는 일이
마른 낙엽 밟히는 소리를 내나,
두 손을 떠는 게
자기 음악에 취한 지휘자 모습이지만
줄인형처럼 성긴 관절과 근육
바스락거리는 것은 몸이 김샜다는 물증
실외에서 실내화를
질질 끄는 소리뿐.

— 김중식, 「홍은극동아파트의 오후 4시」 부분(『창작과비평』 2007년 봄호)

오후 4시의 아파트가 어느 순간 새벽 4시의 암자가 된다. 이런 시

공간의 전도는 두 시간대가 공유한 정황 때문에 가능할 것이다. 새벽
이든 오후든 4시는 밝음과 어둠이 서서히 교차되기 시작하는 때다.
물론 명암과 에너지의 활성 방향은 서로 반대되지만, "함부로 고요"
(「난리도 아닌 고요」)한 때이기는 마찬가지이다. 그러나 이 고요함은
조만간 빛과 어둠에 잠식될 것이다. 따라서 '불안한 영원'은 이 제약
된 고요함의 속성과 그것을 감촉하는 자아의 내면을 함께 표현한 말
이겠다. 이 말과 맞물릴 때, '암자' 역시 아파트의 비유이기를 넘어,
생의 명암 다툼이 지속되는 내면의 지위를 획득한다.

'불안한 영원'은 고통스럽다. 안정된 미래가 끝없이 유예된다는 점
에서, 그리고 주어진 영원조차 언제 박탈될지 모른다는 점에서 그것
은 공포와 허무의 한 기제일 수 있다. 여기에 긴박될수록 삶은 남루
해지고 불확실해진다. '암자'가 '재활원'으로, '새벽 4시'가 "누구도
모르는 유령의 시간"으로 변성(變性)을 보이는 까닭도 이와 무관치
않을 것이다. 물론 이런 유추는 삶의 불확실성을 턱없이 부풀리기보
다는 그것이 우리 삶에 가하는 소외의 충격을 직핍하게 보여주기 위
한 것으로 보인다.

가령 '재활원'이라면, "없이 사는,/없는 것처럼 사는" 삶을 그 반대
로 돌이키기 위한 힘겨운 싸움이 벌어지는 곳이다. 하지만 '있는 삶'
의 회복은 매우 더디고 언제나 불완전하다. 거기로 가는 길에는 도처
에 허방이 깔려 있다. 재활 과정은 어쩌면 삶의 희열만큼이나 생존의
고통을 확인하는 절차일지도 모른다. 그는 몸이 돌아오는 과정 내내
"몸이 김샜다는" 것을, 그래서 내 삶은 "마른 낙엽 밟히는 소리"를
낼 수밖에 없음을 인정해야 한다. "시간의 암자/속/스스로를 비켜주
는 이슬"은 그런 비극적 운명의 표상인 동시에, 원래의 자기를 비켜

가야 하는 불행한 존재가 숨죽여 흘리는 눈물이기도 하다. 이 영혼의 피로가 축적될수록 '이슬'은 더욱 거칠어질 것이며, 삶의 안정과 휴식을 잠깐이라도 허락하는 '불안한 영원' 역시 앙상해져갈 것이다.

이 비극성을 "풍(風) 맞은 이들"의 몫으로만 돌린다면 큰 오산일 것이다. "지는 해에 광합성하는" 삶이 얼마나 절박한 것인지를 아는 그들은 오히려 행복하다. 오로지 '뜨는 해'에 매달려 그것의 영원을 구가하려는 영혼이, 김샌 우리 삶이 훨씬 가련하고 비극적이다. '불안한 영원'은 그 고통과 공포만큼이나 삶의 촉기와 내일을 위한 긴장을 데려온다. 하지만 '맹목의 영원'은 안이와 허위를 부풀림으로써 치유하기 어려운 궁핍한 영혼의 소용돌이를 휘몰아온다. 현실을 내던진 '피안'은 이처럼 위태롭고 허허로운 것이다.

*

신용목에게 '풍경'은 완상물이 아니라 삶이다. 이를테면 그가 즐겨 걷는 '바람'은 "아버지의 뼈 속에" 있거나 "풀풀 다리"를 절 경우가 많다. 물론 이 말은 그에게 '풍경'이 현실 연관을 발췌하는 쓸 만한 도구임을 뜻하지 않는다. 그에게 '풍경'은 차라리 현실을 향해 손 내미는 방식이며, 잃어버린 현실의 저편을 껴안는 육체성이다. 그러니까 그는 "등 뒤에 깎아놓은 캄캄한 절벽"을 아프게 응시하면서도 저 멀리 희미한 "세상의 먼 빛"들을 밝게 피워내고 싶은 것이다. 난세를 에둘러 가는 위안과 안녕의 대속물로서의 '풍경'이 각광받는 현실에서, 삶의 추이를 통찰하고 존재의 뒤안을 더듬는 '풍경'의 존재는 한결 소중하다.

건너 집 마당에 자란 감나무 그림자가 골목 가득 촘촘히 거미줄을
치고 있다

허공에서 저 검은 실을 뽑는 이는 달빛인데

겨울밤 낙엽 우는 외진 뒷길에 누구를 매달려는 숨죽인 고요 기다림
인가

섶 기운 보따리로 홀아비 자식을 다니러 오는 다 늙은 에미를 노리나

끈 풀린 안전화로 이국의 달력을 찢으러 오는 낯 붉은 사내를 벼리나
─신용목, 「나비」 부분(『현대시』 2007년 1월호)

이 월하(月下)의 골목은 고요한 적막 속에 번뜩이는 살의를 숨기고
있다. 살의로 충만한 포식자는 놀랍게도 '달빛'이다. 모든 빛이 그렇
듯이, '달빛' 역시 드러내며 감추고, 밝히면서 어둡게 한다. '달빛'은
이로 인해 '거미'의 운명을 부여받고, 끔찍한 살해자로 세상을 배회하
게 되는 것이다. 통상 '달빛'은 이런저런 정념의 표상체거나 어두운
'밤길'을 밝히는 희망의 빛으로 주어졌다. 하지만 '달빛'은 이제 남루
한 삶을 태연히 그리고 낱낱이 폭로하는 심문관이자, "늙은 에미"와
"낯 붉은 사내"로 대변되는 변두리 삶의 소외를 공인하는 판정관이
되었다. 그렇다면 '달빛'은 "소주병 파란 사금파리"에 낯을 긁히는 피
해자이기는커녕, 음흉하게 킬킬거리며 '누구'를 향해 '사금파리'를 날

리는 무서운 저격수이다.

시인은 이 처연한 '풍경'을 "달빛이 쳐놓은 허공의 바닥에 오늘은 누구의 울음이 달려 나비처럼 파닥일까"로 압축하고 있다. '허공의 바닥'은 늘 펼쳐진 현실이 아니라 다양한 형태와 방식으로 드러냄과 숨김을 반복한다는 점에서 문제적이다. 그러므로 현실 너머를 비추는 '달빛'은 없다. '달빛'에 습격당한 '누구'는, 그의 울음은 그래서 "나비처럼 파닥"이는 것이다. 그것은 생존의 몸부림이겠지만, 거기에는 이미 삶에 배반당한 영혼의 절망이 편만(遍滿)하다. 수심(水深)을 모른 채 사뿐사뿐 날아간 '나비'는 '바다'도 무섭지 않았지만, 이제 모든 '허공의 바닥'을 삶의 지옥으로 만든 '달빛─거미' 아래서 '나비'는 때 아닌 죽음을 예감하며 애처롭게 파닥거릴 뿐이다.

이 '달빛─거미'와 '누구─나비'를 보편적 현실로 과장할 필요는 없을 것이다. 하지만 풍요의 달빛이 휘황해질수록 더욱 깊어지는 그늘 아래 갇히는 '나비'들, 곧 제 분야의 소수자들 역시 늘어가는 현실을 외면하거나 무시할 권리는 아무에게도 없다. 과연 나는, 당신은 제 집 담장에 "소주병 파란 사금파리"를 박는 데 더 바쁘지는 않은가. 그래서 이 시의 독특한 형식, 즉 1연 1행 처리와 느리고 무겁게 느껴지는 음율미는 기존의 '달빛'을 뒤집어 보이는 미적 장치이기에 앞서, 농염한 '달빛'에 취해 휘청거리는 우리의 발걸음에 휴지(休止)를 가하는 일종의 페널티로 먼저 읽힌다.

2. '가족'의 안녕을 묻다

"한국 시의 주요한 테마 가운데 하나는 '가족'이다". 얼마 전 시인과 평론가 몇이 모여 최근의 시를 검토하는 자리에서 나온 말이다. 선뜻 다가오지 않을 수도 있겠지만, 가족 및 그것과 유사 관계를 형성하는 집, 고향 등을 다룬 시의 만만찮은 수효는 저 말의 진실을 어렵잖게 승인한다. 물론 우리가 정작 염려한 것은 '가족'에 대한 열렬한 관심에 못 미치는 사유와 상상력의 헐거움이었다. 마치 연애시가 그렇듯이, 친밀감 형성의 기초를 이루는 '가족'에 대한 시는 누구나 한마디 거들 수 있지만, 오히려 그렇기 때문에 인간 존재와 관계의 기저를 꿰뚫는 수작(秀作)이나 문제작이 되기 어렵다. '가족'시의 형질 변경이 적극화될 때 한국 시의 내용과 위상이 꽤나 달라질 수 있다는 진단은 그래서 힘을 얻는다.

과연 근대 이후 한국 시는 이 발언을 적실하게 뒷받침하는 시계(詩界)를 구축해왔다. 근대적 의미의 '향수'를 최초로 입법한 정지용, 가난한 아비를 숙주 삼아 시의 이슬을 맺은 서정주, 유년의 유토피아와 성년의 고독을 가족애(愛/哀)에 의탁하여 표상한 백석, 가족의 상실과 실패한 귀향의 괴로움을 애달프게 감측했던 이용악, 야비한 가장의 허구성과 소심함을 과감히 그러나 씁쓸하게 되뇌었던 김수영, 육두문자를 주고받는 아버지와 아들, 그들을 감싸 안아 치유하는 어머니와 딸이 동서하는 우울한 가계사를 보편적 현실로 의미화한 이성복, 내 몸이 실은 타자의 것이요 타자에 의해 건축된다는 것을 할머니(엄마)―엄마(나)―딸이 동시에 공존하는 여자의 몸을 생산함으로써 새삼 드러낸 김혜순 등.

이들에게 '가족'은 사적인 애증과 집착의 대상이기에 앞서, 자신이 타고 넘는 생활과 현실을 드러내고 성찰하는 관계망으로 존재했다. 그렇기 때문에 이들의 시는 사적 욕망에 따라 지나치게 부풀려지거나 왜곡되는, 그런 이상한 가족의 추문화나 낭만화와 비교적 무연할 수 있었다. 그래서 이 '가족'의 시계는 한국 근대성의 빛과 그늘, 그리고 변화와 전환을 역사화한 가치 있는 사료(史料)이기까지 한 것이다.

그러나 현재의 '가족' 현실은 저들이 미처 경험하지 못한 변화와 해체, 재구성을 겪고 있다. 그러니만큼 거기서 산출되는 '가족'에 대한 사유와 상상력은 새로운 관점과 이해를 요구할 터이다. 이 소란스러운 현장을 오늘날의 시는 어떻게 가로지르고 있는가.

*

기억과 망각은 상반된 의미를 지녔지만 의식의 조작과 변형을 얼마간 거느린다는 점에서는 공통적이다. 이것들은 의식의 자연적인 흐름에 따라 형성되고 퇴화되기보다는, 자아의 욕망과 필요에 따라 자기변이를 수행한다. 따라서 기억과 망각에 존재하는 삶과 세계상은 온전한 전체가 아니라, 깨진 거울에 비친, 즉 자아의 상상과 경험의 재구성을 통과한, 결손되거나 초과된 전체일 가능성이 크다. 물론 이 말은 기억과 망각의 허구성을 밝히기보다는 자아의 안정성과 기획에 관여하는 그것들의 절대성을 강조하기 위한 것이다.

이런 기억과 망각의 법칙이 최초로, 그리고 마지막까지 작동하는 세계를 들라면, 가족과 그것의 심리적·물질적 공간표상인 집을 먼저 말해야 할 것이다. 그곳은 '나'가 처음으로 타자를 만나는 공간이자 의미 있는 존재로 인정되는 친밀감의 장소인 동시에, 이것을 일체 거부당할 수도 있는 공포와 불안의 수라도이기도 하다. 심보선은 전자의 경이감을 앞세워 "가끔씩 옛집을 생각하면/피융, 하고 양쪽 뺨을 스치며 앞뒤로 지나가는/기억과 망각의 총탄이여"라고 노래하지만, 이 표현은 경악과 충격, 절망만이 지독히 피어오르는 총 없는 전장인 후자의 세계에도 적용 가능하다. 가족과 집에 대한 기억과 망각이 긴장된 완충지대 없이 낭만과 추문의 양극단을 향해 서슴없이 치닫는 것은 이런 조절 불가능한 양면성 때문인지도 모른다.

이 집 안방에는 그러고 보니 깊은 절벽이 숨어 있다
저 밑에는 도달하거나 도달할 수 없는 바닥
돌아보면 누이는 저만치 뒤에 있고 어머니는 더 뒤에 있고
더 뒤에는 무한의 더 뒤가 있고
더더더 뒤에는 그냥 장롱벽
거기 기대어 아버지
좌탈입망, 돌아가셨다
아버지 왼손에 쥐어진
위성TV 리모콘

〔……〕

내가 좋아하는 곳은 옛집의 지하실
도망갈 수 있는 곳, 다시는 돌아가려 하지 않아도

이미 돌아와 있는 곳

평화가 린나이 보일러처럼 자알 작동하는 곳

미당과 백석은 가난한 방의 내력과 풍경을 '바람벽'으로 묘파한 바 있다. 그들은 거기서 "가난하고 외롭고 높고 쓸쓸"한 시인의 운명을 기꺼이 감내하며 내파했던 것이다. 이에 반해 심보선은 방을 '깊은 절벽'으로 내력화하는데, 이는 기억과 망각의 이중 의식을 표상하기 위한 고안일 것이다. 누이와 어머니가 등장하고 아버지의 죽음으로 마무리되는 기억과 망각의 엇물림은 그것들의 실질적 조율사가 '시간'임을 말해주며, 궁극적으로 존재란 부재에 의해서만 자기 세계를 형성할 수 있음을 암시한다. 실제로 가족과 집은 존재와 부재, 삶과 죽음이 서로를 탐하는, 다시 말해 밀쳐내며 껴안는 원초적 세계이다. 우리는 어쩌면 이 원리의 참조 속에서 세계로 나아가며, 자아의 의미를 획득하는 계기를 마련하는 것인지도 모른다.

그러나 현실의 급격한 변화는 이런 의미를 상당히 변질시키고 있다. 시인의 말을 약간 바꿔 표현하자면, 현대의 '가족'은 망자의 위패를 제대로 만들 수 없는 세계, 곧 "죽음 갖고 아트를 하"는 것이 원천 봉쇄되는 속된 유곡(幽谷)으로 깊숙이 빠져들고 있다. 하지만 죽음의 의미화에 대한 거절은 그만큼 삶의 신성함을 부식시키기 마련이며, 그래서 찰나적 현재의 소비로 부박한 영혼들을 내몬다.

그런 의미에서, 비록 가족 공통의 장소는 아니지만, 가족 또는 다른 집단과의 밀고 당기기를 통해 '나'의 생(生)의 감각을 키우고 벼리는 데 힘이 된 "옛집의 지하실"은 의미 있는 기억을 향해 열린 '깊은 절벽'이다. '나' 특유의 가족은 말하자면 이 집의 가장 비밀스러운 밑바닥에서 구성되고 해체되고 또 그러기를 반복하면서 형성된 것이다. 따라서 "소식도 없이/각자 잘 살고 있으리라, 믿어 의심치 않는다"는 '나'의 말은 편리한 안녕의 담론이 아니라, "깊은 절벽"의 경험에 의해 가늠된 신뢰의 주술이다. 그렇다면, 우리들의 "깊은 절벽"은 과연 어디서 어떻게 안녕한가.

*

가족이나 민족의 기원을 자신들의 본성이나 지향을 드러낼 만한 야성의 존재로부터 찾는 것은 인류의 오랜 관습이었다. 거기서 신화가 태어나고 성장했으며, 제 집단들은 자기의 생존과 보전에 필요한 힘의 정당성을 전유했다. 그러나 야성의 추구가 신화의 위대함으로 몸바꿔 입는 시대는 이제 다시 오지 않을 것이다. 특히 근대 이후 야성은, 동물원이 상징하듯이, 동일화의 대상이기보다는 인간의 힘과 자비를 동시에 자랑하는 데 필요한 '사물'이 되었다. 관리되고 전시되는 야성은 어쩌면 절멸된 야성보다 훨씬 비극적일지도 모른다.

문혜진은 가족의 위기를 이런 측면에서 진단하며, '호랑이'로 상징되는 본연의 야성과 절연된 삶을 "갚아지지 않는 업의 무게"로 규정한다. 이런 사유는 가족으로부터의 분리와 이탈을 "범과 사슴과 너구리를 배반하고—송어와 메기와 개구리를 속이고 나는 떠났다"고 했던 백석의 회한과 맞닿아 있다. 하지만 문혜진은 "지구상에 얼마 남지 않은 호랑이와 소수민족이 노부부처럼 야생동물을 사냥하며 같이 멸종되어가는" 시대를 살고 있다는 점에서 백석보다 훨씬 위태롭고 불행하다.

　티베트에는 108마리 야생호랑이 가죽으로 만든 집이 있다 108가지
의 영혼이 엉겨 포효하는 거대한 입 사실 그런 집은 어디에나 있다 유
랑서커스단의 이어붙인 천막에도 있고 아프리카 정글이 테마인 호텔
룸에도 있고 호랑이 밀렵꾼의 아내가 큰마음 먹고 한 벌 해 입은 호피
코트에도 있고 맹수 피가 들끓던 우리집에도 있다

　　〔……〕

　매머드 시대에도 호랑이가 살았다 혹독한 추위를 피해 알프스로 이
동하던 매머드 그 두꺼운 목에 칼날 같은 송곳니를 꽂고 북미대륙을
호령하던 한 마리 외로운 검객 검치(劍齒) 호랑이, 지금은 없는 고대
의 맹수를 생각한다 점쟁이는 나더러 전생에 호랑이었다고 했다 외롭
거나 외롭지 않은 검객, 검객이라는 말에서는 언제나 바람 냄새가 난
다 바람을 연주하는 칼의 염력(念力) 맹수의 눈을 닮은 아버지의 생
(生)으로 할머니가 저물었고 자정의 저수지 빛에 쫓겨 마지막 전화를
걸어오던 삼촌의 아득한 목소리로 발톱이 두꺼워진 아버지의 생(生)이
사라져갔다 깊이를 알 수 없는 밤의 저수지처럼 깊아도 깊아지지 않는
업의 무게
　　─문혜진, 「108마리 호랑이 가죽으로 만든 집」 부분(『시작』 2006년 겨울호)

신화가 사라진 시대의 호랑이는 아우라를 상실한 포획물에 불과하
다. "신으로 숭배"되던 그들은 신성과 야성을 함께 잃은 전리품이거

나 전시품으로 존재할 따름이다. 이에 따라 "호랑이가 사람을 심판"한다는 윤리 감각은 허황된 낭설로 전락하고, 그것이 통용되던 신성한 공간은 '슬픈 신전'으로 물러앉는다. 이것은 호랑이의 이상화 혹은 그것에 대한 동일성의 욕망이 완벽하게 증발할 것임을 알리는 무서운 징후이다. 호랑이는 단순히 멸종되는 데 그치지 않고, 신을 자임하기에 이른 인간의 내면으로부터 완전히 타살되고 추방되는 것이다.

그러나 이 순간은 행복과 안전보다는 오히려 "108가지 번뇌가 진화를 거듭"하는 상실과 고통의 도래를 알리는 불행의 표지이다. 인용 후반부는 검치 호랑이의 멸종, 즉 신화의 상실이 한 가족의 고난에 얼마나 깊이 관여되어 있는가를 호랑이와의 동일시를 통해 말하고 있다. 가족 서로가 서로의 삶과 죽음을 물고 들어가는 이 비극의 연쇄는 그 호랑이가 멸종되었을 때, 바꿔 말해 그 가족의 기원이 사라졌을 때 이미 예정된 것이다. 물론 이것은 사실과 무연한 일종의 상징일 테지만, 이 상실의 트라우마trauma는 자기 멸절과 죄의식, 즉 "깎아도 깎아지지 않는 업의 무게"를 일상화하고 영원화할 만큼 강력하다.

그렇다면 이 '슬픈 신전'의 비극은 호랑이가 신으로 숭배되지는 않아도 최소한 동일화의 대상으로 다시 욕망될 때 초극될 수 있다. "아무르호랑이로 태어난 할머니가 (호랑이였던—인용자) 전생의 우리를 부른다"는 말은 따라서 저 욕망의 상징체이다. 하지만 이 욕망은 '가족으로의 귀환'을 궁극적 목적으로 삼지 않는다는 점에서 인상 깊다. 그러니까 '나'는 서로를 차압하는 이 시대의 가족을 "다음 생(生)에는 냉정하게 뿌리치는 맹수의 마음"을 가지고 싶은 것이며, 그럼으로써 "서로의 죽음을 돌아보지" 않는 "한 마리 외로운 검객 검치(劍齒) 호랑이"로 되돌아가고 싶은 것이다. 그 순간 '가족'은 서로를 가두고 전시하는 우리가 아니라, 서로를 존중하며 개인성을 보전하고 확장하는 신성한 장(場)으로 거듭날 것이다.

*

'가족'은 예부터 우리가 속한 집단이나 공동체의 근간으로, 또 인간관계를 형성하는 기본틀로 간주되어왔다. 우리가 인간이 구성한 최대의 공동체일 종교나 국가(예컨대 북한)에서조차 유사 가족 체계를 어렵잖게 읽어낼 수 있는 것도 이 때문이리라. 그렇다면 남의 집에 돈을 제공하고 밥과 잠자리를 제공받는 '하숙'은 어떤가. '하숙'은 국민교육을 목표하는 근대의 학교 제도가 만들어낸 독특한 생활양식이다. 우리는 '하숙'이란 말을 들으면, 교환의 논리보다는 가족의 이미지를 먼저 떠올린다. 김성대가 썼듯이, 그곳의 '아줌마'는 '엄마'이며, 그곳의 '딸'들은 잘 보호해야 할 누나거나 동생이며 종종은 새 가족을 꾸릴 연애의 대상이다.

그러나 학교 앞에 붙은 선전물을 보건대, 최근의 하숙집은 유사 가족의 터이기를 거의 그치고, 개인의 생활을 보호할 수 있는 정도에 따라 그 등급과 임차액이 결정되는 '무덤덤한 곳'으로 재빠르게 변신 중이다. 말 그대로 본업에 훨씬 충실해지고 있는 것이다. "조용한 하숙집 있음"은 그래서 주어진 사실보다는 오늘날 하숙의 본질과 풍속을 지시하는 아이러니한 말로 먼저 읽힌다.

그러나 담장 밖은 나의 세계가 아니다 날씨가 바뀌고 예보가 뒤따라가는 담장 밖은 나의 세계가 아니다 엄마들은 배웅만 할 뿐 결코 마중

나오는 법이 없다 내가 없는 동안 엄마들은 놋그릇을 닦고 해바라기씨
에 편지를 쓴다

작은 상어처럼 나는 밤을 뜯어먹으며 담장 안으로 간다 풀숲에서 고
요한 보석처럼 빛나는 엄마들이 부스스 일어서면 때로 꼬리뼈가 솟는
다 엄마들, 오늘은 목욕을 건너뛸래요 반찬도 세가지만 주세요 나도
조미료를 먹고 싶어요 나의 작은 반항은 그러나 금세 엄마들의 손길에
제압된다 나는 꿈의 근육까지 풀어져 풀숲을 휘젓는다

조용한 하숙집 있음. 담장 안을 기웃거리는 순간 당신은 이미 포섭
된다 하숙생들은 서로 마주치지 못한다 만날 일은 없겠지만 미리 말해
두어도 좋겠다 몇 년 동안 안치지 않은 햅쌀처럼 정말 조용한 하숙집
이 있다　　　　　　　　　—김성대, 「하숙집」 부분(『창작과비평』 2006년 겨울호)

'엄마들'은 따뜻하다기보다는 무서운 존재들이다. '나'는 사랑받기
는커녕 엄마들의 무감한 "묶음의 아카펠라"에 의해 속절없이 "김같이
재워"진다. 말하자면 '나'는 상호 소통의 대상이 아니라 '엄마들'의 입
맛에 맞게 요리되는 "구중궁궐 궁중음식"보다 맛있는 음식에 지나지
않는다. 하숙집의 그로테스크는 이 지점, 그러니까 '엄마들'의 타자
축출과 그에 따른 타자의 부재에 의해 생성된다. 그 결과물일 관계의
일방성과 종속성은 주체를 무력화하고 굴종시키는 가장 유력한 폭력
이자 폐해일 것이다. "담장 밖은 나의 세계가 아니다"라는 말은 따라
서 '엄마들'의 세계에 나포되어 점차 실종되어가는 '나'의 비극적 상황
에 대한 열없는 고백이다. 이 실종은 '나'의 친밀감의 기대를 묵살하

며 엄마들의 세계로 '나'를 하릴없이 코드화한다는 점에서 문제적이다. 가령 '나'의 '엄마들'에 대한 '작은 반항'이 허허로운 소극(笑劇)으로 종결되는 불행한 사태를 보라.

주체와 타자의 교섭과 대립이 존재할 때, 어느 한쪽의 묵살은 성립하기 어렵다. 타자에 의한 식민화의 가장 무서운 지점은 묵살의 폭력, 곧 타자의 배제와 억압을 제도화하고 일상화하는 곳에 존재한다. 최근 증가 추세가 역력한 기존의 가족 제도의 균열은, 그리고 이전에 보지 못한 다양한 가족 형식의 탄생은 아직 이런 위험성에 더 크게 노출되어 있는 듯하다. 이런 소란함이 사라지고 타자에 대한 친밀감을 보장하는 말 그대로의 '조용한 가족'은 그래서 더욱 소망스럽다.

3. 시의 통점(痛點)과 압점(壓點)

시는 세계의 통점(痛點)이다. 시는 결여된 현실의 이전과 이후를 상상하고 언어화함으로써, 우리들의 무감한 영혼을 채찍질하고 완고한 세계에 균열과 틈새를 낸다. 그런 의미에서 통점은 압점(壓點)이기도 하다. 통점의 비명 없는 시는 아무리 잘 빚어졌다 해도 자신의 고유성과 문제성을 시위할 수 없는 무상한 언어 더미일 수 있다. 이런 시의 불안은 세계와 시(시인) 자신을 끊임없이 타자화하며 시의 윤리와 존재 의미를 늘 되묻기를 호되게 종용한다. 이 불안의 다른 이름이 압점이다.

물론 시의 통점과 압점의 가치는 거대 담론과의 접속 여부에 따라서만 결정되지 않는다. 역사와 현실을 닦달하기에 바쁜 큰 이야기의 거친 개입은 시를 공소한 생각 놀음으로 몰아갈 개연성이 많다. 어쩌면 우리 삶의 변화는 체제와 제도의 혁파보다는 일상의 작은 조정이나 얼크러짐에서 더욱 크게 느껴질지도 모른다. 일상의 정형화된 리듬과 규율은 한 소절의 변주에서조차 심각한 불안과 공포를 야기하며, 그래서 일탈은 미지의 지평을 엿보는 위험한 매혹보다는 반항의 쾌감에 들뜬 치기 어린 미혹으로 간주되곤 한다.

그러나 소여된 일상의 심부(深部)를 캐묻고 의심하지 않는 자에게 '이전'과 '이후'의 세계를 허락하는 주술은 결코 주어지지 않는다. 하여 어느 누구도 미치지 못했던 '상징의 숲'을 선뜻 보아버린 예외적 영혼들은, 그들의 시적 개성은 위대하기에 앞서 위험하다. 이들이야말로 '모든 단단한 것들을 공기 속에 녹여버리는' 파괴적 창조자이자 해체적 구축자이기 때문이다. 이와 같은 위험한 말들의 징후나 경연이 없다면, 시는 이미 폐색된 것이며 시혼(詩魂)은 열없는 언어의 미로로 벌써 흘러든 것이다.

따라서 우리가 이 자리에서 자명한 윤리와 문법에서 안위를 구하기보다 오히려 그 자리의 불편함을 환기하고 성찰하는 언어들을 다시 읽어보는 것은 저런 시적 저류를 초극하려는 작은 지혜이자 열망일 수 있다.

*

자리가 사람을 만든다는 속설은 삶의 어떤 속성과 진실을 제법 일깨우는 지혜를 함축하고 있어, 사람들의 만만찮은 지지를 얻고 있다. 한 사람의 성품과 모양새가 그가 처한 직위나 상황에 따라 달라진다는 이 말은 경우에 따라 긍정과 부정을 넘나든다. 누구는 자리를 자기 진보와 완성의 광장으로 삼지만, 다른 누구는 허장성세와 명분 축적의 밀실로 삼는다. 추문과 간교함으로 얼룩지기 십상인 후자의 경우, 본래의 자아를 비껴가게 한다는 점에서 비겁하며 퇴행적이다.

그러므로 '자리'와 유사한 의미군인 '명색(名色)'이란 말은 자기 앞에 함부로 붙일 것이 못 된다. 만약 그것이 과도한 허위의식에 접속되어 있다면, 주체는 '명색(明色)'을 건너뛰어 '명색(瞑色)'에 서둘러 나포될 것이기 때문이다. 이런 점에서 '명색'은 '명분'보다는 '윤리'의 영역에 포함될 족속이다. 가령 느닷없이 자기 삶에 개입한 달팽이의 생사를 둘러싼 장옥관의 저 어려운 딜레마를 보라.

마침내 목적지에 도착해서 두 팔로도 버거운 짐을 한쪽으로 몰아쥐고, 가방은 어깨에 비스듬히 걸어메고 달팽이를 쥐고 계단을 뛰어오르니 이런, 김포공항 드넓은 광장에는 한 뼘 풀밭이 없었습니다.

장내 방송은 거듭 재촉하는데, 터질 듯 부풀어오른 오줌보는 아프기까지 한데, 풀 한 포기 흙 한 줌이 영 안 보이는 겁니다.

이럴 땐 어떻게 해야 합니까.

바닥에 놓고 구둣발로 밟아버려야 합니까? 비행기를 포기하고 하룻밤 묵고 와야 합니까? 그냥 눈 딱 감고 먹어버립니까?

그 답을 아직까지 찾지 못했습니다.

십 년이 지나도 찾지 못했습니다.

— 장옥관, 「달팽이」 부분(『문학동네』 2007년 봄호)

웬일인지 민달팽이가 지하철 안을 "세상모르게 느릿느릿 기어가고” 있다. 참 이상한 상황이지만, 그러나 달팽이가 “곳곳에 으깨어진 비릿한 자국”을 흘리는 것은 너무도 당연했다. 동승한 군중들은 달팽이의 처지와 운명을 알아볼 만한 밝은 눈도, 관심도, 여유도 없는 행인일 따름이다. 달팽이로서는 그들의 발길에 차이거나 밟히지 않은 것만도 다행이었다. 그래도 역시 “명색이 시인인” 시적 자아는 달랐다. 그는 짧은 연민을 표하는 대신 공항의 작은 풀밭을 달팽이의 신개지로 삼기로 작정한 것이다. 계획대로 됐다면, 시인은 활짝 웃었을 테고, 어쩌면 다른 사람들에게 ‘모름지기 시인이란 그런 거야’라는 말을 듣는 미담의 주인공이 되었을 것이다.

하지만 시인과 달팽이는 그 ‘작은 풀밭’이 없어 아름다운 작별 대신 졸지에 삶과 죽음을 다투는 지경에 처한다. 이 순간 ‘달팽이’는 시인의 명분과 윤리를 시험하고 저울질하는 무서운 판관이 된다. 시인이란 명분에 매달린다면, 그는 당연히 “비행기를 포기하고” ‘작은 풀밭’을 서둘러 찾아 나서야 한다. 생명의 살림은 선택의 여지 없는 시인의 권리이자 의무로 흔히 간주되기 때문이다.

그러나 시인이 이 길을 택했는지는 알 수 없다. 안 그랬다고 해도 가타부타 할 명목은 우리에게 없다. 누구나 그렇다고 여기는 시인의 본분을 현실이 압도할 가능성은 얼마든지 많기 때문이다. 물론 현실이 뒷공론이나 비난을 감당하고 해소하는 면죄부일 수는 없다. 하지만 적어도 자신의 판단과 행위에 대해 ‘왜’라는 질문을 던질 수 있는 의미 있는 계기는 된다. 장옥관은 불행히도 서로 어긋나는 명분과 현실의 갈등에 처한 것이고, 그를 통해 시인됨의 의미를 새삼 되묻고 있는 것이다. 동시에 이것은 생명에 대한 최소한의 도리를 묻고 있다는 점에서 인간적 윤리의 설정과 실천에 직결되어 있기도 하다.

명분은 철저히 자아의 논리를 앞세운다는 점에서 제한적이며 때에 따라서는 폭력적일 수 있다. 그에 비한다면 윤리는 보다 타자 지향적이며, 많은 경우 현실과의 교섭 및 길항을 통해 그 가치와 규범이 설정된다. 십 년이 넘도록 답을 찾지 못했다는 장옥관의 고백은 따라서 '명색'을 자기 현시의 논법이 아니라 실천적 윤리로 정립하기 위한 노력이 계속되고 있음을 뜻한다. 그래서 우리는 그의 말에서 곤혹함보다는 즐거움을 더 크게 느끼는지도 모른다. 그렇다면 공항의 편리를 만끽하느라 바쁜 우리들은 과연 이 고민의 방관자인가, 아니면 수혜자인가, 그도 아니면 당사자인가?

*

시는 삶을 대속(代贖)하는 지고한 말씀도, 세계를 신비화하는 영물(靈物)도 아니다. 때로는 그런 역할을 떠맡기도 하지만, 무엇보다 '지금 여기'의 고통과 윤리를 살피는 아프고 정직한 말이다. 고통과 윤리의 감각이 없다면, 시는 허망한 완전성과 영원성에 희롱당하는 희언(戲言)이기 십상이다. 물론 그것들은 일상의 습속에 한정된 것이기보다 바람직한 인간과 세계상을 향해 있는 것이다. 이 때문에 시는 실제 상처의 아픔보다, 몸의 일부분이 사라진 듯한 환각의 상처에서 비롯되는 환상통(幻想痛)을 더 아프게 앓는지도 모른다.

'환상통'의 시적 용례를 개척한 김신용은 최근 평생의 '노동'과 '가난'을 고통의 윤리와 윤리의 고통 속에서 바라보는 듯하다. "기대는 곳에 벽이 생긴다/그게 삶이다"(「도장골 시편 ― 투명한 벽 2」)라는 고백에서 보듯이, 시인에게 삶은 일종의 허방이다. 이럴 때 삶은 언제나 절망이며 자기동일성을 갉아먹는 병든 역설이다. 따라서 고통의 세속화를 저며내는 고통의 윤리는 이 패배를 초극하기 위한 자기 결투인 것이다. 하지만 새로운 윤리의 설정과 실천에 고통이 따르지 않는다면 그 또한 허방이다. 비유컨대 그것은 "누런 물감 칠한 부세"에 다시 "금가루마저 입히는 부세(浮世)의 손길"일 수 있기 때문이다. 이런 허위성의 증식 속에서 윤리는 삶의 원리가 아닌, 세련된 기술로 새되게 변신해간다.

> 그런 모습 누런 물감 칠한 부세처럼 바라보는 눈길 있겠으나
> 그 몸에 금가루마저 입히는 浮世의 손길도 있겠으나
> 개의치 않네. 다만 그 뼈의 세한도를 가난에게
> 먼저 부치지 못할 마음의 가난을 더 부끄러워할 뿐, 굴신할 뿐
> 이렇게 살의 물기를 말릴수록 뼈 더 단단해진다는 것을
> 말하는 것인지, 흘림체로 쓴 겨울의 가지들을 석쇠 삼아
> 제 몸 올려놓는 것도 보네
> 시린 바람 몇 자락까지 더 얹어놓네
>
> ─김신용, 「굴비」 부분(『현대문학』 2007년 3월호)

어떤 일용할 사물이 특정한 가치를 부여받을 때는 그것과 방불한 인간적 성정이나 속성, 이상 등이 게재되어 있기 십상이다. "화석이 되어도 살아 있는 물고기" '굴비'는 무엇보다 "염장 속에서도 아직 푸른 바다의 물비늘을 반짝이는 것 같"기 때문에 관심의 대상이다. 하지만 궁극적으로 '굴비'는 '어골문'으로 '세한도', 곧 "삭풍에도 굴신하지 않는 야윈 뼈들을" 세워놓기 때문에 가치화의 대상이 된다. 말

하자면 '굴비'는 흐트러진 시인의 삶을 성찰하고 '가난'의 윤리를 설정하는 데 적절한 일종의 객관적 상관물인 것이다.

시인에게 '부세', 그러니까 세상의 덧없음은 물질적 가난에 의해 심화되지 않는다. 그는 언젠가 "지게는, 내 등에 접골된/뼈였"으나 그 지게를 부수고 뒤돌아섰을 때 그 '등'이 "텅 빈 공터처럼 변해 있었다"(「환상통」)는 '상실감'을 고백한 적이 있다. '가난'은 삶의 좌절이나 패배로 결코 절하될 수 없는 존재 원리였던 것이다. '가난'이 존재와 삶을 지탱하는 원리라면, 세속에 굴신하지 않을 자존과 성정이 응당 존재해야 한다. 하지만 이것은 주체를 여는 것인 동시에 타자를 끌어안는 것일 때 '독단'과 '편협'을 피해 갈 수 있다. 시인이 "마음의 가난"을 더욱 부끄럽게 여기고 "마음의 허기"에 깊은 연민을 표하는 것은 이 때문이다.

이런 내면의 감정은 시인에게 저 '상실감'이 추락과 움츠림보다는 충만을 향한 도약대였음을 알게 한다. 물론 「굴비」에는 도약의 열정보다는 성찰의 냉정함이 훨씬 농후하다. 그래서인지 「굴비」는 삶의 풍요로움을 욕망하기보다 삶의 정결함을 계고하는 일종의 자경문(自警文)으로 먼저 읽힌다. 이런 성격이 강화될수록 내적 준칙과 윤리들은 삶의 세목을 단선화하고 삶을 추상화하는 당위로 변질될 위험성역시 커진다. 김신용 시에서 영혼의 결곡함을 표상하는 '세한도'보다, 삶의 온기와 한기, 희탄과 비탄, 궁핍과 풍요가 얽히고설킨 '풍속화'를 더 보고 싶은 이유가 여기에 있다. 그의 '가난'은, 거기서 생탄하는 시의 표정은 여전히 젊어도 좋다. '가난'을 어설프게 덧칠하는 눌언(訥言)들은 삶의 윤리로 부둥켜안는 희귀한 말의 진화와 확장 속에서 한층 초라해질 것이다. 시는 이런 역설을 통해 미처 경험 못한 "바깥을 향해 환히 열려 있을 것이다"(「도장골 시편 — 수수 빗자루」).

*

　시의 전통은 음전한 계승보다는 반역적 갱신이나 창조를 위해 존재하는지도 모른다. 시적 영향의 불안이 예외적 개성으로 도약하기 위한 통과의례로 이해되는 것은 이 때문이다. 이준규의 '번호' 시를 본다면, 거의 예외 없이 1980년대 황지우의 어떤 시들을 떠올릴 것이다. 그는 내면의 "불규칙한, 자연스런 흐름"(『나는 너다』의 「후기」)을 '숫자'로 표상하면서, 한국적 모더니티의 끔찍함과 폭력성을 예리하게 도려냈다. '숫자'는 그래서 개인의 비탄과 분노의 장면 표시이기를 넘어, 시민을 일괄 구속하고 감금하는 감옥 또는 수인 번호로 의미화될 수 있었다.

　이에 비한다면, 이준규의 '번호'는 훨씬 탈정치적이며 비현실적이다. 그것은 무엇을 지시(의미)하는 기호가 아니라 스케치된 장면의 차례를 나타내는 범속한 숫자일 뿐이다. 그래서일까. 그의 사유와 언어는 유추의 상상력보다는 세계의 사실적 제시로 훨씬 기울어져 있다. 하지만 그 세계는 주어진 현실이라기보다는 상상된, 또는 어디선가 습득된 현실에 가깝다. 이 때문에 이준규의 번호시는 무미건조하지만, '숫자'를 따르며 혹은 흐트러뜨리며 그 현실을 나에 맞게 재구하고 싶다는 충동을 불러일으킨다. 시적 긴장이 생성되는 한 지점이다.

　앉는다 조용하다 차양을 걷지 않았다 글자들이 조용히 번진다 옆집의 피아노 소리 마당의 까치 소리 소리 속으로 들어가지 못한다 거리

를 바라보고 있었다 겨울이었다 그가 손짓했다 그가 별명으로 불렀다
글자들이 채워지고 있었다 커피를 한 모금 마신다 혓바늘이 돋았다 그
녀의 벗은 등을 보았다 입술로 혀로 적신다 밥 되는 소리 들린다 지난
세월이 전설 같다 옷을 벗는다 그는 사라지고 없다 고양이는 가게 앞
에서 나날이 살쪄간다 사물들은 싱거워지고 있었고 사건은 없었다 그
가 나타나서 물고기 두 마리를 책상 위에 놓았다 난처했지만 우리는
물고기를 안주로 독주를 마셨다

— 이준규, 「13」 부분(『시작』 2007년 봄호)

사실이나 행위의 순차적 제시는 의미 파악을 순조롭게 한다. 「13」
은 언뜻 보면, 이 배열의 원리를 정직하게 따르고 있는 듯하다. 인접
성을 준용하며 나른하고 밋밋한 겨울의 일상을 친절하게 제시하고 있
는 까닭이다. 하지만 이 겨울의 경험은 사실인가 아니면 내면의 소산
인가. 무엇을 선택하는가에 따라 「13」의 의미화는 여러모로 달라질
것이다.

'나'는 지금 무언가를 적고 있다. 그것이 지금 이 순간의 표현과 비
교적 무관하다는 사실은 동사 시제의 갑작스런 변화에서 추측 가능하
다. 따라서 과거 시제가 등장하는 "거리를 바라보고 있었다"부터는
'회상'이거나 상상된 풍경이겠다. 하지만 이것을 사실과 허구로 이분
화하여 그 의미를 추적하는 일은 아무래도 무용하다. 오히려 시인은
사실과 허구를 교묘하게 결합시켰을 가능성이 크다.

여기 제시된 행위와 사건들이 '그'에 의한 '그'를 위한 성찰의 서사
를 조직하기 위한 재료만은 아닐 것이다. '나'는 '그'를 관찰하고 서술
하는 한편, 중간 중간에 자신의 행위와 심리 정황을 슬며시 끼워 넣

고 있는 듯하다. 이를테면 "커피를 한 모금 마신다 혓바늘이 돋았다" "지난 세월이 전설 같다 옷을 벗는다" 등이 그렇다. 물론 이 현상은 전반부에 뚜렷하며, 그 이후로는 슬그머니 사라진다. 이것은 '그'의 치욕과 '나'의 치욕이 겹치면서 일어나는 변화로 보인다.

'그'는 "어지럽게 보류된 치욕"에 붙잡혀 있는데, 이것은 무엇보다 의미의 부재 또는 의미화의 곤란에서 생겨난다. '그'는 무언가를 '별명'으로 부르거나 "부를 이름이 없"을 정도로 의미에서 소외되어 있다. '그'의 타자와의 소통 부재나 삶의 무의미성은 여기서 발원하였을 것이다. 이런 '치욕'은 '나', 그러니까 '시인'이나 '시'의 현재일 수도 있다. 「13」에는 발화 및 문자 행위와 연관된 정황이 곳곳에 숨어 있다. '나'와 '그'의 심리는 '말'과의 교섭 및 길항의 정도에 따라 출렁거린다. 어쩌면 「13」의 '현실'은 그 심리적 변폭이 만들어낸 내면 풍경일지도 모른다.

이런 점에서 「13」의 정황은 '사실'이면서 '허구'이다. 하지만 그 둘은 세계와 시의 현실을 예각화하는 '사실성'만큼은 공통적이다. 따라서 이준규에게 '치욕'은 패배와 좌절의 표상이 아니라 열정의 이유이자 승리의 조건이다. 아마도 그가 '별명'을, 그러니까 '숫자'를 버리는 날, "햇빛은 매일 친절하게" 그 승리의 '윤곽'을 우리에게 보여줄 것이다.

〔2007〕

동시(童詩), 현대시의 속살을 헤쳐보다

2000년대의 시를 결산하고 미래를 전망하라는 요청에 동시(童詩)를 통해 그것의 속살을 엿본다는 식의 발상은 과연 적절한가? 무엇보다 동시는 아동 대상의 장르인 까닭에, 아무리 내려 잡아도 청소년 이상을 독자로 상정하는 시와 일정하게 구별될 수밖에 없다. 대상의 차이는 당연히도 사상과 이념, 상상과 표현, 내용과 형식 등 그것들이 구성하는 언어의 차이를 낳는다. 비록 시라는 장르 개념은 공유하지만 서로의 속성에 타당한 미학적 질감과 내용의 교직이 따로 산정되어야 하는 이유이다.

그러나 최근 동시계는 이런 차이의 설정에 의심을 던지거나 경계의 넘나듦을 상정케 할 만한 지형 변화에 당면해 있는 듯하다. 아동 및 청소년 교육이 상품 시장을 견인하는 기이한 구도는 아동문학의 현실이기도 하다. 가령 2000년대 이후 동시의 현장을 유심히 살펴본 이라면 미학적 성가와 대중적 명망을 동시에 성취한 예외적 개성들의 동시가 아동 서가의 곳곳을 채우고 있음을 발견할 것이다.[1] 물론 이런 현상은 그 자신 아동이었으며 여전히 아동이고 싶을 시인들의 자발적 의지가 작동한 결과물일 것이다. 그러나 주요 출판사의 시리즈 형식은 이들의 동시가 일종의 기획물, 그러니까 훈육과 상품의 동시성을 목적하는 '잘 만들어진 항아리'임을 암암리에 시사한다. 이런 상황에서 동시의 급증은 아동 고유의 존재성과 현실성, 곧 '성장하는 어른'이 아닌 '작은 인간' 자체의 완결성이 여전히 학계에서 규정된 과거의 시선이나 시인 자신의 특수한 시각에 의해 지배받을 가능성이 크다는 것을 증례하는 역설적 지표에 해당한다.

근대 들어서야 비로소 존재의 독립성을 인정받은 아동의 미학적 지위는 '동심천사주의'에 의해 최초로 확립되었다. 그러나 아동의 때 묻지 않은 심성을 상정하고 이것을 신비화·이상화하는 동심천사주의는 역사 현실의 수난과 고통에 노출된 '일하는 아이들'을 위한 리얼리즘 충동의 반발에 직면한다.[2] 역사 현실에 대한 태도와 방법의 차이들이 아동문학에 그대로 들씌워진 셈인데, 아동 자체에 대한 관심과 집중의 요구는 따라서 필연적이었다. 최근의 유희 정신의 강조, 그러니까 한편에서는 리얼리즘과 교섭하는 놀이 정신을, 다른 한편에서는 유희 본능의 발현으로서의 말놀이를 높이 사는 태도의 갈라짐은 그런

---

1) 동시를 쓰는 시인들은 다음에 거명하는 시인들의 숫자를 훨씬 압도할 것이다. 직접 찾아보고 읽어보라는 의미에서 최근 5년 이내에 동시집을 간행한 주요 시인들의 이름만 열거해본다. 문인수, 김용택, 장옥관, 정호승, 이기철, 최승호, 안도현, 함민복, 신현림, 이정록, 김기택, 이안, 이근화, 박성우, 김륭. 지금 이 순간에도 연령과 성향과 경험과 이념이 다른 여타 시인들의 일합이 동시의 장 곳곳에서 벌어지고 있을 것이다.

2) '동심천사주의'의 조선적 입안자로는 소파 방정환이 단연 꼽히며 '일하는 아이들'의 확립과 전파에는 이오덕이 지대한 공헌을 하였다. 이를 위시한 한국 아동문학의 역사와 쟁점 등에 대해서는 원종찬, 『아동문학과 비평정신』(창비, 2000) 및 『한국 아동문학의 쟁점』(창비, 2010)이 여러모로 유익하다.

요구의 반영인 셈이다.

시인들의 동시가 위와 같은 아동문학계의 현실과 시각을 얼마나 내면화했으며 또 동시의 유의미한 변화에 어떠한 기여를 하고 있는지는 정확하게 판단하기 어렵다. 무엇보다 시인들의 동시 진출이 최근의 일이며, 그들의 동시를 접한 아동과 대리자인 학부모의 반응 역시 정확히 측량되지 않기 때문이다. 하지만 보다 결정적인 것은 그들의 동시의 독자성이 충분히 확보되었다는 미학적 신뢰를 아직은 유보할 수밖에 없는 현실의 제한성이다. 사실 동시 창작의 객관적 여건을 살펴보건대 동시의 독자성보다는 자기 시의 영향과 전이가 앞선다는 게 보다 진실에 부합할 것이다. 동시를 통해 현대시의 속살을 엿보려는 아이러니한 욕망이 발생하는 지점이다.

가령 몇몇 시인들은 자기 시의 지속과 불연속을 동시에 사는 전략으로, 이를테면 음식(안도현), 계절(이근화), 동물(박성우), 몸(김기택) 들의 테마를 직핍하게 관통하고 있다. 당연히 이 시들의 성취 여부는 아동 특유의 세계 이해와 발견이 아동의 언어에 합당한, 아니 그런 기대를 유쾌하게 배반하는 아이들의 돌연한 언어의 솟구침으로 발화되고 있는가에 주어져야 할 것이다. 동시가 그들에게 일종의 '친밀한 적'인 까닭인데, 이처럼 동시는 연대의 손을 내미는 순간 언제나 차이의 생성을 요구하고야 만다.

그러나 아쉽게도 이 자리는 시인들의 쌍생아들(시―동시)이 구성하고 축적하는 차이를 날카롭게 분별하는 자리가 아니다. 동시는 이제 그 외연과 내포가 적절히 구획되기 어려울 정도로 불분명해지는 시대에 처한 시의 최소한의 본연성을 되짚어 보는 연대자로 이 자리에 선다. 그런 의미에서 동시와의 연대는 불행하게도 고통의 형식이다. 시

인은 자기 시의 자유를 제한하면서 동시다운 엄격성과 치밀성을 창조
의 원리로 삼을 수밖에 없다.[3] 이 과정은 시의 기초적 원리와 개념, 상
상과 표현, 대상과의 관계성 따위를 재조정하거나 수정하는 냉혹한 열
정과 치밀한 계산을 요구한다. 요컨대 시를 가림으로써 시를 여는 자
기 추방과 획득의 이중적 전장인 셈이다. 이런 역설을 주목하는 만큼,
이 글은 미안하게도 동시의 분석과 평가에 불친절하며, 시의 현실과
미래에 대한 특정한 구상 역시 불충분할 것임을 미리 고백해둔다.[4]

*

아동의 기원은 타자, 즉 그들에게 어린이다움을 부여하고 요구한
어른이다. '아동의 발견'이란 명제가 암시하듯이, 아동은 관계성의 산
물이며, 따라서 우리들이 꿈꾸는 '진정한 아동' 역시 어른의 시선에
지배된 허구적 상상물에 불과하다. 아동들은 어른들의 기대와 관념이
투영되는 존재란 점에서 기본적으로 훈육과 통제의 대상이다. 그런
만큼 진정한 아동은 추구되어 마땅한 이념적 목표이지 현실에서 발견
할 수 있는 실재의 아동과는 어느 정도 상충된다. "어른 중개자들의
취미, 이데올로기, 모럴, 종교와 맞지 않는 것들이 씻겨 나가는 순화
현상"[5]을 어린이의 텍스트에 대한 보편적인 방해물로 간주하는 아동

---

3) 지용과 백석, 목월과 동주, 이문구와 오규원 등의 동시는 이에 값하는 매우 유의미한 전
   통이자 유산이다.
4) 저학년을 대상으로 하는 동시집은 거의 동시에 알맞은 그림들을 거느리고 있다. 아동 독
   자를 위한 시각적 배려일 텐데, 그러나 나는 그것의 기능과 역할, 그리고 긍·부정적 영
   향을 판단할 위치에 서 있지 않다.
5) 여기서는 원종찬, 「아동과 문학」(http://cafe.daum.net/Grandmom)에서 재인용함.

문학의 원리는 저런 간극에 대한 일종의 대응책일 것이다.

'순화 현상'이라 함은 미학적 대상으로서의 아동의 경험이 실재의 그것으로부터 제한되는 것을 넘어 조작될 수도 있음을 의미한다. 과연 어른의 말을 통해 자기를 드러내는 아동의 아이러니는 넘어설 수 없는 숙명일 것인가? 아마도 그럴 것이다. 흔히 '어린이시'로 지칭되는 아동 창작의 동시와 어른 창작의 동시는 아동과 성인만큼의 차이성을 담보하고 있지 않겠는가. "아이들은 환상 속에 빠져드는 것이 아니라 환상을 드러내면서 진실이 승리하게 만든다"[6]는 통찰을 아동의 경험에 대한 방법적 시선으로 전유할 필요성이 생겨나는 지점이다.

> 여름방학 때였다 먹구름이 잔뜩 낀 어느 날,
> 엄마랑 나랑 동생이랑 외출을 했다
> 집 근처 병원에서 바락바락 우는 동생 배탈 치료부터 받고
> 그 즈음, 건강이 좋지 못한 할아버지 댁으로 향했다
>
> 택시가 남대문 부근까지 왔을 때였다
> 동생이 갑자기 공중을 찌르는 남산타워를 가리키며 물었다
>
> "주사다! 엄마, 하느님도 아파?"
>
> 천둥소리가 때마침 우르르, 굴러 내려가고 있었다
>
> ― 문인수, 「하느님도 아파?」 전문[7]

---

6) 코르네이 추콥스키, 『두 살에서 다섯 살까지』, 홍한별 옮김, 양철북, 2006, p.159.
7) 문인수, 『염소 똥은 똥그랗다』, 문학동네, 2010, p.38.

종교적 영성의 체험, 곧 에피파니는 대체로 숭고의 감각을 동반하기 마련이다. 남산타워를 주사기로 대체한 아이의 감각은 당연히 영성의 체험과 거의 무관하다. 아이의 복통이 주사기—남산타워—공중—하느님이란 일련의 연상을 구성했고 결정적으로 '천둥소리'가 에피파니 체험을 현실화한 것이다. 이 맥락의 승리를 단순히 환상으로 치부할 수 있을 것인가.

의도하지 않은 에피파니의 순간은 신의 물질성을 아이에게 허락한다는 점에서 근대 저편으로 추방된 '순진한 자연'의 체험에 해당한다. 신이란 최고이자 최후의 형이상학적 존재와 규범이 어른의 중개를 거치지 않고 인공물과 자연에 의해 주어지고 있다. 신의 경험이 무의지의 순간에 의해 생산된다는 인지는, 지금 당장은 신적인 존재에 대한 친근감을, 성장해서는 신은 물론 존재 보편과의 관계 맺음에 충만한 신뢰를 부여할 것이다.

그렇다면 이와 대비되는 지점인 아동의 성(性)과 죽음에 대한 인지는 어떤 맥락을 구성할까. 박성우는 동시에서는 예외적이게도 "엄청 예쁜 여자랑 남자가/껴안고 뽀뽀하는 장면"을 보고 "자지가 땅땅해"지는 순간과 태어난 지 하루 만에 죽은 "새끼 강아지 한 마리"를 땅에 묻은 후 동지팥죽을 먹으면서 콧물을 흘리는 아동의 상황을 거의 사실에 즉해 묘사하고 있다.[8] 아이의 순진성을 가격할 충격적 장면을 오히려 가감 없이 제시함으로써 '순화 현상'을 무력화하는 현장인 것이다. 자아의 정체성에 질문을 쏘아대며 세계의 이면을 들여다보기 전까지의 아동 대부분은 "'두 살에서 다섯 살까지'의 아이들"처럼

---

8) 박성우, 「텔레비전」, 『불량 꽃게』, 창비, 2008, p.87; 「새끼강아지」, 같은 책, pp.88~89.

"삶은 오직 즐거움과 끝없는 행복을 위한 것이라고 믿는다(혹은 믿고 싶어 한다)"[9]는 말에 나는 동의한다. 박성우의 대담한 발상도 이런 아동의 '낙관주의'에 대한 신뢰 때문에 가능한 것인지도 모른다.

어른이나 기존의 관습과 언어에 의해 은폐되고 억압되기 십상인 '죽음'과 '성'은 오히려 그것의 보편적인 체험과, 그럼에도 늘 충격적일 수밖에 없는 기습적 조우의 형식으로 아동을 장악해갈 것이다. 이 두 형식이야말로 존재성이 각인되고 구축되는 삶의 문법이다. 에로스와 타나토스라는 상반된 원리가 자신을 둘러싼 친밀성의 체계 안에서 동서하고 공존한다는 감각의 체현은 주체와 타자, 인간과 자연 등 대립적인 세계들의 상호 관계성을 자연화하는 밑거름이 될 것이다. 그런 점에서 문인수와 박성우의 동시는 우리 삶의 본질과 관련된 '감각적인 것의 재분배'에 성실하다 하겠다. 신과 죽음, 성으로의 거의 물질성에 가까운 초대는 '새로운 주체와 대상들'을 아이들 특유의 "공동체로 끌어들이고 보이지 않던 것을 보이게 만들고 시끄러운 동물들로만 지각됐던 사람들의 말을 들리게 하는 일"[10]로의 참여에 방불하기 때문이다. 이것은 굳이 '정치'라고 명명할 필요도 없는 존재의 선한 역능성이겠다.

감히 단언컨대 현재 시의 주류는 문화이다. 감각, 환상, 그로테스크, 정치, 윤리, 타자, 혼종, 선, 몸, 생태, 욕망.[11] 이 목록은 내게는 민족과 국가, 노동과 혁명의 몰락을 증례하는 한편 생의 본원성보다

---

9) 코르네이 추콥스키, 『두 살에서 다섯 살까지』, p.71.

10) 자크 랑시에르, 『미학 안의 불편함』, 주형일 옮김, 인간사랑, 2008, p.55.

11) 『서정시학』이 작년과 올해 네 차례에 걸쳐 기획, 연재한 '2000년대 시의 쟁점 정리'에서 다룬 개념 항목들이다. 본고 역시 이 기획의 일환이다.

웃자란 문화적 취향과 미학적 욕망을 범례화하는 인증서로도 읽힌다.[12] 그래서 이런 질문을 던지지 않을 수 없다. 과연 저것들은 "시계 없이 놀아도 봄 가고, 여름 가고, 가을 오고" 하는, "잘 노는 3시 51분 15초"[13]를 어떻게 구축/탈구축하는가. 물론 이 '충만한 순간'은 '순진한 자연'에 대한 신뢰와 참여, 혹은 전복과 추방에 의해서만 성취되지 않는다.

그런 점에서 네루다의 정복자에 대한 역설적 찬사(?)는 대단히 시사적이다. "(정복자는—인용자) 모든 것을 다 가져갔지만 모든 것을 남겨두고 갔습니다. 우리들에게 말을 남겨 놓은 것입니다". 이른바 주인과 노예의 변증법을 환기하는 패배자의 언어는 이런 역능성을 통해 "말은 (그리고 모든 사물은—인용자) 거품이고 실이고 금속이고 이슬"[14]임을 실현한다. 패배자의 언어는 이미, 아니 언제나 정치적이다. 흉물스러운 유산으로 불러 마땅한 정복자의 언어로도 사물들을 다시 불러내고 제국과 식민 공간의 틈을 벌려내는 등 기존의 세계를 변경하거나 혁신하니 그럴 수밖에. 이와 같은 랑시에르적 의미의 정치는 '문화혁명'에만 필요한 것이 아니다. 감당키 어려운 삶과 죽음, 황홀과 치욕, 쾌락과 공포가 가장 횡행하는 곳은 다름 아닌 인간 자체이다. 인간은, 시는 '문화'일 수 있지만, '문화'는 아무리 충분해도 인간이거나 시 자체일 수는 없다. 따라서 삶의 기능소로서 문화는 언

---

12) 엄격히 말해 문화는 인간 이해의 기능소이지 의미소 자체는 아니다. 그러나 삶의 경험과 판단을 문화로 환원, 수렴하는 컬처홀릭culture-holic의 광범위한 분포는 기능소와 의미소의 지위를 역전시키는 바 있다.

13) 문인수, 「잘 노는 3시 51분 15초」, 『염소 똥은 똥그랗다』, p.26.

14) 이상의 네루다의 말은 『파블로 네루다 자서전—사랑하고 노래하고 투쟁하다』, 박병규 옮김, 민음사, 2008, pp.84~85.

제나 인간 내부로 끊임없이 귀환해야 한다. 시적 경험의 방향성은 스스로를 미지의 자기 내부로 격렬하게 또 진중하게 소환하는 과정에서 어슴푸레한 등을 깜빡거리기 시작할 것이다.

*

동시에서 말놀이는 쾌감 이상의 무엇을 불러오는 핵심 요소이다. 불려 나간 말들은 보통 일정한 격식과 연관성을 갖추지만, 말장난에 지나지 않는 듯한 경우도 적잖다. 이를테면 "앞뒤가 맞지 않는 것, 부조리한 것, 사물과 기능 사이의 연관을 끊어놓은 것" 등은 아동들의 세계 인지와 언어적 질서 습득에 요령부득인 것처럼 느껴진다. 추콥스키는 이런 동시[15]를 '뒤죽박죽시' 혹은 '무의미시'라 명명한 바 있다. 하지만 이름을 가졌다는 것은 이것들이 수행하는 역할과 기능이 만만치 않음을 의미한다. 실제로 그는 뒤죽박죽시의 교육적 효용성을 높이 사는데, 첫째, 사물을 뒤집어 놓는 것에서 재미난 효과가 발생한다는 점, 둘째, 아이가 그것을 순순한 놀이로 생각한다는 점이다. 그러니 현실의 말의 질서는 여전히 유지될 것인데, 아이들은 그 질서를 흩트리는 놀이를 통해 새롭게 그 질서에 참여하는 셈이다.

그런데 더 중요한 것은 아이들이 엉뚱한 말놀이를 할 때 사물에 대한 지식을 확인하는, 새로 익힌 기술을 사용한다는 것이다. 요컨대 "환상 속에서도 아이들은 확고한 현실주의자"[16]인 것이다. 우리는 기

---

15) 이것은 당연히도 전문 시인이 창작한 동시가 아니다. 어릴 적 놀이하며 부르던 전래 동요이거나 아이들이 제멋대로 읊조리고 주절대는 말놀이인 경우가 대부분이다.

16) 이상의 내용과 인용은 코르네이 추콥스키, 『두 살에서 다섯 살까지』, pp.158~59.

술하면, 내용의 연상과 단절, 단어의 배치와 재역전 등 구성의 방법을 먼저 떠올리겠지만, 리듬의 즐거움과 의지 역시 빼놓을 수 없다. 물론 리듬의 결정적 의미는 그것이 담론의 의미소로 발현하고 참여한다는 데 있다. 과연 나는 "노래는 리듬이 있거나, 없는 소리를 무의미하게 지껄이는 것으로 시작해서 의미가 포함될 때 완성된다"[17]는 추콥스키의 말에 방불한 시 창작 과정을 몇몇 시인에게 벌써 들은 지 수차례이다.

가오리 보고
가오리연 만들었지
가자 가자
가오리연 날리러 가자

바람아 쌩쌩 불어라 　　　　　　　　　　　—최승호, 「가오리연」 전문[18]

프라이팬은 뜨거워!
고추장은 매워!
팔짝팔짝 뛰던 멸치들
얌전해졌네
냠냠 　　　　　　　　　　　　　　　—안도현, 「멸치볶음」 전문[19]

---

17) 앞의 책, pp.104~05.

18) 최승호, 『말놀이 동시집』 1, 민음사, p.15. 최승호는 2005~10년에 걸쳐 1. 모음 편, 2. 동물 편, 3. 자음 편, 4. 비유 편, 5. 리듬 편을 테마로 『말놀이 동시집』 전 5권을 완간했으며, 그 사이에 동시집 『펭귄』(2007)도 펴냈다. 『말놀이 동시집』 전 5권이 시학의 기초 체계와 밀접히 연관되어 있음을 쉽사리 알 수 있다.

최승호가 유사성의 연쇄를 통해 연 놀이의 방법과 과정을 그렸다면, 안도현은 유사한 감각의 연쇄를 통해 요리와 식음의 즐거움을 재현하고 있다. 특정한 가치와 교훈의 전달과 관련된 의미 충동은 거의 배제되어 있다. 그러나 짧고 운율감 넘치는 말들의 연쇄를 통해 행복한 삶의 단편, 즉 전래의 놀이와 맛의 충족성을 잘 전달하고 있다. 아동들의 독서의 진화 과정을 그린다면 이 동시들로부터 문인수, 박성우의 동시로 향하는 화살표가 쳐질 것이다.

대상의 인지와 해석보다 말놀이에 중점을 둔 동시들은 현실은 물론 현실 저편의 문을 통과해가는 과정의 발견이 가하는 쾌미와 고통에 비교적 무감할 수밖에 없다. 고학년용 동시들이 산문 충동의 유혹에 노출될 수도 있는 지점인데, 그러나 각주 1)에서 언급한 시인들의 경우, 이에 대한 전략적 접근을 시도한 동시는 거의 없는 듯하다. 있더라도 현실에 대한 직핍한 이해보다는 일상의 심심한 풍경 정도를 드러내거나 환상의 세계를 펼쳐 보이는 정도[20]에 그친다. 이것 역시 동시를 즐길 만한, 아니 읽힐 만한 아동 층의 설정(출판사) 문제와 긴밀히 연결되겠지만, 연령의 계량화로만 해결되지 않는 다양한 층위의 아동의 실재적 심리와 행동에 대한 불충분한 이해라는 우리의 현실과도 무관치 않을 것이다.

그러나 특히 자유시에서의 리듬은 동시에서 흔히 취하는 반복과 나열, 음수율의 고려 등의 정형률로부터 어떻게든 이탈하려는 성질을 띠기 마련이다. 자유율보다 내재율이란 지칭이 더 합당한 것은 리듬

---

19) 안도현, 『냠냠』, 민음사, 2010, p.6.
20) 전자의 예로는 장옥관, 『내 배꼽을 만져보았다』(문학동네, 2010) 수록 몇 편이, 후자의 예로는 김륭, 『프라이팬을 타고 가는 고양이』(문학동네, 2009) 수록 몇 편이 그러하다.

이 격식과 긴장 없는 말들의 분방함에 그치지 않고 다음과 같은 '유토피아적 기능'을 목적하기 때문이다. 여기서 유토피아는 "말하자면 어떤 필요성에 대한 표현인 동시에 세계가 그 자리를 만들지 않는 무엇, 세계가 마련되지 않는 무엇"으로 표상되는 '새로움'이다. 물론 이 새로움은 '최근에 방금 출현한 것'으로서가 아니라 "이미 알려진 것으로는 환원이 불가능한 무엇"이라는 의미에서 이해될 성질의 것이다.[21]

이른바 젊은 컬처홀릭의 시들은 산문 충동, 그것도 세계의 적확한 포착과 구조화보다는 오히려 (기존) 세계를 산재(散在)하고 의미를 분산시키는 언어의 산포에 더 충실하다. 이들이 충격하는 기존 기표—기의의 허구성, 그것을 통해 드러나는 세계와 언어의 끔찍함, 그럴수록 강화되거나 구역질 나게 되는 어떤 새 지평의 구성 문제는 우리 시의 새로운 정치성을 적잖이 예감케 한다. 그러나 컬처홀릭들의 시적 담론은 때로는 입안을 터져 나오지 못하는 사적인 웅얼거림과 의미화될 수 없는 말들의 주절거림으로, 때로는 지식과 문화의 편집자 입장에서 독자를 그들의 비밀 편지 해독자로 내모는 독재자의 기묘한 언술로 빠져드는 경우조차 존재한다. "시의 독해는 모 사이트의 '지식in'과 함께!"라는 우스갯소리가 어색하지 않다면, 당신은 벌써 편집(증)적 텍스트의 포로로 끌려가고 있는 중이다.

방향성 없는, 아니 방향성 자체를 괄호 치는 산문 충동은 특정 기호나 의미화의 무덤이기도 하지만, '새롭고 완성되지 않은 무엇'으로

---

21) 앙리 메쇼닉적 의미의 리듬은 "모든 것, 예컨대 빛과 그림자 각각의 놀이, 각각의 뉘앙스 등을 포함하기 때문에 문화적 언어활동이 새로운 어떤 것을 이해하기 이전에 이 문화에 어떤 형체를 부여한다". 이상의 설명과 인용은 루시 부라사, 『앙리 메쇼닉—리듬의 시학을 위하여』, 조재룡 옮김, 인간사랑, 2007, pp.176~79 참조.

서의 리듬의 공백 지대이기도 하다. 어쩌면 언어의 과잉이, 언어의 기술적 혹사가 언어 자체에 대한 심각한 탐구와 그것의 복합적인 지리지 작성을 밀어내는 시대에 우리는 살고 있는지도 모른다. 하지만 산문 충동과 시적 수다에서라면 누구에게도 뒤지지 않을 김수영은—그는 이상(李箱)과 더불어 컬처홀릭들의 고전적 영웅이자 참조항이라 해도 지나치지 않을 텐데—「꽃잎」 연작과 「풀」이 시사하듯이 끝내는 리듬의 유토피아적 기능으로 자기 시를 끊임없이 되돌려갔다. 김수영의 시학에 수다(數多)한 문화의 형식들은 언제나 기능소였지 언어와 리듬을 계시하는 신화소나 의미소는 아니었다는 말은 그래서 가능하다. 더불어 다음과 같은 경우는 어떤가.

산에서 시를 쓰면
시에서 나는 산 냄새

소나무, 떡갈나무, 오리나무의 냄새
산비둘기, 꿩, 너구리, 오소리의 냄새

산에서 시를 쓰면
시에 적힌 말과 말 사이에
어느새 끼여 있는 그런 산 냄새   —오규원, 「산」 전문[22]

이제는 시로 소통할 수밖에 없는 오규원은 "동시를 동심으로 볼 수

---

22) 오규원, 『나무 속의 자동차』, 문학과지성사, 2008, p.56.

있는 시의 세계"로 명확히 규정한 바 있다. 동심을 노래한다는 말은 시의 세계가 동심으로 한정될 염려가 있고 동심으로 노래하는 것은 시의 세계가 노래라는 말에 간섭을 받을 염려 때문이었다. 인용에서 '동심'이란 말을 걸어내면 말년의 '날이미지'의 현장이 선연히 떠오르는 것도 '시의 세계'에 대한 철저한 자각과 영혼의 응집 때문이다. 동시의 문법에 비교적 충실함에도 「산」은 리듬의 선한 역할, 앙리 메쇼닉의 말을 빌린다면, "리듬의 정치는 이타성에 대한 비유이다"[23]라는 명제를 명쾌하게 수행하고 있다.

"시에 적힌 **말과 말 사이에/어느새 끼여 있는** 그런 산 냄새"(강조—인용자)라니! "그런 산 냄새"의 산문적 해석이나 번역은 차라리 불가능한 것이 옳다. 그것은 반복하건대 '새롭고 완성되지 않은 무엇'으로서의 리듬 나라의 자유로운 시민일 따름이다. 산은, 시는, 냄새는 이 리듬에 사로잡힘으로써 그것의 의미론적 한계와 형태론적 구속을 모두 벗어난다. 저 규정할 수 없는 냄새의 유곡에서 자유롭게 유영하는 동심이 지천이라면, '두 살에서 다섯 살까지'의 낙관주의는 존재와 언어 동시의 것이리라. 컬처홀릭들이 한때는 "그런 산 냄새"에 격렬하게 휩싸였던 아동이었음을 간간이 상기한다면, 언어의 피륙은 스스로를 파고들며 짜이고 타자를 감싸들며 풀려갈 것이다. 성숙한 자라면 "그런 산 냄새"까지 회의하고 따돌릴 자기 파괴를 자청하는 외로 된 길을 피하는 것 또한 쓸 만한 지혜요 상식이겠다.

---

23) 루시 부라사, 『앙리 메쇼닉—리듬의 시학을 위하여』, p.197.

*

　우리 시는 언어 저 깊숙한 곳의 탐사로 나아갈 자리에서 치정극과도 같은 미숙한 사랑에 빠져드는 경우가 많았다. 까탈스러운 언어는 무작정 껴안음으로써 달랬고 고개 돌린 언어는 아예 매질함으로써 쫓아냈다. 그런 만큼 언어가 스스로를 발현할, '리듬의 유토피아'와 같은 완미한 완충지대의 구축은 지연되거나 응시되지 않았다. 치정은 서로의 윤리적 결핍과 과잉된 욕망을 인정하고 버리지 않는 한 원만한 사랑의 형식을 결코 입지 못한다.

　이런 사정을 고려하면 최근 송찬호의 작업은 여러모로 주의할 만하다. 그는 탁월한 의미에서의 동시적 상상력으로 서로의 타자성을 구현하는 완충지대, 바꿔 말해 완미한 사랑의 지평을 열어나가고 있다. "고양이 철학 시간"이 실현되는 사랑의 지대는 "사라져버린 사냥 시대"의 기억에서 솟구친다는 점에서 보수의 양태를 띤다. 하지만 "어둠과 추위" 시대로의 귀환은 "털실 몽상가" 및 "현기증 나는 속도의 바퀴"와의 치정극을 끝장낸 결과라는 점에서 근본적이고 급진적이다.[24] 이 비유의 과정은 인류사 보편의 경험으로 보아 무방하다. 하지만 송찬호의 시적 여정을 주목하건대 존재론의 폐부를 찌르지 못하는 낭만적 사랑('몽상가')과 치정극('속도의 바퀴')에서 토해진 못난 언어들과의 결별 과정을 그린 것이기도 하다. 신범순은 송찬호의 최근 시들을 '겨울동화'로 명명하면서, 그 가치를 "차갑게 현실의 구조들을

---

24) 송찬호, 「고양이」, 『고양이가 돌아오는 저녁』, 문학과지성사, 2009, pp.22~23.

장악한 권력들로부터 빠져나오는 길을 가르쳐주"[25]는 것에 두었다. 물론 자연에의 귀환을 중심에 둔 발언이지만, 이 자연에 우리가 꿈꾸는 어떤 언어와 리듬이 끼어들지 못할 리 없다.

　내년이면 이 콩밭도 묵정밭이 된다고 하였다 허리 구부정한 콩밭 주인은 이제 산등성이 동그란 백도라지 무덤이 더 좋다 하였다 그리고 올 소출이 황두 두 말가웃은 된다고 빙그레 웃었다

　그나저나 아직 볕이 좋아 여직 도리깨를 맞지 않은 꼬투리들이 따닥따닥 제 깍지를 열어 콩알 몇 낱을 있는 힘껏 멀리 쏘아 보내는 가을이었다

　콩새야, 니 여태 거기서 머 하고 있노 어여 콩알 주워가지 않구, 다래 넝쿨 위에 앉아 있던 콩새는 자신을 들킨 것이 부끄러워 꼭 콩새만 한 가슴만 두근거리는 가을이었다　　　　　　　—송찬호, 「가을」 부분[26]

더할 것도 뺄 것도 없는 볕 좋은 어느 가을날의 풍경이다. 하지만 나는 풍경의 심미성보다 거기 담긴 존재와 사물의 생사의 원리, 아니 그보다 "시에 적힌 말과 말 사이에/어느 새 끼여 있는" '그런 가을 냄새'에 놀란다. 현실에서라면 콩밭은 서로의 목숨을 건 전쟁터이다. 송찬호는 이 현실을 놓치지 않으면서도 자기들에게 주어진 바 삶의 존엄성과 절박함을 유쾌하게 실천하는 모든 존재의 고유한 리듬을 불

---

25) 신범순, 「고양이의 철학 동화」, 송찬호, 『고양이가 돌아오는 저녁』, p.131.
26) 송찬호, 『고양이가 돌아오는 저녁』, pp.54~55.

어넣고 있다. 우리가 이상적으로 상정하는 바의 동심과 유비되지만, 성숙한 자의 시선은 벌써 그것을 뛰어넘어 '리듬의 유토피아' 세계로 존재를 이전 중인 것이다. 그래서 마지막 구절의 '가을'은 시공간적 배경이 아니라 "콩새만 한 가슴"을 두근거리는 주체일 수밖에 없다. 이 말은 「가을」에 속한 것 모두가—사물과 언어, 물질성과 형이상성, 존재와 비존재 할 것 없이—"콩새만 한 가슴"을 두근거린다는 뜻이 아니고 그 무엇이겠는가.

어디 그뿐인가. 시집 말미에 "내 시는 유행이나 새로움에도 주눅 들지 않고 구름처럼 가벼워지기만을 바랄 뿐"이라고 적었던 송찬호의 동시집이 미구에 출간될 거라는 즐거운 소문이다. 동시와 현대시가 서로의 얼굴을 어루만지며 훈훈해질 그날 밤은 얼마나 높고 푸짐하고 다정할 것인가. 그때 내 아이나 나는 격의 없이 함께 입맛 다시며 잔 칫집에 놀러 가는 동일한 모색(貌色/毛色)의 족속들일 것이다.

〔2010〕

제2부

시적 망명의 몇 가지 문법
──황동규의 중기 시[1]

"타인의 눈이 나를 완성시킨다"

그렇다면, 눈이 부시다.

눈이여 부셔라,

내 눈이 타인을 완성시킨다!

──「브롱스 가는 길」 부분(II:109)

1. 시, 망명에 들다

망명은 대개 정치적 계선을 건드리는 행위로 규정된다. 목숨을 건 투기(投企)일지라도 특정 이념과 사상, 체제의 선택이 전면화되는 것도 이 때문이다. 이에 비한다면, 시적 망명은 상상적이며 언어적 행위라는 점에서 좀처럼 실천의 의미망에 포섭되지 않는다. 그러나 시적 망명은 처음부터 끝까지 존재의 계선을 건드리는 행위인 까닭에, 늘 정치를 초월하며 줄곧 정치의 바깥에 위치한다. 물론 시인은 거기

---

1) 황동규 중기 시의 범위를 설정하는 방법은 비평가에 따라 다를 수 있다. 나는 『풍장』의 바운더리에 놓이는 시들을 중기 시로 보는 편이다. '풍장' 연작은 1982년 첫 편에서 시작해 1995년 마지막 편이 발표된 후, IV:『풍장』(문학과지성사, 1995)으로 묶였다. 이 범위에 드는 시집은 I:『악어를 조심하라고』(문학과지성사, 1986)의 일부, II:『몰운대행』(문학과지성사, 1991)과 III:『미시령 큰바람』(문학과지성사, 1993)이다. 진보와 보수 가릴 것 없이 이즈음은 격정의 시대인 동시에 냉혹의 시대이기도 했다. 『외계인』(문학과지성사, 1997) 이후의 시 세계에 대한 나의 견해로는 이 글의 뒤에 오는 「길을 묻다, 삶을 묻다─황동규론」과 「적막의 풍경, 그 안과 밖─황동규의 『겨울밤 0시 5분』론」 참조.

에 들러붙는 비(초)현실의 혐의를 비껴가기 위해서는 "모든 걸 한번
은 거꾸로 놓고 보아라,/뒤집어놓고 보아라"(「오어사(吾魚寺)에 가서
원효를 만나다」, III:14)는, 래디컬radical한 사유와 상상에 늘 접속되
어야만 한다. 시적 혁명을 정치적 혁명의 근본이자 궁극적 지향으로
정초해간 김수영의 진정성은 이 부분에서 누구보다 빛났다.[2]

그래서일까? 정치적 디아스포라는 끊임없는 투표 행위로 존재를
닦아세우지만, 시적 디아스포라는 "원효가 없는 것이 원효 절다있다"
(「오어사에……」, III:15)는 것을 파지하는 부재의 변증법으로 존재
를 몰아간다. 하여 "허구fiction만이 우리에게 희망을 준다. 희망 자
체도 허구가 아닐까"(III:뒤표지)와 같은 시인의 도저한 언명은 더욱
의미심장하다. 왜냐하면 시적 망명은 "삼문(三門) 벼랑에, 집어쳐라
집어쳐,/물기둥 치는 소리"(「풍장 8」, I:54」)를 먼저 듣는 방법적 부
정이기에 앞서, "온통 맥박투성이 하늘"(「풍장 14」, I:62)의 기미를
앞서 감각하는 방법적 사랑임을 간취한 언술이기 때문이다. 아니 차
라리 황동규의 망명은 그저 연민과 포옹으로만 향하는 사랑의 문법을
조심하면서 오히려 대립적인 것들, 이를테면 "삶과 죽음의 황홀은 한
가지에 핀 꽃"(「『풍장』을 위하여」, IV:v)임을 톺아내는 대자적 세계로
의 진입이다.

서로 대립적인 것들의 동행 혹은 통합은 따라서 양자의 평균적 합
일을 뜻하지 않는다. 그것은 오히려 관습에 휘둘려 맹목의 감옥에 갇

---

2) 김수영과의 상상적 만남을 기록하는 자리에서 "가만!/지금 내 정신 상태 제대로 보여줄
   객관 상관물은?"이라는 자문(自問)과 "(아파트 계단을 도로 기어내려가는 악어?)"라는
   자답(自答)의 연상은 시적 혁명에 대한 기대와도 무관치는 않을 것이다. (「악어를 조심하
   라고?」, I:21)

혀버린 그것들의 본래적 개성과 심연을 파고들어 발산하는 일이다. 예컨대 현대시가 발견한 고졸미의 압권으로 기록되어도 좋을 "수척한 물새"(「풍장 70」, IV: 96)를 떠올려보라.[3] '가을'이라는 풍요의 시공간을 배반하는 '수척하다'란 형용사는 표면적으로 결여의 뉘앙스를 풍긴다. 그러나 '수척한'이야말로 "화장(化粧)도 해탈(解脫)도 없이"(「풍장 1」, I:44) 스러져갈 어떤 존재의 완미함을 표상하는 결정적 매듭이다. 그래서 물새는, 자아는 "조으는가/꿈도 없이"(「풍장 70」, IV:96)로 표현되는 지극한 평상심에 문득 잠기는 것이다.[4]

우리의 관심은 그러나 황동규의 시적 망명이 거둔 존재의 완미함과 평상심의 관람에 제한되지 않는다. 이것을 실현하는 시적 망명의 몇 가지 국면과 문법에 잠입하는 것이 일차적 목표이다. 마치 영화의 플래시백flashback이 그러하듯이, 망명의 국면들을 단속적(斷續的)으로 잇댐으로써 우리는 망명의 회상보다는 그것의 재체험에 뛰어들게 될 것이다. 이 순간 시인의 개인적 망명은 타자의 그것으로 전유됨으로써, "마르는 풀의 꺼지는 불이/인간의 마음을 덥"(「풍장 57」, IV:82)히는, 역설적 연대의 정서와 형식으로 거듭날 것이다. 시적 울림은

---

3) 「풍장 70」(1995)의 언저리에 씌어졌을 것으로 짐작되는 「어느 훗날의 시 1」(『외계인』, p.56)에도 '수척한 물새'의 이미지가 등장한다. "수척한 조그만 새 하나"가 그것인데, 이것은 "동안(童顔)으로 늙은 얼굴 하나"와 등가를 이룬다. 자아와 대상의 관계에서 전자는 통합을, 후자는 분리의 형식을 취하고 있어 흥미롭다.

4) '수척한 물새'가 등장하는 「풍장 70」(IV:96)은 황동규가 창안한 극서정시의 수월한 성취로 기록되어도 좋다. "어떤 정황이 제시되고 시적 자아가 그것을 통과함으로써 내적 변화를 경험하게 되는 시적 짜임새"라는 규정에 비추어 볼 때 『풍장』의 결시(結詩)이기도 한 이 시편은 극적 모티프가 일견 미약해 보인다. 그러나 '수척한'이 환기하는 복합적 정서와 시적 긴장이야말로 "시적 자아의 내적 갱신이면서 동시에 서정시의 구조적 갱신"이란 이광호의 말에 순순히 동의하게 만드는 또 다른 극적 모티프가 아닐 수 없다. 이상의 인용은 이광호, 「시간 밖으로의 한 순간」, 황동규, 『외계인』, pp.106~07.

이렇게 타자성에 들고 또 갸륵한 순간에 나포됨으로써 모든 이의 것이며 또 모든 이의 것이 아니기도 한 목소리, 곧 다성성을 살게 될 것인바, 여기에 황동규 시 관람의 궁극적인 목표가 있다.

2. 나, 사랑에 들다

이즈음 황동규의 사랑노래는 자못 숙연하다. 「즐거운 편지」의 명랑한 기다림이나 "동여맨 편지"[5]를 받은 순간의 따스한 회한은 상당히 잦아들고 있다. 물론 어느 편편에나 대상에의 방법적 사랑은 깊이 스며 있지만, 시인이 다시 사랑노래를 부르는 것은 『몰운대행』(1991)에 이르러서이다. 정치적 격정과 시적 망명의 대립적 요구가 시어의 갈등과 상반된 미래 기획을 재촉하던 시대, 시인은 서정적 균형을 날카롭게 유지하며 「비린 사랑노래」를 불러야 했던 것이다. '비리다'는 한편으론 삶의 생생함을 떠올리지만 다른 한편으론 코를 틀어막아야 하는 역한 부패의 시작을 환기한다. 경계에 서 있는 존재의 실존감과 선택의 전선(前線)에 놓인 존재의 떨림이 묻어 있는 복합적 형용사인 것이다. 물론 시인은 이것들을 함께 거두면서, 비린내의 실감을 새롭게 포착하고 있어, 사랑의 지평을 새롭게 개척하고 있기도 하다.

아무것도 없습니다. 가만,
사람 몇이 걸어간 흔적이 보이는군요.

---

5) 황동규, 「조그만 사랑 노래」, 『나는 바퀴를 보면 굴리고 싶어진다』, 문학과지성사, 1970, p.83.

바람이 불어도 지워지지 않습니다.

그 발자국을 따라 한없이 걷다가 되돌아왔습니다.

물 솟고 나무 자라는 곳 같은 건 없었습니다.

—「비린 사랑노래 3」 부분(II:67)

누구나 볼 수 있는 저 두 언덕 사이에

채 그리다 만 그림처럼

반쯤 그려져 걸린 무지개,

무지개는 무지개, 따로 숨겨둔 깊이 없음.

—「비린 사랑노래 5」 부분(II:69)

그게 자연이든 이상적 정치의 지평이든 현재의 사실성에 접속되지 않는 한 환상의 너울은 오히려 위험할 수 있다. 완전성과 영원성을 향한 해석의 기대와 욕망이 역사적 현실을 터무니없이 가치 절하하거나 실감 없는 변혁의 광장으로 왜곡, 굴절시킬 수 있기 때문이다. 최근 우리 시에서 자연 역시 이런 기대치의 보수적 반영처로 급속히 물러났음은 세계의 성찰과 거의 무연한 '귀거래사'의 유행이 증명하는 바이다.

이에 비한다면 황동규의 시선은 한결 냉철하고 예리하게 현실적이다. 누구나 가짐직한 허망한 기대에의 욕망을 시인은 이른바 '해석의 반대'라 할 만한 사랑의 문법으로 지연하고 또 해소한다. 수전 손택 Susan Sontag의 말을 빌린다면, 해석 행위는 '의미'라는 그림자 세계를 세우기 위해 세계를 무력화하고 고갈시키는 것, 다시 말해 특정 개념의 창출로 세계를 둘러싸고 번역하는 권력 행위라 할 만하다. 하지만 문학 예술은, 특히 시는 그것이 다룬 "세계 자체에 완전히 사로잡히거나 매혹된 상태에서 우리가 어떤 흥분, 참여, 판단에 연루될 수 있도록 만듦"으로써 저 권력의 지평을 흠집내고 탈내는 담론이며, 담론이어야 한다.[6)]

 "아무것도 없습니다"로 선언된 '해석의 반대'는 대상의 부정이 아니라 그것의 근원적 실체로의 돌연한 틈입을 수행한다는 점에서 세계의 심화와 확장에 기여한다. 이른바 "따로 숨겨둔 깊이 없음"과 "마음 속에는 마음밖에 없음"[7)](「비린 사랑노래 5」, II:67)으로 표상되는 시인과 무지개의 교감적 사랑은 그들을 즉물성의 지평으로 옮겨놓음으로써 불편한 비린내를 '우연'의 활성화를 충격하는 에너지로 전유하고야 만다.

 '우연'이란 무엇인가. '필연'이 일정한 틀과 공식, 엄격한 해석의 펼침 속에서 산출되는 일종의 제도임에 비해, 그것은 문득 발견되거나 접촉됨으로써 억압되거나 은폐된 이면 세계의 진정성을 확증하는 자유와 해방의 운동이다. 가령 다음과 같은 행복에의 배반, "자꾸 잊어버린다./성경과 불경, 그리고 정감록까지 뒤섞여서/행복이 불행보

---

6) 이상의 수전 손택의 견해와 인용은 『해석에 반대한다』(이민아 옮김, 이후, 2002)에 실린 「해석에 반대한다」와 「스타일에 대해」에서 가져왔다. 그가 사용하는 '스타일'의 개념은 정형화된 어떤 형식을 말하지 않는다. 오히려 그것은 "예술은 유혹이지 강간이 아니다. 예술 작품은 도저히 회피할 수 없는 유형의 경험을 제공한다"에서 보듯이, 작품의 탁월한 에너지와 생명력, 표현성과 같은 '시적인 것'의 원초적이며 역동적인 분출을 의미한다. 그녀는 예술 작품의 이런 힘과 기능을 일러 '성애학erotics'으로 표현했다.

7) 이 구절은 후일 씌어지는 「더욱더 비린 사랑노래 6」(III:82)에 재등장하는 한편, "시간 속에는 (저런!) 시간밖에 없음"으로 모습을 바꾼다. 이 시가 실린 『미시령 큰바람』에는 이 외에도 "시간(時間)이 이발당한들!"(「밤새워 글쓰기」), "시간이 졸아드는 소리"(「늦가을 빗소리」), "시간 뒤에 숨어 있는 시간?"(「풍장 51」) 등 시간의 현상학과 관련된 구절이 처처에 등장한다.

다 더 날나리로 들린다"(「이사」, II:45)는 '우연'의 지평에 투숙한 시인의 흥분과 참여, 판단이 숨아낸 매혹적인 '성애학'이 아닐 수 없다.

> 봄꽃 난폭하게 색칠하다 말고 막 떠난 언덕 밑
> 국민학교 친구의 집.
> 쟁반에 딸기 들고 오는 친구의 막내딸
> 허리 얼굴 훤칠하고 한 쪽이 조막손이다.
>
> 그 얼굴 아래
> 진한 그늘 가득 넘실대는
> 수국(水菊).　　　　　　　　　　　　　—「더 비린 사랑노래 1」 전문(III:71)

해석이 정지된 묘사시 혹은 즉물시로 읽어도 무방한 사랑노래이다. "조막손"의 어떤 행복과 불행을 환기하는 것은 시인의 해석이 아니라 난폭한 봄꽃과 진한 그늘을 이룬 수국의 대위법적 조우이다. 인위를 배제한 풍경에의 조심스러운 참여가 연민의 자발적 유로(流露)와 시적 감촉의 갱신을 자연스럽게 이끌고 있다. 시인에게는 이것도 "며칠 병(病) 없이 앓"(「풍장 45」, III:95)은 이상한 질병의 경험에서 태동된 것일 테다.

질병의 궁극적 치유는 그것을 유발한 원인을 완전히 제거하는 것 혹은 신체의 건강 속에 완전히 복속시키는 것을 의미한다. 그런 점에서 치유는 기존 세계와의 단절이거나 그것의 영향을 이미 배제한 세계로의 진입이다. 치유는 "간판"이니, "지나치는 사람들"이니, 버려진 "흙덩이의 어깨"니, 심지어 "그 어깨를 만지는 시간의 손가락"까지도 보게 한다. 그러므로 치유의 진정한 효능은 사소한 것 또는 무시된 타자와 조응하는 "밝은 눈"(이상 「풍장 45」, III:95), 그러니까 '가난한 사랑'(!)과의 조우에 있다고 할 만하다. 황동규의 '사랑'이 자연과 세계의 특권적 심미화에 경도되는 대신, 자아의 멈춤을 책망하고, 타자와의 새로운 관계 설정이나 후미진 자연의 감각적 폭로로 끊임없이 방향을 트는 것도 이 '이유 없는 앓음'의 반복 때문일 것이다. 따라서 미안하지만 시인은 더 앓아도 좋다, 아니 앓음을 멈추지 말아야 한다. 독자인 우리는 시인의 질병에 감염됨으로써 완강한 해석의 욕망으로부터 해방되어 모든 주어진 것에의 매혹에 주저 없이 빠져드는 미적 충동의 당사자가 될 수 있겠기 때문이다.

하지만 우리는 이 질병의 치유를 현실의 영역을 넘어선 무슨 신비한 주술의 경험처럼 여겨서는 안 된다. 무수한 죽음에 대한 기억과 속수무책의 항의가 지시하듯이, 그의 사랑의 문법은 죽음의 유곡을 매일매일 떠도는 가운데 간신히 획득되었다가 또 부서지고 하는 가운데 구축되어온 것이기 때문이다. 사랑의 문법은 그래서 막무가내의 동일화나 통합의 목소리와 거리가 멀다. '희망'과 마찬가지로 그것들 역시 '허구'일 가능성은 언제나 열려 있었으므로. 사랑의 문법은 이 허구의 소동에 언제나 단련되면서 그 내용과 형식을 갱신해갔어야 했으므로.[8] (물론 이 악무한의 시적 상황은 오늘의 황동규 시에서도 여전히 진행 중이다.)

---

8) 『풍장』이 애초에는 몇 편의 연작시로 기획되었다가 14년에 걸쳐 70편의 연작시로 확장된 것도, 그것을 마치면서 "탈골된 것처럼 홀가분"한 기분에 빠져든 것도 『풍장』이 또 다른 해석의 변칙으로 적용되어 가는 것을 저어했기 때문일지도 모른다. 그 속내를 시인은 다음과 같이 암시하고 있다. "「풍장 64」를 쓸 무렵 차차 짧아지기 시작해서 이러다간 아예 시가 사라질까봐 걱정이 생기기는 했다. 어느샌가 구두점도 사라졌다. 그러나 무언가

3. 너, 죽음에 들다

죽음은 디아스포라의 궁극적 형식이라 할 만하다. 삶의 지평에서 존재를 추방하는 절대적 폭력성과 죽은 자의 어떠한 생환도 허락하지 않는 강고한 폐쇄성은 이산(離散)의 정치적·미학적 맥락을 현실에서 단숨에 제거한다. 죽음에 관한 한 상상적 체험조차 허구에 지나지 않는다는 것은 그것의 일회성, 바꿔 말해 재체험의 불가능성이 입증하는 바이다. 시인이 죽음의 공포에 익숙해진다든지 아니면 죽음의 심연을 초월했다든지 하는 그럴듯한 말을 던지는 대신, "싱싱한 죽음 때문에 더욱 싱싱해진 삶에 감사한다"(「『풍장』을 위하여」, IV:vii)는 지극히 겸손한 감개무량을 피력하는 것도 재귀(再歸)의 여지를 주지 않는 죽음의 절대 권력 때문일 것이다. 내 삶 안으로 죽음을 끊임없이 끌어들이며, 그럼으로써 삶의 토대를 더욱 다지고 넓히는 한편 편만한 니힐리즘을 조금씩 숨죽여나가는 존재의 투기는 그래서 언어의 윤리이자 시인의 책무인 것이다.

이런 의미에서 '풍장'은 장례 형식을 가뿐히 뛰어넘어 존재를 관통하는 또 다른 삶의 문법이다. 서정주는 죽음의 바람을 평정하고 영원성에 들면서 "피가 잉잉거리던 병은 이제는 다 낳았읍니다"(「사소 두 번째의 편지」)라는 도저한 고백을 남겼다. 하지만 초월과 해석의 과잉 없이 그저 "마지막으로 몸의 피가 다 마를 때까지/바람과 놀"(「풍

매듭을 짓고 싶다는 생각이 제IV부를 시작할 때부터 돋아나 가라앉지 않았다. 아무리 긴 여행이라도 언젠가는 끝이 있는 것이다. 나는 '풍장'을 탈골 여행으로 부르고 싶다"(「『풍장』을 위하여」, IV:iv∼v).

장 1」, I:44)기를 욕망하는 황동규는 죽음의 사신(使臣)과 늘 동행할 수밖에 없다. 그들과 같이 걷지 않고서는 삶의 황홀도, 죽음의 심연도 모두 체험 이전의 것, 다시 말해 허상으로 남기 때문이다.

황동규 시에서 사신(死神)에 사로잡힌 존재들은 문학 예술계의 선배이거나 동료인 경우가 대부분이다.[9] 그들은 언어적 친밀감과 소통의 가능성이 가장 높은, 그래서 죽음의 충격과 삶의 허무를 폭증시킬 수밖에 없는 존재들이다. 1980년대 후반 이미 사망했거나 병자였던 김수영, 김종삼, 장욱진, 김현, 황인철, 오규원 등은 시인이 욕망하는 삶의 황홀을 끊임없이 지연시키고 어두운 현실 쪽으로 밀어내는 서러운 언어들이었다.[10] 따라서 그들을 향한 황동규의 헌시는 추도사이기 전에 그들을 데려간 사신을 밀쳐내면서 그들의 상상적 생환을 한 순간이라도 움켜쥐려는 절박한 주술이었다. 이를테면 태연히 "방을 나가/화장실에 누"(「너 죽은 날 태연히」, II:33)워 자는 충격적 일탈을 제공했던 문우 김현의 죽음은 다음처럼 이상하고 가공할 만한 것이었다.

---

9) 물론 황동규 시에는 '살아남은 자'들, 그러니까 직장 동료와 여타의 시인들 역시 자주 등장한다. 여기서 그들을 '살아남은 자'로 명명한 까닭은 "계획을 벗어나는 일,/지도(地圖) 벗어나 새로 지도 그리는 일"(「몰운대는 왜 정선에 있었는가?」, III:64)의 동행자들일 경우가 많기 때문이다. '살아 있는 자'로 지칭하면 아무래도 일탈과 갱신의 느낌이 좀처럼 살아나지 않는다. 그래서 '살아남은 자'를 취했다.

10) 이즈음 시인의 아버지(생물학적으로 또 언어적으로) 황순원 선생에 대한 언급 역시 '병환'(「이사」, II:43) 및 '죽음'(「풍장 23」, II:77)과 연관되어 있다. 사후 당신의 장례 문제와 아들의 종교적 귀의를 미리 부탁하는 때 이른 근심을 마뜩잖아하는 시인의 태도가 흥미롭다. 2000년 9월 선생의 사후 씌어진 시들에서는 '홀로움', 곧 '환해진 외로움'으로 선생을 떠올리고 있어, 훨씬 애잔하고 살가우며, 또 고졸하게 느껴진다. 「추억의 힘줄은 불수의근이니」 및 「홀로움은 환해진 외로움이니」 참조(『우연에 기댈 때도 있었다』, 문학과지성사, 2003).

마침내 죽음의 면허를 따 영정이 되어

혼자 천천히 웃고 있는

웃고 있는 김현의 얼굴이 속절없이 아름다웠고

그 얼굴 너무 선명해서 우리는 과속을 했어.

경기도 양평의 산들이 패션 쇼를 하려다 말았고,

딱지를 뗐고,

그 딱지 뗀 힘으로

우리는 한 죽음을 벗어났던 거야.　　　—「김현 묻던 날」부분(Ⅲ:19)

　과속의 원인 제공자도 김현이었지만 딱지를 뗄 때 시인 일행을 살린 것도 김현이었다. 찬찬히 생각해보면, 사실의 지시문 "의경치고도 너무 어려"는 "마침내 죽음의 면허를" 딴 신참내기 김현을 암유하는 것으로도 읽힌다. 김현이 어린 의경의 옷을 입고 홀연히 출몰한 것이다, 시인 일행을 삶의 길로 밀쳐내려고. 황동규의 죽음 의식이 니힐리즘과 친화하는 인간 보편의 그것으로부터 멀어져, 오히려 삶의 황홀을 찾는 역(逆)보행의 방향성을 갖는 것도 어쩌면 사자의 웃는 얼굴, 다시 말해 삶에 대한 죽음의 따스한 배려를 뚜렷이 각인했기 때문일 것이다. 독자들은 비평가의 이런 해석에서 일종의 신비주의적 태도를 먼저 떠올릴지도 모르겠다. 애써 부인할 필요도 없이 흰 종이를 향한 '김현'들의 손짓은 아직도 절실하기 때문에, 그들을 지금·여기에 붙잡아둘 수 있다면 신비주의조차 바랄 만하다.

　물론 시인의 추억과 기억은 지극히 주관적인 나의 욕망과는 거의 무연하다. 이제는 낯선 땅에 등록된 그들의 호명이 시인을, 그리고 시를 더 잘 살게 한다는 뜻밖의 경험이 그리움을 더욱 강화하는 것이다. 언어적 도반(道伴)의 죽음을 기록하고 기억하는 태도에 있어 비극적 격정이나 회한의 토로보다, 그들이 넌지시 전달하는 시와 존재의 갱신에 대한 객관적 수용과 안정적 내면화가 앞서는 것도 이 때문이다. 이로부터 산출되는 삶의 안정성과 지속에 대한 신뢰는, 비록 기존 제도와 법칙에 대한 전면적 거부와 일탈은 아닐지라도, 시인 자신을 익숙한 삶의 지평으로부터 끊임없이 끄집어내는 태도와 상황을 창출한다는 점에서 각별히 주목할 만하다.

가장 대표적인 일탈의 형식은 물론 국내외로의 여행이다. 동일한 언어와 삶의 지대, 그러니까 소통의 가능성이 확연한 국내 여행은 시인 자신이 썼듯이 '귀양'으로 대변되는 정치적 추방과는 그 격이 같을 수 없다. "여행에는 폭력이 없느니라, 삶의 한쪽 턱밖에 들어 있지 않"(「다산초당」, II:103)기 때문이다. 우리는 정약용의 이 상상적 목소리가 황동규의 여행 시편에 늘 동반되고 있음을 유의해야 한다. 현재의 한국 시를 휘도는 일반적 자연 시편과 다르게, 자연의 통찰과 회복을 "죽음 앞에서 삶을 총괄하는"[11] 시와 존재의 의지로 견인하는 시인의 안간힘은 어디에든 편재하는 폭력의 속성에 대한 관찰과 기억의 소산일 수밖에 없다. 명랑하고 안온한 『풍장』을 둘러싼 시들이 때로는 '풍장'의 안정된 호흡을 파쇄할 만큼의 "온갖 냄새와 욕지기가 다 섞여서/멍하게 사는 것이 그중 제일로"(「다산초당」, II:98) 되는 세계에 대한 비감한 토로로 문득 등장하는 것도 이와 무관치 않을 것이다.

폭력과 소외의 일상성과 편재성을 손쉽게 확인할 수 있는 현장 가

---

11) 남진우, 「한 삶의 끝, 한 우주의 시작―황동규의 『풍장』」, 황동규, 『풍장』, p.128.

운데 하나가 낯빛과 말, 관습과 영토가 다른 '나라 밖'임은 주지의 사실이다. 소외의 집행자가 소외자로 갑작스럽게 밀려났을 때, 그는 디아스포라의 충격에 한층 시달리게 되며 그 상황을 극복할 만한 익숙한 것을 갈급하게 찾게 된다. 황동규 시 전편에서 이중적 소외의 드라마를 제작하고 또 연기하는 주역 둘을 들라면, 시인 자신과 벌써부터 디아스포라였던 마종기를 꼽아야 할 것이다.

가령 시력(詩歷)을 거의 함께 해온 두 시인이 뉴욕에서 갖는 술자리와 합창, 사진 찍기는 친밀함의 흔적 쌓기이기도 하지만, 자신들을 이방인으로 스스로 낙인찍는 인증 행위이기도 하다. 소외의 늪임이 또 다른 소외를 파생하는 아이러니한 형국이 아닐 수 없다. 하지만 이 소외의 딜레마야말로 그들이 "국적 불명의 원효"(「견딜 수 없이 가벼운 존재들」, II:125)임을 고지하고 각인시키는 뜻밖의 행운이다. 영원한 국외자임을 표상하는 국적 불명, 따라서 그들의 망명은 결코 성공할 수 없다. 끊임없이 떠돌면서 삶에 필요한 면허를 지속적으로 갱신해야 하기 때문이다. 사실은 이것이야말로 시적 망명의 운명이 아닌가. 시가 싱싱해야 할 이유가 아닌가. 따라서 아래 시의 '누군가'의 울음은 오래전부터 지속돼온 시인의 울음이기도 하다.

누군가 울었다
뉴욕서 밤에.
누굴까?
전화기를 들자
낮은 소리로 흐느끼고
누구냐고 계속 물어도,

한국어와 영어로 또박또박 물어도,

끊기지 않고

잠시는 낮은 소리로 흐느끼지도 않다가

찰칵 끊겼다.

계속 얼다가 오랜만에 눈이 녹는 밤이다.

—「뉴욕일기 3」 전문(II:121)

낯선 목소리의 그/그녀는 물론 실존 인물이지만, 죽음으로 바꿔 읽어도 무방할 듯하다. 익명성과 일방적 출현이야말로 죽음이 산 자에 대해 취하는 대표적인 접속 방법이 아니던가. 친절한 언어가 속수무책인 까닭이다. 죽음을 행/불행, 소통/불통, 총괄/소외 따위의 대립적이며 유의미한 체계로 바꾸어가는 것은 인간의 영혼과 현실 언어이다. 죽음의 싱싱함은, 삶의 싱싱함은 따라서 다음과 같은 태도를 전제할 때야 겨우 가능해진다. "간밤 글 속에서/모든 '나'를 '그'로 바꿔본다". 이 타자성의 언어가 궁극적으로 가닿는 곳은 '나'와 '그'의 형식적 악수의 장이 아니라 "밤새 쓴 글이 모두 메아리로 바뀐다./메아리,/나는 '그'의 마음의 메아리!"(이상 「밤새워 글쓰기」, III:44~45)가 되는 뒤엉킴의 장이다. 그런 점에서 "계속 얼다가 오랜만에 눈이 녹는 밤이다"는 '메아리'의 또 다른 형식이다. 소통의 부재가, 바꿔 말해 소외에 대한 공동 감각의 창출이 자아와 타자를 하나로 묶는 기이한 통합이 발생하는 지점이라고나 할까.[12]

---

12) 이로부터 출현하는 최후의 시적 황홀은 다음과 같다. "아니, 내 글이 '그'의 글이 되면 어떠리./글보다도, 가죽처럼 무두질당한 혀와 입이 서로 비비며/더 확실히 삶의 감각을 되살리지 않는가!"(「밤새워 글쓰기」, III:47)

죽음을 표제 삼은 『풍장』의 의외의 명랑성은 짐작하건대 이 '메아리'로부터 솟아 나온 것일 터이다. 따라서 죽음과 소외에 대한 착실한 뒤엉킴이 울려낸 비가(悲歌)를 듣지 않는 한, 『풍장』의 명랑성은 우리들에게는 진정성 없는 환영(幻影)이자 허구로 그칠 수밖에 없다. 언젠가 황동규는 "이제 시간의 얼굴이 보일 것이다"(III:뒤표지)란 말을 내밀하게 고백한 적이 있다. 이 말을 우리의 진실로 품기 위해서도 시의 배면에 흐르는 비가에 대단히 민감하지 않으면 안 된다. "시인은 끈질기게 어렵게 살아야"(「시인은 어렵게 살아야 1」, II:17) 한다는 말은 독자의 윤리이기도 한 것이다.

4. 우리, 시간에 들다

'시간 앞에 장사 없다'는 속담은 시간의 권능을 간명하게 요약한다. 삶을 집어삼키고 죽음을 토해내며 결국에는 모든 존재를 공정하게 저울질하는 자연법의 기초 원리. 고등 종교의 율법에서 교실 뒤편의 험악한 주문(呪文)에 이르기까지, 무엇을 목적하든 간에 그것들은 시간이란 죽음에 이르는 병이 낳은 언어들이다. 누구는 원형적 순환론을, 누구는 직선적 목적론을 야멸친 시간에 대한 방책으로 내걸었지만, '시간은 죽었다'는 불경스러운 언어를 내뱉은 자는 아무도 없었다.[13] 이 말에 대한 영원한 유예의 형식으로 인간 곁을 떠돌았고 앞으로도 떠돌 물리적 시간은 따라서 인간적 비극의 절대 원천이다.

---

13) 어떤 종교들처럼 무한한 시간을 상정하든지 아니면 구원의 시간을 상정하든지 간에, 인간 존재의 물적 기반으로서 물리적 시간은 엄연한 현실로 완강히 버티고 서 있다.

그러나 죽음에 연루된 비극의 영원성은 시간에 대한 뜻밖의 해법을 낳았으니, 시간에 살면서 시간 벗어나기가 그것이다. 그 원리는 비교적 단순한바, 물리적 시간을 경험적 시간의 한 성질로 속량하는 것이다. 무한한 시간(영원성)으로 시간의 간교함을 초극하는 것이 아니라 무시간성, 즉 물리적 시간 밖에 있는 경험을 순간적으로 체현하기가 그것이다.[14] 흔히 인간적·내면적 시간이라 불리는 이것은 경험되고 회상된 개개 사물의 질적 풍부성과 독자성을 되살려내며, 과거−현재−미래로의 진행 순서와 가치 배열을 무효화한다. 그런 탓에 이것은, 옥타비오 파스의 말을 빌리면, "(물리적—인용자) 시간의 계기적 진행을 깨트리는 한 파열이며, 어제나 내일 없이 주기적으로 돌아오는 한 현재의 돌입"인 것이다. '순간적 영원'이란 모순적 개념은 여기서 성립하며, 이것은 시의 근본적 시간 원리이기도 하다. 이른바 세계의 자아화나 자아의 세계화로 뭉뚱그려지는 시적 동일성은, 다시 파스를 빌리면, "역사적 시간을 원형적 시간으로 변형시키며, 그러한 원형을 특정한 역사적 현재로 육화"하는 가운데 성취되는 것이기 때문이다.[15]

그러나 '순간'과 '무시간성'은 시인이나 시가 신비주의의 함정, 그러니까 현실과의 이격(離隔)을 수행하는 자아의 특수한 도취감과 해방감을 세계를 지배하는 초월적이며 영원한 질서로 보편화하려는 시도의 부질없음을 암시하기도 한다. 시적 망명이 현실의 초극을 넘보

---

14) 한스 마이어호프, 『문학과 시간현상학』, 김준오 옮김, 삼지원, 1987, pp.80~82 참조.
15) 내면적 시간 경험으로서 '순간'에 대해서는 남진우, 『미적 근대성과 순간의 시학—김수영·김종삼 시의 시간의식』(소명출판, 2001)의 제2장 「시적 순간의 의미」가 자세하고 유익하다. 이 글도 여기서 도움을 받았다.

는 대신 다시 현실로 더 잘 진입하고 귀환하기 위한 눈물겨운 도약 행위인 것과 마찬가지인 셈이다. 황동규의 시간 의식은 이런 원리에 지극히 충실하다는 점에서 신비주의와 꽤나 소원한 편이다. 오히려 기존 시선에 포위되지 않은 세계의 생생한 부면과 그것을 관통하는 시간의 역동성을 직핍하게 참신화하는 일에 열정적이다.

 이젠 어떤 선(線) 어떤 면(面) 어떤 색(色)이 인간의 마음을 구해주리라 믿지 않는다. 어떤 믿음이 믿음을 구해주리라고도 믿지 않는다. 그러나 봄꽃 다 지고 가을꽃떼 채 출몰하기 전 이 산천의 녹음, 저 무선(無線) 무형(無形) 무성(無聲)의 색은 어느 품보다도 더 두터운 품, 어느 멈춘 시간보다도 더 흐트러지지 않은 시간. 감자전을 맛보기 위해 잠시 세운 차 앞에 물결나비 한 마리가 날아와 망설이고 있다. 봄 쪽으로 갈까, 가을 쪽으로 갈까? 저 조그만 노랑 들꽃 위에 그냥 머물러 있거라, 이 마음 뒤집히는 녹음 속에.[16)]

—「몰운대는 왜 정선에 있었는가?」부분(III:65)

 삼무(三無)의 색은 해석의 중지와 기존 의미의 탈각이 빚어내는 장관이다. '멈춘 시간—품'이 여전히 영원의 관념에 포위된 소산(所産)

---

16) 한국 현대문학에서 자연의 '녹음', 즉 '초록'에 관해 의미 있는 성찰을 처음 수행한 이는 단연 이상(李箱)이었다. 그는 온통 푸르기만 한 들판을 '공포의 초록색'으로 이미지화했으며, 농민들의 삶을 두고는 "그들의 일생이 또한 이 벌판처럼 단조한 권태 일색으로 도포(塗布)된 것이리라"(이상, 「권태」, 『조선일보』 1937년 5월 5일자)라며 비아냥댔다. 이런 세계 인식이야말로 이상을 변화에 몸 달면서도 일상에 조리돌림당하는 도시인으로, 그리고 부족 방언(민족어)보다는 여기저기서 이식된 인공어(근대어)에 능숙한 모더니스트로 일관하게 한 주요 인자일 것이다.

의 현재-자연이라면, '흐트러지지 않는 시간-품'은 끊임없이 과거를 휘돌며 미래로 분산하는 능산(能産)의 현재-자연이라 할 만하다. 후자는 원래 인간 이전의 것이므로 자연 안에서 자연의 무한한 생성과 변화를 만들어내는 데 반해, 전자는 그때마다 만들어진 자연으로 현상될 따름이다. 황동규가 죽음과 삶의 교섭 및 대결을 '싱싱하다'라고 압축적으로 표상한 것도 따지고 보면 '흐트러지지 않는 시간-품'의 능동적이고 생산적인 측면을 예리하게 파지했기 때문일 것이다. 언제고 허무의 심연 쪽으로 방향을 트는 죽음은 '능산적 자연', 곧 산출하는 자연을 통과하지 않고서는 기껏해야 '소산적 자연', 곧 산출된 자연의 제시에 그치고야 만다.[17] 어떤 삼유(三有)의 자연이 인간의 구원에 무용하리라는 처연한 인식은 그래서 즐겁고 다행스럽다.

　　수인선(水仁線) 협궤차를 내려 걷는다.
　　하늘에서 문득 기러기 소리 그치고
　　산 뒤에 숨는 수척한 산
　　채 사라지려다 만다, 저 술 적은 머리끝.
　　철길이 동네 마당을 막 지나가고 있다.
　　아무 일도 없다,
　　동네 토종닭들이 겨울 땅을 할퀴고 있을 뿐.
　　팔목시계 하나가 발톱에 걸려 나오려다 만다.

---

17) 이 자리의 '능산적 자연'과 '소산적 자연'은 시인의 시간 인식이 자연과 세계, 나아가 존재의 역동성을 어떻게 현상하는가를 논의하기 위해 차용한 것으로, 논의에 무리가 있다면 모두 나의 잘못임을 알려둔다. 두 개념의 역사와 의미에 대한 보다 자세한 내용은 이진경, 『철학과 굴뚝청소부』(그린비, 2005)의 제1장 「철학의 근대, 근대의 철학」을 참조.

174

뽑아본다. 침이 가고 있군.

시간 뒤에 숨어 있는 시간?　　　　　　　　　　　　—「풍장 51」 전문(III:101)

　　시간적 배경은 해가 막 떨어진 어스름 녘이 좋겠다.[18] 빛과 어둠의
갸우뚱한 균형이 자연 사물은 물론 기계 시간(시계)의 본원적 움직임
마저 활성화하는 장면이다. 이 소소한 풍경의 진정한 의미는 어쩌면
"아무 일도 없다"에 있는지도 모른다. 스스로가 생동하는 자연에는
당연히 "시간이 고이지 않는다"(「풍장 49」, III:99). 무언가에 멈춘 특
정한 시간표는 제 품과 격에 맞지 않는 움직임이 부산할 때나 그것을
원래의 복된 상태로 되돌리려 할 때 작성되는 법이다. 요컨대 자연의
무위성이 시간의 폭력과 거기에 결부된 인간의 사치(奢侈)한 욕망들
을 숨죽이고 다독이는 형국인 것이다.
　　시인들을 '과속'으로 치닫게 한 죽음에의 분노와 항의, 그리고 공포
가 다음과 같은 죽음의 순연한 이해와 수용으로 전환되는 것도 자연
의 무위성에 동참한 경험의 은총일 것이다. "친구 사진이 웃는다,/달
라진 게 없다고./몸 속 원자들 자리 좀 바꿨을 뿐". 죽음은 더 이상
'멈춘 시간'의 지평에 속하지 않는다. 삶에 비해 형식이 약간 변형되
었을 뿐, 모든 것이 "다 그대로 있"(이상 「풍장 35」, III:85)는 '흐트
러지지 않는 시간'의 신민(臣民)으로 옮아갔을 따름이다.
　　죽음과 시간의 새로운 체험은 세계의 본원성 체현 못지않게 "시간

이 졸아드는 소리"를 듣는 자아의 변신에 기여한다는 점에 깊은 의미가 있다. 가령 '사라진 섬'을 보면서 마음에 박혔고 마음에 들던 섬들, 나아가 "섬처럼 박혀 있던 시간들"까지 모두 뽑아버리고 돌아오겠다고 다짐하는 장면(「풍장 50」, III:100)을 보라. 본원적 삶에의 귀환은 섣부른 삶의 욕망보다는 '사라진 섬', 다시 말해 죽음을 '아무 일도 없음'으로 가치화할 때 비로소 시작되는 것이다. 은폐된 시간의 개진과 폐쇄된 죽음의 개방, 이것들의 등가적 배열은 정형화된 시간에 강력한 탄성(彈性)을 유발함으로써 "삶이 헐거워졌어"[19]라는 탄성(歎聲)을 불러일으키고야 만다. "내 세상 뜨면 풍장 시켜다오"(「풍장 1」, I:43)라는 시적 망명 혹은 선한 죽음의 의지는 이 탄성을 듣고 나서야 "아무런 부피도 무게도 자리 뜬/한줌의 느낌"(「풍장 59」, IV:85)으로 서서히 몸을 바꿔가는 것이다. 이 '느낌'이 선명히 부감되는 날 '풍장'은 일단락될 것이며, 구멍이 숭숭 뚫린 뼈들은 그 느낌의 자유자재한 놀이터로 주어질 것이다.

5. 시, '풍장'에 다시 들다

우리는 지금까지 '풍장'의 뒤안길을 밟아왔다. 다시 말해 사랑과 죽음, 시간을 초점화하면서 황동규가 바람과 놀게 된 경위서를 작성해

---

19) 황동규, 「빗금으로 내리지르는 보이지 않는 세월의 빗줄기」, 『외계인』, p.90. 해안으로 "기쓰고 올라와 죽는" 돌고래들을 보고 "어느 오후 인간들이 떼로 바다를 향해 달려"가는 광경을 문득 떠올리는 것도 이 때문이리라. 그 희유한 광경에의 소망을 시인은 "저 헤엄치는 섬들, 장난감 같은 배들,/방책이 무너지고/벗겨진 신발 여기저기 튀어 날며/시간이 터진다면!"(「뉴질랜드에서 돌고래들이」, 같은 책, p.63)이라고 적고 있다.

176

온 것이다. 흔적의 추적과 증거물의 보충에 바빴던 우리와는 달리, 시인은 아주 간명한 경위서를 제출한 바 있다. "죽음이 없이 삶의 황홀이 어떻게 가능하단 말인가? 죽지 않는 꽃은 가화(假花)인 것이다. 그리고 삶의 황홀이 없다면 죽음을 맞아 끝나는 삶, 그 삶의 끝남이 무슨 의미를 지닌단 말인가?"(「『풍장』을 위하여」, IV:v) 그게 삶이든 죽음이든 서로를 존재 조건으로 삼는 싱싱한 꽃이 아니면 모두 가화에 불과하다는 인식. 일견 평범해 보이는 이 '범속한 트임'이야말로 사소하기 짝이 없는 '한줌의 느낌'을 매몰찬 허무와 무의미의 풍속(風俗/風速)을 가로지르는 최상의 감각과 가치로 끌어올린 일의적 요소이다.

그러나 분명한 것은 '한줌의 느낌'은 '멈춤'이 아니라 '흐트러지지 않음'의 지평에 늘 위치해야 한다는 사실이다. 벤야민은 '범속한 트임'의 조건으로 "일상적인 것을 꿰뚫어 볼 수 없는 것으로, 그리고 꿰뚫어 볼 수 없는 것을 일상적으로 인식하는 변증법적 시각을 통해서 비밀스러운 것을 바로 일상적인 것 속에서 발견하는 상태"[20]를 들었다. 물론 벤야민은 '범속한 트임'을 '혁명을 위한 도취의 힘을 얻는 것'에 제일 먼저 복무시켰지만, 이것은 '시간 뒤의 시간'이나 '시간 속에는 시간밖에 없음'을 보려는 예지적 영혼에게도 권유되어 마땅한 덕목이겠다. 그런 점에서 다음 시는 의미심장하다. '풍장'은 애초에 모든 것을 벗고 바람과 놀고 싶다는 '발가벗음―죽음'의 의지에서 출발했지만, 어느 순간 '덮음―죽음'의 희원으로 길을 트고 있는 장면. 이것들은 그러나 '삶의 느낌'을 공약수로 삼는 장례의 형식이기는 마

---

20) 발터 벤야민, 「초현실주의」, 『현대사회와 예술』, 차봉희 옮김, p.41.

찬가지라는 점에서 서로 대립하지 않는다. 차라리 서로의 빈 곳을 채우는 또 다른 충만의 형식들이다.

> 풀잎이여
> 하루살이의 얼굴을 덮어다오
> 그의 귀와 귀 사이를 덮어다오
> 그의 죄그만 입술과 입술 사이의 숨을 덮어다오
> 그의 삶의 느낌을 덮어다오
> 이 하루살이를 덮어다오.
>
> ─「풍장 63」 부분(IV:89)

'하루살이'는 마른 잎을 덮고 '풍장'에 들었다. 그러나 그것의 죽음은 불행과는 아무 상관 없다. 죽은 자(풀잎)가 죽은 자(하루살이)의 '숨'을 덮고 '삶의 느낌'을 덮음으로써 그들은 오히려 서로의 삶을 덮게 된 것이다.[21] 죽음은 더 이상 죽임의 현상이 아니라 너와 나의 관계의 본질을 현상하는 일종의 황홀경(境/鏡)이다. 이 죽음의 게토ghetto는 결락과 소외의 폭력을 버리고 존재의 본질적 가치, 비유컨대 "말꿰맨 곳 터질 때 드러나는 말의 뼈"(「풍장 7」, IV:21)를 현상하는 "무선(無線) 무형(無形) 무성(無聲)"의 공간이 된다. 그곳에 걸려 있는 거울(鏡)은 그것을 "몸서리치게/낯익은 사람 소리"(「풍장 44」, IV:66)[22]

---

21) "이 하루살이를 덮어다오"에서 '하루살이'는 당연히 시적 자아이기도 하다. 숨(인공호흡기)을 '떼는' '죽음의 삶'이 폭증하는 현실에서 순연히 숨을 '덮는' '삶의 죽음'은 얼마나 행복한가.

22) 사물과의 친화, 그러니까 '낯익음'은 눈을 감음으로써 얻어진다. 시각의 보류와 그것의 다른 감각에의 개방이, 바슐라르의 말을 빌린다면, 삶을 더 잘 시작되게 하는 것이다. 「풍장 44」가 처음 실린 『미시령 큰바람』에서 이 구절은 "아 환한 사람 소리./눈 지긋

로 되비추는 또 다른 존재의 유곡이다. 이 게토로의 진입은 "바람의 어깨가 만져지는"(「풍장 67」, IV:93) '하늘', 즉 무한 감각의 자유를 허락한다는 점에서 중요롭다.

그러나 이런 풍경은 삶 혹은 각성의 황홀을 훌쩍 통과한 심심한 어떤 것, 이를테면 일상에서 간취된 범속미(凡俗美)로 불러도 좋을 "확실치 않은 인간"(「풍장 61」, IV:87)이니 "인간의 뒷모습"(「풍장 64」, IV:90)이니 하는 것들의 출현에 비한다면 훨씬 슴슴하다. 물론 여기서의 범속미란 시시껄렁한 관습이 생산하는 특정할 것 없는 아름다움과는 거의 무관하다. 오히려 의식에서는 사라진, 그러나 무의식의 심연 속에서 생생히 짙어가는 존재의 그림자와 그 느낌의 총량을 일상 속에 아무렇지도 않게 펼쳐놓는 미적 감각을 뜻한다.

자다 문득 일어나 알아듣지 못할 말을 중얼거리고, 물 마시고, 불 끄려다 석곡란에 물 주고 또 중얼거리고(「풍장 64」, IV:90), 아니면 "천국보다는/희양산 저녁 하늘과 땅이 만나는 곳이 더 아름답다고 [……] 하늘로 오르다 말고 떨어지다 마는"(「풍장 61」, IV:87) 인간들이라니! 저 특별할 것 없는 행위와 욕망이야말로 "옷 꿰맨 곳 터져/살 드러나고/살 꿰맨 곳 터져/뼈 드러나"(「풍장 7」, I:53)는 당신과 나의 잃어버린 본모습이어야 하지 않겠는가.

'풍장'이란 황동규의 '탈골 여행'은 "아무리 긴 여행이라도 언젠가는 끝이 있는 것"이란 평범한 진리에 따라 마침표가 찍혔다. 그러나 이 마침표는 탈골 여행의 완전한 멈춤을 지시하는 기호가 아니다. '흐트러지지 않는 시간'을 다른 맥락에서 탐구하고 성취하려는 또 다

감아라"로 되어 있다. 새롭게 발설된 "몸서리치게/낯익은 사람 소리"의 시적 울림과 의미의 복합성, 이미지의 충격은 과연 다시 몸서리쳐질 만한 것이다.

른 '풍장'을 위한 휴지점, 다시 말해 시작점으로 읽는 편이 옳을 듯하다. 과연 황동규는 『풍장』의 다음 시집 『외계인』에서 "호되게 창조당한 자만이 창조의 미완을 알리"(「피렌체 시편 4」)라며, 또 다른 '풍장'의 격랑과 고통을 아프게 예감하고 있다. 이로부터 석가와 예수, 원효의 '삶의 고리'를 둘러싼 형이상적 대화가 발화되는[23] 한편 "삶의 내벽(內壁)을 한없이 투명하게"[24] 하는 '뜨거운 눈물'이 흘러내리는 시와 존재의 갱신이 다시 시작되었음을 마땅히 기억할 일이다. 여전히 시인은, 또 그를 읽는 우리는 '풍장'에 들어 있는 것이다.

〔2009〕

---

23) 극서정시의 새로운 형식으로 불러도 좋을 이 시편들은 황동규, 『우연에 기댈 때도 있었다』(문학과지성사, 2003)의 '제2부'에 10편 분량으로 수록되었다.

24) 황동규, 「무굴일기 3」, 『겨울밤 0시 5분』, 현대문학, 2009, p.103.

길을 묻다, 삶을 묻다
—황동규론[1]

호되게 창조당한 자만이 창조의 미완을 알리(I:71)[2]

실어증은 침묵의 한 극치이니(IV:45)

　　어쩌면 지금 당신의 책상머리에는 각종 전시회와 음악회, 작가와의 만남 등의 일정을 빼곡히 기록한 메모지와 마냥 떠돌고픈 어떤 곳들의 지도가 어지럽게 붙어 있을지도 모른다. 이들에게 자기를 풀어놓음으로써 누구는 따스한 위안을 얻고, 누구는 못다 한 예술의 꿈을 펼치고, 또 누구는 치사한 일상에 대해 복수를 감행할 것이다. 그럴진대, 감상취와 여행취가 음전한 취향이나 애호 습벽을 넘어서는 그 무엇을 안 가질 리 없다. 나는 '그 무엇'을 말해보라면, '대화'를 먼저 들겠다. 물론 이 대화는 말의 주고받음을 훨씬 넘어선다. 서로의 풀어놓음을 전제한다는 점에서 차라리 스밈에 가깝다. 그러니 서로를

---

1) 이 비평문은 황동규 시인의 등단(『현대문학』, 1958년 3회 추천 완료) 50주년을 기념한 『문학과사회』(2008년 여름호) '기획 특집:황동규 등단 50주년'의 일환으로 작성되었다.

2) 이 글에서 다루는 시집은 다음과 같다. I:『외계인』(문학과지성사, 1997), II:『버클리풍의 사랑노래』(문학과지성사, 2000); III:『우연에 기댈 때도 있었다』(문학과지성사, 2003); IV:『꽃의 고요』(문학과지성사, 2006); V:『2008 현대문학상 수상 시집』(현대문학, 2007); VI:『비평』(생각의나무, 2008년 봄호).

강요한다거나 아니면 대화의 선편을 장악하려는 따위의 신경전이 끼어들 틈이 없다. '나'는 '읽음'으로써가 아니라 오히려 '읽힘'으로써 '너'를 사는[買/生] 사랑의 방정식에 즐겁게 사로잡히는 것이다.

또 다른 당신은 미처 엄두 내지 못하던 이 사랑의 방정식을 예정하느라 갑자기 분주해질지도 모른다. 그러나 당신이 황동규의 시집 여기저기를 떠돈다면 마음 간절한 수고를 얼마간 덜게 될 것이다. 그는 땅과 산, 바다만큼이나 그림과 음악에 무시로 스며든다. 따라서 그에게 사랑의 방정식은 더 이상 득의만만하지 않다. 지금 그의 시혼은 '너'를 사는 방법, 다시 말해 사랑의 기술을 다시 익히고 단련하느라 즐겁고 고통스럽다. 그러니 기술은 말 그대로 '테크닉' 따위에 결코 머물 수 없다. "호되게 창조당"하고 또 "조그만 이름 하나 싣고 무겁게 떠돌"(IV:116) 것을 스스로 예정하는 무서운 모험의 형식이다.

*

어느 날 장승업이 시인의 영혼을 살며시 두드렸다. 활물도(活物圖)에서 함께 놀아보지 않겠냐고. 그곳은 참으로 별천지였다. "인간의 웃음과 사람의 웃음이 구별되는"(II:3) 세상이라고나 할까. 그를 붓, 벼루, 조개, 무 따위의 비인간들과 "어렵지 않게 함께 뒹굴"게 한 것은 "일월(日月)의 먼지"였다. 그러나 시간의 더께를 잔뜩 얹고 있기는 활물도 곁에 있는 세잔의 정물화도 마찬가지였다. 그런데 어쩌자고 시인은 활물도의 세상으로 "슬며시 게로 기어 들어가"는가. 어쩌면 그의 움직임에는 '사람'과 '인간'이란 말의 미묘한 차이, 그러니까 세상을 향한 시선과 욕망의 어긋남이 숨어 있는지도 모른다.

아 일월(日月)의 먼지!

이제는 혀도 닳고

목구멍 데게 하던 죽도 설핏 식었으니

장승업의 빛바랜 한지(韓紙) 활물도(活物圖) 구석에

슬며시 게로 기어 들어가

그냥 편히 놀고 있는 붓이랑 벼루랑 아직 살아 있는 조개랑

며칠씩 계속 싹 트고 있는 겨울 무랑

어렵지 않게 함께 뒹굴며 나머지 날을 날까.

—「겨울날, 장승업의 활물도(活物圖)」 부분(III:80)

'사람'은 세속을 떠나서 살 수 없는 어휘처럼 느껴진다. "빛바랜 한지 활물도"와 늙은 몸의 병치는 그래서 절묘하다. "빛바랜"다는 것은 무엇인가. 첫 채색의 자랑일 명징함과 강렬함 같은 색감의 노화를 의미할 터이다. 그러나 시인의 눈은 그림 자체보다는 '빛바랜 한지', 다시 말해 여백에 매혹된 상태다. 누렇게 변색된 한지는 빛이 빠져나간 게 아니라 온갖 종류의 빛이 담뿍 담긴 상태로 보아야 옳다. 따라서 한지는 빛의 무덤이 아니라 빛이 웅성거리는 삶의 장(場)이다. 이 때문에 생과 사, 사람과 사물, 자연과 인위 같은 서로 대립적이고 이질적인 존재들이 "어렵지 않게 함께 뒹굴" 수 있다. 이제 시간, 곧 '일월의 먼지'는 더 이상 존재의 적이 아니다. 그것은 저들 "몸의 진면목"(III:81)을 살게 하는 삶의 원리이다. 시간과의 화해, 그리고 늙고 또 늙어갈 시간 속으로의 스밈은 황동규 대화법의 핵심 원리 가운데 하나이다.

'인간'이란 어휘는 어딘지 모르게 추상적이며 관념적이고 사무적이다. '인간'에서 이성 또는 합리성이 먼저 감촉된다면 이 때문일 것이다. 시인에게 세잔은 어쩌면 '인간적'이었는지도 모른다. 장승업의 발견을 촉발한 세잔의 정물은 "세상살이 끓는 죽 먹는 것 같은 때"(III:80) '속절없이' 바라보는 대상이었다. 왜 그랬을까. 세잔의 정물화는 단순하고 소박한 대상과 색채를 특징으로 한다. 이 단순성은 그러나 사물의 본질과 궁극적 아름다움을 추구하기 위한 미적 방법이자 장치였다. 그런 만큼 세잔의 정물화는 사물과의 유희―욕망보다는 본질에 대한 앎의 의지를 더욱 충동할 소지가 많았다.

'지랄 같은 세상'을 견디는 유력한 방법 가운데 하나는 그곳이 학문이든 예술이든 아니면 무위자연의 삶이든 일부러 '출세간'하는 것일 테다. 하지만 이것들은 '더 나은 삶'을 희원하는 미래 행위라는 점에서 언제나 지혜의 단련과 축적, 세계 원리의 합리적 이해를 요청한다. 잠시의 물러섬은 그러므로 휴식이 아니라 운명을 건 살벌한 전투 행위일 수밖에 없다.

벽에는

세잔 회고전 때 파리서 모시고 온

복사품 정물화 속 사과들이 경사진 식탁보 앞자락에서

저마다 그림자를 끌며

누군가 보 잡아다닐 이 오는가 오는가

귀기울이다가 기다리다가

무심코 보 아래로 쏟아져내리기 일보 전. ―「세잔의 정물화」 부분(I:53)

　활물도는 서로가 자유롭지만, 정물화 속의 '사과들'은 늘 "누군가 보 잡아다닐 이"를 기다리는 욕망의 대상이다. 이 욕망이 충족되지 않는 한 시간은 고통이며, 따라서 화면을 꽉 채운 쇠락한 빛깔은 고통스러운 앎과 그 소유욕이 켜켜이 쌓인 흔적이다. 이때 시간은 스며들어 '나'를 달래는 완미한 흐름이 아니라 허무감과 소외감을 부추기는 니힐리즘의 본거지이다.

　최근 황동규 시에서 미완성, 실어증, 바랜 빛, 마르는 이파리, 우연, 허방 등 불완전하거나 비정상적인 대상들이 대화의 상대로 곧잘 튕겨 오르는 까닭도 완전성, 본질 등에 대한 욕망의 성찰과 무관하지 않을 것이다. 이것들은 완전성의 허위와 권력을 회의케 하는 '결여'의 형식이란 점에서 유의미한 자유의 형식에 해당한다. '사람'은 '인간'보다 훨씬 세속적이며 비합리적일지라도, 하지만 그래서 '자유'의 가능성을 더욱 허락받는지도 모른다.[3]

정선이 어찌 벌써 알았지?
분재 속엔 사람이 살 수 없지.
나무 서 있고 물 흐르고 새가 날고
우주의 잔 맛이 쏠쏠히 배 있어도
사람은 살 수 없지,
온갖 목숨 촉촉히 서로 붙들고 있어도. ─「정선의 금강산도」 부분(II:50)

---

3) 물론 자유의 가능성과 누림의 실현은 전혀 별개의 문제이다. 가능성이 보다 전체적이라면 그것의 실현은 보다 개인적이다. 이럴 때 "인간의 눈물과 사람의 눈물이 구별 안 되는" '당혹감'(II:3)은 더욱 커진다.

엄밀히 말해, '분재'는 '미'의 욕망이 저지른 불구의 자연이다. 인위(人爲)는 대상과의 대화를 거절한 순간, 대상의 타자화에 더욱 속도를 내며, 대상을 자기에게 유익한 아름다운 괴물로 서슴없이 왜곡한다. 진경산수화가 암시하듯이, 정선은 금강산, 인왕산 등의 경치를 사실적으로 재현한 것으로 유명하다. 물론 그는 재현의 감각에만 충실하지 않고, 대상의 전체성을 파지하기 위해 과감한 생략법과 강조법을 구사했으며 필묵과 구성의 자유 역시 잊지 않았다고 한다. 사실성과 전체성을 향한 무서운 집념은 그를 "산들을 한데 모아 분재처럼 키운 그림"(II:50)의 생산자로 등록시키고야 만다. 하지만 그는 '분재'에 '사람'을 그려 넣지 않음으로써 조선 미술사의 프랑켄슈타인으로 나설 뻔했던 위기를 모면하며, 금강산에 제대로 스며든 이라는 빼어난 지위를 획득하기에 이른다.

물론 이런 해석은 황동규의 시선에 기댄 비평가의 자의적 판단에 지나지 않는다. 하지만 정선은 분재 같은 그림에 일부러 '사람'을 그려 넣지 않음으로써 '인간' 시선의 맹목성과 폭력성에 주의 조치를 내렸다고 믿고 싶다.[4] 의도된 미완성이야말로 금강산과 스스로를 자유롭게 하는 최후의 방법이었던 것이다. 하여 그림으로는 매우 적막하지만, '절'과 '집', '무지개다리'는 시간에 구애됨 없이 찾아든 이름 모를 '당신'들과 온갖 생령들의 발길로 북적대고 있을지도 모른다. 그렇다면 정선도 "호되게 창조당한 자"인가?

---

4) 인상파 전람회에 간 불타와 예수의 대화를 기록한 「인간의 빛」 역시 무척 암시적이다. 모네의 「수련」을 보면서 불타가 한 말로 짐작되는 "물감만 가지면 사람들은 세상을 빛으로 채울 수 있군"(IV:58)이란 말은 '인간'의 오만과 편견에 대한 비아냥거림과 조소로 읽힌다. 그런데 시인은 왜 이 시에서 계속 '인간'을 사용하다가 이 구절에서 갑자기 '사람들'을 끌어들였을까.

*

　여행은 근본적으로 길의 형식이다. 누구는 주어진 길을 떠돌지만, 또 누구는 주어진 길을 버리고 새로운 길을 찾아 헤맨다. 주어진 길은 안락하되 긴장이 없는 반면, 새로 난 길은 불편하되 미상의 세계를 허락한다. 황동규의 여행은 불편한 길을 개척하고 찾아 나서는 형식에 가깝다. 그림과 음악이 그랬지만, 길 역시 그에게는 내면을 비추는 거울, 아니 "간신히 깨지지 않고 존재하는"(IV:22) 자아를 다독이며 이끌고 가는 그 무엇이다.

　언젠가 시인은 "어느샌가 내 생애는 이상한 여행들이 되어 있었다"(I:36)고 일기에 적었다. '이상한 여행'의 의미는 여러 곳에서 찾을 수 있겠지만, 이 기록의 단초가 '길'에 있었음을 각별히 기억할 일이다. 가령 그는 저 일기가 적힌 「걷다가 사라지고 싶은 곳」(I:36~41)에서 여행지 주변의 궁벽지고 옹색한 길 네 곳을 홀연히 자취를 감출 만한 곳으로 점찍고 있다. 이 길들은 수려한 풍광 때문이 아니라 "마음속에 질탕한 곡선 하나를 그어주는 곳"(I:39)이기 때문에 가치화된다. 이 '질탕한 곡선'으로 인하여 시인의 행로는 '탈속'의 욕망과는 거의 무연해지며, 새로운 내면의 경험과 창출로 열린다. 예컨대 황동규의 빛나는 고유어 가운데 하나인 '홀로움', 그러니까 "사람을 황홀하게도 적막하게도 만드는"(I:41) 복합 감정은 '질탕한 곡선'의 경험을 통해 처음으로 현실화된다.

　'질탕함'과 '홀로움'은 어떤 면에서는 상반되기조차 한 이미지를 형성한다. 그러나 세계와 자아의 동시적 확장을 절실하게 잡아낸 감각이요 언어란 점에서는 매우 공통적이다. 이를테면 10여 년 뒤의 길에 대한 경험 고백 "그대로 걷는다. 허방들이 촉각에서 해방된다./안개 속이 훤하다"(IV:95)를 보라. 이 감각의 해방은 "무명(無明) 속을 외길 내며 걷는 것"(IV:94)에서 획득된다는 점에서 '질탕한 홀로움'이 아닐 수 없다.

하지만 황동규의 시적 경험의 정점을 차지하는 '홀로움'을 현실과 격절된 어떤 환희, 다시 말해 일차원적 세계의 초월적 해소로 미리 넘겨짚을 필요는 없다. 그것은 어디까지나 "길에서 벗어나지 않고 벗어나" "느린, 늘인 걸음으로" "가볍게 떠"(III:25)도는 행려(行旅), 곧 각성된 자의 영혼에서 솟아난 감각이기 때문이다. 시계―시간에 포획된 일상성은 다른 무엇보다 '느린, 늘인 걸음'에 무력하며, 이 '느림의 미학'을 통해 세계는 새로 조직되고 또 누구에게도 허락하지 않았던 의외의 지평을 드러낸다.[5] 따라서 '홀로움'은 경험의 산물, 곧 과거의 형식이 아니라 경험의 예정, 곧 미래의 형식이다. 그러나 이 미래는 역사의 끝을 향해 질주하는 직선적 시간이 아니라 과거와 현재를 다 끌어안고 "어렵지 않게 함께 뒹"구는 '질탕한 곡선'의 시간이다.

그렇다면 황동규 시에서 경계를 획정 짓기는커녕 경계를 지우고 뒤섞으며, 지상의 말로는 도무지 모자란 복합성의 세계를 현상하는 이 상한 '금'의 탄생은 이미 예정된 것이었다. '금'은 물리적 사실이면서 최상의 가치이기도 하다. 상식적인 차원에서 보면, '금'은 '나'와 '너',

---

5) 『우연에 기댈 때도 있었다』(2003)와 『꽃의 고요』(2006)에 오면, '홀로움'이 '순간' 또는 '일순'이란 말과 함께 표상되는 경우가 많아진다. '순간'과 '일순'은 '느림/늘임'의 감각이 잡아챈 최상의 시간 경험, 바꿔 말해 반복 불가능한 일회성의 아우라를 가치화한 말로 이해되어도 무방하다.

신과 인간, 자연과 현실을 구분 짓는 선(線)이다. '금'은 서로에게 일정한 영토를 할당한다는 점에서 평화의 안정의 형식이지만, 강렬한 통합의 욕망을 불러일으킨다는 점에서 갈등과 분열의 전초 기지이기도 하다. 그러나 '금'이 슬그머니 지워진다면? 아니 모든 것이 뒤섞이고 합쳐지면서 생성되는, 그러니까 오히려 경계를 해체, 소멸시키는 기묘한 접속물이라면? 서로 평등하되 자유롭고 전체적이되 개별적인 그 원초적 세계를 우리는 흔히 '황금시대'라 부른다. 황동규의 '금'은 이런 면모를 어지간히 띠고 있는 것처럼 느껴진다.

하지만 이 '금'은 절정 또는 환함과는 거리가 멀다. 오히려 '여명'이나 '황혼' 언저리의 태생일 경우가 많다. 빛과 어둠 어떤 것도 우선권을 주장하지 못하는, 따라서 무어라 규정할 수 없는 불확정성의 펼쳐짐이 '금'의 다른 이름이다. 무명(無明)이거나 박명(薄明), 미명(微明)에서야 비로소 뚜렷해지고 빛을 발하는 '금'〔線/金〕. 이로부터 '금'은 최상의 '홀로움'이 현현되는 지점(시작)이자 또 '홀로움'이 응축된 심미적 결정체(끝)라는 이해가 자연스러워진다.

지평선, 신과 인간이 만나던 금,

다가가면 늘 뒷걸음치던 금,

때로 인간의 마음속에 간신히 그것만 간직되던 금,

그 금이 완성돼

인간의 목을 맬 올가미가 만들어진다면?

아 인간의 발이 바닥에 채 닿지 않는 외로움!

—「죽음의 골을 찾아서」부분(II:53)

이른 봄밤 새기 전 어둡게 흔들리는 바다와

빛 막 비집고 들어오는 하늘 사이에

딱히 어떤 색깔이라 짚을 수 없는

깊고 환하고 죽음 같고 영문 모를 환생(還生) 같은

저 금, 　　　　　　　　　　　　—「마크 로스코의 비밀」 부분(III:26)

　과감히 말해, '차연différance'은 '금'이 존재하는 원리이자 '금'이 자기를 주장하는 방법이다. '금'은 분리와 분절의 숙명을 거부함으로써, 또 서로 이질적이며 대립적인 것들의 삶을 동시에 껴안음으로써 섣부른 의미화의 '올가미'와 딱한 사물화의 비애를 비껴 선다. 신의 자리를 탐하는, 혹은 신을 거역하는 '인간'은 아담과 하와의 낙원 추방을 영원히 재현할 수밖에 없다. 두 시의 주인공 '마크 로스코'는 평생 지평선과 수평선을 그리다 "그림 팔리기 시작하자 목매어 자살"(II:53)했다. 금[金＝錢]이 금[線]을 죽인 형국이다. 하지만 그는 달콤한 사과와 완성의 욕망을 스스로 목매닮으로써, "우리가 때로 '종교적'이라고 부르는 한없이 깊고 그윽한 금[線]의 공간"(III:26)을 처연히 지키고 더 빛냈다.

　'마크 로스코'에 집중한다면, '금'은 자칫 그림 속의 풍경으로 협착될 수 있다. 하지만 '금'은 그림이자 실제 풍경이며, 시인의 내면이기도 하다. 그림 속의 예외적 경험이던 '금'은 특히 바다 풍경으로 현현함으로써 보편적 실재로 등기되며, 그 풍경이 육화된 '비릿한 냄새'는 '나'의 기다림을 더할 나위 없는 비움의 행위로 가치화한다. 그러나 시인은 "비릿한 냄새가 기다리고 있었다"(V:123)라고 쓰고 있다. 그러니까 '나'가 '금'을 찾아간 것이 아니라 '금'이 나를 불러들인 것이다. 이 행위의 역전은 '나'를 수동적인 타자로 만들기는커녕 오히려 '나'를 "더 비울 게"(V:123) 없는 텅 빈 존재의 경지로 끌어올린다.

이제 '홀로움'의 주체는 '나'가 아니라 '너'다. '나'는 '너'에게 스며듦으로써 "문득 빈 말이 된다"(V:127). '빈 말'은 당연히도 의미의 상실과 결락 혹은 접촉 불가한 의미의 완결성과 절대성을 헛되게 내포하지 않는다. '금'이 그렇듯이 모든 의미가 함께 뒹굴며 서로를 허락하는 원초성의 공간이다. "눈 뜨고 귀 세우면 무엇에고 달라붙는 감각, 이 투명함"(V:127)이란 말은 '나'든 '너'든 서로를 앞세우면 결코 성립할 수도 성취할 수도 없는 타자성 지향의 형식인 것이다.

그렇기 때문일까. 시인은 "깊고 환하고 죽음 같고" 하는 식으로 선을 긋던 '금'의 생태학을 어느 사이엔가 "황혼도 저묾도 어스름도 아닌/발밑까지 캄캄"(V:123)한 세계로 옮겨놓는다. '~인'에서 '~이 아닌'으로의 언어 전환이 존재론적 사유와 상상력에 끼치는 영향은 급진적일 만큼 도저하다. 황동규는 이를 통해 '질펀한 곡선', 다시 말해 '시간의 휨'을 시와 존재의 원리로 내면화한다. 또 "있는 것과 가는 것이" 서로 밀어내기는커녕 "서로 감싸고도는 고요"(V:127)일 수 있음을 예민하게 통찰한다.

존재의 미완에 대한 공포의 감소와 미완을 스스럼없이 긍정하는 삶의 감각의 변화, 이에 근거한 나와 세계의 재해석과 새로운 지평의 획득은 '고요'가 '나'의 고착과 응고를 밀어내고 걷어내는 태풍의 눈이었음을 분명히 한다. 황동규가 "푸른 수틀 속"(I:11)의 '나'를 환호하는 행로에서 뚜렷이 이탈하여 "슬픔마저 빼앗긴 밝은 슬픔"(V:126)들과 깊이 연대하는 여로로 기쁘게 들어선 것은 저 예지의 눈에 진솔했고 예민했기 때문일 것이다.

*

그는 자신의 등단 50주년 기념 대담(『중앙일보』, 2008년 2월 1일
자)에서 좋은 시의 조건으로 짜임새가 있을 것, 한국 시와 세계 시의
흐름에 보탬이 될 것, 시 안에 인간이 있을 것, 삶의 섬광 같은 게 있
을 것 등을 꼽았다. 그의 고유성을 발산하기보다는 시인 누구나의 생
각을 일부러 짚어낸 발언에 가깝다는 느낌이다. 하지만 '금'의 깊은
파장과 간곡한 울림을 경험한 우리로서는 '인간'과 '삶의 섬광'을 무심
히 지나칠 수 없다. 그는 '사람과 인간의 웃음이 구분되는 황당함'보
다는 '인간과 사람의 눈물이 구별 안 되는 당혹감'(II:3)에 집중하는
쪽으로 서서히 옮아왔다는 게 내 판단이다. '삶의 섬광'은 이 난감한
마음들이 "속이 보이게 빚다 만 인간"(IV:31)의 진정성과 그에게 허
락된 '밝은 슬픔'을 문득 체득함으로써 말끔해지는 순간 역시 포함할
것이다. 최근 들어 '내 마음의 편력'이 농밀해지고 인간≠사람의 재해
석에 골똘하는 시인의 언어는 그래서 외롭고 또 그래서 높아 보인다.

　　환한 달빛 속에서 화암 뻥대들이 대신 화답한다.
　　'만든 것은 결국 안 만든 것으로 완성된다
　　꽃이 지며 자기 생을 완성하듯이.
　　때로 우리도 가슴 언저리를 내놓아
　　애써 만든 상(像)을 부서뜨린다.
　　허나 부서진 곳 떨어져나가면 또 새로운 상,
　　쉬지 않고 쉴 곳 세상 어느 구석에도 없고,

　　　(나를 향해 가슴 약간씩 돌리며)

아 그대 안에 내장되어 있다.' 　　　　——「정선 화암에서」 부분(IV:78~79)

　존재의 유한성과 일시성, 하릴없는 쇠락과 부서짐은 우리가 떨어질 심연의 가장 깊은 곳을 차지한다. 종교와 예술이 삶의 희열과 짝패인 극심한 허무감을 위무하는 주술 행위에서 비롯되었다는 통설은 영원성을 향한 인간의 집념과 욕망을 적절히 암시한다. 하지만 현대시란 무릇 세속의 언어로 세속을 내파하는 것에 있다는 평범한 진리와 윤리야말로 시인이 제사장이나 초월자의 지위로 함부로 다가서는 것을 막는 유력한 잠금장치이다.

　이 자물쇠는 그러나 '나'보다 '너'에 의해 지지될 때 주체의 과잉이 생산하는 오만과 편견을 적절히 제어할 수 있다. 지금 자아의 영혼을 아프게 울리는 미완성의 완성과 또 그것마저의 거절을 고통스럽게 승인하는 목소리는 '화암 뻥대'의 것이다. 시간을 벗어나지 않는 한 언제고, 또 어떤 모습을 하든 지속될 이 잔인한 거절의 업보는 내가 "그대 안에 내장되어 있다"는 생각, 곧 타자로 스며듦으로써 겨우 숨 돌릴 수 있다.

　그렇지만 '뻥대'와의 동서(同棲)는 타자의 수렴과 타자와의 연대를 삶의 주요한 방법과 가치로 이끈다는 의미만을 가지지 않는다. 그것은 이미 오래전 타자화된 자아의 뒤늦은 응시와 성찰, 그리고 몸 저릿한 귀환을 불러들이는 자기 화해, 아니 서로 어색했던 자아끼리의 은근한 애정 행각이기도 하다.

　가령 「무굴일기(無窟日記) 1」에 등장하는 '나'는 이미 파장한 곡마단 구석 상자 더미에 올라 "무연히 아래를 내려다보"는 '성성이', 그것도 "어릿광대 옷에 뿔테 안경" 쓰고 "외서(外書)를 옆구리에 낀" (V:130) '성성이'다. 자기 희화의 성격을 다분히 띤 이 슬픈 인상화 는 황동규 시에서 무척 예외적이다. 그는 대개의 인물을 시에 새길 때 비유컨대 "사연마저 깨진 맑음"(IV:22)을 드러내는 방식을 취해왔 다. 그것은 '너'를 향한 '친밀함'의 발현이거니와 '너'에게 비춰지길 바라는 '나'의 원래 모습이기도 했을 것이다. 그러나 현실의 '나'는 여 러 겹의 허구성을 두르고 있으면서도, 그것을 모른 채, 아니 묵인한 채 '참선'의 욕망을 과시하는 딱한 행려에 불과했다. 따라서 '나'가 외 화내빈의 시끄럽고 볼썽사나운 구경거리, 다시 말해 인간/사람 이전 의 '성성이'로 타자에게 인식되는 재앙은 전적으로 자기 책임이다.

그러나 비록 자기 희화일망정 자아를 객관화할 줄 아는 지혜는 막 무가내의 자기 연민과 비하, 그리고 세상을 향해 퍼붓는 저급한 환멸 과 야유를 함부로 방출하지 않는다. 대신 자아의 큰 병이 "젊었을 때 부터 돌과 함께 숨을 쉬어본 적이 없"(V:130)이 갑자기 '돌 빛'을 탐 하는 허황된 욕망에서 비롯된 것임을 깨우치는 계기가 된다. 물론 '나'의 자각은 침묵의 지혜를 삶의 원리로 실천해온 타자, 이를테면 주지와 바위, 햇살, 덩굴손 같은 너들과의 접속을 통해서 획득되는 종류의 것이다.

약속 없이 만난 동해 달돋이의 도취, 도취 속의 환한 외로움. 속을 온통 밝혀 연등이 된 조그맣고 아름다운 암자, 눈부신 쫓겨남. 어둠 속을 마냥 걸어 도달한 바닷가 해돋이의 찬란, 빛부신 밀려남. 그날 일은 그 후 지금까지 몸속에 물결 감추고 흐르는 삶의 진액, 간헐적인 독한 그리움으로 남아 있다. 달과 바다가 만드는 춤과 춤 속에 홀로 남

는 청년, 촛불들이 환히 춤추는 암자에서 쫓겨나는 청년, 바닷가 무덤
들 사이의 찬란한 일출의 황홀에서 밀려나는 청년의 모습이 내 삶의
여기저기 접어놓은 갈피들에 끼어 있다. 한없이 불안해하고 한없이 황
홀해하는 그의 얼굴, 세월이 그처럼 바뀌면서도 변하지 않는 그 얼굴
이 떠오를 때마다 나도 모르게 몸이 저려오곤 한다.

―「무굴일기 2」 부분(V:133~34)[6]

그래서 「무굴일기 2」의 '나'의 회상 행위는 특별하다. '성성이'가 자
아의 굴욕을 대표한다면, 이미 '홀로움'의 진정성을 경험한 '청년'은
'나'의 자랑이다. '청년'의 '금'의 시공간을 향한 전적인 투기(投企)는
의지적이기보다는 차라리 무의지적이다. '청년'은 "북 치고 피리 불
고, 환하고 적막"(V:133)한 촛불 또는 '빛부심'에 내몰려 '금'의 세계
에 던져진다. 이 던져짐을 통해 '성성이'의 허구적 경험, 곧 규범화되
고 왜곡된 일상 세계에서 허우적대는 삶은 진정한 경험, 곧 "지금까
지 몸속에 물결 감추고 흐르는 삶의 진액, 간헐적인 독한 그리움"에
의해 교정되고 보충될 기회를 비로소 얻는 것이다.

따라서 대립적 자아를 구성하는 '성성이'와 '청년'의 회상은 단순한

---

6) 시인은 『중앙일보』와의 대담에서 최근 시작한 「무굴일기」를 역작이라고 자평했다. 「무굴
일기」 연작을 읽으면서 무엇보다 먼저 눈에 띈 것은 산문시의 시도였다. 『외계인』(1997)
의 「어도」와 「시골 우체국」 이래 처음이니, 10여 년이 훨씬 넘은 뒤의 귀환이다. 더군다
나 그는 「무굴일기 1」「무굴일기 2」를 함께 접붙여 자유시 「무굴일기 3」으로 다시 적고
있다. 이런 중첩과 변이는 경험과 감각의 압축적 재현이 아니라 또 다른 '있음'의 표현일
것이다. 굳이 나눠 본다면 「무굴일기」 1~2에서는 회상을 통한 차분한 성찰의 감각이,
「무굴일기 3」에서는 '성성이'와 '청년'을 복수적 자아로 껴안은 현재 상황에서의 자유의
감각이 보다 두드러진다. 따라서 시 형식의 분리는 시간과 내면의 형식을 분리하고 강조
하기 위한 치밀한 장치로 이해된다.

과거의 추억으로 결코 환원되지 않는다. '청년'의 기억은 과거는 물론 현재까지도 "성성이도 채 벗을 수 없는 이 몸"을 구원하는 사랑의 기술, 그러니까 "삶의 내벽(內壁)을 한없이 투명하게"(V:135) 하는 방법적 사랑이다. 그러나 '성성이'의 기억이 없다면, '청년'은, 또 여전히 '청년'이기를 소망하는 지금의 '나'는 연꽃 세상 천지로 상상되는 '암자'에 헛되게 갇혀 있는 오도된 '자유인'을 벗어날 수 없다. 그런 의미에서 '성성이'와 '청년'은 상호 대립의 관계보다는 상호 보족의 관계를 형성하는, 다시 말해 '홀로움'의 지속과 편재를 위해서는 어느 한쪽도 가벼이 할 수 없는 쌍생아적 존재들이다.

하지만 여전히 강조되어야 할 것은 화해란 '너'와 '나'의 일률적 통합을 최후의 기착지로 삼지 않는다는 것이다. 그것은 '너'와 '나' 서로가 마음껏 스며들되 개별성의 원리는 충분히 존중되는 연대의 미학이다. "온갖 목숨 촉촉이 서로 붙들고 있"(II:50)는 세상살이는 여기서 발원하고 성장하며 또 스스로를 지켜나간다. 천하 절경이라는 '장가계'가 감탄을 배가시키기보다는 오히려 감탄을 반으로 줄여 살도록 이끄는 까닭은, 지용의 시를 빌려 말한다면, 자유자재한 자연 사물보란 듯이 '어여쁠 것 없는' 장삼이사들이 '아무렇지도 않게' 휘돌고 있기 때문이다.

저 아래 개미처럼 기어 들락대는 버스들,
개미의 다리관절보다 더 작은 점 같은 사람들이
타거나 내리거나 떼로 걷거나 혼자 처진다.
처진 쪽으로 점 하나가 달려간다.
바로 눈앞에는

손 내밀다 무언가 쥐어지자 화사하게 웃는 원주민 소녀,

그 뒤에는

슬쩍 고개 돌리는 소년,

산뜻한 기운이 마음의 벽을 적신다.

개미 다리관절 크기의 사람인들

그저 사람일 뿐이겠는가!　　　　　　　—「장가계에서」 부분(VI:248)

'개미—사람'의 발견과 해석은 벤야민이 말했던 '범속한 트임'의 황동규적 버전이다. 시인은 지금 구경하랴 일하랴 제각기 바쁜 사람들의 움직임과 모양새를 개미나 점 따위의 축소 형상으로 간결하게 묘사하고 있다. 하지만 이 풍경은 아름다운 분재 만들기의 욕망과는 무연하다. 차라리 소소하다고 해야 옳을 일상의 한 단면은 가장 평범하지만 그래서 더 충격적인 존재의 비밀을 발설하고 있다.

여러모로 불충분한, 그리고 제한이 많은 우리 눈에 의해 '사람'이 변형·왜곡된다고 해서 존재의 본래적 의미와 가치가 갑자기 훼손되거나 변질되지는 않는다. 세속의 악다구니나 환희 역시 풍경을 구성하는 한 요소이며, '사람들'은 그 안에서 다양하게 변주되는 '밝은 슬픔' 또는 '슬픈 밝음'을 겹으로 삶으로써 자기의 고유성을 심화하고 타인과의 친밀함을 확장한다. 그러니 '그'든 '당신'이든 '나'든 세상에 놓인 모든 존재들은 어떤 상황과 처지에 상관없이 언어의 옹색함과 이해의 안이함을 늘 넘어서는 '무엇'이다. "그저 사람일 뿐이겠는가", 이 말 앞에서는 어떤 규정과 정의도, 어떤 찬양과 탄식, 비난도 초라하고 궁색하다.

언젠가 황동규는 자유에 겨운 자연 사물을 "팽팽한 삶 속에 탱탱히

가고 있는 자"로, 종국에는 "탱탱히 제 길 가고 있을 촉각"(III:21)들로 표현한 적이 있다. 지금 내게 이 '촉각'은 결여와 지연이 숙명인 현실 언어를 뛰어넘는, 언어 이전과 이후의 말처럼 느껴진다. "개미 다리관절 크기의 사람"인들 '촉각'을 현현하는 존재가 아닐 리 없다. 하지만 이 '촉각'은, 황동규의 시력(詩歷)이 증명하듯이, 끊임없이 자아를 내파하며 타자에게로 밀려나는 떠돌이에게만 허락되는 극히 예외적인 '홀로움'이다. 따라서 "아직은 채 안 보이는/저 끄트머리까지 저릴 것이다!"(V:135)라는 시인의 말은 일순(一瞬)의 흥분된 예감이 아니다. 오히려 그의 앞에 몰아닥칠 시와 존재, 세계를 향해 던지는 절실하고 독한 예정의 말이다.

*

"풍장: 시체를 한데에 유기하여 비바람에 쐬어서 자연히 소멸시키는 원시적인 장법(葬法)". 국어사전의 뜻풀이임을 감안해도 참으로 무미건조하고 냉랭하다. 그러나 '문명'이 늘 '원시'를 초월하거나 이기는 것은 아니다. 황동규는 '풍장'에서 "삶과 죽음은 한 가지에 핀 꽃"(『풍장』, p.vi.)임을, 또 죽음과 삶은 서로를 싱싱하게 하는 에로티즘임을 절감했다고 고백한 바 있다. 그의 말처럼, '풍장'은 풍진 세상을 고단하게 떠돌던 육신을 비바람에 씻기고 또 '비인간'들에게 나누어 주는 정화의 형식이자 살림의 형식이다. 그래서 '풍장'은 죽은 자의 은폐보다는 개방을 목적하는 산 자의 엄숙한 예의일지도 모른다는 생각이 드는 것이다.

어쩌면 최후의 육체, 촉루(髑髏)는 살점을 차츰 떨구면서 자기를 추억하며 지워갈 것이고 또 온갖 타자가 거쳐가고 흘러든 흔적을 깊숙이 새겨 넣을 것이다. 나중에 그것을 거두는 자들은 촉루의 이 겸허하고 생산적인 시간들을 껴안고 깊이 탄식하며 새삼 자신을 돌아다볼 것이다. '풍장'을 사람에게 마지막으로 허락되는 진솔한 대화와 나눔, 그리고 스밈의 예법으로 볼 수 있다면, 이런 '원시적' 직접성 때문일 것이다.

황동규의 시는 따라서 지금도 여전히 '풍장'의 형식이다. 이를 두고 나는 '길을 묻다, 삶을 묻다'라고 썼다. '풍장'이 암시하듯이, '묻다'는 버리고[埋/棄] 보존하고[藏] 묻는[問] 행위를 모두 포함한다. '홀로움'은 이 세 가지 시적 행위가 단단하게 결합된 순간 피어나는 감정의 순금이다. 만약 넉넉하고 예민하게 황동규의 시를 떠돈 자라면, 『풍장』 이후 '삶의 황홀'로 기울던 마음이 이제는 거기에 가려졌던 '슬픔'의 내력과 현실로도 향하고 있음을 눈치챘을 것이다. '밝은 슬픔'은 그 기우뚱한 균형을 대표하는 말 가운데 하나이다.

하지만 정말 중요한 것은 '황홀'과 '슬픔'의 균형 맞추기가 아니다. 이 균형은 차라리 부산물로 보는 편이 나을 듯하다. '너'와 '나' 모두를 역사화하고 현재화하는 것, 다시 말해 모든 것을 묻고 또 묻는 대상으로 삼기. 황홀과 슬픔, 밝음과 어둠, 있음과 없음 등은 시인의 이 바지런하고 어려운 행보를 통해 "어렵지 않게 함께 뒹굴며"(III:80) 서로를 넘나들게 된다. 그의 '풍장'의 한 극점은 "아무것도 없지"(VI:245)만 그렇다고 결코 사라진 것도 아닌, 따라서 의미와 무의미의 경계가 지워지고 뒤섞이는 세계의 지속적 발견에 존재할 것이다. 시인의 마음이 '느린, 늘인' 걸음으로 떠돌아도 한산하고 조촐하기는커녕 더욱 바쁘고 흥성한 까닭이 여기에 있다.

앞으로 더욱 격심해질 이 세계를 바쁘게 훔쳐보는 당신과 나의 눈은 안녕하진 못하겠지만 비루하진 않을 것이다. 그러나 안녕에 대한 불안은 어디까지나 '풍장'의 예법, 그러니까 '묻다'의 세 가지 차원에 익숙하지 못한 우리의 어린 마음에서 파생된 것임에랴. 그러니 우리는 "이건 또 뭐냐, 북 치고 피리 불고"(V:133) 하는 황동규 시 속으로 한없이 밀려나는 '청년'이어야 한다. 당신과 나의 몸 저림은 이 난장(亂場)이 우리의 현실로 되돌려질 때야 겨우 시작될 것이다.

〔2008〕

적막의 풍경, 그 안과 밖
─황동규의 『겨울밤 0시 5분』

풍경이 그 자체로 미학적 대상이 된 것은 근대 이후의 일로 보아도 무방할 것이다. 가령 서양의 풍경화는 근대 이후 빛과 공기의 작용에 대한 새로운 이해 속에서 출현하며, 우리의 경우 풍경은 진경산수화의 출현을 통해 비로소 발견되었다. 따라서 그간 어떤 추상적 관념 속에 은폐·억압되어 있던 풍경을 해방시킨 빛과 사실의 권능에 대한 각성은 "앞으론 풍경 앞에서/두 배로 감탄하며 살자 마음먹"(「장가계에서」)는 미학적 삶의 각성과 등가 관계를 형성한다.

하지만 우리는 미학적 감각과 삶의 확충이 자본의 집적과 독점에 크게 의존하는 교통과 대중매체, 복제 예술의 전지구적 확산과 지배에 힘입은 것임을 잘 안다. 당신과 나는 집과 사무실에서 주위 풍경을 내다보면서 멸종의 위기에 처한 북극곰의 기막힌 사냥술과 화석으로나 존재했던 공룡들의 사투를 동시적 현실로 인지할 수 있다. 이 동시적 풍경들은, 인간의 생물학적 한계와 시공간의 제한을 일시에 돌파하는 통합과 초월의 가능성을 생각하면, 인간들의 지(知)·정

(情)·의(意)에 대한 끝없는 욕망과 소비를 충실히 수행하는 '잘 만들어진 풍경'으로 얼마든지 작동할 수 있다.

그러나 '잘 만들어진 풍경'은 기술skill만이 독주할 때 "서로 내면(內面)하"(「겨울 통영에서」)는 일 없는 오월동주(吳越同舟)의 차가운 형상으로 얼마든지 돌변할 수 있다. 따라서 기술이 "오월 사이를 가"르는 "떼거리 짓는 자들의 짓"(「오월동주」)으로 타락하지 않기 위해서는 인간 최후의 원리에 대한 성찰과 배려가 늘 필요한 법이다.

누구보다 풍경의 언어화에 성실했던 황동규는 『겨울밤 0시 5분』(현대문학사, 2009)에서 그 최후의 원리 가운데 하나를 '침묵'과 '적막' '고요'에서 찾는다. 이것들은 인간과 자연의 안과 밖을 이루는, 그러니까 서로가 주체이고 서로가 타자인 내면 형식으로, 궁극적으로 "소리 없는 소리의 황홀!"(「축대 앞에서」)을 목적한다. "무언가 간절히 기다리고 있는 사람 곁에서/어둠이나 빛에 대해선 말하지 않는다!"(「겨울밤 0시 5분」)란 말에서 보듯이, 이것들은 주체의 발산보다는 타자의 수렴을 먼저 전제하는 그늘의 형식이다. "감탄을 다시 반으로 줄여 살기로 한다"(「장가계에서」)는 말은 따라서 과잉 접속한 풍경에 대한 경계이기보다는 그 풍경을 '소리 없는 소리'가 들끓는 장으로 이끌기 위한 방법적 사랑의 표현이다.

누군가 그 어느 날의 나처럼
첼로, 이젤, 우산, 우비 없이
트렌치코트도 없이
후줄근히 젖어 주머니에 찌른 손을 달고
올라오고 있을 것이다.

천천히 올라오고 있을 것이다.

타지에서 맨 비에 젖는 맨 추억을 가지고

올라오고 있을 것이다.

그가 계단 위로 상체를 막 내밀어

사진 안으로 들어오기 직전,

맨 추억을 받아들이지 않으려는 꽉 찬 구도가 숨 쉬고 있는

이 풍경!
―「잘 만들어진 풍경」부분

　시인은 "잘 만들어진"이라고 썼지만 심상한 풍경에 인간이 수렵되는 이상적 방법과 순간을 묘사하고 있다는 점에서 '만들어진'의 시제는 항상 현재일 수밖에 없다. 사진으로 진입하려는 '그'와 사진 속 '사내'의 긴장은 "맨 추억"과 이른바 '레디메이드' 추억의 대립에서 발생하는 것이다. "그 어느 날의 나", 그러니까 "세상에 헛발질해본"(「늦가을 저녁비」) 시인과 동격의 존재인 '그'의 돌연한 틈입이 없다면, 사진으로 대량 복제된 이국(異國)의 풍경과 사내는 키치kitsch의 장벽을 좀처럼 넘어서지 못했을 것이다.[1]

　가만히 생각해보면, 세상에 헛발질을 해대는 자는 세상으로부터 무수한 발길질을 당해본 약자거나 주변인이기 십상이다. 따라서 그들의

---

1) 이 시에 등장하는 '꽉 찬 구도'의 성격은 무엇일까. "설계 의도는 잘 보이지 않으나/꽉 찬 저 구도(構圖)!"(「겨울의 아이콘」)를 참조하면 나무랄 데 없는 완전성, 그러니까 인위성의 여지 없는 자연성을 지칭하는 것처럼 느껴진다. 그러나 나는 「잘 만들어진 풍경」의 '꽉 찬 구도'를 다르게 읽고 싶다. 서양의 비 오는 도시 풍경과 사내가 박힌 이 사진은 타자의 진입을 거부한다는 점에서 위압적이며 폐쇄적이다. 타자의 돌연한 틈입을 상상하는 시적 자아의 자유가 오히려 이미 '잘 만들어진', 그래서 기계적이며 상투적인 느낌조차 드는 프레임을 해체함은 물론, 타자들로 들썩이는 '꽉 찬 구도'를 새롭게 창조하고 있다고 믿는다.

'헛발질'은 이중적일 가능성이 크다. 하나가 세상의 "꽉 찬 구도"에
대한 냉소적 울분의 표출이라면, 다른 하나는 '헛발질' 자체를 세계의
확장과 타자와의 연대를 가능케 하는 삶의 원리로 수렴하는 적극적
니힐리즘이다. 황동규의 '헛발질'이 후자에 속한다는 것은 주지의 사
실이다. 시인은 장밋빛 전망에 대한 집단적 결속보다는 풍경에 대한
'홀로움'[2]적 참여를 통해 "밖으로 내놓지 않고 마냥 안으로 끌어만
당기는/저 음성"(「늦가을 저녁비」)의 가능성을 탐색해왔다.

　　물론 이 끌어당김은 「잘 만들어진 풍경」이 시사하듯이 주체의 절대
화를 견제하면서 오히려 '나'를 타자에게 끊임없이 개방하는 존재의
또 다른 확장 형식이다. 최근 들어 황동규의 시가 장거리 여행의 기
록 못지않게 집 주변을 걸으며 자연스레 버릇 들인 소소한 일상과의
대화에 바쳐지고 있는 것도 '저 음성'이 더욱 농익고 고유화된 결과일
것이다.

두터운 잎을 두르고 있던 나무 몇이
가랑가랑 마른기침 소리로 나타나
속에 감추었던 가지와 둥치들을 내놓는다
근육을 저리 바싹 말려버린 괜찮은 삶도 있었다니!
무엇에 맞았는지 깊이 파인 가슴도 하나 있다.
다 나았소이다, 그가 속삭인다.
이런! 삶을, 삶을 살아낸다는 건…
나도 모르게 가슴에 손이 간다.　　　　　—「삶을 살아낸다는 건」 부분

---

2) '홀로움'은 '황홀한 낯선 외로움'을 뜻하는 말로, 황동규 시인의 고유어 가운데 하나이다.

온갖 꽃 축제의 범람이 지시하듯이, 화양연화(花樣年華)로 생동하는 봄날은 풍경의 절정을 구가하기 마련이다. 이것을 자기화하려는 욕망이 인간 성정의 자연스러운 발로임은 도연명의 「도화원기(桃花源記)」나 이백의 「월하독작(月下獨酌)」 등속에 벌써 확연하다. 황동규는 그러나 만화방창(萬化方暢)의 세계를 감탄하기는커녕, 그것들이 드리우는 그늘, 이를테면 "있는 것과 가는 것이/서로 감싸고도는 고요"(「이런 고요」)라든지 "제 느낌을 타려다 타려다 채 못 타는/외로움 이전의 날 외로움"(「구도나루 포구」) 같은 것을 읽어내느라 바쁘다. 인용 시는 봄날이 겨울날로 수렴될 때 발현되는 '나무(＝존재)'의 깊이와 완성을 보여주는 객관적 상관물로 모자람 없다.

근육을 바싹 말려버리는 것이 삶의 완성이며 병의 치유, 곧 한계의 넘어섬이란 각성은 무서운 것이다. 여기서 시인의 소리와 말을 비탄이나 감탄으로 몰아가는 대신 자신의 삶을 메마른 '나무'에 정중히 물어보는 웅숭깊은 발화와 음역이 솟아난다. 이런 의미에서 「쓸쓸한 민화(民畵)」는 매우 각별한데, 왜냐하면 '나무의 마른기침 소리'가 우리의 주변부 삶에 투사된 시편이기 때문이다. 그동안 전문 화가들의 성실한 관람자이기를 지속해온 황동규는 스스로 화공(畵工)이 되어 "강아지와 붓통만 남은" 쓸쓸한 '민화'를 완성했다. 흐린 날 눈 맞으며 "연탄 리어카 한 채"를 "골목길 언덕배기"로 밀어 올리는 가난한 부부야말로 '삶을 살아낸다는 것'의 근본적 의미를 되묻게 한 또 다른 겨울나무들이었던 것이다.

언덕 아래선 연탄 리어카 한 채
아낙이 끌고 사내가 뒤에서 밀며 오르고 있다.

하늘이 언덕 아래로 잔뜩 접혀 있고

그 위로 싸락눈이 흩날리고 있었다.

땀 젖은 사람 둘과 까맣게 안면 굳힌 연탄들이

언덕배기에 올라섰다.

누군가 허리 펴고 숨 한번 크게 내쉬자

하늘이 다시 위로 제켜졌다.   —「쓸쓸한 민화(民畵)」 부분

　시인은 그러나 이 '민화'에 위안과 격려의 달큰한 목소리나 계몽적 언표를 흘리는 대신, 하늘과 연탄과 부부를 하나로 묶고 최후에는 '강아지'와 '붓통'만 남겨둠으로써 아무에게도 들리지 않던 안쓰러운 부부의 거친 숨소리를 우리 가슴속에 영원히 관류하도록 만들었다. 요컨대 그 부부는 삭제되거나 은폐된 것이 아니라 또 다른 그들인 우리에게 아프게 스며든 것이다. 이 연민과 연대의 정서는 우리 시대의 타자들이 "나는 다 나았소이다"라고 속삭일 수 있는 치유의 기초 원리 가운데 하나일 것이다. 타자들의 '냉(冷)한 상처'와 '냉한 빈자리'가 '나'의 "아픈 기억도 겨울 풀처럼 잘 마르"게 하는 자기 치유와 보존의 책략이 숙성하는 자리일 수 있는 것은 이런 연유 때문이다.

　'침묵'과 '적막'의 원리로서 '소리 없는 소리'의 편재에 대한 신뢰는 장거리 여행을 다룬 시에서도 '보통 풍경', 바꿔 말해 "쓸쓸한 고요도 없는,/별 볼일 없이 편안한 곳"(「구도나루 포구」)의 진정성을 현실화하는 힘이기도 하다. 시인에게 풍경과 동행한 여행의 최대 의미가 무엇이냐고 묻는다면, 그는 어쩌면 "하늘과 땅을 위아래 두지 않고 산 것" "땅 하늘 밀밭 사람 속을 가리지 않고 날았"(「삶에 한번 되게 빠져」)던 것이라고 답할지도 모른다. 사물은 사물의 속성이나 모양 때

문이 아니라 그것을 동일화하거나 차이화함으로써 세계의 정점에 서려는 절대 자아의 욕망에 의해 지속적으로 식민화된다. 황동규의 침묵과 고요, 적막에 대한 의지는 이 피할 길 없는 우리의 식민주의적 속성을 조금이라도 부셔내고 사물과 막바로 통하기 위한, 즉 "한눈에 들어오는 마당, 전부를 그대로 느껴버"(「잘 쓸어논 마당」)리기 위한 방법적 사랑일 터이다.

> 사방에 널려 있는 저 예쁘고 흔하고 환한 잡것들!
> 과연 앞으로 우린 얼마나 꽃 피우고 벌 나비를 불러
> 삶의 맛을 제대로 축낼 수 있을 것인가?
>
> ──「저 흔하고 환한!」부분

> 다 왔다.
> 깨끗이 비질한 마당에 눈 더 내리지 않아
> 무언가 더 쓸거나 지울 것이 없다.
> 꽃 있던 자리에 꽃 없고
> 풀 있던 자리에 풀 없고
> 사람 있던 자리에 사람 없는 곳.　　　　──「잘 쓸어논 마당」부분

두 시는 겉으로 보기에 여러모로 대조적이다. 집 앞:골짜기, 꽉 참:텅 빔, 만개:낙화, 소유:무소유 등 세간과 출세간의 상반된 이미지가 저절로 떠오른다. 물론 우리의 일상적 감각에 따른다면, '잡것'의 세상은 왠지 번다(煩多)한 느낌이 들며, '비질한 마당'은 어딘가 비현실적이며 관념적인 데가 없잖다. 그러나 두 곳 모두 시인이 소망하는 바의 적막과 고요의 처소라는 점에서는 공통적이다. 왜냐하면

이곳들은 "나비처럼 날아가 나비처럼 앉으려 해도 닿을 수 없었던/그래서 더 닿아보고 싶었던"(「잘 쓸어논 마당」) 어떤 '변방'들이었기 때문이다. 이 변방은 꽃의 빛만을 바라보아서는 결코 가닿을 수 없는 비의(秘意)의 세계이며, 따라서 '냉한 상처'를 풍경과 같이 앓을 때에야 비로소 '색(色)의 본색'을 그대로 느끼는 것이 허락되는 진정한 '적막강산'인 것이다.

그런 의미에서 궁극적인 삶의 맛을 우려내는 주체와 마당을 깨끗하게 잘 쓸어놓은 주체는 인간이기 어렵다. 이 본성에의 참여는 "끊긴 것들의 적막(寂寞)"(「하늘에 대한 몇 가지 질문」)을 때로는 드러내놓고 때로는 은밀하게 창조하면서 인간들에게 그 '적막'의 존재를 '귀울음'으로 알려온 신 혹은 자연에 의해 주어진 뜻밖의 사건이다. 그렇다고 인간이 소여(所與)의 존재인 것만은 아니다. 특히 시인은 "초록 불길 속에서 막 나온 초록 불길 같은,/슬픔마저 빼앗긴 밝은 슬픔 같은"(「안성 석남사 뒤뜰」), 감각과 이해 불능의 '색의 본색'과, 또 현실 원리를 빌미 삼아 거기에 늘 들어붙는 색의 허위―허상을 몸소 느끼고 분별하라는 수행(修行)의 업(業)을 떠안은 대표적 존재들이다.

황동규가 흉내쟁이란 모멸적 존재, 그러니까 "성성이도 채 벗을 수 없는 이 몸"으로 시업 50년을 달려온 스스로를 규정하면서도, "삶의 내벽(內壁)을 한없이 투명하게"(「무굴일기 3」) 하는 '뜨거운 눈물'을 주체하지 못하는 것은 그 언어 수행의 절실함 때문이다. 이 절실함이야말로 "눈금으로는 잴 수 없는 착 가라앉은 (풍경의―인용자) 고요"(「늦추위」)와 "지금까지 몸속에 물결 감추고 흐르는 삶의 진액"을 "독한 그리움"(「무굴일기 2」)으로 좇게 한 능동적 움직임의 핵심적 기원일 것이다.[3]

208

"옹이 대신 거짓말처럼 내가 빠지고/낯선 사람 하나가 조용히 두 손 모으고 서 있"(「촉대 앞에서」)는 일회적 사건[4]의 출현, "눈 크게 뜨고 귀 세우지 않아도/여기저기 달라붙어오는 감각"(「이런 고요」)의 자유는 그 절실함이 거둔 존재의 도약을 대표한다. 우리는 어쩌면 '나'를 말갛게 탈골시키며 문득 등장하는 '낯선 사람'을 우주적 존재로 불러야 될지도 모르겠다. '그'는 '나'이며 '너'인 동시에 '나'도 아니고 '너'도 아니며, 저 감각의 자유가 표상하듯이 알게 모르게 우주의 모든 사건에 참여하는 자라 할 수 있다.

이 우주적 참여의 가장 의미 있는 징표 가운데 하나는 '시간의 휨', 그러니까 물리적 시간에서 이탈한 무시간(無時間)의 번쩍임일 것이다. 내면적 사건으로서 '무시간'의 현현은 비록 순간을 본질로 하지만, 그러나 모든 시간을 통합함으로써 우리에게 영원의 감각을 부여하고야 만다.[5] 황동규는 무시간이 현현하는 순간의 다양하고 충만한 표정들을 이렇게 기록하고 있다.

---

3) 「무굴일기」 연작은 황동규 시인이 자신의 시적 여정 50년을 되돌아보면서 그것의 빛과 그늘을 동시에 껴안는 한편 시적 고행의 즐거움을 다시 묻고 확인하는 자서전이자 시적 규약으로 읽어도 무방한 시편들이다. 「무굴일기」 연작에 대한 자세한 분석은 앞의 글 「길을 묻다, 삶을 묻다――황동규론」을 참조.

4) 당연히도 '일회적 사건'은 단순히 한 번이라는 횟수를 표시하는 말이 아니라 똑같이 반복되거나 대체될 수 없는 어떤 사태의 유일성·고유성을 나타내는 말이다.

5) 옥타비오 파스는 시와, 시를 통해 창조되는 '순간적 영원'의 관계를 다음과 같이 규정한다. "시는 항상 드러나는(現) 동시에 숨는(實) 현실의 두 부분이 화해하는 순간에 포착되는 총체적 현존의 비전이었다" "현재는 현존에서 나타나며 현존은 과거, 현재, 미래의 화해다. 화해의 시는 날짜 없는 이 순간에 육화된 상상력이다"(옥타비오 파스, 『흙의 자식들』, 김홍근 외 옮김, 솔, 1992, pp.262~63). 황동규 시인의 '시간의 휨'을 이해하는 데도 크게 도움이 되는 말로 여겨진다.

더 비울 게 없으면 시간이 휘는지

방금 읽고 덮은 휴대폰 전광 숫자가 떠오르지 않는다.

—「어느 초밤 화성시 궁평항」 부분

역광 속에서

촉 달린 광섬유 시침(時針)들이

섬세하고 투명하게

빛 그림자 춤을 추고 있다. —「이런 고요」 부분

　이 시간이 휘는 절대 사건을 적실하게, 그러면서도 심상하게 표현한 시인의 말을 찾으라면, "잠깐이 몇 섬광(閃光)인가?"(「잠깐 동안」)를 먼저 들어야 할 것이다. '섬광'의 이미지야말로 물리적 시간을 지우며 끊임없이 응집하고 분산하는 영원한 현재의 표상이며, '전광 숫자'니 '광섬유 시침'이니 하는 것들은 그것의 현존을 물질화한 것이겠다. 이 기계―사물들은 시간의 측정이라는 유용성을 지우고 현재에 참여함으로써 침묵과 적막의 장을 더욱 확장하며 고요의 본래적 역동성을 더욱 활성화한다. 이 장면들은 그래서 시간과의 화해나 대화의 본질이 유용성을 목적하는 특정 시간의 창조가 아니라 "시간의 바퀴가 삶의 아린 결들만 남기고/우리 몸을 통째로 뭉개려"(「몸의 맛」) 드는 영원한 현재에 참여함에 있음을 가만히 표백하는 것처럼 느껴지기도 한다.

　세상의 그 무엇이고 "무한대(無限大)로 살가워"(「이런 고요」)지게 하는 저 시간의 비전은 조용한 공간으로 흔히 이해되는 침묵과 적막을, 네루다의 「말」을 빌린다면, "실존과 본질을 혼합"하는 "강렬한 긴장"의 공간으로 새롭게 가치화한다. 『겨울밤 0시 5분』은 언뜻 보면

210

홀로움에 들린 "저 삶의 환한 한 형상"(「낙엽송」)의 추구로 분주한 것처럼 보인다. 하지만 우리는 이런 삶의 황홀이 "무병(無病)의 맛이 아니라 앓다가 낫는 맛"(「삶의 맛」)에서 출현한다는, 바꿔 말해 언젠가 다시 앓을 수 있다는 한계의 인식과 개진에서 빚어지는 것임을 기억할 필요가 있다.

이런 점에서 『겨울밤 0시 5분』에서 주목되는 표상 가운데 하나는 '낯선 사람'이다. 먼저 "옹이 대신 거짓말처럼 내가 빠지"(「축대 앞에서」)면서 출현하는 '낯선 사람'. 그는 겉으로 보기에 삶의 옹이들을 "가슴 철렁할 정도로 말갛게"(「초겨울 아침」) 탈골한 초월자처럼 느껴진다. 하지만 그는 꿈마저 사라지는 탈속의 경지에 들었기 때문이 아니라 "일단 맛본 삶은 기억이 꽃잎처럼 떨어져나가도/몸속 어딘가 지워지지 않는 결들로 남아 아린 것"(「몸의 맛」)임을 냉철하게 기억하며 영원히 유랑하는 자이기 때문에 위대하다.

'냉한 상처'로서의 옹이에 대한 감각과 성찰 없이, 초월적 지평에의 유영에만 골몰한다면, 그는 벌써 인간, 아니 시인으로서의 권리와 의무를 포기한 존재인지도 모른다. 살아 있는 한 지워지지 않는, 아니 나날이 새롭게 착화될 몸속의 결을 시의 몸으로 거슬러 올라가며 육화하는 것이야말로 시(인)의 인간에 대한 기본 예의일 것이다. 마알간 '낯선 사람'을 폐허와 무상(無常)의 광야에서 떠도는 '낯선 사람'으로 다시 내모는 시인의 영혼이 일견 냉혹해 보이지만 더욱 사려 깊고 따뜻한 것은 이 때문이다.

　　건너편 능선에 새 철탑들 줄지어 서고
　　석양이 새 전선에 걸려 멈칫거릴 때

등 뒤로 언덕 넘어가는 불 끈 송전선
구절초들이 한 줄로 서서 전송하고 있다.
다복솔 사이에 서 있는 두 팔 벌린 녹슨 송전탑
가까이 다가가도 아는 체를 않는다.
그래, 뜯기기 전 허수아비.

온갖 전기 몸살로 들끓던 몸
이따금 바람이 흘러와 눕고
새들이 와 발밑을 쪼고
그림자만 말없이 움직일 뿐
아무 일도 없다.
어느 새벽, 하늘 캄캄하고 눈 덮인 땅 환할 때
길 나서리, 또 한번 낯선 얼굴 하나 어깨 위에 무동 태우고.
그래, 뜯기기 전 허수아비.
—「또 한번 낯선 얼굴」 전문

　　쓸모가 없어져 버려질 운명은 '새 철탑'에 자리를 내준 '녹슨 철탑'과 겨울을 맞은 '허수아비'의 것만은 아니다. 한계와 가능성의 조심스러운 균형과 강렬한 긴장을 섬세하게 조율하고 운용하지 못하는 한 인간 역시 "뜯기기 전"의 허상(虛像)으로 쉽게 전락할 것이다. 이전에는 '죄인'과 '천치'를 읽히면서 떠돌아야 했고, 이제는 "낯선 얼굴 하나 어깨 위에 무동 태우고" 길을 방랑해야 하는 존재의 비극적 운명은 애초에는 이에 대한 불안과 공포에서 말미암은 것이다.
　　그러나 쉼 없는 떠돎이야말로 '시의 이슬'과 삶의 완성, 그리고 "틈새 없는 죽음"(「늦추위」)을 유연하게 찾아들 수 있는 가장 능동적인

212

행보일 것이다. '함부로'의 안식 없는 떠돌이만이 "흙빛으로 돌아가기 직전까지 몸 가다듬으며 살다가/첫눈 내릴 때 옷과 살을 한 번에 털어버리는"(「낙엽송」) 낯선 삶을 만날 기회는 거기서 주어질 것이다. 과연 시인은 결시(結詩) 「다시 한 번!」에서 "모르는 새 주먹"을 "다시 한 번!" 쥐고 있다. 이로써 "뜯기기 전 허수아비"가 이미 마알간 '낯선 사람'과 여전히 찢기고 있는 '낯선 사람'을 동시에 가로지르면서 초극하는 또 다른 '낯선 사람'임이 분명해졌다. 따라서 "그렇다, 아직은 채 안 보이는/저 끄트머리까지 저릴 것이다!"(「무굴일기 3」)란 시인의 예지와 기대는 우리의 것이기도 하다.

〔2009〕

경계의 꽃들에 말을 걸다

― 마종기론

1. 마종기, 시력(詩歷) 50년을 넘어서다[1]

당신은 시에서 행복한 말들의 풍경을 꼽으라면 무엇을 손에 쥐겠는가? 생애 최초의 시적 계시의 순간? 아니면 시인 된 자로 공식 선포되는 장면? 아니면 시의 실험과 개성적 음역에 대한 대중과 평단의 열렬한 환호? 아니면 한국 시의 성좌를 구성하는 주요 분자로의 등극? 하나하나 가치 있는 일들이지만, 이것들은 왕년의 젊은 시인의 외침 "늙기까지 시를 쓰다니! 늙도록 시를 쓰다니! 대한민국 만세(!)"[2]의 풍경에는 도저히 미치지 못한다. 당연히도 이런 찬사는 우리

---

1) 개별 시집들을 참고하는 것이 원칙이겠으나, 편의상 첫 시집 『조용한 개선』(1960)부터 제7시집 『이슬의 눈』(1997)까지는 『마종기 시전집』(1999)을 원용한다. I.『마종기 시전집』(문학과지성사, 1999); II.『새들의 꿈에서는 나무 냄새가 난다』(문학과지성사, 2002); III.『우리는 서로 부르고 있는 것일까』(문학과지성사, 2006); IV.『하늘의 맨살』(문학과지성사, 2010).

2) 정현종 시인이 1970년 5월 "노인들이 환장하게 보고 싶어서 김광섭의 성북동 비둘기를

가 물어온 저 과정들을 하나하나 밟아온, 그래서 이제는 스스로가 시
적 전통과 모범의 영역에 올라선 오래된 젊은 시혼의 몫일 수밖에 없
겠기 때문이다.

　물론 시력의 길고 짧음이 위대한 '노시인'의 자격을 바로 결정짓는
것은 아니다. 최근 등단 50주년을 맞는 시인들의 지속적 등장과 그들
이 성취한 시의 두께를 보면 우리 현대시의 역사와 역량이 만만찮아
졌음을 새삼 실감한다. 이들은 공통적으로 시의 다산성과 풍요성, 한
국어에의 기여, 그리고 인지의 충격을 통한 세계와 삶의 통찰과 같은
미학적 기준을 충족한다.[3] 게다가 이들의 성취는 온갖 싸움의 시대로
명명할 수 있는 근현대의 역사 현실을 통과하면서 획득되었다는 점에
서 미학성과 등가에 놓이는 윤리성마저 보유하고 있다. 과연 이들은
누구인가? 세목을 보다 좁혀 심미성과 윤리성, 정치성과 비판적 합리
성의 갸우뚱한 균형을 통해 자유와 평등의 가치를 보편화한 세대를
위대한 '노시인'의 조건으로 삼는다면, 통칭 4·19세대로 불리거나 그
들의 몇 년 앞뒤에 위치한 몇몇 시인들을 먼저 떠올려야 될 것이다.

　이런 사정을 감안하면, 등단 50주년을 막 통과한[4] 고희(古稀) 너
머의 마종기 시인을 위대한 '노시인'의 반열에 올려놓아 거리낄 것 하

기념하는 詩祭에 갔다가" "나는 사람들과 같이 어떻게 하면 잘 살 수 있을까 해서 시를
쓴니다"라는 김광섭 시인의 말을 듣고 터뜨린 일성(一聲)이다(정현종, 「노시인들, 그리
고 뮤즈인 어머니의 말씀」, 『사물의 꿈』, 민음사, 1972). 이것은 오래된 생물학적 연령
을 능가하는 시적 영혼의 높이와 깊이에 바쳐진 찬사일 것이다.
3) 유종호, 「소리 지향과 산문 지향」, 조연현 외, 『미당연구』, 민음사, 1994, pp.335~36.
4) 그는 박두진 시인의 『현대문학』 3회 추천으로 등단 절차를 완료한다. 차례로 「해부학 교
실」(1959년 1월호), 「나도 꽃으로 서서」(1959년 4월호), 「돌」(1960년 2월호)이다. 3회
추천 작품이 1959년 11월에서 1960년 2월로 연기된 사연은, 마종기, 「의사로도 시인으
로도」, 정과리 엮음, 『마종기 깊이 읽기』, 문학과지성사, 1999, pp.47~48 참조.

나 없다. 더군다나 시인은 저런 보편적 조건에 더해 우리가 일찍이 경험하지 못한 시 현실과 정서를 개척하고 축적해왔다. 가령 의사—시인, 그러니까 칼날과 철필의 겸장을 통해 존재의 심연과 보편성을 응시해왔음을, 또 거의 반세기에 육박하는 이주자(移住者)의 상황 속에서 유려한 모국어로 디아스포라의 아픔과 고통, 소수자와의 연대성, 문화적 혼종의 가능성을 모색해왔음을 떠올려보라. 게다가 이 작업들은 이후 상론하겠지만 고독의 극복을 훨씬 초과하는 타자와의 대화성 및 타자성 자체의 수렴을 위한 형식의 고안과 맞물려 있다. 어쩌면 당신은 난해의 기미라고는 전혀 없는 의도된 평이성과 따뜻한 독백의 방식, 시의 가독성과 이해의 민주성을 지향하는 모국어에의 헌신을 먼저 떠올리겠는데, 이것이 마종기 시 읽기의 1차 전제임은 물론이다.

마종기 시인의 이런 성취와 특장을 고려하면, 이 비평은 객관성과 논리성을 앞세운 시의 역사화 못지않게 '아직 아닌' 것을 진작하는 미래 화법에 주목할 수밖에 없다. 그것의 첫 자리에 공감과 연대성이 놓임은 물론이다. 따라서 우리는 먼저 젊은 '노시인' 마종기의 경이로운 50년의 시력과 탁월한 성취를 뜨겁게 축하하는 한편, 이후로도 은은하게 지속될 시의 생산과 독자들과의 소통에 대해서도 깊은 경의를 정중하게 표해야만 한다. 이 글에 그 간곡한 마음이 담뿍 스며들기를 바라며, 곤한 세속에 휘둘리는 당신과 나의 팔다리 역시 시의 이타카 Ithaca로 가는 격랑의 배에 단단히 묶어 세우기로 하자. 우리의 고통스러운, 아니 들뜬 목소리가 마종기 시인의 귓속에 울려 퍼지는 것에 비례하여 세이렌Seiren의 노래도 점점 사그라들 것이다.

2. 시의 오디세이, '조용한 개선'을 묻다

완결된 운명과 형식의 주인공 오디세이는 거친 바다와 낯선 이역을 떠돌아도 차라리 행복했다. 왜냐하면 그의 떠돎은 열렬한 귀환을 확증한 신의 의지가 실현되는 과정이었기 때문이다. 오디세이는 치명적 매혹으로 인간의 삶을 환수하는 세이렌의 유혹에 맞서 돛대에 자신을 묶고 선원들의 귀를 틀어막는 보존의 책략을 구사했다. 이 야무진 행위는, 『계몽의 변증법』이 적시했듯이, 자신의 고향과 확고한 소유물로 귀환하기 위해 신들에게 스스로를 바치는 희생 제의이자 자기 보존을 위한 보험 장치이기도 했다.

신(＝善)을 따름으로써 신(＝惡)을 벗어나고 신에게 종속됨으로써 주체성을 보존하는 명석한 희생과 교환의 책략. 이것은 귀향의 정당성과 풍요로움의 획득을 넘어 '선택된 자'의 신격화까지 불러들였다는 점에서 위대했고 또 불온한 것이었다. 하지만 신들은 오디세이의 불온성을 처벌하는 대신 그를 사제, 곧 왕위에 올림으로써 희생과 경배의 도리를 지속시키는 감시의 체제를 완성했다. 신의 관대함은 인간의 가능성보다는 훨씬 자주 한계성에 맞춰 주어지기 마련이란 뜻밖의 아이러니가 성립되는 지점이다.

이 희작(戱作)과도 같은 신의 관대성은 신의 죽음이 공공연히 선포된 근대 이후 감시를 초과하는 처벌의 원리로 과격하게 전도된 느낌이다. 일말의 가능성을 탐사하는 문제적 개인들은 별의 길을 잃고 끊임없이 추방과 방랑의 미로를 헤매는 귀환 없는 삶의 소유자, 아니 소비자로 떠밀려간다. 이 끔찍한 유랑과 방황은 실종된 신의 도래와 현현을 문득 예감하며 절대자를 향해 희생과 경배를 겸허하게 올리는 시적 오디세이들의 현실이기도 하다.

가령 시인과 의사의 동시적 삶을 반세기 너머 영위해온 마종기 시인의 경우. 그는 시 생애 전부를 '조용한 개선'의 완성과 완결에 걸어온 시적 오디세이의 주요 표상이다. 그에게 애초의 '조용한 개선'이란 희생 제의로서 시적 언술과 생명의 보존술로서 의술을 완미하게 결합시켜 생명의 축제를 널리 알리는 일이었다. 시와 의학은 기술art의 실효성을 통해 예술art—생명과 생명—예술art의 절대성을 현시한다. 따라서 그들은 상상과 실천의 비책은 다를지라도 희생과 교환의 문법만큼은 서로 협력하는 충실한 내연 관계를 형성한다. 죽음이 낱낱이 해체되는 '해부학 교실'이 "다시 사는 환희에 들떠/넘쳐나는 개선가"의 광장으로, "생명의 온기를 감사하는 서정의 꽃밭"(「해부학 교실」, I:27)으로 거듭나는 장면은 문학과 의학의 찬란한 에로스가 터지는 순간의 사례로 모자람 없다. 시인의 첫 선언 "우리는 지금도/끝없는 이주민이었구나"에 담긴 이주와 방랑의 감각은 "감빛의 꽃병/감빛의 연연한 노래"(「나도 꽃으로 서서」, I:23)[5]의 예감에 바쳐진 것이란 우리의 확신은 그러므로 매우 적실하고 타당하다.

그러나 긍정적 미래에 대한 신의 관대함은 자못 냉정하여, 주체의

---

5) 마종기 시인에게 '꽃'은 단순한 시적 대상이 아니라 어떤 윤리학을 호명하고 실천하는 물 자체에 해당한다. 시집 곳곳에 박혀 있는 '꽃'들은 때로는 희생과 상생의 표지로(「꽃잎을 여는 시간에는」), 때로는 존재의 자기 증명으로(「꽃의 이유」), 때로는 애틋한 그리움의 처소로(「바람의 말」), 때로는 소수자의 뼈아픈 형상으로(「변경의 꽃」), 서로의 사랑을 요청하는 종교적 심성으로(「들꽃의 묵시록」) 겹겹의 동심원을 그리며 퍼져나간다. 이들의 개성과 연대가 성숙되고 스미기 시작할 때 시인이 최근 그 존재를 선언한 '식물성의 나라'가 열린다. 언젠가는 '식물성의 나라'에 내장된, 심미성과 정치성을 포함한 '꽃의 윤리학'이 정교하게 해석되고 또 풍요롭게 조명되어야 할 것이다.

동일성을 끊임없이 위협하고 '조용한 개선'을 위험에 빠뜨리는 무서운 교환을 요구했다. 시와 생명의 황홀에 대한 대가로 "비와 바람을 모는 어두움,/천둥의 고함"(「돌」, I:25)이 휘몰아칠 미래를 전도유망한 청년에게 부과해버린 것이다. 시인의 '재경 문인 한일회담반대선언'(1965)에의 참여가 정치적 사태와 연동된 것으로 해석되는 순간, 그의 시편들은 풍기문란의 저질 서적보다 무섭고 위험한 금지와 감시의 대상으로 지시되었을 법하다.[6] 그 안에 기원/고향의 박탈과 귀환/귀향의 거절, 그러니까 가장 친밀하고 확실한 것들의 실종과 파산의 선고가 냉랭하게 흘렀음은 물론이다. 민족주의의 윤리와 열정이 그것의 토대를 이루는 가족과 고향, 지역공동체와 국민국가로부터의 추방을 불러들이다니……[7] 자본은 결국 민족을 능가하거나 포섭하기 마련이라는

---

6) 서명에 대한 징벌로 가해진 정신적·육체적 고통, 이주의 종용 혹은 반강제적 추방 등 일련의 사태는 시인이나 주변 문인의 산문을 통해 종종 이야기되었다. 그러나 그것이 처음 시의 옷을 입은 것은 1995년을 전후하여 씌어진 「섬」(『이슬의 눈』, 1997)에서였다. 극심한 충격과 상처의 거리화와 치유가 얼마나 어렵고 고통스러운가를 새삼 증거하는 대목이 아닐까. 그는 당시 "이기고 지는 것이 없는 섬, 영웅이 없는 그 섬"(I:404)으로 갈 것을 간절히 꿈꿨다고 한다.

7) ① 이 아이러니는 무척 시사적이다. 그는 "나는 외국에서 나고 자라고/고국에서 사춘기를 보내고/다시 외국에 나와 있다"(「그리고 평화한 시대가」, I:146)라고 쓴 적이 있다. 두 '외국'의 기원에, 우리의 민족주의적 심성과 열정을 집요하게 환기하고 자극하는 주체이자 대상인 일본이 서 있다. 그의 태가 묻힌 일본은 여러 차원에서 그에게 삶의 곤란과 고통을 불러들인 부정적 기호로 작용하는 듯하다. 그의 추방에 빌미를 제공한 것도 일본이었고, 아동문학의 선구자였던 아버지 마해송의 존재와 명예의 훼손에 연관되어 있는 것도 일본이었다. 한국 아동문학의 성장에 탁월한 기여를 한 마해송은, 최근 한국에도 번역, 소개된 『모던일본』 조선특집호 문제로 친일 시비에 휘말린 바 있다. 하지만 최근 발표된 각종 친일 문인 명단에 모두 빠져 있어, 그의 무혐의가 널리 인정받은 것으로 판단된다. 시인이 직접 작성한 『아버지 마해송』(정우사, 2005)은 임종도 못 지킨 그리운 아버지에 대한 절절한 애가(哀歌/愛歌)이자 선친의 결백함을 호소하는 빼어난 변론이기도 하다.
② 이처럼 공동체와 가족, 개인의 안위와 평화를 위협하는, 제국주의와 식민지의 민족 서

보편적 원리의 한국적 재현이 시인의 목덜미를 잡아챈 형국이다.

난파의 위기가 지속될 경우, 대개의 시는 자기 위안의 정서와 적대적 타자를 향한 복수의 염으로 너울거리기 십상이다. 마종기 역시 시대의 고통과 개인의 절박한 일상을 언뜻언뜻 비춤으로써 자신의 불우를 다독이고 치유하는 예술과 의술의 일차적 본분에 충실했다. 하지만 그의 생명 의지는 신의 진정한 관대함과 시적 영토의 아름다움이 숨겨둔 존재와 세계의 본원성을 언제나 예감했고 또 그것의 발굴에 더 열심이었다는 점에서 남달랐다. 장기 이주는, 세이렌의 또 다른 시험, 이를테면 '언어와 역사 그리고 정체성의 유동적이고 가변적인 상황'[8]에 주체를 지속적으로 노출시킨다. 마종기는 그 위험한 풍랑의 지대를 첫째, 현대시의 개성적 경험으로 환수되고 축적될 모국어에 헌신함으로써, 둘째, 루시디의 말을 빌리면, 가장 심층적인 자아에서 생겨나는 융합은 물론 자신의 과거와 자신이 현재 위치한 곳 사이의 전례 없는 연결을 통찰하는 디아스포라의 명민한 시각과 지혜를 단련함으로써 통과한다.

따라서 시가 적층될수록 더욱 강화되는 의식의 유연성과 언어의 활

사들이 뒤엉켜 있는 시인의 이주사는 "모든 디아스포라들은 의식적으로라도 피차별자의 위치에 섰던 이들의 삶을 상기하며 살아야 한다"는 한나 아렌트의 명제를 내면화하는 주요 계기들이 된다. 과연 1970년대 초반에 작성된 「그리고 평화한 시대가」(I:148)는 이렇게 끝나고 있다. "그리고 평화한 시대가 오더라./고구려의 땅도 발해의 벌판도/마음이 착해서 주어버리고/국립 자연 공원이 된 완충지대,/그 공원을 뛰어가는 토끼들을 본다". 이 중립의 완충지대는 오로지 민족으로 내향하는, 한때 『시단』의 동인이기도 했던 신동엽의 그것과 얼마나 다른가! '고국'으로의 귀환을 항상 꿈꾸면서도 그 배면에 민족주의의 편향을 교정할 코즈모폴리터니즘의 획득과 숙성에 열심이었던 마종기 시의 비밀 한 자락이 이때부터 이미 짜이기 시작했다고 보면 지나친 억측일까.

8) 이 말과 아래의 루시디의 말은 박성창, 「문학·국경·세계화」, 『글로컬 시대의 한국문학』, 민음사, 2009, pp.51~52에서 가져왔다.

220

달함, 그리고 '변방의 꽃들'과의 연대성은 생물학적 연륜의 결과물로
만 귀속될 수 없다. 그것은 나와 타자, 특히 소수자들의 인간적 조건
을 묻고 헤아리는 '경계인'의 깊은 고뇌와 지혜의 산물이다. 이런 연
유로 마종기의 시편들은 방랑과 모험의 길을 따라가고 그린 바닷길이
자, 모험과 연대의 상황과 내력이 기록된 항해일지이며, 또 시적 생
애가 완결될 어느 날 불릴 개선가의 낱낱의 음절들이다. 아래의 항목
들은 이런 관심들에 맞춰 설정되었다. 그런 만큼 마종기 시인의 물길
을 찾는 시각과 물질에 숙달되는 방법, 상상적 귀환의 냉정한 열정과
또 다른 출항의 따뜻한 냉정을 살피는 일이 비평의 주조음을 형성할
것이다. 이러니, 어수룩한 오독과 해석의 불찰, 엉성한 지적도의 작
성과 제시는 비평가의 책임으로 일괄 환원된다.

3. 병동의 응시, 타자성의 심연을 파고들다

　문학 중심의 인문치료단의 HK사업 선정, 의대의 문학 교육의 제도
화 경향, 의학과 문학 학회의 결성 움직임 따위는 문학과 의학이 거
의 밀월에 가까운 관계로 돌입했음을 명시한다. 상상과 사실, 통합과
해체, 스밈과 저밈, 영혼과 육체 같은 대립적 관계를 얼마든지 짚어
낼 수 있는 둘의 이질성은 그러나 '보다 나은 삶'의 지향 속에서 온전
히 동화되어갈 가능성 또한 충분하다. 문학과 의학의 완미한 결합이
라는 탈근대적 현상을 두고 우리는 전통적 인술(仁術)의 재가치화라
고 부를 수도 있겠다.
　사실 근대 이후 의학과 의료 행위는 '질병의 사회학'이란 관점에서

담론화되기 일쑤였다. 좌·우파를 막론하고 질병을 악의 징후로 파악하는 외부의 시선이나 병원을 '질병의 정치학', 즉 사회 구성원들의 치료와 교화를 동시에 담당하는 준국가기관으로 설정하는 국가와 내부의 시선은 이를 대표한다. 이 기묘한 긍·부정성의 연합 아래에서 주체의 고유성과 존엄성은 언제나 식별 가능하고 조정 가능한 기술적 대상으로 억압되고 변질되어갔다. 수차례의 항암 치료를 경험한 수전 손택이 불량한 '은유로서의 질병' 담론을 거부하며, "사물의 반짝임을 그 자체 안에서 경험하는 것, 있는 그대로의 사물을 경험하는 것"[9]이란 예술의 투명성transparency을 질병 연구와 치료의 궁극으로 주장할 수밖에 없는 풍토인 것이다.

손택의 말은 여러모로 계시적이다. 가령 문학과 철학에서 질병은 생로병사를 핵심으로 하는 인간 조건의 알레고리로 징발되는 경향이 강하다. 그러나 우리는 질병의 알레고리 너머의 어떤 것, 역시 시인이자 의사였던 윌리엄 칼로스 윌리엄스William Carlos Williams의 '모든 개체에는 빛나는 본질이 있다'는 명제에 더욱 육박할 필요가 있다.[10] 이 말을 질병이나 환자에 적용한다 함은 그들을 소수자로 혹은

---

9) 수전 손택, 『해석에 반대한다』, 이민아 옮김, 이후, 2002, p.33. 마종기 시에서 '은유로서의 질병'에 대한 관심은 거의 보이지 않는다. 기껏해야 '피의 찌꺼기'를 통해 상처의 치유를 말하는 「피의 생리학」(『모여서 사는 것이 어디 갈대들뿐이랴』), 필리핀의 의사 호세 리잘의 진단을 빌려 '우리'를 '사회의 암'으로 규정한 「의사 호세 리잘의 증언」(같은 책), 가장 흔한 질병의 은유인 결핵을 빌려 "피의 시는 모두 결핵이었어"라는 진단을 내리는 「연신내 유혹」(『하늘의 맨살』) 정도가 주목된다.

10) 여러 자료에 따르면, 윌리엄스는 시란 "모호한 범주로 말하는 것이 아니라, 내과 의사가 환자를 치료하듯이, 보편성을 발견하기 위해 자기 앞에 있는 특이한 사물과 특이하게 작용하는 것"으로 규정했으며, 이를 위해 특히 우리 앞에 펼쳐진 일상적 현장에 주목했다고 한다. 윌리엄스는 마종기 시인이 언급한 몇몇 시인 가운데 한 사람이다. 의사이자 시인이라는 동일한 존재 조건과 일상에의 깊숙한 침투와 문명의 재난에 대한 비판

권력화의 대상으로 소외(疎外)하는 대신 그들과 진솔하게 대화하고 결국은 '나'를 구성하는 타자성으로 소내(疎內)함을 뜻할 것이다.

마종기의 경우, 시인—의사의 초기에는 불화의 표정이 역력하다. 의사든 기계든 기술의 효율성이 가치의 핵심이고 살을 저미고 뼈를 자르는 육체적 노동이 반복되는 생활은 그 자신을 억압과 증후, 불안에 시달리는 환자로 점령해갔다. 그의 정서적 충격과 혼돈의 연속은 다행스럽게도 '죽음의 삶'(죽음과 치유/재생을 동시에 의미하는)이 일상화되면서 점차 차감되기 시작했다. 죽음의 냉정한 관찰과 선고(의사)가 존재의 한계를 객관화했다면, 죽음에의 연민과 참여(시와 철학과 종교)가 '죽음 너머의 새로운 삶의 향기'를 허락했던 것이다.[11] 손택의 말처럼 "질병은, (죽음은—인용자) 삶을 따라다니는 그늘, 삶이 건네준 성가신 선물"[12]이었다.

이와 관련하여 정신병 환자들의 관찰 기록인 「정신과 병동」(I:43)은 검토에 값한다. 프로이트는 정신병을 "절박한 현실과 긴급한 필요에 적응하지 않은 의향"[13]의 산물로 정의한 바 있다. 이에 따른 '현실감의 상실'은 이른바 '상징계'로부터의 추방과 단절로 직결될 것이다. 문제는 스스로를 객관화하고 간혹 치유의 절차를 밟진 않는 한 의사 역시 점차 상징계의 외부로 미끄러질 수도 있다는 사실이다. 정신병

---

11) 마종기/정과리, 「시의 진실과 진실한 시」, 정과리 엮음, 『마종기 깊이 읽기』, p.25.
12) 수전 손택, 『은유로서의 질병』, 이재원 옮김, 이후, 2002, p.15.
13) 지그문트 프로이트, 『억압, 증후 그리고 불안』, 황보석 옮김, 열린책들, 1997, p.208.

자들의 관찰 후 내린 "이제 모두들 제자리에 돌아왔습니다""이제 모두들 깨어났습니다"라는 결과는 과연 사실인가 아니면 착각인가. 제자리에 돌아오고 깨어난 자(들)는 '나'(의사들)인가 '저들'인가, 아니면 '모두들'인가.

이 판단 불능의 사태는 사실을 중시하는 의학에서는 치명적일 수밖에 없으며, 따라서 의학적 난독증은 보다 투명한 독해의 창을 요구할 수밖에 없다. 그가 시와 어울릴 법한 정신과의 유혹을 뒤로한 채 육체의 내부를 투시하고 치료하는 방사선과에 적을 두게 된 것도 어쩌면 삶과 영혼의 투명성에 대한 의지 때문인지도 모른다. 보이지 않는 육체의 내부를 시각의 대상으로 치환한다는 점에서 방사선과는 존재의 내면을 투시, 현현하는 시와 닮아 있다. 마종기 시 특유의 순수성과 일상적 감각, 그리고 가독성은 뢴트겐적 시선과 시의 상동성, 그러니까 "어두워서 잘 안 보이는 세상"(「善終 이후 1」, I:138)에서 "하늘의 맨살"(「네팔에서 온 편지」, IV:15)을 만지려는 의지와 깊이 연관된다는 판단은 그래서 가능하다.

문득 윤회설! 제3강의실에는 지금도 애기는 새로 태어나고, '내려와 아가씨'들은 밥을 많이 먹고 청춘의 절정을 유행가조로 불러 제치면, 사체들은 얼마쯤 세상을 비웃듯이 천장을 향해 기도를 할 것이고— 그리고 부검대 벽에 기대인 여인은, 죽음과 소녀의 피날레를 언제쯤 그칠 것인지, 그러나 문득 윤회설!　　　　　—「제3강의실」 부분(I:71)

이 약자와 소수자들을 어쩔 것인가? 타자의 도움 없이는 삶도, 돈과 청춘도, 죽음의 의식(儀式)도 불가능한 변방의 존재들. 아마 '윤회설'이란 이들의 소수자적 조건과 본질이 그들을 지배하거나 계몽하며 때로는 대화를 나누고 내면으로 파고드는 의사와 시인에게도 동일함을 지시하는 약호일 것이다. "내게 술을 가르쳐주고, 다시 시 속에서 시를 써주고, 종교를 준, 내 미래의 친구들이 누워 있는 곳"(「제3 강의실」, I:68)이란 고백은 소수자와 죽음이 문득 열어 보인 '투명성'에 대한 감사이자 예찬이며 그것을 삶의 토대로 삼겠다는 투항과 복종의 선언일지도 모른다. 그 순간 상징계의 현실 원리, 그러니까 "크고 작은 것의 차이" "보이는 것과 안 보이는 것의 차이" "살고 죽는 것의 차이"(「이 세상의 긴 강」, I:452)는 삶의 지배소(支配素)로서의 권능을 급격하게 상실한다. 이 '범속한 트임'의 순간들을 증례화한 것이 「증례」 연작인 셈이다.

> 1) 당신은 내 선생급이었지만 점심을 같이 먹을 때도 속으로는 실력을 빈정대었고 오후의 집담회가 끝나고 엘리베이터로 내려오다가, 당신이 2층쯤에서 갑자기 쓰러지고 그리고 갑자기 죽었을 때.
>
> ——「證例 4—의사 William Frizzell에게」 부분(I:110)

> 2) 미워하지 마라 아가야. 이 땅의 한곳에서 죽고 나면 그만이라는 패기 있는 철학자의 연구를 미워하지 마라. 너는 그이들보다 착하다. 나이 들어 자랄수록 건망증은 늘고, 보이는 것만 보는 눈은 어두워진단다. 그이들은 비웃지만 아가야, 너는 죽어서 내게 다시 증명했다. 살아서도 죽어서도 헤어지지 않는다.
>
> ——「證例 6— 앤 선더스 아가에게」 부분(I:114)

인종차별의 시선이 뿌리박힌 백인 의사는 약소국 출신 '수련의', 거칠게 말해 '의료노동자'의 현실과 처지를 신랄하게 환기하는 제국의 시선을 대표한다. 힘센 자에 대한 '나'의 예의는 '당신'을 부검하고 사인을 밝히는 지극히 무미건조한 과학적 행위이다. 그래도 짧은 연민의 값으로 내 생에의 의지를 불태운다는 점("의욕적으로 살고 싶다", 「證例 4」)에서 '당신'은 역시나 관대했다. 이 우스꽝스러운 관대함의 발견이야말로 그의 멸시를 기억하는 한편 그를 평범한 인간의 반열로 재위치시키는 뜻밖의 방법이다. 시간과 죽음의 결정적 위대함은 모든 차이와 서열, 차별을 산뜻하게 매장해버린다는 데 있을 것이다. "나는 처음 해부학에서/자연스런 생명을 배웠다./거기에 추위가 왔다"(「임종」, I:63)는 말에 이런 지혜의 편린들이 앞서거니 뒤서거니 박혀 있는 것은 아닐까.

죽음에 대한 예의를 의미화하는 방법은 국화빵 찍어내듯이 규격화되고 동질화될 수 없다. 죽음의 제 얼굴을 빼앗고 지우는 것이야말로 비례(非禮)이다. 당연히도 관계의 밀도와 접촉의 깊이에 따라 감정의 울렁거림은 서로 다른 길을 갈 것이고 또 가야 한다. 잠깐의 미소를 보이고 떠난 '아가'는 존재의 무력함과 생의 허무함의 한 극한을 보여주기에 충분하다. 삶의 절실함과 영원성의 절박함을 호소하는 '너'의 죽음은 "눈 병신, 귀 병신, 온갖 생각 병신의 나를" 추궁하지만, 동시에 "그래도 잊지 않았다고 나직이 불러주는 목소리"(「청량한 이를

---

14) 「證例 6—앤 선더스 아가에게」에서 이 목소리는 "네 아픔이 물소리 되어 낮에도 밤에도 속삭이는구나"로 표현된다. 이 연민과 미안함의 감각이야말로 마종기 시에서 곧잘 드러나는 속죄 의식의 한 지류일 것이다. 또한 아가의 '목소리'의 기억과 재현이 아동에 대한 관심과 치유의 소명 의식을 계속 불러일으켰을 것이다.

그림」, II:84)로 스며든다.[14]

측은지심(惻隱之心)만의 감각은 주체의 연민을 사정없이 부풀리는 반면 타자의 열패와 불우를 더욱 대상화할 우려가 있다. 그러므로 타자의 개별성을 존중하고 또 나와의 관계를 개선하기 위해서는 "장님은 보이지 않는/눈으로 생각하고/당신은 보이지 않는 몸으로 운다"(「장님의 눈」, I:153)는 통찰의 투명성을 강화해야만 한다. 저 '증례'들이 유의미한 것은 인종과 성별, 계급과 개인사가 서로 다른 사람들을 해부대 위에 동일하게 눕히되, 그들의 처지와 형편에 맞게 "죽은 자를 애통해"하고 "제사" 지내며, "추억"하고 "기도"하는 대화법(「證例3」, I:103)의 산물이기 때문이다. 이 대화 과정에서 모든 개체의 빛나는 본질이 문득 발굴되고 또 현현할 것이다.

국적이 불분명한 강가에 자리 마련하고
자주 길을 잃는 내 최근을 불러모아
뒤척이는 물소리 들으며 밤을 지새면
국적이 불분명한 너와 나의 몸도
깊이 모를 이 강의 모든 물에 젖고
아, 사람들이 이렇게 물로 통해 있는 한
우리가 모두 고향 사람인 것을 알겠구나.

—「이 세상의 긴 강」 부분(I:450)

저 '증례'의 주인공을 비롯한 '경계인'들 모두가 "고향 사람"이라는 연대성은 너와 나의 '빛나는 본질'에 대한 신뢰와 사랑이 없고서는 불가능하다. 우리를 한데 적시는 저 강물은 유장한 흐름의 자연인 동시에 "수만 개로 반짝이는 눈부신 물의 눈", 곧 우리들의 빛나는 본질이 응집되고 응결된 결정체들의 자유자재한 흐름인 것이다. '나'를 빼고는 모두 타자들인 수만의 '너'들이 없다면, '나'의 왜소한 강물은 벌써 메말라 "이제 흔적 없는 내 소유물"(I:95)로 사라질 수밖에 없다. "내 주위에서 나를 밀어내며 내 몸을 움직여주"는 것은 사실 주체성이 아니라 "움직이는 세상"(「이 세상의 긴 강」, I:451)이란 타자성이라는 것. 이중의 '죽음의 삶'이 의사—시인 마종기에게 내린, 역설적 의미의 '성가신 선물'인 것이다.

어떤 이들은 모름지기 의사—시인은 통합의 상상력 못지않게, 역시 의사—시인이었던 고트프리트 벤처럼 냉정한 의사의 마음과 자연과학자의 냉철한 묘사를 통해 추의 미학의 성채마저 건축해야 한다고 주장할지도 모른다.[15] 대책 없는 삶의 욕망과 인위적인 죽음의 거절이 판을 치고, 그것을 대상으로 한 자본 교환의 의료학이 꿈틀거리는 현실에서 추의 미학은 일종의 당위일 수 있다. 그러나 '빛나는 본질'에 대한 투명성과 그에 대한 기대가 거세된 삶은 얼마나 황량하고 또 공소한가. 마종기는 질병으로 얼룩지고 죽음으로 뒤덮인 육체 속에서도 얼마든지 존재의 '빛나는 본질'을 쏘아 올릴 수 있음을 그의 손(메스와 철필의 주인인)을 들어 입증해왔다. 이것만으로도 한국에서는 그 드문 의사—시인의 역할을 성실히 수행해낸 게 아닌가. 그의 시력(詩歷) 50년이 갖는 첫번째 의미가 여기에 있다.

---

15) 벤의 작업에 대해서는 김용민, 「인간 존재와 삶에 대한 운명적 시선—의사시인 벤」, 마종기 외, 『의학과 문학』, 문학과지성사, 2004 참조.

4. 디아스포라의 삶, 온유의 예지를 축성하다

스피박Gayatri C. Spivak의 '서발턴은 말할 수 있는가'란 탈식민주의적 명제는 디아스포라의 정체성[16] 문제와도 밀접히 연관된다. 가장 차별받는 위치에 놓인 사람들은 지배자들의 말을 통해서, 다시 말해 타자화됨으로써 비로소 자신을 드러낸다. 타자에 의해 주체가 구성되고 집행되는 것은 민족과 계급의 이중적 약점에 갇힌 이주자의 현실이기도 하다. "점심을 같이 먹을 때도 속으로는 실력을 빈정대"는 백인 의사의 시선은 이주자 모두에게 꽂히는 화살일 것이다. 이런 권력의 시선에 대처하는 방식은 크게 두 가지일 것이다. 하나가 유무형의 저항의 서사를 끊임없이 구축하는 것이라면, 다른 하나는 '나는 누구인가'를 거듭 물음으로써 주체의 종속을 거부하는 동시에 자아를 끊임없이 재구성하는 것이다. 특히 후자에 초점을 맞춘다면, 디아스포라의 주체 형식은 임성모의 말처럼 "이제는 불가능한 귀환도 동화도 모두 거부하며 국민국가의 자명성과 폭력성에 대해 의문과 이의를 제기하는 존재"가 될 것이다.[17]

'나는 누구인가'라는 질문은 자신의 타자성을 주시함으로써 동일성을 구성하고 유지하는 행위일 것이다. 타자성의 고려 없는 자아의 서사는 오로지 자기의 보호에만 집중하는 폐쇄적인 영혼의 성채를 쌓을

---

16) 디아스포라를 규정하는 기준은 입장에 따라 다소 달라지겠지만, 대개는 이주 요인의 비자발성, 고국과의 관계 및 민족 정체성 유지, 초국적 네트워크의 형성에 대한 의지를 공통성으로 한다(임성모 「'실향민'의 삶 디아스포라」, 『경향신문』, 2007년 7월 13일자).

17) 이러한 사유는 '자이니치(在日)' 사상가 서경식의 『디아스포라 기행』(돌베개, 2006), 『난민과 국민 사이』(돌베개, 2006) 등이 여러모로 도움이 된다.

가능성이 크다. 디아스포라로서 마종기의 삶과 시를 뜻밖의 축복이랄 수 있다면, 무엇보다 타자성이 내삽되며 보편적 개별들이 '빛나는 본질'과 조우하는 장면을 "이슬의 눈"(「이슬의 눈」, I:396) 속에 담아온 일련의 작업 때문이겠다. 물론 힘센 타자의 시선에도 '달갑잖은 의료 노동자에서 그 존재와 가치를 인정할 만한 빼어난 한국계 의사'로 우뚝 선 것으로 비치는 시인을 디아스포라의 범주에 넣을 수 있는가 하는 의문이 있을 수 있다.

그러나 분명한 것은 그의 어떤 성공과 안정도 "나라와 나라 사이,/너와 나 사이,/마지막 거부의/칼날 빛 차가운 철책"(「국경은 메마르다」, IV:26)에 가로막혀 있기는 마찬가지라는 사실이다. 이 때문에 마종기 역시 "언어의 노마드적 경험, 고정된 고향 없이 떠돌기, 세계의 교차로에서 방황하기"와 그에 따른 '존재의 불연속적 상태'의 경험에서 면제될 수 없었다.[18] 그러니 "그 조용한 섬"이니 "안 보이는 사랑의 나라"니 "식물성의 나라"[19]니 하는 마종기의 비유들은 저 '메마른 국경'들을 월경하고 싶다는 의지와 희원의 산물이 아니고 무엇이랴.

다만 그는 미국과 한국의 국경을 맹목적으로 탈주하기보다는 그것의 부정성을 거른 교집합의 어떤 세계를 지향한다는 점에서 전혀 새로운 조국을 설정하는 급진적·저항적 디아스포라와 색깔을 달리할 수 있다. 그는 "춥고 어두운 곳에서 만들어낸" 이념적·계급적·민족적 편가름보다는 "아무도 어디로 소외되지 않는 땅"(「내 나라」, IV:36)[20]

---

18) 박성창, 「문학·국경·세계화」, 앞의 책, p.75.

19) 차례로 「섬」(I:404), 「안 보이는 사랑의 나라」(I:230), 「더블린의 며칠 2—시인 예이츠의 주변」(『시와반시』 2010년 여름호, p.24).

20) 그에 대한 열망과 또 절망을 시인은 이렇게 적기도 했다. 영화 속의 '처녀'는 "완전무결한 자유의 추위와 배고픔으로 겨울의 어느 들판에서 얼어 죽었다. 나도 한때는 거기서

으로 포월하기를 간절히 소망한다. 심지어는 보수주의로도 지목될 수 있는 이 자유주의적 입론은 그러나 미학과 비판적 합리성의 촘촘한 그물을 오랫동안 통과한, 또 통과해갈 '지향성'의 존재이기에 충분히 존중되고 경청되어 마땅하다. '더 나은 삶'을 위한 웅성거림은 이념과 의식에 상관없이 보다 자유롭고 풍성할수록 좋다. 그것이 막혔을 때 무엇이 슬그머니, 아니 당당하게 귀환하는가를 우리는 현재 몸소 겪고 있지 않은가? 이제 '메마른 국경'을 자꾸자꾸 거슬러온 시인의 이산의 역사와 현재를 들어볼 차례이다.

'국민'을 '난민'의 지위로 몰아붙인 '고국' [21]은 디아스포라에게 긍정성보다는 부정성으로 경험되고 기억될 공산이 크다. 게다가 고국의 다방면에서의 불합리성과 불안정성 따위는 디아스포라의 표지를 더 쨍쨍하게 개칠하는 친밀한 적으로 작용하기 십상이다. 따라서 고국에의 그리움과 귀환 욕망은 그 부끄러움을, 혹은 거기에 일조하거나 방조했다는 죄의식을 어떻게 다스려나가는가에 따라 사뭇 달라질 수 있다. 과연 마종기 시에는 고국에 대한 그리움과 귀환의 욕구, 반대급부의 죄의식과 비판 의식이, 전자의 근소한 우세 속에서 양가적으로 펼쳐지고 있다. 이 양가성은 고국에 대한 객관적 성찰과 불편부당한 미학적 판단을 이끌어내고 운용하는 원리와 같은 것이다. 여기서 '안

얼어 죽고 싶었다"(「자유주의자」, I:326).

21) 언젠가부터 마종기 시에 '고국'이 일관되게 사용되고 있음을 주목하라. 이는 디아스포라로서 자기 인식이 보다 명확해졌음을 의미한다. 이것에 확실한 표정을 부여한 것은 "선조의 출신국인 조국(祖國)과 자기가 태어난 나라인 고국(故國)과 현재 국민으로 속해 있는 나라인 모국(母國)의 삼자가 분열되어 있는 것이 디아스포라적인 삶의 특징"이란 서경식의 견해였다. 시인은 서경식이 사유하는 민족적 포괄성이 "한 국가나 국민을 떠나 인간 일반으로 외연이 확대되어가야 한다는 꿈을 가지고 있다"고 고백한 바 있다(이상의 인용은 마종기·루시드폴, 『아주 사적인, 긴 만남』, 웅진지식하우스, 2009, p.158).

보이는 나라'에 대한 꿈이 지속적으로 성장하고 구체화됨은 물론이다.

> 저녁에는 잭 베니의 만담을 듣고 골프 중계를 보고, 그러나 아무리
> 주접을 떨어야 엽전은 엽전이다.
>
> ―「편지 2―동규에게」 부분(I:119)

> 기억해두자, 내가 같이 시작한 꿈, 같이 자란 꿈, 내가 집어던져버
> 린 꿈, 다시 집어서 같이 늙어가는 꿈, 같이 돌아가는 꿈.
>
> ―「비 오는 날의 귀향」 부분(I:190)

> 십 년이 겨우 넘은 시간―십 년의 폭탄은 우리를 산산이 깨뜨리고
> 나는 한쪽 파편이 되어 태평양 건너에서 굴러다닌다.
>
> ―「중산층 가정」 부분(I:221)

"나는 모처럼 광대의 미소로/외국어와 모국어를 섞어 떠들며/돌아서면 혼자 잠자리에 들으리"(「이상한 고별사」, I:90)라는 청년의 허영과 호기는 쫓겨나는 자의 것이기에 더욱 슬프다. 되는대로 꼽아본 인용 시들에 담긴 그리움과 회한, 원망(願望)과 원망(怨望)이 뒤섞인 애수의 소야곡이라니…… 따라서 마종기의 시급한 임무는 소외를 더욱 강제하는 광대의 말을 버리고, 잃어버린 말을 되찾거나 미래의 말을 만드는 일이었다. 요컨대 "소리를 죽이는 소리/작은 소리를 치는 큰 소리"에 맞서 "소리를 흔들어 깨우는 소리/빨리 일어나는 소리" (「소리를 찾아서」, I:215~16)를 움켜쥐는 것. 빼앗긴 소리, 곧 고국을 호출하고 전유하는 시인의 방법적 사랑은 추방자가 아니라 귀환자의 시선으로 고향과 장소, 정체성 따위를 지속적으로 묻는 것이었다.

엉성한 시인, 엉성한 의사가 된 뒤에도 가끔 찾아간 경학원 자리.
메마르고 헐벗고 먼지 덮였지만 내 어린 땀방울이 뛰는 것 보면 마음
가라앉더니, 이제 그나마 외지 생활의 먼 나그네 되어 가끔 꿈속에서
나 만나면, 오너라, 오너라 하던 정겨운 소리 점점 멀리 들리고, 베개
적시는 꿈 깨어난 한밤중, 다시 한번 눈여겨보는 경학원 자리.

—「경학원 자리」 부분(I:224)

'경학원'은 기억과 장소, 전쟁의 이중성을 신랄하게 또 투명하게
보여주는 창과 같은 곳이다. "애매한 동장 아저씨"가 총살당한 죽음
의 땅이자 "부대 자루에 쌀을 넣고 도망"친 삶의 땅. 이 "메마르고 헐
벗고 먼지 덮"인 곳은 "내 어린 땀방울이 뛰는" 곳, 그러니까 '생애
최대의 풍경'을 구현하는 곳이란 점에서 거역 불가능한 원초적 공간
으로 가치 증여된다. 기원의 순수성과 원초성이야말로 존재 귀향의
근본 조건을 이루며, 전쟁과 분열 일반에 대한 강력한 각성제와 방어
물로 훌륭히 작동한다.

마종기 시는 그러나 '경학원'의 풍요성과 심미성을 절대화하는 대
신 자아를 비추고 수정하는 백색 거울로 항상 매달아두었다는 점에서
탁월했고 명석했다. 만약 그곳이 절대화되었다면, 이산의 소소한 고
통과 외로움을 사치로 돌려버릴 법할 아우와 동족, 근린 족속의 죽임
이 자행된 '아름다운 나라'〔美國〕는 더 이상 존재하지 않게 되었을
것이다.[22] 한데 아이러니하게도 이들의 죽음은 비슷한 처지의 고향

---

22) 강도에 의한 동생의 충격적 죽음을 애도하는 「동생을 위한 弔詩」 외 몇몇 시편, LA 흑
　　인폭동에 희생당한 동포를 기리는 「패터슨 시의 몰락」, 백인 실직자에게 난데없이 살해
　　당한 재미 중국인 빈센트를 다룬 「빈센트의 추억」이 그것들이다.

상실자나 경제적 약자들에 의해 저질러졌다. 고국이나 '아름다운 나라' 할 것 없이 진선미 못지않게 허위와 악, 광기와 추가 제멋대로 날뛰는 곳이며, 이런 사태는 서로 강력하게 연대해도 모자랄 약자들, 물론 즉자적 분노와 욕망에 휩싸인 미성숙한 자들에 의해서도 얼마든지 가능하다는 것. 시인은 그러나 이 끔찍한 현실과 기억을 무작정의 귀환으로 은폐하고 억압하지 않았다. 오히려 악과 죄의 보편성에 대한 침통한 인정, 그리고 그것을 초극하는 미학적 가상의 창조를 통해 견디고 넘어선다.

테오야. 내 말을 잘 들어다오.
어쩌면 나는 고향에 돌아가지 못할 것 같다.
정신병원의 무너지는 건물이 나를 붙잡고 놓지 않는다.
나도 고향에서 너와 함께 한번쯤 살고 싶었다.

감자를 깎던 고향 사람들이 그립다.
그러나 나는 완전한 홀란드의 구호가 낯설고
휘두르는 정의의 각목도, 단호한 함성도,
내가 혼자 익혀온 열병 같은 춤과는 바꿀 수가 없다.

—「빈센트의 추억」 부분(I:353~54)

빈센트는 마종기 자신이자 고흐이며 중국인 빈센트이기도 하다. 존재를 명명하고 기억하는 으뜸 원리인 이름의 동일성은 그들의 운명과 삶조차도 하나로 묶는다. 중국인 빈센트의 죽음은 자의반 타의반 고국에서 쫓겨나 낯선 말 낯선 얼굴 들과 씨름하며 이자들이 알아주지

234

도 않는, 아니 알아듣지도 못하는 언어와 미의 고독과 고통에 휩싸인 고흐와 시인의 삶에 대한 탁월한 환유이다. 하지만 이런 동화의 불가능성은 자아의 현실과 격절된 고국으로의 귀환 역시 불가능함을 환기하는 양날의 칼이기도 하다.

문제의 해결책은 안이한 시공간의 대체나 기억의 은폐와 삭제에 있지 않다는 것. 오히려 불행을 차갑게 기억하고 응시하면서 비판적 합리성의 감각을 끊임없이 벼리고 "내가 혼자 익혀온 열병 같은 춤"을 더욱 풍성히 하는 태도가 필요하다는 것. 이 "자유의 진한 냄새"(「빈센트의 추억」, I:154)를 불러오고 격려하는 빈센트들의, 또 그들과 동생 테오들의 대화는 시인의 주관적 감각을 제어하고 그 미래지향성을 객관화하는 뛰어난 미적 고안이자 형식이다. 심층적 자아로 깊이 스며듦으로써 나와 거의 무관했던 타자와 무작위적으로 엮이고 그들과의 연대성을 한층 끌어올리는 디아스포라의 경험은 그래서 더욱 낯설고 소중하다.

> 사랑이 어딘가에 존재할 것이라고 믿으면, 혹시
> 파타고니아의 하늘은 하루쯤 환한 몸을 열어줄까?
> 짐승 타는 냄새로 추운 벌판은 침묵보다 살벌해지고
> 올려다볼 별 하나 없어 아픈 상처만 덧나고 있다.
> 남미의 남쪽 변경에서 만난 양들은 계속 죽기만 해서
> 나는 아직도 숨겨온 내 이야기를 시작하지 못했다.
>
> ―「파타고니아의 양」 부분(IV:60)

마종기의 디아스포라적 감각은 보편적 개별의 자유와 실현, 그리고

그것을 더욱 확충하고 넓히는 타자성의 수용과 연대로 깊어졌다. 이런 통합의 상상력을 특정하는 말을 꼽으라면 '온유'를 먼저 들어야겠다. 사도 바울의 시구(詩句) "사랑은 오래 참고 사랑은 온유하며"에서 보듯이, 온유는 종교적 감각의 일종으로 들린다. 하지만 "모든 감싸 안음과 연민의 따뜻함"과 '목화'가 환기하듯이 온유는 종교와 윤리 영역이기 전에 일상의 삶을 관통하는 따뜻한 '말'이자 온화한 '숨결'이다. 왜 안 그렇겠는가. 가령 "한세월의 목화가 되어 따뜻해지고 싶다"(「목화밭에서」, II:82)는 내 영혼은 세상에서 가장 아름다운 꽃은 '목화'라고 답한 조선 영조 적 어느 왕비의 일화와 그대로 상통한다. 온유의 내면화와 일상화는 "낯선 풍경에서 낯익은 당신이 보"(「바다의 집」, II:96)임은 물론, "죽은 꽃나무 짊어지고 산정을 향하는/당신 연민의 옆얼굴이 밝아"(「목련, 혹은 미미한 은퇴」, II:96)오는 더할 나위 없는 에피파니Epiphany 체현으로 결정화된다.

　이런 '빛나는 본질' 체험은 자칫 신비주의로의 함몰이나 세속성에 대한 환멸로 이끌릴 수 있다는 점에서 항상 거리화되어 마땅하다. 이 말을 시적인 견지로 번안한다면, "시편을 특징짓는 것은 말을 초월하기 위해서 투쟁하는 것만큼이나 필연적으로 말에 의존한다는 것" 또 "시편에 근거를 제공하고 또한 역으로 시편이 근거를 제공하는 공동체와 역사가 없다면 시편은 의미를 가질 수 없다"[23]쯤 될 것이다. '시편'을 '디아스포라'로 바꿔도 이 말의 진리와 진정성은 조금도 훼손되지 않는다. 나는 감히 「파타고니아의 양」을 이런 미학과 정치학의 윤리에서 응결된 '시의 이슬'로 특정하고자 한다.

---

23) 옥타비오 파스, 『활과 리라』, 김홍근·김은중 옮김, 솔, p.242.

아마도 시인은 영원토록 "숨겨온 내 이야기를 시작하지 못"할 것이다, "잇몸으로 피 흘리다 먹기를 포기하고 죽는 양들"(「파타고니아의 양」, IV:60)이 존재하는 한. 그러나 시인의 말은 그가 '기룬' 양들의 핏속으로 흘러나올 것이고, 양들과 시인의 이런 상호 내삽과 대화는 다음과 같은 찬란한 타자성의 형식으로 서로를 삼키며 뱉을 것이다. "내 노래는 그대를 만나서야, 드디어/벗은 몸의 황홀한 화음을 탔습니다"(「디아스포라의 황혼」, IV:71). '나'를 뛰어넘어 '너'의 기억과 온유를 현현하는 '디아스포라의 황혼' 아래 우리 현대시가 서 있다는 것. 이것이 마종기 시 50년이 갖는 두번째 의미이다.

5. 현대시, 예외적 대화성을 경험하다

"내 시에 대해 누구의 훈수나 충고를 들어볼 기회가 없어 혼자 거칠게 자란 시들"(IV:뒤표지)은 또한 시인의 자화상이기도 하다. 모국어와 국가어, 민족어와 일상어, 취미(시)어와 직업(의료)어의 분리 혹은 불일치, 그와 연동된 사람들 사이의 동화와 이화의 긴장 혹은 가중. 보편적 개별의 '빛나는 본질'을 찾아 타자성으로 끊임없이 스며드는 시(인)는 이 고장난 관계들을 고치고 가로지를 대화의 형식에 날이 갈수록 목말랐을 것이다. 여기에 대처하는 회심의 방법이 건네는 말투나 대화체를 빈번히 사용하고 또 분장체(分章體) 시편을 대화법으로 적극 원용하는 형식 의지가 아니었을까.[24]

물론 시의 대화성dialogicality이란 어디까지나 내면 고백의 특수한 변형태일 수밖에 없다. 따라서 바흐친 고유의 대화성, 그러니까 여러 목소리들의 참여에 의한 다성성(多聲性)과 이질성, 타자성을 생산하는 카니발적 언어로 진격하기는 꽤 어렵다. 하지만 주체성과 타자성이 함께 꿈틀대는 내면의 복합성과 그것의 효과적 표현을 위해 언어 구조나 발성법을 새로 고안하거나 보충하는 작업은 뒤로 미룰 수 없는 시인의 특권 가운데 하나이다.

시인은 이산 이전의 시들에서는 사물의 직접성에 육박하거나 아니면 삶과 죽음의 난장판에 문득 편입된 시인—의사의 존재론적 고민과 성찰을 토로하기 위해 각각의 대상과 내용, 정서에 번호를 붙여가는 분장체 형식을 애용했다는 느낌이다.[25] 시인에 따르면 디아스포라의 감각으로 분장체 시편을 새롭게 인식하고 구성해나가기 시작한 시편은 「안 보이는 사랑의 나라」(I:230~34)이다. '옥저의 삼베'와 '기해년의 강' '대화'로 구성된 이 시는 우화와 사실의 기록, 그리고 부자간 대화의 형식을 취한다. 시인은 옥저인과 천주교 순교자, 시인의 이산을 고대—근세—현대의 프레임을 통해 "서로 다른 시대와 장소와 대상을 아우르는 '안 보이는 사랑의 나라'를 표현하고"[26]자 했던 것이다. '더 나은 삶'의 기획 문법, 즉 과거와 현재의 성찰 및 미래 예시란 보편적 패턴을 따르고 있지만, 서로의 이질성과 타자성이 존중되는 다성악적 구조를 성공적으로 획득, 구현했다는 사실은 상당히 의미심장하다. 시인의 온유와 타자성의 형성 및 구조화의 실질적 기

---

24) 한편 이것은 시인의 경험과 정서를 독서 대중과 보다 용이하게 나누려는 행위이기도 할 것이다. 마종기 시에 대한 독서 대중의 깊은 공감과 높은 지지가 형성되는 또 하나의 지점이다.

25) 전자로는 「다도해 인상」 「세 개의 인상」 「다섯 개의 변주」 등이, 후자로는 「비망록 2」 「제3강의실」 「연가」 9~13 등이 주목된다.

26) 마종기, 『당신을 부르며 살았다』, 비채, 2010, p.70.

원, 그리고 현대시의 지평 확장을 엿볼 수 있다는 사실 역시 주목에 값한다.[27)

> ―나는 지미의 남편이었습니다. 지미가 죽었습니다.
>   그곳 있을 때 많이 도와준 것 고마웠다고……
> 태평양 쪽의 목소리, 지미의 남편? 남자의 남편?
> 내 목소리는 계면쩍고 저쪽에서는 흐느껴 운다.
> 우는 것까지 어색하게 들리는 요원한 거리감의 전화,
> 사십을 겨우 넘기고 죽은 지미의 사랑 노래.
> 홍얼거리던 곡조가 미국의 저녁에 번지고 있다.
>
> ――「게이의 남편」 부분(I:449)

이 시는 분장체의 형식을 취하지 않았다. 하지만 사랑과 연대의 정서가, 타자성과 대화성이 언어(담론)의 층위에서 구조화되는 방식을 인상 깊게 시사한다. 가령 지미의 남편인 어떤 남자가 부고장을 전달하는 이 이상한 대화를 보라. "흰둥이 지미"는 사려 깊고 예의 바른 초음파실 기사였지만 "동성연애, 게이"였다. "착하고 똑똑한 호모"란 시인의 말은 그러나 사회에서는 능멸과 억압, 추방의 기표로 떠돌았을 것이다. 과연 추방된 그는 "버림받은 에이즈 환자"들을 보살피는

---

27) 이후의 시에서는 「남미식 겨울」「망자의 섬」「외로운 아들」「빈센트의 추억」「日記, 넋 놓고 살기」「그 나라 하늘빛」「동생을 위한 弔詩」「이 세상의 긴 강」 등이 주목된다. 여러모로 내외부의 삶이 안정되는 2000년대 이후 분장체 형식의 시는 점차 자취를 감춘다. 하지만 이후 시인은 분장체 시의 문제의식을 단형체 시편 속으로 지속적으로 물고 들어간다. 「게이의 남편」「들꽃의 묵시록」「깨꽃」「화장실의 피카소」「알래스카 시편 2」「압구정동」「알렐루야」「고사리나무」「짖지 않는 개」 등이 그것이다.

의학 본연의 삶으로 또 돌아갔지만, 동일한 이유로 그는 신에게 버림
받았다. 하지만 지미의 기억과 전화 내용의 차분한 기록, 나지막한
애도가 오히려 소수자의 현실과 "지미의 사랑 노래"(이상 「게이의 남
편」, I:449)의 지속적 필요성을 격렬하게 환기한다는 점에서 「게이의
남편」의 다성악적 구조는 주의 깊게 기억할 만한 것이 된다.[28]

　'대화성'의 시편은 형식의 특이성 이외에도 마종기의 '모국어'의 의
지와 성격에 대한 종요로운 검토를 요청한다. 마종기 시의 가독성은
정서와 내용의 공감도 못지않게 한자가 거의 배제된 한글 시편의 추
구에도 크게 의지한다. 부족 방언의 풍요와 발전에 기여하는 자라야
비로소 시인이라는 유종호의 전언을 시인도 똑같이 공유하고 있는 셈
이랄까. 시인은 그러나 민족어의 열렬한 옹호와 미학적 실천의 한편
에 이산자로서 가질 수밖에 없는 어떤 상실감과 결여감을 감춰두고
있는 듯하다. 민족어에의 열심과 부끄러움을 동시에 불러일으키는 이
언어의 곤란을 어쩔 것인가.

　사람들과 말하기 싫어진 뒤부터는 꿈에 별들을 많이 본다. 별들의
눈과 얼굴과 사지도 유난히 분명하게 보인다. 이국 풍경에 섞인 별들
의 언어는 은밀한 방언이다. 나는 내 근황에 대해서 언제부터인지 자
신이 없어지고 동네의 모서리가 희미하게 지워지는 것이 편안하게 느
껴진다. 낮에는 흰 꽃이 노란 꽃보다 크고 노란 꽃이 흰 꽃보다 많다.

---

28) 거의 10여 년에 걸쳐 꾸준히 작성된 연작시 「잡담 길들이기」 1～8(『새들의 꿈에서는
　　나무 냄새가 난다』와 『우리는 서로 부르고 있는 것일까』 수록)은 사실 적시와 고백의
　　산문을 앞에 두고 이어 시를 써가는 독특한 구성을 취하고 있다. 시인이 주목하는 현상
　　과 사실들에 대한 대화와 성찰의 형식으로 보인다.

색색의 꽃은 향기를 감추고 밤에만 사연을 아는 자에게 뿌린다. 그러
나 나를 위해 밤 화장을 한 여자는 아무도 없었다. 모든 게 조금 늦었
을 뿐인데 동행들은 제 갈 길로 떠나고 말았다.

—「화장실의 피카소」 부분(III:54)

　언어와 현실, 자기 시의 향방과 관련한 소외의 감각이 이만치 농밀
한 한국어로 발화된 것은 과연 얼마나 되는가. 하지만 마종기는 이산
동업자(?) 히메네스의 시를 빌려 "신경쓰지 않아도 되는 자유로움 때
문에 미국을 선택한 나는, 자유를 얻은 대가로 내 언어의 생명과 마
음의 빛과 안정의 땅을 다 잃어버렸다"(「차고 뜨겁고 어두운 것」,
I:418)고 애통해하는 중이다. 하지만 애석하게도, 이들의 회한은 고
국에 귀환해 민족어를 상용함으로써 해결될 성질의 것이 아니다. 오
히려 자기 언어의 성격과 지향성을 골똘히 성찰하고 모색하는 '느린
시간'은 그래서 더욱 필요하다.

　그렇다면 화장실에 걸린 피카소는 미안하게도 '느린 시간'에 걸려
든 불운한 각성의 매개물이다. 왜냐하면 그의 어떤 그림이 언어와 현
실의 불일치와 국적 없는 이산자 예술의 불투명한 운명에 대한 시인
의 상심을 깨어버렸으므로.[29] 그러나 이 사태는 자발적 이산을 통해
기존의 미술을 넘어서고 조롱하는 한편 쇼비니즘적 폭력들에 맞서 삶
의 정당성을 자기 예술로 주장한 피카소가 걸어온 대화의 산물이다.

---

29) 어느 그림인지 모르겠으나 피카소는 시인에게 "저 빨간 박쥐의 눈이 손 떨어진 내 조국
　을 잡아먹고 있다. 세상의 이상들은 잠의 늪에 빠졌다가 새벽에야 수면에 떠오른다. 나
　도 젖어 있는 잠옷을 벗어 말리고 내 신념도 짜서 말려야 한다"(「화장실의 피카소」,
　III:54)는 어떤 현실 파쇄의 욕망을 불러일으킨다.

그러니 피카소의 불우는 시인에 대한 애정이고 연대이다. 따라서 우리는 "갖가지 손실 가운데서 오직 그것, 곧 언어만이 다른 이에게 가닿을 수 있는 것으로, 내 곁에 있는 것으로, 상실되지 않은 것으로 남았습니다"는 파울 첼란[30]의 자랑과 긍지가 마종기 시인의 그것임을 주장해도 아무런 문제가 없다.

그렇다면 문제의 핵심은 문자 행위로서 한글로 쓰기나 순혈의 민족어로서 한국어에 대한 자부심과 열패감이 공존하며 갈등하는 정서적 이질감이 아니다. 오히려

> 처음에는 너도 나도 섬이었구나.
> 우리가 만나 서로 허물을 안아주면서
> 말의 물길을 통해 경계가 무너지는 섬.
> 모든 완성은 눈과 눈을 합친다.
> 모든 완성은 멀고 막막한 하나다.　　　—「다도해를 보며」 부분(III:85)

에 담긴 지혜와 율동을 온몸으로 밀어나갈 태도와 방법이 문제이다. 만인의 공동 감각과 공동 언어는 인류 최후의 이상이다. 하지만 이것은 주로 지배자에 봉공하는 제국의 길과 만인에 스며드는 시의 길을 밟아왔고 앞으로도 그럴 것이다. 자본과 권력, 기술의 절대적 우세 속에 시의 길이 제국의 길을 치장하고 위안하는 곁가지로 밀려가는

---

30) 서경식, 『디아스포라 기행』, 돌베개, 2006, p.209에서 재인용. 본래적 의미의 디아스포라로서 아우슈비츠의 경험자이기도 했던 그는 결국 20여 년 후 이주지 파리에서 자살로 생을 마감한다. 그의 고통은 역시 나치스에 의해 추방당한 디아스포라로 살다가 결국 '전신성 경피증'으로 죽어간 파울 클레(「화가 파울 클레의 마지막 몇 해」, III:70~71)와 여러모로 겹친다.

현실을 우리는 나날이 목도하고 있다.

시의 디아스포라화로 명명할 수 있는 우리의 현실은 디아스포라의 시에 다음과 같은 대화성과 지향성을 요구하는지도 모른다. 다시 서경식의 말을 빌리건대, "다언어·다문화의 영역에서 문자 그대로 언어를 공유하는 자들의 정신적 연결고리"[31]를 형성하는 것. 나는 이것이 마종기 시의 이상 가운데 하나라고 생각하는 편이고 실제로 지금까지 언급해온 시들 곳곳에서 이 욕망을 읽어왔다. 하지만 그의 시는 매우 세련되고 아름다운 '한국어'가 아닌가? 그러나 이것은 마종기 시 깊은 곳에 박혀 있는 '크리올créole성'을 제대로 투시하지 못한 단견에 불과하다. 크리올성은 무엇보다 "다양성에 대한 비전체주의적인 의식"을 찬양한다. "탈영토화되고 새로운 토지에 이식된 상이한 언어와 습관의 혼합"에서 그것이 생겨나니 그럴 수밖에. "서양의 대립항으로서 자문화를 본질화하지 않는 방식으로 타자＝서양의 응시로부터 벗어나려"[32]는 상대성의 시각은 또 어떤가.

물론 마종기는 수신자를 주로 한국어 사용자들로 제한함으로써 거의 50여 년에 걸쳐 진행된 삶과 문화, 사유와 상상력의 크리올성을 좀처럼 드러내지 않는다. 그러나 뜻밖에도 그 크리올성은 마종기 시의 핵심을 점유하는 예술과 자연 속에 문맥화되어 있다는 느낌이다. 시인이 불러낸 고흐와 클레, 피카소, 예이츠 등은 자기 말과 남의 말의 갈등과 경합, 교섭 속에서, 또 예술 행위를 자신의 모국으로 삼아 끊임없이 방랑하는 가운데 시공간을 초월하는 위대한 작품, 곧 대화의 틀을 생산했다.[33] 자연의 위대한 경이 "함께 어울리는 춤으로 현세

---

31) 서경식, 앞의 책, p.216.
32) 이상의 인용은 강상중·요시미 순야, 『세계화의 원근법』, 임성모 외 옮김, 2004, p.33.

를 떠나는 몸, 억눌렸던 인연이 해방되는 광대한 무늬의 빛"(「알래스카 시편 3」, III:36)이 저들 예술의 아우라이기도 한 것이다.

게다가 '더 나은 삶'에 대한 희망 없는 동시대와의 미학적 불화는 존재할 수 없다는 점에서 저들의 '감각적인 것의 분배'는 이미 윤리적이며 정치적이다. 그러니 "하나는 이질적·감각적 형태의 고독에 가치를 부여하고, 다른 하나는 공동의 공간을 그리는 행위에 가치를 부여하는"[34] 것을 예술의 정치가 하는 임무로 규정한 랑시에르의 새로운 접근은 이들의 몫이기도 하다. 저 예술적 크리올들의 미학적 성취나 행복보다 시대 및 현실과의 불화와 고통에 더 주목한 마종기이고 보면, 그 역시 늘 '미학 안의 불편함'을 '모국어의 편안함' 못지않게 항상 상기하며 살아왔음을 짐작하기란 그리 어렵지 않을 것이다.

---

33) 이런 대화의 틀에 대한 관심은 마종기 시의 번역을 되짚어보게 한다. 다양한 언어로의 번역과 비평가를 비롯한 대중 독자의 반응 정도는 그의 경험과 미학이 내장한 보편성을 살필 수 있는 어떤 기회가 될지도 모른다. 내 생각으로는 그의 시는 오리엔탈리즘의 편견을 떨쳐버리고 동서양을 아우르는 따뜻한 경계인의 미학으로 평가될 가능성이 높지 않을까 한다. 현재 해외에 소개된 마종기 시선집은 서강대 안선재(본명:Brother Anthony of Taize) 교수가 번역한 *Eyes of Dew: Selected Poems by Chonggi Mah*(Buffalo:White Pine Press, 2006)가 거의 유일하다. 하지만 마종기 시 번역은 보다 적극적으로 추진될 필요가 있다. 가령 상당수의 한국 시집과 소설을 번역한 안 교수가 *Eyes of Dew*의 번역 과정에서 마종기 시인과 함께 나눈 언어적·문화적 교감이 "커다란 기쁨이자 특권이었음 a pleasure and great privilege"을 고백하는 장면("Translator's Preface", *ibid*, p.9)은 상당히 의미심장하다. 이런 판단은 번역 과정에서의 밀도 깊은 대화와 정서적 교류, 서로 상반된 언어 상황에 대한 이해 못지않게, 서로의 취향과 감각을 존중하고 나누는 공동 감각이 밑받침되어 있다는 믿음 때문에 가능했을 것이다. 이 때문인지 몰라도 *Eyes of Dew*는 개성이 독특하면서도 보편성을 갖춘 시집으로 평가받는 동시에, 번역된 한국 시집 가운데 거의 최고의 독서 대중을 획득한 것으로 알려진다. 한편 우리 시 번역의 문제점과 새로운 지향점에 대한 마종기의 생각은 「노벨문학상 유감」, 『대산문화』 30호, 대산문화재단, 2008년 겨울호 참조.

34) 자크 랑시에르, 『미학 안의 불편함』, 주형일 옮김, 인간사랑, 2008, p.56.

마종기 시는 모국어 속에서 깊어진 것이기도 하지만 이처럼 크리올성 속에서 넓어진 것이기도 하다. 이른바 같은 족속으로 통칭될 만한 최근의 디아스포라의 경험과 미학화는, 그들의 물리적 여건상 대개 영어니 일본어니 하는 지배자의 언어로 표상되고 전달되어왔다.[35] 그러나 '모국어'를 사랑하고 그것의 외로움을 애통해하는 시인에 힘입어 디아스포라의 현실과 꿈, 그것의 발화 형식으로서 크리올성은 현대시의 경험과 기억의 자료로 어렵게 등기되었다.[36] 이제 이 땅 자체가 디아스포라의 난장(亂場)으로 형질 전환되어가는 상황을 고려하면, 마종기 시는 성과와 한계 모든 면에서 현대시의 한 모델로 참조되고 독해될 수밖에 없다. 그의 시 50년, 특히 디아스포라 시편들이 갖는 결정적 의미 가운데 하나가 여기 존재한다.

6. 시인, '예이츠의 주변'에서 '식물성의 나라'를 보다

하필 여행 끝에 다다른 곳이 아일랜드, 그것도 예이츠의 주변이라니. 스스로를 '세상에서 가장 슬픈 민족'이라 부른, 그래서 우리와 더욱 닮은 것처럼 이해되는 식민의 땅 아일랜드. "'두 민족 사이에 서 있는' 영국계 아일랜드인들의 소외와 고독"을 '문화적 민족주의'와 '문화적 세계주의'의 동시적 요청 속에 풀어나간 이른바 '안티테제적

---

35) 가령 미국의 이창래, 수전 최Susan Choi(최재서의 손녀), 돈 리Don Lee나 일본의 현월(玄月), 유미리, 가네시로 가즈키 등이 그렇다. 이들의 문학과 경향에 대해서는 정은경, 『디아스포라 문학』, 이룸, 2007 참조.

36) 한국어와 독일어 고대 근동어를 잇대고 있는 허수경 시의 '크리올성' 역시 주목된다. 이에 대해서는 제3부 「기원의 미래, 미래의 기원—허수경 혹은 글로컬리즘」 참고.

민족주의자' 예이츠. 그는 역설적이게도 영어를 상용함으로써, 다시 말해 아일랜드 문화의 일부이지만 그 문화의 핵심에서 떨어져 나옴으로써 영국 근대시사 한가운데에 아일랜드를 단숨에 심어버린 위대한 경계인이었다.[37) 각각 미학과 삶이 영어에 속한 변방, 아니 경계의 꽃들이 서로 만나 나눔직한 이야기는 과연 무엇일까.

그러나 우리는 그들의 동일성과 이질성, 대화의 주제와 향방, 내면 정서의 어울림과 어긋남을 함부로 물어서는 안 된다. 다만 서로에게 마지막으로 건넸을지도 모를 "잘 있어. 이 말밖에는 할 말이 없네,/고마워, 이 말밖에는 또 할 말이 없네,/그러나 이 말은 언제고 다시 본다는 말"(「연신내 유혹」, IV:117)을 엿듣는 것으로 만족해야 한다. 이 '할 말 없음'이야말로 대화와 만남의 전제이자 "식물성의 나라"를 조우하고 확장하는 원동력이기 때문이다(침묵이 오히려 "별들의 언어", 곧 "은밀한 방언"을 허락했음을 기억하라).

> 흐린 하늘과 물의 경계는 보이지 않는다.
> 왼쪽 가슴에 손을 얹고 눕는다.
> 북해의 바람은 그리운 더블린까지 오지만
> 좁은 교차로는 오늘도 비에 젖고
> 오가는 이 없어 신호등이 할 일을 잊고 있다.
> 비가 그치지 않아 꽃은 자라지 못하고
> 작은 꽃향기만 사방에 흘리고 있다.
> 식물성의 나라가 마침내 내게 왔다.
>
> ―「더블린의 며칠 2―시인 예이츠의 주변」 부분[38)

이로써 시적 오디세이의 귀환 = '조용한 개선'은 실현 혹은 완결되었는가. 그의 진정한 이타카 '식물성의 나라'에 도착했다고 고백했으니 그럼직하다. 그러나 '비'와 '꽃'의 여전한 대결은 이타카가 여전히 지향성의 존재임을 살뜰히 일깨운다. 귀환이 완결되는 순간 사제로서는 몰라도 시인으로서 마종기의 역할은 종결된다. 신의 질서가 완미한 세계에서 세속어가 무엇에 필요하겠는가. 그것은 신을 경배하고 자기를 보존하는 인간사 밖의 찬미가로 울려 퍼질 따름이다. 따라서 냉혹하게 말하면 '식물성의 나라'는 지향이지 현실이어서는 안 된다. 어떤 면에서 현실은 한계성의 표지인 반면에 지향은 가능성의 표지이다. 신의 관대함을 현실의 수동성보다 지향의 역동성에서 구하는 것은 여전히 우리의 기도일 필요가 있다.

그래서 시인은 여전히 이타카의 항구에 비가 내리고 있다고 쓴 것인가. "작은 꽃향기"는 그렇다면 귀환의 가능성을 암시하면서도 귀환의 끝없는 지연 혹은 불가능성마저 경고하는 기이한 약호가 아닌가. 그러나 이 불우한 기다림을 서둘러 슬퍼할 일은 없겠다. 시인은 "어디로 갈지는 모르겠지만 이제는 배도 헐어서 순항만을 바라는 나이는 지난 것 같다"(IV:뒤표지)고 벌써 쓰고 있지 않은가. 시인이 귀환을 방랑 혹은 탈주의 한 형식으로 전유함으로써 시적 요절의 위험성을 일찌감치 물리쳤고 또 '시의 영지'를 꾸준히 넓혀왔음을 우리는 지금까지 함께 읽어오지 않았는가. 그러니 이타카를 꿈꾸기는 마찬가지인 우리는 "안팎을 둘러싸고 있는 정갈한 혼과/겹동백의 침묵만 싸들고 돌아"올 시인을 "목도리도 외투도 벗어던지고/맨몸으로 다가오는/봄

---

37) 이상의 인용 및 참조는 박지향, 『슬픈 아일랜드』(새물결, 2002) 여기저기.
38) 마종기, 『시와반시』 2010년 여름호, pp.23~24.

의 가슴들"(「동백을 보내며」, IV:43, 42)로 여전히 기다려도 좋다. 마종기 시의 새로운 지평은 또 어떻게 열릴 것인가. 그 미학적 격랑은 또 어떻게 밀려올 것인가.

〔2010〕

제3부

기원의 미래, 미래의 기원
—허수경 혹은 글로컬리즘[1]

언어의 사전적 의미는 생각보다 꽤 제한적일 경우가 많다. 특정한 맥락에 놓임에 따라 그 의미가 전혀 상반되는 경우조차 발생한다. 이를테면 전유(專有, appropriation)라는 말. 한국어 사전은 '혼자 독차지하여 가짐' 정도로 풀이하고 있다. 그러나 최근의 탈식민주의 비평이나 문화 연구에서 사용되는 '전유'는 독점의 주체에게는 불쾌함을 먼저 선물할 듯하다. 왜냐하면 어떤 대상, 예컨대 어떤 형태의 문화 자본을 수용한 뒤 그 문화 자본의 원래 소유자에게 적대적이도록 만드는 행동을 가리키는 말로 전용(轉用)되고 있기 때문이다. 적대성은 덜할지 몰라도, 어떤 기호가 놓여 있는 맥락을 변경함으로써 그 기호를 다른 기호로 작용하게 하거나 다른 의미로 바뀌게 하는 행위를 뜻

---

1) 이 글에서 함께 읽을 허수경의 시집과 산문집은 다음과 같다. I:『슬픔만한 거름이 어디 있으랴』, 실천문학사, 1988; II:『혼자 가는 먼 집』, 문학과지성사, 1992; III:『내 영혼은 오래되었으나』, 창작과비평사, 2001; IV:『청동의 시간 감자의 시간』, 문학과지성사, 2005; V:『길모퉁이의 중국식당』(산문집), 문학동네, 2003.

하는 재전유reappropriation 역시 '전유'와 일정한 공모 관계를 형성한다.

'전유'라는 말의 변용 맥락에 주목한다면, 최근 한국문학의 지향점으로 급격히 떠오른 '글로컬glocal'은 꽤나 의미심장하다. 'glocal'은 'global(세계)'과 'local(지역)'을 합성한 신조어로, 워낙은 자본의 전 지구화와 밀접히 연관된 말이다. 왜냐하면 지역적인 것의 세계적 생산과 세계적인 것의 지역화를 표현하기 위해 마케팅에서 사용되기 시작했기 때문이다. 마케팅에 의한 자본의 균질화는 세계의 문화적 동질화를 필연적으로 동반한다는 점에서 '글로컬'은 제국주의의 문법에 가장 충실한 언어일지도 모른다.[2]

그러나 문제는 '글로컬'이 모든 차이를 통합하는 한편 서열화하려는 제국의 논리를 온전하게 수행하지 못한다는 사실이다. 조선어와 일본어로 동시에 집필했던 김사량의 어떤 소설들이 적시하듯이, 이 과정에는 동질화의 움직임을 방해하고 탈내는 파편화와 이질화, 혼종화의 메커니즘이 지속적으로 개입된다. 이를테면 일본어를 모방하지만 오히려 조센진임을 폭로하고 순혈의 제국어를 꿈꾸는 일본어마저 오염시키는 피식민자의 아이러니 같은 것.[3] 이런 일본어의 조선적 '전유'의 선례는 오늘날 지향해 마땅한 세계문학과 한국문학의 관계

---

2) 이곳을 비롯한 아래 단락들의 '글로컬' 개념 논의는 박성창, 「머리말」, 『글로컬 시대의 한국문학』, 민음사, 2009, pp.5~7을 주로 빌리고 참조했다.

3) 화자의 중학교 은사였으나 결국 조선 총독부가 시행하는 착색된 옷 입기 운동에 동원되어 총독부의 시책을 조선인들에게 번역, 전달하는 코풀이 선생과 천황의 충실한 신민이 되기 위해 일상어조차 일본어를 사용하는, 화자의 숙부인 군수의 우스꽝스러운 행태를 그린 「草深し(덤불 헤치기)」(『文藝』, 1940.7)를 보라. 제국의 정책을 충실히 번역하는 실용어로 전락한 조선어의 비극과 조선인에 의해 잡종화되는 일본어의 아이러니가 인상 깊게 부감되고 있다.

성은 물론 그 활로가 마땅찮은 지역문학의 미래에도 중요한 시사점을 제공한다.

박성창의 지적처럼, 문학에서 '글로컬'은 '글로벌'과 '로컬'의 이항 대립을 해체하면서 생산적인 방식으로 재구축하기 위한 개념으로 전유되어 마땅하다. '재구축'은 당연히도 비유컨대 '촌놈'과 '서울 것'의 의례적 화해와 어설픈 동행에 의해 완성되지 않으며, 완성될 수도 없다. 공동의 가치와 목표를 둘러싼 갈등(화해)적 화해(갈등)와 각자의 개성을 존중하는 느슨한 연대의 지속. 표현은 그럴듯해도 도무지 감이 서지 않는다. 그러나 언어의 연금술사답게 허수경은 '글로컬'의 우리식 재구축의 한 방법을 제 경험 속에서 산뜻하게 끄집어낸다.

베를린으로 가는 기차 안. 나는 이 유럽 땅에서 기죽어 사는 내 처지를 하소연했다. 영화감독, 사실은 옛 소설가인 선배 말이, "걱정 마. 내가 대구 촌놈으로 서울 가서 재수할 때, 재수학원 다닐 때 말이야. 서울 애들, 학원이 끝나고 난 뒤에 지들끼리 어디론가 사라지는데 대단한 것 같더라구. 어디로 가는지, 멋진 곳으로만 가는 것 같더라니까. 몇 달 지나고 나니까 다 알겠어. 어디로들 사라지는지……당구장 아니면 극장, 극장 아니면 술집. 걱정 마, 우리는 다 똑같아. 삼시 세끼, 밥 포기 못 하는 이상 똑같아, 우리들은". 평화주의자, 평등주의자, 선배여, 그대가 옳다.
—「대구 촌놈, 코스모폴리탄」 부분(V:23)

방랑이나 노마드적 삶이 천분(天分)이지 않는 한, 모든 이산과 이주는 꽤 오랫동안 공포와 위축으로 몸살을 앓게 마련이다. 남의 땅에서는 '촌놈'조차 '서울 것'인 것이다. 별세계에 대한 호기심을 뻔한 현실 원리로 압착하는 완고한 타자들의 세련된 헛기침. 쿵쿵거릴수록 결국 자기도 촌놈임을 까발리는 이 어처구니없는 자들을 넘어서는 방법은 의외로 간단하다. '서울 것'들도 '촌놈'에 지나지 않는다는 것, 그러니까 당신이나 나나 '사단칠정(四端七情)'의 노예이기는 마찬가지임을 재빠르게 알아채는 일이다.

그러나 '서울 것'이나 존재의 부정성만을 상수화한다면, '촌놈'의 '코즈모폴리턴'으로의 변신과 도약은 없다. 과연 유쾌한 일화의 주인공 이창동은 타락한 시(時/視/詩)를 거스르는 순정하며 보편타당한 시의 가능성을 집요하게 천착하는 '촌놈'의 감각과 근성으로 미학적 글로컬리티의 가능성을 출중하게 영사한 바 있다. 그래서 나는 '대구 촌놈, 코즈모폴리턴'이란 모순적 찬사를 '진주 촌년, 코즈모폴리턴'의 욕망으로, 아니 실천으로 감히 바꾸어 읽는다. 이런 전유가 어떻게 가능한가?

허수경 시는 언젠가부터 주모의 노랫가락에 방불한 것으로 상찬되곤 한다. 아마도 "독특한 창의 가락으로, 세상 한편에 들꽃처럼 피어있는 누추하고 쓸쓸한 마음"(II: 책날개)을 노래하고 어루만지는 일에 능수능란했기 때문일 것이다. 그러나 허수경 시 전반을 관통하는 중심축을 꼽으라면, 반식민·반전의 열정과 의지를 빼놓아서는 안 된다. "평화주의자, 평등주의자, 선배여, 그대가 옳다". 이 말의 청자는 이창동인 동시에 허수경 자신인 것이다. 피식민과 분단의 땅 한국에서의 삶, 제국의 영예와 오욕이 뒤엉킨 독일로의 자발적 이주, 유럽과 아시아의 통로이자 격전장이었던 근동 아시아에서의 고고학적 탐사는 그의 탈식민주의와 평화주의를 거의 생래적인 것으로 각인해온 근본 요인들에 해당된다.

이런 노마드적 삶 못지않게 중요한 것은 그의 시적 언어 역시 일종의 크리올화creolization를 겪고 있다는 사실이다. 이주와 이산, 혹은 유배의 감각이 제공하는 노마드적 삶의 일상화는 허수경 언어의 '정처 없음' 역시 대폭 강화하는 듯하다. 물론 여기서의 '정처 없음'이란 온갖 종류의 안과 밖의 경계를 끊임없이 해체하고 또 재구축하는 언어의 방법적 사랑을 뜻한다. 비록 한국어로 표상되고 있지만, 허수경 시에는 네 말과 내 말이 서로를 밀어내고 또 뒤섞이는 고통과 흥분과 감격이, 또 이를 바탕으로 복잡다단한 현실 세계를 명료한 감각과 사유로 통찰하는 창조성이 묵직하게 저류하고 있다. 이러니 '진주 천년, 코즈모폴리턴'은 소수자로서 한국 시와 지역 시가 자기를 비추며 가로질러야 할 "거울 들판"(IV:11)의 유의미한 모델로, 당분간이기를 바라지만, 자주 호출될 수밖에 없을 듯하다.

*

근대 자본은 도시도 건축했지만 향토(고향)도 주조했다. 이른바 탈마법화로 상징되는 삶의 합리화 과정은 문명과 자본의 축적을 최고의 가치로 밀어 올렸다. 그 과정에서 시골과 비서구는 계몽되고 개척되어야 할 야만, 곧 내·외부 식민지로 떠올랐던 것이다. 도시의 성장은 합리성의 결핍과 폭력을 치유하고 다독일 이상적 공간 '고향'의 상상과 확장을 동시에 수반했다. 그러나 "참하 꿈엔들 잊힐 리"(정지용) 없는 '고향'은 만들어진 전통일 따름이었다. 욕망의 전제 조건은 결핍이란 말이 있듯이, 이상적 고향의 탄생과 성장은 언제나 향토의 수탈과 상실의 심화와 연결되어 있다. 그렇다면 지용의 「향수」와 「고향」,

동엽의 「종로5가」와 「껍데기는 가라」, 미당의 「자화상」과 『질마재 신화』가 대쌍(對雙)으로 존재하는 까닭 역시 얼마간 분명해진다. 상실과 수탈의 상처를 원형 회복과 이상향의 상상 속에서 초극하려는 욕망 속에서 '고향'은 지침 없이 산출되고 선전되어온 것이다.

허수경의 첫 시집 『슬픔만한 거름이 어디 있으랴』(1988)가 출간된 때는, '고향'을 낳고 또 빼앗아온 자본과 제국의 폭력성에 대한 체계적 인식과 함께, 시민의 기본 권리인 자유와 평등, 그리고 새로운 체제의 건축술로서 혁명에 대한 요구가 가장 격렬하게 분출되던 시기였다. 이 시기의 분노와 저항, 새로운 체제에 대한 욕구는 보다 정확한 역사 인식과 풍부한 사회과학적 분석 체계, 분명한 목적의 이데올로기와 연동되어 있던 터라, 시와 정치의 동시적 혁명은 그 어느 때보다 가까운 듯 보였다. 따라서 가문의 안정과 개인의 성취를 위해 언제나 은폐되고 삭제되어야 했던 '밤길의 손님'들이 제 낯빛과 목소리를 발하게 된 것은 그들에 대한 신원 회복의 원망(願望)을 넘어, 더 나은 삶에 대한 집단적 욕망이 분출된 결과로 보아야 옳다.

아무도 얼씬거리지 않는 외로운 꿈길
가슴을 비워버린 시대는 곧잘 어머니에게 말을 걸지만
아무도 모른다 왜 어머니가 젓갈을 달이는지

남지나해 습기 찬 해풍을 알길 없는 화덕이
불을 담아 젓갈 달여 가시를 지우지만
말간 국물 속에 무엇이 되살아오는지 알 수 있을꺼나
그것이 때론 팔포 앞바다 썩은 굴처럼 서럽고

갓 삼십 친정오빠

남새파도 고랑파도 팔포바다 저리도 흔한 파도길에 쓸려

영 영 돌아오지 않는 1950년의 진실처럼 아린 지

—「젓갈 달이기」 부분(I:35)[4]

"지리산 밤사나이 친정 오빠"도, 그를 꿈길에서 맞이하며 해원의 젓갈을 달이는 어머니도 개인인 동시에 집단(민중)이며, 그것을 바라보는 시적 자아 역시 동일한 성격을 지닌다. 허수경이 가족사의 비극을 넘어, '사상불온자'로 낙인찍혀 평생을 무력했던 사회주의자의 실패한 꿈(「조선식 회상」 연작)과 '내지'에서의 피폭이 결과한 '원자병 치레'로 대를 잇는 어떤 가족의 비극(「원폭수첩」 연작)에까지 시의 경계를 확장할 수 있었던 것도 이와 같은 정서와 경험의 집단성과 보편성 때문일 것이다.

이념과 이상에 희생된 지식인과 변두리 삶의 복원에 바쳐진 시의 산출은 1980년대 시의 뚜렷한 경향 가운데 하나였다. 그러나 이 애처로운 귀환자들을 편벽되게 동일화하는 데 바빴던 어떤 시들은 미학적·정치적 공감 없는 조야한 팸플릿으로 스스로를 가두고야 말았다. 이에 반해 허수경은 저들의 이념과 꿈, 상처와 상실을 정치적 상상력에 급하게 잇대는 대신, 그 아프고도 쉰 목소리를 가만히 들어주는

---

4) 『슬픔만한 거름이 어디 있으랴』(1988)는 지난 5월 안상수의 공들인 장정 아래 개정판(3판)으로 거듭났다. 그는 개정판에서 오래된 첫 시집을 향해 "저의 뿌리, 저의 오래된 얼굴을 담고 있습니다"라고 적고 있다. 이 말에 담긴 아득함 혹은 대견함은 초판과 개정판에 실린, 같으면서도 다른 저자 사진 두 장을 찬찬히 견주어 볼 때 비로소 실감난다. 이런 의미에서 개정판은 단순히 초판을 그대로 옮긴 복제물이 아니라 20여 년의 시간과 삶을 버무려 새로 써낸 또 다른 초판인 셈이다.

미학적 이명(耳鳴)의 발화자로 나아갔다. 이즈음 허수경의 시적 이명은 전근대에 비해 시세가 형편없이 줄어든 진주 권역을 크게 벗어나지 못했다. 하지만 실패와 상실, 상처로 점철된 자들의 목소리를 복원하는 한편 그것을 자신의 경험적 정서 속에 녹여내는 방식으로 사방팔방에 전달함으로써 민족사의 그것으로 보편화할 수 있었다. 이 과정에서 평화와 평등, 자유의 감각과 의지가 착실히 구축, 성장되어 갔음은 물론일 것이다.

이 점, 이후 허수경의 시적 전개와 관련해 매우 징후적인 대목이 아닐 수 없다. 1980년대 반제·반봉건의 최종 기착지가 사회주의의 건설에 있었음은 주지의 사실이다. 나는 그의 대학 시절은 물론 사상의 학습과 교유의 정도와 범위도 알지 못한다. 다만 첫 시집의 후기 "문학적 실천을 가장 유효하게 담보해 내는 것은 문학 행위의 산출물인 작품이라는 믿음만이 있을 뿐, 또한 우리는 시대상황에 눌려 아름다움을 얼마나 쉽게 포기하고 있었는가 하는 자책만이 있을 뿐"이란 구절에서 역사 현실의 냉철한 인식과 미학적 보편주의를 자기 시의 엄격한 기율로 삼아왔을 것임을 짐작해볼 따름이다.

내 영혼은 오래되었으나 장갑차에 아이들의 썩어가는 시체를 싣고 가는 군인의 나날에도 춤을 춘다 그러니까 내 영혼은 내 것이고 아이의 것이고 내 영혼은 오래되었으나 —「내 영혼은 오래되었으나」 부분(III:22)

도시전철 안에서 전쟁을 피해온 가수는 노래한다 그의 입 안으로 탱크가 지나가고 탱크 안에는 목 잘린 태아가 웅크리고 있다 1마르크에 태아를 구경할 수 있다 　　　—「베를린에서 전태일을 보았다」 부분(III:31)

1990년대 초반 허수경의 급작스러운 독일 이주는 놀라움이었으나, 새 천년 유배지에서 깜빡이는 영혼을 켜 들은 『내 영혼은 오래되었으나』(2001)는 충격이었다. 아프게 호소했을 법한 이주자의 고통과 외로움은 철저히 단속 중이었고, 사람들이 찬탄했던 주모의 젖은 목소리는 세련되다 못해 냉정할 정도로 건조했다.[5] 이런 변화는 개인의 성정 탓일 수도, 독일의 환경 탓일 수도, 시 쓰기와 갈등하기 십상인 학문 연구의 영향일 수도 있다. 그러나 보다 결정적인 요인은 동서고금을 넘나드는 존재의 보편성에 대한 심미적 이해와 탈식민주의적 시각의 심화 확장이 아니었을까.

한국과 독일, 근동의 복합적 경험과 얽힘, 개개 역사 현실의 동일성과 차이성의 새로운 이해, 소수자 혹은 국외자의 위치에서 경험하는 평화와 평등, 분열과 전쟁, 차별의 새로운 형국, 한국어에 끊임없이 개입하는 독일어와 고대 근동어 등. 존재의 영혼과 육체를 사정없이 파고드는 혼종성은 허수경의 현재를 개조하는 한편 자아의 기원과 역사 역시 새롭게 응시하거나 재구축하는 고통과 활력을 동시에 견인했을 것이다. 계급과 인종, 성별에 관계없이 이해되고 존중되어 마땅한 인간적 가치에 대한 신뢰와 어떤 시공간을 막론하고 그것의 보편성을 발견하고 확인하는 코즈모폴리턴의 감각.[6] 이 과정에서 더욱 심

---

5) 이런 시인의 목소리 및 태도와 관련해 『내 영혼은 오래되었으나』의 환상시들, 다시 말해 전래 동화 '되받아 쓰기'를 연상시키는 시편들은 그 가치와 의미를 상론할 별도의 지면이 필요할 것이다.

6) "아무것도 아닌, 누구도 아닌 우리들, 그런데 왜 그날 그 도시에서는 그렇게 많은 이들이 죽음을 당했는가. 그리고 그런 일들이 이 지상에서 매일매일 일어나고 있는가"(허수경, 「누구도 아님의 장미」, 『길모퉁이의 중국식당』, p.48). 이 '아무것도, 누구도 아님'이란 허무적(?) 인간 이해와 인식이야말로 평화와 평등의 물적·심리적 토대 가운데 하나일지도 모른다.

화되는 평화주의와 평등주의, 바꿔 말해 반전과 반(탈)식민의 시선이
야말로 허수경 시가 목적할 법한 글로컬리즘, 그러니까 "언어의 노마
드적 경험, 고정된 고향 없이 떠돌기, 세계의 교차로에서 방황하기"[7]
의 기원이요 토대일지도 모른다.

　인용 시 두 편은 '진주 촌년'과 '세계시민'의 아름다운 연대의 역사
를 압축한 시적 서사로 보아 무방하다. '오래된 영혼'이 보아온 것은
현재의 장갑차와 죽은 아이들만이 아니다. 이것들은 유사 이래 타자
를 향해 겨눠진 모든 화살과 그것을 맞고 죽어간 소수자·피식민자 전
체에 대한 환유이다. 허수경에 따르면, 최근의 고고학은 "거대한 유
물이나 보석, 위대한 왕의 기념비보다는 작은 토기의 파편" "말하자
면 이름 없이 사라져간 많은 이들의 역사"(V:127)의 발굴과 복원에
더 많은 관심을 기울인다고 한다. 그러나 시인은 '작은 토기 파편'의
즐거움을 시의 과업에 잔뜩 편입시킬 생각이 아직은 없는 듯하다. 여
전히 그의 '오래된 영혼'은 해골 없고 손발 잘린 시체들로 가득한 "이
름 없는 집단 무덤"(IV:45)에 머무는 경우가 많기 때문이다.

　그렇다면 '도시전철' 안에서 노래 부르는 가수는 허수경 자신이기
도 하다. 가수의 입속에 웅크린 '아이'는 따라서 인간의 역사만큼이나
늙었고, 그만큼 오랫동안 고통을 당해온 것이다. 문제는 이 '아이'가
미래에도 지속적으로 현현할 것이라는 사실이다. 그러는 한 우리는
스스로의 성기를 내려치며 저 아이가 가하는 고통의 복수를 기꺼워할
수밖에 없다. 산문적 고통에 서둘러 마침표를 찍는 시적 충만은 거짓
아니면 망상일 것이다. 그러니 허수경은 평화와 평등의 되도록 이른

---

7) 박성창, 「문학·국경·세계화」, 『글로컬 시대의 한국문학』, p.75.

도래를 위해서라도 폐허화된 변두리 인생들의 표정과 목소리를 쉼 없이 복기하고 자기화할 수밖에 없다.

그런데 다행스럽게도 허수경은 제 목소리와 소수자와 피식민자의 목소리를 함께 공명시킴으로써 이들의 갈라진 목소리 틈새로 솟아오르는 청아한 목소리도 함께 얻고 있는 중이다. 가령 말할 기회조차 함부로 박탈당한 '작은 토기'들의 사용자와 나누는 조용하되 뜨거운 새벽녘의 대화를 들어보라.

이름 없는 집단 무덤
해골 없이 다리뼈만 남아 있거나 마디가 다 잘린 손발을 가진 그대들
해와 달이 다 집어먹어버린 곤죽의 살덩이들은
흙이 되어 가깝게 그대들의 뼈를 덮었는데
아직 흙에는 물기가 남아 있어
비닐봉지에 그대들을 담으면 송송 물이 맺힙니다

그대들은 누구인지요 심장 없는 별을 군복 깊숙이 넣고 사는
그대들은 누구인지요 저 초원에 사는 베두윈들이
별에 쫓겨 이 폐허로 들어와 실타래 같은 짠 치즈를 팔고
해에 쫓겨 헉헉거리다 잠시 하는 휴식시간,
설탕에 절인 살구를 치즈와 함께 목구멍으로 넘기는
이 점령지 폐허에서 그대를 발굴하는
이는 또 누구인지요   ─「새벽 발굴」부분(IV : 45~46)

전래의 고고학이 제국의 발화를 뒷받침했다면, 현재의 그것은 역사

바깥의 피식민자와 피지배자의 목소리의 발굴과 복원에 유익하기를 바란다. 이 억압된 것들의 귀환은 첫째, 현재에 의한 과거의 재식민화 가능성을 저지하며 둘째, 인류의 목소리가 의외로 중층적이며 다성적임을 물릴 수 없는 진실로 확증한다. 본래 시인이란 개인적 서정은 물론 자민족의 역사나 영웅의 일대기를 예찬하고 널리 알리는 영매(靈媒)였음을 상기하면, '새벽 발굴'은 과학적 학술을 넘어 벌써 시적 주술에 해당한다. 엄격한 학적 체계가 "점령지 폐허"에 이미 묻혔고 앞으로 묻히게 될 '이름 없는 그대들'[8]의 기원과 미래를 동시에 발화하는 시적 상상력으로 발랄하게 전유되었다고나 할까.

그러나 '그대들'의 언어는 아직 복원되지도 귀환되지도 못했다. 비록 영매이기는 해도 '나'는 여전히 그대들의 말을 번역, 전달하는 친밀한 타자를 벗어나지 못한 채로 존재한다. "이 점령지 폐허에서 그대를 발굴하는/이는 또 누구인지요". 이 물음은 여전히 결핍에 시달리는 자아에 대한 성찰적 헤집음이다. 동시에 미래의 '집단 무덤' 속에서 나를 꺼내 볼 어떤 당신에게 보내는 절박한 손 내밈이다. 서로의 시공간을 점유하거나 박탈하지 않을뿐더러 번역도 중재도 필요 없는 이름 없는 자들의 공동 언어에 대한 욕망은 따라서 필연적이다.

이 공동 언어의 형식은 과연 무엇일까. 가장 단순한 방식은 에스페란토와 같은 인공어를 제조하거나 바벨탑 이전의 절대어를 상상하는 것일 테다. 하지만 이 인공어와 절대어는 너와 나, 그들의 역사와 개성을 은폐하거나 삭제한다는 점에서 "우주보다 더 혹독하게 폐허의

---

8) 근본적으로 모든 존재는 권력과 자본의 유무에 상관없이 시간과 죽음의 폭력성에 휘둘리는 피식민자인 것이다. 시는 피식민자 가운데서도 번듯한 비명과 무덤 하나 갖지 못한 '이름 없는 그대'들을 호곡하는 서발턴subaltern의 언어일 필요가 있다.

등허리를 누르는""저 해"(IV:46)와 별반 다를 바 없다. "그대의 마지막 물기를 말리"(IV:47)는 태양(권력은 언제나 태양이기를 갈망했고, 태양은 그렇게 상투화되어왔다)의 폭력성에 대한 통각에서 허수경의 언어실험, 그러니까 일상어(≒표준어)와 지역어 혹은 개인어의 잇댐과 겹침이라는 의외의 크리올적 상황은 출현한다(고 믿는다).

*

이주 혹은 이산의 경험은 권력이 집중된 중심부의 긍·부정성에 대한 성찰 못지않게, 자기의 고향과 정체성, 그것의 문화적 실체 따위에 대한 근본적 질문 역시 강제한다. 이주자의 영혼과 육체에 삼투되는 혼종성이 초래하는 응답의 방식은 크게 두 가지로 정리될 수 있을 것이다. 하나가 자아(민족)의 원초적 경험과 형태의 상상과 소환이라면, 다른 하나는 거부할 수 없는 통문화적 혼성성을 자아(민족) 도약의 지렛대로 삼는 것이다. 어느 방법을 선택하든 중요한 것은 프란츠 파농Frantz Fanon의 말처럼 "오 나의 육체여"라는 질문을 계속 던지면서 스스로 말하는 방법과 권리를 획득하는 일이다. 이럴 때에야 중심부와 주변부를 막론하고 차이성과 동일성의 동시적 존중과 확보의 가능성이 열리기 시작할 것이다.

나는 허수경의 『청동의 시간 감자의 시간』(2005) 제1부를 구성하는 "진주 말로 혹은 내 말로"가 "오 나의 육체여"라는 물음 자체라고 생각한다. 이 기원의 언어를 통해 시인은 '고향'과 '자기'의 심연으로 깊이 잠수하는 것이며 또 발성과 음색은 달라도 누구에게나 보편타당한 공동 언어의 내면을 짐작해본다고나 할까. 과연 허수경은 무제의

서시에 "거울 속으로 새 신 신고 들어간다/거울 속에서 헌 신 신고 나
온다"(IV:11)는 특이한 "거울 들판"의 경험을 적고 있다. 그 광경을
한 쌍의 시로 제시하면 다음과 같다.

　　물결 건너 작은 섬 하나 있어
　　오십 년 전 전쟁 때 눈동자 없이 죽은 이
　　그 눈동자가 먼 꽃에 든다

　　그가 다시 볼 수 있다고
　　말하지 마오,

　　비 내리는데
　　노천식당에 앉아 지나가는 새 보는데　　　　—「항구마을」 부분(IV:14)

　　물회리 너머가리 자근 셈 한 도두 이서
　　반백 허리 전장 적 눈동자 거이 없이 두어 두리머리 간 녁
　　그녁 눈동자, 먼 꽃 드누나

　　그녁 다신 볼 수 있다
　　말하지 말아여

　　비님 나리시는데
　　노천밥집 안조로미 드나가는 새낭구 보는데
　　　　　　—「항구마을—진주 말로 혹은 내 말로」 부분(IV:16~17)

어느 시가 먼저 씌었을까. 제도의 차원에서는 전자로, 언어의 시원에서는 후자로 결론날 법하다. 하지만 선후의 문제는 크게 중요하지 않다. 이 문제를 중심에 둔다면, 두 시는 『슬픔만한 거름이 어디 있으랴』의 반복과 변주에 불과할 따름이다. 따라서 두 시가 서로를 상호 내삽하고 있다는 사실, 거기서 발생하는 효과를 파악하는 일이 훨씬 긴요하다.

범박하게 말해 언어의 기원과 현재를 나누고 있는 두 시들은 또한 허수경의 또 다른 언어들인 독일어나 고대 근동어와도 동일한 관계를 형성한다. 개개의 언어들은 시와 학문, 일상의 어떤 맥락에 놓이느냐에 따라 그 배치와 서열, 관계가 수시로 뒤바뀐다. 따라서 이들 언어의 주권은 늘 상대적이며, 타자에 의해서만 실현될 수 있다. 이런 다중어의 상황과 감각이야말로 시인을 한국어 내의 이중 언어 화자로 밀어 올리는 결정적 요소에 해당한다.

첫 시집의 토착어는 "거울 들판"에 나서기 이전의 즉자적 언어, 그것도 민족주의에 의해 견인된 당위적 언어에 가깝다면, "진주 말로 혹은 내 말로"는 다양한 시공간의 언어 가운데서 토해지는 혹은 재발견된 대자적 언어에 보다 가깝다. 요컨대 코즈모폴리턴의 감각이 관류하는 지역어 혹은 개인어인 것이다. 그런 점에서 발명된 사투리의 흔적을 간직한 의고적 기표는 일종의 '갈라진 혀'이다.[9] 말의 기원으

---

9) "진주 말로 혹은 내 말로"란 부제는 양가적인 진실을 환기한다는 점에서 매우 명민한 장치에 해당한다. 그것은 시인의 언어와 정서의 기원을 고지한다는 점에서 절대적이지만, 그에 따른 단독성의 획득은 오히려 기원을 상대화하거나 기원 없음의 알리바이를 정당화하기도 한다. 이런 기미 때문인지 송희복은 "진주 말로 혹은 내 말로" 시편이 소통보다는 실험을 목적하는 "가상의 진주 방언, 개인 방언으로 씌어진" 일종의 인공어 시편이라고 정의한 바 있다. 그럼에도 불통의 가상 방언에 대한 판단과 평가는 뒤로 미루고 있

로 귀환하는 구심력과 보편타당한 공동 언어의 감각을 욕망하는 원심력의 팽팽한 긴장이 "진주 말로 혹은 내 말로"를 낳은 것이다.

"진주 말로 혹은 내 말로" 시편들의 가치는 따라서 소통의 가능성과 순혈 여부에 의해 결정되지 않는다. 이 말들은 그런 동일화보다는 차라리 노마드적 존재이며 타자일 수밖에 없음을, 곧 아무것도 아님의 '조건'을 끊임없이 환기하는 차이의 언어에 가깝다. 기원과 역사, 정체성이 가장 분명하다고 인정되는 사투리가 주체의 안정성 못지않게 유동성의 강화에 큰 몫을 하고 있는 셈이다.

이 유동성은 그러나 역사에서 추방된 이름 없는 자의 지속적 기억과 호출의 결정적 원리라는 점에서 내가 타자를 사는 방식이기도 하다. 그러므로 허수경식 모성성 혹은 페미니즘의 특성이라면, 자신의 몸과 영혼을 이름 없는 자들의 '집단 무덤', 아니 그들의 제 목소리를 울리는 공동 놀이터로 기꺼이 제공한다는 타자성의 시학에서 찾아야 할 것이다.

이런 사실을 고려하면, "진주 말로 혹은 내 말로"는 공동 언어의 '형식'이 아니라 공동 언어의 '조건'을 밝히고 지시하는 일종의 환유이다. '갈라진 혀'의 소유자가 공동 언어란 실체화할 수 없는 꿈 혹은 환상임을 모를 리 없다. 그러니 마치 시의 원리가 그렇듯이 공동 언어의 욕망이나 환상은 미우나 고우나 세계를 포월(匍越)해가기 위한 일종의 방법적 사랑인 것이다. 그 안에 숨겨진 국제적 감각과 정신은 괄호 치더라도, "진주 말로 혹은 내 말로"의 형식 의지가 공동 세계와 공동 언

으며, "지역의 언어를 얼마만큼 섬세하게 시적으로 승화시켜야 하는가"를 지역 시의 중요한 가능성으로 제시하고 있을 따름이다. 송희복, 「경남의 지역문화를 반영한 시의 정체성」, 『시와지역』 2010년 봄호(창간호), pp.23~24 참조.

어의 '조건'을 형성하기 위한 방법적 사랑임은 다음 고백에 뚜렷하다. "어떤 의미에서는 뒤로 가는 실험을 하는 것이 앞으로 가는 실험과 비교해서 뒤지지 않을 수도 있다. 뒤로 가나 앞으로 가나 우리들 모두는 둥근 공처럼 생긴 별에 산다. 만난다, 어디에선가"(Ⅳ:뒤표지).

뒤로 가면서 '세계 공동체'를 향해 진격하는 "진주 말로 혹은 내 말로". 이 도발적 상황은 자본과 문화의 식민화 욕망으로 들끓는 제국의 관제탑을 향해 돌진하는 돈키호테를 언뜻 떠올리게 한다. 하지만 그의 미학적 분신 허수경은 루시디가 "가장 심층적 자아에서 융합이 생겨나고, 그들 자신의 과거와 그들이 현재 위치한 곳 사이의 전례 없는 연결이 생겨나는 사람들"로 명명한 이주자와 가장 근접해 있다. 비록 소수자에 불과하지만, 이들은 "여러 방식의 존재를 경험했기 때문에 그 환상적 본질을 이해"할 줄 아는 지혜의 인물들인 것이다. "사태를 정확히 보려면, 국경을 건너야만 한다".[10] 허수경의 "진주 말로 혹은 내 말로"는 이 고단한 명제의 시적 버전이자 실천으로 읽어도 거의 무방하다. 과연 허수경이 일부러 붙여놓은 상호 구속의 '서울말'과 '진주 말'이 상호 해방의 자율적인 개인어―공동어로 흩어지고 또 만날 날은 언제인가.

*

가라는 길을 멀리 에둘러 온 느낌이 없잖다. 주어진 과제는 지역

---

10) 이상의 인용은 Salman Rushdie, *Imaginary Homelands*, Granta, 1991, pp.124~25. 여기서는 박성창, 「문학·국경·세계화」, 『글로컬 시대의 한국 문학』, pp.51~52에서 재인용.

시 담론, 특히 신생 잡지 『시와지역』의 터전 진주를 비롯한 경남 일대의 지역시를 살펴달라는 것이었다. 이곳에 밥벌이하러 온 지 얼마 안 되었다고 변명해도, 그 어떤 곳의 지역문학에도 거의 무지한 내 짧은 공부에 대한 면박이 줄어들 수는 없다. 결국 진주에서 서울로, 서울에서 독일로 존재와 삶을 자의든 타의든 이주해 간 허수경 시를 읽는 것으로 지역문학의 어떤 가능성을 짚어보고자 했다.

이 글에서는 주로 평화와 평등, 자유의 감각에 기초한, 아니 이것들을 심화하는 요소이기도 한 허수경의 코즈모폴리터니즘에 집중해 보았다. 이 국제주의는 이주 혹은 이산의 본질에 대한 철저한 자각을 바탕으로 중심부 제국의 그물망을 헤쳐 나가는 소수자의 문법하에 구성되고 실행된다는 느낌이다. 그러므로 허수경의 시는, 사투리는, 한국어는 이미 그것의 고유성만을 파고드는 민족어와는 상당히 멀어진 크리올화된 한국어, 다시 말해 이름 없는 자들의 느슨한 연대와 막힘 없는 대화를 위해 바쳐지는 가상의 공동 언어인지도 모른다. 그의 코즈모폴리터니즘이 개인과 민족의 차이성과 이질성을 존중하는 심미적 이성에 충실한 것도 이 때문이다. 허수경 시의 글로컬리티 역시 여기서 탄생하며 또 미학적 보편성을 얻는다. "진주 말로 혹은 내 말로"는 그 과정을 역산(逆産/逆算)한 시적 구조물인 셈이다.

지역문학은 권력 관계에서 볼 때 명확히 소수자의 문학이다. 이에 대한 통찰 없는 지역색의 모색이나 중앙과의 연합은 이쪽저쪽으로 내몰리는 무국적자로 옹색해질 수밖에 없다. 이 말은 무엇보다 지역문학이 중앙과 지방, 중심과 주변, 강자와 약자 따위의 이분법적 구도와 이것을 의례화하는 시스템의 작동에서 의식적으로 벗어날 필요가 있음을 의미한다. 이 상황에서 빚어질 '무국적'은 존재의 차이성과 타자성을 긍정하는 한편, 그것들의 연결을 확장하고 연대를 강화하는 힘이자 기술이다. 이 차이와 연대의 상상력은 가령 다음과 같은 뜻밖의 식도락을 낳을지도 모른다. 이 쇠머리 국수는 어디의, 누구의 것인가? 자 우선 드셔보시라.

　—규방 총서에 나오는 이 도시의 먹거리 가운데 제일로 유명한 것이 검은 쇠머리 국수다. 쇠머리를 마늘과 생강과 소주를 넣고 푹 삶는다, 그 살을 발겨내어 잣가루와 소금을 쳐서 차게 식힌다, 가는 국수를 삶아 물에 헹구어서는 쇠머리 국물에 말아내고 쇠머릿살을 고명으로 얹고 간을 옅들게 한 생채를 곁들여 먹는다.
—「검은 소 도시 혹은 여행 전에 읽은 여행 길잡이 가운데」 부분(IV:110)

〔2010〕

시는 매일매일

─진은영론

    장면 1: 진은영 시집[1]에 촘촘히 박힌 에피그램epigram은 시의 궁극을 지정하는 필살기인가 아니면 시의 흐름과 독자의 이해를 지시하는 친절한 유도등인가. 우리는 진은영의 시집을 펼치자마자 시가 아니라 니체, 아라공, 릴케, 파스테르나크 등의 말들을 먼저 만난다. 동일한 발화 전략은 단일 시편에도 곧잘 등장한다. 따라서 그것들은 규칙적으로 조용히 깜박이는 유도등이 아니다. 진은영의 시를 때로는 하늘로 밀어 올리고 때로는 측량할 수 없는 곳으로 미끄러뜨리는 시소이다. 이 때문일까. 진은영의 시와 에피그램들이 벌이는 시소게임은 즐거움을 느끼기도 전에 내면 저편의 울렁거림을 먼저 돋운다.

    장면 2: 용언이 삭제된 혹은 안 쓰인 체언(주체/대상)은 존재하는

---

1) 논의할 시집은 다음과 같다. I:『일곱 개의 단어로 된 사전』, 문학과지성사, 2003; II:『우리는 매일매일』, 문학과지성사, 2008. 이런 표시 없이 작품명만을 적시한 시는『우리는 매일매일』 출간 이후 발표된 것들이다. 출간이 확정되기까지는 제 운명을 알 수 없는 이 시들을 흔쾌히 제공한 진은영 시인에게 고마움을 전한다.

것인가 아니면 부재하는 것인가. "우리는 매일매일"(「우리는 매일매일」, II:34)이란 뒤 없는 문장은 이 질문을 상수(常數)화한다. 텅 빈 용언을 어떻게 이해하는가에 따라 주체와 대상들은 현전과 부재의 이중 운명을 한 몸으로 살 수밖에 없다. 하지만 진은영 시는 현전과 부재라는 존재의 형식을 분절하거나 뭉뚱그리는 데 관심을 두지 않는다. 서로가 서로를 어떻게 지우고 또 표상하는가를 언어화하는 '관계의 현상학'에 집중한다. 따라서 관계의 현상학은 결정될 수 없음을 승인하는 불확정성의 시학이 아니라 끊임없는 추적과 순간적 대면만이 허락되는 다면성의 시학이다. 이 다면성은 돌발적 접촉을 구조화하는 한편, 지연을 필요충분조건으로 요구한다. 그래서 시(들)는, 또 우리는, 매일매일……

비어 있거나 아직 도착하지 않은 '……'는 당연히도 체언에 의해 산출되는 '무엇'이다. 동시에 용언으로 명명되는 '무엇'은 체언을 규정한다. 이 산출과 규정의 방정식은 '우리'와 '시(들)'가 경험하고 상상하는 '……'가 동일성보다는 차이성에 이끌릴 것임을 예감케 한다. ('우리'와 '시'는 개체들의 단순 집합이 아니라 본디 개별성과 고유성의 연합/연대이므로.) 그러나 차이에의 지나친 맹목은 '우리'의 공통 감각을 무효화하며 '시'를 사인화된 주술 또는 웅얼거림으로 규격화할 가능성이 농후하다. 따라서 이 비극적인 단독 강화를 제어하기 위해서는 저들 사이를 중개하는 '나'의 설정이 필요할지도 모른다. 개입 대신 설정이란 표현을 쓴 것은 모든 것을 석권하고 결정하는 절대 주체 '나'를 '우리'와 '시'의 관계를 조절하는 매개자이자 자기로부터 이탈하는 탈주자로 상대화, 바꿔 말해 전유(專有)하고 싶어서이다.

이럴 경우 '……'는 창조자와 발명의 지평으로 솟아오르지 않고 필사자(筆寫者)와 발견의 지평으로 자꾸만 잠복한다. 그런 '주체'의 징후적 떨림과 흔들림에 조심스레 접촉해본 것이 '장면 1'과 '장면 2'이다. 체언, 곧 주체들의 지위보다 관계에 집중한다는 것은 용언의 지시적 기능보다는 유희적 기능에 주목한다는 뜻이다. 물론 이때의 유희는 응고와 고착을 거부하는 이탈과 분산의 미학에 보다 가깝다. 진은영 시 곳곳에 잠복한 유희가 웃음과 화해 이전에 고통과 소외를 먼저 탄주(彈奏)할 수밖에 없는 이유가 여기에 있다.

*

진리는 과연, 통찰의 언어인가 맹목의 언어인가. 인간이 가야 할 길을 비춘다는 점에서는 통찰이지만, 그 길을 유일한 것으로 만들거나 다른 길을 숨긴다는 점에서는 맹목일 수 있다. 니체의 "진리는 낡아빠진, 그리고 감각적인 힘을 상실한 은유들이다"(II:49)란 말은 그 맹목이 신념과 순응에 앞서 언어 지평에 속한 문제임을 충실히 고지한다. 낡아빠진 세계와의 결별, 그리고 '감각적 힘'에 대한 갈급한 욕망은 니체의 후예 진은영을 시인 되게 하는 근본 요인처럼 느껴진다.

나는 한 번도 진실을 말한 적이 없다

그리고 흰 공책 가득 그것들이 씌어지는 밤이 왔다

—「소멸」 부분(II:33)

다시 낯선 비밀들이

몸속으로 뛰어들게 할 수 있다면   —「메피스토 왈츠」 부분(II:37)

소멸과 메피스토[2]는 썩 잘 어울리는 조합처럼 보인다. 죽음과 악마로 번역·통칭될 수 있는 이들은 진리 외적인 존재, 그러니까 늘 추방되어야 할 족속들이다. 하지만 이들은 빛에 의해 눈이 멂으로써 한 번도 말해지지 않은 "진실"과 "낯선 비밀"들에 누구보다 민감한 영혼과 촉수를 거느리게 된다. 그런 점에서 진은영의 '⋯⋯'는 악마화 전략이다. 삭제되거나 말해지지 않은 것들은 어떤 당위성도, 어떤 방향성도 지시하지 못한다는 점에서 진리와는 거리가 멀다. 아니 오히려 그 권력의 기원을 혼동시키고 무력화한다. 그래서 시인에게 '밤'은 오히려 낮이다. 그의 시에 밤과 어둠의 이미지가 활성화되어 있는 것도 이와 무관치 않을 것이다.

시인에게 현전하는 체언과 부재하는 용언의 돌발적 제시[3]는 감각적 힘으로 충만하기를 욕망하는 악마화 전략의 원형이다. 용언에 호기심을 가지는 순간 우리 역시 악마의 세계로 진입한 것이나 마찬가지

---

2) 파우스트 전설에 나오는 메피스토펠레스의 약칭이다. 괴테의 『파우스트』에서, 악마도 신의 도구에 불과하다는 것을 깨닫지 못한 메피스토는 파우스트를 유혹하여 파멸시키려 하지만 오히려 파우스트를 구제하여 신의 의도에 따르는 결과를 낳고 만다. 진은영 시는 문학과 성서, 철학, 미학, 미술, 음악, 영화 등에 걸친 상호텍스트성을 풍부하게 구현하고 있다. 앞으로 진은영 시 해석의 주요 통로가 될지도 모른다. 문화론적 견지의 상호텍스트성은 진은영 시 특유의 환상성을 발생시키는 장처(長處)로 곧잘 작용하지만, 그와 세대 및 경험이 다른 어떤 독자들에게는 공통 경험을 지연시키는 난해의 장막으로 펼쳐질 때도 없지 않다.
3) 주어나 주체만 제시하거나 그것에 일정한 변형을 가하는 진은영의 시는 매우 꾸준하다. 먼저 「나는」(II:45). 이 시는 $S + V_1$, V_2, V_3⋯⋯의 형식으로 주어/주체를 끊임없이 분산시킨다. 다음으로 다양한 체언에 동일한 용언을 붙인 시로 「주어(主語)」(II:95)와 「있다」가 있다. 이것은 S_1, S_2, S_3⋯⋯$+V$의 형식으로 구성된다. 이들 용언은 상황과 형태의 제시를 의도하는 만큼, 서정시 특유의 아날로지 전략과는 거리가 멀다. 마지막으로 「이 모든 것」은 제목을 전자의 방식으로 취하되 연은 후자의 방식으로 구성된다. 진은영의 형식 의지와 전략은 이토록 집요하다.

다.[4] 그러나 이 악마화 전략은 매우 중층적인 것이어서, 시인의 '진
실'에 다가서는 순간 독자는 자신의 '진실'을 떠올리지 않을 수 없다.
고립된 체언의 제시가 '너(시인)'를 접촉하기 전에 '나(독자)'를 먼저
끄집어내기 때문이다. 이처럼 기입과 삭제, 중복이 동시에 발생하는
글쓰기에서는 어떤 우월한 '진실'도 발생하지 않는다. 물론 '진실'의
평등은 개성들의 평균화나 균질화 같은 미학적 재앙과는 전혀 거리가
멀다. 각양각색의 동거, 거기서 감각적 힘이 발생하고 확장되며, 세
계와 존재의 갱신은 명랑하게 실현된다. 그러니 "매일매일"은 이 변
성(變性)의 북적거림을 표상하고 영원화하는 진은영 특유의 기표로
등재되어도 좋다.

> 우리가 바람의 무덤 속에 매장하는 향기들
>
> 실패에서 풀려나오는 실을 감으려는
>
> 그림자 손가락 같았다
>
>
> 사물들은 올리브유의 초록처럼
>
> 내내 투명했다
>
> 다른 시간 속에서 활활 타오를 것 같았다

—「주어(主語)」 부분(II:95)

---

[4] 체언의 현전과 용언의 부재라는 힌트를 준 최초의 시는 당연히도 「우리는 매일매일」(II:34)
이었다. 그러나 이 시는 「나는」, 「주어」, 「있다」 등의 구조를 취하지 않아서, 독자들의 기
대를 배반할지도 모른다. 하지만 진은영식 사유의 원형과 표현의 원리는 뚜렷하게 제시되
어 있다. "우리는 너무 오래 생각했다/틀린 것을 말하기 위해/열쇠 잃은 흑단상자 속 어
둠을 흔든다". '진실' = '틀린 것'(≠ '다른 것')이란 흥미로운 공식이 성립하는 순간이다.

274

있다고, 말할 수 있을 뿐인 때가 있다 　．

여기에 네가 있다 어린 시절의 작은 알코올램프가 있다

늪 위로 쏟아지는 버드나무 노란 꽃가루가 있다

죽은 가지 위에 밤새 우는 것들이 있다

그 울음이 비에 젖은 속옷처럼 온몸에 달라붙을 때가 있다

—「있다」 부분[5]

　　시인은 '주어'라고 적었지만, 우리는 '같았다'와 '있다'의 세계에 던져졌을 뿐이다. 주체/체언은 삭제되고 '……'만 존재하는 형국인 것이다. 체언/주체의 실체가 궁금할 듯하지만, '같았다'와 '있다'는 우리들의 세계를 이미 점령하고 있다. 절대 주체 '나'의 괄호 침은 헤아릴 수 없는 타자들의 경험을 활성화하며 그 경험을 오로지 타자의 것으로 고유화한다. "사물들이" "내내 투명"하고 "다른 시간 속에서 활활 타오를 것 같"은 복락(福樂)은 누구에게도 저촉되지 않는 저만의 자유와 개성을 획득할 때 비로소 가능한 것이다. 그 순간 '나'에게 포섭되지 않는 타자들의 '진실'이 "있다고, 말할" 찰나가 주어진다.

　　따라서 위 시들에 제시된 특정 상황과 순간들은 굳이 비평적 언어로 해석될 필요가 없다. '같았다'와 '있다'의 세계로 파고들어 우리들의 '순간'을 다시 느끼고 되살려내는 감각의 무도(舞蹈)가 훨씬 시급하다. 이런 '감각적 힘'의 회복과 용출이야말로 시에서의 진정한 '주어'일 것이다. 정지된 대상의 안정감보다는 "다 흘러내린 모래시계를 뒤집어놓"(「그날」, II:47)는 유동성의 미학에 심취된 진은영 시의 기

---

5) 「있다」는 행들이 '있다'로 종결되지만 각 연 역시 '있다'로 종결된다.

본 방향은 이 새로운 '주어'의 욕망에 따라 설정되고 조절되며, 또 지향점을 새롭게 튼다. 다음 시에서 보게 될 형식의 반전과 음산한 분산의 벡터 역시 여기서 비롯된 것이다.

무한 배열의 속성을 지닌 용언 세계는, 야콥슨의 개념을 빌린다면, 은유―유사성의 전면적 후퇴와 환유―인접성의 전진 배치에서 출현한다. 과연 진은영에게 '은유'는 화해 불가능한 냉전의 대상이다. "은유는 없다/그것은 푸른 얼음/따스한 구멍 속에서 녹아버렸다"(「Summer Snow」, II:50). 이 지독한 명제는 시인에게 은유의 거부가 기존 세계에 대한 불화 전략이기에 앞서, 자신과 시의 저 깊은 곳을 거세게 타고 흐르는 저류임을 선명하게 드러낸다. 하지만 명제의 선명성이 동일성의 완강한 격랑을 헤치는 힘이 되는 것은 아니다. 시인은 '나'를 말함으로써 오히려 '나'를 지워버리는 환유적 언어의 파편들을 거머쥠으로써 은유에의 익사를 간신히 모면하게 될 것이다.

> 너무 삶은 시금치, 빨다 버린 막대사탕, 나는 촌충으로 둘둘 말린 집, 부러진 가위, 가짜 석유를 파는 주유소, 도마 위에 흩어진 생선비늘, 계속 회전하는 나침반, 나는 썩은 과일 도둑, 오래도록 오지 않는 잠, 밀가루 포대 속에 집어넣은 젖은 손, 외다리 남자의 부러진 목발, 노란 풍선 꼭지, 어느 입술이 닿던 날 너무 부풀어올랐다 찢어진
>
> ―「나는」 전문(II:45)

'나는 ……이다'라고 말할수록, 주체는 하찮고 무의미한 존재로 분열·증식된다. 사소한 '나'들의 무차별적 산란 속에서 동일성은 허구적인 것에 불과하며, 그것의 기원 은유―유사성 역시 "너무 부풀어

올랐다 찢어진" 원리임이 판명난다. 물론 기존의 주체 해체는 합리적 사유가 아닌, 은폐된 '나' — 기의들의 돌발적인 출현과 접촉에 의한 것이다. 이성 바깥의 산물인 '나'의 동시적 산개(散開)는, 한편으로는 한 점으로 수렴되는 주체의 불가함을, 다른 한편으로는 이질적인 것의 연대와 배열에 의해 주체가 구성됨을 암암리에 시사한다. "나를 만난 것들"이 "상점의 어둠 같은 것./철쭉의 어지러운 몽상이 있는 창문 같은 것들"(이상 파스테르나크의 말, Ⅱ:7)로 암시되고, 자아가 "출처를 잃어버린 인용" "모든 습작" "이사 가는 날" "마지막 청어의 탄 맛"(이상 「무질서한 이야기들」, Ⅱ:18~19) 따위의 툭 던져진 대상들을 두서없이 좋아한다고 고백하는 것은 확실히 주체의 개방에 힘입은 것이다.

그러나 "뜨거운 아스팔트에 떨어진 아이스크림"처럼 "녹기 시작하"는 나는 과연 행복하기만 할까. 환유와 사실 들의 세계라고 해서 모든 것을 집어삼키는 언어의 늪은 없는 것일까. 진은영은 정직하게도 아직 아니라고 답하는 듯하다. 원인은 첫째 '그'가 "나를 달콤하게 그려놓았다"는 것, 덕분에 '나'는 아이스크림이 되었지만 그러나 "누구의 부드러운 혀끝에도 닿지 못했다"는 것, 둘째, '그'가 "모래사막에 나를 그려놓고 나서/자신이 그린 것이 물고기였음을 기억"하면서 현재 "나를 지워"(이상 「멜랑콜리아」, Ⅱ:11)주고 있다는 것이다.

어느 모로 보나 '그'는 시인이거나 내포 작가일 가능성이 크다. 말하자면 여전히 언어에 실패하고 있는 자기—시인 상(像)에 대한 뼈저린 고백인 셈이다. 하지만 결코 세계의 본질에 가닿지 못하는 차연의 언어와 욕망의 대상을 결코 동일화하지 못하는 결여의 언어가 자신의 한계임을 각성하는 자는 비관주의자일 수 없다. 그는 외부의 힘에 의해 실패당하는 자가 아니라 스스로 실패를 살아내는 자라는 점에서 "정말로 낙관주의자다".[6] 따라서 그는 '멜랑콜리아'의 내습을 무표정한 웃음으로 가리는 기만적 존재가 아니라, 적어도 그 태도에서만큼은 실패를 치명적 도약의 원천으로 삼는 낭만적 아이러니스트다.

이것은 과연 진은영 시가 언어 못지않게 그림에 집중하는 태도를 해명하는 단서가 될 수 있을까. 적어도 그림은 어떤 본질적인 것에 대한 절실한 접촉과 관통의 순간을 언어보다 명징하게 정지시킬 수 있으므로. 또한 그래서 도약과 실패의 대비가 더욱 뚜렷해지므로. 물론 이런 형식적 접근은 일종의 방법적 수단에 가깝다. 이것을 빌려, 우리는 시인에게는 그림이 영혼을 뒤흔드는, 나아가 '……'의 세계를 엿보고 기획하는 또 다른 내면임을 마침내 확인하게 될 것이다.

*

진은영 특유의 '실패의 낙관주의'는 어디서 기원하는가? 주체의 세계 의식과 태도를 결정짓는 한편 내면 풍경의 아우라를 직조하는 정신의 움직임에 해당하니만큼, 섬세한 대화가 필수적이다. 사실 그의 그림 텍스트는 언어, 그러니까 시에 의해 수행되기 때문에, 원래의 그림과는 일정한 거리를 전제하는 2차 텍스트이다. 하지만 거리화로 인해 그림―시는 오히려 실패의 낙관주의를 깊이 있는 성찰의 지평에 올려놓을 수 있다. 짐작건대 성찰을 지속적으로 수행함으로써 '……'의 본질과 방법론은 한층 유연해지며 또 냉정해질 것이다.

------

6) 「멜랑콜리아」(II:11)의 일절이다. '멜랑콜리아'와 '낙관주의자'의 결합은 우울하면서도 상쾌하다.

거위의 희고 많은 깃털들 밑에 눈동자

사과 팔다 매맞아 죽은 왼쪽 눈동자

집 지키다 깔려 죽은 오른쪽 눈동자

나는 눈 감고 싶어라

좌우 시선을 피하고 싶어라

이 털을 다 뽑고 나면 더 많은 눈동자들

—「마더구즈」 부분(I:74~75)

감시와 처벌의 정례화와 규격화는 파시즘적 전체성의 광장을 전경화한다. 이 세계에서 눈은 정시(正視)의 가능성을 박탈당하며, 간교하게 '나'를 숨기고 '너'를 드러내는 사시(斜視)로 고정되기 마련이다. 더욱 가혹한 것은 이 질시와 추격의 시선은 세계 너머로의 초월과 일탈을 전혀 허락하지 않는다는 점이다. 바른대로 말해, 전체 또는 특정 이념에 반하는 '눈동자들'을 모두 죽여버리는 폭력의 끔찍함은 절대 주체를 최종심급으로 설정한 채 세계를 멋대로 자기화하는 은유의 권능과 닮아 있다.

이런 상황 대비는 왜 여타의 감각기관이 아니라 '눈'이 특히 문제되는가를 석설히 암시한다. 근대 이후 인간은 상상적 인지의 일종인 원근법을 절대화함으로써 그 외의 시각적 접근이나 다르게 보기를 비정상적인 것으로 고착시켰다. 다르게 보려는 자들은 공공의 적(敵)이기를 감수하면서 이제껏 자기를 지배하고 이끌어온 눈을 미련 없이 찌르고서야 비로소 맹목으로부터 해방되었다. 또 다른 의미의 '눈먼자'가 된 셈인데, 이 아이러니한 상황은, 이후 보겠지만, 진은영이 왜 그토록 '손가락'의 상실과 구원의 서사에 매달리는가를 설명하는 주요 단서가 된다.

하지만 더욱 충격적인 것은 눈멀어 더듬거리는 자의 손가락이 전체성의 사회 못지않게, 가장 친밀한 사회인 가족에 대한 비판과 반발에서 출현한다는 사실이다. 이를테면 유년의 내 책꽂이에서는 "아버지, 엄마/아버지의 엄마" "단 세 권만/읽혀지지 않았"(「바깥 풍경」, I:82)으며, 그 때문인지는 몰라도 '유년 시절'은 "사브레 과자와 딸기나무 침대로도/잠들지 않는 불행들이 가시 울타리에 걸려 있"(「유년 시절」, II:86)었다. 어떤 특수한 사정, 이를테면 때 이른 조숙성이나 맹랑한 순진성을 감안한다 해도, 아이들은 부모와 선생님 같은 가장 친밀한 존재의 시각을 모방하고 학습하며 세계를 읽어나가기 마련이다. 그것이 진리와 정의를 향하든 아니면 술수와 협작을 향하든, "아무 때나 덮고 치울 수 있"(「바깥 풍경」, I:82)는 결정권이 허락되지 않는 한 아이는 성장하면서도 다분히 맹목에 갇힌, 푸코적 의미에서의 '미성년'에 머무르게 될 것이다. 그러니 냉정하게 말해 억압적이며 폐쇄적인 가족은 당위성과 사회적 시선을 빌미 삼아 아이의 눈을 함부로 가리는 친밀한 적의 일분자인 셈이다.[7] 이 아연실색할 처지는 특정 개인의 것으로 결코 환원될 수 없는 사회적인 현상이란 점에서 더욱 문

---

7) 첫 시집 『일곱 개의 단어로 된 사전』에는 가족과의 불화를 그리거나 거리화를 시도하는 시편들이 여럿 실려 있다. 「가족」 「유괴」 「푸른색 Reminiscence」 「벌레가 되었습니다」 「바깥 풍경」 들이 그것이다. 하지만 두번째 시집 『우리는 매일매일』에서는 「유년 시절」과 「나의 할머니」 두 편 정도만 작성된다. 내용도 부정적인 시각을 벗어나 어린 시절을 담담히 추억하는 형태로 바뀌고 있어, 그 변화의 원인이 무척 궁금하다. 추측건대, 은유의 격렬한 거부에서 벗어나 그것을 대체하는 언어 체계, 이를테면 '……'의 세계로의 진입이 가족에 대한 객관적이고 안정적인 거리감을 불러왔을지도 모른다.

제적이다.

눈의 타살을 주도한 남근 권력, 곧 가부장제가 은유의 원리와 맞닿아 있다는 인식은 진은영에게 매우 분명해 보인다. 왜냐하면 "은유는 없"으며 이미 "녹아버렸다"[8]는 도저한 선언 바로 위에 "나는 헤롯이며 요한의 잘린 머리/내가 죽인 모든 장자들의 아버지인"이 놓여 있기 때문이다. 이것은 "이름이 뭐냐고" 묻는 아담에게 주어진 응답이다. 하지만 '나'의 대답은 몹시도 작위적이며 조롱의 기미로 가득 차 있는 듯하다. 그들의 진짜 아비인 아담을 향해 '나'를 처형자인 '헤롯'이자 목 잘린 요한으로, 또 "내가 죽인 모든 장자들의 아버지"[9]로 규정하고 있기 때문이다. 가족, 좁게는 남근 권력의 기원으로서의 '아담'을 참칭함으로써, '나'를 전부이며 그래서 아무것도 아닌 것으로 악마화함으로써 '아담'의 권위와 말을 가차없이 강바닥으로 끌어내린 형국이다.

더욱 볼만한 것은 행간 걸림 장치를 교묘히 구사하여 "……아버지인 // 은유는 없다"라는 의미심장한 구문을 생산하고 있다는 점이다. '은유'는 저 도착적이며 자기모순적인 규정의 주어가 됨으로써 스스로 "녹아버"리는 것이다. 큰 아비 아담의 언어적 살해와 시에 숨어든 탕아의 자기 선언이 동시에 격발된 희유한 장면이다. 실패의 낙관주의는 어쩌면 이 장면을 예비하면서 자아를 거듭 단련하는 한편 부정적 현실을 낮게 포복해왔는지도 모른다. 관습적 자아와 세계가 거침없이 전복되는 이 진흙탕은 그러나 자기의 치유와 시의 미래를 동시

---

8) 이 구절 및 이하의 인용은 「Summer Snow」(II:49~51). 이 시의 에피그램이 "진리는 낡아빠진, 그리고 감각적인 힘을 상실한 은유들이다"(니체)이다.
9) 이 '아버지'는 다음의 '아버지'와 매우 상통한다. "유괴범, 그에게는 덧셈의 가업을 이을 장자가 필요하다/유괴범, 그의 이름은 아버지다/유괴범, 그는 나를 좁은 철창에 가두었다"(「유괴」, I:30).

에 전망하는 '방랑자'의 게토였다. 물론 "영원한 녹색에서 영원한 회색으로/건너뛰"(「방랑자」, Ⅱ:26)는 뜀박질만 허락되는 무서운 세계이지만.

*

"자, 밤은 길고/자신을 평가하는 모든 시인은/자신의 고유한 사전을 가져야만 한다". 첫 시집 『일곱 개의 단어로 된 사전』 1부에 붙여진 파라의 말이다. '자신의 고유한 사전'은 언어에 기거하는 모든 존재 최후의 열렬한 욕망이다. 하지만 이 단 하나의 사전은 죽음과 함께 비로소 완성되고 탄생된다는 점에서 '나'의 눈으로는 결코 확인할 수 없는 영원한 유예의 형식이다. 저 사전을 꿈꾸는 '나'의 언어는 불안과 동요의 덫에 처음부터 걸려 있는 불행한 언어이자 실패하는 언어라는 규정은 그래서 가능하다. 이 예정된 참담한 파국 때문에 시인의 언어는 젊을수록 완전성의 욕망에 더욱 감염되고 또 던져지는 것인지도 모른다.

진은영의 그림 서사는 이 언어의 욕망을 대리 표상하고 또 실현 방법을 찾아가는 독특한 제도로 이해된다. 서사의 지향은 완전성의 욕망에서 불완전성 혹은 해체의 긍정으로 흐르고 있어, 불안과 거부에서 안정적 응시로 옮겨 가는 가족 서사와 여러모로 대비된다. 진은영 시에서 출현 빈도가 잦은 '손가락'은 이런 과정을 지시하고 형상화하는 가장 매력적인 객관적 상관물 가운데 하나다.[10] 과연 '손가락'은

---

10) '손가락'의 역할은 그림에만 한정되지 않는다. 시와 영화의 지평에서 흔들리는 것이기도 하다. 이를테면 「긴 손가락의 詩」와 「영화처럼」이 그렇다. 그림을 논하는 과정에서

어디로, 무엇을 향하는가?

> 무수한 어제들의 브리콜라주로 오늘의 화판을 메워야 한다
> 태양이 너무 빛났다, 어제와 장미 향기가 다 증발하기 전에
> 너를 그려야 한다
> —「어제」 부분(I:53)

> 모두 다른 것을 가리킨다. 방향을 틀어 제 몸에 대는 것은 가지가 아
> 니다. 가장 멀리 있는 가지는 가장 여리다. 잘 부러진다. 가지는 물
> 을 빨아들이지도 못하고 나무를 지탱하지도 않는다. 빗방울 떨어진
> 다. 그래도 나는 쓴다. 내게서 제일 멀리 나와 있다. 손가락 끝에서
> 시간의 잎들이 피어난다
> —「긴 손가락의 詩」 부분(I:85)

첫 시집에서 시인의 관심은 '그리다'란 동사에 가 있다. 이때 '그리
다'는 'paint'와 'yearn'으로 함께 이해되어 마땅하다. 시와 그림은 애
초에 자아의 동경하는 바를 그리는 것에서 출발한 형식들이므로. 이
욕망이 압도적일 때는 자아의 언어는 객관적으로 성찰되거나 회의될
가능성이 적다. "손가락 끝에서 시간의 잎들이 피어"나는 황홀과 "한
번도 땅의 가슴을 만져본 적 없는 하늘에게 부드러운 손가락을"(「그
림 일기」, I:42)[11] 곱게 새겨주는 기쁨이 선수 치기 때문이다. 이 기쁨
에 바쁜 '손가락'은 그러나 '베끼다'의 유혹으로부터 자유롭지 못하다.

필요에 따라 적절히 인용할 것이다.

11) 이 시에서도 "부드러운 손가락" 같은 동일성의 지평은 심상한 것을 크게 넘어서지 못한
    다. 궁극적으로 시인은 자기 '손가락'이 "높은 곳에서 떨어져 이미 삐뚤어진 입술을/그
    입술의 미세한 떨림을/그/떨림이 전하지 못하는 신음을" 곱게 새기는 추락자의 것이기
    를 소망한다.

시인은 "플라톤을 베낀다 마르크스를 베낀다 국가와 혁명을 베낀다/무엇을 할 것인가를 베낀다"라며, 이 위대한 노작들을 "오늘의 메마른 곳에 떨어진/어제라는 차가운 물방울"(이상 「어제」, I:52~53)로 의미화하고 있다. 각 분야에서 '태초의 말'에 해당하는 이 저작들이 인류사에 끼친 영향은 절대적이다. 이 '과거'들은 현재에 끊임없이 개입하며 미래마저 기획하는 일종의 영원성의 언어를 선취하고 있다. 물론 이것들은 지금·여기에서는 강력한 회의의 대상으로 지목되는 수모에서 자유롭지 못하다. 하지만 더 나은 삶의 욕망이 소진되지 않는 한 이 노작들에 대한 참조의 욕망과 영향의 유혹은 오래도록 지속될 것이다.[12]

하지만 영향의 불안을 극복하고 자신의 신개지를 개척하지 못하는 한 시인과 화가는 유사성의 감옥에 오랫동안 유폐될 수밖에 없다. 그런 점에서 '베끼다'를 레비스트로스의 '브리콜라주'란 말로 치환한 진은영의 시각과 태도는 절묘하고 명석하다. 과거의 지식과 관습 따위를 다양하게 참조하고 재편하는 손재주를 의미하는 '브리콜라주'는 개성과 독창성의 관점에서는 부정적 기미가 짙다. 하지만 거대 담론과 이론의 체계가 지닌 보편성이 불신되고 오히려 그것들이 제공한 지적 자료를 가지고 작업하는 흐름이 대세인 오늘날, '브리콜라주'는 일종의 방법적 기술이 될 수 있다. 아마도 그것의 긍정성은, 방향의 문제가 종종 회의되기는 해도, 근대 이후 결정적으로 심화된 '전체로서의 체계'의 폭력성과 단일성을 끊임없이 흔들고 탈내는 일에 주어질 것이다.

---

12) 반대의 경우, 곧 그것들의 허구성과 한계마저도 아직 말해지지 않은 '진실'에 대한 반면교사로 적출될 것이라는 사실 역시 유념해야 한다.

진은영의 그림 그리기는 불현듯 이 지점에 들어섰던 듯하다. 위 시
들에서 '그린다'와 '쓴다'의 황홀과 욕망은 "밖에선/그토록 빛나고 아
름다운 것"[13]들과의 접촉에서 오지 않는다. "무수한 어제들의 브리콜
라주"와 "모두 다른 것을 가리"키는 산란의 언어들에서 온다. 달의 밝
은 표면만을 가리키던 고운 '손가락'은 분실되고 어두운 이면을 찾아
헤매는 거친 '손가락'이 그 자리를 차지하기 시작한 것이다.

　　　동쪽에서 달을 몰고 오는 여자
　　　그게 나의 이름입니다

　　　서쪽에서 해를 타고 오는 남자
　　　그게 당신의 이름입니다

　　　더 높은 곳에 모든 걸 그리는 순간이 있어
　　　오른쪽 그림과 왼쪽 그림을 잇습니다
　　　다른 풍경은 검은 페인트로 간결하게 생략됩니다

　　　　　　　　　　　　　　　　　　　—「그림」부분(II:74~75)

　　　어느 그림 속에서
　　　남빛 붓꽃 가득 핀 꽃밭에 갇혀 한 사내가
　　　부서진 배의 노처럼
　　　두 팔을 휘젓는다

---

13) 「가족」(I:19). 이 시의 전문은 다음과 같다: "밖에선/그토록 빛나고 아름다운 것/집에
　　만 가져가면/꽃들이/화분이 ∥ 다 죽었다".

우리는 그림 속으로 들어갈 것이다 그리고

그가 될 것이다

아무것도 믿지 않는 그가 될 것이다   ―「방법적 회의」 부분

그림 자체를 향한 열망은 상당히 해소되어 있다. 시인의 관심은
"모든 걸 그리는 순간"과 꽃밭에 갇힌 "한 사내"에 있다. 그러나 이것
들은 이미 순연한 욕망의 대상이 아니다. 현대판 연오랑과 세오녀에
의해 새로 생성되는 관계와 그에 따른 기존 풍경의 삭제, 그리고 세
계의 불신을 삶의 원동력으로 삼는 주체('그')의 발견이 핵심이다.
비유컨대 이것들은 "모닥불 위에 놓인 거북의 껍질처럼" "갈라지는
틈에서 태어나는 감각들"이 아닐 수 없다. "딱딱한 책을 태워라/무엇
인가 점쳐라/우연을 사랑하라"(이상 「나에게」, II:58)는 그러므로 자
기 계고(戒告)이기 전에 오랜 그림의 서사를 통해 획득한 시의 원리
이다.

그렇다면 "우리가 분실한 손가락을 찾아주지 않"은 "어떤 이웃 청
년"의 존재는 차라리 행운이다. 왜냐하면 서둘러 찾아온 그 손가락에
"에메랄드 반지"가 끼워지는 순간 실패의 연애담은 가뭇없이 사라지
고 "길고 빛나는 연애담"(이상 「영화처럼」)만이 진실로 호도될 것이므
로. 그 순간 시는 모든 것을 내파하는 언어이기를 그치고, "세계의
무성한 끝"(「불안의 형태」)을 사정없이 가지치기하는 견습 정원사의
서툰 가위로 되돌아갈 것이다.

*

　내 가슴을 휘몰아친 가장 인상적인 인용문은 베케트의 "다시 실패하라 더 잘 실패하라"[14]였다. 다른 항목은 제외하더라도, 언어의 존재인 한 우리는 실패자일 수밖에 없다. 어떤 현자들은 신들의 '태초의 말'이나 자명성 자체인 '진리'의 전능함을 의심하는 언어에 익숙했다. 그들은 단일성의 정의(正義/定義)를 포기함으로써 세계와 존재의 선을 흐릿하게 지우는 언어의 환란을 초래하기까지 한다.

　이 상징적 "익사의 기억"(「오필리아」)은 그러나 언어의 대상과 주체 모두에게 "더 잘 실패"할 수 있는 자유와 자율성의 '손가락'을 허락하는 전복의 기제이기도 하다. 다음 시는 '태초의 말'의 적자로 운명화된, 그러나 그 말을 관습과 부패의 현실에서 건져 올리려다 실패한 존재의 비극과 숭고를 동시에 발산하는 그림에 대한 이야기이다.

　　그녀는 울지 않았다
　　눈물방울들은 응축되었다 아주 작아져
　　그녀의 늙고 메마른 유방조직을 뚫고서 스몄다

　　늑골 아래 그것들은 다시 맺혔다
　　병 속에 담긴
　　검은 올리브들처럼

---

14) Samuel Beckett, *Nohow On*, 1989. 「나에게」(II:60) 참조.

그가 허기진 마른 입술로

그녀의 가슴을 열어

올리브 한 알을 깨물었을 때

아버지의 확신에 찬 나라는 사라졌다

감람산의 향기롭게 떨리는 밤이 영원히 시작되었다

—「빌누브의 피에타」[15) 전문

피에타의 숭고미는 어디서 발생하는 것일까. 절대자의 아들 '그'의 죽음에 걸린 공포와 절망에서 유포되는 것인가? 이 경우에는 비극적 운명의 색채가 너무 짙다. 나는 '그'의 "허기진 마른 입술"과 눈물을 삼킨 "그녀의 가슴"이 일으키는 자연법의 에로스에서 발생한다고 믿는다. 신성(神聖)과 내리사랑의 지평을 제외해도, 젖가슴의 에로스가 통과해간 숭고는 의외로 여럿이다. 이를테면 루벤스 작「노인과 여인」의 아비 시몬과 딸 페로, 존 콜리어와 달리 등이 애틋하게 그려 넣은 고디바 부인이 그렇다. 그녀들이 도달한 인간적 가치의 정점은, 'Pietà'라는 말 그대로 자비와 희생이다. 하지만 이 가치들은 기존의

---

15) 우리는 '피에타' 하면 시에스타 성당 내의 미켈란젤로 작「피에타」상(像)을 가장 먼저 떠올릴 것이다. 「빌누브의 피에타」는 조각이 아니라 고딕 양식으로 그려진 일종의 초상화로, 앙게랑 카르통이 그렸다. 아비뇽 근처의 빌누브 교회에서 발견되어 이름이 그렇게 붙여졌으며, 중세 최고의 걸작 가운데 하나로 손꼽힌다. 「빌누브의 피에타」는 무릎에 눕힌 예수를 향해 기도하는 마리아와 그 둘레의 사도 요한, 막달라 마리아 등을 형상화하고 있다. 진은영의 시는 묘사로만 본다면 오히려 예수를 안고 있는 마리아를 조각한 미켈란젤로의 피에타를 더 연상시킨다. 물론 예수와 마리아의 젖을 먹고 먹이는 행위는 시인의 상상일 테지만, 나에게는 두 작품의 의도적인 겹쳐 읽기로 이해된다. 피에타의 '진실'도 여러 가지일 테니까, 그중에는 말해지지 않은 어떤 '진실'도 포함될 테니까.

관습을 고수하는 대신 그것을 거부함으로써 발생하는 것이기에, 지극히 예외적이며 역설적인 숭고에 해당한다.

진은영은 이 새로운 에로스와 정치학의 끝 간 데를 예수의 죽음과 인간적인 부활, 아니 그 숭고한 행위가 불러온 "확신에 찬 나라"의 붕괴와 "감람산의 향기롭게 떨리는 밤"의 탄생에서 보았다. '그'는 실패함으로써, 그러나 마리아의 '손가락'(늑젖)을 빪으로써, 다시 말해 가장 원초적인 인간으로 되돌아옴으로써 '밤'의 문을 열었다. 빛의 지배자 아비〔神〕의 입장에서 보면 '그'는 마땅히 계도되어야 할 악마이거나 탕아일 따름이다. 눈물을 흘리며 적자/천사로 돌아가지 않는 한 '그'는 아비의 적이다. 죽음 못지않은 불행이다.

하지만 시인은 '그'를 자발적 추방자로 위치 지움으로써 "물속의 불꽃들"(「나에게」, II:60)의 운명을 근원적으로 바꾼 자유인으로 밀어 올렸다. 사실 종교의 틀을 접어둔다면, '그'가 실패의 참혹함이 아니라 다시 실패하고 더 잘 실패하는 삶의 가능성과 진정성을 우리의 영혼과 말 속에 새겨놓았다는 것을 부인할 사람은 거의 없다. 성서의 기록은 구원의 가능성을 절대자에 대한 올바른 복종만큼이나 현실 원리에 대한 실패의 자발성에서 찾곤 한다. 이런 의미에서 「빌누브의 피에타」는 진은영이 시의 근본 원리와 밟아야 할 길을 후자에서 찾았음을 적극 긍정하는 일종의 고해성사로 읽힌다.

그렇다면 또 다른 그림―시 「오필리아」[16]의 등장은 우연이라기보다 필연이다. 어머니의 배신과 아버지에 대한 신뢰에서 발생하는 오필리

---

16) 여기서는 슬픔과 절망에 미쳐 숲 속을 헤매다가 익사한 것으로 차갑게 묘사된 셰익스피어의 오필리아(『햄릿』)보다, 눈뜬 시체가 되어 물 위를 떠도는 그녀를 관능적 비극미로 터치한 J. E. 밀레이의 「오필리아」를 떠올려보는 것이 시를 위해 훨씬 매혹적일 듯싶다.

아의 비극 구도는 「빌누브의 피에타」와 정확히 배치(背馳)된다. 이런 구도는 아비와 어미의 성차(性差)와 이념의 불균등성을 또 다른 방향에서 지시하는 것으로 읽힐 수 있다. 그러나 시인은 이보다 "어느 눈먼 자의 젖은 손가락을 위해" "해변으로 떠내려간 심장들이/뜨거운 모래 위에 부드러운 점자로 솟아"(「오필리아」)나는 의외의 풍경을 먼저 본다. 서경식의 말을 빌린다면, 이것은 "푸르른 삶과 시커먼 죽음에 대한 동경"[17]의 아슬아슬한 균형과 긴장에서 발생하는 것이리라. 그러나 동경 못지않게 연민이 '시적인 것'의 출발점임을 우리는 안다. '젖은 손가락'은 시인에게 언제나 동경의 대상이자 연민의 출처인 것이다.

양극으로 분산하는 생과 사 모두를 갈망하는 모순적 욕망 속에서 눈먼 자의 젖은 손가락은 "유리와 밀을 절반씩 빻아 만든 빵"(「오필리아」)에 자연스럽게 피를 흘려 넣을 것이고, 우리는 그것을 씹으며 혀와 입에 피를 묻힐 것이다. 이 이상한 동맹 의식을 통해 '익사의 기억'은 삶의 추억과 미래의 의지가 되고, "모두 다른 것을"(「긴 손가락의 詩」, I:85) 말하는 새로운 윤리로 쉬지 않고 변복(變服)할 것이다. 그리고 '나'와 '너'의 출혈 빈도와 농도에 따라 '……'의 세계는 전혀 다른 핏빛으로 물들어갈 것이다. '시는 매일매일'의 유력한 주체가 "유리와 밀을 절반씩 빻아 만든 빵"이란 잠정적 결론은 여기서 말미암은 것이다. 우리는 이 비밀 하나를 간신히 알아채고 나서, "너는 못 믿을 테지만/동상이몽은 아름답다"(「방법적 회의」)는 시인의 말을 호주머니에 깊숙이 밀어 넣는다. 아프고 배부른, 죽음과 삶의 동시적 형식인 그 '빵'에 대한 최소한의 예의를 갖추기 위해. 그것을 매일매

---

17) 서경식, 「지하실의 창(窓)」, 『청춘의 사신』, 김석희 옮김, 창비, 2002, p.13.

일 조몰락거릴 우리의 손이 늘 차갑고도 뜨거워야 하므로.

　사족 하나: 어폐를 무릅쓴다면, 우리는 문화 중독의 시대를 살고 있다. 이런 환경은 시를 '기호의 제국'으로 형질 변경함은 물론 시인을 '브리콜뢰르'(bricoleur: 손재주꾼)에 가까운 기술자로 지정하는 토대가 된다. 요즘 시에서 '다른 언어'의 가능성보다 언어의 능숙한 편집 및 기호 놀이에 먼저 주목하는 까닭은 문화의 물신화에 대한 우려 때문이다. 시의 문화화보다는 문화의 시화가 한결 바람직한 방향임은 물론이다. 진은영의 시는 후자의 범주에서 크게 벗어나지 않는다. 상호텍스트성의 적극적 활용은 현실의 자장 속으로 문화를 끊임없이 위치시키기 위한 미학적 전략일 것이다. 그러나 무수한 기호들의 군무(群舞)는 종종 '무용＝시' 자체보다는 특정 기호에 대한 편애를 조장하며, 또 감상과 접촉의 통로를 어지럽힌다. 시인의 의지에 반하는— 아니 의도적인 것일 수도 있겠다—지연과 접속 장애 현상인 것이다.

　"아주 큰 죄를 짓고 싶다"(「뱀 이야기」)고 했던가. 에덴의 '뱀'이 그랬듯이, 시인의 가장 '큰 죄'는 시의 또 다른 기원, 독자의 혀가 됨으로써 자신과 독자를 동시에 파멸(당연히 역설적인 의미에서)로 몰아넣는 것이다. 뱀의 혀를 가진 순간 아담과 이브는 비로소 인간이 되었으며, "감람산의 향기"를 갈구하는 "밤이 영원히 시작되었다". 이 밤을 관통하려면 시인의 '감각적 힘'과 독자의 그것은 충분히 자율적이되 또 충분히 연대해야 한다. '나'의 등불을 기다리는 대신 그것을 구하러 찾아오는 '너'의 출현은 얼마나 절실한 명제인가.

〔2009〕

다행(多幸)과 다행(多行)의 시학
─ 정끝별론

우리가 흔히 쓰는 '다행'이란 말은 간혹 원래 말뜻에 어긋나거나 미
달하는 말처럼 느껴진다. 多幸. 직접 풀어쓴다면, '많은 행복' 또는
'행복이 많다'가 1차적 의미를 형성할 것이다. 그러나 '다행'은 '운수
가 좋음' '일이 뜻밖에 잘됨'이라는 국어사전의 풀이에서 보듯이, '불
행'을 짝패로 거느린 말이다. 그냥 막무가내로 좋으면 얼마나 '다행'
일까마는, 우리는 '불행 중 다행'을 늘 되뇌며 스스로의 한계를 절감
하는 한편, 행운을 허락한 신의 자비에 엎드릴 수밖에 없는 운명을
타고났다.

그러나 이런 '운명'이 없었다면, 원래의 '다행'은 필시 가난의 예견
표로 세상을 떠돌았을 것이다. 수척한 영혼은 정끝별의 말대로 "몸이
마르는 슬픔"을 피할 수 없게 하지만, 한편으로는 "길을 더 멀리 보"
(「춘수(春瘦)」)이게 하는 '사랑'의 기원이다. 삶의 의미를 거세하는
소극적 니힐리즘에 감염되지 않는 한, 수척한 영혼은 알게 모르게 자
기를 살찌울 격렬한 사랑을 열망하고 또 실천에 나서기 마련이다. 이

또한 '다행스러운' 운명인 것이다. 원래의 다행(多幸)은 그래서 사랑과 열정의 제거자이자 억압자란 또 다른 이름을 은연중 내포한다.

물론 사랑과 열정은 다행(多行)의 수고, 그러니까 많고도 다양한 걸음을 요구한다는 점에서 또 다른 고통의 형식이다. 하지만 채 경험하지 못한 예외적 지평의 열림은 '고통'을 견딜 만한 것 이상의 무언가로 가치화한다. 그런 점에서 다음 구절은 정끝별식 고통의 과거이자 미래에 해당한다. "상상의 시간을 살고/졸음의 시간을 살고/취함의 시간을 살고/사랑과 불안과 의심의 시간을 살고". 이 시간들의 궁극적 의미는 매 순간의 고통과 열락, 회한과 기대의 강도에 의해 결정되지 않는다. 그가 이 시간들을 향해 툭 내뱉은 말은 "삶이 이게 전부일 거라 생각할 수 없다"이다. 이 독백은 이성이 아니라 생리의 차원에 속한 말이다. 죽을 때까지 되풀이할 수밖에 없는 대책 없는 희망의 언표이자 오기의 언표인 까닭이다.

따라서 "눈을 감고 기다린다"(이상 「황금빛 키스」)는 시인의 고백은 무능의 인정이 아니라 저 질기디질긴 삶의 시간을 통과하는 전략의 제시로 들린다. 시간의 주체가 '시인'이든 '도둑'이든 '거짓말'이든 그 무엇에 상관없이 시간 모두가 '황금빛'으로 회귀하는 상상력의 발동은 영혼과 몸의 다행(多行)이 없고서는 결코 성립될 수 없다. '多幸'과 '多行'의 등가성은 이 지점에서 발생하겠는데, 그렇지만 '多行'은 언제나 '多幸'을 앞서는 선결 조건이다.

*

정끝별 시에서 '다행'이 발설되는 최초의 지점은 『흰 책』(민음사,

2000)이다. 보통 '다행이다'는 안심과 위무의 감각이기 쉽다. 시인 역시 이것을 아주 비껴나지는 않는다. 그러나 "벗은/두 배가/나란히 누워/서로의 상처에 손을 대며" "다행이야"(「밀물」)라고 말하는 걸 보면, 치유와 충족의 욕망이 더 두드러져 보인다. 안심과 위무는 소극적 차원의 만족으로 이끌릴 가능성이 크지만, 치유와 충족은 '결여'를 뒤돌아보고 '충만'을 지향한다는 점에서 변화와 갱신을 결코 외면할 수 없다.

사실 정끝별 시에서 '다행'을 되뇌도록 하는 '불우'의 현실을 찾기란 그리 쉽지 않다. 차라리 그것은 현재보다는 과거의 경험과 더 맞닿아 있는 듯하다. 이를테면 "흘러가는 집 날아다니는 가족"(「흘러가는 집 날아다니는 가족」, 『자작나무 내 인생』, 세계사, 1996)으로 상징화된 불화하는 가족의 기억이 그렇다. 물론 서로를 파탄의 나락으로 밀어 넣는 지독한 불상사의 표현에 집중했던 1980년대 초의 어떤 가족 시편들을 생각하면, 정끝별의 가족 이야기는 부정과 폭로보다는 연민과 애틋함의 발로에 가깝다. 그는 과연 "그 십일월/다투고 깨지며 울고 웃는 힘센 기억과/울창했던 베란다 가진 적이 있다"거나 "깔따귀처럼 들고나던 드센 희망들/풍파의 역사는 떠나왔기에 애틋한 것이다"(「십일월 5」)라고 말하고 있다.

그런데 우리는 이 말들에서 '힘센 기억'을 주목할 필요가 있다. 그의 말대로 기억은 때로는 무겁고 때로는 가벼우며 때로는 "오간 데 없는 흔적과 같기도"(「기억은 자작나무와 같아 1」) 하다. 어느 하나로 규정될 수 없는 이런 '기억'은 자아의 의지와 무관하게 느닷없이 출현하여, 희노애락을 함부로 주사한다는 점에서 무섭고 즐거운 의식이다. 시인에게도 가족사는 사적인 추억의 대상이 되었을 듯하지만, 그

294

것은 여전히 자아와 세계를 들여다보는 창으로 존재하고 있다.

　정끝별은 현재의 불우한 현실을 비정상적 삶의 다양한 조합을 통해 제시한다. 그러나 비정상적 삶의 기원과 근거는 여전히 불화하거나 훼손된 가족들에 대한 유비를 통해 주어지고 있다(「황금빛 키스」). 물론 이 가족들은 사실보다는 상상의 영역에 더 경사되어 있어, 더 나은 삶에 대한 의지를 강화하기 위한 전략적 비유로 이해될 여지가 충분하다. 하지만 불편했던 가족에 대한 '힘센 기억'을 가린다면, 현재 가족의 비정상성은 오히려 상투화될 가능성이 크다. 따라서 우리의 기억은 그 기원과 형식에 상관없이 언제나 현재진행형인 경우가 훨씬 많다.

　이런 점에서 '힘센 기억'은 불우한 현실의 현재화에도 관여하지만 그 현실의 개선이나 초월에도 개입한다. 세계와 자아의 현실에 대한 충실한 이해는 부정성에 일방적으로 포획되는 수난을 금지하며, 다행 (多幸)으로의 길을 보다 넓힌다. 정끝별의 시가 인상적인 것은 '다행'을 '불우'에 대한 새된 거절과 비판을 통해 추구하지 않는다는 점이다. '불우'는 대개 "오간 데 없는 흔적"처럼 희미하게 제시될 뿐이며, '다행'은 자아와 세계의 반복적 응시 또는 행위적 제시 속에서 저절로 드러나는 경우가 많다.

　　한 사람 집은 없다
　　지나가는 청춘인가 싶은 저 폐허에게
　　지나가는 비를 껴안고 울먹이는 저 거리에게
　　한 사람을 막 지나가는 저 막막한 가로등에게
　　주어버렸다 이젠 한 사람 내장도 없다

―「지나가고 지나가는 1」 부분(『흰 책』, 2000)

다행(多幸)과 다행(多行)의 시학　295

내리고 내리고 내리면

저리 무덕무덕 쌓이는 걸까

쌓이고 쌓이고 쌓이면

저리 비릿하게 피어나는 걸까

지고 지고 다시 지면

저리 적막히 물살지는 걸까

—「먼 눈」 부분(『삼천갑자 복사빛』, 민음사, 2005)

전자는 "먼 달 아래"를 지나가는 상실자의 쓸쓸한 정황을, 후자는 복사꽃 핀 휘황한 봄날을 관조하는 자아를 그리고 있다. 그런 만큼 분위기나 내면의 반응에서 매우 대조적인 느낌이 묻어난다. 그러나 두 시는 매우 닮아 있다. 먼저 주체의 상황. '한 사람'은 '먼 달' 아래를 지나가고, '나'는 사라지는 '먼 눈'을 보고 있다. 둘째, 행위 동사의 반복을 통해 주체의 변이와 시간의 변이를 동시에 포착하고 있다. 정끝별에게 '멀다'와 '지나가다'(사라지다)는 자아와 세계를 함부로 대상화거나 물신화하지 않도록 제어하는 동사들이다. 이를 통해 세계는 자기 고유성을 확보하며, 자아는 "촤르르 촤르르 말갛게 씻겨진 마음"(「얼굴 파묻는다」)을 어느 순간 허락받는다. 따라서 이 시들에 언뜻 보이는 망연자실한 마음은 상실감에 의해 촉발된 슬픈 감정과는 비교적 무연하다. 차라리 상실의 시간을 꼼꼼히 가셔내거나 타자의 본성을 슬그머니 드러내는 자기 비움의 감각에 가까워 보인다.

그런데 오랜 시간 동안 단련되었을 이 비움의 의지와 태도는 때로는 사랑이 풀죽은 무심함으로 읽히기도 한다. 하지만 그는 자아와 세계에 대해 무관심하지도 않고 또 애정과 욕망이 없지도 않다. 다만 그것들을 편협한 틀 안에 가두는 것을 삼가고 조심할 따름이다. 이런 태도의 기원은 비교적 분명해 보인다. "내 안에 길이 있"고 또 그 길은 "내가 가득 찬 항아리"(「옹관(甕棺) 1」)라는 것, 그러므로 나＝길＝항아리라는 인식이 그것이다. 이 말은 주체의 권위와 능력을 자랑하기보다는, 주체와 타자가 서로에게 덫이 되는 대신 "한 몸 딱 들어맞게 숨겨줄/그 항아리"가 되기를 소망하는 발언으로 이해된다. 주체와 대상의 행위를 나타내는 동사들의 거듭된 반복과 '지나가다'의 특권화는, 세계와 자아를 한껏 포용하면서도 그것들의 자유로운 드나듦을 보장하는 '항아리'를 잘 빚기 위한 언어적 고안인 것이다.

*

이제 특정한 단어와 구문, 문장을 반복하거나 이것들을 다른 형식으로 변형, 조합하는 것은 정끝별 시의 한 특징으로 이해되어도 좋을 듯하다. 나는 여기에 '언어적 다행(多行)'이란 이름을 붙여주고 싶다. 물론 이때의 '언어적'이란 관형어는 단순히 문자 행위를 뜻하지 않는다. 좋은 '항아리'는 장인의 뛰어난 손재주만큼이나 겉으로는 무색무취한 흙의 형질과 조건 등을 꿰뚫어 보는 장인의 섬세한 지혜를 필요로 한다. 후자는 순간적 영감이나 선배의 교시보다는 삶의 충실성과 흙과의 빈틈없는 밀착 속에서 얻어질 가능성이 크다. '언어적 다행'은 이 과제들의 부지런하며 열정적인 수행을 일컫는 말의 다른 표현인 것이다.

최근의 시를 읽으면서, 정끝별의 '항아리'는 어딘가가 막혀 있는 관(棺)이 아니라 양쪽이 어느 식으로든 뚫려 있는 관(管)일지도 모른다는 생각이 문뜩 들었다. 물론 이것은 삶과 시간의 흐름이 주도한 변화일 수도 있겠지만, 이미 애초에 상상되거나 예정된 것이 아닐까 한다. 그는 제법 치유되었을 법한 상처를 여전히 산다. 세상은 아름답게 적막하기보다는 여전히 "시끄러운 풍경소리들"로 요란하며, 나 역시 "병(病)과 성(性)과 악(惡)과" 내통하는 불행한 삶으로부터 자유롭지 못하다. 그래서 '푸른 사과'도 겉과 달리 벌써 "양파껍질 말라가는 소리를"(「나와 병과 성과 악과」) 내는 불행과 불운의 상징물처럼 여겨진다.

> 알고 보면 나와 병(病)과 성(性)과 악(惡)과
>
> 푸른 사과에 뚫린 한 구멍과
>
> 내 잠을 방해하는 한판의 살아냄, 텅텅 빈
>
> 더욱더 나와 병과 성과 악과
>
> 새장처럼 매달린 저 시끄러운 풍경소리들
>
> 치유될 수 있을까요, 선생님?   ─「나와 병과 성과 악과」 부분

하지만 그의 '불우'는 여전히, 아니 살아가는 내내 '치유'되기를 욕망한다. 아마도 이 애틋한 소망이 그의 시에 곧잘 등장하는 '텅텅 빈'의 의미를 새롭게 가치 증여하는 핵심 원리일 것이다. 위 시에서 '텅텅 빈'은 말 그대로 결여와 황폐의 이미지가 승하다. "나만, 텅 비는" 것을 보상하고 보충하기 위해 자아는 "차라리 네 도망의 잠 속으로 들어가는/그것, 늦도록 끝나지 않을 내 로망의 노망"(「나의 팡토마」) 을 생의 전략으로 삼는 것이다.

　프랑스의 P. 수베스트르와 M. 알랭이 창조한 '팡토마'는 기존 사회에
도전하는 일종의 반역아인데, 그의 반역과 도전은 반드시 범죄의 형
식을 취한다. 이 범죄와 공포의 마왕은 한 사람인가 하면 여러 사람이
고, 아무 데도 없는가 하면 어디에나 있는, 마치 팡톰fantôme(환상)
같은 존재라고 한다. 정끝별의 '언어적 다행'이 의미와 문법의 파괴 또
는 반사회적 상상력을 뚜렷이 지향하지 않는다는 점에서, 그는 반역
아 '팡토마'와 그다지 친근하지 않다. 하지만 최근 시에 뚜렷하게 나
타나는 서로 상관없고 이질적인 사물들의 배치와 나열, 환상의 자동
기술적 제시는 그의 도전과 모험을 증거하는 알리바이로서 모자람이
없다. 그의 도약 목표 가운데 하나가 "내가 가득 찬 항아리" 비우기,
나아가 나를 "너로 가득 찬" 항아리로 갱신하는 데 있음은 비교적 분
명해 보인다.

　　천 번을 내리치던 이 생(生)의 벼락

　　헐거워지는 네 팔 안에서

　　너로 가득 찬 나는 텅 빈,

　　허공을 키질하는

　　바야흐로 바람 한 자락　　　　　　　　　　　　　　　　—「와락」 부분

　'항아리'를 휘도는 바람이 아니라 "허공을 키질하는" "바람 한 자

락". '나'는 '너'를 가득 채우려면, 아니 '나' 안에 자유롭게 풀어놓으려면 관(棺)—항아리를 벗고 관(管)—항아리로 거듭나야 한다. 이 지점에서 정끝별의 '언어적 다행'은 관(管)—항아리의 '로망'과 다행(多幸)을 현실화하기 위한 사랑의 기술이자 모험이란 규정이 비로소 가능해진다. 온전한 의미의 '다행(多幸)'의 순간을 우리는 다음 시에서 본다.

매일 아침 길에서 길을 들어설 때
매일 저녁 사랑에서 사랑을 떠나보낼 때
하품도 없이 썰물 지듯
깜빡깜빡 빠져나가는 늘 오늘

깜빡 한 소식처럼
한 지금을 깜빡 놓을 때마다
한 입씩 베어먹는 저 큰 잠을 향해
얼마나 자주 둥근 입술을 벌리고만 싶은가　　　　　—「크나큰 잠」 부분

이제 그것이 '사랑'이든 '오늘'이든 자아의 의미와 존재감을 구성하는 것들의 '상실'은 유의미한 사건이 아니다. 이런 변화는 '상실'에 지치거나 무심해진 영혼의 웅크림 또는 축소와는 거의 무관하다. 오히려 '깜빡'이라는 무의지적 상실, 그리고 그것의 거대한 집합체로서 '잠'의 재인식이 불러온 것이다. "벼락치듯 덮치는 잠" 곧 "늘 한 밤"이 "영혼의 발끝까지 들어올리는 달콤한 숨결"이자 "저리 푹신한 늘 오늘"이라는 영혼의 충만과 각성 속에서 '상실'은 잃어버림이 아니라

세계의 "모든 너로 가득" 차는 텅 빈 무엇으로 몸 바꾼다. 이제 '상실'은 슬픔과 상처로 연동되는 비극이 아니라 "영혼에 푸른 불꽃을 불어넣"는 "불후의 입술"(「와락」)이다. '타나토스'의 고통이 '에로스'의 열정으로 피어났으니 이 얼마나 다행스러운 일인가.

정끝별의 '언어적 다행'은 '상실'의 대긍정과 그를 통한 '너'와 '나'의 자유자재를 엿보기 시작했다. 시작은 아직은 미정형이 압도하는 시공간이란 점에서 어쩌면 여유로운 안착과 안정의 즐김보다 변화와 수정의 긴장을 절실히 요구할지도 모른다. 지속적인 언어적 다행이 없고서는 "두 입술이 붙고 있는 아침의 기적"(「크나큰 잠」)은 스쳐 지나가는 것일 뿐 편재된 다행(多幸)으로 진입하기 어려울 것이다. '황금빛 키스'의 즐거움에 몰입 중인 시인 앞에 이런 말을 덧붙여두는 까닭은, 「시시각각」이나 「늙은 오동 마당」 등의 언어적 다행이 언어유희의 위험성에 노출되어 있다는 인상이 얼핏 들었기 때문이다. 언어적 다행은 관계 확장을 위한 망원경이기도 하지만 존재 심화를 지향하는 현미경이기도 하다. 우리 역시 정끝별의 시를 향해 "얼마나 자주 둥근 입술을 벌리고만 싶은가"를 늘 외치고 싶은 것이다.

〔2008〕

쓰기의 소멸과 기원
—채호기론[1]

"시인은 자신의 외부에 있는 언어를 빌려다 쓰는 것이 아니라, 자신의 몸에 들어 있으며 자신의 일부인 언어를 끄집어냄으로써 시를 쓴다". 앞길을 가로막은 바위가 채호기 시인에게 되레 열어준 언어지평의 새 국면을 고백한 글이다. 시인에게 언어는 외부 학습의 존재가 아니라 몸의 전환이며, 따라서 시는 외부의 개입이 아니라 존재의 내파로부터 발생한다는 통각의 펼침이다. 이 언어 사태는 반복 불가한 일회적 경험에 가깝다는 점에서 황홀하지만, 새 언어의 착상까지 겪어야 할 내홍이 만만치 않다는 점에서 고통스럽다.

이제 그의 시는 '너'와 '나'의 사랑을 말하던 동일성의 지평으로 돌아갈 수 없다. 저 언어의 성격이 지시하듯이, 모든 타자들은 처음부터 '나'였으며 '나' 또한 처음부터 모든 타자들이었다. 보편적 의미의 대화와 그것을 수행하는 기호로서 언어의 의미는 사라진 셈이다.

---

1) 『서시』(2009년 가을호)에 실린 채호기 시인의 신작 5편을 대상으로 한 글이다.

'너'와 '나'에게는 주고받는 직선의 말이 아니라 '나'와 '너'가 서로를 말하는 원환(圓環)의 말이 당도한 것이다. 이 상호 주체성의 말은 주체 혹은 타자의 단독 강화를 저지할 수밖에 없으며, 내 것으로 소유된 단일성의 언어를 지속적으로 내파해갈 수밖에 없다. "말하지 않고 말하는 돌의 말"(「돌의 말 3」, 『손가락이 뜨겁다』, 문학과지성사, 2009)에 대한 경이와 외경이 강렬해질수록 '아니다' 역시 빈번히 발화되는 언어의 내홍은 이 때문에 발생한다. 물론 이것은 누구의 것도 아닌 최초의 말을 지금·여기로 틈입시키는 한편 우리 몸속으로 생환시키기 위한 방법적 사랑이다. "손가락이 뜨겁다"는 시인의 고백은 그래서 현재를 넘어 미래로 끊임없이 위치 이동할 수밖에 없다. 손가락이 뜨거워질수록 기존의 시는 가뭇없이 지워질 것이다.

> 글자가 시를 쓴다, 아니다.
> 글자의 뒤뜰, 만년필이 유영하는 심해, 눈먼
> 마음과 보이지 않는 것들이 부딪쳐 울리는
> 소리의 음영에 짓다 만 시의 구조물, 아니다.
> 구석에 버려진 포클레인, 아니다.
> 먼지를 뒤집어쓴 채 멈춘 만년필, 아니다.
> 만년필이 손가락이다, 아니다.
> 만년필이 글자다, 아니다.
> 만년필이 시다, 아니다.
> 아님 말고.
>
> ——「만년필」 부분

'만년필'은 글자를 기록하는 도구이기 전에 글자를 흘려내는 주체이다. 그러니까 만년필이 시인으로 치환되어 있다, 아니 시인—나를 말하는 시인—너인 것이다. 이런 상호 주체성은 「만년필」의 구조를 이원화하는 핵심 원리에 해당한다. 애초에 시인은 '만년필'을 동일성의 수사학 내에 배치하여, 나와 너의 즐거운 향유를 선점한다. "씌어진 단어가 씌어질 단어의 소리를 듣고 춤출 준비를 한다"는 말은 그 것들의 움직임이 특정 시공간에 구애받지 않는 초월적 기표임을 암시한다. 그러나 초월의 음역에 붙들려 있는 한, 시의 현실은 끊임없이 은폐될 뿐이며 타자를 향하는 공명의 장 역시 지속적으로 연기될 따름이다.

오로지 '나'로 수렴되는 사랑은 '너'와의 춤을 자칫 죽음의 무도로 돌변케 한다는 점에서 적잖은 회의의 대상으로 지목되고 있는 것이 현대 시단의 현실이기도 하다. 채호기의 새로운 언어는 이 지점을 내파하지 않는 한, 복합적이기 짝이 없는 주체와 타자의 관계를 단일성으로 묶는 언어의 유곡에 유폐될 수도 있다. 이 때문일까. 인용부의 전반은 초월적 기표의 동일한 진행이 끝내 부닥칠 수밖에 없는 어떤 맹목과 실패에 대한 겸허한 인정처럼 느껴진다.

그런데 언뜻 보기에 시인은 막 몰려오기 시작한 시의 폐허와 만년필의 실패를 그들에게 되돌리고 있는 듯하다. 여전히 '만년필'과 '손가락' '글자', 그리고 이것들을 수렴하는 '시'가 하나로 묶이고 있기 때문이다. 이 지점의 '만년필'은 그러나 시를 쓰고 말을 하던 최초의 '만년필'과는 사뭇 다르다. 최초의 '만년필'은 비록 행위의 주체이기는 하나 도구적 기제의 성격 역시 강하다. 하지만 실패의 연대를 의식적으로 통과함으로써 '만년필'은 전혀 새로운 주체성을 획득하기에 이른다. '만년필'은 '~이며' 또 '~아니다'라는 주체와 대상의 상호 수렴 및 해체의 일상화는 서로를 일방적으로 잠식하고 전유하는 소유와 소비의 폭력적 패턴을 불능화하기 시작한다. '아님 말고'는 이 어렵지만 유쾌한 반란에 나서는 시인의 명랑성을 표상하는 거침없는 유희적 언어이다.

> 잉크병은 그의 머리다. (형태 없는
> 그에게 머리가 있다니!), 저 땅이
> 숨기고 있는 푸른 연못, 연못에는
> 아무것도 보이지 않고 고물거린다.
> 물에서 생겨난 것, 물과 함께 사는
> 물의 무의식이 고물거린다.
>
> 고물거리는 것은 그다. 그는 글자에도
> 없고, 머리를 뒤져도 없고, 손가락에도
> 없다. 그는 글자의 이면에서 고물거리고
> 보이는 것 너머에서 기척을 한다.
> —「잉크병」 부분

채호기 시인이 바위가 불현듯 건넨 말의 독해 과정에서 "몸을 떠난 시의 언어는 돌의 언어가 아닐까", 다시 말해 "언어의 몸으로서의 돌"의 있음을 인지했다는 것은 매우 중요하다. 주체 '나'의 모든 말은 타자의 말로 발화되거나 번역된다는 것을, 그런 만큼 주체는 상대화되며 타자와의 관계를 드러내는 매개자로 후퇴한다는 것을 의미하기 때문이다. 주체로서 타자의 지위 변경은 색다른 사물시의 출현을 가시화한다. 이 자리의 사물시는 사물의 객관적·즉물적 제시와는 달리 일종의 담화 및 행위 주체로서 사물의 움직임에 집중한다는 점에서 특징적이다. 그런 까닭에 시인의 촉수는 표면에서 포착 가능한 타자의 의식 층위가 아니라 타자 저 심층부에서 흔들리는 무의식의 층위로 신중하게 미끄러져간다.

그에 따르면 '잉크'는 "애초에/글자로 씌어질 수 없는 것"이며, 따라서 그것은 해독될 수 없는, 바꿔 말해 "아무것도 보이지 않고 고물거리는" 어떤 것이다. 이런 쓰기의 불가능성은 존재의 무의미성을 강화하며, 원래의 동일성 영역으로의 환원, 곧 "잉크병 속으로 도로 짜넣어지기를 기다린다". 그러나 중요한 것은 동일성으로의 환원이 기존 문법으로의 재귀가 아니라 "물에서 생겨난 것, 물과 함께 사는/물의 무의식"과의 연대 맺기로 주어지고 있다는 점이다. 하나로 뭉쳐드는 통합과 달리 연대는 서로의 자율성과 자유로움을 보장하는 개별과 집중의 형식이다. 물과 잉크의 무의식의 연대는 따라서 서로를 구속하거나 단일성의 음역으로 묶지 않는다. 그들은 형식과 언어에서 서로를 가로지르는 까닭에 어떤 단일한 형식으로 현상하는 대신 일종의 유령처럼 늘 후경에서 출몰하거나 존재의 있음을 기척할 따름이다.

하지만 보다 의미 있는 사실은 이 무의식의 현상학이 주체의 갱신과 활성화에 크게 기여한다는 점이다. 보이는 것만을 집중하고 승인하는 '나'의 의식은 타자들의 무의식으로 흘러듦으로써 경험 이전의 쓰기에 불현듯 도착한다. "푸른 잉크, 새벽의 푸른 의식,/백지에 푸른 글자들이 우거진다"는 말이 그것인데, 이로써 '나'는 타자의 말로 호흡하고 기록하는 이상한 필사자(筆寫者)가 되었다. 하지만 '너'의 필사자가 됨으로써 '나'의 무의식은 "공기 중에 녹아 있는 그의 눈들"로 더욱 반짝일 가능성을 얻게 되었다. 이제 시인의 몫은 '나'의 창조보다는 '너'의 발견에 있다. 하지만 타자의 발견은 궁극적으로 주체로 스며드는 물길의 개척과 잇닿아 있으므로, 시인에게는 모든 존재들의 차이성과 대립성을 제거하지 않으면서 화해시키는 연대의 기술이 더욱 절실해질 것이다. 다음은 그 기술의 한 장면이다.

> 목소리는 울렁이는 뱃전에서 내려
> 그녀의 귀에 도착한다. 글자는 오랜
> 항해로 멀미나는 배에 실려 바다를
> 건넜다. 글자를 봉인하고 있는 책의 대못을
> 뽑아라, 쉬잇, 언어의 뼈들이 헝클어지지
> 않고 두터운 먼지 속에 가지런한가?
> 뼈를 덮고 있는 널빤지를 뜯어내라,
> 쉿, 그녀 몰래 언어 안에 인광처럼
> 숨어 있는 그를 수색하라, 그녀의
> 눈이 그 인광에 홀리기 전에.
>
> 그는 그녀를 만나기 위해 수백 년 전에
> 이 세계를 떠났다. 언어 속에 자신의
> 정체를 숨기고 글자 뒤로, 글자와 글자
> 사이로 난 미로를 따라 사라졌다.

―「항구의 목소리」부분

'그'와 '그녀'는 언어의 상응자이기보다는 대적자처럼 보인다. 한데 이들이 대적자로 마주하게 된 사연이 흥미롭다. 시에 따른다면, 애초에 구애자 또는 추격자는 그였다. 그녀와 만나기 위한 그의 전략은 언어에 몸을 숨기고 언어의 미로 속으로 스며드는 것, 「잉크병」을 빌린다면 의식을 무의식의 영역 속으로 밀어 넣는 것이었다. 이 의도된 실종은 그를 지워버리기는커녕 소문을 통해 그의 존재를 다층화하며 궁극적으로 그녀 앞에 끊임없이 출몰케 한다는 점에서 매혹적인 동시에 미혹적이다. '그'와 '그녀'는 실체 없는 소문, 그러니까 부풀려지거나 왜곡된 언어에 의해 접속된 존재들이라는 점에서 이들의 관계맺음은 허구적이고도 공소하다.

하지만 그녀가 이미 그에게 붙들리기 시작한 지금("배가 도착한 뒤 줄곧 그녀는/그 돌계단 위에 서 있다"), 그는 추격자에서 체포자로 언어의 지위를 바꿀 것이다. 그녀가 그의 말에 봉인되는 비극이 시작되는 순간인 것이다. 이런 사정을 감안하면, 시인의 촉박한 임무는 "그녀 몰래 언어 안에 인광처럼/숨어 있는 그를 수색하"는 것이다. 다시 말해 그의 숨겨진 말을 끄집어내어 풍문의 광장에서 소거하는 것이다. 말의 허위성이 벗겨진 다음에야 한 번도 발설되지 않은 말들의 활성화는 비로소 시작된다.

꽃이 말한다.
손가락이 듣는다.

바람의 살이 말한다.
손가락이 사라지고

꽃이 듣는다. 꽃잎이
바람을 어루만진다.

햇빛을 반사하는 꽃잎 뒤편에
처음 보는 세계가 어른거린다.

말하기 전에 손가락이
놓친다. 놓친 세계 속에

하지 못한 말이 있다.   (바람의 목소리로
손가락의 꽃, 꽃의 글자.   듣는다)   ―「손가락」 부분

　채호기 시인의 주요한 언어로 기록될 '어루만지다'는 특정 주체나
대상을 일방적으로 귀속시키는 사랑 행위와 거리가 멀다. 오히려 단
선적인 동일성을 밀쳐내면서, 서로의 영혼과 몸을 이어가는 연대성의
릴레이다. 꽃과 손가락, 꽃잎과 바람은 말하고 듣는 행위를 자유롭되
평등하게 나눔으로써 '외부의 언어'에 의해서는 한 번도 포착되지 않
은 "처음 보는 세계"를 가시화하는 것이다.
　그러나 「손가락」의 진정한 의미는 "처음 보는 세계의 발견" 자체보
다 그것의 가능성을 제시하는 방법에 있다. 시인은 그 세계의 확실성
을 말하는 대신 오히려 "하지 못한 말"에 대한 애틋한 연민을 토로하
고 있다. "손가락의 꽃, 꽃의 글자"가 지시하듯이, 그 세계는 서로의
핵심을 서로에게 흘려 넣음으로써 서로를 훼손하지 않고 서로를 내포
하는 원환(圓環)의 존재가 거주하는 곳이다. 어떤 것으로 고정됨 없
이 끊임없이 타자 속으로 스며드는 이 세계는 바람의 풍속(風俗)과
꽤 닮아 있다. '나'를 '너' 안에 풀어놓으려는 존재에게는 앞서 말하기

보다 먼저 듣는 것이 정중한 예법이다. 예의 사물시의 지속적 출현을 예감케 하는 대목이다.

타자의 말을 받아 적는 필사자로의 전환은 채호기 시인의 동일성 시학에 많은 변화를 불러올 것이다. 주체와 타자의 수평적 관계를 심화하고 아날로지의 지평을 확장하는 시어의 움직임이 벌써 확연하다. 물론 이 세계를 너끈히 밀어가기 위해서는 "하지 못한 말"을 끄집어내고 발화하는 언어 형식에 대한 집중이 더욱 요구된다. 그것의 구체성이 확보되지 않으면, "하지 못한 말"에 대한 독자 공동의 감각에 앞서 추리와 해석을 둘러싼 언어의 지체가 먼저 끼어들 가능성이 다분하기 때문이다. "온몸으로 목소리를 뒤진다"(「항구의 목소리」)는 '그녀'의 갈급함은 '그'의 세계 너머 '언어의 몸'으로 스며들고자 하는 채호기 시인 자신의 명제이기도 한 것이다.

〔2009〕

시차의 분절과 액상(液狀)의 구성
—송승환론

송승환의 최근 시편[1]은 언어 실험과 형식의 모색 할 것 없이 몹시 과격radical하고 근본적radical이다. 물론 어떤 젊은 시들 역시 비유컨대 '문화'혁명의 열기와 격정을 연상시킬 만큼 기존 세계와의 불화를 원리화·제도화하고 있다. 이들은 일상적 문화로의 하방과 각종 텍스트의 절합articulation을 주된 전략으로 삼고 있는 탓에 친밀성과 난해성을 동시에 흩뿌린다. 또한 현실 자체보다는 문화적 체험의 동질성과 공동성을 창작과 비평의 조건으로 요구하는 경우가 허다하다. 이에 비한다면, 송승환의 텍스트는 보다 일상적이고 언어적이며, 보다 자율적이고 구성적이다. 시와 언어 자체에 대한 관심과 집중이 두드러진다는 뜻이다. 언뜻 순정해 보이는 이 텍스트들은 그러나 보편적 독해에 소용될 참조 사항을 지워나가는 한편 일상적 감각과 언어의 원리를 사정없이 베어버리는 검투사의 형용을 살고 있다.

---

1) 송승환 시인은 신작시 5편 외에, 나의 편의를 고려하여 최근작들을 맵시 있게 제본해 보내주었는데, 신작시 이외의 시편들은 여기서 읽고 인용한다.

가령 2009년 소작 「마이크」들을 보라. 송승환은 「마이크」란 동일한 제목 아래 4편의 시를 썼다. 일종의 연작처럼 보이지만, 그러나 일련 번호도 부여하지 않았고 의미 맥락의 연결과 소통도 희미하다는 점에서 4편 모두 자율적이며 독립적이다. '마이크'는 또한 탐구되는 대상인 동시에 발화의 주체이기도 하다. 게다가 개개의 마이크는 등가성을 지닌 개별체, 곧 공시성의 신민(臣民)인 동시에 시간을 통과하며 다르게 구성되는 배열체(혹은 결합체), 곧 통시성의 국민이기도 하다.

이런 유사성과 인접성의 무한 반복과 배열은 '마이크'의 보편적 의미와 존재 방식을 끊임없이 의심하고 탈냄으로써 그것들의 획정을 교묘하게 늦춘다. 대상─의미의 건축과 해체가 동시에 진행되고 대상─의미의 경계가 졸아드는 동시에 부푸는 무정형 혹은 액상(液狀)의 시가 출몰했다고나 할까. 이 특출한 상황에서, 유동성의 고려 없는 정서와 의미의 운산(運算)은 텍스트의 변죽을 울리기 십상이며, 연결 고리를 끊어버린 단독 시편에의 몰두는 텍스트들의 본성과 기원으로 주어진 차연(差延)의 관계성을 차폐할 수밖에 없다.

그러나 문제는 '마이크'의 사태가 무언가를 구성하고 재현하는 질료들, 이를테면 '크레인' '마크 리더' '카메라' '레코드 플레이어' '에테르' 등에도 동일하게 적용되는 공동 사태라는 것이다. 신작시의 '잭해머' '클로로포름' 역시 예의 무서운 연쇄에 걸려 있음은 물론이다. 이른바 '공구(工具)'들에 부과되는 돌연한 시차(時差/視差)들은 단순히 의미론적 반동일 뿐만 아니라 반시적(反詩的) 징후이기도 할 것이다. 인간의 인식과 재현을 보장하는 매개체에 불과한 이것들은 시인에 의해 스스로 말하고 자율적으로 행동하는 완미한 편재물로 새롭게 등기된다. 그러나 동시에 기표 체계의 미끄러짐에 의해 부재의 운명을 살게 됨으로써 기존의 의미와 시의 질서를 뒤흔들고야 만다.

그렇다면 송승환은 궁극적으로 한 구성주의자의 말처럼 "문학 체계에 반대하거나, 문학 체계 안에서 자신의 한계 작동을 응용해 '문학'을 만들거나 비문학으로 팽개쳐버리는 그런 혁신"[2]을 노리고 있는가. 물론 이 시점에서 시적 체계의 변혁을 속단하거나 새되게 열망할 필요는 없다. 그보다는 시인 고유의 언어전(戰)을 관전하면서 그가 패퇴시키거나 점령한 언어와 시의 영토를 상황판에 기록하는 일이 먼저일 것이다. 전쟁의 객관화는 모두가 염원하는 승전과 진격은 아닐지라도 어처구니없는 패전과 후퇴를 막는 유용한 전략지(戰略誌)이겠기 때문이다.

나는 바닥에 드리운 물음의 갈고리 끝에 딱딱해진 언어의 벽돌을 매단다
—「크레인」(『현대문학』 2009년 1월호)

공중에 풀어지는 푸른 잉크의 언어/다시 들린다
—「마이크」(『시와문화』 2009년 여름호)

그 모든 빛이 동시에 씌어지면서 사라지는/흰 빛
—「마크 리더」(『시와사상』 2009년 겨울호)

빛이 투사된다//연속적으로 맺혔다 사라지는 사물의 영상//저 빛의 바깥
—「에테르」(『문학과사회』 2010년 봄호)

---

2) 지크프리트 슈미트, 『구성주의 문학체계이론』, 박여성 옮김, 책세상, 2004, p.586.

시의 순서를 헤아리면, 관심 '공구'의 변화와 세계 인식, 언어 의식의 변형이 비교적 뚜렷하다. 의미의 덫에 갇힌 언어의 해방과 해체에서 언어 바깥의 물질성 파지(把持)와 구성으로 이행 중인 것이다. 물론 사물 고유의 물질성의 추구는 흔히 말하는 의미의 구축 혹은 특정 가치의 부여와는 거리가 멀다. 나타남과 사라짐을 동시에 사는 사물의 물질성은 언제나 순간적이며 따라서 고정될 수 없다. 이 순간성과 유동성은 언어의 특정 의미와 맥락을 끊임없이 흩트리고 지연하기 마련이다. 집단적 공통성이 희미해지고 개별 감각의 출현이 압도하는 언어 장(場)에서 기존의 의미와 시적 체계의 주권과 권력은 현저히 축소된다.

이런 상황에서 "이것은 ……이다/↔/스스로 이름을 정하라"[3]는 이성적 명령은 종언의 위기에 처할 수밖에 없다. 그런데 이 위기는 이성적 주체에게만 해당되지 않는다. 단독자로서 '스스로'의 의미 행위와 의미화 능력을 의심하고 부정해야 하는 자기 부정의 명령이기도 하다. 요컨대 "이것은 ……이다"라는 말 뒤에는 '이것은 ……아니다'라는 차이의 담론이 음영되어 있다. 스스로 말하면서 스스로 지우는 언어 유곡에의 투신은 제도적 소통과 대화를 자꾸 일탈시킨다는 점에서 끔찍한 불행이지만, 대상으로의 영원한 스밈과 짜임을 자유화하고 정밀화한다는 점에서 비할 바 없는 행복이다.

의미의 주권을 박탈, 아니 자율화함으로써 성립되는 대상의 무한 생산과 소거는 언뜻 시뮐라크르simulacre의 연쇄를 환기한다. '원본

---

3) 송승환, 「카메라」, 『시산맥』 2010년 상반기호. 인용문 중의 "/↔/"은 행과 행 사이를 넓게 떨어뜨린 텍스트의 본모습을 보여주기 위한 평론가의 방책임을 밝혀둔다. 이후에도 마찬가지이다.

없는 복제' '복제의 복제'로 개념화된 이 말은 동일한 제목 아래 서로 다른 시를 배열하는 송승환의 작업에 유효해 보인다. 하지만 시인 스스로가 명랑하게 수행 중인 언어적 환란은 원본 혹은 실재의 체험이 불가능하며 가상현실이 실제를 대체하는 포스트모던한 시대의 재현 혹은 표현과 깊이 연동된 것은 아니다. 그보다는 방법적 차원의 언어 형식, 다시 말해 언어의 한계와 대상의 무한 자유가 파생하는 아이러니, 그러니까 진리와 허구, 실재와 상상의 차이 자체를 무효화하는 '탈주권의 언어'를 함께 공유하고 추구할 따름이다.

우리는 어쩌면 송승환식 탈주권 언어의 향방과 목적을 가상과 환영의 지엽적 창조가 아니라 실재에의 자유롭고 자율적인 참여에서 찾아야 할지도 모른다.[4] 이때의 실재는 실제 사실뿐만 아니라 이미 상실된 것 혹은 아직 아닌 것, 그러니까 부재하는 방식으로 존재하는 기표 체계까지도 포함한다. 송승환의 실재를 향한 모험은 결여와 부재에 의해 끊임없이 유동하는 기표 체계의 구성에 바쳐진다. 이후 보겠지만, 이에 따른 기표와 기의의 끊임없는 어긋남은 일상의 언어 체계와 맥락을 붕괴시키며, 하나의 기표가 다른 기표를 지속적으로 호명하고 지시하는 환유의 체계를 불러들인다.

실재의 부재와 편재의 지속적인 얽힘과 어긋남은 "나아가면서 깊어지고 돌아온다"(「에테르」)[5]는 역리(易理/逆理)의 실현 과정이기도

---

4) 이 말은 실재와 환영, 가상 사이의 위계질서를 세우려는 철 지난 시도와는 무관하다. 환상과 환영, 가상과 같은 허구들이 인간의 의식 영역과 상상 공간의 확장과 심화에 기여한 정도는 측정이 불가능할 것이다. 이미 이것들이 실재를 창안하는 시대에 우리는 살고 있다. 따라서 문학적 경지에서는 허구에의 참여를 실재의 창조와 얼마든지 연동시킬 수 있을 것이며, 송승환 시는 여러모로 이런 경향을 보이며 또 그렇게 실험되고 있다.

5) 이 동사들의 수행 과정은 타자의 형상을 자기 것으로 취하되 그 어떤 타자에도 귀속되거

하다. 동시(同時)이면서 동시가 아닌 세 가지 동사에서 발생하는 시차(時差/視差)들은 대상의 차이는 물론 그것들의 자율적인 관계와 맥락들을 강화하는 핵심 원리에 해당한다. 그래서일까. 송승환 시편들의 내적 연관은 동일성의 창조에 집중하는 은유적 변신보다는 사실성의 확장에 기여하는 환유적 전유에 의해 구동되는 편이다.

송승환은 이 과정을 특이하게도 드라마, 좁혀 말해 '공구'들의 연기 행위로 전경화하고 있다. 조금 과장하자면, 무대는 작가(주체)가 자신의 욕망을 실현하고 구조화하는 상징계의 일종이라 할 만하다. 물론 그 욕망은 타자(연기자)에 의해 수행되며 또 무대라는 허구적 장치에서 이뤄지므로 주체의 상징계로부터 늘 미끄러지기 마련이지만. 그렇다 해도 대상의 주체화는 대상들 역시 무대에서 어떻게 욕망하는가를 배우고 또 스스로 욕망하는 주체들로 어떻게 구성되는가를 알리는[6] 표지 행위인 것만은 틀림없다. 대상은 오히려 시적 주체의 옷을 입음으로써, 다시 말해 타자화됨으로써 자율성과 실존성을 획득하게 되는 것이다.

　　원형 계단

　　나아가면서 깊어지고 돌아온다

나 귀결되지 않는 '액상(液狀)'으로 자유화되는 과정에 해당한다.
6) 보다 자세한 내용은 숀 호머, 『라캉 읽기』, 김서영 옮김, 은행나무, 2006, pp.159~62 참조.

검은건반
검은건반

발끝으로 누르는 밤의 피아노

극장

막   ―「에테르」 부분

幕

場

銃身의 나선

두드리고 나아가며 회전한다

두드리고 회전하며 나아간다

—「잭해머」 부분(『한국문학』 2010년 여름호)

「에테르」와 「잭해머」의 도입 부분이다. 시어의 구성과 진행이 '원본 없는 복제' '복제의 복제'를 연상시킬 정도로 유사하다. '원형계단'과 '잭해머'의 형태는 '총신의 나선'과 방불하며, 그것들의 형상은, "나아가면서 깊어지고 돌아온다" "두드리고 나아가며 회전한다" 따위에 보이듯이 관련 동사들의 순환적 변형으로 표상된다. 하지만 이런 공통성은 은유보다는 환유, 그러니까 대상의 움직임과 속성을 규정하는 인접한 동사들의 연상을 통해 획득되는 것이다. 더군다나 '에테르'와 '잭해머'는 액체와 고체, 고정(마취)과 해체 등 서로 대립되고 갈등하는 속성마저 내포하고 있다. 기표―명사―주체들은 유사한 행위 동사들과 결합함으로써 전혀 뜻밖의 기의를 공유하는 사촌지간으로 거듭나는 것이다. 따라서 시 텍스트와 그것을 구성하는 문장의 진정한 주어는 '에테르'도 '잭해머'도 아니라 그것을 휘감아 돌며 이끌어가는 동사 뭉치들이다.

더불어 거의 연관 없는 이질적인 두 존재를 무언가를 해체하는 동시에 추구하는 공동 사태의 주재자로 만드는 것은 '막'과 '장'이 함께 있는 곳, 즉 '무대'이다. 애초에 페르소나persona, 다시 말해 가면(＝타자)을 쓰고 행해진 것이 연극이고 보면, '에테르'와 '잭해머'를 장악하고 있는 기존의 기의는 언제나 일시적이며 불안정할 수밖에 없다. 다른 동사와 결합하는 순간 기존의 기의는 지금까지의 권위와 가치를 상실하며, 전혀 다른 의미들이 그것의 전통과 역사를 대체하고 점유하게 된다.[7] 이때 기표의 변형 역시 동시에 진행됨은 물론인데, 기표와 기의를 굳건히 연결해주던 연상의 사슬이 순식간에 끊어지기 때문이다. 동일한 기표들이 서로 어긋난 기의를 생산하고 서로 다른 기표들이 유사한 기의를 생산하는 배리(背理)의 구조화는 그런 점에서 '극〔幕場〕적 사태'이다.[8] 이 '幕場'은 특정한 형식과 의미를 확정하고자 하는 기존의 기호 체계에게는 탈출구가 꽉 막힌 위험천만의 '막장'이 아닐 수 없다. 아래의 시적 도상은 '幕場'과 '막장'의 상호 동기화 과정을 징후적으로 예시한다.

가공 가늠 가닥 가동 가락
가래 가로 가루 가름 가리
가막 가목　　가미 가배
가변 가분 가산 가상 가색
가선 가설 가성 가속 가스

—「잭해머」 부분

크레인　크레인　크레인　크레인　R　O　크레인 시클라멘 랜디 I 크

---

7) 가령 텍스트의 말미에서 「에테르」의 '검은건반'은 또 다른 '막'을 거치면서 '흰건반'으로, 「잭해머」의 '잭해머'가 뚫은 '갱(坑)'은 또 다른 막장(幕場)을 통과하면서 '동공(洞空)'으로 변신 혹은 배치된다. 이런 변신의 원리는 "연속적으로 맺혔다 사라지는 사물의 영상"(「에테르」), "흘러가는 물소리/흘러내리면서 사라지는 흙소리"(「잭해머」)에 보이는 부재와 편재의 변증법에 내포되어 있다. 에테르(액체)와 잭해머(고체)가 획득하는 물질성이 각각 고체와 액체의 형태인 것 역시 이와 무관치 않을 것이다.

8) 한글의 한자로의 변환, '원형계단'과 '총신의 나선'의 교환 등과 같은 기표 체계 전환의 형식논리, 그리고 행간을 대폭 확장하는 시적 형식의 변형에도 마땅히 주목해야 할 것이다. 행간 확장은 일종의 교환의 장이자 기표가 달라지는 변신의 장, 그리고 수많은 기표들이 안정적 지위를 획득하기 위해 경합하고 갈등하는 투쟁의 장임을 드러내기 위한 미적 장치일지도 모른다.

레인 크레인 마이크 마이크 제라늄 OISEAU 마이크 마이크 마르시아
마크 리더 레코드 플레이어 마크 리더 마크 리더 마크 리더 레코드 플
레이어 레코드 플레이어 레코드 플레이어 카메라 카메라 카메라 모터
에서 제너레이터까지 모터에서 제너레이터까지 에테르 에테르 에테르
잭해머 잭해머 잭해머 레이저 프린터 레이저 프린터

—「클로로포름」 부분(『시산맥』, 2010년 상반기)

'에테르'와 '잭해머'의 돌연한 결합은 '잭해머'와 '클로로포름'[9] 사
이의 그것이기도 하다. 전자와는 반대의 상황이 벌어진 셈이다. 마취
제임을 감안하면 '에테르'와 '클로로포름'은 기호 체계의 감옥이자 무
덤일 수 있다. 그렇다면 '잭해머'는 당연히 이들의 고착과 죽음을 파
괴하는 반동자의 형식이겠다. 물론 이런 발상은 텍스트의 현실이 아
니라 '차연'의 연쇄 속에서 구성되고 지워지기를 그치지 않는 텍스트
들의 결합과 배열에 기초한 것이다. 따라서 ……—에테르—잭해머—
클로로포름—……의 연쇄는 기의의 획정을 괄호 친 기표의 무한한
미끄러짐과 배열로 이해될 필요가 있다. 이것은 기표들이 머무는 기
호들 역시 언제나 폐기와 대체 가능한 불안정한 형식임을 의미한다.
  '잭해머'의 작업장과 '클로로포름'의 전시물을 도상화(圖像化)한
언어 전략은 그래서 더욱 역설적이다. 왜냐하면 기표 체계의 미끄러
짐과 지연은 결코 안정적이며 고정적인 형상을 획득할 수 없는 유동

---

9) 이것들은 마취제로만 쓰이지 않는다. 용액의 매체가 되어 용질을 녹이는 물질로도 쓰인
  다. 특히 클로로포름은 진통제, 가스 제거제, 진해제로 내용하고, 관절염·두통·신경통
  을 치료하는 연고제나 도포제(塗布劑)로 외용하기도 한다. 과용하면 독약이되 적절하면
  약이 되는 파르마콘pharmakon의 성질을 띤다는 점 역시 액상의 유동성에 주목하는 송
  승환의 관심과 잘 맞아떨어진다.

성의 형식이기 때문이다. 그럼에도 송승환은 왜 흘러 다니는 기표이기는 마찬가지인 '잭해머'와 '클로로포름'의 기능을 그림(시각)으로 제시할 수밖에 없었을까.

「잭해머」가 착암(鑿巖) 공사가 진행 중인 막장＝막장(幕場)의 이미지를 연상시킨다면, 「클로로포름」은 해부대(병상) 위에 병렬된 마취된 대상들을 환기한다. '잭해머'의 빈 공간, 즉 □ 형상은 꽉 차 있으면서도 비어 있다. □ 안의 착암된 말을 둘레의 말을 참조하여 다시 복원한다면 실상 몇 단어에 지나지 않을 것이다. 그러나 이것은 현실 언어 혹은 사전의 질서를 따를 때의 이야기일 뿐이다. □ 안에는 아직 확정되지 않거나 이미 상실된 기표들로 가득할 것이다. 그러나 동시에 이것들의 편재적 성격은 기호 이전의 부재물이라는 점에서 늘 상실되고 유예될 수밖에 없다. 그러니 송승환은 "열려 있으면서 보이지 않는다/↔/딱딱한 것과 녹기 쉬운 것/무른 것/↔/있다"(「잭해머」)라고 적는 것이다.

「클로로포름」은 시인의 정보에 따른다면 제2시집에 실릴 시편 혹은 목차를 나열한 것이다. 그러므로 「클로로포름」이란 텍스트는 시이면서 시집이고 시가 아니면서 시집도 아니다. 더군다나 제2시집이 다른 이름으로 명명된다면 사태는 한층 복잡해지며, 송승환의 시적 편력이 계속되는 한 시와 시집의 상호 감금과 탈주, 상호 내삽과 외삽 역시 지속될 것이다. 그러면 그는 시를 지속적으로 썼으되 하나도 쓰지 않은, 또 기표를 지워버리는 만큼 기표가 더욱 생생해지는 이상한 종말에 도달하고야 말 것이다. 하지만 다행히도 송승환은 이 절박한 사태를 불행이 아니라 더욱 일찍이 맛보았어야 할 행운이자 행복으로 간주하는 듯하다. 그의 언어전이 피 튀기는 싸움보다 너나없이 즐기는 명랑한 게임인 것처럼 느껴지는 것도 이 때문이다.

그리하여 나는 다만 있다

나는 듣는다   —「잭해머」 부분

아무 소리 들리지 않는다

안개는 맑고 비는 멈춘다

검은 옷 입은 여인이 걸어나온다   —「클로로포름」 부분

　「잭해머」와 「클로로포름」을 차이화하는 결정적 요소는 "나는 듣는다"와 "아무 소리 들리지 않는다", 그러니까 청각의 욕망과 그것의 무화에 존재한다. 최근 시를 통독하건대, 송승환의 대상 접촉은 '마주 선다' '바라본다' '듣는다'의 형식을 취하고 있다. 예컨대 도상 형식의 「잭해머」와 「클로로포름」은 '바라본다'와, 위의 대상들은 '듣는다'와 결합되어 있다. 그런데 흥미롭게도 시인은 청각의 가능성보다는 청각의 실패 혹은 불가능성에 오히려 안착하고 있으며, 또 그 불행한 사태가 뜻밖의 생산의 장으로 작용하고 있다는 사실이다.[10] '클로로포름'이 육체의 마취와 전시를 넘어 새로운 세계로의 진입을 촉진하는 용매로 작용하는 다음 장면을 보라.

322

유리빌딩에서 걸어나온 사람들이 대기 속으로 풀려나간다

들이마시고 내쉬는 숨의 리듬에서 그녀가 떠오른다

물 속으로 잠기는 내 귀는 청각을 잃는다

등을 돌리고 내보인 왼쪽 뺨은 붉다

머리카락이 천천히 휘날린다

입술에서 흘러나온 미소가 감기는 내 눈동자에 맺힌다

하늘은 영원히 푸른빛으로 빛나고 있다　　　　—「클로로포름」 전문

　이른바 '원근법'으로 상징되는 시각의 특권과 합리성의 독주가 회의의 대상이 된 지는 벌써 꽤 오래되었다. 세계를 자아 중심으로 재편하고 구성하는 은유적 언어가 세계의 사실성을 현상하는 데 보다 우월한 환유적 언어의 공격에 맞닥뜨린 것도 이와 무관하지 않다. 따라서 송승환의 '바라본다'에서 '듣는다'로의 감각 전환은 정당하기까지 하다. 물론 그의 '바라본다'는 세계 혹은 기호의 유동성과 액상을 활성

---

10)　'검은 옷 입은 여인'을 죽음 내지 그것과 연관된 이미지로 해석한다 해도 문제될 것 없다. 이 '죽음'은 현실의 시끄러움과 더러움을 말끔히 가셔내고 어떤 본원적인 세계를 창조하는 또 다른 생명력인 까닭이다. 가령 "안개는 맑고 비는 멈춘다"를 보라.

화하기 위한 '응시'에 가깝다는 점에서 오히려 차이의 시선일 수 있다.

하지만 시인에게 이때의 '발화'와 '응시'는 마취제로서 '에테르'와 '클로로포름'으로 오작동하는 끔찍한 재앙으로 고지되고 있어 인상적이다. "사람들이 말한 사물을 가까이 들여다볼수록/낱말은 마비되어 잠들어간다". 말과 시각은 대상의 본질과 자유, 자율성을 신장하는 능산(能産)의 원리가 아니라 오히려 그 가능성을 마비시키고 밀어내는 소산(消散)의 원리인 것이다. 태초 이래 '말씀'의 권능과, 그것을 대체하는 한편 그것과 교묘하게 연합한 근대 이후의 '바라봄'에 대한 거부와 성찰로서 '들음'을 선택하지만, 이것들은 사물의 인식과 이해를 주도하는 중심 감각이기는 마찬가지이다.

'들음'과 '바라봄'의 결과로서의 '말씀', 혹은 '말씀'의 권능과 효용성을 증대하기 위한 방법으로서의 '들음'과 '바라봄'. 이 감각들의 기묘한 얽힘과 친밀함을 제약, 제거하기 위해 선택된 방법이 "내 귀는 청각을 잃는다"가 아닐까. 물론 '내 귀'는 "물 속으로 잠기"기에 청각을 잃을 수도 있지만, 청각의 상실은 다분히 의도적이다. 듣지 못하는 자는 말하지 못하며, 그 역 또한 진실이다. 따라서 이들의 세계 이해는 거의 시각에 의존할 수밖에 없다. 소외된 시각만의 대상 인식은 독단적이며 협소한 것일 수 있지만, 이 위험성은 눈빛의 독실함과 진정성, 그리고 절박한 몸짓과 글쓰기에 의해 얼마든지 상쇄될 만한 성질의 것이다.

과연 송승환은 "입술에서 흘러나온 미소가 감기는 내 눈동자에 맺힌다"라고, 나아가 "하늘은 영원히 푸른빛으로 빛나고 있다"라고 쓰고 있지 않은가. 당연히도 이때의 시각(적 이미지)은 원근법의 욕망을 벗어던질 때 얻어지는 본원적 물질성, 비유컨대 "들이마시고 내쉬는 숨의 (자유자재한—인용자) 리듬"의 생산물이다. 이 뜻밖의 '리듬'의 현현과 체현은 기존의 세계와 기호 체계에 대한 열렬한 회의와 냉철한 싸움의 결과라는 점에서 숭고하기까지 하다.

　하지만 현실과 자아를 아프게 가로지르는 시차의 분절과 감각의 분열이 '푸른빛'의 일렁임, 바꿔 말해 충만한 리듬으로 변신하는 순간, 그것의 유려한 율동이 오히려 불안해진다. 인용한 「클로로포름」의 세계는 모든 감각의 상실 속에서 구현된 '암흑의 빛'의 발현 혹은 그것의 역상이기에는 지나치게 친체제적이다. 기존 서정시의 형식과 문법을 어쩔 수 없이 빌린다 해도, 그것을 무력화하면서 새로운 시를 만들거나 아니면 그것을 아예 비시적인 것으로 내팽개치는 혁신은 여전히 송승환 언어전의 목적일 필요가 있다. 액상은 갇히는 순간 타자의 형체로 돌변한다. 그것의 유동성은 타자의 형체를 부수는 순간 온전한 것이 되는 법이다. 안락한 '푸른빛'의 하늘 저쪽에 벌써 꿈틀거리기 시작한 담천하(曇天下)를 보라고 그의 눈은 아직 열려 있는 것이다. 담천하의 격렬한 운동과 부딪힘이 내뿜는 '푸른빛'의 번개[11]가 시인의 '눈동자'에 꽂히는 순간, 송승환이 지금 "들이마시고 내쉬는 숨의 리듬"은 또 어떻게 급변하고 요동칠 것인가. 언어와 존재의 미래는 이토록 무섭고 잔인한 것이다.

〔2010〕

---

11) 번개는 그 본질이 전기이므로 색깔이 따로 존재하지 않는다. 번개 자체의 온도와 구름 같은 주변 환경에 따라 색깔이 다르게 나타날 따름이다. '푸른빛'의 번개는 공기가 수만 도씩 올라갈 때 발생한다고 한다. '하늘의 푸른빛'이 가장 안정적인 것이라면, '번개의 푸른빛'은 가장 불안정한 것이다.

제4부

스밈 혹은 번짐의 내력
─위선환의 『두근거리다』

　위선환의 시집 『두근거리다』(문학과지성사, 2010)를 연대기적 상상력과 결부시켜 읽는 독법은 과연 가능한가. 연대기의 본질이 서사의 욕망, 그러니까 시간적 관계를 결정하고 사건들을 일어난 순서대로 배열하는 데 있다면, 『두근거리다』를 향한 비평가의 착목은 벌써부터 패착이다. 왜냐하면 시는 시간의 일방향성과 완강한 물리적 질서를 배반하고 흩뜨리며 특정 시간의 독점을 허용하지 않는, 상호 개방성 또는 침투성을 특징으로 하는 '순간'을 시간 형식으로 취하기 때문이다. 따라서 이 자유로운 '순간'의 흐름과 운동을 선형적 질서 아래 귀속시키는 것은 어쩌면 시의 상상력과 언어를 탈출구가 봉쇄된 참호 속에 밀어 넣는 미욱한 행위일 수도 있다.

　그러나 '순간'의 시학에 집중하되, 그것이 스며들고 번져나가는 방향성과 유동성의 내력 및 구조를 파악하기 위해서는 연대기의 방법을 적절히 참조할 필요가 있다. 물론 이 자리의 연대기는 시인의 삶이나 개별 시편의 창작사(創作史)와 같은 사실의 나열로 환원되지도, 환원될 수도 없다. 미리 말하건대, 그것은 『두근거리다』에 특화되어 있는 '스미다'와 '번지다'란 동사들이 세계 및 자아와 교섭하고 또 그 과정에서 창조되는 새로운 현실을 엿보기 위한 일종의 방법적 시선일 따름이다. 물론 이 말은 『두근거리다』의 진정한 주체가 나와 너, 자연과 신 따위의 힘센 (대)명사들이 아니란 것, 오히려 이것들을 재구성하고 새롭게 가치화하는 '스미다' '번지다'와 같은 조용한 동사가 주체화의 선편을 쥐고 있다는 것, 따라서 연대기의 기입자와 대상자로 이 동사들이 먼저 호명될 수밖에 없음을 강조하기 위한 것이다.

가령 이 시집에서 가장 순도 높은 떨림에 속할 '두근거리다'는 "아뜩한 높이"를 생성하는 '순간'의 충격에 의해 주어진 것이다. 하지만 "아뜩한 높이"에는 두 동사의 완미한 결행(決行), 그러니까 "차고 어둑한 머리 위에, 구름층에, 공중에, 하늘에, 하늘 밖까지 빛기둥"(이상 「두근거리다」)을 세우는 서사의 단층이 겹겹이 쌓여 있다. 이 단층의 기원과 역사를 통찰하지 않고서는 자아의 '두근거림'이 한없이 단단하되 또 무엇보다 부드러운 "한 줌에 물컹 잡히기도 하는, 물의 뼈"(「물의 뼈」)로 현상하는 까닭과 방법을 관통하기란 매우 어렵다. 이런 연유로 우리는 연대기적 상상력이 "묵은 뼈"(「흐름의 풍속에 붙이는 脚註」)의 "물의 뼈"로의 진화, 그러니까 "한 사람의 속 몸을 속속들이 적시는 물기가 되었다가 , 다시∥한 사람의 가장 무른 속살에 박히어서 곧은 뼈 하나로 자라기까지"의 "흐름의 풍속에 붙이는 脚註"(「흐름의 풍속에 붙이는 脚註」)로 작동하기를 바라는 것이다.

위선환 시인 고유의 '흐름의 풍속(風俗/風速)'은 과연 어디서 출발하는가? 『새떼를 베끼다』(문학과지성사, 2007)에서는 새떼들의 "큰 몸이" 비고 "빈 몸들끼리 뚫"리는 일의 원인이자 결과로서 '공중(空

中)'에 주어지고 있다(「새떼를 베끼다」). 이 공중에의 의지를 언젠가 나는 '육탈(肉脫)의 여로'로 명명한 적이 있는데, 이는 그만큼 시인과 세속 사이의 신경전이 날카로웠음을 의미한다. 하지만 오늘의 '공중'은 훨씬 범속적이며 이면(裏面) 지향적이다. 가령 '하늘'에서 "주욱 내리그은 칼금,/의/주욱 갈라진 틈새,/의/뒤쪽이 내다보"(「하늘」)인 다는 의외의 고백을 들어보라. 세상을 가르고 분리하는 "칼금"과 "틈새"를 지우고 잇대는 것이 하늘의 본질적 속성이 아니던가. 이제는 하늘의 휘황한 빛이 가리고 있던 뒤쪽의 어둠마저 간취하고 있는 것이다.

시인의 이 형형한 눈빛은 삶의 물리적 적층이 허락한 우연한 은총과 거리가 멀다. 뼈가 부서지고 내장이 뒤틀린 현실의 몸을 속속들이 내비치는 "전신문 한 벌"(「全身紋」)을 차갑게 응시한 끝에 획득된 자기 구성물이다. 하지만 시인의 자기 구성은 단독 강화(講和)가 아니라 복수자(複數者)의 개입에 의해 시발된 중층 강화의 형상을 취하고 있어 매우 문제적이다. 그 복수적 주체는 아버지, 그것도 은밀히 실종된 끝에 주검으로도 돌아오지 않은, 불행하면서 또 불길한 아버지였다. 유년의 이 트라우마trauma를 극복하지 않고서는, 아니 가로질러 가지 않고서는 아버지라는 상징계를 초극(超克)할 수도, 또 그 자신 아버지라는 상징계로 신입할 수도 없었다.

그해의 여름부터 해마다 여름에는 비가 내렸고, 여러 해가 지나간 어느 해 여름에는 내가 문득 아버지가 되어 있었지만

모른다. 고갤 꺾고 기댈 때마다 등을 받쳐주는 것이 아버지의 골 파

인 등허리인지, 그때마다 등 뒤로는 물소리가 흘러가는 것인지

─「둑방길」 부분

먼 데서 빛나는 "어머니의 잔등"은 '나'가 귀향할 처소이지만(「토악질」,『새떼를 베끼다』), "아버지의 골 파인 등허리"는 여전히 성찰의 매개체로 거리화되어 있다. 이 거리감은 아버지와의 불화를 상징한다기보다는 아버지가 때로는 끌어안고 때로는 결별하며 동행할 수밖에 없는 운명적 존재임을 암시하는 듯하다. 그럴 수밖에 없는 것이 어느 날 "문득 아버지가" 된 내 몸과 영혼에는 아버지의 부재가 일찍부터 각인되어 있었으며, 이 부재는 "머물며 기다리며 서성대며 나를 때리고 떨어지는 돌부리"가 되어 '나'의 삶에 지속적으로 개입했기 때문이다. 끊임없이 돌부리를 걷어차지만 그럴 때마다 "내 정강이를 때리며 떨어지는"(이상 「발길질」, 『새떼를 베끼다』) 돌부리. 누구보다 불행했던 우리 아버지들과 보란 듯이 행복하고 싶던 우리들이 벌인 반복적 불화와 화해의 원형이 여기 어디 있을 것이다.

그런데 '아버지'와 '나'의 불안한 접속 못지않게 중요한 것은 '아버지'가 여전히 실종의 상태이며, 따라서 그가 무명(無明/無名)의 상황에 영원히 봉인될 가능성을 안고 있다는 사실이다. '나'의 완성은, 혹은 상징계로의 진입은 내 안에도 각인된 이 '무명'의 흔적을 말끔하게 지우거나 새롭게 가치화할 때에야 비로소 가능해질 것이다.

하지만 이 복수(複數)의 삶은, 어머니의 부재가 초래하는 공복(空腹) 상황의 토악질을 견디고 또 확인할 길 없는 아버지의 귀환에 대한 전적인 신뢰를 승압(昇壓)해야 하는 이중적 고통에 노출되어 있다. 그러므로 "비어버린, 아주 빈 나를, 누가 소리 내어 이름 불러줄

것인지"(「토악질」)라는 자아의 비감 어린 탄식은 가감의 여지 없는 실체적 진실이다. 이른바 라캉의 '아버지의 은유'가 발생하는 형국이다. 아버지를 기억(화해)할수록 아버지의 부재, 즉 아버지로부터의 소외 역시 강화되는 분열을 시인은 유년의 어느 시점 이후 지금까지 살고 있는 것이다. 『두근거리다』에 내재된 연대기적 상상력은 그러므로 시인이 상징계에 진입한 순간, 즉 아버지의 이름을 기억하기 시작한 순간부터 시작된 것이라 하겠다.

이런 분열과 위기 상황의 극복은 그래도 여전히 살아남은 자인 자아의 몫이다(「둑방길」이 『두근거리다』의 결시(結詩)임을 기억하자. 결시는 언제나 서시로 되돌아가고 나아가는 법이다. 그 서시는 바로 「하늘」이다). 다행스럽게도 시인은 그 가능성과 힘을 어느 땅 혹은 어느 물길에선가 흐르는 '아버지의 등허리'와 그것을 따라 흘러가는 "물소리"에서 찾았다. 이런 태도는 하늘과 땅, 공기와 물, 삶과 죽음의 대위법이 『두근거리다』를 지배하는 구성 방식으로 자리잡는 데 크게 기여하는 것처럼 보인다.

물론 시인의 방점은 땅과 물의 지평, 다시 말해 하강의 진정성 탐구에 찍혀 있어 더욱 현실적이며 보다 생산적이다. 거기서 보아낸 '하늘'이, "날치들은 바다를 물고 날아오르고 바다는 둥둥 떠오르고"(「날치떼」)에 보이듯이, 땅과 물을 내포한 복합적 공간으로 가치 증여되는 장면은 그래서 자연스럽고 내밀하다. 하지만 땅과 물에의 의지가 거둔 가장 빛나는 성과는 단연 서로 이질적인 '너'와 '나'가 서로를 충족하는 내통(內通) 방식의 발견에 존재한다. 이를테면 '너'가 내 뱃바닥에 찍고 간 "비린내 나고 축축한 비늘무늬"가 "훤하게 맨 살갗 아래에 비치는 나의 알몸"(「內通」)에서 다시 비늘로 돋아나는 현상. 이러한 존재의 통합과 신생은 상대방을 난폭하게 부수는 성난 물결로는 결코 성취되지 않는다. 때로는 스미고 때로는 번지면서 서로의 몸을 천천히 그리고 깊숙이 파고들 때에야 가능한 것이다.

새는 이미 젖었고 비는 줄곧 내려서 빗발이 새의 몸속으로 스미던 일을,

깊은 밤에는

새를 따라온 들판이 주춤주춤 골목 어귀로 스미던 일을,

말할 차례겠다 골목 모퉁이 가등 불빛 아래로 절름거리며 걸어오던 새에 대하여,

새 언저리에다 빛의 발을 치던 빗발과 새 안으로 스미던 불빛에 대하여,

웅크렸고 소름 돋았고 가는 뼈가 내비치던 새의 목숨에 대하여도,

—「스미다」 부분

새는 하늘로 날아오르는 대신 물로 스며듦으로써 인간화된다. 새가 절름거리며 걸어온 골목 어귀나 비에 차갑게 식어가는 가등의 불빛은 그대로 우리의 슬픈 인상화에 곧잘 출몰하는 풍경이다. 누군가는 한없이 웅크리고 소름 돋는 새의 모습을 추레한 인간의 본질적 국면으로 치환하고 싶을 것이다. 그러나 새의 최후를 주목하다 보면, 비극적 파토스 뒤에 숨어 있는 매우 특이한 에로스가 문득 떠오른다.

시인은 이 시를 "겨우 비 젖지 않은 추녀 밑 맨바닥에 새가 이미 스민 자국만 축축하게 젖어 있던 일을,"로 막음했다. 새의 최후의 사적(事蹟)은 짐작건대 죽음일 것이다. 하지만 "겨우 비 젖지 않은 추

녀 밑 맨바닥에" 스며들고야 만 새의 안간힘은, 죽음 일반의 공포와 불안, 허무에 앞서 연민과 숭고의 감정을 먼저 환기한다. 이 순간, 새의 표면적 죽음은 오히려 언젠가 "가는 뼈가 내비치"게 될 우리의 목숨, 바꿔 말해 존재의 맑고 투명한 본원성에 육박하게 된다.

이를 계기로 새의 죽음을 밟고 날아오르는 우리의 영혼은 새들의 본질적 영토라 불러도 좋을 "빛기둥이 받치고 선 아뜩한 높이"에서 "두근거리는 소리"(「두근거리다」)를 듣게 될 것이다. 이보다 근사한 '생의 약동'이 또 어디 있겠는가. 물과 땅으로 스며든 새가 우리를 본원적 심미성이나 미지의 영토로 접속시키는 영매이자, 존재의 비극과 한계를 아프게 복기(復棋)함으로써 '껍데기만 남은 채 벌어진 등'(「羽化」)의 홀가분함과 빛남에 들고자 하는 인간 영혼의 객관적 상관물에 해당한다는 말은 그래서 가능하다.

　　너와 내가

　　먹물 방울 떨어뜨려놓고 눈 꼭 감고 백지에 먹물 번지는 소리를 듣는 이른 아침에 아침 안개가 풀리는 여백에는 첫 빛이 닿은 아침부터

　　너와 내가

　　그사이 살이 묽어지며 묽은 살이 묽은 살에 섞이며 온몸이 고루 묽어지는 저녁까지 살 속으로 어스름 내리며 어스름 속으로는 어둠이 내리며 물 젖는 듯 번지는 저녁에
　　　　　　　　　　　　　　　　　　　　　　　　—「번짐」 부분

번짐은 서로 스며든 '너'와 '나'가 자신들의 내면과 외부 세계로 확장되는 방식이겠다. 비유컨대 아래로만 스미는 물은 협애(狹隘)의 유곡으로 흘러갈 가능성이 없지 않다. 따라서 '너'와 '나'는, 물속의 잉크처럼 부드럽게 뒤엉키며 천천히 번져나가야 한다. 그 과정에서 '너'와 '나'는 점차 묽어가겠지만, 이를 주체의 상실 혹은 증발로 읽을 필요는 전혀 없다. 오히려 이 '번짐'이야말로 주체의 개방과 타자로의 자발적 확산 그리고 응집을 본질로 하는 '타자 지향성'이 현현하는 장면인 것이다. 요컨대 서로의 살이 묽어지는 것은 '너'가 '나'로, 또 '나'가 '너'로 진해지는 분산적 응집인 것이다.

상식적인 이야기지만, 땅에서 조용한 물은 스미고 하늘에서 부드러운 물은 번지는 법이다. 물론 위선환 시인은 '스밈과 번짐'의 상호작용을 물(땅)과 하늘의 정형화된 대위법으로 설정하지 않았다. 지금까지 보아왔듯이, 그 운동들을 땅과 물의 지평에 내려앉힘으로써 오히려 새의 가치를 인간화하고 종국에는 추락한 새＝인간을 "아뜩한 높이"로 끌어올리는 하강과 상승의 역설을 실현하고 있다. 아마도 이 과정에서 탄생한 둔탁한 땅으로 파고드는 젖은 새(「스미다」)나 바다를 물고 하늘로 날아오르는 날치떼(「날치떼」)는 하늘과 땅, 공기와 물의 물질적·공간적 통합 원리를 선명하게 방사(放射)하는 희유한 사례로 남게 될 것이다. 이 원리에 충실하기를 지속할 때 "저 손바닥에 스미어 금 긋다가 금 가서 손바닥을 허무는 눈물의 마른 자국"(「界面調」)은 다음과 같이 결정화(結晶化)되어 촉촉하게 생환한다.

나는 너를 보고 걸어가고 그제는 비가 내려서 네가 젖던 그, 것, 나는 젖으며 걸어가고 어제는 비가 개어서 네가 마르던 그, 것, 나는 마

르며 걸어가고 오늘은 네 앞에 이르러서 너를 보고 서 있는 그, 것, 그
동안 젖고 마르던 눈두덩과 눈두덩 아래가 허물어지기 시작하고 너는
나의, 나는 너의 눈두덩의 더 아래, 눈물의 훨씬 아래에다 두 손바닥
을 받쳐 드는 그, 것, 여문 눈물의 알갱이 한 개씩을 받아 드는 그, 것,

—「대면」 전문

이 시는 인간의 세속적(!) 운명이 숱한 모험과 패배를 거쳐 어떻게
역전되고 의미화되는지 또 어떻게 생환하게 되는지를 담담하게 이야
기하고 있다. 서로의 비극과 희극, 웃음과 울음, 젖음과 마름의 반복
적 껴안음은 우리의 영혼 속에 잠재된 폭발 직전의 성난 물결을 마침
내 "여문 눈물의 알갱이 한 개"로 뚝 떨어뜨린다. 이 눈물 속에 스며
들고 번진 고통과 고독을 기억하지 못하는 한, 무겁게 젖어 대면한
자들의 눈물은 절망과 동정의 사이 어딘가를 타고 흐를 것이다.

그러나 당신과 나의 여린 눈은, 예의 바른 연민은 "여문 눈물"의
다음과 같은 속성을 직핍하게 응시하지 않으면 안 된다. 그리고 우리
의 손은 그것이 내포한 '닳고 닳음'의 두께를 두고두고 만지작거려야
한다. 왜냐하면 이 눈과 손의 움직임이야말로 시인이 때로는 세상을
거스르며 때로는 세상을 어루만지며 타자와 내통해온 방식이자, 미당
시를 빌린다면, 몇 방울의 피가 섞인 '시의 이슬'을 맺어온 정신의 동
역학이기 때문이다.

이슬방울은 왜 납작하지도 모나지도 뿔이 돋지도 않느냐고, 구태여
둥글한 이유가 있느냐고

묻다 당신은 여러 해를 걸었고 여러 해를 걸은 발부리가 닳아서 둥
글해진 것 말고는
　　　　　　　　　　　　　　　　　　　　　　—「이슬방울」 부분

내 몸에도 둥글한 바다의 둥글한 밀물과 둥글한 썰물이 둥글하게 드
나들어서

몸 안팎에 내민 모서리들이 깎이어 둥글해졌고 뿔이 돋기도 뿔에 받
히기도 했던 가장자리도 깎이어 둥글해졌다면　　　　—「반월만」 부분

　닳음과 둥긂의 진정한 가치는 현재의 원형적(圓形的) 현상보다는
모난 것을 살고 또 견뎌온 범속한 삶의 진실성에 있다. 세련되고 지
적인 삶의 초극 혹은 현실의 무심한 달관으로 시의 영혼이 움직였다
면, '당신의 발부리'와 '내 몸'이 해졌을 리 없다. "닳아서 둥글해진"
몸은 풍찬노숙(風餐露宿)의 서사에 귀속될지언정 이 세계를 홀연히
초월한 서정적 안심(安心)으로 숨어들 수는 없다. 시인은 '모서리'를
기억함으로써 또 그것을 원형(圓形)의 필요조건으로 치환함으로써
지금 이 순간의 '이슬방울'에 "어리고 여리고 아리고 떨리고 글썽한
서러운 온갖 결들"(「界面調」)을 온전히 문양(紋樣) 짓고 있다.
　이 중층적 삶의 결들에 대한 낮은 목소리의 언급 혹은 소극적 심미
화가 비극주의에의 투항이 아님은 물론이다. 그보다는 시인의 그 어
려운 "이슬방울"이 범속적인 결texture과 문양에 계속 던져질 수밖에
없음을 암시하는 기호쯤으로 읽는 편이 옳겠다. 이슬방울이 어느 순
간 뜨거운 빛에 의해 기화된다 할지라도 하늘로 수직 비상하는 대신
대지의 총량감을 안고 천공(天空)을 느릿하게 흐르게 되는 것도 이런

투기(投企)의 성격 때문이겠다. 그렇게 날아오른 이슬방울이 스미고 번져 만들어진 구름과 비를 통과하는 새들의 운명이 아래와 같이 비산(飛散)하는 것은 그래서 자연스럽다.

비 내리고, 공중에 뜬 새가 새다. 긴 눈빛과 긴 날개가 새다. 지상에 웅크린 작은 새가 새다. 가는 발목에 빗방울이 맺히다. 내가 새다. 가슴바닥에 물이 고이더니 먼저 종아리뼈가 잠기다.
　공중과 지상과 새와 나 사이에 비 내리고, 떨어져 있는 것,과 것,들은 새다.
　　　　　　　　　　　　　　　　　　　　　　　　　—「새다」 전문

앞서 말했듯이, 시인에게 하늘은 이미 "주욱 갈라진 틈새"(「하늘」)이다. 일상적 감각에 따른다면, 이 '틈새'로 새는(!) 순간 새는 추락의 운명에 속절없이 종속된다. 하지만 이미 땅과 물의 지평에 스며든 새에게 틈새는 너와 내가 연대하는 통합의 장이자 어떤 무수한 "것,과 것,들"이 함께 날고 떨어지는 공동 운명의 현장이다. 우리는 그래서 '새'와 '새다'의 사전적 정의를 잠깐 내려놓은 채, "새가 새다"를 가치 증여된 새의 존재 선언으로, 또 존재의 다면성과 복합성이 산출되는(=새는) 순간으로 동시에 읽는 것이다. 결락과 균열을 넘어 충만과 결속을 지시하는 동사로 새롭게 발견된 '새다'가『두근거리다』의 감각적 깊이를 측정할 때 필요한 기준점의 하나로 부상하는 순간이다. 하여 이것은 '새다'가 '스미다'와 '번지다'의 내력을 암암리에 공유하고 있다는 사실이 문득 드러나는 지점이기도 하다.
　『두근거리다』가 "주욱 갈라진 틈새"에서 읽어낸 가장 인상적인 '뒤쪽'은 어쩌면 「수장(水葬)」과 「천장(天葬)」의 동시적 배치, 다시 말

해 전혀 다른 장례 형식의 대위법적 공존에 존재할지도 모른다. 죽음
에 대한 예의라는 면에서는 동일하지만 죽음이 보존되고 기억되는 방
식에서는 정반대에 가까운 '수장'과 '천장'을 시인은 시집의 앞뒤 순서
로 놓고 있다. 텍스트의 순서와 공간 분할이 은연중 대지적 지평에의
앞선 관심을 표상하는 듯하여 흥미롭다. 죽음을 응시하고 처리하는
시선의 차이와, 그 매개체로 '물'과 '새'를 채용하고 그것들의 역할을
감각화하는 방식 역시 하강과 상승의 갸우뚱한 동행을 원리로 삼고
있다.

산에는 산맥이 차고, 들에는 들판이 찼다. 빈 땅이라곤 없었다. 산
이나 들에는 그래서 못 묻고 물속에라도 묻기로 했다. 안아 들고 들어
가서 바닥 골라 뉘고 바윗돌 한 덩이 매달아놓았다. 물속은 과연 조용
하고 죽은 몸뚱이야 이미 숨을 비운 뒤이므로 물살을 잠재우는 일이
순서였다.
—「水葬」 부분

큰새들이 큰 원을 그리며 선회하고 있는 공중에다 대고 길게 느리게
칼을 그었다. 깊숙이 칼날이 묻혔다. 베이는 하늘의 살집이 섬뜩하고
완강하다. 문득, 칼을 놓친다.
—「天葬」 부분

'수장'에는 개인의 완미한 죽음과 완성, 그러니까 "내 키보다는 늘
깊은 깊이"에 대한 욕망이 투사되어 있다. 물론 이 시에 서술된 장례
의 절차와 형식은, "일을 마치고 나니 하루가 조용하다"(이상 「水葬」)
에서 보듯이, 나날의 존재 성찰로 읽혀 무방하다. 이 상징적 죽음은
어딘가로 흘러가지 않고 매일매일 반복되고 적층된다는 점에서 허무

를 몰아내고 존재를 갱신하는 적극적 니힐리즘이라 할 만한 것이다. 이와 같은 선한 삶 혹은 죽음은 흐르는 물을 고인 물로, 고인 물을 '나'가 가라앉는 무덤으로 무성화(無聲化)하는 가운데 "아뜩한 높이"만큼이나 "깊은 깊이"를 생산한다. 이 '깊이' 속에 봉인되는 순간 나는 은폐되는 것이 아니라 한없이 투명한 '알몸'으로 영원히 개진되는 것이다.

그렇다면 「천장」은 그 '알몸'이 잘리고 토막내 던져지는 순간을 기록한 시편이 아닐 수 없다. 영원한 '수장'에 만족한다면 자아는 어느 순간 썩은 물로 부글거리게 될 것이다. 부패의 시간과 운명을 내몰기 위해서는 이미 식고 굳은 '알몸'을 토막내고 각을 떠 자아의 또 다른 분신인 새들에게 던져 주어야만 한다. 이 가없는 던짐과 던져짐이야말로 하강을 상승으로, 인간 한계를 가능성으로, 언어의 조울을 명랑으로 역전시키는 최후의 방법이자 윤리일 것이다.

「수장」과 「천장」의 이런 의미를 생각하면, 「무지개」의 탄생은 거의 필연적이다. 강은 하늘 가까이로 휘돌고, 그 "하늘 강에 큰 굽이로 굽은 나의 등허리가 비"치고, "등허리 너머로 가지런히" 세상의 온갖 사물과 감각이 스쳐가고, "수천 마리로 불어난 나비떼가 날"아가는 광경(「무지개」). 무지개는 비·물보라·안개와 같은 물방울들에 투과된 빛의 굴절과 반사에 의해 생성되며, 태양의 반대쪽에 대부분 위치한다. 이런 형상은 무지개가 서로 대립적인 공간과 존재, 이를테면 하늘과 땅, 물과 공기, 인간과 자연, 삶과 죽음 등을 잇고 넘나드는 상징체일 수 있음을 구체화하는 물적 증거이다. 이런 사실을 바탕으로 인접성의 원리에 따라 몇몇 시편을 배열한다면, 「수장」－「무지개」－「하늘」－「천장」이 될 것이다. 이 시들에 제시된 공간과 시간은 순행과 역행, 정렬과 분산, 대립과 통합을 동시에 산다는 점에서 역동적이며 상호 충족적이다.

그러나 문제는 이 무지개가 우리에게는 멀리 감각되는 현상일 뿐 당장 손에 쥘 수 있는 실체가 아니라는 사실이다. 이와 마찬가지로 삶과 시의 완미함이나 심미성 역시 끝없는 욕망의 대상일 뿐, 특정 형식과 내용으로 완성되는 물자체로 성립되지 않는다. 이 비극적 원리에 냉철하지 않은 한 시는 근기(根氣) 없는 위안과 허상의 언어로 퇴색해가기 마련이다. 시인이 "깊은 깊이"에 들고자 하는 자아를 향해 "평생 한 일이 고작 입 크고 창자가 긴 송장 한 구를 먹여 살리는 짓거리였으므로" "그러므로, 고작, 고독했다"(「평생 한 일이 고작 입 크고 창자가 긴 송장 한 구를 먹여 살리는 짓거리였으므로」)고 비탄하는 장면은 그러므로 자괴감의 발설이 아니다. 통렬한 자기 고발인 동시에 시에 대한 여전한 의지의 피력이다. 그렇지 않고서는 「얼굴」이 씌어질 수 없다.

임자도 이흑암리 앞 백사장의 한 끝, 폭 80m 海壁을 바닷물 높이로 관통한 해식동굴 언저리에는 늘 모래가 날고 있다. 굴로 빨려들거나 굴에서 불려 나오는 바람 때문이다. 그렇게 모래들은 빨려들거나 불려 나오고 그러다가 떨어져 쌓여서 더미를 이루었는데 헤쳤더니, 푸석하게 마른 머리털과 자잘하게 금 간 눈꺼풀과 날카롭게 모가 선 눈초리와 단단하게 굳은 숨결이 집혀 나오고 마모되어 까칠해진 광대뼈며 앙다문 이빨들도 만져진다. 모래더미 속에 풍화하는 내 얼굴이 묻혀 있는 것이다.

—「얼굴」 전문

위선환 시인이 가닿은 영혼의 맑음과 내면의 안정을 『두근거리다』의 의미 있는 결절점으로 삼는다면, 제4부의 「우화(羽化)」 「햇살」 「첫 매(梅)」 등을 언급하는 것이 보다 타당할지도 모르겠다. 그러나 나는 「둑방길」을 제4부의 핵심 시편으로 벌써 쥐어 든 바 있다. "아버지의 골 파인 등허리"를 보고 등 뒤로 흐르는 '물소리'를 듣는 순간, 그것들이 시인의 최후에도 기어코 가닿을 것임을 예감했다. 시인의 자아와 시의 완결성에 대한 상상적 충족보다는 그것들이 돌파해갈 운명의 계선이 윙윙대는 소리가 훨씬 궁금했기 때문이다. 그런 점에서 「얼굴」은 시인 자신의 현재와 미래를 풍성하고 날카롭게 새겨 넣은, 여러모로 시사적인 자화상이 아닐 수 없다.

「얼굴」은 백사장에 쓸데없이 버려진 나의 소모적 삶을 암유하지 않는다. "모래더미 속에"서 "풍화하는 내 얼굴"은 '천장(天葬)' 의식 끝에 남겨진 '나'의 최후의 유품이자 죽음을 가로지르는 미래의 '나'인 것이다. '나'의 얼굴은 매우 황량하고 거칠게 묘사되어 있다. 그러나 「무지개」나 「물이 붇고 붉고 빨랐다」에서 보듯이, 모래 속 '나'의 얼굴은 타자들의 놀이터이자 나와 그들의 연대기가 기록된 살아 있는 텍스트이다. '모래더미'에서의 탈출에 골몰하는 자는 '나'의 촉루(髑髏)에서 허무와 공포를 먼저 읽겠지만, 거기서 타자의 고통과 죽음을 아프게 떠올리고 '내 얼굴'에 정중한 예의를 갖추는 자는 '나의 등허리' 너머로 비상하는 찬란한 "나비떼"를 문득 만나게 될 것이다. "고작, 고독했"던 개인의 연대기를 물고 날아오른 이 나비들은 신기루와 같은 헛된 환영을 지워갈 것이며, 또 홀로 광막한 사막을 걸어가는 어떤 이들의 의미 있는 지표로 작용할 것이다.

그러나 나비들의 최후는 이런 바람직한 당위성과 윤리적 동선을 지시하는 매개체로 그칠 수는 없다. '내 얼굴'을 끝없이 뒤덮고 파쇄하려는 모래 광풍을 막고 파헤치는 하강의 삶을 지속적으로 반복하고 내면화하는 것이 나비들, 아니 시인의 미래이다. 이 미래 속에서 모나고 각진, 까칠하고 단단한 '내 얼굴'은, 재차 인용하건대, "한 줌에 물컹 잡히기도 하는, 물의 뼈"로 또다시 거듭날 것이다. 그러므로 『두근거리다』의 연대기적 상상력은 여행기를 완결 지은 노회한 이야기꾼의 세련된 손짓보다는 여전히 떠돌기 위해 신발 끈을 고쳐 매는 노마드nomad의 투박한 손길을 닮아 있다. 위선환 시인이 언뜻 몸 담갔던 "깊은 깊이"의 물은 또 어디로 스미고 어디로 번질 것인가. 그 투명한 몸은 또 어떻게 찢기고 무엇에게 던져질 것인가.

〔2010〕

육탈(肉脫)의 여로
―위선환의 『새떼를 베끼다』

　　세상의 모든 존재에게 시간은, 삶은 육탈(肉脫), 그러니까 몸을 벗는 과정이다. 그들은 시간을 끊임없이 벗고 또 갈아입으면서 자기 몸을 타자와 뒤섞고, 종국에는 "속 빈, 푹 꺼진 허물 한 벌"(「속도가 허물을 벗는다」)로 눕는 것이다. 우리들은 이 삶의 내력을 때로는 존재의 완성으로, 때로는 허무의 심연으로 의미화하며 황홀과 비탄의 음계를 과장스럽게 퉁기곤 한다. 이런 감정의 잉여는, 위선환의 말을 빌리면, 길을 내기는커녕 거침없이 날 뿐인 새를 두고, 그 '새의 길'을 가리켜 보이는 "눈자위가 마른 사람"(「새의 길」)의 허망한 손짓과 닮아 있다.

　　상투적인 의미화 이전에 되짚어봐야 할 것은 저 '육탈'의 여정이 남긴 흔적과, 그것이 우리 삶과 세계의 축조 및 변형에 참여하는 모습일 터이다. 그럴 때 '육탈'은, "천 개나 되는 손"으로 "천 개나 되는 빈 손바닥"(「손바닥」)을 받쳐 드는 것과 같은 공(空)과 만(滿)의 경연과 결합의 장이 된다. 위선환은 그래서 이미 정해진 '새의 길'을 가리키는 대신 오직 날 뿐인 "새떼를 베끼"는 데 골몰하고 있는지도 모른다. 말하자면 베끼는 행위는 자기 삶을 다시 정위하고 세계에 새롭게 둥지 트는, 관계의 갱신 행위인 것이다.

가령 시인에게 세상에서 가장 둥근 것 가운데 하나는 '돌멩이'이다. '돌멩이'는 둥근 물결을 만들지 않고 "둥근 물결의 중심에 떨어진다"(「파문 1」). 이것은 '돌멩이'가 이미 둥근 물결이기 때문에 가능하다. '돌멩이'는 "몇 겹째인지 나를 파며 번지는 둥근 결"이며, 그 결 안에 나와 타자를 "푸르게 고이"게 한다. 다시 말해 깎임이 기입이자 채움인 신이한 삶의 소유자인 것이다.

이런 존재의 모순적 원리야말로 위선환의 '흔적'과 '틈새'에 대한 사유의 진원지이자 원동력이라 할 만하다. 그의 시선(視線)은 거의 언제나 파이고 깎이고 찔린, 결여와 상처의 흔적에 먼저 가닿는다. 하지만 시어(詩語)는 그 고된 '흔적'이 어떻게 늘 푸르고 완미한 '틈새'로 몸 바꾸는지를 먼저 감촉하고 말한다. 시인에게 파이고 꺾인 '흔적'은 쇠락과 사멸을 읽는 가혹한 텍스트가 아니라 거기 "들어맞는 마디"(「마디」)나 거기에 "먼저 기댄 자국 하나"(「등자국」)를 찾는 '지탱'의 윤리학이 싹트고 성장하는 푸른 초장(草場)이다. 육탈의 경험이 심각하고 완연할수록 시인의 눈이 오히려 형형해지고 깊어지는 이유가 여기에 있다.

실제로 위선환은 『새떼를 베끼다』 여러 곳에서 내면의 각성을 순간적 '눈뜸'의 경험으로 다채롭게 표현한다. 그것은 '맑은 눈빛'으로 초점화되며, 또 "볼수록 먼 데가 보이는, 비로소 내 눈이 비기 시작하는⋯⋯"(「빌미」)으로 구체화된다. 빌수록 더 깊어지고 더 많이 담는 것은 영혼만이 아니라 육체이기도 할 것이다. 그런 점에서 소모된 육체, 곧 "푹 꺼진 허물 한 벌"은 말라비틀어져 흙바닥에 나뒹구는 몹쓸 것이 아니라, 자아와 세계에 새로운 지형과 내밀한 영혼을 더하는 영원히 푸른 옷이다. 그것을 '눈'이 보고 '눈'이 담고 있다. 위선환의 육탈은, 눈뜸은 그래서 막무가내로 처연하며 또 아프게 아름답다.

그렇다면 다음과 같은 위선환의 소일(消日)을 무턱대고 따라 하는 일도 우리에게는 은근하며 유쾌한 봄놀이가 될 것이다. 그러면 물기 젖은 영혼은 아마도 그 '눈빛'에 젖으면서 바싹 말라갈 것이며, 또 서둘러 몸을 벗어버려야 할 만큼 부풀어 오를 것이다: "먼 데로부터 여기에 닿는 길이 다 비친, 물 차올라서 그득하게 괸 눈빛이다 마주, 오래 본다"(「물길」).

〔2007〕

'빈틈'의 생리와 윤리
―정호승의 「포옹」

거스르지 않는 삶, 다시 말해 '순리'대로 사는 것은 우리에게 아직도 유효한 정언에 해당한다. 이 삶은 당연히도 막무가내의 순종이 아니라 자유의 경지를 넓히는 한에서 아름답고 위대하다. 가령 공자의 지천명(知天命)이니 이순(耳順)이니 하는 말은 삶의 탁월한 운용이 결과한 무한 자유에 대한 겸손한 언사로 이해해도 좋겠다. 하지만 이 말들은 자기의 앞뒤에 타자를 배치하고 있다는 점에서, 대화적이며 타자 지향적이다. 순리든 자유든 그것의 진정성은 독아(獨我)적 실현보다는 타자와의 무애(無涯/無碍)한 소통을 획득할 때 뚜렷이 드러난다.

그러나 우리가 쉽게 내뱉는 '순리'라는 말은 결코 간단치 않다. 국어사전은 "도리에 순종함. 순조로운 이치"로 뜻풀이를 하고 있다. '도리'나 '이치'를 자연의 편에 둘 것인가 아니면 인간의 편에 둘 것인가. 어느 한쪽으로 기우뚱할 때 '순리'는 자연/야만을 함축하는 '생리'로, 문화/문명을 표상하는 '윤리'로 제 모습을 바꿔갈 것이다. 하지만 '더 나은 삶'은 '생리'와 '윤리'의 경쟁이 아니라 그것들의 정당성과 합리성이 동시에 실현되는 '통합'에 의해 성취될 가능성이 크다. 물론 누구나 동의 가능한 '순리'는 '생리'와 '윤리'의 합집합이 아니라 교집합을 통과할 때 생성될 것이다. 그쯤 되면 사람들은 외압이 강제한 "슬픈 인간의 길을 다 버리고/물의 길을 따라가는"(「물길」) 자유자재를 얼마간 감촉하게 될지도 모른다.

살얼음 낀 겨울 논바닥에

기러기 한 마리

툭

떨어져 죽어 있는 것은

하늘에

빈틈이 있기 때문이다
—「빈틈」 전문

고백하건대, 삶을 꾸려가는 세 개의 '이치'에 대한 단상(斷想)은 『포옹』(창비, 2007)이 처음 내건 싸늘한 언어 '빈틈'에서 비롯되었다. 기러기를 죽게 한 하늘의 '빈틈'은 재앙인가 아니면 자연의 소산일 따름인가. 바꿔 말하자면 기러기는 자연의 이치에 따라 죽은 것인가 아니면 '하늘'이란 절대자에 의해 죽임을 당한 것인가. 그렇다면 「빈틈」은 사실의 차가운 보고인가 아니면 '하늘'의 불완전함에 대한 회의와 비판인가.

우리에게 익숙한 정호승의 어법은, '빈틈'을 "아직도 넘어질 일과/일어설 시간이 남아 있다는 것은 큰 축복이다"(「넘어짐에 대하여」)로 표현하는 희망과 역설의 논리일 것이다. 그러나 현재 정호승 시는 회한과 냉소의 자리로 흘러드는 느낌이 강하다. 빈틈투성이의 '하늘'과 "제발 좀 내려오라고 해도 내려오지 않고" 아직도 "십자가에 매달려 피를 흘"리는 '예수'(「집 없는 집」)는 그래서 상통한다. 1980년대 초입 상당한 충격을 야기한, "서대문 구치소 담벼락에 기대어 울고" "인생의 찬밥 한 그릇 얻어먹는" 예수(『서울의 예수』, 1982)는 우리가 취해 마땅한 삶의 윤리를 표상했다. 하지만 지금의 예수는 자아의 곤란함과 불안을 강제하는 불편한 형상으로 불현듯 읽힌다. 베드로가 그랬듯이, 예수의 절대성에 대한 회의는 치수(治水)의 능력을 "흠뻑 물에 젖어/나오지 못"(「물새」)하는 불행의 원천으로 뒤바꾼다. 이런 곤혹은 삶의 지표를 어지럽힌다는 점에서 자아의 위기와 소외를 일상화한다.

    가는 발목에 끈이 묶여

    날지 못하는

    오가는 행인들의 발길에 가차없이 차이는

    푸른 하늘조차 내려와 도와주지 않는

    해가 지도록 오직

    푸드덕푸드덕거리기만 하는

    한 마리

    저 땅 위의

    새

—「끈」 전문

    '끈'에 묶인 새 역시 '빈틈'의 피해자이긴 마찬가지다. 따라서 '새'는 '기러기'이며 시인 자신이다. 불행의 반복과 중첩 속에서 '윤리'는 채우기 힘든 '항아리'(「어머니의 물」)로 돌변하며, 떠돎에 내포된 처연한 아이러니, 곧 "길 떠나기 전에 신발이 먼저 닳아버린 줄도 모르"(「북극성」)는 무지는 패배자의 생리로 태연히 둔갑한다. 이에 따른 극렬한 고통은 감정의 침묵(절제가 아닌!)을 적극 유인하는데,[1] 이 현상은 현재적 자아에 대한 부정, 또는 죽음 충동을 서슴없이 드러내는 시들에서 두드러진다.

오늘은 내 생일이므로

짐승의 마음이 인간의 모습으로 태어난 날이므로

개밥그릇을 물고 거리로 나가 유기견들에게 내 심장을 떼어주고

길고양이들에게 내 콩팥을 떼어주고

물끄러미 소나기 쏟아지는 거리를 바라본다

〔……〕

나는 젖은 돌멩이로 떡을 만들어 그에게 주고

흙으로 막걸리를 빚어 나눠 마시고

신나게 꼬리를 흔들다가

아직 태어나지 않은 나에게 말한다

부디 다시는 태어나지 말라고

태어나지 않은 날이야말로 내 생일이라고　　　　　　　—「생일」 부분

---

1) 『포옹』에는 단형(單形) 서정시의 비중이 꽤 높다. 이 시들에는 사물 또는 세계와 친화하는 유추적 상상력이 거의 드러나지 않는다. 시인은 차가울 만큼 단정하게 특정한 사실이나 장면을 서술할 따름이다. 나는 이런 현상을 특징짓기 위해 '감정의 침묵'이란 말을 사용했다. '감정의 침묵' 속에서 세계와 삶의 아이러니는 더욱 독해지는 듯하다.

‘젖은 돌멩이’로 ‘떡’을 만들고 ‘흙’으로 ‘막걸리’를 빚어 노숙자와
나누는 ‘나’의 능력과 행위는 예수의 오병이어(五餠二魚) 사적에 대
한 인유적 패러디일 것이다. 하지만 이것을 일종의 신성모독으로 간
주할 필요는 없다. 예수의 사적은 자아를 힐난하고 자아의 쓸모없음
을 부풀리기 위해 일부러 동원되었을 가능성이 크다. 예수는 오병이
어의 기적을 통해 자신의 권능과 사랑, 연대감을 세상에 너울거리게
한다. 그러나 ‘나’의 창조력은 “짐승의 마음이 인간의 모습”을 한, 그
러니까 양두구육(羊頭狗肉)의 치욕적 존재감을 희롱하는 유희에 소
용될 따름이다.

언뜻 생각해봐도, “태어나지 않은 날”이 ‘생일’이란 말만큼 존재에
대한 거부와 절멸의 욕망을 드러내는 표현은 흔치 않다. 이런 상황에
서 삶은 이미 죽음이며, ‘나’의 일상은 처참하고 우스꽝스러운 부조리
극에 지나지 않는다. 저의 본질이 사실은 ‘짐승’에 지나지 않으며 제
가 걸친 모든 옷이 수의(「수의」)였다는 아픈 깨달음은 그래서 더욱
비참하다. 물론 정호승의 자기 희화와 죽음 충동은 그 기원과 서사를
충분히 엿볼 수 없다는 점에서 때로는 과장이다. 하지만 그것은 자아
의 안위와 연옥의 초극을 함부로 넘보지 않기에, 작위적이지 않다.
차라리 그것은, 제가 경험한 세계의 파괴나 삭제를 자기 갱신의 전제
로 곧잘 삼는 데서 보듯이, 더욱 합당한 소멸의 윤리를 암암리에 모
색하는 뜨겁고도 외로운 의식일 수 있다.

오래전에 내 손을 잡고 문 안으로 들어온 사람과
그 사람이 가슴에 가득 안고 들어온 산과 바다가 있는 풍경도
어느새 나를 버리고 문밖으로 나가 보이지 않는다

눈물은 나지 않는다

이제 굳이 문 안으로 걸어들어오던 때를 그리워할 필요는 없다

문 안에서 늘 문이 닫힐까봐 두려워하던

문 안에서 늘 문밖을 바라보며 살아온 나를

이제 와서 탓하지는 말아야 한다

문 없는 문의 손잡이를 다시 잡는다

문은 없어도 문은 열린다
　　　　　　　　　　　　　　　　　　　　　　　—「문 없는 문」 부분

겉보기에 이 시와 「생일」의 거리는 그리 가까워 보이지 않는다. 이 시에 삶에 대한 회한이나 죽음과의 친연성이 거의 보이지 않는 까닭이다. 오히려 주어진 삶에 대한 순응과 소명 의식이 더 두드러진다. 그런데 이 시 외에도 정호승은 '무엇 없는 무엇', 다시 말해 대상의 지움 속에서 대상을 재발견하거나 재창조하는 시 두 편을 더 선보인다(「빈 벽」「집 없는 집」). 감정은 때로 상반되지만, 궁극적으로는 "빈 벽이 되고 나서 비로소 나는 벽이 되"(「빈 벽」)는 신세계와의 조우를 표상하는 시들인 것이다.

이 지점의 '빈 벽＝벽'은 현재적 자아와 세계의 파괴, 좀 점잖게 말한다면 '내려놓음' 속에서 생성되며 또 강한 내구력을 더해간다. 하지만 정작 중요한 것은 「생일」 등에 박혀 있는 죽음 충동, 그러니까 적극적 니힐리즘이 은폐된 참세계의 열림을 이끈다는 사실이다. 요컨대 소멸의 윤리는 자아와 세계의 영점화(零點化)가 아니라 "사라져 보이지 않는 어둠"(「빈 벽」)의 활성화인 것이다.

이런 점에서 『포옹』은 비유컨대 묵시록(黙示錄)과 묵시록(黙視錄)의 경계를 넘나든다 하겠는데, 정호승 최후의 도착지는 아마도 후자

가 될 것이다. 관행적 의미로 볼 때 전자는 진리와 영원을 세계의 부서짐을 통해 예언하는 무섭고도 가혹한 언어이다. 후자는 지시적 의미만 따른다면 세계를 간섭하지 않고 묵묵히 보기만 하는 소극적 언어일 수 있다. 하지만 '黙示錄' 이후의 세계는 '黙視'가 오히려 존재의 자율성과 자유, 타자와의 연대감과 상호 소통을 넓히는 원리가 될 것이다. 힘센 윤리가 삶을 통제하고 좁히는 것보다 삶이 윤리의 새된 권위와 압박을 풀고 지워나가는 것이 훨씬 바람직하듯이 말이다.

　따라서 정호승의 "누구를 믿어야 사람은 죽어도 살까"(「옥산휴게소」)라는 조심스러운 고백은 『포옹』의 핵심 어구일 수 있다. 2000년대 이후 정호승 시에서 불교적 사유를 주목해온 이라면, 또 '서울의 예수'에 대한 불편함을 감지한 이라면, 이 대목을 새로운 신성(神聖) 또는 절대자의 맞음으로 받아들일 법하다. 하지만 정호승에게 절대자는 대체의 대상이 아니다. 대체는 회피의 수단일 수 있어도 문제 해결의 방법일 수는 없다. 절대자는 '죽어도 사는' 인간 최후의 욕망을 순리에 맞게끔 인도하며, 영원성이 어떻게 가능한가를 미리 현시하는 절대 지표일 따름이다. 정호승은 어쩌면 그들의 위대한 빛만 두리번거리는 대신, 그 빛을 더욱 밝히는 깜깜한 어둠을 응시하고 있는지도 모른다. 실제로 예수와 붓다는 삶과 존재의 수정과 무관한 일방적 경배나 부정의 대상이 아니다. 그들의 말씀과 사적은 주체의 한계와 확장 가능성을 동시에 타진하는, 그러니까 "결국 모래가 되어버린" "인간들과 잠시 이야기를 나누"는 '무인등대'(「무인등대」)에 해당한다.

　절대자는 매달린다고 불쑥 나타나는 바깥의 존재가 아니다. "죽음에까지 이르는 사랑"(「꽃을 태우다」)을 몹시 갈구할 때에야 비로소 우리 내면에 스스로를 현상하는 내적 존재인 것이다. 그러니 정호승의

354

종교적 상상력은 내면에 편재한 영성(靈性)을 받아 안음으로써 자신을 갱신하려는 대화적 행위로 파악함이 좀더 타당하다.[2] 그는 예수와 붓다의 대화를 경청하면서, 자신을 속박해온 '빈틈', 곧 타율적 윤리를 삶의 전체성에 봉사하는 '빈 벽'으로 고쳐 쓰고 싶은 것이다. 그렇다면 예수와 붓다는 신성불가침의 존재이기 전에, 우리가 보편적인 절대성으로 나아가기 위해 반드시 거쳐야 할 통찰과 깨달음의 형식이 아닐 수 없다.

그가 설치 중인 '빈 벽'은 대상의 존엄성을 기억하고 기리는 타자성 수렴의 장일 경우가 많다. 타자를 나를 향해 견인하기보다는 오히려 나를 타자에 밀어 넣는 이타적 교감 행위인 것이다. 『포옹』에서 이런 경향을 대표하는 시를 뽑으라면, 부모의 늙음과 아픔에 얽힌 가족 시편, 이것의 연장일 장례 풍경을 다룬 시들, 그리고 도심의 밤이 꽃피는 방식을 더듬고 있는 '밤' 시편들을 들어야 할 것이다. 이 시들은 때로는 일률적 타입이 아닌가 우려될 정도로 서로를 참조하는 경우가 많다. 이런 현상은 이 시들이 삶과 시의 새로운 전기 마련에 중요한 역할을 담당하고 있기 때문에 벌어졌을 것이다.

가령 누구나 회피하고 싶은 경험적 진실일 "사람이 늙은 뒤에 또다시 늙는다는 것은/밥을 못 먹는 일이 아니라 똥을 못 누는 일이다"(「노부부」)라는 말을 떠올려보라. 이런 사실에 대한 겸허한 이해와 수용 없이는 '너'의 존엄은 물론 '나'의 존엄도 없다. 따라서 새로운 윤리와 타자성의 어법은 잘 먹는 만큼이나 잘 누는 방법에 대한 고민

---

2) 『포옹』에서 '예수'의 사적에 대한 패러디가 자아의 갱신과 관련된 '방법적 사랑'이었음은, 성당의 스테인드글라스를 보면서 "모든 색채가 빛의 고통이라는 사실"을 예감하는 장면(「스테인드글라스」)에서 뚜렷해진다.

속에서 싹틀지도 모른다. 때이른 화해의 감이 없진 않지만, 변두리 삶을 향한 다음의 두 태도는 그의 '빈 벽'에 새롭게 박힐 '북극성', 그러니까 윤리라 해도 좋고 예의라 해도 좋을 어떤 국면을 충실히 예고한다.

> 장의차 한쪽 구석에 앉아 울며 가는 꽃들
> 서로 쓰다듬고 껴안고 뺨 부비다가
> 차창에 머리를 기댄 채 마냥 졸고 있는
> 상주들을 대신해서 울음을 터뜨린다
> 아름다운 곡비(哭婢)다　　　　　　　　　—「장의차에 실려 가는 꽃」부분

조화(弔花)는 "인간을 위하여 목숨을 버"렸기 때문이 아니라, "상주들을 대신해서 울음을 터뜨"렸기 때문에 아름답다. '순절(殉節)'은 그 권력관계를 따져본다면 숭고하다기보다 치졸한 죽음의 형식이다. 약자의 충성이 아무리 자발적이라 할지라도, 순절은 강자가 약자의 모든 것을 빼앗고 지워버리는 삶의 갈취적 성격을 결코 벗어날 수 없다. 따라서 죽은 자에 대한 기억과 존숭, 살아남은 자의 슬픔과 아쉬움이 한데 엉킨 상주의 심정을 받아 든 '울음'이 더 숭고하다. 시가 "아름다운 곡비"일 까닭도 여기에 있다. 그 이유가 무엇이든 오로지 자기를 향해/위해 터뜨리는 울음은 어리고 어리석을 가능성이 크다. 거기에 "쓰레기가 되면서 비로소 꽃을 피"(「꽃을 태우다」)우는 '모가지 잘린 꽃'의 아름다움은 결코 찾아들지 않는다.

밤의 연못에 비친 아파트 창 너머로

한 소년이 방바닥에 앉아 혼자 라면을 끓여먹고 있다

나는 그 소년하고 같이 저녁을 먹기 위해

나도 라면을 들고 천천히 밤의 연못 속으로 걸어들어간다

개구리 두꺼비 소금쟁이 부레옥잠 들이 내 뒤를 따른다

꽃잎을 꼭 다물고 잠자던 수련도 뒤따라와

꽃을 피운다
　　　　　　　　　　　　　　　　　　　　　　　　　—「밤의 연못」 전문

'밤' 시편의 아름다움도 변두리 삶에 대한 이해와 연대의 감정에만 의존하지 않는다. 거기 실린 '따뜻함'만을 재현하는 데 급급할 경우, 예리하고 풍부한 통찰은 멀고 영혼의 울림 없는 상투성은 가깝다. '밤' 시편에 도드라진 '수면'이나 '바닥'의 적극적 활용과 미적 고안은 그래서 특기할 만하다. 이것들은 '나'와 타자를 잇는 연락선인 동시에, 현실을 간접화하는 미적 장치이다. 여기서 이뤄지는 세계의 성찰과 확장은 '너'에게 스며듦과, 너와 나, 자연과 인간, 이것과 저것을 통합하는 '멋진 신세계'를 창조하는 결정적 힘에 해당한다. 이 '꽃핌'의 세계는 '빈틈' '빈 벽'의 아픔과 지혜를 통과한 끝에 주어진 것이라는 점에서, 객쩍은 환영이 아니라 언제나 실재하는 또 다른 '현실＝내면 풍경'이다.

두 시에서 인간에 대한 예의는 관심과 배려의 자연스러운 결합에 의해 생성되고 지탱된다. 하지만 거기에 시인의 주관적 욕망이 강하게 투사되어 있음을 부인하기는 어렵다. 타자와의 화해와 결연이 너무 산뜻하고 무난하다는 느낌은 그래서 생겨난다. 이 때문에 우리는 관심과 배려가 충돌하는 타자성의 시를 함께 읽어볼 필요를 느낀다.

　　그들 부부는 사람들이 자꾸 찾아와 사진을 찍자

　　푸른 하늘 아래

　　뼈만 남은 알몸을 드러내는 일이 너무 부끄러워

　　수평선 쪽으로 슬며시 모로 돌아눕기도 하고

　　서로 꼭 껴안은 팔에 더욱더 힘을 주곤 하였으나

　　사람들은 아무도 그들이 부끄러워하는 줄 알지 못하고

　　자꾸 사진만 찍고 돌아가고

　　부부가 손목에 차고 있던 조가비 장신구만 안타까워

　　바닷가로 달려가

　　파도에 몸을 적시고 돌아오곤 하였다　　　　　　—「포옹」부분

　　이 시의 소재는 "서로 꼭 껴안은 채 뼈만 남은 몸"으로 발굴된 신석기 시대 부부이다. 이들의 죽어서까지의 '포옹'은 당시의 매장 풍습에 대한 고려를 건너뛴 채 애틋한 낭만적 사랑으로 간주되어 세간의 호기심을 더욱 자극했다. 하지만 이런 공론화는 그들의 묵연한 사랑을 세속화하고 제멋대로 이해하는 폭력을 담뿍 동반한 것이다. 진정한 관심은 그들의 사랑에 현세의 속살을 입히는 것이 아니라 '부끄러움'을 드러내지 않도록 배려하는 것이다.

　　호기심을 채운 자는 돌아가지만 부부의 부끄러움을 "안타까워"하고 걱정하는 '조가비'는 돌아온다. 이 순간 '조가비'는 단순한 장신구가 아니라 부부의 서글픈 영혼 자체이다. '포옹'은 따라서 부부만의 일이 아니다. 그들과 '조가비'의 진정한 통합을 상징하는 일대 사건이기도 하다. 사실「포옹」은「장의차에 실려 가는 꽃」등과 비슷한 어법을 공유한다. 하지만 옥타비오 파스의 말을 빌린다면, "혼돈 속으로 추락

하던 존재를 끄집어내서 새롭게 창조한다"는 것의 의미를 새롭게 부각했다는 점에서 그 울림이 더욱 그윽하다. 이런 의미에서 '조가비'의 상심은 안타까운 은애(恩愛)이기 전에, 부부를 원래의 위치로 되돌리려는 타자 존엄의 형식이다.[3]

그러나 이 아름다운 풍경들에 대한 막무가내의 도취는 현실을 슬쩍 비켜놓은 채 '나'를 어설픈 '빈 벽'에 유폐하는 자가당착의 행위일 수 있다. 그러므로 '나'의 임무와 권리는 "지은 절 하나/다시 허물고 마는 일"(「지하철을 탄 비구니」)에 여전히 존재한다. 정호승의 삶과 시의 갱신은 이 반역 행위가 얼마나 치열하고 철저한가에 따라 그 밀도와 색채를 달리하게 될 것이다. 그래서 우리는 자꾸 잘려나가는 '손가락'이 안타깝거나 무섭기는커녕, 그것을 버리고 심는 일에 기꺼이 동참하고 싶은지도 모른다.

> 나는 자꾸 나를 가리키는 손가락을 들고 길을 걷다가
> 어느 첫눈 오는 날 내 손가락을 잘라버린다
> 흰 눈 위에 뚝뚝 피를 흘리는 내 손가락을 주워
> 하나는 불국사 쓰레기통에 던져버리고
> 또 하나는 땅에 심는다 　　　　　　　　　　　　―「손가락」 부분

'나'를 향한 손가락을 작파할수록 늘어나는 것은 내 몸의 '빈 터'이

---

3) 이에 비한다면, 내세에서의 영원을 빌며 현세를 서둘러 마감하는 세 가족의 죽음에 이끌려던 '전깃줄'의 상심은 매우 비극적이다. '전깃줄'은 그들보다 먼저 죽음으로써 면죄부를 얻고 싶었지만, 결국은 "그들이 함께할 수 있도록 끝까지 묶어주지 못한 일"(「전깃줄」)을 더욱 안타깝게 여긴다. 타자에 대한 '존엄'과 '윤리'는 여기서 또 다른 방향으로 흘러간다.

다. 하지만 육체의 훼손은 존재를 바치는 일이지 자아를 함부로 버리
는 소모적 행위가 아니다. 따라서 '빈터'는 사멸의 공간이 아니라 자
아의 도약이 준비되고 실현되는 싱싱한 영혼의 도량이다. 스스로를
번제물로 삼는 '나'의 행위는 자아의 버림과 살림, 들고남의 형식과
방법을 꿰뚫고 있다는 점에서 매우 성숙한 형식이다.

쓰레기통에 버린 손가락과 땅에 심은 손가락 중 무엇이 썩고 무엇
이 꽃을 피울지는 아무도 모른다. '쓰레기통'과 '땅'의 능력은 손가락
들이 창조하는 '빈 벽'과 '빈틈'의 성질에 따라 아주 달라질 것이다.
피를 뚝뚝 흘리는 손가락들이여, 그러니 "왜 평생 답장을 주시지 않
는지"(「장승포우체국」)라며 벌써부터 보채지 마시길. 차라리 '답장'이
오는 족족 내동댕이치시길.

〔2007〕

침착한 명랑, 즐거운 우울
—김기택의 『껌』

노란 병아리가 공단 네거리에 나왔다. 코뚜레에 너무 오래 붙들린 소가 눈으로 말하고 있다. 지하철에서 장애인이 다리를 절며 팔랑팔랑 지나가고 있다. 도심 한가운데서 아이가 위태롭게 엄마를 찾아 부른다. 노인들이 내일이면 멀어질 것 같은 햇볕을 쬐느라 바쁘다. 김기택이 오래전부터 조심스럽게 건사해온 이들은 여전히 안녕한가.

겉모습만 본다면 이들은 삶의 저점을 막 통과해가는 매우 위태로운 존재들로 느껴진다. 이른바 '연민'의 발동이리라. 그러나 이들은 스스로를 찾아갈 줄 아는 의외로 미쁜 존재이며, 또 우리의 강인함과 명민함이 실은 얼마나 허약하고 편파적인가를 되짚어주는 명경(明鏡)들이다. 과연 이들은 혼자 깔깔대는 명랑과 물기 질척이는 우울을 밀어내며, 이 땅에 다녀가는 존재의 의미를 침착하고 즐겁게 새기는 데 충실하다. 따라서 우리는 이들의 움직임을 습득된 지혜에 의한 처신보다는 맑디맑은 고유성의 발현으로 이해함이 보다 정당할 듯하다.

걸음에 연결된 모든 관절을 조금씩 마비시키는 죽음

동작 속에 스며들어 보이지 않게 자라온 죽음이

있는 힘을 다해 품위를 잃지 않으려고

사뿐사뿐 걷고 있다.
　　　　　　　　　　　　　　　　　　　　　—「한가한 숨막힘」 부분

노인에게 세상을 지배하는 그 "무례하고 거친 바람", 그러니까 "옆으로 휙휙 지나가는 젊은이들의 빠른 시간"에 맞설 수 있는 힘이 달리 있을 리 없다. 비장의 무기는 젊은이들이 결코 탐할 수 없는, 아니 피해 도망가기 바쁜 죽음에 존재의 주권을 넘기는 것이다. 이 순간 죽음은 공포와 허무의 집행관이 아니라 너와 나의 '품위'를 정중히 품신(稟申)하는 예의 바른 사자(使者: '死者'가 아닌!)로 변신한다.

당신은 이 죽음의 변신을 세상과의 화해라거나 긍정적 시선의 확대라는 손쉬운 말로 넘겨짚고 싶은 유혹을 느낄지도 모른다. 그러나 김기택은 시집 『껌』(창비, 2009)에서 그것이 얼마나 간사하며 얻을 것 없는 미혹에 불과한 것인가를 "사뿐사뿐" 이야기하고 있다. 거기에는 감각과 시좌(視座)의 재편이 진행 중이며, 그동안 거의 볼 수 없던 자아에 대한 직핍한 탐구가 정립되는 중이다. 이 웅성거리는 전환과 의외로운 시계(視界)의 출현을 엿보는 일은 어수선하고 불량하기 짝이 없는 이 시대를 '껌'(「껌」) 씹는 가장 유쾌하고 유효한 방법 중의 하나일 것이다.

*

탄성(彈性) 혹은 탄력은, 튕김과 반동의 성질이 지시하듯이 젊음과

362

변화 같은 긍정적 부면에 연동되는 경우가 많다. 하지만 그것은 눈대중의 짐작을 허용치 않고 막무가내로 대상을 밀어낸다는 점에서 때로는 불친절하고 폭력적이다. 시인이 "젊은이들의 빠른 시간"에서 '무례'와 '거침'을 불편하게 감각하는 것도 이 때문이다. 이처럼 반성을 모르는 '속도'를 폭력적 '탄성'으로 전유하는 언어 전략은 김기택 시에 새로운 탄성(彈性/歎聲)을 일으키는 유력한 방법 가운데 하나이다. 물론 이 언어는 하나의 시류가 된 듯한 '느림'의 맹목적인 상찬과는 거리가 멀다.

　시인에 따르면, '속도—탄성'은 타자에 대한 배려와 염려를 전혀 개의치 않는 편의와 독점의 객관적 상관물이며, 느릿느릿한 삶의 이면을 온통 "살육의 기억"과 현재로 개칠하는 '이빨'이다. 이빨에 난폭하게 씹힌 '껌'은 함부로 내뱉기지만, 그러나 "지구의 일생 동안 이빨에 각인된 살의와 적의를" 기억하고 표상한다는 점에서 어떤 기념비나 기록보다 값진 "물렁물렁한 탄력"의 '화석'이다(이상 「껌」). 하지만 '껌을 씹거나 버리지 마시오'란 주의사항이 흔히 붙어 있는 '탈것'이란 군집물(群集物)을 만난 순간 '껌'은 "조금도 찢어지거나 부서지지도 않은" 내력이 속된 말로 '껌 씹는 소리'에 지나지 않음을 뼈저리게 실감하게 될 것이다.

　'속도'란 살의는 "살처럼 부드러운 촉감"과 "고기처럼 쫄깃한 질감"(「껌」)을 늘 시기하며 그것들을 한입에 삼켜버릴 틈을 언제나 엿보는 법이다. 그 욕망의 끔찍한 집적체가 전쟁이라면, 일상을 타격하는 기습전이 교통사고와 로드킬roadkill 따위일 것이다. 그래서일까. 『껌』에는 삶의 풍경을 "속도와 반죽되어 윤곽이 지워지며 흐려지"(「고속도로」)는 일상의 단막극으로 서사화하는 시편이 적잖다. "깨질 것 같은 눈물이 가득한 눈"으로 돌진하는 '버스'(「버스」), "빛을 향해 돌진하던 피"(「교통사고」)로 차창에 바짝 들러붙은 '풀벌레들', 자기를 죽인 게 "잇몸처럼 부드러운 타이어라는 걸 알 리 없는 어린 고양이"(「고양이 죽이기」), "지게차에/정면으로 받"힌 '아빠'를 태운 장의차에서 까르르 웃는 '딸'(「딸」).

냉정하게 말해, 이들은 상실의 슬픔이나 문명의 수라도(修羅道)를 집중적으로 환기하는 대상이 아니다. 피해자들의 행위 주체로의 반전, 그러니까 즉물적 대상화는 그들의 무력함을 절실하게 톺아내며, 근대인의 찬조자로 징발된 속도의 야멸친 복수심을 무섭게 전경화한다. 따라서 저들은 슬픈 약자이기에 앞서 속도의 비열한 위대성을 거스를 수 없는 권력으로 승인하는 일종의 도구들이다. 하지만 즉각적 연민의 은폐와 대상에 대한 냉철한 응시는 그들의 의미와 존엄을 오롯이 반추케 하는 진정성, 다시 말해 어느 사이엔가 잃어버린 인간화의 절실한 저변이 되고 있다. 이런 반전은 자아와 속도의 지나친 밀착, 아니 통합이란 불길한 에로티시즘의 통찰에서 얻어지는 것이기에 더욱 비극적이고 숙연하다.

이 불편한 속도를 포기할 수 없을 것 같다,
어느 날 도로 위에서 서너 시간 숨통처럼 꽉 막혀 있다가
겨우 그 정체에서 벗어나
속도에다 온몸의 복수심을 다 집중시켜 정신없이 채찍질하다가
죽거나 죽이거나
움직이지 못하는 엉덩이에 둥근 뿔이 달리기 전까지는.

—「죽거나 죽이거나 엉덩이에 뿔나거나」 부분

'속도─탄성'이 탐욕하는 비명횡사의 현장과 끔찍한 죽음의 전시와 폭로에 그쳤다면, 김기택은 당위론에 결박된 문명 비판론자로 지칭되기 쉬웠을 것이다. 하지만 그는 수사학보다는 '온몸'의 변신에 집중함으로써 속도를 위시한 문명의 동업자이자 공모자로 변복(變服) 중인 자신과 우리들의 파탄을 널리 공표한다. 이 대담하고 세심한 자기 탄핵이야말로 김기택을 시대와 불화하는 촌철살인의 감각인으로 이끌고 변화시켜온 요체에 해당된다.

인용 시에 보이듯, 속도와 결탁된 죽음은 스스로를 자위해온 알량한 품위마저 살뜰하게 거둬가며, "허공이 되지 않으려" "땅에 박혀 있는 굴뚝처럼 굳세게 붙어 있는 연기"(「화장터」), 곧 애절한 영혼의 지체마저 참지 못한다. 그래서 시인은 자아와 속도의 목숨을 동시에 거는 냉혹한 '타짜'나 "해골에 스며든 두려움, 분노, 증오, 슬픔 따위가 오랜 세월 동안 원뿔형으로 자란" '뿔'(「소싸움」)을 둥글게 다듬는 변신의 집행관으로 거듭날 수밖에 없다.

버스 운전사가 하품을 한다.

하품 속으로 긴 터널이 또 들어왔다 나간다.

버스가 지나갈 때까지

아슬아슬하게 붉은 신호를 참고 있다가

지나자마자 얼른 푸른 신호로 바꾸는 신호등.

저절로 피해 가는 앞차와 옆차와 뒤차들.

가끔 잠을 깨워주는 경적들.

지그재그 달리는 버스에 맞추어

구불거리는 차선들. 비틀거리는 가로수들.

눈 가려도 정확히 과녁에 꽂히는 주몽의 화살처럼

거침없이 달리는 우리의 즐거운 버스.　　　　—「즐거운 버스」부분

　게임의 타짜는 돈과 손(＝기술＝속임수)을 걸지만, 시인은 말과 영혼, 그러니까 전 존재를 건다. 속도전(速度戰) '버스'가 유쾌하게 취한 '버스'로 어느 순간 변신하는 것은 지형의 변화(직선의 고속도로→곡선의 도심)와 거의 무관하다. 깨어 있는 나는 아슬아슬하지만 졸다 깨다 하는 운전사는 되레 태평하다. 지침 없는 노동이 졸음을 부채질했겠지만, 운전사는 "운전 경력 이십 년에 길을 다 외워버린 핸들과/ 핸들과 붙어 둥그레져버린 팔"의 소유자이므로 안전은 따놓은 당상이다. 게다가 스스로의 안전을 걱정한 다른 차들이 "저절로 피해 가"느라 여념 없기까지 하다. 이 대책 없는 "지그재그", 다시 말해 "물렁물렁한 탄력"을 과연 조바심치며 고발해야 하는가, 아니면 느긋하게 같이 즐겨야 하는가.

　과감히 말해, 졸고 깨기를 반복하는 운전사는 시인 자신이다. 승객의 안전을 도외시하거나 정해진 규칙을 무시하는 자는 이미 운전사가 아니다. 『껌』에서 김기택은 현재 자신의 감각이 썩 미덥지 못하게 되었음을 여러 차례 토로한다. 이제 감각은 시의 충실한 우군이 아니라 시인된 자를 위협하는 내부의 적이 된 것이다. 김기택은 그러나 대상의 심부만을 향하던 감각들을 대상의 반면(反面)에 돌림으로써 완전히 새로운 세계를 연다. 대상과의 통합만을 목표했다면「즐거운 버스」의 유머는 창출되지 않는다. 그의 시선은 승객이며 운전수이고 또 버스이기도 하다. 시선의 다중성은 나의 언어를 축소하고 너의 언어를 확장하는 말들의 경연을 활성화한다. 하여 나의 위험은 너의 태평

이 되고 그의 놀이가 된다. 너와 그들의 말로 웅성거리는 풍경, 이것은 '침착한 명랑'이 태어나는 본원적 처소 가운데 하나이다.

그렇다면 김기택은 어쩌면 침묵의 언어보다는 다중성 또는 다변성의 언어를 젊음의 시간을 지난 감각의 새 통로로 선택 중인지도 모른다. 가령 『껌』에는 '허공'이란 단어가 스무 번 정도 등장하는데, 아마도 최상의 빈도일 것이다. '허공'의 일차적 의미는 하늘 또는 빈 공간이겠으나, 『껌』에서는 맥락에 따라 이질적인 의미를 형성하는 경우가 더 많다. "내 모습의 허공을 덮고 있는 고기 냄새의 거푸집"(「삼겹살」), "세상과 허공과 무의식이 뒤범벅이 된 어느 곳"(「취한 말들을 위한 시간」), "가늘고 예민한 관절의 저울 위에 위태롭게 얹혀진/이 뚱뚱한 허공의 무게"(「계단 오르는 노인」), "어린 눈마다 뚫려있는 거대한 허공이 나를 쳐다보고 있다"(「보육원에서」). 읽는 대로 짚어본 몇 가지 용례들이다. 제목을 보면서 그 맥락을 따져보면, 일차적 의미가 거의 실종되고 있음을 알게 된다. 하나의 단어는 서로 다른 너의 말로 산종됨으로써 오히려 육체를 부풀리고 영혼을 다변화한다. 시간이 강제한 감각의 쇠락을 감각의 변이와 다중화로 초극하기. 타자에게 건네준 '즐거운 우울'을 자신의 것으로도 전유하는 김기택의 유연한 변신이 여기서도 거듭 확인된다.

*

『껌』의 주요 테마 중 하나는 '죽음'이다. 죽음과 유사 계열을 형성하는 제재들, 이를테면 문명에 의한 노인, 약자, 장애인, 사무원, 동식물의 수난과 그것을 뚫고 샘솟는 발랄한 생명의 의미화는 그간 김기택 시의 득의만만한 영역이었다. 하지만 새 시집의 죽음은 이전 관심의 연장과는 여러모로 다르다. 우선 타자를 향했던 죽음의 앵글이 자아에게도 밀려들기 시작했다는 점이다.

존재의 근원적 한계인 죽음은 어쩔 수 없이 허무 의식을 노정한다. 죽음을 이긴다는 말은 어쩌면 사치나 오만에 가까운 말일 수 있다. 우리에게 주어진 최상의 방책은 타자의 것이든 자기 것의 상상이든 간접 체험을 통해 낯섦과 공포를 다소 눅이거나 자아 소멸의 사태를 엄중하게 각성하는 일 정도이다. 이런 의식의 단련과 변전 속에서야 존재를 방기하고 무작정 소비하는 허무의 늪을 지나, 죽음을 자아의 재편과 세계의 확장으로 끌어올리는 적극적 니힐리즘의 게토ghetto로 겨우 진입하게 될 것이다. 하지만 이것조차 난망(難望)일 수 있음을 우리는 잘 안다.

> 반송되지 않는다
> 눈 없고 발 없는 우편물들이
> 바퀴로 발을 만들고 우편번호로 눈을 만들어 정확하게 달려온다
> 받을 사람 없다고 말할 입이 없어서
> 그냥 쌓인다 누군가가 뜯어봐 주기를 죽도록 기다리면서
> 무작정 쌓이기만 한다
>
> —「본인은 죽었으므로 우편물을 받을 수 없습니다」 부분

본인의 죽음과 부재를 고지할 수 있는 존재는 이 세상에 없다. 이 명제는 신에게조차 예외를 허락하지 않을지도 모른다. 그런 점에서 시인은 한계와 가능성을 동시에 사는 존재라 할 만하다. 시인 역시

자기 죽음을 "말할 입"이 없기는 마찬가지지만, 마치 바리데기처럼 삶과 죽음의 경계를 가로지르며 "무작정 쌓이기만" 하는 말들을 알뜰히 소통시키는 데 열심이다. 시란 주술이 가닿는 죽음의 형식은 여러 가지이다. "제 안의 구겨진 어둠으로/구멍들이 황급히 빠져나간"(「죽은 사람」) 허무의 유곡과 직접 마주치는 일이 가장 흔하겠다. 이 '구멍'은 '진공'에 가까운 '허공'으로 접변되기 쉬운 까닭에 여전히 폐색의 장벽이 높다.

김기택은 영리하게도 죽음의 직접적 토로나 죽음과의 화해 요청에 섣불리 나서지 않는다. 저 약자들에게 그랬듯이, 미처 접속하지 못했거나 일부러 외면했던 얼굴들로 찬찬히 시선을 옮긴다. 새로 개진된 세계는 대상의 편리한 이동이 아니라 기존의 앎과 경험의 허구성을 내파하는, 감각의 죽임과 재편에 의해 구체화된다. "제 안의 구겨진 어둠"(죽음)들이 주체와 타자들을 내쫓기를 멈추고, 가사(假死) 상태의 주변화된 존재와 세계를 향해 "어서 채워지기를 기다리는 커다란 허공"(「보육원에서」)으로 놓이는 일대 반전이 여기 어딘가에 존재할 것이다.

회색양말을 신고 나갔다가 집에 와 벗을 때 보니
색깔이 비슷한 짝짝이양말이었다.
이젠 아무래도 좋다는 것인가.
비슷하면 무조건 똑같이 읽어버리는 눈.
작은 차이를 일일이 다 헤아려 보는 것이 귀찮아
웬만한 것은 모두 하나로 묶어버리는 눈.
무차별하게 뭉뚱그려지는

숫자들 글자들 사람들 풍경들 앞에서

주름으로 웃는 눈.

웃음으로 얼버무리면 마냥 사람 좋아 보이는 얼굴.

이젠 아무래도 좋단 말인가.

빨랫바구니에 처박히자마자

저마다 다른 발모양과 색깔과 무늬와 질감을 버리고

빨랫감 하나로 뭉뚱그려지는 양말들.　　　　　　　—「회색양말」 전문

　차이에 둔감해진 감각은 시업(詩業)을 위협하는 재앙이다. 아직 존재하지 않는, 혹은 은폐된 세계로 안내하는 동일성은 "저마다 다른 발모양과 색깔과 무늬와 질감"에 예민하게 반응할 때에야 주어지는 신의 은총과 같은 것이다. "비슷하면 무조건 똑같이 읽어버리는 눈"은 차이를 성마른 아이러니로 간주하고, 적의가 숨어 있는 유사성조차 신뢰 가득한 동맹 관계로 함부로 용인하는 불찰을 낳는다. 지금·여기의 눈들은 그래서 너와 나의 불안한 마주침을 편재(遍在)한 가운데 어느 순간 되튕겨 오를 법한 "너무나도 낯선 낯익음"(「그와 눈이 마주쳤다」)이랄지 "취한 시간에만 나오는 그 말"(「취한 말들의 시간」)들을 꿰뚫는 열정과 냉정을 필요로 한다.

무시하고 바삐 걸어가는 행인들처럼

무심한 표정으로 가볍게 튕겨냈어야 할 그 말을

나는 그만 듣고야 말았다.

그 말을 향해 고개를 돌리고야 말았다.

그 말을 발음한 얼굴의 눈을 쳐다보고야 말았다.

그 순간 아무런 힘도 의미도 없던 말은

그 눈빛의 의미를 받아 갑자기 생기가 나기 시작했다.

허공에서 떠돌던 모든 귀들이

재빨리 그의 눈과 내 눈 사이로 모여들었다.　　──「버클리에서」부분

　　나는 죽음과 감각에의 차분한 묵독(黙讀)이 '취한 말', 소통 여부를 기준으로 한다면 침묵일 수도, 광언(狂言)일 수도 있는 뭉개진 말들과의 의미 있는 접속을 만들어냈다고 믿는다. 이 결손된 말은 너와 나의 소통을 거부케 하는 가장 소외되고 폭력적인 언어 형식이다. 또한 "억양과 리듬은 있었으나/정작 발음 달린 단어와 문장은"(「취한 말들을 위한 시간」) 없는 말이므로 죽은 언어에 불과하다. 하지만 함부로 발설되는 이 사소한 말들에 존재의 내밀한 사건과 의미들이 얼마나 담겨 있는지는 아무도 모른다. 신은 바벨탑의 저주로 자기의 권능을 주장하는 '취한 말'들을 징벌했지만, 다른 한편으로는 내밀한 말을 이해받지 못하는 자들을 위해 시인이란 순하고도 명민한 귀들을 예비해두었다. 그 일족에 속하는 김기택의 쇠락한 감각은 이 '구겨진 어둠'들의 웅얼거림과 비명을 "그만 듣고야 말았다"는 점에서 이전보다 더 예민하고 다각적이며, 더 심층적이고 포괄적이다.

　　여러 종류의 '취한 말'들이 증상과 치료의 소견을 획정하는 병리학의 근거로 소환된 것은 근대 이후의 일이다. 그러나 시인은 태생부터가 '취한 말'들을 주워듣고 해석하는 한편, 그것의 길흉을 신이나 겨레붙이에게 알리는 소통의 주재자였다. 엄밀히 말해 눈의 마주침은 그 접속의 회로를 복원하고 소환하는 일, 즉 어딘가로 밀려났던 시인의 권리와 의무를 재차 각성하는 일일 따름이다. 『겸』의 새로운 영역

개척은 그러나 이 불편한 시인의 본분이 왜 절실하고 또 정당한가를 정중하게 되물으면서 출발되고 있다. 그래서 죽음과 쇠락한 감각의 관찰 역시 무겁기 짝이 없는 관념의 소용돌이에 나포되지 않고, 당신과 내가 언제 어디서든 마주칠 수 있는 소소한 삶의 틈바구니 속에서 수행된 것이다. 그렇게 우리는 시인에게 "내 속의 어둠을 들키고"(「버클리에서」) 있다.

*

그러니 오늘도 '짝짝이양말'을 신고 어디선가 '취한 말'들을 주워섬길지도 모를 나와 당신들이여, 이 아릿하고 통렬한 자전거 탄 풍경을 즐기면서 "조금도 찢어지거나 부서지지도 않는 껌"을 우아하게, 아니 질경질경 씹어보시라. 그러면 "너무 변하여 한 번도 나였던 적이 없는 내가" "옛날 사진 속에서 웃고 있는"(「옛날 사진 속에서 웃고 있는」), 그러니까 "가난하고 외롭고 높고 쓸쓸하니 살어가도록 태어"(백석, 「흰 바람벽이 있어」, 『문장』 1941.4)난 그 그리운 나로 슬그머니 돌아올 줄 누가 알겠는가.

덤프트럭 앞에서 짐자전거가 앞만 보며 달린다
갓길 없는 좁은 이차선 도로
아무리 빠르게 페달을 밟아도
느릿느릿 돌아가는 자전거 바퀴
사자 아가리 같은 경적이 쩌렁쩌렁 울며 뒷바퀴를 물어도
헛바퀴만 돌리며

아직도 커다란 플라타너스 앞을 지나가고 있는 자전거

자전거를 삼킬 듯 트럭은 꽁무니에 붙어서 오고
거대한 코끼리 한 마리 줄에 달고 가듯 바퀴는 한적하고
발과 페달은 자전거 바퀴보다 빠르게 돌아가고
　　　　　　　　　　—「커다란 플라타너스 앞에서」 전문

〔2009〕

시간의 주름과 존재의 착색
—최정례의 『레바논 감정』

5년 전 "누가 내 시간 속으로 들어와 고개를 끄덕여줄까"(『붉은
밭』, 창비, 2001)라고 말했던 시인은 최정례였다. 보통의 서정적 동
일성을 추구하는 이라면, 아마도 '너'와 '나'의 동일성을 추구하거나
'나'를 '너'에게 투사하려는 언어의 소망에 바빴을 것이다. 그러나 그
는 내 안에 부재한 타자들을 껴안거나 그들에게 나를 개방함으로써
서로 간의 '결핍'과 '얼룩'을 치유함과 동시에 의미 있는 세계로 사뿐
히 내려앉기를 소망한다. 이 작업은 그러나 표면상으로는 자아와 관
련이 없는 타자들과 관계 맺음으로써 채 감각되지 않은 이질적이며
복합적인 '나'를 새롭게 보려는 시도이다. 따라서 감각의 새로움이 클
수록 '나'에 대한 낯섦과 충격 역시 커진다.

이때 주체와 타자의 관계 맺음에서 시간은 모든 존재에게 공평히
적용된다는 그런 운명적 폭력성보다는 존재의 고유성, 다시 말해 영
혼과 육체, 역사를 기록하고 기억하게 하는 주름의 역할을 한다는 점
에서 중요하다. 시간은 모두에게 똑같이 주어지지만 그 경험 양상은

세계와 자아의 현실에 따라 전혀 달라지기 때문이다. 다음 시는 그것을 감각화한 대표적인 예이다.

흥남부두는 노래 속에서 내린다. 굳쎄여라 금순아 속에서, 눈보라의 아우성 속에서 엄마아, 꽝 터지는 폭탄 속에서 금순이는 치마를 펄럭이며 하늘 위를 걷는다. 머리카락을 휘날리며 휙휙. 부두는 폭파되고 배는 이미 떠났는데 금순이 두 팔을 휘젓는다. 겨울 파도 위를 걸어서 걸어서 내려온다. 영도 다리 난간 위에서 고꾸라지듯 떨어지다가도 어림없지, 솟아오른다. 바다 갈매기들은 운다. 꿱꿱거리며 운다. 날개 달렸다고 하늘을 날면서도 운다. 명태가 가르는 찬 바다 위를 금순이는 날지 않고 울지 않고 걷다가 뛰어내린다. 허공을 가로질러 휙휙

——「눈발 휙휙」 전문

이 시를 구성하는 요소들은 꽤 여러 가지이다. 그 가운데서도 '눈발'과 "굳쎄여라 금순아"라는 '노래'가 대표적이다. 이것들은 단순히 현재 내리는 것들과 그에 의해 환기되는 매체뿐만 아니라 원래 그것들의 기원, 즉 한국전쟁의 비극과 슬픔을 동시에 실어 나른다. 현인이 부른 이 노래는, 흥남 철수 후 부산에 정착해 고단한 삶을 살던 피란민이 흥남에 남겨진 금순을 위로하고 격려하기 위한 것이었다. 이 시의 연상은 아직도 잘 들을 수 있는 노래의 대중성과 시간을 견디는 공감성에 따른 청취 경험에서 온 것이겠다. 그러나 한편으로는 1995년 한때를 풍미한 같은 제목의 드라마도 얼마간 구실을 했을지 모른다.

하지만 그것은 별로 중요하지 않다. 그것이 '나'에게 새롭게 고개를 끄덕이는 모습을 움켜쥐는 일이 중요하다. 이 시는 '금순'을 끝없는

기항지 부산을 향해 어지럽게 남하하는 '눈발'에 비유함으로써 그녀를 한국전쟁의 가장 비극적인 피해자로 시간의 주름 안에 기록/기억한다. 또한 결국은 고난과 사랑의 쟁취로 이어지는 전형적인 멜로드라마의 주인공으로 남았지만, 이 시대의 '금순' 역시 "명태가 가르는 찬 바다 위를" "날지 않고 울지 않고 걷다가 뛰어내"리는 삶을 거듭한 뒤에야 가능했다. 물론 이 시의 착상점은 노래 「굳세어라 금순아」에 좀더 가깝다. 그러나 이 시를 볼 때 한국전쟁이나 이 노래에 대한 경험이 없는 사람들, 특히 젊은 세대들의 반응은 어떨까? 드라마를 먼저 떠올리며 저 경험 불가능한 이미지나 상상력 때문에 매우 곤혹스러워할 것이다. 굳이 드라마를 공통 착상의 일부로 끌어들여본 것은 이 때문이다.

이런 대중가요와 드라마의 겹침을 통한 시간 경험의 이중성과 복합성, 과거와 현재의 넘나듦은 어쩌면 시인과는 무관한 비평가 나의 것인지도 모른다. 그러나 나는 시인 고유의 시간의 주름을 내 것으로 주저 없이 잡아당긴다. 이는 나도 어지러운 눈발을 역사와 현실의 파편화된 순간들로 이어 붙여 탄생된 '금순이들'이 되고 싶기 때문이다. 가령 시인은 어제 밤 속의 커다란 얼룩무늬 토끼 이야기를 오늘 아침 서술하면서, 결국은 "이상한 동물이 내게로 온 것이 아니라/얼룩무늬를 뒤집어 쓰고 그 시간을/이 황량한 방 안을/내가 급히 지나가고 있는 거겠지"(「토끼」)라면서 '나'의 타자성, 즉 얼룩무늬 토끼임을 부인한다. 흔히 이야기하듯이 꿈을 자아의 무의식적 표현이란 관점으로 본다면 시인의 자기 인식은 옳다. 그러나 모든 대상 또는 변형된 주체가 '나'로 단일화되는 것은 시간은 물론 그것이 점유하거나 지나온 공간을 황량하고 왜소하게 만든다. 물론 저 구절들은 이 같은 느낌을 주지 않는다. 오히려 여전히 세계와 자아의 강력한 주권자이길 욕망하는 근대적 자아에 대한 냉소와 비아냥거림으로 먼저 들린다. 그것은 아마도 토끼 꿈 해석이 어제와 오늘이라는 시간의 차이 속에 놓이는 한편, 이성적 자아에 의한 것처럼 보이기 때문에, 오히려 타자에게 개방된 주체를 강렬히 욕망하는 것으로 읽히기 때문일 것이다.

최정례의 『레바논 감정』(문학과지성사, 2006)은 그러나 열린 주체 자체보다는 그것이 지닌 혹은 지향하는 얼룩덜룩한 무늬와 촉감의 표현에 더 힘을 쏟는 듯하다. 전자는 이미 시인의 설 자리이고, 후자를 통해서야 자아 고유의 존재감이 표상되기 때문이다. 하지만 그 언어는 상냥하고 따뜻한 편이 아니다. 자아를 둘러싼 삶은 진짜 현실에서든 상상력 속에서든 "찢어버린 사진들"과 "모멸의 시간"에 휩싸여 있는 경우가 훨씬 많다. 그럼에도 그는 "목덜미에 아양 떨며 파고드는 햇살"과도 같은 "뿌리칠 수 없는 이 사기꾼의 밀어(密語)들"을 내면화하기 위해 "울면서 노래"(「햇살 스튜디오」)해야 한다. 여기서 '사기꾼의 밀어'가 허황된 거짓말만을 의미하지 않음은 물론이다. 오히려 시인이라면 응당히 욕망하고 추구하는 절대 언어에의 의지를 뜻한다. 이전 어느 시집보다 정조의 슬픔과 능청스러움, 이미지의 추상성과 구체성, 리듬의 느림과 빠름 등이 강하고 교묘하게 엇물려 있다는 느낌도 이런 자아의 이중성과 현실 때문이겠다.

어느 날 보니 나는 멀리도 흘러왔겠지요 말똥구리 소똥구리 말똥을 굴리며 엎어지며 고꾸라지며 들판을 건너가고 불켠 차들이 요란하게 흘러가는 거리를 지나가고 있겠지요 가쁜 숨을 내쉬다 검은 눈을 껌뻑거리다 이내 눈을 감겠지요 달리는 구급차 속에서 어딘가로 가기는 가

는데 큰 강에 이르기도 전에 세상에 찔레 덤불 기억조차 없고 이따금
자잘한 꽃잎 떠내려오지만 아무것도 모르겠고 따끔따끔한 이것 무슨
일인지 알 수가 없고

—「찔레가시덤불」 부분

이 시는 정황상 구급차에 실려 가는 '나'의 혼미한 의식을 다루고
있다. 새 시집에서 이런 자아의 실종 현상은 '너/당신'과의 이별과 결
부되는 경우가 꽤 된다. 그런데 흥미롭게도 자아가 타자를 바라보거
나 기억하려는 '눈'의 움직임은 뚜렷이 바라보는 '응시'가 아니라 무의
지에 가까운 '껌벅임'이다. 그런 까닭에 '껌벅임'은 "느닷없이 너 마주
친다 해도/그게 무엇인지 알아채지 못할 것 같"(「껌벅이다가」)은 제
한적 앎의 방법이 된다. 그러나 그것은 결국 "당신은 아무것도 모르
고 모른 척하고 내가 당신의 가시에 오래 찔리고 있었다"는 사실, 다
시 말해 주체와 타자의 열린 관계를 애틋하게 허락한다. 그런 가운데
시인은 '껌벅임'의 끝을 대체로 무언가에 대한 '알 수 없음'으로 마무
리 짓지만, 그것이 세계와 존재의 부정성이나 그것들에 대한 이해의
어려움을 토로하기 위한 장치는 아니다.

한겨울 속에 여름, 한여름 속에 겨울
한 뿌리 속에 꽃과 잎

〔······〕

활짝 핀 다음에야 나도 진다
지기 위해 만개했었다

목적도 없는 왕

네 안의 눈보라 속에서

쉬었다가 다시 피어나고

죽었다가 다시 태어나고

첩첩의 꽃이라 하는 순간

끝, 종을 치는구나
—「첩첩의 꽃」 부분

'껌벅임'의 끝자락은 자아와 시간에 대한 '알 수 없음'이었다. 하지만 이것은 '모름'의 형식이 아니라 '온몸의 지움'에 가깝다. 「눈발 휙휙」에서도 그랬지만, 시인이 포획하는 풍경들은 계절에 상관없이 "온몸을 잊으려고/이 세상 냄새를 잊으려고" "절벽 아래로 벚꽃 잎 아래로 흩날리"(「온몸을 잊으려고」)는 존재들로 가득 차 있다. 이런 '죽음'의 풍경들은 비극적 현실에 대한 부정과 항의만을 지시하지 않는다. 그보다는 「첩첩의 꽃」이 보여주듯이, 현존을 끊임없이 지움/죽임으로써 주체와 타자가 거듭나는 '순간'과 그에 따른 존재의 복합성을 영원화하는 것이다. 그런데 시인은 "첩첩의 꽃이라 하는 순간/끝, 종을 치는구나"라고 말하고 있다. 맥락을 짚어본다면, 이것은 '꽃'(너)—'나'의 핌과 짐이 끝남을 의미하지는 않는 듯하다. 그보다는 서로를 비워내 서로를 채우는 '나'와 '너'의 행위를 '첩첩의 꽃'으로 규정함으로써 생겨나는 의미의 단일화, 즉 '온몸'의 갇힘/묶임을 거절하려는 목적이 강하지 않을까.

최정례 시의 최대 관심은 기억과 시간에 있다. 한국 시에서 두 요소는 대체로 말해 아직도 시골 안방에 걸린 매우 빛바랬으나 다정다감한 가족사진을 연상시키는 힘이나, 그런 사진 하나 없이 육체와 영혼에 가난을 걸치고 살아온 불행한 삶의 징표로 작용한 경우가 많았다. 1990년대가 넘어서야 비로소 기억과 시간은 온전한 개인의 몫으로 돌려졌고, 최정례를 비롯한 몇몇 여성 시인들은 이를 바탕 삼아 저들이 결코 작성할 수 없던 '작은', 그러나 '지울 수 없는' 존재론을 써냈다.

이런 작업에서 최정례는 기억과 시간을 단순히 과거의 현재화나 현재의 과거화와 같은 시간의 전이를 통해 특정한 기억과 사건, 풍경과 이미지 등을 채록하는 데 쓰지 않았다. 오히려 지금까지 보아왔듯이, 주체와 대상의 동시적 공존과 분열, 지움과 생성의 병립을 통해 '온몸이 지워진 그러나 꽉 찬' 세계에 닿으려는 의지를 담아왔다. 최정례는 새 시집에서 이를 위해 어느 시간이나 시점으로 규정할 수 없는 '순간'의 묘사에 의식적인 노력을 기울이는 듯하다. 우리의 힘으로는 어쩔 수 없는 대상의 빠름, 무게감 등과 연관된 용어들을 적절하게 골라 쓰는 일이 그것이다. 이를테면 '느닷없이' '깜박이는 순간에' '휘익 날리는' '빠르게 날아가버린' '솟구치며 날아갈 거야' '잠깐 깜박이며' 등이 쉽게 눈에 띈다. 이런 표현들은 대개 '나'와 '너', 또는 둘 사이의 관계의 파열을 드러낼 때 등장하곤 한다. 그러나 "네가 폭파시킨 나/내 속에 함께했던 너/몸 속에 갇혔던/연기와 불꽃과 비명을"(「폭탄에 숨다」)에서 보듯이, 저 파열의 언어들은 '온몸'의 지움과 새로운 드러냄과 관계되어 있다.

하지만 새 시집은 이런 정열적 언어 뒤에 일상인이라면 누구나 겪었고 겪을 법한 남루한 일상의 기억과 "슬픔의 자루"(「슬픔의 자루」)도 적잖이 쌓아두고 있다. 전자는 자아의 유년기 기억의 표현에, 후자는 엄마나 오빠 같은 가족의 병이나 죽음에 대한 슬픔의 토로에 중심이 놓인다. 가족의 죽음과 병은 자신의 그것을 제외하고 겪는 가장 큰 존재의 상실과 훼손에 해당한다. 따라서 그에 따른 슬픔의 무게감을 굳이 헤아려볼 필요는 없다. 그러나 그는 슬픔의 감정만을 전경화하지 않는다. 그보다는 어릴 적 오빠가 잡아 지고 왔던 자루 속의 젖은 얼룩과 아이스케키 막대기(「슬픔의 자루」)를 기억해냄으로써 그의 현실적 죽음과 지속적 사랑을 동시에 간취한다. 이런 과거와 현실의 넘나듦과 가로지름을 통한 시적 정서의 생생한 부조는 자아의 경험에서도 거의 동일하게 나타난다.

　　TV에선 부자 미국이 피죽도 못 먹는 아프가니스탄에 무차별 폭탄을
퍼붓는데, 괴성을 지르며 달아나는 오토바이 보라고 콩을 까고 콩을
쌓고 구겨진 지전을 펴서 두는 노인은 꼭 그 아버지 같고

　　무너진 지붕 위로 고속도로가 뚫려도 여전히 옛집은 문고리가 손에
쩍 들러붙고, 그 문을 열고 또 열면 할머니들은 종지에 강낭콩을 쌓고
또 쌓고 창호지 문으로 무슨 짐승의 손인지 털 많은 손이 불쑥
―「털 많은 손이 불쑥」 부분

　　여기서 과거와 현재를 접속하고 전위하는 매개는 '꿈'이다. 꿈은 한편으로는 허위이지만 다른 한편으로는 무한한 가능성 또는 희망이다. 꿈은 사건의 터무니없음과 억지스러움에서 서사적 논리를 배반하지만, 그것이 환기하는 현실과 자아의 경험이 그 진실성을 오히려 심화한다. 이를 통해서 시인은, 어디선가 이남호가 지적했듯이, "온갖 거

짓과 위선과 악취를 감추고 흐르는 일상의 복개천을 흥분도 하지 않고 천연히 들여다보”는 동시에, “복개천처럼 발밑에 흐르고 있는 아픈 기억들과 외면당한 욕망들도 환히 들여다본다”.

그래서일까. 『레바논 감정』에서 시인은 자아의 기억이 분명한 현실임을 드러내는 한편, ‘털 많은 손’ 같은 괴물이나 ‘덕구’(「화물기차」)와 같은 모자란 아이의 삽입을 통해 이야기의 성격을 더욱 강화하고 있다. 이런 기억과 현실, 허상의 병치와 결합을 통한 이야기성의 강화는 그러나 허구성의 강화를 의미하지 않는다. 시인에게 그것은 ‘나’와 ‘너’의 역설적 결합, 이를테면 “덕구 동생 은숙이 은숙이 옆에나 사진 속에 나란히 서서” 살았고 또 살아가야 함을 의미한다. 꿈과 기억이 자아의 의식에 맞춰 일정하게 변형된 의식임은 잘 알려져 있다. 그렇다고 해서 우리는 그것들을 불합리하다고 말하지 않는다. 오히려 우리의 숨겨진 욕망이나 왜곡된 억압 등을 찾아내어 해석함으로써 자아의 정체성 유지와 보존에 도움을 받기도 한다. 그것들이 비록 “절걱거리는 화장실 쇳대”(「쇳대」)의 모습을 띠고 있다 해도. 그렇다면 우리는 “모란꽃이라고 우기면서 보려고 작약꽃을 심고 그 만화방창을 지나”는 우리의 위선과 허황됨이야말로 영원히 저 가난한 ‘쇳대’로 잠가둘 삶의 불합리성이라고 말해도 되겠다.

그런 의미에서 자아가 초승달 밤에 과거의 어느 가족사진을 두고 벌이는 기억과 생성의 기대는 그 ‘만화방창’을 무색하게 하기에 충분하다. 사진은 “앞에는 키 작은 아이들 뒤에는 두루마기를 입은 100년 전 사진들/단장을 짚고 안경을 쓰고 줄줄이 서 있던 일족의 사람들”을 담고 있을 만큼 근대 초입의 일상적 풍경이다. 그러나 그 일상은 가난의 문화사로 점철되어 있었고, ‘흑백사진’은 과감히 말해 식민지로 '찍혔음'을 의미했다.

> 그때 밀감도 아니고 오렌지도 아니고 신 살구 빛의
>
> 그것이 먹고 싶어
>
> 어미의 갈비뼈 밑으로 기어들어간 그 기억 때문일까
>
> 깜깜한 밤하늘 뚫고 신 살구 빛의 새초롬한 달
>
> 신물 터져 나오면 한쪽 눈이 찌그러지다 환해지는데
>
> 그 집 액자에서 다시는 내려오지 않고
>
> 밤배 탄 사람들 아직도 기린처럼
>
> 그 열매 끌어내려 터뜨려 먹으며 가고 있는지
>
> 잔뜩 구부리고 초승달 미끄러져 내린다
>
> ―「초승달, 밤배, 가족사진」 부분

하지만 최정례는 앞서 말한 통상적인 의미로 '흑백사진'을 읽지 않는다. 오히려 빛바랜 사진의 색채에서 "그 집 벽 위 액자에" 떠 있던 "먹어본 듯하나 아직 먹어보지 못한" "신 살구 빛의 새초롬한 달"을 떠올린다. 이런 상상력은 바로 100년도 전의 "남자가 입덧 중인 여자에게/열매를 까서 한 쪽씩 입에 넣어주고 아기들에게도 쪼개주"는 생성과 사랑의 풍경으로 재생된다. 그리고 자아 역시 '어미'로의 회귀를 떠올리며 "신 살구 빛의 그것"(달―인용자)을 먹고 싶어 한다.

사실 우리 시에서 달을 두고 풋살구를 먹고 싶어 한 어미를 처음 등장시킨 이는 「자화상」의 서정주였다. 그러나 그것은 모친의 생성에 대한 예측보다는 가난한 가족사를 보여주기 위한 기억의 소산에 가깝다. 이와 달리 최정례는 그것의 변주인 '신 살구 빛 달'을 생성과 지속, 순환과 반복 같은 영원한 시간의 주관자로 표상하고 있다. '나'와 '사진 속 가족'은 초승달 빛을 통해 맺어지며, 둘의 생성 욕망 역시 그렇다. 이런 비현실의 현실은 "잔뜩 구부리고 초승달 미끄러져" 내리는 한 영원히 반복되고 지속될 현상이다. 그러면서 초승달은 시간의 영속성과 함께 기억 또는 과거의 현장성을 넉넉히 환기함으로써 여전히 그것들을 살아 있는 현실로 불 지핀다.

이와 같은 사실은 이 시의 영원과 생성의 욕망이 단순히 여성성의 차원에서 읽힐 것이 아니란 사실을 암시한다. 물론 사진을 보며 상상하는 풍경이지만, 100년 전 입덧 중인 여자에게 그리고 아이들에게 열매를 까 주는 남성의 이미지는 쉽사리 떠오르지 않는다. 우리는 저 시대에서 다정하게 "한 잎 배를 타고 칠흑의 밤을 노 저어 가던 그 집"보다는 귀족적 양반의 허상과 상놈의 무지가 판치는 야만의 땅을 먼저 환기한다. 이 자멸(自蔑)의 상상력이 문명개화를 앞세운 이 땅의 계몽주의자들과 그 꿈을 식민지로 대치한 일제에 의해 더욱 심화되었다는 사실은 잘 알려져 있다. 이 시는 따라서 앞선 한국 시를 잇대고 있으면서도, "신물 터져 나오면 한쪽 눈이 찌그러지다 환해지는" '오해된 문화'의 진정성을 뒤집어 보여주는 것이다.

최정례는 "희망은 난폭해서/날마다 쫓기며 가보게 한다"고 적고 있다. 이 말은 채 현실화되지 않은 미래의 이중성을 절묘하게 표상한다. 성취에 대한 기대와 좌절에 대한 불안이 그것이다. 그러나 이 둘은 극복의 관계라기보다는 "서로가 서로를 꽉 채우고 빈틈 하나 없이"(이상 「길에 누운 화살표」) 묶여 나아가게 하는 상보적 관계이다. 새 시집에서 시간의 주름이 자아와 세계의 표면만을 거칠게 현상하지 않고 그것들의 의외성과 복합성까지 파고들어 새로운 현실과 언어를 흘러넘치게 한 일은 그래서 가능했다.

〔2006〕

어둠에 깃드는 법
—박라연의 『빛의 사서함』

　잘 알려진 이솝 우화 중에 나그네 옷 먼저 벗기기 시합에 나서는 해와 바람 이야기가 있다. 나그네는 바람이 세게 불수록 옷을 더 단단히 여미지만 해가 뜨겁게 비출수록 옷을 하나씩 벗게 된다는 이야기. 그러나 순서를 바꾸어 먼저 해가 비추고 나중에 바람이 분다면 어떻게 될까? 아마도 나그네는 더더욱 투덜대면서 바람 탓을 해대거나 아니면 주머니 속의 온기를 조몰락댈지도 모른다. 해의 진정한 가치는 어쩌면 뜨거운 햇빛보다는 이 한 줌의 온기에 있는 게 아닐까? 뜨거운 태양이나 차가운 바람은 강렬하여 그 영향력이 막대하지만 타자가 스며들 여지를 남기지 않는다는 점에서 폐쇄적이며 폭력적일 수 있다.

　따라서 나는 이 이야기를 여기서는 타자와 소통하는 진정한 방식에 대한 은밀한 계고로 고쳐 읽고 싶다. 지나치게 뜨겁지도 차지도 않은 온기와 한기의 적실한 스밈과 어우러짐 그리고 그것이 만들어내는 삶과 세계의 포용성과 청량감은 봄과 가을의 실종을 예고하고 있는 이 끔찍한 시대에 품어볼 만한 기후, 아니 존재의 지표이기도 할 것이다.

박라연은 "내 빛의 사서함을 열자/붉고 노란 웃음소리가 쏟아져 나왔다./웃음소리를 만지자/수련이 쑥쑥 솟아오른다"('시인의 말')라며 『빛의 사서함』(문학과지성사, 2009)을 열고 있다. 『우주 돌아가셨다』(랜덤하우스코리아, 2006) 이래 시인의 빛의 지향과 기쁨이 차가운 바람을 신중하게 통과한 뒤에 주어진 것임은 대체로 동의할 만하다. 그런데 나는 이 충만한 빛의 아우라를 얼마간 오독하고 싶다. 그의 시를 빌린다면, "따 담기엔 너무 짠한 향기를 벌써/몇 바구니째 입에" 무는 "어린 꽃 혀"(「이슬사다리」, 『우주 돌아가셨다』)와 같은 것으로. 그럼으로써 차가운 바람과 쓸쓸한 어둠에 스며들어 명도(明度)는 점차 잃어가되 채도(彩度)는 더욱 높여가는 빛의 산란을 엿보고 싶은 것이다. 현실에서 빛은 자칫 눈을 멀게 하지만 어둠은 그렇지 않다는 것, 그러므로 '눈멀다'란 동사의 기원은 어둠이 아니라 빛일 수도 있다는 사실을 기억해가면서.

꽃의 색과 향기와 새들의
목도
가장 배고픈 순간에 트인다는 것
밥벌이라는 것

허공에 번지기 시작한
색과
향기와 새소리를 들이켜다 보면
견딜 수 없이 배고파지는 것

영혼의

순가락질이라는 것   ——「너무 늦은 생각」 전문

　우리가 보기에 황홀한 순간이라고 해도 그만일 이 만화방창(萬化方暢)의 순간들은 그러나 놀랍게도 결핍의 절정이다. 도취의 시선은 무작정의 탄성을 흘리느라 바쁜 법이지만, 결핍의 시선은 영혼의 가장 내밀한 현(絃)을 건드릴 줄 안다. 이 '너무 늦은 생각'이야말로 박라연의 '빛'에의 의지가 어두운 빛의 터널로 질주하는 대신 밝은 어둠의 광장으로 역주하는 원리인지도 모른다. 『우주 돌아가셨다』와 『빛의 사서함』을 함께 읽으면서, 두 시집 사이의 동질성보다는 이질성을 크게 감촉했던 것은 이런 빛의 상반성이 크게 느껴졌기 때문이다. 전자가 "사람이 보이는 천국인 것/맘껏 기뻐"(「사람이 보이는 천국」)하는 세계라면, 후자는 "우리는 생의 편이지만/생은/죽음의 편이라는 걸"(「안경이 없어서」) 엿보는 세계인 것이다. 가령 인간의 작위가 작용하기 전에 인간을 먼저 수렴해버리는 '수련'의 밝은 어둠이 피어나는 다음 장면을 보라.

　깊은 울음만이 진창으로 흘러들어가
　붉고 노랗게 웃을 수 있는 것일까
　생각하는 사이에

　수련이 또 수없이 피어났다

　잘 익은 근심들을

붉고 노란 웃음소리로

뽑아내듯   —「빛의 사서함」부분

　수련은 "잘 익은 근심들"의 노래가 됨으로써 빛과 어둠이 한 몸인 어떤 것이 되었다. 물론 '웃음소리'에 초점을 맞춘다면, 어둠은 빛에 종속될 수밖에 없을 듯한 느낌도 없잖다. 하지만 '잘 익었다'는 말이 '근심', 그러니까 "비(悲), 비(卑), 비(秘)"를 "천벌처럼 맞고 살"(뒤표지)아온 '수련'의 에로스를 충일한 것으로 구조화함으로써 빛은 되레 어둠에 착실히 스며들었다, 아니 어둠이 되었다. 시인은 수련의 개화 순간을 두고 "휘청, 물 한 채가 흔들렸다"(「빛의 사서함」)고 썼지만, 이 아찔한 휘청거림의 또 다른 당사자는 시인의 내면이라 해야 옳은 것은 이 때문이다.

　1) 수십만 송이의 해바라기를/내려다보다가 수십만 송이의/해바라기가 되고 있는/나와 마주쳤다　　　　　　　—「해바라기 63」부분

　2) 어쩌나! 엄지손가락에 다른 잠자리가//또 내려앉아 심장 박동 수를 맞추게 하니!　　　　　　　　　　　—「손가락 의자」부분

　3) 땅바닥이 파일 듯 천장이 뚫릴 듯 쩡쩡, 아픈 시간들을 뱉어낼 때마다 화관을 찢으며 흘러나오던 죄와 상처, 보물찾기의 절정이었을까　　　　　　　　　　　　　　　—「X 파일」부분

　4) 아! 아픈 마음에게만 보이는/순간 육체　　　—「순간 의자」부분

『빛의 사서함』 여기저기서 마주칠 수 있는 아날로지analogy 미학의 대표적 국면들이다. 1)과 2)가 타자와의 합일을 순연하게 실현하는 데 반해 3)과 4)는 고통의 기억을 전경화하고 있는 듯이 보인다. 그러나 그 고통은 "내가 치욕의 뿌리가/되어 잘릴 수밖에"(「치욕을 캐내려고」) 없는 절대 위기의 내면화 속에서 응결된 것이다. 따라서 굳이 빛의 성질을 가늠한다면, 명도는 1)과 2)에, 채도는 3)과 4)에 우선권이 주어질 것이다. 그러나 박라연의 시에서 채도와 명도가 경쟁 관계라기보다 서로의 필요조건임은 2)와 3)에서 분명히 드러난다. '손가락 의자'와 '순간 의자'는 '너'를 '나'로보다는 '나'를 '너'로 수렴하는 타자성의 형식이다. 말하자면 서로 다른 듯한 두 의자는 특정 가치의 추구가 아니라 "그저 앉게 해주더라고/대답하는"(「순간 의자」) 타자의 방문에 의해 탄생된 동일한 형상들인 것이다.

이 의자의 탄생에 결정적 기여를 한 '허공'의 '그저'라는 심상한 대답은 그러나 세계의 중심이 되려는 절대 주체의 방기(放棄)를 경험한 뒤에 발화된 응답이라는 점에서 결코 심상치 않다. 시인의 '보물찾기'가 궁극적으로 "피를 빛으로 바꾼 듯 선 자리마다 검게 빛"(「고사목 마을」)나고 있는, 죽음 속의 삶의 형식인 '고사목'으로 향하는 것도 "오래된 나의 어둠을 밀어내"(「달에서 내리는 두레박처럼」, 방점은 인용자)려는 의지와 관련이 깊다. 이 빈자리는 당연히도 천지를 하얗게 무두질하는 강렬한 빛이 아니라 "세상의 한 귀퉁이", 이를테면 "소통과 소멸 사이" "고통과 열락 사이" "크고 작은 무덤 사이" 들을 출렁이는 "반은 달 또 반은 붉은 수련"(「달에서 내리는 두레박처럼」)인 빛이 채운다. 그런 점에서 이 복합적 존재의 색깔은 '빛이 된 피의 색깔'과 동일한 형식이라 불러도 크게 틀리지 않는다.

신호를 찌 삼아 상한 세상의

입술을 찾아 두근거려야 할

붉은 내 혀
                                    —「플라이 낚시」 부분

물고기가 썩은 바다의 일부를 떼어서

이고 지고 오르듯 침몰된 시간들을

겹겹이 물고 나도 따라 올랐다

다음 창천까지
                                    —「新구사일생」 부분

　박라연이 어둠에 깃드는 법의 요체는 '나'는 낚시꾼이 아니라 오히려 낚일 물고기라는 인식의 전환 속에 담겨 있다. 물고기에게 입질은 몇몇 경우를 제외하면 죽음의 형식이다. 삶의 욕망이 불러오는 이 비극적 행위는 주체의 욕망을 만족시키기 위해 저지르는 아이러니한 미궁 탈출기가 아닐 수 없다. 그러나 시인은 특정한 사건이나 가치를 목표함으로써 미궁을 손쉽게 벗어나지는 않는다. 말 그대로의 '어둠', 이를테면 '상한 세상'−'썩은 바다'−'침몰된 시간'을 신중히 응시함으로써 미궁을 가로지르며 자아의 구원에 나선다. 하지만 낚시꾼들은 물고기의 앨쓴 행위는 알아차리지도 못한 채 코를 싸쥐며 피랍물을 내동댕이칠지도 모른다.

　지금·여기서는 실패로 귀결될 것임이 분명한 '입질'이라는 구원 행위는 그러나 최후에는 저 낚시꾼들을 썩은 고기들로 처벌할 것이란 점에서 무서운 복수의 형식일 수 있다. 물론 '나'의 입질은 복수, 곧 타나토스의 욕망보다는 '상한 세상'을 향한 키스, 그러니까 에로스 충동이 뒷받침되어 있다는 점에서 '복수'는 미완의 형식으로 남겨질 것이다. 그러나 이 미완의 복수야말로 막돼먹은 인간들의 죄의식을 영원화하는 최상의 처벌 가운데 하나일 것이다. 그래서 다음 시의 출현은 정당하고 또 지극히 윤리적이다. '너'의 상한 입술을 찾아 헤매는 "붉은 내 혀"가 훔치게 될 또 다른 '빛의 사서함'의 탄생, 즉 미약한 에로스에 의한 강력한 타나토스의 전치라는 이 상징적 복수는 언제나 나와 당신의 것이어도 좋을 것이다.

붓고 또 붓다 보니
넘쳐흐르다가
깊고 넓은 가상 육체를 만든 양

이미 노쇠한 그릇인데도
상황에 따라 변하기 시작했다

뻔히 알면서도 모른 척
져줄 때의 형상이 가장
맛, 좋았다

허공에도
마음을 바쳐 머무르니
뿌리 깊은 그릇이 되어 눈부셨다   ―「상황 그릇」 부분

　"간장 종지"에 불과한 '내 품'이 어떻게 "뿌리 깊은 그릇"으로 승화되는가를 고백한 시편이다. "상황에 따라"라는 말은 주체의 흔들리는

욕망을 채우기 위한 편의적 태도와는 무연한데, 왜냐하면 "붓고 또 붓는" 주체의 투기(投企)가 지속되고 있기 때문이다. 이 과정에서 획득한 경험적 진실 "져줄 때의 형상이 가장/맛, 좋았다"는 내가 "노쇠한 그릇"임에도 불구하고 변화의 역동성에 몸을 싣게 되는 결정적 계기인 것이다.

그런데 주체의 투기만큼이나 중요한 것은 "뿌리 깊은 그릇"의 주인이 '나'만이 아니라 '허공'— '너'로도 읽힌다는 사실이다. 왜냐하면 앞서 보았듯이, 박라연의 시에서 '허공' 없는 '나'의 존재는 성립할 수 없는 자명한 현실로 등기되고 있기 때문이다. 그렇기에 '그릇'의 눈부심은 "간장 종지"의 외연이 아니라 그것의 내포를 깊고 넓게 하며, 또 "간장 종지"의 외부가 아니라 내부로 향하는 내면성의 형식이다. 그래서 시인은 "독 속의 쌀을 싹싹 긁어 굶주린 허공에게/밥을 지어 먹이자는"(「불면」) 살림의 말을 첫 시에 적었던 것일까, 저 무한 확장하는 '나'와 '너'의 자발적 배고픔과 눈뜸을 보고.

오늘도 세상과의 연통(連通)을 준비 중일 '빛의 사서함'은 바쁘고 힘들며 또 즐거울 것이다. 나는 시인의 '허공'과의 연통이 "뿌리 깊은 그릇"을 생산했듯이, 이 그릇 역시 스스로를 뒤집어 나무의 궁륭 형상으로 또 한 번 몸 바꾸기를 기대한다. 그 안에서 수고로운 땀을 훔치면서 자신들 역시 새들의 집이 되기를 꿈꾸는 평범한 "간장 종지"의 웅성거림이 들린다면, 글자 그대로의 "뿌리 깊은 그릇"에 담긴 "빛이 뭉클, 만져"(「고사목 마을」)질 것이다. 이 빛을 만지면서 우리는 빛의 기원은 허공이기 전에 암흑 깊은 땅속일지도 모른다는 시적 진리를 또 한 번 조우하게 될 것이다.

〔2009〕

제5부

꽃 피는 시절을 울고 웃다
―유홍준의 『나는, 웃는다』

일상에서 문득 마주치는 의외성은 대상에 대한 호기심과 불안감을 동시에 불러일으킨다. 일정한 기대와 예상 속에서야 대상을 '나'의 일부로 수렴하거나 대상과 친밀함을 나눌 여유가 생겨나기 때문이다. 하지만 이 의외성이야말로 대상의 새로움을 넘어 지금껏 숨어 있던 대상의 복합성을 발견하고, 그에 접촉하게 하는 개안(開眼)의 묘약이다. 의외성을 접하고 통찰하는 가운데 대상에 대한 상투적 인식과 자의성을 빌미 삼은 주관화의 오류는 수정될 기회를 얻는다.

'나는, 웃는다'. 유홍준이 두번째 시집에 붙여준 이름이다. 이것을 보는 순간 나는 의외성에 바로 사로잡혔다. 유홍준을 삶의 부조리와 세계의 악마성을 차갑게 언어화하는 아이러니스트로 기억하는 독서 경험은 일상적 의미의 '웃다'를 밀쳐내면서 다른 맥락으로 접속, 치환해볼 것을 끊임없이 요구했다. 그러나 『나는, 웃는다』(창비, 2006)에 대한 독서 없이 '웃다'를 재맥락화하는 것은 무모하고도 폭력적인 넘겨짚기에 지나지 않을 터였다. 그런데 서둘러 찾아낸 표제작 「나는,

웃는다」를 일독하면서 처음의 의외성은 약화되기도 했지만 어떤 의미로는 더욱 강화되기도 했다.

이 시는 환상에 기대어 자아의 육체 훼손과 그것의 치유를 둘러싸고 벌어지는 소동을 우스꽝스럽게 소묘한다. 자아는 이 사태의 어이없음과 부조리를 계속적으로 변주되는 웃음을 통해 표상한다. 그렇다면 웃음은 삶의 그로테스크함을 더욱 부감하게 하는 영혼의 형식이자 그런 삶을 강제하는 일상에 대한 조소이다. 그래서 그것은 세계에 대한 유쾌한 반란이기에 앞서, 나날이 추문을 더해가는 헛헛한 현대성을 조문하는 울음이다. 그는 여전히 차가운 이성과 언어의 소유자인 것이다.

그런데 「나는, 웃는다」는 "누가 이 흉터끼리 뽀뽀를 시키는 거야"로 마무리된다. 표면적으로는 '흉터'에 대한 신경질적인 거절로 읽힌다. 하지만, 흉터끼리의 친화는 좌절된 세계를 넘어가면서 본래적인 웃음을 되찾는 눈물겨운 성애 의식으로 보아도 좋을 듯하다. 왜냐하면 시집 『나는, 웃는다』 전체에 걸쳐 '흉터', 즉 일그러진 삶끼리의 '뽀뽀'가 여기저기서 무심한 듯 행해지고 있으므로. 울음이 그 안에 웃음을 숨겨 키우고 있다는 것, 이는 의외성의 실질적 진앙지가 아닐 수 없다. 요컨대 유홍준은 울음과 웃음을 넘나들며 그것들의 경계를 지우고 중층화함으로써 삶의 우울과 희열이 언제나 동시적이며, 심지어 하나이기까지 하다는 간단찮은 진리를 예리하게 부조(浮彫)하고 있는 것이다.

*

시집의 명패가 순간 내뿜는 의외성을 먼저 얘기했지만, 이는 개별 시편들에서도 쉽사리 감촉되는 유홍준 특유의 시작(詩作) 원리인 듯싶다. 『나는, 웃는다』는 첫 시집에 비해 산문시의 증산이 두드러진다. 유홍준에게 산문시는 그러나 내면을 더욱 자유롭게 풀어놓거나 주목할 만한 사건과 이야기를 통해 현실을 비판적으로 조감하려는 의도에서 선택되지는 않는다. 그것은 대개 소소한 일상이나 작정하여 보지 않고서는 그냥 스쳐 지나갈 일회적 사건을 재빠르게 찍어내기 위한 것이다.

하지만 이 작업은 사소하고 사적인 영역의 승리나 비극을 정밀히 현상하려는 일종의 재현 의지와는 거리가 있다. 그보다는 예상치 못한 돌연한 이미지와 상황을 반복하거나 연쇄적으로 나열함으로써 그 세계의 숨겨진 이면과 복합성을 활성화한다. 이를 통해 이질적이고 갈등하는 존재들의 통합과 분열은 더욱 가시화되며, 세계의 복합성과 ' 아이러니는 한층 심화된다.

새벽열차가 복숭아밭을 지난다 단물 빠진 껌을 씹으며 여자 하나가 올라탄다 화사하다 싸구려 비닐구두 구겨 신고 있다 털퍼덕, 허벅지 위에 비닐가방을 올려놓고 빨간 손끝으로 떽 떽 검은 풍선껌을 터트리고 있다 복숭아, 복숭아 냄새가 난다 저 여자 이내 잠이 들어 군복 입은 사내 어깨에 머리를 처박는다 생면부지 사내의 어깨 빌려 멀고도 먼 꿈을 꾼다 새벽기차를 끊을 때 군복 입은 사내 곁엔 젊은 여자를 앉

히는 이상한 역무원이 있다 몸 섞지 않고도 부부가 되어 종점까지 가
는 사람들이 있다
―「복숭아밭에서 온 여자」 부분

어쩌면 이 시는 '복숭아밭에서 온 여자' 이야기가 아닐지도 모른다.
어쭙잖은 행색이나 조심성 없는 행위로 보건대, 젊은 여자는 복숭아
밭보다는 후미진 읍내 어딘가에 더 어울려 보인다. 그녀는 단지 복숭
아밭이 있는 역에서 기차에 올랐을 뿐이다. 그러나 그녀는 기차에 오
르는 순간 어디에도 없는 복숭아밭을 만드는 주인공으로 거듭난다.
이것은 역무원의 장난기와 진심이 반반 섞인 자리 배정의 결과이면서,
낯가림도 없이 낯선 사내의 어깨를 빌려 '먼 꿈'을 꾸는 여자의 무작
위한 행태의 소산이기도 하다.

이런 의미에서 기차간은 사람들을 목적지로 그저 실어 나르는 차가
운 공간이 아니라, 서로 무연한 사람들이 까닭 없이도 친밀감에 빠져
드는 통합의 장소이다. "몸 섞지 않고도 부부가 되"는, 이 무섭게 낯
선 친화, 이것이야말로 『나는, 웃는다』가 생산하는 동일성과 의외성
의 정점에 해당한다.

통합의 욕망은 차이와 분열의 심화 속에서 가속된다. '복숭아밭'의
일회성과 영원성은 어쩌면 퇴락한 일상의 한 분자로 묶여가는 데 속
수무책인 '동백꽃'의 경험 속에서 그 확실성을 더욱 얻는 것인지도 모
른다. '동백꽃'의 진실은 서정주의 「선운사 동구」와 송창식의 노래
「선운사」에 깃든 '님'과 사랑과 눈물 속에만 있는 것이 아니라 다음과
같은 어처구니없는 현실 속에도 존재한다.

동백꽃 한 송이가 툭 떨어집니다 위층 사는 백수가 동백이파리 같은

피크를 쥐고 뚱땅뚱땅 기타 줄을 퉁길 때 동백꽃 한 송이가 툭 떨어집
니다. 막 이혼한 여자가 옷가지를 챙겨 덜덜덜덜 가방을 끌고 지나갈
때 동백꽃 한 송이가 툭 떨어집니다 〔……〕 지랄하고는 허리가 부러졌
나, 하루 종일 드러누워 지내는 니트족 내 아들놈이 리모컨을 돌릴 때
떨어집니다 채널이 바뀔 때마다 떨어집니다 화면이 바뀔 때마다 떨어
집니다 동백꽃 한 송이가 툭 떨어집니다 에라 빌어먹을, 아무짝에도
쓸모없는
—「빌어먹을 동백꽃」 부분

지는 동백꽃은 불길한 주술이다. 그것은 불행하거나 보잘것없는 삶
들을 연쇄적으로 불러내며, 그들이 자신처럼 "아무짝에도 쓸모없는"
존재로 이미 전락했거나 전락하게 될 것임을 끊임없이 시사한다. 그
래서 자아는 '빌어먹을 동백꽃'이라며 종주먹질을 해대지만, 그러나
이 야유의 대상이 처음부터 별 볼 일 없는 추레한 현실임을 우리는
잘 안다. 그렇다면 동백꽃의 낙화가 낙백(落魄)한 세계를 불러오는
것이 아니라, 낙백한 세계가 동백꽃의 낙화를 강요한다고 바꿔 읽어
야겠다(과연 시인은 「벚꽃나무」에서 "그저 만개한 벚꽃나무를 보면 나
는 걷어차고 싶어진다"고 적고 있다. 이 공연한 심술만큼 우리의 치졸함
과 편협함을 일거에 폭로하는 유치한 행위가 또 어디 있을까). 이처럼
하나의 동일한 사실 또는 현상의 반복과 그 사이에 삽입되는 씁쓸한
현실의 연쇄는 정녕 무엇이 "아무짝에도 쓸모없는" 것인가를 효과적
으로 환기하며, 그럼으로써 현실의 부조리성과 아이러니를 확연히
드러낸다.
　하지만 유홍준은 동일성이나 차이성 어느 한쪽을 타고 흐르기보다
는 두 요소를 슬쩍 버무리거나 맞대면시킴으로써, 기존 세계와 문자

를 ‘미행(尾行)’하는 대신 “오솔길(구렁이이기도 한—인용자)이 하늘을 향해 기어오르는”(「尾行」) ‘미행(美行)’을 창조하고 있다. 이 ‘미행’의 상상력은 “인간의 길은 모두 바다로 가서 빠져 죽는다”는 항간의 불행 의식이 시의 맨 앞자리에 놓여 있음을 볼 때, 현실을 간단히 초극하려는 낭만적 사유와는 거리가 멀다. 그보다는 웃음과 울음이 처연하게 녹아들고 있는 다음과 같은 ‘꽃 피는 시절’에 스며들고자 하는 자기 수련과 조정의 방법이라 함이 옳겠다.

벙어리가 어린 딸에게
종달새를 먹인다

어린 딸이 마루 끝에 앉아
종달새를 먹는다

조잘조잘 먹는다
까딱까딱 먹는다

벙어리의 어린 딸이 살구나무 위에 올라 앉아
지저귀고 있다 조잘거리고 있다

벙어리가 다시 어린 딸에게 종달새를 먹인다
어린 딸이 마루 끝에 걸터앉아 다시 종달새를 먹는다

보리밭 위로 날아가는

어린 딸을

밀짚모자 쓴 벙어리가 고개 한껏 쳐들어 바라보고 있다

—「오월」 전문

종달새를 먹이고 먹는 벙어리 엄마와 딸은 불행하면서 행복하다.[1] 딸에게 종달새의 이미지를 겹친다고 해서 현실의 불행이 해소될 리 없다. 그러나 이 상상적 행위를 통해 벙어리와 딸은 언어 행위로도 불가능한 진정한 '소통'의 순간을 맛보며, 현실 너머의 삶과 아름다움을 엿보게 된다. 종달새에 대한 미행(尾行)은 이 순간 진정한 삶과 사랑의 형식을 완미하게 빚어내는 미행(美行)으로 훌쩍 뛰어오른다. 이 때문인지 「오월」은 바람직한 풍경을 욕망하는 데 그치지 않고, 취하여 마땅한 시작(詩作) 원리를 은근히 내비치는 것으로 읽힌다.

미행(美行)의 장(場)에 문외한인 자, 또는 거기로 난 문을 두드려 보지도 않는 자, 그는 시인이라기보다는 주어진 세계를 베껴 쓰느라 바쁜 필사가에 불과하다. 「문맹」을 빌려 말하건대, '벙어리'는 문명(언어) 속의 문맹자이다. 그러나 그는 문명 너머 또는 문명 이전의 언어와 형식, 곧 종달새를 먹이는 방식으로 주어진 현실의 틀과 제한을 거뜬히 넘어선다. 진정한 시인이라면 백지를 만드는 제지공처럼 "사꾸만 문자를 잃어"가며 "문맹이 되어"가는 삶을 살아야 한다는 말은 그래서 가능하다. 어쩌면 '문맹'의 정도에 따라, 어느 시집은

---

1) 평론집을 묶는 지금에서야 고백하건대, 유흥준 시인은 『나는, 웃는다』가 나온 뒤, '벙어리'가 아버지임을 아무렇지도 않다는 듯이 일러주었다. 유흥준 시의 주요 지점을 형성하는 '아버지'와의 갈등과 화해를 섬세히 준별하면서 '벙어리'를 '아버지'로 읽었다면 시의 의미와 흥미가 더욱 풍성해졌을 것이다. 하지만 이제 와서 어찌할 것인가. 비평가의 짧은 안목이 저지른 오독(誤讀)의 일례로 남겨둔다.

'딸＝종달새'의 새로운 언어와 세계를 창조하는 '말씀'의 보고가 될 테고, 또 어떤 시집은 "벌레를 잡고 사람을 잡는"(「벌레 잡는 책」) 무 작하고 하찮은 필사물이 될 것이다. 따라서 '문맹'은 시의 실천 원리 이자 시적 가치를 가늠하는 주요 척도라고 불러도 무방하다.

*

『나는, 웃는다』의 주요 테마 가운데 하나는 가족의 서사이다. 『상 가(喪家)에 모인 구두들』(실천문학사, 2004)에서 이 테마는 가부장 제 권력에 의한 가족의 굴종과 희생을 전경화하면서, 어느 사이엔가 가부장제의 공모자로 굴절해가는 '나'를 문제삼았다. 이 약속되지 않 은 공모는 필연적으로 불안과 공포의 덫을 일상화한다. 『나는, 웃는 다』에서 불안과 공포는 "한 인간을 잠그고 있는 흉터"(「그의 흉터」), 즉 심리적 외상trauma의 부품과 '반쪼가리' 되는 가족(「반쪼가리 노 래」)에 대한 직핍한 응시로 양면화된다.

그러나 이런 경향은 가족의 비극을 과장하거나 덧칠하기보다는, '흉터'끼리 '뽀뽀'하는 새로운 가족의 탄생을 이끄는 내적 동인이 되 는 듯하다. 그런데 이 탄생은 아버지로 대표되는 가부장제 권력과의 사적이며 온정적인 타협, 즉 시간이 해결해준다는 식으로 원망을 해 소하거나 핏줄의 논리에 기대 잘못을 용서하는 데서 시작되지 않는 다. 『나는, 웃는다』에 등장하는 가족 이야기는 시인 자신이나 특정인 의 경험으로 한정하기 어렵다. 유홍준은 어디선가 한번은 보고 들었 음직한 '반쪼가리' 가족 이야기를 다양하게 펼쳐놓음으로써 가족 경 험의 지나친 사인화를 제어하는 한편, 그것을 보편적 경험으로 구조화한다. 우리는 이것을 '가족의 몽타주화'라 부를 수 있겠다.

차이의 발견과 접합을 통한 동일성의 확보, 이것은 사적 체험을 공적 영역으로 객관화하는 방법이기도 하지만, 깊은 갈등과 분열을 약화시키고 궁극에는 해소하는 통로이기도 하다. 가족사의 공적 담론화는 특히 가족의 당위성이나 윤리 같은 신비화된 관념을 꺼내어 가족을 재구성하고 통합하려는 안이한 해결책을 제약하는 데 유효하다. '흉터'끼리 '뽀뽀'시키는 행위가 가족의 화해와 통합에 현실성과 미래성을 부여하려는 노력일 수 있다는 판단은 이에 따른 것이다.

중풍을 앓던 아버지가 삐딱삐딱 가로질러 가던 공터 디딜 수 없는, 나는 딛지 못한 공터 어디에 뒀더라, 옷이 되지 못한 자투리 같은 공터 누더기 누더기 기운 공터 헛젖이 달린 공터 헛배를 곯던 공터 우울의 그림자 길게 키우던 공터 전봇대에 매달린 보안등만이 목격한 공터 다 늦게 춤바람 난 어머니 야반도주하던 공터 〔……〕 카악 퉤, 가래침을 뱉고 떠나온 공터 끝끝내 우리 집이 되지 못한 마포구 도화동 가든 호텔 뒤의, 그 언덕배기의

─「도화동 공터」 부분

'동백꽃'이 그랬듯이, 여기서는 '공터'가 가족의 환난과 우울을 지켜본 목격자로 치환되고 있다. 그곳이 '우리 집'이 되었더라면 가족의 고통과 치부를 숨길 수 있었을지도 모른다. 그러나 '공터'는 그러지 못함으로써 오히려 그야말로 "누더기 누더기 기운" 남루한 가계사를 역사화하게 된 것이다.

이 시에서 특징적인 것은 흔히 가해자로 그려져온 아버지의 몰락보다는, 바람나 야반도주했지만 석 달도 안 돼 돌아온 뒤 아무 일 없었

다는 듯이 예전의 일상을 반복하는 어머니의 모습이다. 「몽유도원도」
에서 보듯이, 어머니는 가슴속에 "내가 알지 못하는/이상한 과일/한
덩어리"를 달고 있는, 가부장제의 최대 피해자로 흔히 그려져왔다.
그런 까닭에 어머니에 대한 연민과 아버지에 대한 증오 및 공포는 살
부(殺父) 욕구를 불러일으킬 정도로 강렬하다.

　그러나 이 가족 서사가 누구의 것이든 간에, 어머니가 도덕적으로
타락하고 철저히 세속화된 인물로 등장하는 것은 「도화동 공터」가 거
의 처음인 듯하다. 물론 그녀의 '바람'은 삶의 고통을 잠시라도 벗어
나보려는 도피 행각의 성격이 짙으나, 그녀가 가족의 파편화를 더욱
가속하는 데 기여한 공모자임을 부인할 수는 없다. 이처럼 가해자와
피해자의 경계는 흐릿하며, 어쩌면 그것을 동시에 사는 것이 우리 삶
의 본질적 국면이라는 인식으로부터, 가족 재구성은 시작되는 것인지
도 모른다.

살점 떨어져나간 무릎이며 복숭아뼈며

어깻죽지를 감쪽같이 붙이시던 아버지, 감쪽같이

자신의 과오를 수습하던 아버지의 심정은 어땠을까

아, 내 아버지의 종교는 아교!

세심하게 꼼꼼하게 개다리소반을 수리하시던

아교의 교주 아버지 보고 싶네

내 뿔테안경 내 플라스틱 명찰 붙여 주시던

아버지 만나 나도 이제 改宗을 하고 싶다 말하고 싶네

아버지의 阿膠徒가 되어

추적추적 비가 오는 아교도의 주일날

정확히 무언지도 모를 나의 무언가를 감쪽같이 붙이고 싶네

—「아교」 부분

아교는 어머니와 싸울 때 부서진 개다리소반을 고치는 단순한 땜질용 물건이 아니라, 아버지가 "감쪽같이/자신의 과오를 수습"하는 자기 구제의 방책이었다. 아교가 종교일 수 있는 이유는 과오를 무두질하는 숨김의 능력보다는 수리 과정에 동반되었을 뒤늦은 후회와 쑥스러운 친밀감을 끈끈하게 붙여내는 접합의 능력 때문일 것이다. 종교의 구원은 영생만을 최후의 목적으로 삼지 않을 것이다. 끊임없는 성찰과 신에게의 절대적 기댐을 통해 보다 완전한 인간으로 거듭나는 것 또한 중요하다. 이승에서의 구원에 대한 실질적 기대치는 이를 넘어서기 어렵다.

개다리소반의 수리는 그런 점에서 과오를 꼼꼼히 기록하고 성숙한 영혼을 도모하는 정신의 단련 행위이다. '나'의 욕망이 기술의 완벽함보다는 자아의 확실성을 지향하는 것은 이 때문일 것이다(그래서 아버지:아교의 관계는 시인(나):시의 그것으로 얼마든지 치환 가능하다. 시야말로 분열된 세계의 통합과 서로 이질적인 존재들의 친화를 가장 바라 마지않는 장르가 아니던가).

애야 올해는 가뭄 때문에 포도넝쿨이 엉망이구나 아버지 핏줄 한 가닥을 뽑아 나에게 내미신다 자아 받아라 어서, 이제는 이 포도넝쿨을 너에게 넘겨주어야 할 때가 온 것 같구나 아버지 굵은 당신의 팔뚝에서 핏줄 한 가닥을 뽑아 나에게 내미신다 한사코 내밀고 계신다 두 손을 내밀어 나는 아버지의 핏줄을 받는다 〔……〕 생전의 할아버지 깊디깊

은 눈 속 한 번도 들여다본 적이 없는 어린것들이 달라붙어 포도를 먹
는다 한 송이 또 한 송이 할아버지 포도를 먹어치운다 알맹이만 뱉고
뱉어버린 아버지, 껍질눈이 웃으신다 어린것들 바라보고 웃고 계신다

—「포도나무 아버지」 부분

아버지와의 화합이 가장 밀도 있게 표현된 시이다. 아버지의 내리
사랑이 먼저 느껴지지만, 그것은 포도 농사와 결합됨으로써 현실성과
정서적 감응력을 크게 얻는다. 생활과의 결합은 아버지의 핏줄을 관
념적으로 잇거나 신비화하는 대신 아버지의 전체(아버지의 심장과 눈
동자가 달리고 손바닥 이파리가 돋아나는 것으로 표상되는 포도나무의
이미지를 주목하라)를 일용할 양식으로 삼게 한다. 비록 아버지와의
화해가 소박해 보일지언정 가족의 진정한 가치를 다시금 생각하게 하
는 힘은 여기서 주어진다.

그렇다면 생활의 발견은 유홍준의 가족 서사의 출발점인 동시에 도
착점이다. 가족을 '반쪼가리'로 만드는 것도 생활이지만, 파편화된 가
족을 매끄럽게 이어주는 것도 생활이다. 생활에 밀착됨이 없다면,
'꽃 피는 시절'을 울고 웃는 영혼의 마주침도 없다. 시인이 바라는 바
"넘치지도 모자라지도 않는/한 아름, 한 아름의 실감"(「한 아름의 실
감」)은 따라서 생활의 몫이다.

*

『나는, 웃는다』는, 비유컨대 "아버지와 형의 두개골을 들고 걸어가
는 봄날"(「移葬」)을 향해 가는 '나'를 성실하게 기록한 고백록이다.

‘이장’은 별다른 이유가 없는 한 결핍된 과거와 현재를 막음하고 ‘꽃 피는 시절’을 영원화하려는 목적에서 행해진다. 아버지와의 갈등에서 화해로 변주되는 가족 서사의 방향은 실은 『나는, 웃는다』의 전체적인 흐름이기도 한데, 그런 의미에서 유홍준 시는 아이러니에서 유추적 상상력으로 한창 이장 중이다.

이때 중요한 것은 개성적 보편성의 확보가 차이의 시학보다는 동일성의 시학에서 더욱 긴요하다는 사실이다. 그렇지 않고서는 실감이 없거나 턱없이 부풀려진 ‘뽀뽀’를 그려내기 십상이다. 유홍준은 의외성과 돌연성을 능숙하게 구사함으로써 이 어려운 늪을 무사히 비껴가는 중이다. 그래도 그것들이 ‘너’와 ‘나’의 생활에 녹아들 때 리얼리티가 극대화된다는 사실은 또 다른 미행(美行)과의 막힘 없는 접속을 위해 다시 한 번 적어두기로 하자.

〔2006〕

시의 나무와 깊이의 수렴

―임선기의 『호주머니 속의 시』

한 시인의 시를 읽으면서 그의 시혼(詩魂) 형성과 유지, 확장에 영향을 끼친 요소를 가늠해보는 일은 여러모로 흥미롭다. 그것이 예술가 집단이든 일반인이든, 자연 사물이든 문화적 인공물이든, 그 요소의 존재 양식은 그리 중요하지 않다. 그보다는 강렬한 영혼의 울림과 존재의 들림을 이끌어내는, 그리하여 시와 삶의 끊임없는 도약을 가능케 하는 어떤 힘의 순도와 강도가 중요하다. 그 힘은 한 시인을 때로는 황홀경으로 때로는 파탄으로 이끄는 양날의 칼로 존재하지만, 궁극적으로는 "시와 철학과 언어"(「이국에서」)를 단련하고 완성한다는 점에서 하얀 마법으로 기능한다.

임선기의 첫 시집 『호주머니 속의 시』(문학과지성사, 2006)에서 그 특유의 "시와 철학과 언어"를 이끌고 밀어가는 요소가 있다면, 아무래도 시인, 화가를 중심으로 한 예술가들과 '나무'를 먼저 들어야겠다. 그가 기억하는, 아니 시와 삶의 표지로 삼고 있는 예술가들로는 소월과 릴케, 엘뤼아르, 말라르메, 발레리, 파울 첼란 등의 시인과 파울 클레, 달리, 로댕 등의 화가가 눈에 띈다. 이들은 이성과 진보의 이념으로 무장한 근대성에 맞서 그것을 비껴가는 영혼의 디아스포라[離散]를 추구함으로써 비열한 현실 너머의 '멋진 신세계'를 엿본 예언자들로 이해되어 무방하다.

가령 소월은 '저만치'의 거리 감각을 통해 근대 세계에서 발생하는 서정적 동일성의 왜곡과 불가능성을 탁월하게 짚어냄으로써 시의 위기를 명문화하는 동시에 그것을 스스로 넘어선다. 첼란과 클레는 그들 사이에 비록 30여 년의 연령 차이가 있었으나 나치스에 의해 영혼과 예술의 자유를 억압받았다는 점, 그럼에도 그런 악조건들을 초현실과 환상의 창출을 통해 초극했다는 점에서 공통적이다. 그러니까 이들은 광기의 근대를 영혼의 개성과 자유의 예술을 통해 즐겁고도 슬프게 넘어갔던 것이다.

하지만 이들의 삶을 더욱 극적으로 만든 것은 죽음의 비극성이다. 소월은 과다한 아편 복용으로, 유대계 독일인 첼란은 2차 대전 후 망명한 파리의 센 강에 투신하여 삶을 마감했으며, 클레는 온몸이 서서히 굳어가는 고통스러운 병을 앓다 죽었다. 이런 죽음들은 때로는 이런저런 풍문이 더해져 범접하기 힘든, 그러나 그 영역에 끊임없이 숨어들고 싶은 신화로 되살아나곤 한다.

하지만 창조된 '신화' 읽기에 앞서 직시(直視)해야 할 것은 이들의 죽음이 근대에 대한 최후의 저항인 동시에 근대를 넘어서는 삶과 시의 미학의 완성이라는 사실이다. 삶의 윤리가 통용되지 않는 시대를 그들은 스스로를 놓아버림으로써 단숨에 통과하는 죽음의 윤리로 맞섰고, 그럼으로써 그들의 삶과 시를 "겨울나무 가지 사이/푸른 곳에 피는"(「새벽에」) 불멸의 '꽃'으로 승화시켰던 것이다. 임선기가 릴케

를 마주친 골목에서 바람에 섞여 있는 '죽음'을 감각하면서, 그것을
공포와 불안으로 제시하기보다 '영원'으로 표상하는 일(「12월」)은 그
래서 가능했을 터이다.

> 나는 그 공원을 걷는다
> 걸어서
> 공원의 중앙에 이른다
> 그곳에는 분수가 한 채
> 나뭇가지 같은 물줄기들을
> 뿜고 있다
> 숲으로 흐르는 여러 색의 길들
> 숲을 지나 공원의
> 끝에 닿는다
>
> 그곳에는 대지가 있다
> 대지의 품속이
> 밝게 칠해져 있다
>
> ―「공원」 부분

　이 시는 임선기가 클레를 이해하는 방식을 얼추 드러낸다. 시적 자
아가 산책하는 '공원'은 클레의 삶이나 죽음과 관련된 실제 장소일 수
도 있고, 아니면 작품의 내적 공간일 수도 있다. 시인은 파시즘에 희
생된 예외적 개인의 비극을 투각하기보다 클레 자신이 그랬듯이 환상
적이고 순수한 세계의 창조에 힘을 쏟는다. 이런 창조의 기율은 시인
이 현실의 외압과 고통에 대한 날 선 적발과 고발보다는 내적 자유로

의 망명을 더욱 욕망하고 있음을 암시한다. 과연 『호주머니 속의 시』
는 파국을 향해 치닫는 현실에 대한 사실적 이해와 비판의 목소리를
세밀하게 제시하지 않는다.

그러나 이것을 현실을 경중경중 건너뛰는, 성마른 세상 읽기로 곡
해할 필요는 전혀 없다. 「수련의」가 대표적인 예이지만, 그는 인간의
"가벼운, 그러나 무서운" '질병'의 한편에 껍질이 도려진 실험용 쥐의
"살고자 하는 욕망"을 맞세움으로써 이 시대를 꿰뚫는 삶과 죽음의
문법을 섬뜩하게 환기한다. 이 현실성의 감각은 『호주머니 속의 시』
에 실린 대개의 시가 그렇듯이 '사실'의 투박한 제시보다는 '환상'의
구축을 통해 획득, 표현된다. 이런 성향은, 그의 시가 위에서처럼 꿈
꾸어 마땅한 현실 너머의 언어화에 집중하는 비율이 높더라도, 그 배
면을 타고 흐르는 현실주의적 상상력을 늘 기억하게끔 하는 요인이
된다.

한편 「공원」에서 보듯이, 『호주머니 속의 시』에서 끔찍한 현실을
내파하며 감싸 쥐는 내적 자유에 대한 욕망은 자연과의 높은 친화력
이란 형식으로 표출되는 경우가 많다. 그 중심에는 나무가 서 있으
며, 시적 전언의 목적과 형식에 따라 꽃, 숲, 새, 별, 햇빛, 해변 등
이 적절하게 배치된다.

그러나 임선기의 자연 친화력은 요즘 한국 시의 한 축을 장악하고
있는 생태학적 차원의 자연 옹호와는 거의 무관하다. 가령 그에게
'나무'는 자아의 시와 철학과 언어를 북돋고 확장하며 수렴하는 어떤
형이상적 존재이자 매개체이다. '나무'는 그 생김새와 존재 방식으로
인해 오래전부터 냉철한 현실 감각 아래 더 나은 세계를 열정적으로
꿈꾸는 인간의 대체 상징으로 수용되어왔다. '나무' 및 그것과 연동된

자연 사물들에 부과되는, 아니 그들에게서 얻어내는 어떤 '깊이'나 '영원'(「나무를 우러르며」 「창」 등)과의 마주침은 이와 같은 성찰의 기획과 깊이 연관되어 있는 것이다.

그런 점에서 임선기는 '나무의 시'도 쓰고 있지만 세상에 아직 존재하지 않는 '시의 나무'를 조성하고 있기도 하다. 이제 보게 될 「오쉬에서」에서의 '나무'와 주체들의 관계 방식, 다시 말해 우리 삶의 진행에 결정적 계기를 제공하는 나무의 원심력과 구심력은 이 사실을 매력적으로 보여준다.

> 1) 커다란 플라타너스를 정원 중앙에 심어 놓고,
>   아침저녁으로 둘레를 돌며 한숨지었다
>   그는 나무에서 철학을 배웠다
>
> 2) 그는 외톨이였고, 폭죽 터지는 인근 강변에서
>   투신했다
>   나는 지방지 기자와 서툰 인터뷰를 했다
>   시신은 플라타너스 둥치 아래 고요히 묻혔다
>
> 3) 무거운 나무 성문을 잠그고 성을 나올 때
>   나는 이상한 새들을 보았다
>
>   플라타너스 나무 위로 면도날 같은
>   새들이 날아올랐다

이 시의 중심 서사는 '나'에 의해 관찰되고 서술되는 '그'(마르셀)의 삶과 죽음, 그리고 그 후에 일어난 기이한 사건에 있다. 그런데 이 서사의 진행은 '플라타너스'와 긴밀히 연관되어 있다. 선량한 사색가인 '그'는 "나무에서 철학을 배웠"고, 자살 이후 "플라타너스 둥치 아래 고요히 묻혔"으며, 또한 그 나무에서 "이상한 새"가 날아올랐다. 말하자면 그는 삶의 논리와 윤리를 '나무'에서 배운 셈인데, 하지만 그는 '외톨이'였다. 그러므로 그의 죽음은 나무의 철학과 무연한 삶을 살아가는 일상 세계와 의사소통이 불가능하다는 좌절감에서 비롯된 것인지도 모른다. 그러나 '나무'로의 귀환은 그의 영혼을 '이상한 새'로 부활시켰다(따라서 마르셀은 위에서 언급한 예술가들로, '나무'는 그들이 운명을 걸었던 시와 철학과 언어로 치환될 수 있다. 예술가의 영원과 깊이는 작품의 그것을 통해서만 실현되고 증명될 뿐이다).

물론 마르셀 씨의 신이한 재생, 곧 영원으로의 편입은 '나'의 내면에서 발생한 일대 사건이다. 하지만 이런 내면 경험이 사건의 허구성을 증가시키거나 '나무'와 마르셀 씨의 삶의 진정성을 감소시키지는 않는다. 사실 임선기에게 경건한 삶에 대한 감사와 존재의 재도약을 허락하는 내면의 돌연한 용기는 아주 드문 체험이 아니다. 이를테면 그는 '나무'의 최대 미덕을 "아무도 모르는 깊이"(「나무를 우러르며」)에서 찾는데, 이 '깊이'(=영원)는 날아가는 '새'(「새」)와 '창'(「창」)에서도 체득되곤 한다.

이는 그가 일종의 절대 세계로서의 '깊이'에 항상 목말라하며, 또한 언제 어디서나 그것을 만나고 수렴할 수 있도록 자아를 개방하고 있음을 뜻한다. 이런 자세는 『호주머니 속의 시』의 전체적 성격을 서정적 내면의 고백보다는 자신을 둘러싼 일상과 풍경에 대한 관찰적 서술로 방향 짓는 요인이 된다. '깊이'의 궁극적 가치 가운데 하나를 "사랑한다는 말 한마디"(「아침 숲」)를 태어나게 하는 힘으로 규정하는 임선기의 시관(詩觀)은 아마도 이와 같은 타자와의 대화 확장을 통해 세워지고 풍성해졌을 것이다.

그러나 우리는 '깊이'나 그 변주로서 '사랑'을 말하기에 앞서, 죽음까지도 불러들이는 지독한 외로움의 성격과 원인을 헤아려볼 필요가 있다. 절대 존재로서의 '나무'를 둘러싼 마르셀의 삶과 언어의 기투는 실상 '시인―나'의 것이기도 하다는 사실을 눈치채기란 그리 어렵지 않다. 말하자면 마르셀은 또 다른 '나무'를 꿈꾸는 '나'의 대체 자화상인 것이다. 그러나 다행스럽게도 그 자화상에는 마르셀의 저주받은 운명을 답습하는 '나'가 아직 스며들어 있지 않다. 그 운명을 초극할 '깊이'의 존재를 오히려 마르셀의 삶과 죽음을 통해 이미 예감하고 체험했기 때문이다. 따라서 시인에게 '외로움'은 그를 자아의 유폐가 아니라 '깊이'와 '사랑'이 숨 쉬고 있는 "대지의 품속"(「공원」)으로 이끄는 역설적 의미의 '프라나'(숨, 바람, 생명, 혼을 뜻하는 고대 인도어 ―「발자국이 멈춘 곳에서」 참조)라고 하겠다.

　　너의 손바닥을 보면
　　조금은 외롭겠구나

　　나는 오래된 꿈으로
　　피로하였다
　　피로한 피는 푸르게 굳어
　　꽃이 되었지만

그것은 일그러진 꿈이라

앙증맞구나

얼마나 오래되었을까

저렇게 떠 있은 지는

삶은 단편적이다

나의 얼굴은

조각나 있다

—「꽃」 전문

　비유체로 기능하는 '꽃'은 대체로 존재의 아름다움과 생의 절정을 표상한다. 임선기의 경우도 여기서 크게 벗어나지 않는다. 그의 '꽃'은 그러나 "바람에 스러지지 않고//겨울나무 가지 사이/푸른 곳에 피었다"(「새벽에」)에서 보듯이, 보다 형이상적인 가치를 지향한다. 그래서일까. '꽃'은 화사하거나 아름답기보다는 저 멀리서 어둠이나 겨울 등을 헤치고 다가오는 서늘하고 신비로운 형상으로 묘사된다. '꽃'이 빛에 노출되기 전의 암도 높은 푸른색으로 조명되는 까닭도 이와 무관치 않다.

　그런데 「꽃」의 '꽃'은 이런 경향을 포함하면서도 '꽃'의 또 다른 현실을 맥락화한다. 피로한 피가 푸르게 굳어 된 '꽃'은 그 이미지상 언뜻 노발리스 이래 영원의 세계에 피어 있는 절대 언어/존재로 가치화된 '푸른 꽃'을 떠올리게 한다. 그러나 '푸른 꽃'은 시인의 처절한 추구에도 불구하고 존재의 한계와 언어의 제약 때문에 움켜쥐기 불가능한 상상적 욕망체, 그러니까 영원한 지향체로 경험될 뿐이다. '푸른 꽃'이 "일그러진 꿈"으로 가치 하락되고 자아가 지속적으로 파편화되는 까닭은 이 낭만적 아이러니가 제공하는 삶과 언어의 피로와 절망 때문이다.

그렇다면 자아의 발에서 "뿌리 없는 우울"이 드세게 자라는 것도(「언어의 온도」), 아내에게서 "먼지 같은 사람"(「먼지」)이라고 모욕당하는 것도, "귀를 막고 들어도" '너의 말', 즉 "백색의 절규"가 들리지 않는 참담한 '달콤한 인생'(「돌체 비타」)에서 기인한 것이다. 이것은 예술의 도시로 명성을 떨치는, 그리고 그를 자유롭게 놓아준 파리로부터 시인이 아직도 척박한 이 땅으로 꽤나 "돌아오고 싶"(「파리 시편 2」)어 했던 이유이기도 하다. 비유적으로 말해 그곳은 모국어가 사전이나 신문지 몇 장에 갇혀 있어(「이국에서 3」) 시혼의 가난과 외로움을 일상화하는 유형지이기도 한 것이다.

그러나 이런 숨 막히는 삶의 부정성은 결국은 내가 "수많은 어휘"(「언어의 온도」)가 됨으로써 초극될 수 있을 따름이다. 이런 의미에서 자아를 절대 언어/세계에 계속 감금하는 낭만적 아이러니는 오히려 자아를 살리는 이상한 숨구멍이다.

세월의 자정이 지난다
집 앞의 나무가 그림자를 길게 뻗어 내 얼굴에 와서
쉽지 않지요 이제 지붕을 봐요 그 기울기를 봐요
충고했다

나는 무서운 하늘을 보았다

새들이 날아간 자리에 아무 흔적도 없었다
묵상하는 나무들은 조금씩 키가 커지고,
두 눈에 젖어들어 한꺼번에 움직이는 강을 보았다.

―「우화의 강」 부분

마르셀 씨도 그랬지만, '나'도 '나무'의 충고와 도움으로 "세월의 자정"을 넘어서, "무서운 하늘"을 마주한다. 이때의 '무서운'은 두려움의 감정보다는 시와 철학과 언어의 논리를 새롭게 각성시키는 하늘의 힘에 대한 경외심으로 읽히는 편이 보다 자연스럽다. 따라서 '하늘'에의 시선이 "묵상하는 나무"와 "움직이는 강"을 섬세하게 포착하는 장면은 도약된 자아의 위상을 예증하는 표상물에 해당한다.

과연 시인은 「부정의 바다」와 「깨끗한 해변의 추억」에서도 '물'(바다)과 '하늘'의 유사적 관계에 각별한 애정을 표하고 있다. 이 둘의 유사성은 '나무'를 통해 형성되고 또한 이미지화된다. "깨끗한 해변"의 추억은 "검게 젖은 풀잎의 바다"와 그 '차가움'만이 아니라, 해변에서 작렬하는 "태양의 나무들"과, 해변의 끝에서 '무거운 물방울'을 아이들에게 보여주고 또한 "길고 끝없이 하얀 풀잎을 날리는/하늘의 중심"(「깨끗한 해변의 추억」) 때문에 만들어진 것이다('하얀 풀잎'이나 앞서 본 '백색의 절규'는 사실적이기보다는 가치 증여된 '파도'의 이미지로 이해된다). 더 나아가 「부정의 바다」에서 시인은 "모든 아니오 속의/밤별들의 바다"에 대한 동경을 곡진하게 고백한다. 그가 그 세계를 보기 위해 하는 행위는 "하늘과/하늘에 뜬/넓은 창을 가진/나무에 오"르는 일이다. 여기서도 '하늘'과 '바다'는 '나무'와의 연계 속에서 유사성의 맥락을 자연스럽게 형성한다.

물론 「깨끗한 해변의 추억」은 세계에 대한 동일화의 감각이 우세하며, 「부정의 바다」는 세계의 부정성에 대한 거부의 메시지가 우세하다. 하지만 그의 세계에 대한 동화와 이화(異化)의 감각은, "나는 무슨 요술로/나무 그리워하는 물주머니일까"(「건조기」)라는 자아 표현에서 보듯이 '나무'에 의해 다듬어지고 풍성해진다는 사실에는 전혀 변함이 없다.

나무 곁에 머물 수 있을 때는

시를 읽을 수 있을 때

시를 다 읽고 나면

나무를 떠나야 할 무렵

그러나 저 성당이 생긴 것은 아주 오래전,

나무가 바람을 만난 것은 더 오래전

나는 아직 세상에도 없었을 그 오래전 일   ―「나무와 시」 부분

아무리 새로운 책도

낡을 책,

나는 빈 강의실 허공에서

길쭉한 형광을 본다

아카시아 나무와 시를 썼더니

창밖에 별 하나 진다   ―「학교와 정원」 부분

'시'와 '나무'의 통합성과 동일성은 서로를 구속하기보다는 세계를 확장하고 서로를 갱신하는 자유의 근원이다. 자아가 '시'와 '나무'에

동여매인 '나'의 비감한 운명을 뛰어넘어, 그것이 세상의 기원이자 운행 원리라는 놀라운 비밀에 순간적으로 가닿는 일은 자유가 내리는 가장 놀라운 지복이다. 이런 느낌은 시적 전언의 노출보다는 자아와 나무, 그리고 여러 타자의 일상적 교호 및 관계의 자연스럽고 깊이 있는 부감 때문에 생겨난다는 점에서 한결 의미 있다.

가령 행과 연갈이, 종결부와 그 변화가 매력적인 「서시」의 경우, 무의미하게 늘어놓은 듯한 나무와 돌, 눈송이, 나를 무한한 시공간의 교직을 통해 하나로 통합한다. 시인은 통합의 순간을 감정의 단순 진술에 의존하기보다는 "누군가,/다가갈 수 없는 어둠 속에서//누군가 환하게 얽은 찬 별들을 치고"라고 묘사함으로써, 통합의 어려움과 환희를 동시에 포착한다. 『호주머니 속의 시』를 푸른 감성이 뚝뚝 묻어나는 '나무의 시'보다 동경(憧憬)과 여수(旅愁)의 감각이 조화롭게 동서하는 '시의 나무'를 창조하는 개성적 시집으로 간주할 수 있다면, 그것은 무엇보다 이런 감각의 세련성과 진실성 덕분이다.

그 집에는 나무가 있어서,
말없이 가난했네
나무가 있는 집은 가난한 집
나무는 서정,
그 나무, 집과 숨쉬고 있네

그 나무에는 집이 있어서,
나는 그 집을 관이라 부르지
관 속에는 아무 말도

떠다니지 않네
말들은 나무 속에
나무는 또 고요 속에

아끼던 몇 권의 책
반은 어둡고 반은 푸른 별
떨어져 나무를 만지는 빛,
관이 왜 저렇게 푸른지
나는 알지 못하고
—「나무가 있는 집」 전문

이 시는 "나무가 있는 집"이 왜 풍요로우며, "허무라는 것도 잊어버리고/초월이라는 말도 초월해"(「고요와 숲이 불러」)버리는 영원의 세계인지를 역설적으로 보여준다. '집'과 '나무'는 서로 동등한 존재이지만, 다른 한편으로 집이 나무를, 나무가 집을 포함하는 상호 포섭의 관계이기도 하다. 이로 말미암아 서로는 서로를 숨 쉬게 하는 '프라나'이며, 삶과 언어의 서정을 배태하고 키우는 '자궁'이다.

그런데 시인은 '나무의 집'이란 또 다른 자궁womb을 "아무 말도 떠다니지 않"는 고요한 관(棺), 다시 말해 무덤tomb으로 부르는 언어적 일탈을 수행하고 있다. 이것은 서로 같으면서 다른 삶과 죽음의 이중성을 'womb'과 'tomb'의 어원적 관계가 표상한다는 일반적 지식에 근거한 발화 행위일 것이다.

그러나 우리는 '나무'와 관련된 세 가지의 '관'을 준별하고 연결함으로써 보다 심화된 의미를 누릴 수 있다. 나무의 생명을 관장하는 물관이나 나무가 삭아 뚫린 큰 구멍 따위는 무언가를 가두면서도 통하게 한다는 점에서 관(棺)이자 관(管)이다. 그런데 이 '관'은 나무와 말, 서정과 고요의 관계, 반은 어둡고 반은 푸른 책의 이중 형상을 고려할 때, 궁극적으로 시의 영원함과 아우라를 신비롭게 흘려보내는 푸르른 관악기(管樂器)로 연계된다. "낙엽이 지는 때에 우리는,/푸른 가슴을 갖는다"(「이곳에 살기 위하여」)는 삶의 역설과 역전이 가능한 것도 이와 같은 '관'(=집과 나무)의 다성성이 생산하는 "아무도 모르는 깊이"(「나무를 우러르며」) 때문일 것이다.

임선기는 표제작 「호주머니 속의 시」에서 "세계의 구석 어느 어둠 속에서/흐느끼던,//시의 소리를 들었다"고 적었다. 이 '시의 소리'는 팔레스타인 시인과 연관된다는 점에서 세계의 부정성에 대한 비판과 저항의 함의를 먼저 가진다. 그러나 이런 직접성만큼이나 중요한 것은 세계의 부정성을 더욱 선명하게 되비치는 새로운 세계의 개척과 확장이다. 그는 문명이 빚은 화학비료투성이의 아름다운 인공 정원이 아니라 "낮은 곳,/숨소리 들리는 곳"(「아침 눈을 보며」)에 '시의 나무'를 심음으로써 그 자신은 물론 우리까지 "가난한 비탈길에서 숨을 배"(「祈禱」)우는 지혜와 용기를 경험케 했다. 우리는 이 때문에 "아직 꽃이 마음속에 있을 때는/길은 저렇게 젖을 줄을 알고/에둘러 오래 걷는 사람이 있다"(「祈禱」)는 구절이 변함없는 시와 삶의 윤리로 더욱 무성해지기를 바라는 것이다.

〔2006〕

통속미 혹은 존재의 희비극
—류근의 『상처적 체질』

류근 시인의 고백처럼 "사랑한다고, 그립다고 말할 수 있는 사람이 존재하지 않는" 곳, 이 절대적 부재의 공간은 당연히도 "진정한 지옥"(「시인의 말」, 『상처적 체질』, 문학과지성사, 2010)이다. 그러나 이곳은 자아의 경험의 편차, 절망과 허무의 언어적 밀도, 이 모든 것을 습합하는 영혼의 움직임에 따라 전혀 다른 풍경을 생산한다. 누군가는 신의 절대성에 또 주눅 들고 누군가는 세계의 얄궂은 부조리에 치를 떨며, 누군가는 막막한 외로움에 눈물을 훔치고 누군가는 돌연 시시덕대며 위악을 떤다. 이 쓸쓸한 영혼들의 상처는 타자에 의해 가감될 수 없는 고유한 것이란 점에서 철저히 단독자의 형식이다. 이것의 기원과 흐름을 적절하게 파지하지 않은 채 수행되는 저 지옥들에 대한 섣부른 판단과 규정은 따라서 무례하고 폭력적일 수 있다. "모든 슬픔은 함부로 눈이 마주치는 순간/삼류가 된다"(「어떤 흐린 가을비」)는 감상 투의 고백이 묵직한 진정성을 단번에 획득하는 것도 이 때문이다.

삼류든 넘버 쓰리든 이른바 클래식과 정통의 지위에서 늘 미끄러지고 추방될 수밖에 없는 주변부의 삶에 들러붙는 클리셰 하나를 꼽으라면 통속을 빼놓을 수 없다. 통속(通俗). 세상에 널리 통하는 것이란 원래의 뜻은 가뭇없이 사라지고 저속한 흥미와 취미 위주의 행동과 정서를 일컫는, 아니 비꼬고 야유하는 말로 흘러온 게 그것이 지나온 길이다. 그런 까닭에 통속은 거의 예외 없이 비극이나 희극 어느 한쪽으로 기울지 않고, 누구나 견디고 즐길 만한 '달콤 쌉싸름한' 희비극을 연출한다.

대중성과 흥미성의 전일적 결합은 통속의 집단적 소비와 유행을 일상화했다. 하지만 이것은 통속이 상영하는 희비극 특유의 어떤 것, 그러니까 존재의 비극적인 공허함과 무의미함에 직면할 때 터져 나오는 일그러진 웃음이나 코믹한 비애 등에 대한 신중한 접근과 해석을 가로막는 불행한 안전장치로 미끄러지는 길이기도 했다. 과연 유희의 대상이지만 삶의 모델이어서는 안 된다는 금지의 냉랭함은 우리들에게 통속의 추악성을 부단히 증강시켜왔다. 최근 통속성이 위반의 상상력을 실현하는 주요 지점의 하나로 떠오르는 추세는 아마도 이런 억압적·왜곡적 단면에 대한 집단적 거부 및 반발과도 밀접히 연관되어 있을 것이다.

진실로 사랑한 사람과 작별할 때에는
가서 다시는 돌아오지 말라고
이승과 내생을 다 깨워서
불러도 돌아보지 않을 사랑을 살아가라고
눈 감고 독하게 버림받는 것이다
단숨에 결별을 이룩해주는 것이다

—「獨酌」 부분

벌리의 정한은 버림받음과 결별을 독하게 자청함으로써 속되지 않고 오히려 숭고해지는 듯하다. 그러나 이런 극적 수동성이야말로 통속성의 대표적 형상이 아니던가. 만해의 어떤 시들에 가득한 통속성을 구원한 것이 절대 존재와 미의 지향이었다면, 시적 자아의 통속성을 상쇄하는 것은 단연 잠언적 언술, 그러니까 극한의 슬픔을 은폐하고 억압하는 말의 기술이다. '독작(獨酌)'이란 물리적 현실을 생각하면, 이 반듯한 말의 질서는 차라리 코믹하다. 자아의 담대한 정서는 그래서 개방적이기는커녕 세밀하게 조절되고 세련되게 은폐된 폐쇄적 성질의 것으로 읽힌다〔"더 갈 데 없는 혼자였다"(「極地」)는 육체적·정신적 고립감이 류근의 삶과 시를 지탱하는 동시에 뒤흔드는 주요 원리임을 각별히 기억하라〕.

오독을 무릅쓰고 「독작」에 정서 조작의 혐의를 던져보는 것은 류근의 첫 시집 『상처적 체질』이 통속성의 전면화와 이것의 지연적(遲延的) 잠재화를 통해 존재와 세계의 희비극을 가로지르고 있다는 판단 때문이다. 이런 의미에서 류근의 시는 통속의 재현이 아니라 통속미의 표현이며, 절망과 패배의 서글픈 유희가 아니라 희망과 사랑의 절실한 되찾음에 가깝다. "사람의 언어로 뭉게뭉게 피어나 단 하루라도 좋을 사람의 나날을 지나가고 싶"(「사람의 나날」)은 그에게 통속미는 가장 진지하고도 가장 가볍게 타자와 새로운 세계를 향해 스며드는 일종의 방법적 사랑인 것이다.

보채다 돌아누워
결국 혼자 수음하는 여자 곁에서
달을 바라봤다

달나라

국경도 전쟁도 없이

달 하나의 이름으로 빛나는

저 유구한 통일국가

속살만 남아서

시인도 술꾼도 소녀도 여우도

관음의 실눈을 뜨게 하는

위대한 포르노그래피
—「달나라」 부분

「달나라」는 회한과 냉소, 비애와 그리움이 만연한 어떤 시기의 시와 달리 이상적 세계를 향한 통합적 상상력에 충실하다. 시집에 누벼진 서사적 완결성의 견지에서 본다면, 「달나라」는 비교적 근래의 시일 것이다. 세계의 존재 방식을 어딘지 음습하면서도 생산적인 양가성의 '구멍'으로 통찰하는 「구멍경」과 함께 선정성 혹은 섹슈얼리티의 그림자가 완연한 시편이다. 본원적 세계 달나라는 위대한 에로티즘으로서 포르노그래피가 절찬리에 상영되는 외설 극장인데, 정사 후 여자의 수음 과정에서 발견된다는 상상은 그러므로 정당하다. 달나라는 통속성과 관음증의 대상으로 세속화됨으로써 오히려 동화 속 달나라를 뛰어넘는 서사시적 공간으로 거듭나는 셈이다.

짐작건대 「달나라」의 통속미는 『상처적 체질』에 종종 보이는 선적(禪的) 사유와 구도의 결실일지도 모른다. 추와 통속을 세계의 파괴와 절멸에 접속시키는 대신 열락과 통합의 원리로 전유한다는 것, 그것을 비정상적이며 병리적인 포르노그래피로 은유한다는 것은 무엇보다 기존의 세계 이해 및 관념에 대한 거부이다. 세계와 존재에 대한 말 그대로의 통속적 인지를 가장 치욕스럽고 불결한 통속물로 초극한다고나 해야 할까. 이 위반의 상상력을 통해 달나라는 이제 인간의 미래가 스스로 점치고 욕망하는 의외의 성전(聖殿/性殿)으로 우리 앞에 주어지는 것이다.

나는 류근의 시에서 통속미를 먼저 주목했지만, 혹자는 연정 가득한 사랑의 밀어와, 이제는 과거가 되어버린 그것들에 대한 절박한 그리움을 먼저 느낄지도 모르겠다. "추억에는 온종일 비가 내리네"(「추억에는 온종일 비가 내리네」), "너무 아픈 사랑은 사랑이 아니었다"(「너무 아픈 사랑」) 등의 눅눅한 언어는 연민과 애상에 대한 호소력은 물론 우리들 사랑의 추억마저 되돌아보게 하는 감염력을 강력히 내장하고 있다.

그러나 당신과 나는 류근의 사랑의 추억과 그리움의 밀도를 제대로 측정하기 위해서는 회한이 짙게 잦아든 기억의 문법을 주목해야 한다. 충만보다는 상실과 결락, 별리로 가득 찬 기억의 성질이야말로 그의 시 세계를 낭만적 경향으로 흐르게 하거니와, 그에 따른 애수와 그리움을 '누구나' 경험했을 법한 공동의 통속미로 심미화하는 진정한 힘이다(인터넷의 정보를 신뢰한다면, 고 김광석이 부른 애틋한 연가 「너무 아픈 사랑은 사랑이 아니었음을」은 류근의 시를 가져간 것이다. 하지만 이 시는 『상처적 체질』에 실리지 않았다. 다만 류근은 「너무 아픈 사랑」에 노래가 된 시의 일절을 담는 한편, "그 유행가 가사,/먼 전생에 내가 쓴 유서였다는 걸 너는 모른다"라고 적고 있다. 시인은 자신의 시와 삶을 이토록 냉철하게 들여다보고 있다. 여기서도 통속미가 자아와 세계를 아프게 껴안는 방법적 사랑이자 어떤 절대적인 것을 휘감아 돌기 위한 감각적 전략임이 드러난다).

내가 간직한 상처의 열망, 상처의 거듭된/폐허,/그런 것들에 내 일
찍이/이름을 붙여주진 못하였다
　　　　　　　　　　　　　　　　　　　　　—「상처적 체질」 부분

나는 썩지 않기 위해 슬퍼하는 것이 아니다/살아서 남김없이 썩기
위해 슬퍼하는 것이다
　　　　　　　　　　　　　　　　　　　　　—「벌레처럼 울다」 부분

살아오는 동안 나는/내가 사랑하는 것들로부터 거의 언제나/일방적
으로 버림받는 존재였다
　　　　　　　　　　　　　　　　　　　　　—「極地」 부분

　우리는 류근의 상처와 영혼의 폐허가 어디서 기인했으며 또 어떻게
적층된 것인지 모른다. 연애의 언술은 일종의 가면처럼 느껴지기 때
문에 누구나 상상할 법한 '러브 어페어love affair'의 뼈아픈 결과물은
아닐 듯하다. 비교적 그의 과거사가 담담하게 서술된 「86학번, 황사
학과」와 「86학번, 일몰학과」 등을 참조한다면, "폭력보다 더 아픈/희
망의 언어들"의 일상적 부재, "희망의 언어"의 복원과 도래를 열렬히
욕망했으되 "습관적으로/힘을 발휘하는 것 같"은 또 다른 공식적 "문
학과 혁명"의 창궐이 그의 니힐리즘을 충동하고 심화하는 결정적 요
인이 아니었을까. 언어와 이념의 패배 혹은 타율적 몰수가 "어차피
감상이란 아무런 것에도/무기로 쓰일 수 없을 것, 이라고"(이상 「86
학번, 황사학과」) 쓰게 했던 것이다.
　하지만 1992년 등단 이후 거의 20여 년 만에 미학적·사회적 귀환
을 공식화한 『상처적 체질』은 처량하게 용도 폐기한 '감상'이 오히려
힘이었고 앞으로도 그럴 수 있음을 고지하는 역설적 텍스트이다. 류

근은 '감상'의 힘을 대중의 감각에 의지한 통속미와, 비극과 희극의 기우뚱한 균형 속에서 인간사의 본질을 통찰하는 희비극에서 발견한 듯싶다. 여기서의 희비극은 서사의 성격 못지않게 상처와 폐허를 감싸고 초극하는 둥근 언어의 서정적 태도와 감각 역시 포괄하는 개념이다. 과연 시인은 "이제 나는 울어도/한쪽에선 해탈이고/한쪽에선 수난이다"(「거룩한 화해」)라고 고백하고 있다. 어쩌면 우리는 일체의 관계 단절보다 무수한 무관계의 관계에 의해 더욱 좌절하고 고통받는지도 모른다. 하지만 시인은 강제 할당된 "이 거룩한 화해"(?)를 운명의 버팀목으로 또 시적 울림통의 하나로 적극화함으로써, "과거를 (   )하는 능력"(「과거를 (   )하는 능력」)은 물론 이 능력을 폐허화된 세상을 살아내는 예지로 선취하는 듯하다.

넘새가 키우는 꽃을 따라가면 곧 신비하고 슬픈 내부에 다다르게 된다 당신과 나, 아주 저물기 전에 기왓장이든 무지개든 붙들고 결국 돌아가지 않을 수 없었을까 물 앞에서 흐린 침대 위에서 당신은 힘껏 알약처럼 부서져 거듭 처음인 냄새에 휩싸여 있곤 했다 그건 말하자면 지구의 이 끝과 저 끝으로 이어진 우물처럼 깊은 것이었다

당신의 처음인 냄새를 나는 늘 마지막으로 간직할 뿐이어서 처음과 마지막이 한몸으로 비틀리는 자세의 닿을 수 없는 냄새를 영원히 당신 것으로 기억한다 내게 다녀간 그 숱한 것들 가운데 당신밖에 나를 이 끝까지 데려다 놓은 처음은 없다

—「당신의 처음인 마지막 냄새의 자세」 부분

류근의 기억은 찬란한 과거의 현재화보다 잃어버린 것 혹은 다다르지 못한 것에 대한 회한에 더 가깝다. 그것들은 그러나 '당신'으로 불리고 고백의 형식에 얹힘으로써 아연 따뜻해지고 보다 절실한 그리움으로 현상한다. '당신의 냄새'는 언제나 마지막 것, 곧 반복 불가능한 고유성과 일회성의 존재라는 점에서 항상 절대 과거로 편재된다. 이와 같은 '당신의 냄새'의 에피파니적 현현은 세상의 문턱 너머 어딘가로 '나'를 데려가는 원초적 경험의 또 다른 형식이다. 비록 내면의 사태이지만 이것은 늘 경험되고 현실화되지 않으면 한갓 허상으로 사라져버리는 순간적인 것이다. '나'의 밀어(密語/蜜語)는 그래서 절대 경험에 대한 예찬이나 탄식이 아니라 차분하게 "내 기억의 눈밭에 길을 새"(「길」)기는 성찰적 기록의 형식을 띠게 된다.

이 기록들 가운데 유난히 강조되는 공간이 있다면, 평화롭고 조용한 '꽃밭'과 '숲', 그 안에 가로놓인 작은 길과 같은 식물성의 지대이다. 이 공간들은 '당신의 냄새' 특유의 아우라를 되살고 또 "삭정이 같은 추억이라도 한순간/독하게 끌어안아보는" 심미적 경험이 온전하게 실현되는 곳이다. 화려한 꽃들과 짙푸른 나무의 추억 대신 "입술을 적신 새 떼와 손금을 버린 사람들이 돌아오는 시간, 그 시간 끝에 매달려 있는 저 불온한 시계추들"(이상 「평화로운 산책」)에 대한 응시의 경험이 전면화되는 것도 이와 무관치 않다.

더구나 시인은 '지금·여기'를 "내가 사랑하기에 어울리지 않는 곳"(「위독한 사랑의 찬가」), 다시 말해 자발적 소외의 공간으로 거리화하고 있다. 그러니 원초적 경험으로서 "내 안에 피어 나부끼던 안개의 꽃밭"(「무늬」)은 상실의 회한을 넘어 영원한 그리움의 대상으로, 지속적으로 미래화될 수밖에 없다. 부재하는 본원적 시공간을 어딘가에 편재하는 영원성으로 가치화하고 또 "단 한 번의 망설임도 없"(「길」)
는 시적 행보의 도착지로 내면화하는 일이야말로 "과거를 (   )하는
능력"을 대표한다.

> 그리고 또 나는 분명히 기억한다 내가
>
> 허물고 나를 허물었던 숱한 벽들과
>
> 되돌아볼 때마다 소금 기둥으로 굳어버리던 발자국들 한 번도
>
> 이 지상에 꽃핀 적 없던 예언의 말씀들 위에
>
> 자주 쓰러져 발 묶여 울 때마다 꽃다지처럼
>
> 피어오르던 순은의 종소리를
>
> 무엇과도 바뀌지 않는 날들의 책갈피 안에
>
> 깊게 뿌리를 내리고 흘러가는 내 이름의
>
> 그 오랜 꽃말들을
>
> ——「내 이름의 꽃말」 부분

"오랜 꽃말들"은 생애 최대의 풍경을 구성하는 유년기에 생산된 것,
아니 성년이 되어 그곳으로 문득 돌아감으로써 주어진 것이다. "순은
의 종소리"로 울려 퍼지는 영광된 시간과 어릴 적 풍성한 영혼은 그러
나 특히 "죽은 누이"에의 지속적 기억이 가져온 "돌이킬 수 없는 회한
의 입자들"을 뚫고서야 비로소 솟아오른 것이다. 보다 흥미로운 것은
그의 영혼에 강력한 충격과 파장을 던진 "늦봄에 개철쭉보다 붉었던
누이와/꽃 꺾어 만들어준 누렁이(「길」에 보이는 "여섯 살 눈 내린 아침/
개울가에서 죽은 채 발견된 늙은 개"일 것이다——인용자) 무덤 위에 누
우면/반짝이는 가방을 들고 마을로 찾아드는/저 저문 사내"가 있었다
는 사실이다. '사내'는 "내 헛간 같은 기억의 사진첩 안에 처음 꽂히

432

는/오, 최초의 아버지"(이상 「내 이름의 꽃말」)로 명명된다는 점에서 예사롭지 않다. 그는 실존 인물일 수도 있고 아니면 그의 영혼에 문득 찾아든 시혼(詩魂)이나 예지적 각성을 상징하는 것일 수도 있다.

죽음의 공포와 상실의 비극을 "예언의 말씀"과 "오랜 꽃말들"의 부여를 통해 초극하게 한 '사내'는 그러나 편재하는 동시에 부재하는 이중적인 존재임이 틀림없다. 사내가 늘 시인 곁에 존재했다면 청년기로 대표되는 언어와 이념의 패배도, 절대 세계를 향한 갈급한 원망(願望)도 그다지 존재하지 않았을 것이다. 오히려 그는 시인의 상상계를 순간순간 부유함으로써 시인을 고통 속에서 상징계로 들어서게 한 엄격한 예언자에 가깝지 않았을까. 진정한 예언자가 그러하듯이, 사내역시 삶과 미학의 즐거움보다는 '살아지는/사라지는' 그것들의 비극과 위험을 더 경고하는 한편, 시인의 실패를 매섭게 추궁해왔으리라 믿기 때문이다. 가령 "지도에 없는 마을"을 찾아 끊임없이 헤매는 시인의 고통스러운 여정을 보라.

여기 별자리가 있어요. 이 별들이 당신에게 길을 데려다줄 거예요. 머리카락을 땅에 박으며 그녀가 짧게 말했다 꽃들은 이미 시들어 있었고 그녀의 눈은 다른 하늘을 바라보고 있었다 나는 제자리에 멈춰 선 그녀에게 뭔가 말하고 싶었지만 어떤 말도 더 이상 내 입을 지나칠 수 없었다 그녀의 꽃들이 한꺼번에 후드득 떨어지는 순간 내 몸은 이미 별들이 데려다준 길을 따라 지도에 없는 마을 쪽으로 날아오르고 있었다 지도에 없는 마을은 결국 혼자서 가야 하는 마을이었다 바람도 나무도 꽃도 승냥이도 송사리도 따를 수 없는 깊은 곳이었다

—「지도에 없는 마을」 부분

지도는 무엇보다 현실의 지지(地誌)를 기호화한 것이지만, 다른 한 편으로 현실에 부재한 이상향 혹은 가치와 관념을 아로새긴 불멸의 텍스트이기도 하다. 우리들의 어린 시절은 한때 보물섬 그리기로 점철되곤 했으며, 성년기 이후 자아의 기획은 늘 보다 나은 삶의 지표화(指標化/地表化)와 연동되어왔다. 그러나 우리의 관심은 대개 세속적 관심에 따라 벌써 정해놓은 '별자리'의 정형화된 찾기에 그칠 뿐, 결코 "지도에 없는 마을의 마음이 되어 떠"도는 법이 없다.

그러나 류근 시인은 '별자리'의 세속적 나포에도, 혹은 일찍이 루카치가 말한 별자리를 따르는 황홀한 운명에도 비교적 무관심하다. '별자리'는 충실한 안내자는 될지언정 그것이 비춘 저 "깊은 곳"을 향한 이심전심의 동행자는 될 수 없다는 절대 고독의 토로가 도드라진다. 폐허화된 세계의 인식이 홀로 버려졌음에 대한 예민한 자각에서 출발되었듯이, 이 상실을 대체하고 보상할 희망의 원리 역시 냉철한 소외 의식에서 피어나고 있는 것이다. 시집 곳곳에서 날카롭게 출몰하는 자발적 소외 의식은 절대 세계와 절대 언어를 향한 시인의 열정과 욕망을 충실히 표상하는 예로 모자람 없다.

그럼에도 암암리에 풍겨 나오는 자아의 절대성은 한편으로는 사형수이자 사형집행자로서 시인의 이중성(보들레르)에, 다른 한편으로는 내 안에서 타자의 흔적과 공존을 묻는 대화의 문법에 비교적 무심하다는 혐의를 자아낸다. 물론 '약속한 사람'의 부재는 자아의 단독성을 입증하는 그럴듯한 알리바이일 수 있다. 그러나 그것이 타자와의 정서적·사상적 연대를 멀찍이 미루며 '약속한 사람'의 실재를 영원히 유예할 만큼의 자기 지지물인가에 대한 판단은 조심스럽게 유보할 수밖에 없다. 또한 그래서 과거의 성찰과 미래의 가능성을 괄호의 형식으로 기호화하고 통속미로 표상한 다음 시의 상상력이 눈길을 끈다.

그동안 내 여자를 조립식 침대처럼 눕혔다 엎었다 앉혔다 잘 길들여
준 남자들에게 감사드립니다 덕분에 나는 따로 소시지며 채찍 따위 쓸
것도 없이 경전에 나오는 온갖 체위들을 실천할 수 있었습니다 바야흐
로 내 여자를 (   )처럼 (   )게 어루만지다 마침내 빈번한 철길 삼아
지나간 남자들이여 개찰구 앞에서 시간표를 보는 남자들이여 오늘도
기차가 오는 길 옆에 꽃이 피고 날이 저물어 나 또한 감미로운 여행길
에 몸을 내려놓습니다 (   )주셔서 고맙습니다

——「과거를 (   )하는 능력」 전문

류근 시인의 '오랜 꽃말들'의 미래를 엿보는 자리인 만큼, '나'를 포
함한 팔루스phallus 일반의 덜떨어진 권력에 대한 조롱의 쾌미는 일
단 미뤄둔다. 세속의 현실을 감안하면 (   )는 마땅히 가장 저속하고
충격적인 변태적 성행위, 그러니까 포르노그래피로 채워져야 할지도
모른다. 그러나 괄호야말로 폭력적인 '그들만의 리그'를 결박하고 해
체하는 심문관의 형식이다. 따라서 시인과 마찬가지로 "지도 없는 마
을"을 독하게 꿈꾸는 우리의 임무는 (   ) 안의 내용을 상상하는 것이
아니라 아예 비워두거나 어떤 말들도 침입하지 못하는 침묵의 공간으
로 남겨두는 일이다. 이 침묵을 서로 억압하거나 강요하지 않고 "아
무렇게나 벗어놓아도 음악이 되는/황금의 시냇물 같은 것"(「첫사랑」)
으로 흐르게 내버려둘 때 비로소 (   )의 세계는 "바람도 나무도 꽃도
승냥이도 송사리도 따를 수 없는 깊은 곳"(「지도에 없는 마을」)으로
화할 것이다.

벽을 열고 벽 속으로

길을 열어라

아흔아홉 번을 되돌아

태워버린 마음의 뿔 끝

지상의 어느 한 자국인들

길 아닌 곳 있을 것가 스스로 짓고

스스로 범한 뒤에 울던 그 경계 밖에서

큰 소리로 울어 더 큰 강물을 가리키던

서천의 별빛 하나 이마를 치네

何何, 온 곳도 가는 곳도 없이

마음 따라 불어가는 바람은 누구?　　　──「바다로 가는 진흙소」 부분

　"소리에 놀라지 않는 사자와 같이 그물에 걸리지 않는 바람과 같이 흙탕물에 더럽혀지지 않는 연꽃과 같이 무소의 뿔처럼 혼자서 가라"(『숫타니파타』). '진흙소'의 행보는 필시 무소의 그것일 것이다. 미숙한 청춘의 떠돎이 일탈과 위반의 열정, 즉 사로잡힘이라면, 성숙한 영혼의 떠돎은 무욕과 무경계의 냉정함, 즉 자유이다. "벽을 열고 벽 속으로/길을" 여는 존재에게 모든 것은 의미로운 동시에 무의미하다. 『상처적 체질』에서 통속과 낭만의 어법이 천연덕스럽게 구사되는 것도, 깊이에의 강박이 크게 엿보이지 않는 것도 시인의 영혼에 은밀히 내재된 '진흙소'가 심심(甚深)하게 표출된 결과일지도 모른다.

그런데 나는 그의 "오래된 꽃말들"이 흘러든 혹은 흘러나오는 '깊은 곳'이 아직도 궁금하다. 부재와 결핍의 지속적 응시와 성찰이 걸러낸 "마음 따라 불어가는 바람"의 정처 없음, 다시 말해 자유의 지복은 축복되어 마땅하다. 시인은 "더 나은 삶"의 필요충분조건으로 "아직 오지 않은 것들"(「더 나은 삶」)을 내세웠던가? 하지만 시인 앞에는 이미 "일제히 길을 열고 응답하는 길 밖의 길들"과 "어느 깊은 우주의 큰 발굽 소리"(「바다로 가는 진흙소」)가 현전하는 상태이다.

이런 상황이라면 "아직 오지 않은 것들" 역시 이미 완결된 형식이다. 서사시적 세계의 현전은 상처와 상실의 "여긴 내가 사랑하기에 어울리지 않는 곳"으로 부정케 하는 근원적 요소이다. "사랑 때문에/사랑을 버리는 일"(「위독한 사랑의 찬가」), 이것은 통속적 사랑의 서글픈 사태일 뿐만 아니라, 천상과 지상, 이미 온 것과 아직 오지 않은 것, 약속을 지킨 '나'와 약속을 못 지킨 '너' 사이에도 벌어지는 아득한 사태이다. 이런 연유로 아래의 시는 더욱 의미심장하다.

화장으로 옛날을 조금 가린 여자, 결심한 듯 귀걸이를 매달 때마다 네온사인 불빛들이 혓바닥을 목에 감는다 비로소 안전을 확인한 고양이처럼, 그러나 당연한 궤도를 지나가는 행성처럼 스르르 문을 열고 빠져나가는 시간은 안팎이 잘려져 있다 혼자 남은 사람의 육체 위에 추적추적 물이 쏟아진다   ―「집에 가는 길」 전문

"집에 가는 길"은 언제나 행복하지만 또 언제나 처절하다. 가족은 불편한 우군인 동시에 친밀한 적일 경우가 적잖다. 그러므로 집에 바쳐지는 노래는 어쩌면 "위독한 사랑의 찬가"(「위독한 사랑의 찬가」)일

수밖에 없다. 이런 위험한 친밀성은 사회, 곧 인간관계의 솔직한 현실이기도 하다. 단지 '나'를 방호할 참호 안에 있는가 없는가의 차이에 따라 위험도가 달라질 뿐이다. 그러나 이 아이러니한 현실에 걸려 있는 잘린 '시간의 안팎'은 비극적이되 불행하지는 않다. 왜냐하면 이 불행한 시간이야말로 "저 높은 곳으로 나를 데려가/낮은 곳의 별들을 보여주"(「聖 삶」)는 삶의 형식이기 때문이다. 아마도 포월(匍越)의 방식으로 불행한 시간을 부단히 월경하는 자에게만 '나'와 '별'이 한데 뒤섞이는 "지도에 없는 마을" = "깊은 곳"은 허락될 것이다.

「집에 가는 길」의 '여자'는 술 취해 팔루스를 사달 내고(「니들이 내 외로움을」) 아예 몸의 포용성과 생산성으로 그것의 폭력성과 파괴성을 조롱하는 거리의 여자들(「친절한 연애」 「만다라방」)과 교묘히 연동되어 있다. 물론 그녀들에 비해 '여자'의 이미지는 소극적이며 심지어 무력해 보인다. 하지만 이 멈칫거리는 듯한 '여자'의 묘사와 표출이 보다 근원적이며 현실주의적으로 느껴지는 이유는 무엇일까. 그것은 아마도 '여자'의 삶에 시인의 삶의 어떤 부분이 겹쳐 보이는 한편, 타자성에 대한 배려가 더욱 직핍하게 스며 있기 때문일 것이다.

'여자'는 당연히 시인과 함께 오랫동안 거리를 질주할 것이고 "위독한 사랑의 찬가"를 끊임없이 부를 것이다. 이 뜨겁고도 차가운 거리의 삶이 종결되는 어느 날, "스스로 소리를 버리는 악기처럼 고요하고 투명한, 무늬"(「무늬」)가 그들의 몸 밖에 찬란히 내걸릴 것이고 또 영혼의 내부를 아름답게 흘러갈 것이다. 이런 곳에 '진정한 지옥'은 더 이상 존재하지 않는다.

〔2010〕

다시, 왜, 사랑인가
─ 차창룡의 『벼랑 위의 사랑』

사랑은 그 형태가 무엇이든 통합의 충동으로 들끓기 마련이다. 신화에서 근원한 에로스는 흔히 죽음까지 파고드는 충동으로 개념화되는바, 그것의 인간적 형식인 사랑의 궁극적 지향도 여기에 닿아 있을 것이다. 사랑은 인간의 보편적 감정으로 널리 인정되지만, 시대와 장소, 형태에 따라 그 내용과 형식은 천차만별이었다. 이를테면 부처와 예수의 구도(求道), 로미오와 줄리엣의 비극적 죽음, 춘향과 몽룡의 애틋한 연정, 김우진과 윤심덕의 정사(情死) 따위는 전혀 이질적인 역사 현실과 문화사, 표상 체계를 내장하거나 거느리고 있다. 그러므로 보는 사랑은 언제나 단독적이며 저 홀로 특수한 사건이다. 우리는 다만 그것들의 희미한 공통 요소들만을 끄집어내어 '시대와 국경을 넘나드는 사랑'이라는 식으로 낭만화하고 심미화할 따름이다. 뒤이어 사랑은 인간이 욕망하는 가치와 윤리의 구현체로 숭고화됨으로써 누구나 마땅히 누리고 또 추구해야 할 이상적 체계의 정점에 서게 된다.

차창룡의 『벼랑 위의 사랑』(민음사, 2010) 역시 특수한 사건이며,

아직은 어렴풋하지만 "위태롭고도 아름다"(「벼랑 위의 사랑」)운 세계
로 길을 내고 있기는 마찬가지이다. 사실 치사한 욕망으로 문드러진
일상성을 비판하는 데 집중해온 차창룡의 시력(詩歷)을 고려하면, 그
의 사랑 타령은 다소 뜻밖이다. 그래서 그의 사랑 노래와 감각은 최근
불가(佛家)에 귀의한 시인의 존재 전환에 의해 발생하고 숙성한 것으
로 읽힐 소지가 다분하다. 이 독법은 보편적 해석이 나올 가능성이 높
다는 점에서 긍정적이되, 그러나 다시 사랑을 말하는 세속적 주체와
간절한 언어의 고통을 신비화할 수 있다는 점에서 회의적이다. 이런
이유로 차창룡식 사랑에 대해 이야기하려면 결과가 아니라 과정을,
그러니까 사랑의 게토로 포월(匍越)하는 '겁나는 내 발소리'(「내 발소
리가 겁이 나서」)의 비밀을 먼저 엿들어야 한다.

"내 마음은 항상 낭떠러지였다"(「벼랑 위의 사랑」). 이 도저한 자기
선언은 차창룡식 사랑의 실질적 출발점이다. 벼랑 위의 자아는 떨어
짐과 기어오름을 영원히 반복하며 자신의 살아 있음을 증명해야 한다
는 점에서 미래의 기획을 철저히 박탈당한 피식민적 존재이다. 미래
없는 불행한 삶은 자아와 타자의 관계를 지속적으로 어긋나게 하거나
대립시키는바, 이를테면 "그대와 왔던 길은 꿈이었고/우리 가는 길
에는 꿈이 없네"(「부드러운 가시」) 같은 대립적 상황이 그렇다.

이는 세계와 사물의 경계를 지우거나 아예 초극해버림으로써 존재
의 자유와 해방을 추구하는 불교의 세계관과는 썩 달라 보인다. 『벼
랑 위의 사랑』에서는 타자의 삶이 긍정적인 데 반해 주체의 삶은 부
정적인 방향으로 그려지는 경우가 많다. "부드러운 솜털을 쓰다듬어
도/내 손바닥에선 피가 난다"(「부드러운 가시」). 어처구니없는 삶은
이런 부정성의 산물이다. 불행한 의식의 지속적 축적은 종국에는 인

간과 신의 세계를 모두 악마화함으로써 삶과 존재의 유의미성에 단단한 괄호를 쳐버린다. "신을 믿는 것은 곧 악마를 믿는 것"이라는 슬픈 진실의 발견은 모든 말, 좀더 구체적으로 말해 그것을 통해 발화되는 진리와 윤리를 "해독할 수 없는 괴성"(「비」)으로 짓이겨버린다. 이 순간 선량하거나 순수할 수 있다고 믿겨온 의식과 영혼은 미심쩍은 의혹의 대상이자 거리를 둬야 할 대상으로 갑자기 물러앉는다.

존재를 끊임없이 위협하고 갉아먹는 영혼의 위기를 어떻게 넘어설 것인가. 이 위기에 대해 차창룡은 의미심장하게도 『벼랑 위의 사랑』이라는 세속어 묶음으로 답했다. 행자(行者) 되려는 자의 제일의 수칙이 속세와 거리 두기에 있다면, 차창룡은 오히려 당돌하게 시집을 툭 던짐으로써 수행의 원리에 어떤 반격을 가하고 있다. 그의 시에서 'A는 즉 B이고 B는 즉 A다'와 같은 선문답 대신 둘을 대립시키는 방식의 언술이 구사되는 것도 이와 무관치 않다.

그래서일까. 차창룡은 말의 권능보다는 본능과 육체의 물질성으로 세계를 등지고 또 세계와 연을 맺는다. 물론 관점에 따라 이런 방법론은 언어도단을 수행하는 행자의 환유로 읽힐 수도 있다. 하지만 그러기에는 시인의 "제 몸속에 단단한 이승의 씨앗"(「석류」)은 너무 붉고, 그 귓전에 울리는 "너는 죽어도 나를 벗어나지 못해"(「내 발소리가 겁이 나서」)라는 이명은 너무 강하다. 이것들을 부정하는 대신 또다른 삶의 원리로 생리화하기, 그럼으로써 저 악무한적 욕망과 핍박에로 자유로워지기. 차창룡은 신을 악마화했듯이 다시 신을 인간화함으로써 육체와 본능으로의 필연적 귀환, 다시 말해 썩어갈 것들의 절대성 역시 주의 깊게 호소하는 것이다. "나의 목마름은 새로운 국면을 맞는다/마시면 마실수록 갈증 더 심해지는 샘물도 있다는 걸/왜 모르셨던 것일까 혹시 여자의 성기를 만들고/불쌍한 하느님은 그 물맛을 맛보지 않으셨는지"(「창세기―여자의 성기(聖器)」). 아연실색할 신성모독이라니!

문화사적 차원으로 보면, 바타유의 지적대로 신에의 사랑(=접신)과 남녀의 성교, 소년 소녀의 입사식 등은 이형동질의 에로티즘일 따름이다. 그러므로 저 신성모독은 오히려 황홀한 사랑의 찬가이다. 하지만 에로티즘은 환희와 황홀로의 접속이기 전에 고통과 죽음의 유곡(幽谷) 건너기이기도 하다. 그것을 통과한 자에게만 에피파니epiphany니 엑스터시ecstasy니 하는 현현 혹은 무아경의 체험이 허용되는 법이다. 차창룡의 육체와 본능은 어쩌면 그 어려운 유곡을 포복해 가는 자의 물질성과 기원에 대한 새로운 표지인지도 모른다. 가령 "나는 죽어서 또 바위틈에서 태어난다"(「나무, 바위틈에서 죽다」)라는 구절을 보라. 이 말의 발화자는 자아가 아니라 '나무'이다. '나무' 화자의 등장, 다시 말해 주체의 '나무'로의 재정립은 자아의 동일성을 강화하기보다는 주체의 타자 됨을 승인하고 거기에 자신의 육체와 본능을 부린 결과물일 터이다.

과연 시인은 "너는 그 무엇도 포함하고 있는 그 무엇이고/그 무엇도 섞이지 않은 그 무엇이거늘"(「가을, 북한산에서」)이라거나 "언제나 누군가 있고/언제나 누구도 없는/당신은 탄성을 지를 것이오"(「고시원은 괜찮소」)라고 말하고 있다. 미당 서정주는 탈향의 의지와 소회를 "길은 항시 어데나 있고, 길은 결국 아무 데도 없다"(「바다」)라고 표현한 적이 있다. 미당의 세계와의 대립은 어쩌면 길의 있고 없음보다는 '항시'와 '결국'에 존재했는지도 모른다. '결국'의 심연이 '항시'의 가능성을 덥석 집어삼킨 형국이랄까. 하지만 차창룡은 기고 아님과 있고 없음의 존재성에 매달림으로써 뜻밖의 사태에 직면한다. "모든 촛불은 결국 죽는다//모든 촛불은 그리하여 언제나 새로 태어난 촛불이다"(「촛불」)라는 각성과의 마주침이 그것이다. '벼랑 위의 사랑'이 위험하고도 아름다운 에로티즘인 까닭은 이와 같은 순간적 영원성의 세계로 자아를 인도하고 갱신하기 때문일 것이다.

인간적 사태에 대한 이해와 온유의 감각 없는 구도(求道)와 영성(靈性) 체험은 오히려 독단적이고 폭력적일 수 있다. 절대성과 유일성의 권능은 타자들의 말일 때 비로소 유효하며, 자아로만 불타오를 때는 억압과 공포의 표지로 언제든지 돌변할 수 있다. 붓다 세계로 귀환〔나는 귀의(歸依)라고 적지 않는다〕 중인 차창룡은 이런 염려에 대해 매우 조심스럽고 또 철저한 태도로 응답하는 듯하다. "사랑은 기적입니다./기적은 이별을 낳습니다." 시인이 붓다를 만나는 감각이자 방법으로 판단해도 좋을 말이다. 현세의 존재인 한 붓다는 존귀하지도 감격적이지도 않다. 또다시 "반드시 올" 존재이기에, 그러니까 도래할 부재(不在)이기에 오히려 "세상에는 당신의 목소리가/널리널리 울려 퍼지고 있"〔「천불화현(千佛化現)」〕는 것이다. 보시다시피 존재와 부재, 만남과 이별, 도래와 퇴진 따위의 대립어들은 서로 반대되는 가치이기 전에 서로를 실현할 때 없어서는 안 될 필요충분조건들이다. 차창룡의 '벼랑 위의 사랑'이 또 다른 세속에의 귀환임이 이로써 분명해졌다. 만약 그에게 앞으로도 세속어의 시편이 주어진다면, 거기에는 우리가 아직 미처 가보지 못한 저 세속에의 사랑과 고통이 아로새겨질 것이다. 그러나 이 얼마나 철없는 사랑이며 또 부질없는 욕망인가!

〔2010〕

파문(波紋)의 흔적과 궤적
─장석남의 『뺨에 서쪽을 빛내다』

파문은 언제나 반쪽이다, 아니 그것을 보는 우리의 눈이 반쪽이다. 누구도 수면 아래 파문의 궤적과 흔적을 본 적도 없고 볼 수도 없기 때문이다. 이를 고려하면 장석남의 『뺨에 서쪽을 빛내다』(창비, 2010)는 수면 아래의 파문을 지향하는 뜻밖의 형식이다. 이른바 '신서정'에서 출발, '배'를 민 끝에 미당과 수영을 에둘러 종내는 "바위나 한번 밀어보러 오는 이"(「동지(冬至)」)를 기다리는 장석남의 내면은 일견 안분지족에 다다른 것처럼 느껴진다. 시어의 고졸한 농담(濃淡)과 리듬은 "한 덩어리의 밥을 찬물에 꺼서 마시고는 어느 절에서 보내는 저녁의 종소리"(「싸리꽃들 모여 핀 까닭 하나를」)와 더할 나위 없는 격조를 형성하니 말이다. 하지만 '종소리'에 마음을 뺏겨 세상에 일렁이는 그것의 파문을 채 감각하지 못하는 순간 '떨림'의 속 깊숙이 "집을 한 채 앉히는 내(＝시인—인용자) 평생의 일"(「오막살이 집 한 채」)은 문득 부서지거나 사라지니 각별히 조심할 일이다.

안 보이는 파문 속으로 잠수하려는 장석남의 의지는 윤리적 감각의 갱신 혹은 회복과 밀접히 관련된다. "윤리의 무늬를 지우고/윤리가 감춘 죄를 생각하는" "고장난 장에 깃든/사랑"(「변기를 닦다」)은 자기애(哀/愛)의 방법이다. '고장난 사랑'의 간취는 무엇보다 시인 자신의 객관화와 세계의 거리화, 이를테면 '나'가 '얼룩들'과 '물그림자'의 '술래'였음을 자각하게 한다. 물론 '얼룩들'과 '물그림자'는 "지워지지 않는 분홍의 핏자국"(「술래 1」)을 만지게 하고 '사물'과 '사내'를 비춰주는 원초적 본질의 매개체들이다.

하지만 이것들은 자기 현시의 형식이 아니라 타자로 스며들거나 타자의 상처를 껴안는 자기 소멸의 형식이다. '술래'이기를 그치지 않는 한 장석남의 시는 치유를 밀어내며 상처를 스스로 덧내는 장으로 끊임없이 환원될 수밖에 없다. 텍스트 표면의 통합적 서정과 달리 그 내부에 차이성의 순간이 일렁인다는 느낌이 발생하는 지점이다. 여기서 현실에 대한 방법적 사랑이 싹트고 숙성한다는 것은 비교적 분명해 보인다. 가령 "내가 곧 부뚜막 뒤의 침침함에 맡겨진다는 것" "마당 바같으로 나서는 길에 뜬 초롱한 별들은/모든 서룬 사람의 발등을 지그시 누른다는 것"(「부뚜막」) 등의 표현을 보라.

'서룬' 아이러니의 발현은 흔히 소설 특유의 것으로 지칭되는 성숙한 남성의 시각이 장석남식 차이성에도 깊숙이 관류하고 있음을 짐작게 한다. 물론 자기 확인을 위해 탐색의 여정을 밟는 '문제적 개인'을 시적 주체로 소환하는 것은 분명 자의적이다. 그러나 오해 마시라. 이미 철 지난 것으로 소문난 총체성의 가족들을 슬쩍 불러보는 까닭은 수면 아래 은폐된 '파문(波紋)'과 그것이 문득 몰아옴직한 '파문(破門)'의 충격과 고통을 헤아려보기 위한 것이니. 그렇다면 『뺨에 서쪽을 빛내다』는 실험 종결이기는커녕, "문 없어도 시끄러움 하나 없는/

들끓는 방"(「방」)이 건축되는 시적 파문(破文/破門)의 장일 수 있다. 우리는 여기서 저 수면 아래 파문(波紋)의 맨살을 "뺨에 서쪽을 빛내"(「서쪽 1」)듯 문득 조우할지도 모른다.

"시의 나라의 국경을 부수고/시의 마을의 약도를 지우고/시를 지우고/시의 자리에 앉아/어라,/아침이 와서/함께 덜덜 떨다"(「시를 다 지우다」). 장석남의 내면 풍경이라 해도 좋을 구절이다. 그의 시적 작파는 언어유희의 묘술이 아니라 "무너진 뼈끝마다 뭉게뭉게 구름이 피어오"(「나의 하관」)르는 생사(生死)의 동시적 움켜쥠이다. 채우면서 사라지는, 그래서 찬연한 끝에 더욱 비극적인 "햇빛 아래의 가여운 첫눈"(「11월」)의 현장. 시인은 이것을 수미쌍관법에 기댄 역행의 서술 구조를 취함으로써 동일성과 차이성의 기이한 사랑과 동서(同棲)를 보편화한다. 요와 몸과 사랑과 죽음의 대상(對象)적 합일을 그린 「요를 편다」가 그 원리의 표상이라면, 「뺨의 도둑」은 주체와 타자의 진정한 통합적 교환과 전유가 실현되는 장이다. 그러므로 "두 다리가 모두 풀려 연못물이 되어 그녀의 뺨이나 비추며 고요히 고요히 파문을 기다"(「뺨의 도둑」)리는 '나'는 벌써 수면 아래 파문(波紋)의 형식이다.

이 '기다림'의 표지는 어쩌면 장석남의 파문(波紋)이 아직은 시적 파문(破門)에 들지 못했음을 고백하는 '서룬' 목소리일지도 모른다. 하지만 "꽝꽝 언 시 한짐 지고/기다리는 마음"(「동지(冬至)」)을 순순히 부려놓음으로써 장석남 시의 윤리성은 더욱 강화되며, 파문(破門)의 가능성 역시 미구의 기대지평에 진입하는 듯하다. '기다림'은 나와 타자의 조응을 염원하는 시간이기도 하지만 세계의 최종심급에 오르고자 하는 그 어떤 것들의 절대성을 상대화하는 힘이기도 하다. "새벽뿐인 자리에 떨고 앉아 공복을 즐”(「시를 다 지우다」)기는 시인의 지혜를 온종일의 미련한 기투로 요청하는 것. 당신과 나는 이 그악스러운 욕망 속에서야 비로소 수면 위아래의 파문이 생산하는 “문자로는 기록될 수 없는 서룬 사랑”(「부뚜막」)을 조우하게 될 것이다. 문자 없는 시야말로 가장 이상적이고 완결된 파문(破門)이 아니던가.

[2010]

수록 평론 발표 지면

제1부

추보(醜甫) 씨의 비가 혹은 연가 『신생』 2009년 봄호.

환상(성), 사전 혹은 실재를 구성하다 『현대시』 2010년 1월호.

미처 말하지 못한, 아직 말하지 않은 『실천문학』 2010년 여름호.

노동의 시, 시의 노동 『시와반시』 2010년 봄호.

젊은 시, 시간을 읽다 『문학수첩』 2006년 겨울호.

절박한 사랑과 고통의 말들 『현대문학』 2007년 2월호, 4월호, 6월호.

동시(童詩), 현대시의 속살을 헤쳐보다 『서정시학』 2010년 겨울호.

제2부

시적 망명의 몇 가지 문법 『문학·선』 2009년 가을호.

길을 묻다, 삶을 묻다 『문학과사회』 2008년 여름호.

적막의 풍경, 그 안과 밖 『서정시학』 2009년 여름호.

경계의 꽃들에 말을 걸다 『문학과사회』 2010년 가을호.

제3부

기원의 미래, 미래의 기원 『시와지역』 2010년 여름호.

시는 매일매일 『문학과사회』 2009년 가을호.

다행(多幸)과 다행(多行)의 시학 『문학사상』 2008년 5월호.

쓰기의 소멸과 기원 『서시』 2009년 가을호.

시차의 분절과 액상(液狀)의 구성 『한국문학』 2010년 여름호.

제4부

스밈 혹은 번짐의 내력 위선환 시집 『두근거리다』 해설. 문학과지성사, 2010.

육탈(肉脫)의 여로 『문학과사회』 2007년 여름호.

'빈틈'의 생리와 윤리 정호승 시집 『포옹』 해설. 창비, 2007.

침착한 명랑, 즐거운 우울 김기택 시집 『밤』 해설. 창비, 2009.

시간의 주름과 존재의 착색 최정례 시집 『레바논 감정』 해설. 문학과지성사, 2006.

어둠에 깃드는 법 『작가들』 2009년 여름호.